जैफ़री आर्चर

जैफ़री आर्चर की गिनती अंग्रेज़ी के सर्वाधिक पढ़े जानेवाले लेखकों में होती है। उनकी पुस्तकें 47 भाषाओं में अनुवादित हो चुकी हैं और 114 देशों में उपलब्ध हैं। अनुमान है कि आज तक उनकी 28 करोड़ से ज़्यादा पुस्तकें बिक चुकी हैं और दुनियाभर में 35 करोड़ से ज़्यादा लोग पढ़ चुके हैं। मुख्यत: उपन्यास और कहानियाँ लिखने के अतिरिक्त उन्होंने तीन नाटक, जेल डायरी और बच्चों के लिए कुछ पुस्तकें लिखी हैं। उनके उपन्यास और कहानियाँ 'थ्रिलर ड्रामा' हैं जिनमें रहस्य, सनसनी और रोमांच का इतना रोचक मिश्रण होता है कि पाठक एक बार पढ़ना शुरू करता है तो पूरी पुस्तक पढ़कर ही उठता है।

15 अप्रैल, 1940 को इंग्लैंड में जन्मे जैफ़री आर्चर का पूरा नाम जेरेमी हार्वर्ड आर्चर है और वे 1972 तक इंग्लैंड के पार्लियामेंट के सदस्य रहे। एक आर्थिक घोटाले के आरोप में उन्हें 2001 में तीन साल की जेल हुई थी। उसके बाद अब वे अपना पूरा समय लेखन में ही देते हैं और अपनी पुस्तकों के प्रचार के लिए अलग-अलग देशों में जाते हैं।

केन एंड एबल का प्रकाशन इतिहास

हार्डबाउंड संस्करण

पहला : सितम्बर 1979
दूसरा : अक्टूबर 1979
तीसरा : 1979
चौथा : 1982
पाँचवाँ : मई 1983
छठा : 1984
सातवाँ : 1985
आठवाँ : 2009

पेपरबैक संस्करण

पहला : सितंबर 1980
दूसरा : अक्टूबर 1980
तीसरा : अक्टूबर 1980
चौथा : फरवरी 1981
पाँचवाँ : फरवरी 1981
छठा : मार्च 1981
सातवाँ : अप्रैल 1981
आठवाँ : मई 1981
नौवाँ : जुलाई 1981
दसवाँ : सितंबर 1981
ग्यारहवाँ : सितंबर 1981
बारहवाँ : अक्टूबर 1981
तेरहवाँ : जनवरी 1982
चौदहवाँ : अप्रैल 1982
पंद्रहवाँ : जुलाई 1982
सोलहवाँ : अगस्त 1982
सत्रहवाँ : सितंबर 1982
अट्ठरहवाँ : दिसंबर 1982
उन्नीसवाँ : मार्च 1983
बीसवाँ : अप्रैल 1983
इक्कीसवाँ : अगस्त 1983
बाईसवाँ : अक्टूबर 1983
तेईसवाँ : दिसंबर 1983
चौबीसवाँ : अप्रैल 1984
पच्चीसवाँ : जून 1984
छब्बीसवाँ : जुलाई 1984
सत्ताईसवाँ : अक्टूबर 1984
अट्ठाईसवाँ : जनवरी 1985
उनत्तीसवाँ : मई 1985
तीसवाँ : जुलाई 1985
इकत्तीसवाँ : 1985
बत्तीसवाँ : 1985
तैंतीसवाँ : 1986
चौंतीसवाँ : 1986
पैंतीसवाँ : जून 1987
छत्तीसवाँ : मार्च 1988
सैंतीसवाँ : 1988
अड़तीसवाँ : मार्च 1989
उन्तालीसवाँ : जुलाई 1989
चालीसवाँ : नवंबर 1989
इकतालीसवाँ : जुलाई 1990
बयालीसवाँ : अक्टूबर 1990
तैंतालीसवाँ : जनवरी 1991
चौवालीसवाँ : मार्च 1991
पैंतालीसवाँ : मई 1991
छियालीसवाँ : सितंबर 1991
सैंतालीसवाँ : नवंबर 1991
अड़तालीसवाँ : मार्च 1992
उनचासवाँ : जुलाई 1992
पचासवाँ : फरवरी 1993
इक्यावनवाँ : अप्रैल 1993
बावनवाँ : जुलाई 1993
तिरपनवाँ : नवंबर 1993
चौवनवाँ : मई 1994
पचपनवाँ : जनवरी 1996
छप्पनवाँ : सितंबर 1996
सत्तावनवाँ : जनवरी 1997
अट्ठावनवाँ : अप्रैल 1997
उनसठवाँ : सितंबर 1997
साठवाँ : मार्च 1998
इकसठवाँ : जनवरी 1999
बासठवाँ : अप्रैल 2000
तिरसठवाँ : मार्च 2001
चौसठवाँ : सितंबर 2002
पैंसठवाँ : जनवरी 2003
छियासठवाँ : अप्रैल 2003
सड़सठवाँ : सितंबर 2003
अड़सठवाँ : दिसंबर 2003
उनहत्तरवाँ : फरवरी 2004
सत्तरवाँ : अगस्त 2004
इकहत्तरवाँ : नवंबर 2004
बहत्तरवाँ : मार्च 2005
तिहत्तरवाँ : अक्टूबर 2005
चौहत्तरवाँ : फरवरी 2006
पिचहत्तरवाँ : सितंबर 2006
छियहत्तरवाँ : जनवरी 2007
सतहत्तरवाँ : जून 2007
अठहत्तरवाँ : अक्टूबर 2007
उन्यासीवाँ : जनवरी 2008
अस्सीवाँ : अप्रैल 2008
इक्यासीवाँ : जुलाई 2008
बयासीवाँ : अक्टूबर 2008
तिरासीवाँ : अक्टूबर 2009
चौरासीवाँ : अप्रैल 2010
पिचासीवाँ : जुलाई 2011
छियासीवाँ : जनवरी 2012
सत्तासीवाँ : जुलाई 2012
अट्ठासीवाँ : अक्टूबर 2012
नवासीवाँ : अप्रैल 2013
नब्बेवाँ : मई 2013
इक्यानवेवाँ : सितंबर 2013
बानवेवाँ : नवंबर 2013
तिरानवेवाँ : जून 2014
चौरानवेवाँ : जुलाई 2014
पिचानवेवाँ : सितंबर 2014
छियानवेवाँ : नवंबर 2014
सत्तानवेवाँ : नवंबर 2014
अट्ठानवेवाँ : मई 2015
निन्यानवेवाँ : नवंबर 2015
सौवाँ : जुलाई 2016
एक सौ बीसवाँ : जुलाई 2019

केन एंड एबल

जैफ़री आर्चर

अनुवाद

रचना भोला 'यामिनी'

राजपाल

स्थापित 1912
100 वर्षों की
श्रेष्ठ प्रकाशन परम्परा
राजपाल

₹ 595
ISBN : 9789393267412
पहला संस्करण : 2023

KANE AND ABEL (Novel) by Jeffrey Archer
मुद्रक : शिव शक्ति प्रिंटर्स, दिल्ली

राजपाल एण्ड सन्ज़
1590, मदरसा रोड, कश्मीरी गेट, दिल्ली–110006
फोन : 011–23869812, 23865483, 23867791
e-mail : sales@rajpalpublishing.com
www.rajpalpublishing.com
www.facebook.com/rajpalandsons

माइकल और जेन के लिए

केन एंड एबल के 120वें संस्करण के अवसर पर जैफ़री आर्चर का पाठकों के नाम पत्र

प्रिय पाठक,

यदि आपने मुझे सन् 1979 में, *केन एंड एबल* के प्रथम प्रकाशन के समय यह कहा होता कि चालीस वर्ष के बाद यह पुस्तक सत्रह भाषाओं में अनूदित हो चुकी होगी, सत्तर से अधिक देशों में प्रकाशित हो चुकी होगी और सौ मिलियन से भी अधिक पाठक इसे पढ़ चुके होंगे, तो मैंने आपको उत्तर दिया होता, 'सपने देखना बंद करो, ये एक उपन्यास ही तो है।'

विलियम लोवेल केन और एबल रोसनोवस्की ने सचमुच मेरी ज़िन्दगी ही बदल दी। मैंने जब ऑक्सफ़ोर्ड छोड़ा तो मैं एक नेता बनना चाहता था, पर पाँच ही वर्षों में हाउस ऑफ़ कॉमन्स से त्यागपत्र देना पड़ा, एक मूर्खतापूर्ण निवेश के कारण दिवालिया हो गया था।

भाग्य ने पलटा खाया, जिस समय को मैंने अपने लिए निर्दयी समझा था, उसी समय ने मुझे एक किस्सागो के तौर पर दूसरा कैरियर बनाने का मौका दिया। और यह यात्रा भी कितनी कमाल की रही। कुछ घंटों के लिए आपका मनोरंजन करने और ध्यान दूसरी ओर लगाने का अवसर मिलना किसी विशेष अधिकार से कम नहीं, इस उपन्यास में दो लोगों की सरल-सी कहानी है, जो एक ही दिन जन्मे, एक के पास सब कुछ था और दूसरे के पास कुछ भी नहीं—जब वे दोनों पहली और आख़िरी बार मिले तो उनकी ज़िन्दगियाँ हमेशा के लिए बदल गईं।

मैं उनका और आपका धन्यवाद कैसे दे सकता हूँ, जिन्होंने मुझे बार-बार कलम उठाने पर विवश किया ताकि मैं अपनी ओर से प्रयास कर सकूँ कि आप एक के बाद एक, क़िताब के पन्ने पलटते चले जाएँ?

आपका साभार
जैफ़री आर्चर
नवंबर 2019

भाग एक

1906–1923

1

18 अप्रैल 1906, स्लोनिम, पोलैंड

उसने चीखना तभी बंद किया, जब वह नहीं रही। और तभी वह ज़ोर से चिल्लाने लगा।

जंगल में खरगोशों का शिकार करने वाला नन्हा लड़का यकीन से नहीं कह सकता था कि उसके छोटे कानों ने उस युवती की आख़िरी चीख सुनी या फिर वे उस नवजात की पहली चीख़ से चौकन्ने हुए। वह आने वाले खतरे को भाँप कर मुड़ा, उसकी आँखें उस जानवर की खोज में थीं, जो इतनी तकलीफ़ में था। पर उसने पहले कभी किसी जानवर को तकलीफ़ में इस तरह चीख़ते नहीं सुना था। वह उस शोर की ओर सावधानी से बढ़ने लगा। वह चीख़ अब हल्के रिरियाने के सुर में बदल चुकी थी पर अब भी किसी ऐसे जानवर की आवाज़ जैसी नहीं लग रही थी जिसे वह जानता हो। उसने उम्मीद की कि जानवर इतना छोटा हो कि वह उसका शिकार कर सके; कम-से-कम उस रात के खाने में दोबारा खरगोश का माँस नहीं खाना पड़ेगा।

वह दबे पाँव नदी की ओर बढ़ा, वह अजीब-सी आवाज़ वहीं से आ रही थी, वह एक पेड़ से दूसरे पेड़ का सहारा लेते हुए, तनों को अपने कंधों की आड़ बनाते हुए आगे बढ़ रहा था। उस आड़ में सुरक्षा का दिलासा मिल रहा था। उसके पिता ने सिखाया था कि खुले स्थान पर रहना असुरक्षित हो सकता है। जब वह जंगल के छोर तक पहुँचा, तो भी उसे यह समझने में थोड़ा वक़्त लग गया कि वह अजीब-सी चीख किसी साधारण जानवर की नहीं थी। वह धीरे से उस रिरियाने की आवाज़ की ओर बढ़ रहा था, हालाँकि अब वह खुली जगह में आ चुका था।

फिर उसने उस युवती को देखा। उसकी पोशाक कमर से ऊपर उठी हुई थी, उसकी नग्न टाँगें फैली हुई थीं। उसने कभी किसी महिला को ऐसी हालत में नहीं देखा था। वह झट से उसकी ओर भागा और उसके पेट को ताकने लगा पर मारे डर के उसे हाथ नहीं लगा सका। उस युवती की टाँगों के बीच, एक छोटा-सा गुलाबी जीव, खून से सना हुआ पड़ा था। वह उस युवती से किसी रस्सी जैसी चीज़ से बँधा था। नन्हे शिकारी ने अपने हाथों में पकड़े हुए खरगोश वहीं छोड़ दिए और उस नन्हे जीव के पास घुटनों के बल बैठ गया।

वह उसे एक लंबे और ठहरे हुए पल में लगातार ताकता रहा और फिर उस युवती की ओर से आँखें हटा लीं। उसे अपने फ़ैसले पर उसी समय पछतावा होने लगा। वह सर्दी के मारे नीली पड़ चुकी थी; लड़के को उसका थका हुआ जवाँ-सा चेहरा अधेड़ लगने

लगा। उसे यह बताने की ज़रूरत नहीं थी कि वह औरत मर चुकी थी। उसने उसकी टाँगों के बीच घास पर पड़ी उस नन्ही गिजगिजी नवजात देह को उठा कर घास पर रख लिया। अगर आप उससे उसकी वजह पूछते, जो कभी किसी ने नहीं पूछी तो वह आपको बताता कि झुर्रियों से भरे चेहरे को नोचने वाले नन्हे नाखूनों को देखकर उसे चिंता होने लगी थी।

माँ और बच्चा किसी पतली-सी रस्सी जैसी चीज़ से बँधे थे। उस लड़के ने कुछ दिन पहले ही एक मेमने का जन्म देखा था। उसने उसे ही याद करने की कोशिश की। हाँ, गडरिए ने यही तो किया था। पर क्या वह नवजात शिशु के साथ ऐसा कर सकता था? छोटे बच्चे का रिरियाना अचानक बंद हो गया और लड़के को लगा कि उसे जल्द ही कोई फ़ैसला लेना होगा। उसने अपना चाकू निकाला, जिससे वह खरगोशों की खाल उतारता था, उसे अपनी बाजू पर पोंछ कर साफ़ किया और एक पल के लिए हिचकने के बाद, उस रस्सी को बच्चे के शरीर के निकट से काट दिया। दोनों कटे हुए हिस्सों से खून बलबल करते हुए बह निकला। फिर मेमना पैदा होने के बाद गडरिए ने क्या किया था? उसने बहते हुए खून को रोकने के लिए गाँठ लगा दी थी। बेशक़, बेशक़े लड़के ने अपने पीछे की ज़मीन से झट से थोड़ी घास उखाड़ी और नाल में एक गाँठ सी लगा दी। फिर उसने बच्चे को बाँहों में ले लिया। छोटा बच्चा फिर से रोने लगा था। वह धीरे से अपने घुटनों के भार से उठा और तीन मरे हुए खरगोशों और उस मरी हुई युवती को वहीं छोड़ दिया जिसने उस बच्चे को जन्म दिया था। इससे पहले कि वह उस बच्चे की माँ से पीठ फेरता। उसने उसकी टाँगें एक साथ मिलाते हुए, पोशाक को घुटनों से नीचे खींच दिया। उसे यही करना सही लगा।

"हे भगवान!" उसने ज़ोर से कहा, वह जब भी कोई बहुत अच्छा या बुरा काम करता तो यही कहा करता था। हालाँकि उसे अब भी यकीन नहीं था कि यह काम अच्छा था या बुरा।

नन्हा शिकारी अपने घर की ओर भागा जहाँ उसकी माँ खाना बनाते हुए, उसके खरगोशों के माँस के इंतज़ार में होगी; बाकी सारी तैयारी पूरी हो चुकी होगी। वह सोच रही होगी कि आज कितने खरगोश पकड़े गए होंगे; आठ लोगों के परिवार का पेट भरने के लिए कम-से-कम तीन तो चाहिए ही थे। कभी-कभी उसे कोई बत्तख, हंस या बैरन (ताल्लुकेदार) की एस्टेट से भटक कर आया कोई तीतर भी मिल जाता था, जहाँ उसके पिता काम करते थे। आज तो उसने एक अलग ही जीव पकड़ा था।

जब वह अपने घर पहुँचा तो वह अपने इनाम को अपने से अलग करने की हिम्मत नहीं जुटा सका, उसने दोनों हाथों से बच्चे को थामे रखा और नंगे पैरों से दरवाज़े को ठोकरें मारता रहा, जब तक उसकी माँ ने आकर दरवाज़ा नहीं खोल दिया। उसने धीरे से, बच्चे को माँ को सौंप दिया। माँ ने बच्चे को थामने में अपनी ओर से कोई जल्दबाज़ी नहीं दिखाई और उस असहाय जीव को ताकती रह गई।

"मेरे ईश्वर!" उसने कहा और अपनी छाती पर सलीब बनाया। लड़के ने उसके चेहरे पर खुशी या गुस्से के भाव देखने के लिए मुँह उठाया, उसने देखा कि माँ की आँखें ऐसी कोमलता से चमक रही थीं जैसी उसने पहले कभी नहीं देखी थीं। तब वह जान गया

कि उसने जो भी किया, वह कोई नेक काम ही रहा होगा।

माँ ने कहा, "यह तो नन्हा-सा लड़का है, यह तुम्हें कहाँ मिला?" उसने शिशु को गोद में ले लिया था।

"नदी के पास मिला, मातका (माँ)," वह बोला।

"और इसकी माँ?"

"मर गई।"

माँ ने फिर से छाती पर सलीब का निशान बनाया।

"जाओ, जल्दी से भाग कर जाओ और अपने पिता को बताना कि क्या हुआ। वे एस्टेट में उर्सुला वोज्नाक को साथ ले लेंगे और फिर तुम उन्हें इस बच्चे की माँ के पास ले जाना। उसके बाद उन दोनों को घर आने को कहना।"

बच्चे ने दोनों हाथ पतलून पर रगड़ कर पोंछे, खून से सने जीव को मातका को देने के बाद पिता की खोज में चल दिया।

माँ ने कंधा लगा कर दरवाज़ा बंद किया और अपनी सबसे बड़ी बेटी फ़्लोरेंटीना को आवाज़ लगाई कि वह बर्तन को आँच पर रख दे। वह एक लकड़ी के स्टूल पर बैठी और अपनी कुरती से शिथिल निप्पल निकाल कर नवजात के भिंचे हुए मुँह से लगा दिया। आज रात उसकी सबसे छोटी बेटी, छह महीने की सोफ़िया को पेट भरे बिना ही सोना होगा। यह ध्यान आते ही उसे पूरे परिवार का ख़याल आ गया।

"और इतना करके भी क्या फ़ायदा?" उस महिला ने शिशु के आस-पास अपनी शॉल लपेटते हुए ऊँचे स्वर में कहा, "यह बेचारा नन्हा-सा जीव सुबह तक भी नहीं बचेगा।"

हालाँकि जब कई घंटे बाद उर्सुला घर आई तो मातका ने अपने मन की बात नहीं दोहराई। बुजुर्ग दाई ने नवजात को नहलाया और कटी हुई नाल की देख-रेख की। उस औरत का पति, अलाव के पास चुपचाप खड़ा यह सब देख रहा था।

"घर में आने वाला मेहमान अपने साथ ईश्वर को लाता है," उस महिला ने पुरानी पोलिश कहावत दोहराई।

उसके पति ने झट से कहा, "और अपने साथ हैजा भी लाता है, क्या हमारे पास अपने ही बच्चे काफ़ी नहीं हैं?"

उस महिला ने नवजात के सिर पर दिखते इक्का-दुक्का बाल सहलाते हुए पति की बात को अनसुना करने का दिखावा किया।

"हम इसे क्या कह कर बुलाएँगे?" उसने पूछा।

उसके पति ने कंधे झटके। "इससे क्या फ़र्क पड़ता है? इसे बिना किसी नाम के ही इसकी क़ब्र में जाने दें।"

2

18 अप्रैल, 1906 बौस्टन, मैसाचुसेट्स

डॉक्टर ने नवजात शिशु को टखनों से उठाया और उसके नितंबों पर थप्पड़ लगाया। शिशु ने रोना चालू कर दिया।

बौस्टन, मैसाचुसेट्स में, एक अस्पताल है जिसमें अमीरों की बीमारियों का इलाज होता है और कभी-कभार नए अमीरों के बच्चे भी पैदा होते हैं। माँएँ कभी नहीं चिल्लातीं और यह भी तय है कि उन्हें सारे कपड़े पहनकर बच्चा पैदा नहीं करना पड़ता।

एक नौजवान डिलीवरी कक्ष के बाहर लगातार चक्कर काट रहा था; अंदर दो प्रसूति विज्ञानियों के साथ पारिवारिक डॉक्टर मौजूद थे। यह पिता अपने पहले नवजात के साथ कोई जोखिम मोल लेने में यकीन नहीं रखता। प्रसूति विशेषज्ञों को वहीं खड़े रह कर सब देखने के लिए भारी-भरकम फ़ीस मिलनी थी। उनमें से एक ने, अपने शाम को पहने जाने वाले कपड़ों पर लंबा सफ़ेद कोट पहना हुआ था, उसे डिनर पार्टी में पहुँचने के लिए देर हो रही थी पर इस ख़ास डिलीवरी के वक़्त उसका यहाँ होना ज़रूरी था। उन तीनों ने पहले ही आपस में चुन लिया था कि डिलीवरी कौन करवाएगा और नौजवान के ख़ानदानी डॉक्टर, डॉ. मैकेंज़ी की जीत हुई थी। बच्चे के पिता को वे एक सुलझे हुए और भरोसा करने लायक इंसान लगे और वह बेचैनी से बरामदे में इधर-उधर चक्कर लगाने लगा।

वैसे परेशान होने वाली कोई बात नहीं थी। रॉबर्ट्स उस दिन सुबह ही उस नौजवान की पत्नी को अपनी घोड़ा गाड़ी में बिठा कर अस्पताल ले आया था। जो डॉक्टर के हिसाब से युवती के नौवें महीने का अट्ठाइसवाँ दिन था। एनी को नाश्ते के थोड़ी देर बाद प्रसव पीड़ा होने लगी और नौजवान को यकीन दिलाया गया कि उस दिन शाम को उसका बैंक बंद होने तक बच्चे का जन्म नहीं होने वाला था। पिता अनुशासित व्यक्ति था और उसे ऐसी कोई वजह नहीं दिखाई दी कि एक शिशु के आने से सुव्यवस्थित जीवन में बाधा दी जाए। ख़ैर, उसका टहलना जारी रहा। नर्स और डॉक्टर उसके पास से निकलते हुए अपने स्वर धीमे कर लेते और उससे थोड़ा दूर जाते ही फिर से अपने सामान्य सुर में बात करने लगते। उसने ध्यान नहीं दिया क्योंकि बाकी सभी उससे इसी तरह पेश आते थे। अस्पताल के अधिकतर स्टाफ़ ने उसे व्यक्तिगत रूप से कभी नहीं देखा था, पर वे सभी जानते थे कि वह कौन है। जब उसका बेटा पैदा होगा—उसे एक पल के लिए भी नहीं लगा कि बेटी भी पैदा हो सकती है—तो वह अस्पताल के लिए बच्चों का वार्ड बनवाएगा जिसकी उन्हें सख़्त ज़रूरत थी। उसके दादा पहले ही एक लाइब्रेरी बनवा चुके थे और उसके पिता ने स्थानीय बिरादरी के लिए स्कूल बनवाया था।

भावी पिता ने शाम का अख़बार पढ़ना चाहा, शब्दों पर नज़रें टिकीं पर उनके अर्थ समझ आने बंद हो गए थे। वह घबराया हुआ था, और काफ़ी हद तक बेचैन भी दिखा। यह उन्हें कभी समझ नहीं आ सकता था (वह लगभग सभी को 'उन्हें' की ही श्रेणी में रखता था) कि उसके लिए यह बात कितनी मायने रखती थी कि उसके घर सबसे पहले बेटा ही

पैदा हो, एक बेटा जो आगे चल कर बैंक के प्रेज़ीडेंट और चेयरमैन का पद सँभाल ले। उसने *ईवनिंग ट्रांसक्रिप्ट* का खेल समाचार पन्ना खोल लिया। बौस्टन रेड सॉक्स ने न्यूयॉर्क हाईलैंडर्स को हरा दिया था—दूसरे लोग जश्न मना रहे होंगे। फिर उसने पहले पन्ने की हैडलाइन देखी : 'अमेरिका के इतिहास में सबसे बुरा भूकंप। सैन फ्रांसिस्को में तबाही, कम-से-कम चार सौ लोग मर गए'—दूसरे लोग मातम मना रहे होंगे। उसे यह देख कर नफ़रत होने लगी। इससे तो उसके बेटे के जन्म का दिन बुरा हो जाएगा। लोग इस दिन को किसी और घटना के लिए याद रखेंगे।

उसने फ़ाइनेंस वाला पन्ना खोल कर स्टॉक मार्केट को देखा : कुछ प्वाइंट तक गिर गया था : उस भूकंप की वजह से बैंक में उसकी होल्डिंग्स 100,000 डॉलर तक नीचे आ गए, पर चूँकि उसकी निजी दौलत आराम से 16 मिलियन डॉलर से ज़्यादा थी, तो अगर कैलीफ़ोर्निया में एक से ज़्यादा भूकंप आते तो ही वे उसके रेक्टर स्केल पर दर्ज होते। दरअसल, अब तो वह अपने ब्याज के भी ब्याज पर मज़े से जी सकता था, इस तरह उसकी सोलह मिलियन डॉलर की पूँजी उसके बेटे के लिए हमेशा तैयार रहती, ऐसा बेटा, जो अभी पैदा भी नहीं हुआ था। उसने अख़बार पढ़ने का दिखावा करते हुए टहलना जारी रखा।

शाम की पोशाक पहने हुए प्रसूति विशेषज्ञ ने डिलीवरी कक्ष का रिवॉल्विंग डोर खोला और ख़बर देने बाहर आया। उसे लगा कि अपनी भारी-भरकम फ़ीस को जायज़ ठहराने के लिए, वही यह ख़बर देने लायक पोशाक में था। दोनों आदमी एक पल के लिए एक-दूसरे को घूरते रहे। डॉक्टर भी थोड़ा घबराया हुआ महसूस कर रहा था, पर वह इसे बच्चे के पिता के सामने ज़ाहिर नहीं करना चाहता था।

"बधाई हो, सर। आपका बेटा पैदा हुआ है। एक प्यारा-सा नन्हा-सा लड़का।"

जब भी बच्चा पैदा होता है तो लोग कैसी बेहूदी बातें करते हैं। पिता के दिमाग में सबसे पहले यही आया; 'भला नन्हे और छोटे के अलावा और क्या पैदा हो सकता है?' फिर उसका ध्यान ख़बर पर गया—बेटा पैदा हुआ है! उसने सोचा कि वह उस ईश्वर को धन्यवाद दे, जिस पर वह विश्वास नहीं करता था। प्रसूति विशेषज्ञ ने उस सन्नाटे को तोड़ने के लिए अपनी ओर से सवाल दाग़ा।

"क्या आपने तय कर लिया कि उसे क्या पुकारेंगे?"

पिता ने बेहिचक उत्तर दिया, "विलियम लोवेल केन।"

3

घर में बच्चा आने की उमंग थोड़ी कम हुई और सारा परिवार सोने चला गया, पर माँ बच्चे को गोद में लिए जाग रही थी। हेलेना कोस्कीविज़ जीवन में विश्वास रखती थी और उसने इसे साबित करने के लिए नौ बच्चों को जन्म दिया था। हालाँकि तीन बच्चे कमउम्र में ही चल बसे, पर उसने किसी को भी इतनी आसानी से मरने नहीं दिया था।

पैतींस साल की हेलेना जानती थी कि कभी कामुक रह चुका जेसियो अब उसे और बेटे और बेटियाँ नहीं देगा। ईश्वर ने उसे यह बच्चा दिया था; निश्चित रूप से बच्चे की क़िस्मत में ज़िन्दा रहना बदा था। हेलेना का विश्वास बहुत ही सरल था, उसे लगता था कि क़िस्मत हमेशा उसका साथ देगी। हालाँकि अभी वह पैंतीस की हुई थी, पर पूरा भोजन न मिलने और कड़ी मेहनत के कारण शरीर से ज़्यादा बूढ़ी दिखने लगी थी। वह गोरी और दुबली थी और जीवन में एक बार भी नए कपड़े पहनने को नहीं मिले थे। उसके दिमाग में भी कभी नहीं आया कि उसे इन बातों के लिए शिकायत करनी चाहिए, पर उसके चेहरे की झुर्रियों से वह एक माँ से कहीं ज़्यादा दादी की तरह दिखने लगी थी।

हालाँकि उसने अपनी छातियों को कस कर निचोड़ा, निप्पलों पर हल्के लाल निशान उभर आए पर दूध की कुछ बूँदों के सिवा कुछ हाथ नहीं आया। पैंतीस की उम्र में, ज़िन्दगी के अनुबंध को आधा पूरा करने के बाद, हम सबके पास बाँटने के लिए थोड़ी-बहुत विशेषज्ञता तो आ ही जाती है और हेलेना कोस्कीविज़ अब प्रीमियम पर थी।

"मातका का दुलारा," वह हौले से बच्चे के कान में फुसफुसाई और दूध भरा निप्पल उसके भिंचे हुए मुँह में डाल दिया। बच्चे ने दूध निगलते हुए, आँखें खोल दीं। आख़िर में, माँ न चाहते हुए भी गहरी नींद के आगोश में समा गई।

जेसियो कोस्कीविज़, एक भारी गठन का नीरस सा आदमी था, जिसके चेहरे पर बड़ी-बड़ी मूँछें थीं, जो उसके दीन-हीन अस्तित्व पर दृढ़ता का इकलौता सुबूत थीं। जब वह सुबह पाँच बजे उठा तो पाया कि उसकी पत्नी और वह बच्चा आरामकुर्सी पर सोए हुए थे। पिछली रात उसे पता ही नहीं चला कि उसकी पत्नी उसके साथ बिस्तर में नहीं थी। वह उस हरामी को ताकने लगा, शुक्र है, उसने रिरियाना तो बंद कर दिया था। क्या वह मर चुका था? उसे कौन-सी परवाह पड़ी थी। इस औरत को ज़िन्दगी और मौत की परवाह करने दो: उसके लिए सबसे ज़रूरी बात यह थी कि उसे सुबह की पहली किरण के साथ ही बैरन के एस्टेट पर पहुँचना था। उसने बकरी के दूध के कुछ बड़े-बड़े घूँट भरे और बाजू से मूँछें पोंछ लीं। फिर उसने एक हाथ से पाव का बड़ा-सा टुकड़ा और जाल उठाया और बिना आवाज़ किए घर से बाहर निकल गया, उसे डर था कि कहीं बच्चा उठ कर फिर से न रोने लगे। वह सीधा जंगल की ओर चल दिया और उस नन्हे घुसपैठिए के बारे में सोचना बंद कर दिया। उसने मान लिया था कि वह उसे आख़िरी बार देख कर आ रहा था।

पुरानी घड़ी के छह बार टुहुकने से पहले फ़्लोरेंटीना रसोई में आई, वह घड़ी कई साल से अपना यही समय बरकरार रखे हुए थी। वह उन लोगों की जानकारी के लिए कोई ख़ास मदद नहीं करती थी जो जानना चाहते थे कि वह सो कर उठने का समय था या बिस्तर पर जाने का समय हो गया था। रोज़ सुबह का नाश्ता तैयार करने का काम फ़्लोरेंटीना के ज़िम्मे था। उसे बकरी का दूध और राई से बनी डबलरोटी को आठ लोगों के परिवार में बाँटना होता था। हालाँकि इस काम के लिए ख़ासा हुनर चाहिए ताकि कोई भी यह इल्ज़ाम न दे सके कि उसे अपना पूरा हिस्सा नहीं मिला।

पहली बार देखने वालों को फ़्लोरेंटीना सुंदर, दुबली और मैली सी दिखाई देती।

हालाँकि पिछले दो सालों से वह एक ही पोशाक पहनती आ रही थी, पर उस बच्ची को माहौल से अलग करके देखा जाता तो यह आसानी से समझा जा सकता था कि जेसियो को फ़्लोरेंटीना की माँ से प्यार क्यों हुआ होगा फ़्लोरेंटीना के लंबे बाल चमचमाते थे और भूरी आँखें उसके जन्म और परवरिश को चुनौती देती।

वह दबे पाँव आरामकुर्सी के पास गई और अपनी माँ और उस नन्हे से शिशु को ताकने लगी, जो पहली ही नज़र में उसका लाडला हो गया था। अपनी आठ साल की उम्र में उसके पास कभी एक गुड़िया तक नहीं रही। सच कहें तो उसने अपनी ज़िन्दगी में गुड़िया देखी ही एक बार थी, जब उनके परिवार को सेंट निकोलस का त्योहार मनाने के लिए बैरन के महल में जाने का न्यौता मिला था। तब भी वह उस सुंदर-सी चीज़ को हाथ नहीं लगा सकी थी, पर अब उस नन्हे बच्चे को गोद में लेने को मन मचल रहा था। उसने झुक कर नन्हे को अपनी माँ से अलग किया और उसकी नीली आँखों को ताकने लगी—कितनी नीली आँखें—वह गुनगुनाने लगी। माँ की छाती की गरमाहट से, नन्ही लड़की के ठंडे हाथों में आते ही तापमान बदला और शिशु रोने लगा। यह सुनते ही माँ नींद से जाग गई, उसके चेहरे पर एक ही भाव था—उसे नींद क्यों आ गई।

वह बोली, "हे भगवान, फ़्लोरिका! यह तो अब भी ज़िन्दा है! तुम सबका नाश्ता तैयार करो, मैं इसे दोबारा दूध पिलाने की कोशिश करती हूँ।"

फ़्लोरेंटीना ने बेमन से नन्हे से शिशु को माँ की गोद में दिया और उसे देखने लगी जो फिर से अपनी दुखती छातियों को दबा कर बच्चे के लिए दूध का इंतज़ाम कर रही थी। वह छोटी-सी लड़की यह देख कर मंत्रमुग्ध थी।

"अपना काम निपटाओ फ़्लोरिका!" माँ ने झिड़का। "बाकी परिवार का भी तो पेट भरना चाहिए।"

फ़्लोरेंटीना ने अपने चार भाइयों को नींद से उठ कर अपनी ओर आते देखा तो वह बेमन से अपने काम पर लगी। उन्होंने माँ का हाथ चूमा और उस घुसपैठिए को विस्मय से देखने लगे। वे सब इतना जानते थे कि वह बच्चा उनकी मातका के पेट से नहीं आया था। फ़्लोरेंटीना उस दिन इतनी उत्साहित थी कि नाश्ता करने की सुध नहीं थी, उसके भाइयों ने एक क्षण भी सोचे बिना, उसका हिस्सा आपस में बाँट लिया और माँ के हिस्से का नाश्ता मेज़ पर रहने दिया। किसी ने ध्यान नहीं दिया कि जब से घर में नन्हा बच्चा आया था, माँ ने कुछ नहीं खाया था।

हेलेना कोस्कीविज़ खुश थी कि उसके बच्चों ने कमउम्र से ही अपने लिए पेट भरना सीख लिया था। वे जानवरों को खाना खिला सकते थे, बकरियों का दूध निकाल लेते और बिना किसी की मदद या टोके बिना, सब्ज़ियों के बगीचे की देख-रेख भी कर सकते थे।

जब उस शाम जेसियो घर लौटा, तो हेलेना ने उसके लिए खाना तैयार नहीं किया था। फ़्लोरेंटीना उन तीन मृत खरगोशों को ले आई थी जो उसके शिकारी भाई फ़्रैंक ने एक दिन पहले जंगल में मारे थे। वह उन खरगोशों की चमड़ी उतार रही थी। फ़्लोरेंटीना खुश थी कि उसे सबके लिए रात का खाना तैयार करने का ज़िम्मा सौंपा गया, उसे यह काम करने

का मौका तभी मिलता था जब माँ की तबीयत ठीक नहीं होती थी, और हेलेना को बीमार पड़ना पसंद नहीं था। उनके पिता उस दिन छह मशरूम और तीन आलू लाए थे : आज तो मज़ेदार दावत होगी।

रात के खाने के बाद, जेसियो कोस्कीविज़ अलाव के पास अपनी कुर्सी पर बैठा और पहली बार शिशु को ध्यान से देखा। उसने उसे अपनी बगलों में थाम कर, एक ओर लुढ़कते सिर को अँगुलियों से सहारा दिया और जाल में जानवर फाँसने वाले शिकारी की नज़र से बच्चे को देखा। झुर्रियों से भरे, दंतविहीन चेहरे पर सुंदर नीली अडोल आँखें देखने लायक थीं। जब उसने उस दुबली देह पर नज़र डाली तो उसे कुछ अलग-सी चीज़ दिखाई दी। उसने मुँह सा बनाया और शिशु की छाती को अँगूठों से मलने लगा।

''सुनो, क्या तुमने इसे ध्यान से देखा ?'' उसने कहा और बच्चे की छाती उघाड़ दी। ''इस हरामी की छाती पर एक ही निप्पल है।''

उसकी बीवी ने भी छाती की चमड़ी को अँगूठे से मलते हुए माथे पर बल डाल लिए, मानो ऐसा करने से करिश्माई तरीके से निप्पल वापिस आ जाता। उसके पति ने ठीक कहा था : छोटा-सा बेरंग बायाँ निप्पल तो दिख रहा था पर वैसा ही दाईं ओर भी होना चाहिए, उस जगह की चमड़ी पूरी तरह से सपाट थी।

माँ की अंधविश्वासी सोच सहारा देने आगे आ गई। वह बोली, ''इसे ईश्वर ने हमारे लिए भेजा है। देखो, यह उसकी दी हुई निशानी है।''

उस आदमी ने गुस्से में बच्चे को बीवी को थमाया। ''तुम बेवकूफ़ हो। यह बच्चा किसी हरामी ने इसकी माँ को दिया था।'' उसने बच्चे के ख़ानदान के बारे में बताते हुए ज़ोर से आग में थूक दिया। ''ख़ैर, यह छोटा हरामी एक और रात भी ज़िन्दा रह सकेगा, मैं इस बात पर एक आलू तक की शर्त न लगाऊँ।''

जेसियो कोस्कीविज़ को एक आलू से भी कम परवाह पड़ी थी कि बच्चा जिये या मर जाए। वह स्वभाव से इतना बुरा और कठोर नहीं था पर वह बच्चा उसका नहीं था और खाने के लिए एक और मुँह बढ़ने से उसकी परेशानियाँ ही और बढ़तीं। पर ईश्वर से सवाल करने वाला वह कौन होता था ? उसने बच्चे के ख़याल को दिल से निकाला और गहरी नींद में सो गया।

~

दिन निकलते रहे और बीतते गए, यहाँ तक कि जेसियो कोस्कीविज़ को भी यकीन होने लगा कि बच्चा बच ही जाएगा। अगर उसने शर्त लगा ली होती तो एक आलू उसके हाथ से जाना था। उसके बड़े बेटे, शिकारी फ्रैंक ने बैरन के जंगल से जमा की हुई लकड़ी से बच्चे के लिए छोटा-सा पलंग बना दिया। फ़्लोरेंटीना ने अपनी पुरानी पोशाकों से कपड़े काटे और रंग-बिरंगे टुकड़ों से बच्चे के लिए झबला सिल दिया। अगर उन्हें शब्द का अर्थ पता होता तो वे उसे हार्लीक्विन (मसख़रा) पुकारते। असल में, उसके नाम को लेकर घर में इतना हंगामा हुआ जितना पिछले कई महीनों में किसी बात को लेकर नहीं हुआ था; बस पिता की

ही कोई राय नहीं थी। आख़िर में वे सब 'व्लादेक' नाम पर सहमत हुए।

अगले रविवार, बैरन के बड़े से एस्टेट के गिरजे में, बच्चे का नाम रखा गया—व्लादेक कोस्कीविज़। माँ ने परमात्मा के आगे हाथ जोड़े कि उन्होंने बच्चे की जान बख़्श दी और पिता ने भी यह सोच कर हथियार डाल दिए कि अब उन्हें एक और पेट भरना होगा।

उस शाम, बच्चे का नामकरण समारोह मनाने के लिए छोटी-सी दावत हुई, बैरन के एस्टेट से तोहफ़े में एक बत्तख भेजी गई। जिसे उन सबने जी भर कर खाया।

उसी दिन से फ़्लोरेंटीना ने नौ हिस्से भोजन के करने सीख लिए।

4

एनी केन ने उस रात बड़े आराम से नींद ली। अगले दिन हल्के नाश्ते के बाद, एक नर्स अपनी बाँहों में उसके बेटे विलियम को कमरे में लेकर आई। एनी अपने बेटे को गोद में लिए बिना रह नहीं पा रही थी।

''गुड मार्निंग मिसेज़ केन'' सफ़ेद पोशाक वाली नर्स बोली। ''अब बच्चे को फ़ीड देने का वक़्त हो गया है।''

एनी उठ कर बैठी तो उसे अपनी सूजी हुई छातियों में होने वाले दर्द का अहसास हुआ। नर्स ने दोनों ही नौसिखियों को सिखाया कि बच्चे का पेट कैसे भरना है। एनी को अहसास था कि अगर उसने ज़रा-सी शर्म दिखाई तो समझा जाएगा कि उसमें ममता की कमी है, वह विलियम की नीली आँखें ताकती रही, गहरी नीली आँखें, उसके पिता की आँखों से भी गहरी। वह सुकून से मुस्कुराई। इक्कीस साल की उम्र में उसे और क्या चाहिए था। कैबट्स परिवार में जन्मी, लोवेल ख़ानदान में ब्याही गई और अब वंश बेल को आगे बढ़ाने के लिए एक बेटे को जन्म दिया था, उसकी स्कूल के ज़माने की पुरानी सहेली मिली प्रेस्टन ने कार्ड में ऐसा ही कुछ लिख भेजा था—

और ये पुराना अच्छा बौस्टन है,
बीन और कॉड का घर,
जहाँ लोवेल केवल बात करते हैं कैबट्स से,
और कैबट्स बात करते हैं केवल गॉड से।

एनी ने विलियम से आधा घंटा बातें कीं पर उसे कोई ख़ास जवाब नहीं मिला। फिर नर्स उसे उसी तरह गोद से उठा कर ले गई जैसे चुपचाप ले आई थी। एनी खुद को दोस्तों और शुभचिंतकों की ओर से उपहार में आने वाले फल और कैंडीज़ खाने से रोकने में क़ामयाब रही क्योंकि वह चाहती थी कि गर्मियों का मौसम आने तक वह फिर से अपनी पुरानी पोशाकें पहनने लायक हो सके और फ़ैशन पत्रिकाओं के पन्नों पर फिर से अपनी जगह पा ले। क्या प्रिंस डि गैरोन ने उसे बौस्टन की सुंदरी नहीं कहा था? उसके लंबे सुनहरे बाल, तीखे नैन-नक़्श और छरहरी देह को उन शहरों में भी उत्सुकता से सराहा जाता था जिनमें वह कभी गई तक नहीं थी। एनी ने शीशा देखा और जो दिखा, उसे देखकर खुश हुई : लोग

वाकई यकीन नहीं कर सकेंगे कि वह एक गदबदे बेटे की माँ बन चुकी थी। उसने सोचा, 'शुक्र है कि बेटा ही पैदा हुआ, वह पहली बार समझ पा रही थी कि एनी बोलिन को कैसा महसूस होना चाहिए।'

उसने मिलने के लिए आने वाले लोगों के लिए खुद को तैयार करने से पहले दोपहर का हल्का खाना खाया। वे लोग सारी दोपहर लगातार हाल पूछने आते रहे। शुरुआती दिनों में तो परिवार के लोग या फिर बौस्टन के ख़ास परिवार ही आते रहे; दूसरे लोगों से यही कहा गया कि वह अभी मिलने की हालत में नहीं है। पर बौस्टन अमेरिका के उन शहरों में से था जहाँ हर कोई अपनी जगह अच्छी तरह समझता था इसलिए अनचाहे घुसपैठियों की भी कमी नहीं थी।

उसे जिस कमरे में रखा गया था, अगर उसमें फूल न भरे होते तो पाँच और बेड लगाए जा सकते थे। अगर कोई उस जगह से निकलने वाला उस जगह को छोटा-मोटा हॉर्टीकल्चर शो (बागबानी शो) समझ लेता तो इसमें उसका कोई कुसूर न होता, बस बेड पर बैठी जवान माँ को देखकर असलियत समझ आती थी। एनी ने लाइट जलाई, बौस्टन के लिए यह अब भी एक नई चीज़ ही थी; उसके पति ने प्रतीक्षा की थी कि पहले कैबट्स उसे लगवा लें, जो पूरे बौस्टन के लिए एक संकेत था कि इलैक्ट्रोमैग्नेटिक इंडक्शन को सामाजिक रूप से मंज़ूरी दे दी गई है।

एनी से सबसे पहले उसकी सास मिसेज़ थॉमस लोवेल केन मिलने आईं, वे अपने पति की असमय मृत्यु के बाद से परिवार की मुखिया थीं। गरिमामयी रूप से अधेड़, मिसेज़ केन ने कमरे में, पूरे सुकून से इस तरह प्रवेश करने के सलीके में महारत हासिल की थी कि उसमें बैठे लोग बेचैनी महसूस करने लगें। वे लंबी रेशमी पोशाकें पहनती थीं जिनमें उनके टखने तक दिखाई नहीं देते थे और वह इकलौता शख़्स जिसने उन टखनों को देखा होगा, वह अब इस दुनिया से जा चुका था। वे हमेशा से ही छरहरी थीं। वे अक्सर अपनी राय दोहराती थीं, उनके हिसाब से एक मोटी महिला का मतलब होता है कि वह खराब भोजन और घटिया परवरिश की देन है। अब वे लोवेल ख़ानदान की सबसे बूढ़ी जीवित सदस्य थीं; यदि चाहें तो सबसे बूढ़ा केन सदस्य भी कह सकते हैं। यही वजह थी कि वे अपेक्षा रखती थीं कि हर ख़ास जगह पर वे ही सबसे पहले हों और दूसरे भी उनसे यही अपेक्षा रखते थे। जो भी हो, वही तो थीं जिन्होंने एनी और रिचर्ड की पहली मुलाक़ात करवाई थी।

मिसेज़ केन का प्यार से कोई वास्ता नहीं था। उन्हें तो धन, मान और ओहदे की बोली समझ आती थी। प्यार अपनी जगह ठीक था पर हमेशा बनी रहने वाली चीज़ नहीं था जबकि बाकी तीनों चीज़ें उनके जीवन में सदा बनी रहीं।

उन्होंने अपनी बहू का दुलार से माथा चूमा। एनी ने दीवार पर लगा बटन दबाया और एक आवाज़ सुनाई दी। यह सुन कर मिसेज़ केन हैरत में आ गईं क्योंकि अभी उन्हें यकीन नहीं था कि बिजली से ये काम हो सकते थे। नर्स एनी के बेटे और उनके वारिस को गोद में लेकर हाज़िर हुई। मिसेज़ केन ने मुआयना करने के बाद अपनी मंज़ूरी दी और नर्स को वापिस जाने का इशारा कर दिया।

"बहुत ख़ूब, एनी," वे बोलीं। मानो उनकी बहू ने किसी दौड़ की प्रतियोगिता में इनाम जीत लिया हो। "हम सबको तुम पर नाज़ है।"

एनी की अपनी माँ, मिसेज़ एडवर्ड कैबट कुछ मिनट बाद आईं। मिसेज़ केन और उनकी पोशाक के बीच इतना कम अंतर था कि अगर कोई दूसरा देखे तो उन्हें एक ही महिला समझने की भूल कर बैठे। परंतु मिसेज़ कैबट ने न्याय करते हुए, मिसेज़ केन के मुक़ाबले अपने नवासे में ज़्यादा दिलचस्पी ली। फिर उनका मुआयना फूलों पर आ गया।

"ओह, जैकसन्स ने हमें याद रखा, कितने भले लोग हैं," मिसेज़ कैबट बुदबुदाई, अगर वे लोग न आते तो उन्हें सदमा लग जाता।

मिसेज़ केन ने सरसरी तौर पर नज़र डाली। उनकी आँखें डोनर्स कार्ड तक जाने से पहले कुछ नाज़ुक से फूलों पर जा टिकीं। उन्होंने धीरे-धीरे सारे नाम पढ़े: एडम्सिज़, लॉरेंसिज़, लॉजिस, हिग्गिनसन। उन दोनों ने ऐसे नामों पर ध्यान नहीं दिया जिन्हें वे नहीं जानती थीं; वे दोनों महिलाएँ उस उम्र को पार कर चुकी थीं जिसके बाद वे न तो कुछ नया जानना चाहती थीं और न ही सीखना। वे एक साथ खुशी-खुशी अस्पताल से बाहर निकलीं : वारिस पैदा हो चुका था और पहली नज़र में सब कुछ देखने में ठीक ही लगा। उन्हें लगा कि उनकी ओर से परिवार का यह आख़िरी फ़र्ज़ भी पूरा हो चुका था और अब वे चाहें तो अपनी ज़िन्दगियों को अपनी तरह से जी सकती थीं।

वे दोनों ही ग़लत थीं।

एनी और रिचर्ड के नज़दीकी दोस्त और संबंधी सारी दोपहर उपहारों और शुभकामना संदेशों के साथ आते रहे। सोने और चाँदी के उपहार मिले और शुभकामनाएँ संभ्रांत सामाजिक दायरों में बोली जाने वाली बोली में थीं।

जब तक एनी का पति अपना काम निपटा कर लौटा, एनी बुरी तरह से थक गई थी। रिचर्ड का बर्ताव पहले से कुछ नरम जान पड़ा। उसने ज़िन्दगी में पहली बार, लंच के समय एक गिलास शैंपेन ली थी—पुराने दोस्त कर्बीज़ के कहने पर लेनी पड़ी और सारा सॉमरसेट क्लब आँखें गड़ाए हुए था, वह मना नहीं कर पाया। छह फुट का रिचर्ड अपने लंबे काले फ्रॉक कोट और धारीदार पतलून में फ़ब रहा था। बीच की माँग से बँटे हुए काले बाल, बड़े से बिजली के बल्ब की रोशनी में चमचमा रहे थे। बहुत कम लोग उसकी असली उम्र का अंदाज़ा लगा सकते थे। जवानी कभी उसके लिए इतनी अहम नहीं रही; कई लोगों का तो यहाँ तक कहना था कि वह अधेड़ ही पैदा हुआ था। यह सुन कर उसे फ़िक्र नहीं होती थी : उसके लिए प्रतिष्ठा और धन-सम्पत्ति के आगे कुछ भी मायने नहीं रखता था। एक बार फिर से विलियम लोवेल केन को बुलवा कर उसका मुआयना किया गया, मानो उसके पिता बैंकिंग का दिन पूरा होने पर बैलेंस शीट जाँच रहे हों। सब कुछ देखने में सामान्य लगा। उस लड़के के दो हाथ, दो पैर, दस अँगुलियाँ, पैर की दस अँगुलियाँ वगैरह सब ठिकाने पर थे। रिचर्ड को ऐसा कुछ दिखाई नहीं दिया जो आगे जाकर उसकी शर्मिंदगी की वजह बन सके, उसके बाद विलियम को वापिस भेज दिया गया।

"मैंने कल शाम ही सेंट पॉल के हैडमास्टर को तार भेज दिया था। विलियम को

सितंबर 1918 के लिए रजिस्टर कर लिया गया है,'' उसने अपनी पत्नी को सूचना दी।

एनी ने कुछ नहीं कहा; रिचर्ड ने विलियम के पैदा होने से बहुत पहले ही उसके लिए योजना बनानी चालू कर दी थी।

''ठीक है, प्रिय। उम्मीद करता हूँ कि तुम पूरी तरह से ठीक हो गई हो,'' उसने अस्पताल में तीन दिन बिताने के बाद अपनी पत्नी से कहा।

''हाँ—नहीं। शायद हो गई हूँ,'' उसकी पत्नी ने दबे सुर में कहा। उसने अपनी भावनाओं पर क़ाबू रखा कि कहीं उसके पति को कुछ बुरा न लग जाए। रिचर्ड ने हौले से पत्नी का गाल चूमा और बिना कुछ कहे ही बाहर निकल गया। रॉबर्ट्स उसे लुईसबर्ग में उनके ख़ानदानी घर, रेड हाउस में वापिस ले आया। मौजूदा स्टाफ़ के साथ एक नया शिशु और उसकी आया भी शामिल हो चुके थे, अब नौ लोगों का खाना बना करेगा। रिचर्ड ने इस बारे में दोबारा नहीं सोचा।

~

विलियम लोवेल केन को सेंट पॉल्स के प्रोटेस्टेंट एपिसकोपल कैथेड्रल में चर्च का आशीर्वाद मिला। बौस्टन के सभी ख़ास लोग उपस्थित थे और कुछ ऐसे लोग भी थे जो मायने नहीं रखते थे। यह समारोह बिशप विलियम लॉरेंस ने पूरा करवाया और जे.पी. मॉर्गन व ए.जे. लॉयड नामक जाने-माने बैंकर व एनी की बचपन की दोस्त मिली प्रेस्टन को धर्म माता-पिता के रूप में चुना गया। विलियम के सिर पर पवित्र जल से अभिषेक किया गया और बिशप बुदबुदाए, ''विलियम लोवेल केन।'' बच्चा कुछ नहीं बोला, वह अब भी ज़िन्दगी जीने के लिए सभ्य-सुसंस्कृत बोली सीखने की कोशिश में था। एनी ने ईश्वर का शुक्र अदा किया कि उसका बेटा सही-सलामत पैदा हो गया। रिचर्ड ने अपना सिर झुकाया—वह ईश्वर को उस बाहरी मुनीम से ज़्यादा मान नहीं देता था जिसका काम केन परिवार में हुए जन्म और मृत्यु का हिसाब रखना था। फिर भी उसने सोचा कि उसे और निश्चिंत होने के लिए, एक और बेटा पैदा करना चाहिए—जैसे ब्रिटिश शाही परिवार में भी हुआ है, तब उसके पास एक वारिस और एक अतिरिक्त वारिस होगा। वह अपनी पत्नी को देख कर मुस्कुराया, वह उससे बहुत खुश था।

5

व्लादेक कोस्कीविज़ धीरे-धीरे बड़ा हुआ। उसकी पालने वाली माँ को जल्द ही समझ आ गया कि बच्चे की सेहत हमेशा परेशानी की वजह बनी रहेगी। उसे हर वह बीमारी और तकलीफ़ हुई, जो बच्चों को बढ़ती उम्र में होती है और उनमें से कई बीमारियाँ तो ऐसी भी थीं जो आमतौर पर दूसरे बच्चों को नहीं होतीं। इसके बाद, वह बिना किसी भेदभाव के, परिवार के दूसरे बच्चों को भी वही रोग पहुँचा देता।

हेलेना व्लादेक को अपने बच्चों की तरह प्यार करती थी, और जब कभी जेसियो,

अपने छोटे से घर में उस बच्चे की मौजूदगी के लिए ईश्वर के बजाय शैतान को दोष देने लगता तो वह पूरे जोश से बच्चे के बचाव में खड़ी हो जाती। फ़्लोरेंटीना भी व्लादेक की इसी तरह देख-रेख करती थी मानो वह उसकी अपनी औलाद हो। उसने जब पहली बार उस बच्चे को देखा था, वह तभी से उसे बहुत प्यार करने लगी थी। शायद यह लगाव इस डर से भी उपजा था कि उससे कभी कोई विवाह नहीं करना चाहेगा और जाल में जानवर फँसाने वाले की कंगाल छोकरी कभी माँ नहीं बन सकेगी। व्लादेक अब उसका बच्चा बन गया था।

बड़े भाई फ्रैंक के लिए व्लादेक एक खिलौना था जिसे वह नदी किनारे से उठा कर लाया था। वह इस बात को कभी क़ुबूल न करता कि उसे वह नन्हा-सा दुबला नवजात पसंद था, क्योंकि उसके पिता ने सिखाया था कि बच्चे सँभालना औरतों का काम होता है। किसी भी हाल में अगली जनवरी में उसे स्कूल से निकाल कर बैरन के एस्टेट में काम करने भेजा जाना था। तीन छोटे भाइयों स्टीफ़न, जोसेफ़ और यान ने व्लादेक में बहुत दिलचस्पी नहीं ली और परिवार का बाकी बचा सदस्य, व्लादेक से छह महीने बड़ी सोफ़िया—वह तो उसे बाँहों में भर कर ही खुश थी। हालाँकि हेलेना इस बात के लिए तैयार नहीं थी कि यह बच्चा उसके बच्चों से बहुत अलग दिखने और होने वाला था।

उस बच्चे के शारीरिक और बौद्धिक अंतर किसी से छिपे नहीं थे। कोस्कीविज़ परिवार के बच्चे लंबे और अच्छी गठन के थे और उनके बाल लाल थे। एक फ़्लोरेंटीना को छोड़ कर सबकी आँखें सलेटी रंग की थीं। व्लादेक थोड़ा ठिगना, भारी, काले बालों और गहरी नीली आँखों वाला बच्चा था। कोस्कीविज़ परिवार का पढ़ाई से कोई लेना-देना नहीं था, बच्चे बड़े होते या ज़रूरत पड़ते ही गाँव का स्कूल छोड़ देते। वहीं दूसरी ओर, व्लादेक, हालाँकि उसने देर से घुटनों के बल चलना सीखा, पर वह अठारह महीने की उम्र से ही बोलने लगा, अभी अपने कपड़े खुद नहीं पहन सकता था पर अपने तीसरे जन्मदिन से पहले पढ़ने लगा—और पाँच साल की उम्र तक बिस्तर गीला करना नहीं छोड़ा था, पर सरल वाक्य लिखने लगा था। वह अपने पिता की निराशा और माँ के गर्व का कारण था। इस धरती पर उसके जीवन के पहले चार साल इसलिए भी यादगार रहे क्योंकि वह जाने कितनी बार बीमार हुआ और इस धरती से विदा लेने की पूरी कोशिश की; पर हेलेना और फ़्लोरेंटीना की लगातार कोशिशों की वजह से वह ऐसा करने में क़ामयाब नहीं हो सका। वह लकड़ी से बने मकान में नंगे पैर दौड़ लगाता, अक्सर अपनी मसख़रों की सी पोशाक में अपनी माँ के पीछे डोलता। जब फ़्लोरेंटीना स्कूल से आ जाती तो वह उसके साथ हो लेता और रात को बिस्तर पर सोने से पहले तक उसके साथ ही बना रहता। फ़्लोरेंटीना अक्सर खाना बाँटते हुए, अपने हिस्से का आधा खाना भी व्लादेक को दे देती और अगर वह बीमार होता तो उसे अपना पूरा हिस्सा ही खिला देती। व्लादेक उसके हाथों से बनाए हुए कपड़े पहनता, उसके सिखाए हुए गीत गाता और उसके कुछ खिलौने और तोहफ़े उसके साथ बाँटता।

क्योंकि फ़्लोरेंटीना दिन में अधिकतर समय स्कूल में ही होती इसलिए व्लादेक उसके साथ जाना चाहता था। ज्यों ही उसे जाने की इजाज़त मिली, वह काई से भरे स्नोबर और सरो के पेड़ों से घिरे जंगल के बीच 18 विर्योस्ता (1 कि.मी. से थोड़ा ज़्यादा) मार्ग से

होते हुए, स्लोनिम के छोटे से स्कूल में जाने लगा, वह स्कूल के गेट तक पहुँचने से पहले फ़्लोरेंटीना का हाथ कस कर थामे रखता।

व्लादेक अपने भाइयों की तरह नहीं था, उसे पहली घंटी से ही स्कूल पसंद आने लगा था; उसके लिए यह उस छोटे से घर से बचने का उपाय था जो अब तक उसका पूरा संसार बना हुआ था। स्कूल में ही उसे बड़ी तकलीफ़ के साथ यह बात पता चली कि रूस ने उसकी मातृभूमि को अपने अधीन कर लिया था। उसने सीखा कि उसकी अपनी भाषा पोलिश बस घर में ही बोली जाती थी और स्कूल में बच्चों को रूसी सिखाई जाने लगी थी। उसने महसूस किया कि बच्चे उस दबाई गई भाषा और संस्कृति के लिए बहुत ही गौरव अनुभव करते थे और वह भी वैसा ही गर्व अनुभव करने लगा।

व्लादेक को यह जान कर हैरानी हुई कि स्कूल टीचर मि. कोटोवस्की उसे उस तरह नीचा नहीं दिखाते थे, जैसे घर में अक्सर उसके पिता करते थे। हालाँकि, अपने घर में वह अब भी छोटा ही था पर कुछ ही समय में, स्कूल में अपने सहपाठियों से क़द के अलावा बाकी चीज़ों में आगे हो गया। उसकी छोटी क़द-काठी को देख कर उसके साथ पढ़ने वाले उसकी योग्यता का सही तरह से अंदाज़ नहीं लगा पाते थे : बच्चों को प्रायः यही लगता है कि सबसे बड़ा ही बेहतर होता है। पाँच साल की उम्र तक व्लादेक, अपनी कक्षा में हर विषय में पहले स्थान पर था, बस बढ़ईगिरी में हाथ साफ़ नहीं था।

रात को, लकड़ी के उस छोटे से घर में, जब दूसरे बच्चे, अपने घर में उगे खुशबूदार बैंगनी रंग के फूलों की देख-रेख करते, बेर चुनते, लकड़ी काटते, खरगोशों का शिकार करते या कपड़े सिलते, व्लादेक पढ़ता और सिर्फ़ पढ़ता, वह तब तक पढ़ता रहा जब तक उसने बड़े भाइयों और फिर बहन की न खोली हुई क़िताबें भी न पढ़ डालीं। धीरे-धीरे हेलेना को समझ आने लगा कि जब फ्रैंक तीन खरगोशों के बजाय उस नन्हे जीव को उस रात घर लाया था तो उसने जिसे अपनाया, वह कोई ख़ास ही था। व्लादेक अभी से ऐसे सवाल करने लगा, जिसके जवाब उसके पास नहीं थे। वह जानती थी कि जल्दी ही वह उसका सामना नहीं कर सकेगी और उसे समझ नहीं आ रहा था कि तब क्या करना होगा। परंतु जाने क्यों उसे भाग्य पर पूरा भरोसा था, तो जब यह फ़ैसला उसके हाथों से बाहर हो गया तो उसे हैरानी नहीं हुई।

1911 के पतझड़ के मौसम में, व्लादेक के जीवन में पहला ऐसा मोड़ आया जो वाकई बहुत मायने रखता था। परिवार उसी समय रोज़ाना किये जाने वाले खरगोश के माँस और चुकंदर के सूप का डिनर करके उठा था। जेसियो आग के पास बैठा खर्राटे भर रहा था, हेलेना कुछ सिल रही थी और बाकी बच्चे वहीं खेल रहे थे। व्लादेक माँ के पैरों के पास बैठा कुछ पढ़ रहा था, तभी जब स्टीफ़न और जोसेफ़ ताज़ा पेंट किए हुए काठफ़लों के लिए लड़ रहे थे तो ज़ोर से दरवाज़ा खटखटाने की आवाज़ सुनाई दी। वे सारे एकदम चुप हो गए। कोस्कीविज़ परिवार के लिए ऐसी खटखटाहट आम नहीं थी क्योंकि आमतौर पर उस छोटे से घर में कोई मेहमान नहीं आता था।

सारा परिवार चिंता भरी नज़रों से दरवाज़े को ताक रहा था। मानो अभी कुछ हुआ ही

नहीं था और वे दूसरी खटखट के इंतज़ार में थे। वही हुआ, इस बार यह आवाज़ पहले से भी तेज़ थी। जेसियो उनींदा सा अपनी कुर्सी से उठा और सावधानी से दरवाज़ा खोला। जब उन्होंने देखा कि बाहर कौन खड़ा था तो एक व्लादेक को छोड़ कर बाकी सभी उछल कर खड़े हुए और सिर झुका लिया। व्लादेक चौड़े कंधों वाले, सुंदर और शाही अंदाज़ में भालू की खाल से बने भारी कोट पहने हुए शख़्स को ताक रहा था जिसे देख कर उसके पिता की आँखों में खौफ़ उभर आया था। परंतु मेहमान की अपनेपन से भरी मुस्कान ने सबको सहज कर दिया और जेसियो एक ओर हट गया ताकि बैरन रोसनोवस्की घर में आ सकें। कोई कुछ नहीं बोला। बैरन इससे पहले उस घर में कभी नहीं आए थे इसलिए कोई नहीं जानता था कि अब उन्हें उसके बाद क्या करना था।

व्लादेक ने अपनी क़िताब नीचे रखी, उठा और उस अजनबी के पास पहुँच गया। इससे पहले कि उसके पिता रोकते, उसने अपना हाथ आगे कर दिया।

''गुड ईवनिंग, सर।''

बैरन ने उससे हाथ मिलाया और वे एक-दूसरे की आँखों में झाँकते रहे। जब बैरन ने व्लादेक का हाथ छोड़ा तो उसकी नज़रें उनकी कलाई में पहने हुए एक बैंड पर अटक गईं, उस पर कुछ लिखा था जिसे वह समझ नहीं सका।

''तुम व्लादेक ही हो न?''

''जी, सर,'' बच्चे ने हैरानी से कहा, बैरन को उसका नाम कैसे पता था।

''मैं तुम्हारे पिता से तुम्हारे बारे में ही बात करने आया था,'' बैरन ने कहा।

जेसियो ने हाथ से इशारा किया कि उसे उसके मालिक के साथ अकेला छोड़ दिया जाए। दो बच्चों ने झुक कर सलाम किया, चार केवल झुके और फिर वे छह बच्चे बाहर निकल गए। व्लादेक वहीं खड़ा रहा क्योंकि उसे किसी ने बच्चों के साथ जाने को नहीं कहा था।

''कोस्कीविज़,'' बैरन ने खड़े-खड़े ही बात शुरू की। किसी ने भी उन्हें अब तक बैठने के लिए कुर्सी नहीं दी थी। पहला, वे लोग डरे हुए थे और दूसरा उन्हें लग रहा था कि उन्हें फटकार पड़ने वाली है। ''मैं तुमसे कुछ माँगने आया हूँ।''

''कुछ भी सर, कुछ भी, जो आप चाहें,'' पिता ने कहा। पिता ने कहने के बाद सोचना चालू किया कि उसके पास ऐसा क्या होगा जो बैरन के पास पहले से सैंकड़ों गुना नहीं होगा।

बैरन ने अपनी बात जारी रखी, ''मेरा बेटा, लिओन, अब छह साल का हो गया है और पोलैंड व जर्मनी से आए दो अध्यापक उसे महल में ही पढ़ाते हैं। उनका कहना है कि बच्चा होनहार है पर उसके साथ मुक़ाबले के लिए कोई नहीं है। गाँव के स्कूल में मि. कोटोवस्की से पता चला कि व्लादेक ही इकलौता ऐसा बच्चा है जो मेरे बेटे के साथ प्रतियोगिता कर सकता है। मैं तुमसे पूछने आया हूँ कि क्या तुम अपने बेटे को इजाज़त

दोगे कि वह गाँव का स्कूल छोड़कर, महल में लिओन और उसके अध्यापकों के साथ रहे और वहीं पढ़े?"

व्लादेक की आँखों के आगे क़िताबों और मि. कोटोवस्की से कहीं समझदार अध्यापकों का अद्भुत नज़ारा उभर आया। उसने अपनी माँ की ओर देखा। वह बैरन को ताक रही थी, उसके चेहरे पर विस्मय और दुख एक साथ झलक रहा था। उसके पिता माँ की ओर मुड़े और उनके बीच मौन संप्रेषण का वह पल, बच्चे को अनंत लगने लगा।

शिकारी पिता बैरन के पैरों में अशिष्टता से गिर गया। "सर, हम तो धन्य हो गए।"

बैरन ने अपना ध्यान हेलेना की ओर लगाया।

वह हौले से बोली, "ब्लेस्ड वर्जिन ने कहा है कि हमें बच्चों की राह में कभी नहीं आना चाहिए। हालाँकि बस वही जानती हैं कि मैं इसे कितना याद करूँगी।"

"मैडम कोस्कीविज़, आप पूरी तरह से निश्चित रहें, आपका बेटा जब भी चाहे, वापिस आ सकता है।"

"जी सर, उम्मीद करती हूँ कि वह ऐसा ज़रूर करेगा," वह अपनी ओर से कुछ कहना चाहती थी पर चुप लगा गई।

बैरन मुस्कुराए, "ठीक, यही तय हुआ। मेहरबानी करके, कल सुबह इसे महल में सात बजे तक ले आना। स्कूल के दिनों में वह हमारे साथ रहेगा और फिर क्रिसमस की छुट्टियों में घर आ सकता है।"

व्लादेक के आँसू बहने लगे।

"चुप हो जाओ लड़के," पिता ने कहा।

"मैं आपको छोड़ कर नहीं जाऊँगा," व्लादेक ने माँ की ओर चेहरा घुमाया हालाँकि वह सच में जाना चाहता था।

"चुप हो जाओ लड़के," पिता ने इस बार थोड़ा और ज़ोर से कहा।

"क्यों नहीं जाना चाहते?" बैरन ने पूछा, उनके सुर में करुणा झलक रही थी।

"मैं फ़्लोरिका को नहीं छोड़ूँगा—कभी नहीं।"

"फ़्लोरिका कौन है?" बैरन ने पूछा।

"मेरी बड़ी बेटी है, सर" पिता ने कहा। "सर, आप उसकी चिंता न करें। लड़का वही करेगा जो हम कहेंगे।"

कोई कुछ नहीं बोला। बैरन कुछ देर चुप रहे और व्लादेक ने आँसू बहाना जारी रखा। "लड़की कितनी बड़ी है," उन्होंने पूछा।

"चौदह साल की है," पिता ने कहा।

"क्या वह हमारी रसोई में काम कर सकती है?" बैरन ने पूछा। उन्हें यह जान कर

अच्छा लगा कि हेलेना कोस्कीविज़ का चेहरा देखकर नहीं लग रहा था कि वह भी भावुक होकर रोने लगेगी।

"जी, हाँ, बैरन," वह बोली। "मेरी बेटी खाना पका सकती है, सिलाई कर सकती है, वह...।"

"ठीक है, ठीक है। तब वह भी साथ आ सकती है। मैं कल सुबह इन दोनों का सात बजे इंतज़ार करूँगा।"

बैरन दरवाज़े की ओर बढ़े और फिर मुड़ कर, लड़के को देख कर मुस्कुराए। इस बार व्लादेक भी उन्हें देख कर मुस्कुराया। उसने अपनी पहली सौदेबाज़ी सफलता से पूरी की और बैरन के जाते ही माँ ने व्लादेक को अपने गले से लगा लिया। वह उसे गले से लगा ले। उसने माँ को फुसफुसाते सुना, "आह, मातका का नन्हा दुलारा, अब देखना तू क्या बन जाएगा?"

व्लादेक भी यही पता लगाने को बेताब था।

~

हेलेना ने उस रात सोने से पहले फ़्लोरेंटीना और व्लादेक का सामान तैयार कर दिया, हालाँकि पूरे परिवार का भी सामान बाँधना होता तो कोई ख़ास समय नहीं लगना था। अगले दिन सुबह छह बजे, पूरा परिवार दरवाज़े के पास खड़ा, उन्हें महल की ओर जाते हुए देख रहा था। उन दोनों ने अपनी बगलों में कागज़ के बड़े लिफ़ाफ़े सहेज रखे थे। लंबी और सुंदर फ़्लोरेंटीना मुड़-मुड़ कर उन्हें देखती रही, वह रोते हुए हाथ हिला रही थी; पर नाटे और बेडौल व्लादेक ने एक बार भी मुड़ कर नहीं देखा। फ़्लोरेंटीना ने सारे रास्ते उसका हाथ कस कर पकड़े रखा। उनकी भूमिकाएँ बदल चुकी थीं: उस दिन से, अब वह व्लादेक पर निर्भर होगी।

उन्होंने शाहबलूत से बने हरे रंग के दरवाज़े पर हौले से खटखट की तो अंदर से एक सम्भ्रांत दिखने वाले सहायक ने दरवाज़ा खोला। उसने हरे रंग की कढ़ाई की कारीगरी से सजा सूट पहना हुआ था जिसके सुनहरे बटन चमचमा रहे थे। वे दोनों अक्सर, निकट स्थित रूसी-पोलिश सीमा पर तैनात सिपाहियों की वर्दी को सराहते थे पर उन्होंने ऐसी वर्दी पहले कभी नहीं देखी थी जो उनके सामने, उस लंबे व्यक्ति की देह पर पूरी भव्यता और शान से दिखाई दे रही थी। उन्हें लगा कि वह ज़रूर कोई खास शख़्सियत रहा होगा। पूरे हॉल में एक मोटा कालीन बिछा था और व्लादेक उसके हरे और लाल रंग के नमूनों की सुंदरता देख दंग रह गया, वह सोचने लगा कि क्या उसे अपने जूते उतारने चाहिए। उसे यह देख कर भी हैरत हुई कि जब वह उस पर चल रहा था तो उसके पैरों से कोई आहट नहीं हो रही थी।

वह आलीशान वर्दी वाला आदमी उन्हें पश्चिमी हिस्से में बने शयनकक्षों में ले गया। अलग-अलग कमरे, वे लोग कैसे सो सकेंगे? कम-से-कम दोनों कमरों के बीच एक दरवाज़ा था, इसलिए उन्हें कभी दूर नहीं रहना पड़ा। कई बार तो ऐसा भी हुआ कि वे दोनों एक ही पलंग पर सो जाते।

जब उन्होंने सामान जमा लिया तो फ़्लोरेंटीना को रसोई में ले जाया गया और व्लादेक को महल के दक्षिणी हिस्से में बने खेलने के कमरे में ले जाया गया, वहीं उसे बैरन के बेटे से मिलवाया गया। लिओन रोसनोवस्की अपनी उम्र के लिहाज़ से लंबा था, सुंदर-सा दिखने वाला लड़का इतना प्यारा और दिल खोल कर मिलने वाला था कि उससे मिलने के कुछ क्षण बाद ही व्लादेक का झगड़ालू रवैया कहीं गायब हो गया। व्लादेक ने तुरंत ही जान लिया कि लिओन बिलकुल अकेला था और उसके साथ उसकी आया के सिवा खेलने के लिए कोई नहीं था। लिथुआनिया की वह महिला ही, लिओन की माँ की असमय मृत्यु के बाद से, उसकी हर ज़रूरत का ध्यान रखती आई थी, उसने ही लिओन को दूध पिलाया था। जंगल से लाए गए व्लादेक ने लिओन के साथ दोस्ती निभाने का वादा किया। और कम-से-कम एक मामले में तो वे एक जैसे ही थे।

लिओन ने व्लादेक से कहा कि वह उसे सारा महल घुमा कर लाएगा—जिसका हर कमरा, व्लादेक के पूरे घर से कहीं बड़ा था। वह रोमांच पूरी सुबह जारी रहा और व्लादेक महल की विशालता, भव्यता, आलीशान फ़र्नीचर और कपड़े देख कर दंग रह गया—वैसे गदबदे से कालीन हर कमरे में बिछे हुए थे। व्लादेक ने स्वीकारा कि वह वाकई यह सब देख कर प्रभावित था। लिओन ने बताया कि इमारत का प्रमुख हिस्सा गोथिक शैली में है, मानो व्लादेक को तो पता ही होगा कि गोथिक होता क्या है। उसने सिर हिला दिया। लिओन अपने नए दोस्त को पत्थरों की सीढ़ियों से होते हुए विशाल तहखाने में ले गया, धूल और मकड़ी के जालों के बीच एक के बाद एक शेल्फ़ पर शराब की बोतलें धरी थीं। परंतु व्लादेक को बड़ा-सा डाइनिंग कक्ष बेहद भाया, खंभों वाले मेहराब, पत्थर की सिलों से बने फ़र्श और इतना बड़ा मेज़ जो उसने ज़िन्दगी में कभी नहीं देखा था। वह दीवारों पर टँगे भूसा भरे हुए जानवरों के सिर देखने लगा। लिओन ने उसे बताया कि वे जंगली भैंसे, भालू, बिजोन, बारहसिंघा और दूसरे जंगली जानवर उसके पिता ने पिछले बरसों के दौरान मारे थे। अलाव के पास ही बैरन का राज्य-चिन्ह टँगा हुआ था। रोसनोवस्की परिवार का सूत्र वाक्य था—भाग्य वीर का साथ देता है।

बारह बजे के लगभग घंटे की आवाज़ सुनाई दी और वर्दीधारी नौकर खाने की मेज़ सजाने लगे। व्लादेक ने बहुत थोड़ा खाया क्योंकि उसका पूरा ध्यान इसी ओर लगा हुआ था कि लिओन चाँदी के उन काँटे-छुरियों की मदद से कौन-सी चीज़ कैसे खा रहा था। लंच के बाद वह अपने दो अध्यापकों से मिला, जिन्होंने वैसा स्वागत नहीं किया जैसे लिओन ने किया था। उस शाम, वह ऐसे बड़े पलंग पर चढ़ा जैसा उसने ज़िन्दगी में कभी नहीं देखा था और फिर उसने फ़्लोरेंटीना को अपने रोमांच सुनाए। फ़्लोरेंटीना की हैरान नज़रें लगातार व्लादेक के चेहरे पर जमी रहीं, ख़ासतौर पर जब उसने मेज़ पर रखे काँटे और छुरियों के बारे में सुना।

अगली सुबह ठीक सात बजे पढ़ाई चालू हो गई, अभी नाश्ता भी नहीं हुआ था। उसके बाद सारा दिन पढ़ाई हुई। बीच-बीच में खाने के लिए छुट्टी मिलती थी। शुरुआत में, बेशक़ लिओन अपने नए सहपाठी से आगे था परंतु व्लादेक अपनी क़िताबों से जूझता रहा और

कुछ सप्ताह में यह अंतर कम होने लगा। दोनों लड़कों की दोस्ती और दुश्मनी एक साथ गहरी होने लगी। अध्यापकों के लिए अपने दोनों छात्रों से पार पाना कठिन हो रहा था—एक बैरन का बेटा था और दूसरा जाने किसकी नाजायज़ संतान था—उन्हें उनके साथ एकसमान रूप से पेश आना था, हालाँकि उन्होंने इस बात के लिए बैरन को बेमन से ही हामी भरी थी कि उनकी ओर से व्लादेक का चुनाव अच्छा रहा। उनके बर्ताव से व्लादेक को कोई परेशानी नहीं हुई क्योंकि और चाहे जो हो, लिओन उससे हमेशा बराबरी से ही पेश आता रहा।

बैरन को बताया गया कि दोनों लड़के तरक्की पर हैं और वे जान कर खुश हुए, व्लादेक को समय-समय पर इनाम में कपड़े और खिलौने दिए जाने लगे। व्लादेक शुरुआत में बैरन के लिए दूर-दूर से ही प्रशंसा का भाव रखता था पर जल्द ही उनका सम्मान करने लगा।

जब क्रिसमस आया तो व्लादेक को पहली बार अपने जंगल वाले छोटे से घर में वापिस जाना पड़ा, तब उसे लिओन को छोड़ कर जाने में बहुत दुख हुआ। हालाँकि उसे माँ को देख कर खुशी हुई पर बैरन के महल में बीते तीन महीनों ने ही उसे कहीं रोचक दुनिया के दर्शन करवा दिए थे। वह उस छोटे से घर का मालिक बनने के बजाय, महल में नौकर बनना कहीं बेहतर समझता।

छुट्टियाँ आगे बढ़ने लगीं। व्लादेक उस एक कमरे वाले छोटे से घर में घुटन सी महसूस करने लगा जिसमें हमेशा भीड़ होने का अहसास रहता। प्लेटों में बहुत कम मात्रा में भोजन परोसा जाता जिसे हाथों से खाना पड़ता था : महल में कोई भी भोजन के नौ हिस्से नहीं करता था। कुछ ही दिन में व्लादेक वापिस जाने को तरसने लगा, वह लिओन और बैरन के पास जाना चाहता था। वह हर रोज़ 6 विर्योस्ता पैदल चल कर महल तक जाता और एस्टेट के आस-पास की उन ऊँची दीवारों को ताकता, जिनमें बिना इजाज़त अंदर नहीं जा सकते थे। फ़्लोरेंटीना की ज़िन्दगी महल की रसोई के नौकर-चाकरों के बीच ही बीती थी इसलिए उसे अपने घर की सादी जीवनशैली को अपनाने में दिक्कत नहीं हुई और वह समझ नहीं सकी कि अब वह छोटा-सा घर कभी व्लादेक का घर नहीं बन सकेगा।

जेसियो को समझ नहीं आ रहा था कि छह साल के उस बच्चे से कैसे पेश आना है जो अब बहुत अच्छी पोशाक पहनता था, सलीके से बातें करता और ऐसे विषयों पर बात करता, जिनके बारे में उसके पिता ने अभी समझना भी चालू नहीं किया था और न ही वह समझना चाहता था। और इससे भी बदतर, व्लादेक सारा दिन कुछ नहीं करता था, वह पूरा दिन पढ़ने में बरबाद कर देता। शिकारी यही सोचता रहता कि उस लड़के का आगे जाकर होगा क्या! अगर वह कुल्हाड़ी तक नहीं घुमा सकता या खरगोश तक नहीं पकड़ सकता तो वह ईमानदारी से पेट भरने के बारे में सोच भी कैसे सकता था? उसने भी यही प्रार्थना की कि छुट्टियाँ जल्द ही बीत जाएँ।

हेलेना को व्लादेक पर फ़ख्र था और पहले तो उसने यही मानने से इनकार कर दिया कि व्लादेक और बाकी बच्चों के बीच एक गहरी खाई आ चुकी थी। पर जल्द ही यह साफ़ दिखाई देने लगा। एक दिन स्टीफ़न और फ्रैंक सिपाही-सिपाही खेलते हुए, दोनों पक्षों

के सेनापति बने हुए थे, उन्होंने व्लादेक को अपने साथ शामिल करने से मना कर दिया।

"मुझे ही हमेशा क्यों छोड़ देते हैं?" व्लादेक रोने लगा। "मुझे भी इनके साथ लड़ाई-लड़ाई खेलना है।"

"क्योंकि तुम हममें से एक नहीं हो।" स्टीफ़न ने ऐलान कर दिया। "और किसी भी तरह से, तुम हमारे सगे भाई भी नहीं हो।"

फ्रैंक के कुछ और कहने से पहले, बहुत देर तक सन्नाटा छाया रहा, फिर वह बोला, "पिता कभी नहीं चाहते थे कि तुम इस घर में रहो, बस मातका की ज़िद थी कि तुम्हें इस घर में रखा जाए।"

व्लादेक ने उन बच्चों के घेरे में फ़्लोरेंटीना को खोजा। "स्टीफ़न क्या कहना चाहता है, क्या मैं तुम्हारा भाई नहीं हूँ?" उसने पूछा।

इस तरह व्लादेक को अपने जन्म के बारे में पता चला और यह भी समझ आ गया कि वह हमेशा ख़ुद को अपने भाई-बहनों से अलग क्यों महसूस करता था। उसे यह जान कर मन-ही-मन अच्छा भी लगा कि वह उस जाल में जानवर फँसाने वाले शिकारी की औलाद नहीं था, वह किसी और अनजान पिता का पुत्र था। इस संभावना के साथ ही उसके मन में भाव आया कि अब वह ज़िन्दगी में कुछ भी कर सकता है।

जब एक बार उदासी से भरी छुट्टियों का अंत हुआ, तो व्लादेक अगली सुबह निकलते ही महल में वापिस लौट गया, फ़्लोरेंटीना बेमन से कुछ कदम पीछे-पीछे चली। लिओन ने दिल खोल कर उनका स्वागत किया; वह भी अपने पिता की दौलत की वजह से अकेला था जिस तरह व्लादेक अपने शिकारी पिता की गरीबी की वजह से अकेला छूटा हुआ था, उसके लिए भी क्रिसमस को मनाने जैसी कोई वजह नहीं थी। उसी पल से वे दोनों लड़के इतने पक्के दोस्त हो गए जिन्हें कोई अलग नहीं कर सकता था।

जब गर्मी की छुट्टियाँ हुईं, तो लिओन ने पिता से आग्रह किया कि व्लादेक को महल में ही रहने दें। बैरन ने हामी भर दी क्योंकि वे भी शिकारी के बेटे को चाहने लगे थे। व्लादेक की ख़ुशी की सीमा न रही। वह अपने लकड़ी से बने मकान में, अपने जीवन में केवल एक बार ही दोबारा लौटा।

6

विलियम केन तेज़ी से बड़ा होने लगा। उससे मिलने वाले सभी लोगों का यही मानना था कि वह बहुत प्यारा बच्चा है; उसकी ज़िन्दगी के शुरुआती दौर में ऐसा कहने वाले रिश्तेदार या फिर उस पर जान लुटाने वाले नौकर ही थे।

केन के लुइसबर्ग स्क्वायर में अठारहवीं सदी में बने घर की सबसे ऊपरी मंज़िल को नर्सरी क्वार्टर्स से बदल दिया गया था। उनमें खिलौने ही खिलौने भरे हुए थे। वहीं नई नर्स के लिए सोने के कमरे और बैठक का इंतज़ाम भी किया गया। रिचर्ड केन से नर्सरी की

दूरी इतनी ज़्यादा थी कि उसे कभी बच्चे के दाँत निकलने, गीले डायपर्स और ज़्यादा खाने की ज़िद पर रोने की अनुशासनहीन आवाज़ों जैसी परेशानियों का सामना नहीं करना पड़ा। पहली मुस्कान, पहला दाँत, पहला कदम और पहला शब्द; विलियम की माँ ने फ़ैमिली बुक में ये सब तरीके से दर्ज किया। इसके साथ ही बच्चे की लंबाई और वज़न भी लिखे जाते रहे। एनी को यह देख कर हैरानी हुई कि वह बीकन हिल पर अब तक जितने भी बच्चों के संपर्क में आई, उसके बच्चे की क़द-काठी उनसे थोड़ी ही अलग थी।

इंग्लैण्ड से आई नर्स ने बच्चे को इस तरह पाला था कि उसे देख कर किसी प्रशियन घुड़सवार सेना के अधिकारी का मन भी बाग-बाग हो जाता। विलियम के पिता रोज़ शाम छह बजे उससे मिलने आते। रिचर्ड ने अपने बेटे से तोतली बोली में बात करने से इनकार कर दिया था, इसलिए वह बच्चे से कोई बात नहीं कर पाता था; वे दोनों बस एक-दूसरे को ताकते रह जाते। कई बार विलियम पिता की तर्जनी थाम लेता, वही अँगुली जिससे बैलेंस शीट जाँची जाती थीं और रिचर्ड मुस्कुराकर उसे ऐसा करने की इजाज़त दे देता।

पहले साल के आख़िर तक आते-आते विलियम की दिनचर्या में थोड़ा बदलाव आया और अब उसे पिता से मिलवाने के लिए नीचे लाया जाने लगा। रिचर्ड अपनी ऊँची पीठ वाली मैरून चमड़े की कुर्सी पर बैठा, अपने बेटे को फ़र्नीचर के बीच घुटनों के बल चलते देखता, जिस जगह से कोई उम्मीद नहीं होती थी, वह ऐसे कोनों से अचानक सामने आ जाता, यह देखने के बाद रिचर्ड ने नतीजा निकाला कि बेशक उसका बेटा बड़ा होकर राजनेता बनेगा।

विलियम ने अपने पिता के लंबे कोट का कोना पकड़ कर तेरहवें महीने में अपना पहला कदम रखा। उसके मुख से पहला शब्द निकला, 'दादा', यह सुन कर सबकी खुशी की सीमा न रही। समय-समय पर मुआयना करने आने वाली दादी माँ केन और नानी माँ कैबट भी खुश थीं। उन्होंने विलियम को प्रैम में बिठा कर पूरे बौस्टन में तो नहीं घुमाया पर अपनी वीरवार दोपहर की सैरों के दौरान, नर्स के साथ निकलतीं और ऐसे नवजातों की नर्सों को घूरतीं जिनके बच्चे कम अनुशासित दिनचर्या में दिखाई देते। जहाँ दूसरे बच्चे पब्लिक पार्कों में बत्तखों को दाना खिलाते, विलियम, मि. जैक गार्डनर के आलीशान महल में बनी झील में हंसों को लुभाने में क़ामयाब रहा।

दो साल बीतने के बाद, घर की बूढ़ी औरतों को लगने लगा कि अब घर में एक और बच्चा लाने यानी विलियम का भाई-बहन लाने का समय हो गया है। एनी ने गर्भवती होकर उनके मन की बात पूरी की पर चार महीने बाद ही उसकी तबीयत खराब रहने लगी। जब सोलह सप्ताह बाद ही एनी का गर्भपात हो गया तो डॉ. मैकेंज़ी ने अपने नोट्स में उसकी हालत के बारे में लिखा, 'प्री-इक्लेंपसिया' फिर उसे समझाया, ''मिसेज़ केन, आपकी तबीयत इसलिए खराब है क्योंकि आपका ब्लड प्रेशर बहुत ज़्यादा हो गया है और हो सकता था कि आने वाले महीनों में इससे भी ज़्यादा हो जाता। डॉक्टरों को अब भी इसके लिए कोई इलाज नहीं मिल पाया है, असल में हम इस रोग के बारे में बहुत कम जानकारी रखते हैं, बस इतना पता है कि यह एक खतरनाक अवस्था है और गर्भवती महिला के लिए तो

और भी ख़तरनाक हो सकती है।''

एनी ने भविष्य में और बच्चा पैदा करने से जुड़ी इस मनाही को सुनते हुए किसी तरह अपने पर क़ाबू पाया।

उसने मन की झूठी तसल्ली के लिए डॉक्टर से पूछा, ''अगर मैं दोबारा माँ बनना चाहूँ तो मेरे साथ दोबारा तो यह सब नहीं होगा न?''

''मिसेज़ केन, सच कहूँ, अगर ऐसा न हुआ तो मुझे हैरानी होगी। ऐसा कहने के लिए माफ़ी चाहूँगा पर मेरी ओर से आपके लिए यही सलाह है कि अब आप दोबारा माँ बनने के बारे में न सोचें।''

''पर अगर कुछ महीने तबीयत खराब भी रहे तो मैं सँभाल सकती हूँ...।''

''मिसेज़ केन, मैं उन नौ महीनों के दौरान खराब तबीयत की ही बात नहीं कर रहा। मैं आपसे कह रहा हूँ कि आप जानबूझकर अपनी जान के लिए ख़तरा मोल न लें। यह आपके लिए जानलेवा हो सकता है।''

यह ख़बर एनी और रिचर्ड के लिए भारी झटका था, जिन्होंने यह सोच लिया था कि उनका अच्छा-ख़ासा बड़ा परिवार होगा ताकि केन ख़ानदान का नाम हमेशा बना रहे। अब यह ज़िम्मेदारी विलियम के कंधों पर आ चुकी थी।

~

रिचर्ड को छह वर्ष तक बोर्ड में रहने के बाद, केन एण्ड कैबट बैंक एंड ट्रस्ट कंपनी का प्रेज़ीडेंट बना दिया गया। वह बैंक स्टेट स्ट्रीट के एक कोने पर एकछत्र राज करता था। वह वास्तुशिल्प और आर्थिक दृढ़ता का गढ़ था जिसकी शाखाएँ न्यूयॉर्क, लंदन और सैन फ्रांसिस्को में भी थीं। जिस दिन विलियम का जन्म हुआ, उस दिन सैन फ्रांसिस्को शाखा ने रिचर्ड के लिए मुसीबत खड़ी कर दी थी, यह शाखा क्रॉकर नेशनल बैंक, वेल्स फार्गो और कैलीफ़ोर्निया बैंक के साथ ज़मीन पर आ पड़ी, ऐसा वित्तीय रूप से नहीं बल्कि सच में, 1906 में आए उस भूकंप की वजह से हुआ था। रिचर्ड स्वभाव से ही सँभल कर चलने वालों में से था, उसने लंदन के लॉयड्स से बैंक का बीमा करवाया हुआ था। बीमा कंपनी ने भलमनसाहत से पूरा भुगतान करते हुए, रिचर्ड को एक पाई का भी नुकसान नहीं होने दिया। हालाँकि रिचर्ड को पूरा एक साल काफ़ी परेशानी में काटना पड़ा, जब वह बौस्टन और सैन फ्रांसिस्को के बीच चार दिन की रेल यात्रा करते हुए बार-बार निर्माण कार्य का मुआयना करने जाता रहा। उसने अक्टूबर 1907 में, यूनियन स्क्वेयर में नया ऑफ़िस खोला और उसी समय उसका ध्यान ईस्टर्न सीबोर्ड में सामने आने वाली समस्याओं की ओर आकर्षित हो गया। न्यूयॉर्क के बैंकों में थोड़ी दिक्कत चल रही थी : कई छोटे बैंक अनपेक्षित रूप से बड़ी वापसियों को सँभाल नहीं सके और कुछ जगह तो उन्हें अपना काम ही बंद करना पड़ा। इसी संकट के दौरान जे.पी. मॉर्गन, अपने ही नाम की संस्था के जाने-माने चेयरमैन, ने रिचर्ड को मिल कर काम करने का प्रस्ताव भेजा। रिचर्ड ने हामी भर दी। यह साहसी कदम क़ारगर रहा और जीवन फिर से सामान्य होने लगा पर इससे पहले रिचर्ड को अपनी

कई रातों की नींद हराम करनी पड़ी।

वहीं दूसरी ओर, विलियम भूकंप से हुई तबाही या बैंकों के बंद होने की ख़बरों से परे चैन से सोता रहा; उसे हंसों को दाना खिलाना था, मिल्टन, ब्रुकलिन और बेवर्ले के दौरे करने थे ताकि उसे स्नेही रिश्तेदारों के बीच दिखाया जा सके।

~

आने वाले वर्ष के अक्टूबर माह में, रिचर्ड केन ने हेनरी फ़ोर्ड नामक व्यक्ति में सावधानीपूर्वक निवेश के बल पर एक नया खिलौना प्राप्त किया, जिनका दावा था कि वे लोगों के लिए मोटर कार का निर्माण कर सकते थे। मि. फ़ोर्ड ने बैंक से लंच के दौरान बातचीत की और उन्होंने रिचर्ड को 825 डॉलर की धनराशि के साथ टी मॉडल की खरीद के लिए मना लिया। फ़ोर्ड ने रिचर्ड को यकीन दिलाया कि अगर बैंक का साथ मिल जाता तो यह लागत 350 डॉलर तक आ सकती थी और जब सभी कार खरीदने वालों को इतना मुनाफ़ा होगा तो निश्चित तौर पर लोग कारें खरीदना चाहेंगे। रिचर्ड ने फ़ोर्ड को पूरा सहारा दिया : ऐसा पहली बार हुआ था कि उसने अपना पैसा किसी ऐसे इंसान पर लगाया जिसे उम्मीद थी कि उसके उत्पाद की लागत आधे पर आ सकती है।

पहले रिचर्ड को मोटर कार के लिए कुछ आशंकाएँ थीं, हालाँकि वह दिखने में काले रंग की सुंदर गाड़ी थी पर उसे संदेह था कि यह एक बड़े बैंक के प्रेज़ीडेंट और चेयरमैन के लिए यातायात का गंभीर साधन नहीं हो सकती थी, परंतु जब मशीन ने सड़क पर निकलते ही फुटपाथ पर चल रहे लोगों का ध्यान अपनी ओर खींचना चालू किया तो उसके सारे संदेह मिट गए। एक घंटे में दस मील के साथ, यह घोड़े से ज़्यादा शोर मचाती थी, पर इसकी ख़ूबी यह थी कि यह माउंट वर्नोन स्ट्रीट के बीच किसी तरह का गंद नहीं डालती थी। मि. फ़ोर्ड से उसका झगड़ा केवल एक ही बात पर था, वे उसकी सलाह नहीं मान रहे थे कि मॉडल टी को कई तरह के रंगों में बनाया जाना चाहिए। फ़ोर्ड का कहना था कि हर कार को काले रंग में होना चाहिए ताकि लागत को कम-से-कम रखा जा सके। एनी सामाजिक क़ायदों के मामले में अपने पति की तुलना में अधिक संवेदनशील थी, उसने बैक सीट पर यात्रा करने से तब तक मना कर दिया, जब तक कैबट्स भी कार नहीं ले लेते।

हालाँकि विलियम को यह ऑटोमोबाइल पसंद आया, जैसा कि प्रेस ने इसे नाम दिया था और उसने उसी समय यह मान लिया कि पुराने मॉडल की सादी प्रैम के बदले में यह कार खरीदी गई थी। विलियम को अपनी नर्स की तुलना में, चश्मे और टोपी वाला ड्राइवर ज़्यादा पसंद आया। नानी और दादी माँ का कहना था कि वे कभी उस नारकीय पिंजरे में यात्रा नहीं करेंगी और न ही उन्होंने ऐसा किया, हालाँकि कई साल बाद, जब दादी केन को अंतिम संस्कार के लिए ले जाया गया तो वे मोटर-कार में ही थीं, पर उन्हें इसकी बाबत पता नहीं था।

~

आने वाले दो वर्षों के अंदर, बैंक का आकार और मज़बूती दोनों ही बढ़े और इनके साथ ही विलियम बड़ा होने लगा।

अमेरिकावासी एक बार फिर से विस्तार के लिए निवेश कर रहे थे और केन एण्ड कैबट के लिए पैसे की कमी नहीं रही थी। लोवेल, मैसाचुसेट्स में लोवेल लैदर फ़ैक्ट्री में विस्तार के लिए पैसे का पुनः निवेश किया गया। रिचर्ड अपने बैंक और बेटे के विकास और प्रगति को बड़ी तसल्ली से देखता।

विलियम के पाँचवें जन्मदिन पर, उसने बच्चे को उसकी आया के हाथों से निकाल कर, मि. मुनरो को सौंप दिया जिन्हें 450 डॉलर की सालाना रक़म पर बच्चे का निजी अध्यापक नियुक्त किया गया। रिचर्ड ने आठ प्रत्याशियों की सूची में से व्यक्तिगत रूप से मुनरो को चुना जिन्हें उसके निजी सचिव ने चुना था। वह केवल इस विषय में निश्चिंत होना चाहता था कि जब विलियम बारह साल का हो तो वह इस लायक हो कि उसे सेंट पॉल्स में दाख़िला मिल जाए। विलियम को अपने वह अध्यापक बहुत ही बूढ़े और चालाक लगे। जबकि असलियत में मुनरो की उम्र तेईस साल थी और उन्होंने एडिनबर्ग यूनिवर्सिटी से इंग्लिश में सेकेंड-क्लास ऑनर्स की डिग्री ली थी।

विलियम ने जल्द ही लिखना-पढ़ना सीख लिया पर अंकों से उसे विशेष मोह था। उसके दैनिक छह पाठों के बीच, इकलौती शिकायत यही थी कि उसमें से अंकगणित का पाठ एक ही था। उसने जल्दी ही अपने पिता को यह बता दिया कि जिस इंसान को आगे चल कर बैंक का चेयरमैन और प्रेज़ीडेंट बनना है, उसके लिए कामकाज़ी दिन का केवल छठा हिस्सा ही गणित के लिए पर्याप्त नहीं होगा।

अपने अध्यापक की दूरदर्शिता के अभाव को पूरा करने के लिए विलियम ने घर आने वाले रिश्तेदारों को अपने साथ शामिल करना शुरू कर दिया। वह चाहता था कि वे उसके दिमाग में चल रहे सवालों को हल करने में मदद करें। मिसेज़ कैबट जिन्हें पहले कभी किसी ने नहीं समझाया था कि अगर किसी इंटीजर को चार से भाग किया जाए तो उससे वही उत्तर मिलेगा जो एक चौथाई से उसकी गुणा करने से आता है, उन्हें तुरंत समझ आ गया कि उनका नवासा उनसे आगे निकल चुका था; हालाँकि मिसेज़ केन उनसे थोड़ा ज़्यादा पढ़ी-लिखी थीं; उन्होंने अपनी ओर से फ्रेक्शन, कंपाउंड इंटरेस्ट और नौ बच्चों में आठ केक बाँटने जैसे सवालों से जूझने में कोई कसर नहीं रखी।

जब वे पोते के ताज़े सवाल का जवाब देने में नाक़ामयाब रहीं तो विलियम ने बहुत प्यार परंतु दृढ़ता से कहा, ''दादी माँ, आप मुझे एक स्लाइड रूल दे सकें तो मुझे आपको दोबारा परेशान करने की ज़रूरत नहीं होगी।''

मिसेज़ केन अपने पोते की ऐसी बुद्धि देख कर दंग थीं, पर उन्होंने उसे वैसा ही स्लाइड रूल ले दिया और सोचने लगीं कि क्या विलियम को उसे इस्तेमाल करना भी आता होगा।

इस दौरान, लंदन में रिचर्ड की परेशानियों ने फिर से सिर उठा लिया। जब लंदन शाखा का चेयरमैन अपनी डेस्क पर ही दिल का दौरा पड़ने से मर गया, तो रिचर्ड को

लोंबार्ड स्ट्रीट पर जाना ही पड़ा। उसने एनी से कहा कि वह और विलियम भी उसके साथ चलें, उसे लगा कि ऐसी यात्रा से बच्चे के ज्ञान और जानकारी में बढ़ोतरी होगी। वह उन सभी जगहों की सैर कर सकता था जिनके बारे में मि. मुनरो उसे पढ़ा चुके थे। एनी पहले कभी यूरोप नहीं गई थी, उसे भी इस प्रस्ताव को सुन कर अच्छा लगा और उसने तीन सूटकेस भर कर नए और नज़ाकत से भरपूर महँगे कपड़े तैयार कर लिए। विलियम को यह बात पसंद नहीं आई कि एनी उसे उसकी बहुत ज़रूरी चीज़, साइकिल साथ नहीं ले जाने दे रही थी।

केन परिवार ने न्यूयॉर्क तक गाड़ी से यात्रा की और साउथ हैम्पटन की यात्रा के लिए एक्वीटानिया पर सवार हुए। एनी, फुटपाथ पर तरह-तरह का सामान बेच रहे प्रवासी फेरीवालों को देख कर सकते में आ गई। वहीं दूसरी ओर, विलियम न्यूयॉर्क का आकार देख कर चकित था; उसने तो अब तक यही कल्पना की थी कि उसके पिता का बैंक ही अमेरिका की सबसे बड़ी इमारत है, चाहे दुनिया में सबसे बड़ी न रही हो। वह पहियों वाली छोटी-सी गाड़ी पर आईसक्रीम बेचने वाले से गुलाबी और पीले रंग की आईसक्रीम लेना चाहता था, पर उसके पिता ने एक न सुनी; वैसे भी उनके पास कभी खुले पैसे होते ही नहीं थे।

विलियम ने जैसे ही पानी के बड़े जहाज़ को देखा तो वह उसका दीवाना हो गया और उसने जल्द ही सफ़ेद दाढ़ी वाले कप्तान से दोस्ती कर ली, जो उसे कुनार्ड लाइन के उस जहाज़ के रहस्य बताते थे। जब जहाज़ अमेरिका से रवाना हुआ, तो रिचर्ड और एनी, जो कप्तान से भेंट कर चुके थे, उन्हें उनसे माफ़ी माँगनी पड़ी कि उनका बेटा क्रू के स्टाफ़ का बहुत समय ले रहा था।

"बिलकुल नहीं, मेरी और विलियम की अच्छी दोस्ती हो गई है। काश, मैं समय, गति और दूरी के बारे में सही और सटीक जवाब दे पाता। मुझे हर रात फ़र्स्ट इंजीनियर से सब कुछ सीखना पड़ता है ताकि अगले दिन के सवालों की बाढ़ से अपनी सलामती कर सकूँ।"

जब एक्वीटानिया ने दस दिन के बाद साउथ हैम्पटन में प्रवेश किया तो विलियम उसे छोड़ने को तैयार नहीं था, और अगर उसे जहाज़ से परे, बंदरगाह पर ड्राइवर समेत रोल्स-रॉयस सिल्वर घोस्ट पार्क की हुई न दिखती तो शायद उसके आँसू ही उमड़ आए होते। वह कार उन्हें लंदन ले जाने को तैयार थी। रिचर्ड ने उसी समय तय कर लिया कि वह दौरे के अंत में कार को न्यूयॉर्क भिजवा देगा, यह निर्णय, उसके जीवन में लिए गए दूसरी तरह के निर्णयों से कुछ अलग ही था। उसने एनी को बताया कि वह उसे हेनरी फ़ोर्ड को दिखाना चाहता था क्योंकि हेनरी ने उसे कभी नहीं देखा था।

उनका परिवार जब भी लंदन में होता तो वे स्ट्रैंड में सैवोय होटल में ही ठहरते थे, जो शहर में रिचर्ड के ऑफ़िस के पास ही पड़ता था। थेम्स के किनारे, एक डिनर के दौरान, रिचर्ड को अपने नए चेयरमैन, भूतपूर्व डिप्लोमेट सर डेविड सीमोर से लंदन शाखा के बारे में जानकारी मिली। हालाँकि जब भी वह अटलांटिक के दूसरी ओर होता तो उसने कभी भी

लंदन को केन एण्ड कैबट की शाखा के रूप में नहीं पुकारा था।

रिचर्ड सर डेविड से गुपचुप बात करने में मग्न था और उसकी पत्नी, डेविड की पत्नी लावीनिआ सीमोर से यह जानने की कोशिश में थी कि शहर में बेहतरीन समय कैसे बिताया जा सकता है। एनी को यह जान कर अच्छा लगा कि लावीनिआ का भी एक बेटा था जो अपने पहले अमेरिकी दोस्त से मिलने को बेताब था।

अगली सुबह, लावीनिआ सैवोय में, अपने बेटे स्टुआर्ट सीमोर को लेकर हाज़िर हुई। जब उन्हेंने आपस में हाथ मिला लिए तो स्टुआर्ट ने विलियम से पूछा, "क्या तुम काउब्वॉय हो?"

"हम्म, अगर तुम रेडकोट हो," विलियम ने तुरंत कहा। छह साल के दोनों लड़कों ने फिर से हाथ मिलाए।

उस दिन, विलियम स्टुआर्ट, एनी और लावीनिआ टॉवर ऑफ़ लंदन और बकिंघम पैलेस में पहरेदारों की पारी बदलने का दृश्य देखने गए। विलियम ने स्टुआर्ट को बताया कि उसे लगता था कि इस जगह हर चीज़ शानदार है, बस स्टुआर्ट का बोलने का लहजा थोड़ा अलग था जिसे समझने में मुश्किल होती थी।

"तुम हमारी तरह क्यों नहीं बोलते?" उसने कहा और उसे अपनी माँ से यह जानकर हैरानी हुई कि यह सवाल उनकी ओर से पूछा जाना बेहतर होता क्योंकि वे पहले आए थे।

विलियम को सुनहरे बटनों वाली लाल वर्दी पहने गार्ड देख कर बहुत मज़ा आया जो बकिंघम पैलेस के बाहर तैनात थे। उसने उनसे बात करनी चाही पर वे उसके सामने से निकल गए और पलक भी नहीं झपकाई।

"क्या हम इनमें से एक को घर ले जा सकते हैं?" उसने माँ से पूछा।

"नहीं, डार्लिंग। इन्हें लंदन में रहकर, राजा की पहरेदारी करनी है।"

"पर उनके पास तो बहुत सारे हैं। क्या हम इनमें से एक को नहीं ले जा सकते? वह हमारे लुईसबर्ग स्क्वेयर के घर के बाहर शान से खड़ा होगा।"

~

एनी के शब्दों में—एक स्पेशल ट्रीट के दौरान रिचर्ड स्वयं एक दोपहर विलियम, स्टुआर्ट और एनी को वेस्ट एंड ले गया ताकि वे 'जैक एंड बीनस्टॉक नामक' पारंपरिक अंग्रेज़ी पैंटोमाइम (मूक अभिनय) देख सकें। वह हिप्पोड्रोम में दिखाया जा रहा था। विलियम को जैक पसंद आया पर उसे यह अजीब लगा कि उसकी टाँगें लंबी थीं और वह स्टॉकिंग्स पहनता था। वह हर उस पेड़ को काट देना चाहता था जिस पर दुष्ट के होने का अंदेशा हो सकता था। जब पर्दा नीचे गिरा तो उन्होंने पिकाडली के फ़ोर्टनम एंड मेंसन में चाय पी। एनी ने विलियम को दो क्रीम बन खाने दिए और कुछ ऐसा भी खाने दिया जिसे स्टुआर्ट डोनट्स कह रहा था। उसके बाद, विलियम को फ़ोर्टनम डेली के टी रूम में ले जाना पड़ा ताकि वह एक और डफबन खा सके, उसे यही नाम समझ आया था।

विलियम और उसकी माँ के लिए लंदन का वह समय चुटकियों में बीत गया पर रिचर्ड संतुष्ट था कि लोंबार्ड स्ट्रीट पर सब सही चल रहा था। वह अपने नवनियुक्त चेयरमैन से खुश था और उसने अमेरिका वापिस जाने की योजना भी बना ली थी। बौस्टन से रोज़ तार आ रहे थे इसलिए उसे लगने लगा था कि अब उसे जल्दी ही अपने बोर्डरूम में वापिस होना चाहिए। एक और तार से ख़बर मिली कि मैसाचुसेट्स, लॉरेंस की एक कपास मिल के 2,500 कर्मचारी हड़ताल पर चले गए थे तो उसने वापसी यात्रा की बुकिंग बदल दी, उस कंपनी में बैंक का बहुत बड़ा निवेश था।

विलियम भी बौस्टन वापिस जाना चाहता था ताकि मि. मुनरो को लंदन के अनुभव सुना सके। उसे नानी और दादी माँ की भी याद सता रही थी। उसे पूरा यकीन था कि उन्होंने कभी सच में आम लोगों के बीच बैठ कर, लाइव थियेटर का मज़ा नहीं लिया होगा। एनी भी घर वापसी के नाम पर खुश थी, हालाँकि उसने भी विलियम की तरह ही लंदन के दौरे का भरपूर आनंद लिया, उस जगह आमतौर पर बहुत अधिक दिखावा न करने वाले अंग्रेज़ों के बीच उसकी पोशाकें और सुंदरता बहुत सराहे गए थे।

उनके जाने से एक दिन पहले, फ़ेयरवल पार्टी दी गई। लावीनिआ सीमोर ने ईटन स्क्वेयर में अपने घर पर, एनी और विलियम को चाय पर बुलाया। जब एनी और लावीनिआ लंदन के नए फ़ैशनों की बातें कर रही थीं तो विलियम ने स्टुआर्ट से क्रिकेट के बारे में जाना और अपने नए दोस्त को बेसबॉल के बारे में समझाने की कोशिश की। जब स्टुआर्ट की तबीयत खराब सी लगी तो पार्टी जल्दी बंद करनी पड़ी। विलियम ने हमदर्दी जताते हुए कहा कि उसे भी कुछ अच्छा सा नहीं लग रहा और वह एनी के साथ, समय से पहले ही होटल वापिस आ गया। एनी को अच्छा ही लगा क्योंकि उसे अपने सारे सामान और ले जाने वाले कपड़े पैक करने के लिए थोड़ा समय मिल गया। हालाँकि वह विलियम की तबीयत की ओर से निश्चिंत थी क्योंकि उसे यकीन था कि उसने स्टुआर्ट की देखा-देखी ही तबीयत खराब होने की बात कही थी। पर जब उसने विलियम को सोने के लिए लिटाया तो हल्का बुखार सा महसूस हुआ। उसने रात को रिचर्ड से डिनर के समय बात की।

''हो सकता है कि घर वापिस जाने की उत्सुकता से ऐसा हुआ हो,'' रिचर्ड ने बेपरवाही से कहा।

''शायद यही हुआ होगा। मैं नहीं चाहती कि बीच सफ़र में तबीयत बिगड़ जाए।''

''यह कल तक ठीक हो जाएगा,'' रिचर्ड ने एनी को दिलासा देना चाहा।

पर जब एनी अगली सुबह विलियम को उठाने गई, तो उसने देखा कि उसका शरीर छोटे लाल चकत्तों से भरा था और उसे 103 बुखार हो गया था। होटल के डॉक्टर के अनुसार वे मीज़ल्स थे और उसका कहना था कि बच्चे को किसी भी हाल में समंदर का सफ़र नहीं करना चाहिए, यह उसके लिए नहीं बल्कि दूसरे लोगों के लिए भी सही रहेगा।

रिचर्ड अपनी वापसी को और टाल नहीं सकता था और उसने योजना के अनुसार यात्रा करने का निर्णय लिया। एनी ने हामी भरी कि जब तक जहाज़ तीन सप्ताह की यात्रा

पूरी करके वापिस नहीं आता, तब तक वह और विलियम लंदन में ही रहेंगे। विलियम ने पिता से ज़िद की कि वे उसे अपने साथ ले चलें पर रिचर्ड नहीं माना। उसने एक नर्स को नियुक्त कर दिया ताकि विलियम को पूरी देख-रेख मिल सके। एनी नई रॉल्स-रॉयस पर सवार होकर, रिचर्ड को साउथ हैम्पटन तक छोड़ने गई।

''रिचर्ड, तुम्हारे बिना लंदन में अकेला महसूस होगा।'' उसने विदा लेते हुए कहा। हालाँकि उसे डर था कि रिचर्ड किसी भी तरह की संवेदनशीलता को अनसुना कर देगा।

''माई डियर, मैं भी बौस्टन में तुम्हारे बिना अकेला महसूस करूँगा,'' उसने कहा। उसका दिमाग उस समय उन 2,500 कर्मचारियों की ओर लगा था।

एनी गाड़ी में लंदन वापिस आ गई और सोचने लगी कि अगले तीन सप्ताह कैसे बीतेंगे।

विलियम की रात आराम से कटी और अगले दिन से दाने थोड़े हल्के हो गए। डॉक्टर और नर्स का यही कहना था कि उसे अभी आराम ही करना चाहिए। एनी ने चार दिन परिवार को लंबे-लंबे पत्र लिखने में लगाए। पाँचवें दिन, विलियम जल्दी उठा और चुपके से माँ के कमरे में आ गया। वह उसके पलंग पर चढ़ा और उसके ठंडे हाथों की छुअन से एनी की नींद खुल गई। एनी को यह देख कर तसल्ली हुई कि विलियम पहले से बेहतर लग रहा था। उसने फ़ोन करके कमरे में ही दोनों के लिए नाश्ता मँगवा लिया। रिचर्ड को ऐसा लाड़ पसंद नहीं था।

कुछ ही मिनट बाद, दरवाज़े पर धीरे से आहट हुई और सुनहरी और लाल वर्दी वाला वेटर, हाथ में चाँदी की बड़ी-सी ट्रे लिए हाज़िर हुआ : अंडे, बेकन, टमाटर, टोस्ट और मार्मलेड—अच्छी-खासी दावत थी। विलियम खाने को चाव से देखने लगा, उसे याद नहीं आ रहा था कि उसने कितने दिन से कुछ खाया नहीं था। एनी सुबह के अख़बार को सरसरी तौर पर देखने लगी। रिचर्ड जब भी लंदन में होता तो द *टाइम्स* ही पढ़ता था, और होटल प्रबंधन की ओर से वही समाचार पत्र भेजा गया था।

''अरे, देखो,'' विलियम ने अंदर वाले पेज पर दी गई तस्वीर दिखा कर कहा, ''डैडी के जहाज़ की फ़ोटो। मम्मी, ये दुर्घटना क्या होती है?''

7

जब व्लादेक और लिओन कक्षा में दिया गया काम पूरा कर लेते, तो खाने से पहले खेलने में अपना समय लगाते। उन्हें चाउ एंजियो खेलना पसंद था, यह एक तरह का लुका-छिपी जैसा खेल था और चूँकि उस महल में 72 कमरे थे इसलिए दोहराव के मौके बहुत कम थे। व्लादेक की छिपने की मनपसंद जगह तहखाने थे, जिनमें ऊँची दीवार पर बने रोशनदान से ही रोशनी आती थी और अपना रास्ता देखने के लिए मोमबत्ती जलानी पड़ती थी। व्लादेक को नहीं पता था कि उन्हें किसलिए बनाया गया था और कोई नौकर भी उनका ज़िक्र नहीं करता था। शायद उनमें से कोई इतना पुराना भी नहीं था कि उन्हें तहखानों

के बारे में पता होता।

एस्टेट की सीमा के पास बहने वाली शारा नदी उनके खेल के मैदान का हिस्सा बनती। वसंत के मौसम में नदी में मछलियाँ पकड़ते, गर्मियों में उसमें नहाते और सर्दियों में लकड़ी के स्केट्स लगा कर जमी हुई बर्फ़ पर स्केटिंग करते, जबकि किनारे बैठी फ़्लोरेंटीना उन्हें उन हिस्सों के बारे में चेतावनी देती रहती, जिन पर बर्फ़ की पतली परत हो सकती थी। व्लादेक उसकी बात कभी नहीं सुनता था और सबसे पहले वही गिरता भी था।

लिओन लंबा और ताकतवर हो गया था। वह तेज़ भाग सकता था, अच्छी तरह तैर सकता था और इतनी आसानी से थकता नहीं था, वह कभी बीमार भी नहीं पड़ता था। व्लादेक जानता था कि वह किसी भी खेल में अपने दोस्त को पछाड़ नहीं सकता था, चाहे कक्षा में वे बराबरी पर ही क्यों न हों। इससे भी बुरी बात यह थी कि लिओन की नाभि लगभग दिखाई ही नहीं देती थी जबकि व्लादेक की नाभि उसके थुलथुल से नन्हे से शरीर से बाहर की ओर उभरी हुई थी जो दिखने में बदसूरत लगती थी। व्लादेक कमरे में घंटों अकेला बंद होकर अपने शरीर को देखता और सोचता कि उसकी छाती पर एक ही निप्पल क्यों था, जबकि दूसरे सभी लड़कों की छाती पर एक जैसे दो निप्पल दिखाई देते थे। कई बार रात को नींद खुल जाती और वह अपने पर तरस खाते हुए छाती पर अँगुली फिराता और गालों पर आत्म-दया के आँसू बह निकलते। वह प्रार्थना करता कि वह किसी दिन सुबह सोकर उठे तो उसकी छाती पर दूसरा निप्पल भी उग जाए। पर उसकी प्रार्थनाओं को कभी नहीं सुना गया।

व्लादेक रोज़ रात को कसरत के लिए समय निकालता। वह किसी को भी इस दौरान अपने पास नहीं आने देता था, यहाँ तक कि फ़्लोरेंटीना को भी उस समय कमरे में आने की इजाज़त नहीं थी। उसने गहरे संकल्प के साथ अपनी शारीरिक चाल-ढाल को सुधारा ताकि वह दिखने में बड़ा लगे। उसने कसरत करके बाज़ुओं की मांसपेशियों को मज़बूत बनाया और कमरे में लगे लकड़ी के फट्टे को पकड़ कर इस उम्मीद से लटकता कि इससे उसकी लंबाई बढ़ेगी। पर लिओन लगातार लंबा होता गया और व्लादेक को विवश होकर मानना ही पड़ा कि वह बैरन के बेटे से एक फुट छोटा ही रहेगा और इतना सब करने के बाद भी उसकी छाती पर किसी भी हाल में दूसरा निप्पल नहीं उग सकता था। लिओन का व्लादेक से सच्चा स्नेह था, उसे इन बातों से कोई फ़र्क नहीं पड़ता था।

बैरन रोसनोवस्की भी गहरे रंग के बालों वाले बच्चे को चाहने लगे थे, जिसने लिओन के छोटे भाई की जगह ले ली थी जिसे बैरन की पत्नी ने जन्म देते समय खो दिया था।

~

जब एक बार, लिओन ने अपना आठवाँ जन्मदिन मना लिया तो दोनों लड़के हर शाम, पत्थर की दीवारों वाले बड़े से हॉल में बैरन के साथ रात का खाना खाने लगे। टिमटिम करती मोमबत्तियों की रोशनी में दीवारों पर भूसा भरे हुए जानवरों के सिर बड़े ही मनहूस दिखाई देते। नौकर बिना किसी आहट के अपने हाथों में पकड़ी चाँदी की ट्रे में कई तरह

के मांस, फल और पोलिश केक, माजुरेक लेकर आते, जो अब व्लादेक का मनपसंद बन चुका था। जब खाने के बर्तन सिमट जाते तो बैरन उन्हें पोलिश इतिहास सुनाते और वे उस दौरान सुनहरी पत्तियों वाली वोदका के कुछ घूँट भी भर सकते थे जो मोमबत्ती की रोशनी में जगमग करती थीं। व्लादेक अक्सर उनसे टडऊस कुश्चुश्को की कहानी सुनाने का आग्रह करता।

''एक महान देशभक्त और नायक,'' बैरन कहते। ''वह हमारी आज़ादी का प्रतीक था, जिसे फ्रांस में प्रशिक्षित किया गया...''

''जिसके लोगों को हम उसी तरह सराहते और प्यार करते हैं, जैसे हमने रूसियों और ऑस्ट्रियावासियों से नफ़रत करना सीखा है,'' व्लादेक अपनी ओर से याद दिलाता, उसकी अपनी याददाश्त से कहानी का आनंद कई गुना हो जाता।

''व्लादेक, कहानी कौन सुना रहा है?'' बैरन हँसने लगते। ''...और उसके बाद टडऊस कुश्चुश्को ने आज़ादी और प्रजातंत्र के लिए, अमेरिका में जॉर्ज वाशिंगटन के साथ लड़ाई लड़ी, फिर वे 1792 में पोलैंड वापिस आए और डुबिएन्का की जंग में पोलिश लोगों का साथ दिया। जब हमारे दुष्ट राजा स्तानिस्लाव ऑगस्टस ने अपने लोगों को छोड़ कर रूसियों का साथ दिया, तो कुश्चुश्को फिर से मातृभूमि में लौटे और ज़ार के शासन को समाप्त किया। लिओन, उन्होंने यह युद्ध किस जगह समाप्त किया?''

''रत्स्वावित्सा, पापा, फिर वे वॉरसॉ को आज़ाद कराने के लिए आगे बढ़े।''

''बहुत अच्छे, मेरे बच्चे। पर खेद से कहना पड़ता है कि रूसियों ने मत्सियोवित्सा में भारी सेना जमा कर ली और उन्हें हरा कर बंदी बना लिया गया। उस दिन मेरे पड़-पड़-पड़-पड़दादा उनके साथ लड़े और फिर दोमब्रोवस्की के साथ मिल कर नेपोलियन बोनापार्ट से लड़े।''

''उनकी सेवाओं के लिए पोलैंड में उन्हें बैरन रोसनोवस्की बनाया गया, यह ऐसी उपाधि है जिसे आपका परिवार उन सुनहरे दिनों की याद में आज भी जीवित रखे हुए है।''

''हाँ, और भगवान की मर्ज़ी के हिसाब से यही पदवी मेरे बेटे को मिलेगी, जब वह बैरन लिओन रोसनोवस्की होगा।''

~

क्रिसमस के मौके पर, एस्टेट के किसान जश्न मनाने के लिए अपने परिवारों को भी साथ ला सकते थे। वे क्रिसमस की पूर्व संध्या पर उपवास करते, बच्चे पहले सितारे को देखने के लिए खिड़कियों से बाहर ताकते, जो उनकी दावत के शुरू होने का संकेत होता।

जब सारे लोग अपनी जगह बैठ जाते, तो बैरन अपने भारी सुर में प्रार्थना कहते : ''हे परमात्मा, हमें और इन उपहारों को अपना आशीर्वाद दें, जिन्हें हम तुम्हारी उदारता से ग्रहण करने वाले हैं, अपने प्रभु जीसस क्राइस्ट के माध्यम से, आमीन।'' व्लादेक जेसियो कोस्कीविज़ की मौजूदगी से शर्मिंदा महसूस करता जो तेरह कोर्स डिनर में, सूप से

लेकर, केक तक सब कुछ पेट भर कर भकोसता और बेशक़ हर साल की तरह, घर वापिस जाते हुए जंगल में ही बीमार पड़ता होगा।

दावत के बाद व्लादेक सबको क्रिसमस ट्री से उपहार देने का आनंद लेता, जिस पर मोबत्तियाँ, फल, और किसानों के बच्चों के लिए अद्‌भुत उपहार होते—सोफ़िया के लिए गुड़िया, जोसेफ़ के लिए चाकू, फ़्लोरेंटीना के लिए नई पोशाक—वह पहला उपहार था जो व्लादेक ने बैरन से आग्रह करके बहन के लिए लिया था।

व्लादेक से उपहार पाने के बाद जोसेफ़ ने अपनी माँ से पूछा था, ''मातका, क्या यह सच है कि वह हमारा भाई नहीं है?''

''नहीं, पर वह हमेशा मेरा बेटा रहेगा।''

~

जैसे-जैसे साल बीतते गए, लिओन और लंबा होने लगा। व्लादेक मज़बूत हो रहा था और दोनों लड़के समझदार हो गए थे। जुलाई 1914, उनके जर्मन शिक्षक बिना किसी चेतावनी या सफ़ाई के, अचानक ही महल छोड़ कर चले गए। उन्होंने कभी नहीं सोचा कि इस बात का संबंध हाल ही में होने वाली राजनीतिक घटनाओं और हत्याओं से था, जिनके बारे में उनके दूसरे शिक्षक ने बताया था। बैरन को भी अच्छा नहीं लगा पर कुछ पता नहीं चला। बच्चों के प्रिय नौकर, एक-एक कर गायब होने लगे पर कोई जान नहीं पा रहा था कि यह हो क्या रहा था।

~

अगस्त 1915, में एक सुबह, बैरन वॉरसॉ की यात्रा पर निकले ताकि अपने कुछ काम पूरे कर सकें। वे साढ़े तीन सप्ताह तक बाहर रहे, व्लादेक ने अपने कमरे में लगे कैलेंडर पर उन पच्चीस दिनों पर निशान लगा दिया था। जिस दिन उन्हें वापिस आना था, उस दिन दोनों लड़के स्लोनिम रेलवे स्टेशन गए और तीन डिब्बों वाली रेलगाड़ी की प्रतीक्षा करने लगे जो सप्ताह में एक बार आती थी। व्लादेक को यह देखकर हैरानी हुई कि बैरन बहुत टूटे हुए और चिंतित दिखे, हालाँकि वह बहुत से सवाल करना चाहता था पर वे तीनों चुपचाप महल में वापिस आ गए।

आने वाले सप्ताहों में, बैरन अक्सर प्रमुख सहायक से लंबी बहस करते पाए जाते जो लड़कों के आते ही थम जाती। वे दोनों यह देखकर परेशान होते, उन्हें लग रहा था कि कहीं वे ही तो बैरन के दुख की वजह नहीं थे। व्लादेक को यह भी डर था कि बैरन कहीं उसे उसके पुराने घर न भेज दें—उसे हमेशा ध्यान रहता था कि वह बैरन के घर एक मेहमान था।

एक शाम, बैरन ने दोनों को बड़े हॉल में बुलवाया। वे दोनों डरते-डरते अंदर गए, बैरन ऐसा तो कभी नहीं करते थे। वह छोटी-सी बातचीत व्लादेक की यादों में हमेशा जीवित रहेगी।

बैरन ने धीमे स्वर में कहा था, ''मेरे बच्चो, जर्मनी और ऑस्ट्रो-हंगेरियन साम्राज्य

के युद्ध पिपासु एक बार फिर से वॉरसॉ की गर्दन पर सवार हैं और जल्द ही हमारे दरवाज़े पर होंगे।''

व्लादेक को याद आया, जब जर्मन शिक्षक अचानक काम छोड़कर गया तो उसके पोलिश साथी ने क्या कहा था, ''क्या इसका मतलब है कि यूरोप के डूबे हुए लोग हम तक आ ही गए?''

बैरन ने व्लादेक के मासूस चेहरे को प्यार से देखा। ''शोषण के डेढ़ सौ साल भी हमारी देशभक्ति की भावना को मिटा नहीं सके। हो सकता है कि पोलैंड का भाग्य संतुलन में हो, परंतु हम इतिहास को प्रभावित करने में नाकाम रहे। हम अपने आस-पास के तीन बलशाली साम्राज्यों की दया पर हैं, और इसलिए हमें अपने भाग्य की प्रतीक्षा करनी होगी।''

''हम दोनों ताकतवर हैं इसलिए हम लड़ेंगे,'' लिओन ने कहा।

''हमारे पास तलवार और ढाल हैं,'' व्लादेक बोला। ''हम जर्मन या रूसियों से नहीं डरते।''

''मेरे बच्चो, तुम्हारे हथियार लकड़ी से बने हैं और तुमने खेल-खेल में जंग लड़ी है। यह जंग बच्चों का खेल नहीं है। जब तक इतिहास हमारा भाग्य तय नहीं करता, तब तक हमें रहने के लिए कोई और शांत जगह खोजनी होगी। हमें जितनी जल्दी हो सके, इस जगह से निकलना होगा। प्रार्थना यही है कि यह तुम्हारे बचपन का अंत न हो।''

लिओन और व्लादेक बैरन के शब्दों से चकित थे। उन्हें तो जंग एक रोमांचक अभियान लगी, उन्हें लगा कि अगर महल से गए तो वे उसे देखने से वंचित रह जाएँगे।

नौकरों ने कई दिन लगा कर बैरन का सामान बाँधा और व्लादेक व लिओन को बता दिया कि अगले सोमवार को वे सब ग्रोदनो के उत्तर में, परिवार के छोटे ग्रीष्मकालीन घर में जा रहे हैं। दोनों बच्चे अपने काम और खेल में मग्न रहे क्योंकि महल में कोई भी उनके अलग-अलग तरह के सवालों के जवाब नहीं देना चाहता था।

शनिवार को केवल सुबह ही पढ़ाई होती थी। वे अदम मिश्कीविज़ की *पान थड्डायूश* का लैटिन में अनुवाद कर रहे थे, जब उन्हें गोलियों की आवाज़ सुनाई दी। पहले तो उन्हें लगा कि यह जानी-पहचानी गोलियों की आवाज़ है जो अक्सर एस्टेट में पशुओं का शिकार करने वाले चलाया करते हैं, इसलिए वे बार्डस ऑफ़ ज़ारनोट पर वापिस आ गए। फिर से गोलीबारी की आवाज़ आई और इस बार यह और पास से आई थी। दोनों लड़कों ने ऊपर देखा और फिर उन्हें सीढ़ियों के नीचे से चिल्लाने की आवाज़ें सुनाई दीं। दोनों एक-दूसरे को विस्मय से ताक रहे थे पर अभी वे डरे नहीं थे क्योंकि उनके छोटे से जीवन में डर नाम की कोई चीज़ ही नहीं आई थी। शिक्षक उन्हें अकेला छोड़ कर भागा, जैसे ही उसने दरवाज़ा बंद किया, फिर से गोली चलने की आवाज़ आई और इस बार यह आवाज़ उनकी कक्षा के बाहर गलियारे से आई थी। अब दोनों लड़के डर कर मेज़ के नीचे दुबके, वे समझ नहीं पा रहे थे कि अब क्या करना है।

अचानक ही तेज़ आवाज़ के साथ दरवाज़ा खुला और उनके शिक्षक की आयु का एक व्यक्ति, सलेटी वर्दी और लोहे का टोप पहने अंदर दाख़िल हुआ, उसके एक हाथ में बंदूक थी और वह उनके सिर के ठीक ऊपर खड़ा था। लिओन व्लादेक से चिपक गया, व्लादेक उस घुसपैठिए को घूरता रहा। सिपाही जर्मन में कुछ चिल्लाया, वह जानना चाहता था कि वे लोग कौन हैं, पर दोनों कुछ नहीं बोले, जबकि वे दोनों ही अपनी मातृभाषा के अलावा यह भाषा भी अच्छी तरह जानते थे। एक और सिपाही आगे आया और दोनों को चूज़ों की तरह गर्दन से पकड़ कर बरामदे में ले आया। वे अपने शिक्षक की लाश के पास से निकले, फिर उन्हें महल के सामने वाली पथरीली सीढ़ियों से होते हुए बाग में ले जाया गया, जहाँ उन्होंने फ़्लोरेंटीना को दीवानों की तरह चिल्लाते हुए देखा। घास पर एक के बाद एक लाशें अटी हुई थीं जिनमें से अधिकतर नौकरों की थीं। लिओन यह सब नहीं देख सका और अपना सिर व्लादेक के कंधे पर टिका दिया। व्लादेक इतनी सारी लाशें और बड़ी-सी मूँछों वाले एक आदमी की लाश देख कर हतप्रभ था। यह तो पशुओं को जाल में फँसाने वाला शिकारी था। व्लादेक उसे देख कर भी कुछ चुप रहा, उसे कुछ महसूस नहीं हुआ। फ़्लोरेंटीना का चिल्लाना जारी रहा।

''क्या पापा इधर हैं?'' लिओन ने पूछा। ''पापा इधर हैं?''

व्लादेक ने फिर से उन लाशों को गौर से देखा। उसने भगवान का शुक्र अदा किया कि उन लाशों में बैरन नहीं थे। वह लिओन को यह ख़ुशख़बरी देने ही वाला था कि एक सिपाही उनके पास आ गया।

उसने गुस्से में गरज कर पूछा, ''कौन बोला?''

व्लादेक ने उसी धृष्टता से उत्तर दिया, ''मैं।''

सिपाही ने अपनी बंदूक का कुंदा उसके पेट में दे मारा। उसकी टाँगें बाँध कर उसे घुटनों पर बिठा दिया गया। बैरन कहाँ थे? यह हो क्या रहा था? उनके अपने ही घर में उनके साथ ऐसा बर्ताव क्यों हो रहा था?

लिओन झट से व्लादेक पर कूदा और उसे दूसरे वार से बचाने की कोशिश की जो सिपाही व्लादेक के सिर पर करने जा रहा था पर ज्यों ही बंदूक का कुंदा नीचे आया, वह पूरे बल से लिओन की गर्दन के पिछले हिस्से पर जा पड़ा।

दोनों लड़के बेजान से पड़े थे। व्लादेक उस वार और अपने शरीर पर लिओन के भार से दब गया था और लिओन मर चुका था।

व्लादेक ने देखा कि दूसरा सिपाही अपनी बेल्ट से प्रहार करने के लिए आगे आ रहा था। उन्होंने लिओन को उठाना चाहा पर वह व्लादेक से चिपका हुआ था। दो सिपाहियों ने पूरा दम लगा कर उसके दोस्त की लाश को उससे अलग किया और कोने में पटक दिया। लिओन पेट के बल घास पर जा गिरा। व्लादेक की आँखें लगातार अपने मृतक दोस्त को ही देखती रहीं, जब तक उन्हें मुट्ठी भर बचे हुए लोगों के साथ कदमताल कराते हुए महल के अंदर स्थित तहखानों में नहीं ले गए।

कोई कुछ नहीं बोला, वे नहीं चाहते थे कि उन्हें भी उन लाशों के ढेर में भेज दिया जाए। जब तक तहखानों के दरवाज़े बंद नहीं किए गए और सिपाहियों के आख़िरी शब्द भी सुनाई देने बंद नहीं हुए, तब तक किसी की आवाज़ नहीं सुनाई दी। फिर व्लादेक बुदबुदाया, "हे भगवान।" बैरन वहीं एक कोने में बैठे दिखाई दिए, उन्हें कुछ नहीं कहा गया, वे भले-चंगे थे क्योंकि जर्मन चाहते थे कि वे कैदियों को सँभालें।

व्लादेक सरकते हुए उनकी ओर बढ़ा, नौकर अपने मालिक से यथासंभव दूरी रखते हुए बैठ गए। व्लादेक और बैरन एक-दूसरे को उसी तरह ताकते रहे, जिस तरह पहली मुलाक़ात वाले दिन देखा था। व्लादेक ने एक बार फिर से अपना हाथ आगे किया और बैरन ने उसे थाम लिया। उसने उन्हें बताया कि लिओन के साथ क्या हुआ। बैरन के गर्वीले चेहरे पर आँसू बह निकले। कोई कुछ नहीं बोला। वे दोनों ही उस इंसान को खो चुके थे, जिसे वे दुनिया में सबसे ज़्यादा प्यार करते थे।

8

जब एनी केन ने द *टाइम्स* में टाइटैनिक जहाज़ के डूबने की ख़बर पढ़ी तो उसने उसे सच मानने से इनकार कर दिया। उसका पति इस तरह मर नहीं सकता।

जब उसने वह लेख तीन बार पढ़ लिया, उसके बाद उसके सब्र का बाँध टूट गया और वह फूट-फूट कर रोने लगी, विलियम ने इससे पहले कभी अपनी माँ को इस तरह रोते नहीं देखा था। उसे समझ नहीं आ रहा था कि इन हालात में क्या करना है।

इससे पहले कि वह माँ के रोने की वजह पूछता, उसकी माँ ने उसे बाँहों में भर कर सीने से लगा लिया। वह उसे कैसे बताती कि वे दोनों दुनिया में जिस इंसान को सबसे ज़्यादा चाहते थे, वे उसे खो चुके थे।

~

सर डेविड सीमोर अपनी पत्नी के साथ कुछ ही मिनटों में सैवोय होटल आ गए। जब तक विधवा ने अपने पास रखे कपड़ों में से सबसे गहरे रंग के कपड़े बदले, वे बाहर लाउंज में प्रतीक्षा करते रहे। विलियम ने भी कपड़े बदले, हालाँकि उसे अब भी सब कुछ पूरी तरह समझ नहीं आया था। एनी ने सर डेविड से कहा कि वह उसके बेटे को बताए कि यह हादसा कैसे हुआ और इसने उनसे क्या छीन लिया।

जब विलियम को बताया कि वह बड़ा जहाज़ बर्फ़ की बड़ी-सी चट्टान से टकरा कर डूब गया तो विलियम ने इतना ही कहा, "मैं भी डैडी के साथ शिप में जाना चाहता था पर उन्होंने जाने नहीं दिया।" वह रोया नहीं क्योंकि उसने यह मानने से इनकार कर दिया था कि कोई भी चीज़ उसके पिता के प्राण ले सकती थी। बेशक़ वे बच गए होंगे।

एक नेता और डिप्लोमेट के लंबे कैरियर और अब केन एण्ड कैबट, लंदन के चेयरमैन के रूप में उन्होंने कभी किसी छोटे बच्चे में इतना आत्म-नियंत्रण नहीं देखा था।

कुछ वर्ष बाद वे कहते सुने गए, ''वक़्त के हिसाब से ढलने का गुण विरले लोगों में होता है, यह रिचर्ड केन के पास था और अब वही उसके इकलौते बेटे में भी है।''

उसी सप्ताह के वीरवार को विलियम छह वर्ष का हुआ, पर उसने एक भी उपहार को नहीं खोला। द *टाइम्स* में रोज़ सुबह हादसे में बचने वालों की सूची जारी होती थी, एनी उसे दो-तीन बार देखती। रिचर्ड लोवेल केन अब भी लापता था, शायद डूब गया हो। पर विलियम ने अब भी अपने पिता के बचने की उम्मीद नहीं छोड़ी थी। पंद्रहवें दिन विलियम रोया।

एनी के लिए एक्वीटानिया पर सवार होना तकलीफ़देह था पर जाने क्यों विलियम समंदर में जाने को बेताब था। वह घंटों वहीं डेक पर बैठा, समंदर के गहरे काले पानी को ताकता रहता।

पहले-पहल उसने पूरे आत्मविश्वास से अपनी माँ से वादा किया, ''कल मैं उन्हें ढूँढ़ निकालूँगा, पक्का कल!'' फिर उसके वादे में ऐसा सुर सुनाई देने लगा जो उसके अपने ही अविश्वास को नहीं छिपा पाता था।

''विलियम, उत्तर एटलांटिक में कोई भी तीन सप्ताह तक ज़िंदा नहीं रह सकता।''

''मेरे डैडी भी नहीं!''

''नहीं, तुम्हारे डैडी भी नहीं!''

~

जब एनी और विलियम बौस्टन पहुँचे, तो विलियम की नानी और दादी रेड हाउस में इंतज़ार कर रही थीं। वे दोनों अच्छी तरह जानती थीं कि अब उन्हें कौन से फ़र्ज़ निभाने थे। एनी ने बिना कुछ कहे, उनकी भूमिकाओं को मान लिया। उसके जीवन में विलियम के सिवा कोई बहुत ज़्यादा मक़सद नहीं रह गया था और विलियम की क़िस्मत की डोर नानी और दादी ने बखूबी सँभाल ली थी। विलियम विनम्रता से पेश आता रहा पर वह उन्हें अपना सहयोग नहीं दे रहा था। दिन में वह मि. मुनरो के संग अपनी पढ़ाई के दौरान शांत रहा और रात को माँ का हाथ थाम लिया, पर दोनों में से कोई कुछ नहीं बोला।

मिसेज़ कैबट ने मिसेज़ केन से कहा, ''इसे दूसरे बच्चों की सोहबत में रहना चाहिए।'' मिसेज़ केन भी सहमत थीं। अगले ही दिन मि. मुनरो और आया को काम से छुट्टी दे दी गई और विलियम को इस उम्मीद के साथ सेयर एकेडमी भेजा गया कि शायद असली दुनिया के बीच, दूसरे बच्चों की सोहबत में वह फिर से पहले जैसा बन जाए।

रिचर्ड ने अपनी बहुत सारी सम्पत्ति विलियम के नाम छोड़ी थी, जो उसके इक्कीसवें जन्मदिन तक ट्रस्ट के अधीन थी। उसके वसीयतनामे के साथ एक कोड पत्र भी था। रिचर्ड की इच्छा थी कि उसके बेटे को उसकी योग्यता के अनुसार केन एण्ड कैबट का प्रेज़ीडेंट और चेयरमैन बनाया जाए। पिता की वसीयत में केवल यही एक चीज़ थी जिसने विलियम को प्रेरित किया, इसके अलावा तो बाकी सब उसका जन्मजात हक़ ही था। एनी को

500,000 डॉलर की निवेश धनराशि और आजीवन 100,000 डॉलर सालाना की धनराशि मिली थी, अगर वह कहीं और विवाह कर लेती तो यह राशि मिलनी बंद हो जाती। उसे बीकन हिल पर एक घर, नॉर्थ शोर पर समर मेंशन, हैम्पटन्स में समर हाउस और केप कोड में एक छोटा आईलैंड भी मिले थे जो उसकी मौत के बाद विलियम के नाम हो जाते। नानी और दादी माँ, दोनों को अलग-अलग, 250,000 डॉलर के साथ-साथ पत्र भी मिले, जिनमें लिखा था कि अगर रिचर्ड की मृत्यु उनसे पहले हो जाती है तो वे कौन-सी ज़िम्मेदारियों को पूरा करेंगी। ट्रस्ट की देख-रेख बैंक को करनी थी जिसमें विलियम के गॉडपेरेंट्स (धर्म माता-पिता) सह-ट्रस्टी के रूप में थे। यह आय प्रतिवर्ष पारंपरिक उद्यमों में पुनः निवेश की जानी थी।

मिसेज़ केन और कैबट को इस सदमे से उबरने में लगभग एक साल लग गया। एनी अभी मुश्किल से अट्ठाईस बरस की रही होगी, वह अपनी उम्र से कहीं बड़ी दिखने लगी थी। मिसेज़ केन और कैबट ने एनी की तरह कभी अपने दुख को प्रकट नहीं होने दिया और एक दिन विलियम उनसे पूछ ही बैठा।

उसने अपनी दादी को देखते हुए पूछा, ''क्या आपको मेरे पिता की याद नहीं आती?'' मिसेज़ केन उसकी गहरी नीली आँखें देख कर अपने बेटे की यादों में खो गईं।

''हाँ, बेटा। पर वह कभी पसंद नहीं करेगा कि हम उसकी याद में बैठे सिर धुनते रहें।''

''पर मैं चाहता हूँ कि हम सभी हमेशा उनकी याद को ज़िन्दा रखें—हमेशा,'' विलियम भर्राए गले से बोला।

''विलियम, मैं पहली बार तुमसे इस तरह बात करने जा रही हूँ मानो तुम बड़े हो गए हो। हम हमेशा तुम्हारे पिता की यादों को अपने बीच ज़िन्दा रखेंगे और तुम अपनी ओर से वह बनने में कोई कसर नहीं रखोगे, जो तुम्हारे पिता तुम्हें बनाना चाहते थे या जिस रूप में तुम्हें देखना चाहते थे। अब तुम इस परिवार के मुखिया और इस एस्टेट के वारिस हो। अब तुम्हें कड़ी मेहनत और लगन से ख़ुद को इस लायक बनाना होगा कि इस ज़िम्मेदारी को उसी जोश से पूरा कर सको, जैसे तुम्हारे पिता करते थे।''

विलियम ने कुछ नहीं कहा, पर उसने जल्द ही अपनी दादी की सलाह पर अमल करना चालू कर दिया। उसने बिना किसी शिकायत के अपने दुख के साथ जीना सीखा और उसी पल से स्कूली पढ़ाई में मन रमा लिया। अब उसे दादी की तसल्ली होने पर ही खुशी मिलती थी। वह हर विषय में सबसे अव्वल आकर दादी को प्रभावित करना चाहता था। गणित में तो उसका हुनर अपनी ही उम्र के बच्चों से कई वर्ष आगे था। उसके पिता ने जो भी किया, वह उससे बेहतर करना चाहता था। वह अपनी माँ के और पास आ गया था और परिवार के अलावा बाहर वालों पर शक़ करने लगा। उसके साथ के बच्चे उसे अकेला और तन्हा रहने वाला अकड़ू मानने लगे थे।

मिसेज़ केन और कैबट ने तय किया कि विलियम का आठवाँ जन्मदिन आ रहा था

और अब उसे पैसे की अहमियत सिखाने का वक़्त आ गया था। यह बात ध्यान में रखते हुए, वे उसे हर सप्ताह एक डॉलर का जेबख़र्च देने लगीं, पर इसके साथ ही उससे कहा गया कि उसे अपने ख़र्च किए हुए सेंट (पैसों) का हिसाब भी रखना होगा। नानी ने हरे रंग की जिल्द वाला लैजर (खाता-बही) उपहार में दिया जिसकी कीमत 95 सेंट थी, विलियम के पहले सप्ताह के एलाउंस से वे पैसे काट लिए गए। तभी से मिसेज़ केन और कैबट हर शनिवार सुबह डॉलर को हिस्सों में बाँटने लगीं। विलियम उसमें से 50 सेंट निवेश कर सकता था, 20 सेंट ख़र्च कर सकता था, 10 सेंट तक चंदा दे सकता था और 20 सेंट की बचत कर सकता था। हर तिमाही के आख़िर में बही-खाते की जाँच होती और किसी अलग तरह के लेन-देन पर लिखित रिपोर्ट भी पेश की जाती।

पहले तीन महीने बीतने तक, विलियम को बही-खाते में हिसाब रखना आ गया था। उसने हाल ही में बने ब्वाय स्काउट्स ऑफ़ अमेरिका को 1.30 डॉलर्स दिए और 5.55 डॉलर का निवेश किया, जिसके लिए उसने अपनी दादी केन से कहा कि वे उसकी बचत को उसके गॉडफ़ादर, जे.पी. मॉर्गन के बैंक में डाल दें। वह 2.60 डॉलर एक साइकिल पर लगा चुका था और 1.60 डॉलर बचा लिए थे। उसका लैजर नानी और दादी के लिए गहरे संतोष का कारण बना, हालाँकि साइकिल के लिए वे निश्चित रूप से कुछ नहीं कह सकती थीं पर इसमें कोई संदेह नहीं था कि विलियम रिचर्ड केन का ही बेटा था।

~

स्कूल में, विलियम ने अपने लिए कुछ ही दोस्त बनाए, एक तो वह थोड़ा शर्मीला था और कैबट्स, लोवेल या अपने जैसे दौलतमंद घरानों के अलावा किसी से घुलता-मिलता नहीं था। इस तरह उसका चुनाव सीमित हो गया था और वह उदास रहने वाला बच्चा बन गया था जो माँ की चिंता का कारण था। उसे निवेश प्रोग्राम या लैजर में दिलचस्पी नहीं थी, वह चाहती थी कि विलियम एक आम बच्चे की तरह जिये, उसके पास अधेड़ सलाहकारों के बजाय बहुत सारे दोस्त हों, वह धूल में खेले और चोट खाए, उसे हमेशा साफ़-सुथरा और सँवरा हुआ दिखना ज़रूरी नहीं है। उसे स्टॉक और कंपनी की रिपोर्ट जमा करने के बजाय मेंढक और कछुए जमा करने चाहिए—कुल मिला कर उसे किसी भी दूसरे छोटे बच्चे की तरह जीना चाहिए। पर वह चाह कर भी विलियम की नानी और दादी के आगे कुछ नहीं कह सकी और किसी भी हाल में, वे किसी और दूसरे छोटे बच्चे में रुचि नहीं रखती थीं।

~

विलियम ने अपने नौवें जन्मदिन पर, नानी और दादी माँ को सालाना जाँच के लिए लैजर जमा करवाया। हरे रंग के लैजर में पिछले साल की बचत पच्चीस डॉलर दिखाई दी। उसने उन्हें ख़ासतौर पर 'बी6' नामक एंट्री दिखाई, उसके अनुसार, जब उसे पता चला कि महान फ़ाइनेंसर नहीं रहे तो उसने झट से अपना पैसा जे.पी. मॉर्गन से निकाल लिया था क्योंकि उसने पाया कि उसके पिता की मौत के बाद, उनके बैंक में स्टॉक के

मूल्य गिरे थे। विलियम ने वही पैसा तीन महीने बाद दूसरी जगह निवेश कर दिया और अच्छा मुनाफ़ा कमाया।

नानी और दादी माँ प्रभावित हुईं और विलियम को इजाज़त दी कि वह अपनी पुरानी साइकिल बेचकर नई साइकिल खरीद सकता है। उसके आग्रह पर, दादी केन ने उसकी बची हुई पूँजी का निवेश, न्यू जर्सी की स्टैंडर्ड ऑयल कंपनी में कर दिया। विलियम का कहना था कि अब तेल के दाम बढ़ सकते हैं क्योंकि मि. फ़ोर्ड टी (T) के लाख से ज़्यादा मॉडल बेच चुके थे। उसने इक्कीसवें जन्मदिन तक उस लैजर को हमेशा दुरुस्त रखा। अगर दादी और नानी माँ तब भी जीवित होतीं, तो उन्हें एसेट्स वाले कॉलम में आख़िरी प्रविष्टि को देख कर कितना गर्व होता।

~

सितंबर 1915 को, हैम्पटसन के ख़ानदानी घर में गर्मियों के मौज से भरे अवकाश के बाद, विलियम सेयर एकेडमी लौट गया। जब वह स्कूल में आया तो उसने अपने से बड़े छात्रों से प्रतियोगिता आरंभ कर दी। वह जो भी विषय उठाता, उसमें पारंगत हुए बिना चैन नहीं लेता था और अपने समकालीनों को पछाड़ने से उसे कुछ चुनौतियों का सामना करना पड़ा। उसे अहसास होने लगा कि उसकी जैसी पृष्ठभूमि से आए लोगों में इतना हौसला नहीं था कि वे उससे होड़ कर पाते इसलिए उसे अपने प्रतिद्वंद्वी उन लड़कों के बीच मिले, जो बहुत सारे सुख और विलासिता के बीच नहीं जन्मे थे। वह अक्सर सोचता था कि क्या यह उनके लिए फ़ायदे की बात थी या नुकसान की?

1915 में माचिस की डिब्बियों के लेबल जमा करने का जुनून सेयर एकेडमी में भी आ गया। विलियम ने कई दिन तक इसे देखा पर इसका हिस्सा नहीं बना। पंद्रह दिन के अंदर, दस सेंट के बदले में सादे लेबल आपस में लिए-दिए जाने लगे। जबकि थोड़े दुर्लभ लेबल पचास सेंट तक बिक रहे थे। विलियम ने एक और सप्ताह तक हालात को परख़ा, हालाँकि उसे संग्रहकर्ता बनने का कोई शौक़ नहीं था, पर उसने तय किया कि डीलर बनने का मौका आ गया है।

अगले रविवार वह लेविट एंड पियर्स गया, वह बौस्टन की सबसे बड़ी तंबाकू की दुकान थी, उसने सारी दोपहर, दुनिया भर में माचिस निर्माता कंपनियों के नाम और पते नोट करने में लगाई और ख़ासतौर पर उनके बारे में लिखा जिन देशों से किसी की जंग नहीं थी। उसने नोट-पेपर, लिफ़ाफ़े और स्टैंप के लिए पाँच डॉलर का निवेश किया और लिस्ट की कंपनी के हर प्रेज़ीडेंट या चेयरमैन को लिखा। उसके पत्र सरल और सटीक भाषा में थे, बस उनका मसौदा कई बार में तैयार हुआ था।

मि. चेयरमैन

मैं माचिस की डिब्बियों के लेबल का समर्पित संग्रहकर्ता हूँ पर मैं सारे डिब्बे नहीं खरीद सकता। मुझे एक सप्ताह में केवल एक डॉलर जेबखर्च मिलता है, मैंने इस जगह तीन सेंट के स्टेंप लगा कर प्रमाणित कर दिया है कि मैं अपने शौक़ को

कितनी गंभीरता से लेता हूँ। आपको निजी तौर पर परेशान करने की माफ़ी, पर आपके सिवा यह ख़त किसे लिख सकता था।

आपका दोस्त
विलियम केन (आयु नौ वर्ष)
पुनश्चः आप मेरे मनपसंद व्यक्तियों में से हैं

दो ही सप्ताह के भीतर, विलियम के पास 55 प्रतिशत उत्तर आ चुके थे, जिससे उसे 78 अलग-अलग तरह के लेबल हाथ लगे। उसे पत्र भेजने वाले अधिकतर लोगों ने 3 सेंट वाले स्टैंप भी वापिस कर दिए थे, जैसी कि उसे उम्मीद थी।

विलियम ने तुरंत ही स्कूल में लेबल मार्केट खोल दी, कुछ भी खरीदने से पहले वह यह देख लेता था कि वह क्या बेच या बदल सकता है। उसने देखा कि कुछ लड़कों को दुर्लभ लेबल से कोई लेना-देना नहीं था, बस दिखने में सुंदर होने चाहिए थे, और उनके लिए उसने बहुत सारे लेबल पेश कर दिए ताकि गंभीरता से संग्रह करने वालों के लिए असली माल बचाया जा सके। दो सप्ताह तक बेच-खरीद के बाद, उसने देखा कि बाज़ार अपने शिखर पर था और अगर उसने यह ध्यान नहीं दिया कि क्रिसमस का अवकाश आने वाला है तो उसके पास बहुत सारा माल बच सकता है। उसने आधे सेंट की शीट पर एक मुद्रित हैंडबिल तैयार करवाया—जिसे हर छात्र की मेज़ पर लगाया गया, उसमें विलियम ने ऐलान किया था कि वह अपने 211 लेबलों की नीलामी करने जा रहा है। यह नीलामी लंच के दौरान, स्कूल के शौचालय में होगी और बेहतर होगा कि हॉकी का मैच देखने के बजाय बच्चे इसमें हिस्सा लें।

जब विलियम ने यह कदम उठाया तो उसके पास 56.32 डॉलर की आय थी जिसमें से 51.32 उसके मूल निवेश का लाभ था। उसने 25 डॉलर को बैंक में 2.5 प्रतिशत ब्याज के साथ डाल दिया, अपने लिए 10 डॉलर का कैमरा लिया। यंग मैन क्रिश्चियन एसोसिएशन को 5 डॉलर दिए, जिन्होंने बदहाल यूरोप से अमेरिका आने वाले प्रवासियों की मदद के लिए अपनी गतिविधियों को बढ़ा दिया था। फिर उसने माँ के लिए फूलों का गुलदस्ता खरीदा और बचे हुए 7 डॉलर नक़द खाते में रख लिए। उसी सत्र के अंत तक माचिस की डिब्बियों के लेबल का काम ठप्प हो गया। विलियम ने इस धंधे से खूब पैसा बनाया। जब दादी और नानी को इसके बारे में जानकारी दी गई तो उन्होंने भी अपनी हामी भरीः यह तरीका काफ़ी हद तक वही था जैसे उनके पतियों ने 1873 के भय और आशंका के बीच मुनाफ़ा कमाया था।

अवकाश के दौरान, विलियम खुद को यह पता लगाने से रोक नहीं सका कि बचत खाते से 2.5 प्रतिशत ब्याज से ज़्यादा बेहतर वापसी पाना संभव था या नहीं? अगले तीन महीने तक, उसने फिर से दादी केन के माध्यम से, द *वॉल स्ट्रीट* जर्नल की ओर से बताए गए स्टॉक्स में निवेश किया। उस दौरान वह माचिस की डिब्बी से कमाए गए पैसों में से, आधे पैसे गँवा चुका था। उसने फिर से कभी द *वॉल स्ट्रीट* जर्नल की विश्वसनीयता पर पूरी

तरह से भरोसा नहीं किया। अगर उसके संवाददाताओं को इतनी ही जानकारी थी तो उन्हें अख़बार के लिए काम करने की क्या ज़रूरत थी? उसने निष्कर्ष निकाला।

लगभग 30 डॉलर के नुकसान से चिढ़ कर, विलियम ने तय किया कि उसे गर्मियों के अवकाश में इन पैसों की भरपाई करनी होगी। जब उसने यह पता कर लिया कि उसे अपनी माँ के साथ कौन-सी दावतों या प्रोग्रामों का हिस्सा बनना पड़ सकता था, उसने पाया कि उसके पास केवल 14 दिन बचते थे जो कोई नया काम चालू करने के लिहाज़ से बहुत थे। उसने *द वॉल स्ट्रीट* जर्नल की ओर से बताए गए सारे शेयर बेच दिए, जिससे केवल 12 डॉलर हाथ आए। उसने इन पैसों से लकड़ी का फ़ट्टा, प्रैम पहियों का जोड़ा, एक्सल और रस्सी का टुकड़ा खरीदा, जो थोड़े मोल-तोल के बाद 5 डॉलर में आया। फिर उसने कपड़े की टोपी पहनी और एक पुराना सूट पहन कर, सेंट्रल रेलरोड स्टेशन चला गया। विलियम बाहर निकलने के रास्ते के पास खड़ा था, वह भूखा और थका हुआ दिख रहा था। उसने कुछ चुने हुए यात्रियों को बताया कि बौस्टन के ख़ास होटल स्टेशन के पास ही थे इसलिए उन्हें टैक्सी या सुंदर बग्घियों पर पैसा ख़र्च करने की ज़रूरत नहीं थी। वे लोग जो पैसे लेते थे, वह उनके बीस प्रतिशत में ही, अपने चलने वाले बोर्ड पर सामान रख कर ले जा सकता था : उसने यह भी बताया कि पैदल चलना उनके लिए भी फ़ायदेमंद होगा। दिन में छह घंटे काम करके, उसे लगभग 4 डॉलर हाथ लगे।

स्कूल का नया सत्र चालू होने में 5 दिन रह गए थे। विलियम ने सारे नुकसान की भरपाई करने के अलावा 9 डॉलर का मुनाफ़ा भी कमाया था। फिर एक परेशानी हो गई। टैक्सी ड्राइवर उससे चिढ़ने लगे। उसने उन्हें यकीन दिलाया कि वह जल्द ही काम बंद कर देगा। उसने कहा कि वे अगर उसके रेड़ा बनाने के खर्च की भरपाई करने के लिए 50-50 सेंट देंगे तो वह 10 साल की उम्र में ही रिटायर होने को तैयार है। वे लोग मान गए और उसने 8.50 डॉलर कमाए। जब वह घर वापिस आ रहा था तो उसने लकड़ी का रेड़ा अपने स्कूल के एक दोस्त को 2 डॉलर में इसी शर्त पर बेच दिया कि वह स्टेशन पर काम करने नहीं जाएगा। उस दोस्त को पता चल गया कि टैक्सीवाले उसके इंतज़ार में बैठे थे, वैसे भी उस पूरे सप्ताह के दौरान बरसात होती रही। जब विलियम स्कूल वापिस आया तो उसने अपना सारा पैसा 2.5 प्रतिशत ब्याज पर बैंक में जमा करवा दिया।

आने वाले वर्ष में, उसने धीरे-धीरे अपनी बचत को बढ़ते देखा। प्रेज़ीडेंट विल्सन ने अप्रैल 1917 में जर्मनी के साथ युद्ध का ऐलान कर दिया पर इससे विलियम को कोई चिंता नहीं हुई। उसने माँ को दिलासा दी कि अमेरिका को कभी भी, कोई भी नहीं हरा सकता था। उसने अपनी बात के समर्थन मे लिबर्टी बॉन्डस में 10 डॉलर निवेश किए।

~

जब तक विलियम का ग्यारहवाँ जन्मदिन आया, उसके लेजर में क्रेडिट कॉलम में 412 डॉलर का मुनाफ़ा दिख रहा था। उसने माँ के जन्मदिन पर उन्हें एक फ़ाउंटेन पेन उपहार में दिया। दादी और नानी माँ के लिए स्थानीय गहनों की दुकान से दो ब्रोच खरीदे। ये दोनों

ब्रोच दादी और नानी के पास श्रेव, क्रंप एंड लो स्टोर के डिब्बों में पैक होकर पहुँचे, जो विलियम को एक जाने-माने स्टोर के बाहर पड़े कूड़ेदान में से मिले थे। वह उन दोनों को गुमराह नहीं करना चाहता था पर उसने माचिस की डिब्बी वाले अनुभव से सीख लिया था कि अच्छी पैकिंग से उत्पाद के दाम बढ़ जाते हैं।

दादी और नानी माँ को ब्रोच पर कहीं भी श्रेव, क्रंप एंड लो की मुहर नहीं दिखी पर फिर भी उन्होंने वे ब्रोच बड़े गर्व से पहने। वे दोनों बहुत पहले ही तय कर चुकी थीं कि विलियम आने वाले सितंबर के महीने में, न्यू हैम्पसफायर, कॉनकॉर्ड के सेंट पॉल्स स्कूल में जाने के लिए पूरी तरह से तैयार था। उसने उन्हें गणित में भी स्कॉलरशिप ला कर दिखाई और अनावश्यक रूप से परिवार के सालाना 300 डॉलर की बचत कर दी। विलियम ने स्कॉलरशिप ले ली पर दादी और नानी माँ ने उस पैसे को, किसी दूसरे कम सौभाग्यशाली बच्चे के नाम भिजवा दिया।

एनी को इस सोच से ही नफ़रत थी कि विलियम बोर्डिंग स्कूल जा रहा था। पर उसकी माँ और सास की यही इच्छा थी और सबसे महत्त्वपूर्ण बात यही थी कि रिचर्ड भी यही चाहता। उसने विलियम के नाम की टेप तैयार कीं, उसके जूतों पर निशान लगाए, उसके कपड़े सँभाले और फिर उसका ट्रंक तैयार करते हुए, किसी भी सहायक की मदद लेने से इनकार कर दिया। जब विलियम के जाने का समय आया तो उसने पूछा कि उसे उस सत्र के लिए कितने जेबख़र्च की ज़रूरत होगी।

''नहीं, थैंक्स ममा,'' विलियम ने कहा और आगे कोई सफ़ाई नहीं दी।

विलियम ने माँ का गाल चूमा और अपनी पहली लंबी पतलून पहने, कटे हुए छंटे बाल वाले सुंदर से चेहरे के साथ, हाथ में सूटकेस थामे चल दिया। वह कार में बैठा और रॉबर्ट्स उसे छोड़ आया। उसने पीछे मुड़ कर नहीं देखा। उसकी माँ लगातार हाथ हिलाती रही और बाद में बहुत देर रोई। विलियम भी रोना चाहता था पर वह जानता था कि उसके पिता को ऐसा करना कभी पसंद न आता।

~

विलियम केन को अपने प्रेप स्कूल में जाते ही यह बात अखरी कि दूसरे लड़के उसके बारे में कुछ जानते ही नहीं थे। उस जगह उसके लिए प्रशंसा का भाव, उसके रुतबे के लिए चेहरे पर एक हामी; उस जगह तो ऐसा कुछ भी नहीं था। एक लड़के ने तो उसका नाम तक पूछ लिया और नाम बताए जाने पर भी कोई प्रतिक्रिया तक नहीं दी। कई लोगों ने उसे 'बिल' कह कर पुकारा परन्तु उसने उसी समय स्पष्ट कर दिया कि उसके पिता को भी कभी किसी ने अधूरे नाम से नहीं बुलाया था।

विलियम के नए महल में एक छोटा-सा कमरा था जिसमें क़िताबें रखने की लकड़ी की शेल्फ़, दो मेज़, दो कुर्सी, दो पलंग और मटमैली सी चमड़े की आरामदेह सैटी थी। इसमें से आधा सामान न्यूयॉर्क से आए मैथ्यू लेस्टर नाम के लड़के के लिए था, जिसके पिता लेस्टर एंड कंपनी के चेयरमैन थे, वह भी एक पुराना पारिवारिक बैंक था।

विलियम जल्द ही स्कूल के रूटीन का हिस्सा बन गया : सुबह 7.30 बजे उठना, नहाना और फिर हॉल में स्कूल के सभी छात्रों के साथ नाश्ता करना—220 लड़के अपनी-अपनी तरह से दलिया, अंडे और बेकन खाते दिखते। नाश्ते के बाद गिरजाघर, लंच से पहले 45 मिनट की 3 कक्षाएँ और 2 कक्षाएँ लंच के बाद होतीं। उसके बाद म्यूज़िक के लैसन रहते, जो विलियम को नापसंद थे क्योंकि वह एक नोट भी लय में नहीं गा पाता था और उसके मन में कोई भी वाद्य यंत्र सीखने या बजाने की कोई इच्छा नहीं थी। वह अक्सर इस जगह आख़िर में ही दिखता। पतझड़ के मौसम में फुटबॉल, सर्दियों में हॉकी और रैकेटबॉल और वसंत के मौसम में नाव चलाना और टेनिस; इन सबके बाद खाली समय बचता ही कहाँ था। गणित का स्कॉलर होने के नाते, उसे सप्ताह में तीन बार इस विषय में, अपने हाउस मास्टर मि. जी. रैगलन से पढ़ने का मौका मिलता, लड़के उन्हें रैग्स कहते थे क्योंकि वे दिखने में बड़े गंदे लगते थे।

पहले वर्ष के दौरान, विलियम अपनी स्कॉलरशिप के लायक निकला, वह हमेशा, हर विषय में टॉप पर दिखाई देता और गणित में तो उसका कोई सानी नहीं था। बस मैथ्यू लेस्टर, उसका नया दोस्त ही प्रतियोगिता कर सकता था और यह और भी सुनिश्चित था क्योंकि दोनों का कमरा एक ही था। विलियम को एक वित्तीय सलाहकार के तौर पर भी शोहरत मिलने लगी थी। हालाँकि स्टॉक बाज़ार में पहला निवेश असफल रहा, पर उसने अपना यह भरोसा नहीं तोड़ा कि अच्छा पैसा कमाने के लिए, बाज़ार में अच्छी पूँजी लगाना अनिवार्य था। *वह द वॉल स्ट्रीट* जर्नल और कंपनी की रिपोर्टों पर नज़र बनाए हुए था और निवेश के घोस्ट पोर्टफ़ोलियो के साथ प्रयोग करने आरंभ कर दिए थे। वह अपनी हर काल्पनिक खरीद और बेच का हिसाब रखता, उसके नए और अलग रंग के लैजर में अच्छे-बुरे, हर निवेश का ब्यौरा होता था, चाहे वह उसने असल में किया हो या कल्पना में। वह माह के अंत में, बाकी बाज़ार से अपने प्रदर्शन की तुलना करता। उसे आगे जाने वाले स्टॉक से परेशानी नहीं थी, वह अनजानी कंपनियों पर ज़्यादा ध्यान दे रहा था, जिनमें से कुछ ओवर द काउंटर व्यापार ही करती थीं इसलिए एक बार में कुछ शेयर ही खरीदे जा सकते थे। विलियम किसी भी निवेश में चार बातों पर ध्यान देता था—आय के कम विभाज्य, उच्च विकास दर, सम्पत्ति का ठोस आधार और अनुकूल व्यापारिक पूर्व अनुमान। उसे अपनी कसौटी पर कसने के लिए ऐसे बहुत कम शेयर मिले पर जो भी मिले, उनमें से अधिकतर मुनाफ़ा देने वाले थे।

ज्यों ही उसने साबित किया कि वह नियमित रूप से अपने काल्पनिक निवेश प्रोग्राम से डो जोंस इंडेक्स को पछाड़ रहा था, विलियम ने असली पैसा निवेश करने का मन बना लिया : उसका अपना पैसा। उसने 100 डॉलर से खेल चालू किया और आने वाले साल के दौरान अपने सिस्टम को संवारने से पीछे नहीं हटा। वह हमेशा लाभांश को बढ़ाते हुए हानियों को घटाने के बारे में सोचता। जब किसी स्टॉक की कीमत दुगनी होती तो वह आधा बेच देता और बाकी आधा बोनस की तरह बचाए रखता। ईस्टमैन कोडैक और स्टैंडर्ड ऑयल के साथ उसके निवेश कमाल के रहे, अब वे देश में जाना-माना नाम बन चुके थे। उसने एक मेल-ऑर्डर कंपनी सीर्स में भी रुचि ली क्योंकि उसे लगता था कि वह चलन

में आने वाली थी।

पहले साल के अंत में, वह कई मास्टरों और यहाँ तक कि कई माता-पिता व अभिभवाकों को भी अपनी राय देने लगा था।

विलियम केन स्कूल में बहुत खुश था।

9

व्लादेक इकलौता जीवित इंसान था जिसे तहखानों के आस-पास के रास्ते पता थे। जब वह और लिओन अपनी ही मौज में लुका-छिपी खेलते तो वह अक्सर पत्थरों से बने उन छोटे कमरों में घंटों छिपा रहता और उसे इस बात की तसल्ली रहती थी कि वह जब जी चाहे, अपनी मर्ज़ी से महल में वापिस जा सकता था।

कुल मिलाकर चार तहखाने थे। उनमें से दो भूतल पर थे। दो छोटे तहखानों में बहुत कम रोशनी थी जो पथरीली दीवार में ऊपर बने रोशनदान से आती थी। उनसे पाँच सीढ़ियाँ नीचे उतरते ही दो और पत्थरों से बने कमरे थे जिनमें हमेशा अंधेरा छाया रहता और साँस लेने लायक हवा भी कम थी। व्लादेक बैरन को ऊपर वाले छोटे तहखाने में ले गया, जहाँ जाते ही वे एक कोने में बैठ गए और लगातार शून्य में ताकने लगे। व्लादेक ने फ़्लोरेंटीना से कहा कि वह बैरन की देख-रेख करे।

व्लादेक ही ऐसा इंसान था जो बैरन के साथ उनके कमरे में रहने का साहस कर सकता था, बाकी बचे चौबीस नौकरों ने कभी उसके इस हक़ पर आवाज़ नहीं उठाई। इस तरह, नौ साल की उम्र में ही, उसने अपने कैदी साथियों की रोज़मर्रा की ज़िम्मेदारियों का बीड़ा उठा लिया। तहखाने के ये कैदी अपने हालात से इस तरह अकबकाए हुए थे कि उन्हें इस बात से कोई हैरत नहीं हुई कि एक छोटा-सा लड़का उनकी ज़िन्दगियों को अपने बस में किए हुए था। तहखानों में व्लादेक ही उनका मालिक था। उसने नौकरों को आठ-आठ के समूह में विभक्त कर दिया, उसने कोशिश की कि परिवारों को एक ही समूह में रखा जाए। वह उन्हें बारी-बारी से सब कामों पर लगाता—आठ घंटों के लिए रोशनी, हवा, भोजन और व्यायाम के लिए ऊपर वाले तहखाने में, आठ घंटे महल में, बंदी बनाने वालों के लिए काम करना और आठ घंटों के लिए निचले तहखानों में सोने जाना।

बैरन और फ़्लोरेंटीना के सिवा कोई यकीन से नहीं बता सकता था कि व्लादेक स्वयं कब सोता था, वह हमेशा नौकरों की हर पारी के निरीक्षण के लिए चौकस दिखाई देता। हर बारह घंटे बाद भोजन बाँटा जाता। दरबान एक मश्क बकरी का दूध, काले रंग के पाव और जौ का अनाज दे जाते, कभी-कभी कुछ सूखे मेवे भी होते। व्लादेक हर चीज़ को अट्ठाईस हिस्सों में बाँटता और बैरन को बिना बताए हमेशा दो हिस्से दिए जाते।

नई पारी को व्यवस्थित करने के बाद व्लादेक बैरन के छोटे तहखाने में लौट जाता। शुरुआत में लगा कि उसे बैरन की ओर से मार्गदर्शन मिलेगा पर उसके मालिक की नज़रें बहुत ठंडी और वीरान हो गई थीं, जैसे दरवाज़े पर खड़े जर्मन सिपाही बेलाग नज़रों से

ताकते थे। बैरन ने अपने ही महल में बंदी बनने के बाद से कुछ नहीं कहा था। दाढ़ी लंबी होकर उलझ चुकी थी और तगड़ा शरीर धीरे-धीरे दुबला गया था। चेहरे पर गर्वीला भाव जाने कहाँ चला गया था, अब उस पर मायूसी के सिवा कुछ न था। व्लादेक को अब बैरन का मुलायम, भारी स्वर भी याद नहीं आता था और उसे यही लगने लगा था कि अब दोबारा कभी मालिक की आवाज़ नहीं सुन सकेगा। धीरे-धीरे उसने मालिक की ख़ामोशी को सुनना सीख लिया और उनके आगे शांत रहने लगा।

व्लादेक जर्मन सिपाहियों के आने से पहले से महल में रह रहा था। वह महल में इतना व्यस्त रहता था कि उसे यह याद नहीं रहता था कि पिछले दिन क्या हुआ था। अब उसे पिछले एक घंटे के बारे में भी याद नहीं रहता था क्योंकि कभी भी कुछ बदलता ही नहीं था। मिनट घंटों में, घंटे दिनों में, दिन महीनों में बदलते जाते। नौकरों की पाली बदलने, खाना आने या अंधेरे और रोशनी से ही समय बीतने का अहसास होता था, जबकि दिनों के छोटे होने या तहखाने की दीवारों पर बर्फ़ की परत से मौसम बदलने का पता चल जाता था। लंबी रातों के दौरान व्लादेक मौत की उस गंध को पहचान लेता जो तहखाने के कोने-कोने में पसरी हुई थी। सुबह की धूप, ठंडी हवा या बारिश की गिरती हुई सुकूनदायक आवाज़ के साथ वह थोड़ी कम हो जाती।

एक दिन, सारा दिन चलने वाले तूफ़ान के बाद व्लादेक और फ़्लोरेंटीना ने बारिश का फ़ायदा उठाया और पत्थर की दीवारों से रिसते पानी से बने गड्ढे से हाथ-मुँह धोए। किसी ने ध्यान नहीं दिया कि जब व्लादेक ने अपनी फ़टी हुई कमीज़ उतारी और शरीर पर ठंडा पानी डाला तो बैरन की आँखें फड़क गई थीं। बिना किसी चेतावनी के बैरन बोलने लगे।

''व्लादेक''—इतनी धीमी आवाज़ सुनाई नहीं दे रही थी—उनका सुर भर्रा रहा था, ''मैं तुम्हें अच्छी तरह देख नहीं पा रहा, मेरे पास आओ बच्चे।''

व्लादेक इतनी लंबी ख़ामोशी के बाद, बैरन की आवाज़ सुन कर चौंका और उसे डर सताने लगा कि कहीं वे भी तहखाने के दो नौकरों की तरह पागलपन की चपेट में तो नहीं आ गए।

''मेरे पास आओ, बच्चे,'' बैरन ने दोहराया।

व्लादेक डरते-डरते उस ओर गया और बैरन के पास जाकर खड़ा हो गया। बैरन ने अपनी आँखें मींचते हुए, पूरा ध्यान केंद्रित किया और उसकी छाती पर अपना हाथ फिराया।

''व्लादेक, क्या बता सकते हो कि तुम्हारे साथ क्या हुआ था?''

''नहीं श्रीमान, यह तो जन्म से ही ऐसे है। मेरे पिता ने बताया था कि शैतान ने मेरे शरीर पर अपना निशान छोड़ा है।''

''मूर्ख आदमी! वैसे भी, वह तुम्हारा पिता नहीं है,'' बैरन ने धीरे से कहा और फिर अपने सन्नाटे में लौट गए। व्लादेक बिना हिले-डुले उनके सामने शांत खड़ा रहा। जब बैरन ने दोबारा बोलना चालू किया तो आवाज़ में एक दृढ़ता थी—''बैठो बच्चे।''

व्लादेक ने ऐसा ही किया और उसका ध्यान फिर से बैरन के हाथ में पहने हुए बैंड

पर गया जो अब कलाई पर झूलने लगा था। तहखाने के अंधेरे में अचानक आई रोशनी की एक किरण में बैंड पर रोसनोवस्की का सूत्र वाक्य जगमगा गया।

"पता नहीं जर्मन हमें कितने समय तक इस जगह रखेंगे," बैरन आगे बोले। "मुझे लगा था कि कुछ सप्ताह में सब ठीक हो जाएगा। मैं ग़लत था और संभावना यही दिख रही है कि हमारे साथ ऐसा लंबे समय तक चलता रहेगा। यही सोच कर, हमें अपने समय का रचनात्मक उपयोग करना चाहिए, जहाँ तक मेरा सवाल है, मेरी ज़िन्दगी ख़त्म होने को है।"

"नहीं, नहीं," व्लादेक ने बोलना चाहा पर बैरन इस तरह बात करते रहे मानो उसे बोलते हुए सुना ही न हो।

"पर बेटा, अभी तुमने ज़िन्दगी जीनी है। तभी मैं तुम्हारी पढ़ाई-लिखाई पर ध्यान देना चाहता हूँ।"

बैरन उस दिन दोबारा नहीं बोले। मानो वे अपने ऐलान के सभी पहलुओं पर गौर कर रहे हों। पर आने वाले सप्ताहों में व्लादेक को ऐसा लगा मानो उसे नया अध्यापक मिल गया हो। उनके पास लिखने या पढ़ने का कोई साधन नहीं था इसलिए व्लादेक की पढ़ाई, बैरन की बताई बातों को दोहराने से ही होती थी। उसने अदम मिश्कीविज़ और यान कोहानोवस्की की कविताओं से बहुत कुछ सीखा। द *आईनीड* के लंबे पैराग्राफ़ भी उसके ज्ञान में वृद्धि कर रहे थे। उस कक्षा में व्लादेक ने भूगोल और गणित सीखने के अलावा भाषाओं पर भी पकड़ गहरी की—उसने रूसी, जर्मन, फ्रेंच और अंग्रेज़ी सीखी। पर पहले की तरह, उसे इतिहास की कक्षा में बहुत आनंद आता था। सौ वर्षों के विभाजन के साथ उसके देश की कहानी, एक संयुक्त पोलैंड के लिए निराशा से भरी उम्मीदें, 1812 में रूसियों के हाथों नेपोलियन की पराजय पर उसके लोगों का दुख। उसने अच्छे समय की बहादुरी के किस्से सुने, जब राजा किंग यान कैसीमीर ने तेस्ताहोवा में स्वीडिश पराजय के बाद पोलैंड को ब्लेस्ड वर्जिन को समर्पित कर दिया था और किस तरह विद्वान और शिकारप्रेमी बलशाली प्रिंस रैडजीव्यू ने वॉरसॉ के निकट अपने महल में दरबार लगाया था।

व्लादेक हर दिन के अंत में एक कक्षा में रोसनोवस्की परिवार के इतिहास के बारे में जानकारी पाता। उसे बार-बार, लगातार एक ही किस्सा सुनाया गया—किस तरह बैरन के यशस्वी पुरखों ने पहले 1794 में जनरल दोमब्रोवस्की को अपनी सेवाएँ प्रदान कीं और फिर 1809 में नेपोलियन के अधीन काम किया, उन्हें स्वयं नेपोलियन ने बहुत सारी भूमि देने के अलावा सम्मानित किया, बैरन की उपाधि प्रदान की। उसने जाना कि बैरन के दादा जी वॉरसॉ की काउंसिल में मौजूद थे और उनके पिता ने एक नए पोलैंड के निर्माण में अहम भूमिका निभाई थी। एक बार फिर समय तेज़ी से बीतने लगा, उनकी नई कक्षा की भयावहता के बावजूद पढ़ाई जारी रही।

बैरन सुनने और देखने की शक्ति घटने के बावजूद उसे पढ़ाते रहे। हर दिन व्लादेक को उनके और पास बैठना पड़ता था।

हर चार घंटे के बाद तहखाने के बाहर पहरेदारों की ड्यूटी बदल जाती और उनके व कैदियों के बीच बात करना मना था। फिर भी इक्का-दुक्का उड़ती ख़बरों से व्लादेक ने

जाना कि जंग में क्या चल रहा था, हिडनबर्ग और लुडनडॉर्फ में क्या हो रहा था, रशिया की नवंबर क्रांति में क्या हुआ और ब्रेस्त-लितोवस्क संधि के बाद रशिया कैसे पीछे हट गया था।

उसे लगने लगा था कि अब मौत ही तहखानों से बच कर निकलने का उपाय बची थी। वह अक्सर सोचता कि वह जो भी ज्ञान प्राप्त कर रहा था, अगर उसे आज़ाद न किया गया तो यह सब उसके साथ ही दफ़न हो जाएगा।

फ़्लोरेंटीना- व्लादेक की माँ, बहन और निकटतम मित्र—वह अपनी ओर से बैरन की कोठरी को साफ़ रखने की कोशिश में जुटी रहती। कई बार पहरेदार उन्हें एक बाल्टी रेत या थोड़ा फूस दे देते ताकि वे मल-मूत्र से गंदे फ़र्श को ढँक सकें और इस तरह कुछ दिनों के लिए वह बुरी गंध दब जाती। अगर खाने में डबलरोटी या आलू का कोई क़तरा भी नीचे गिर जाता, तो अंधेरा होते ही चूहे आ जाते, वे उनके लिए बीमारी और नींद न आने का कारण बनते। मानव मल-मूत्र और पशुओं के मल-मूत्र की बासी दुर्गंध से व्लादेक का जी अक्सर मिचलाता। वह फिर से साफ़-सुथरा होना चाहता था। वह दीवार में आई छोटी-सी दरार को घंटों देखते हुए, गर्म पानी से भरे टब व खुशूबदार साबुनों को याद करता। वह जगह उनके कितनी पास थी पर बात कितनी पुरानी हो गई थी, आया किस तरह सारा दिन की मौज-मस्ती के बाद उसके और लिओन के गंदे घुटने और नाखूनों में जमा मैल कितने सलीके से साफ़ किया करती थी।

~

1918 के वसंत तक, सत्ताईस बंदियों में से केवल पंद्रह ही जीवित बचे। बैरन को अब भी सभी अपना मालिक मानते थे और व्लादेक को उनका सहायक मान लिया गया था। व्लादेक को अपनी बहन फ़्लोरेंटीना के लिए बहुत दुख होता था जो अब बीस वर्ष की हो चुकी थी। वह जाने कब से जीवन से कट चुकी थी। व्लादेक ने उसके आगे कभी हिम्मत नहीं हारी, पर बारह वर्ष का होने के बावजूद, वह भी यही सोचने लगा था कि क्या उन तहखानों के बाहर उनका कोई आने वाला कल भी था?

एक शाम, जब पतझड़ का मौसम आने को था, फ़्लोरेंटीना तहखाने के बड़े वाले हिस्से में व्लादेक के पास आई।

"बैरन तुम्हें बुला रहे हैं।"

व्लादेक जल्दी से उठा और भोजन वितरित करने का काम एक भरोसेमंद नौकर को सौंप कर बैरन के पास चल दिया। बैरन बहुत कष्ट में थे और व्लादेक अच्छी तरह देख सकता था कि बीमारी ने किस तरह उनके शरीर के माँस को ख़त्म कर दिया था, अब बस कंकाल जैसे चेहरे पर चमड़ी की हल्की-सी परत रह गई थी। बैरन ने पीने के लिए पानी माँगा और फ़्लोरेंटीना एक मग में बारिश का जमा किया हुआ पानी ले आई, जो दीवार में बाहर की ओर टँगा था। जब बैरन ने पानी पी लिया तो वे किसी तरह धीरे-धीरे, बहुत कष्ट से बोलने लगे।

''व्लादेक, तुम बहुत से लोगों को मौत के मुँह में जाते देख चुके हो, एक और मौत से तुम्हें कोई फ़र्क नहीं पड़ेगा। मैं यह मानता हूँ कि अब मुझे इस दुनिया को छोड़ कर जाने में कोई डर नहीं है।''

''नहीं, नहीं, ऐसा नहीं हो सकता!'' व्लादेक ने जीवन में पहली बार बूढ़े को जकड़ा और चिल्लाने लगा। ''बैरन, आप हिम्मत न हारें। मैंने पहरेदारों को आपस में बात करते सुना है कि जंग ख़त्म होने को है। हम जल्द रिहा होंगे।''

''व्लादेक, वे तो कई महीनों से ऐसा ही कहते आ रहे हैं। वैसे भी वे जो नई दुनिया बना रहे हैं, मैं उसमें जीना ही नहीं चाहता।'' वे रुके क्योंकि व्लादेक सुबकने लगा था, तहखानों में बीते पिछले तीन साल में पहली बार वह रो रहा था। फिर वे बोले, ''मेरे पुराने सहायकों को बुलवा दो।''

व्लादेक ने तुरंत हुक्म पूरा किया। हालाँकि उसे पता नहीं था कि उन्हें क्यों बुलाया जा रहा था।

दोनों नौकरों को नींद से जगाया गया और वे सकपकाते हुए, बैरन के आगे चुपचाप खड़े हो गए। वे अभी अपनी कशीदाकारी वाली वर्दियों में थे, पर उन वर्दियों में अब हरे और सुनहरे रंगों की आब नहीं थी जिन पर रोसनोवस्की को गर्व हुआ करता था।

''व्लादेक, क्या वे आ गए?'' बैरन ने पूछा।

''जी सर, क्या आप देख नहीं पा रहे?'' व्लादेक को पहली बार पता चला कि बैरन अंधे हो गए थे।

''उन्हें आगे ले आओ ताकि मैं उन्हें छू सकूँ।''

व्लादेक उन्हें आगे ले आया और बैरन ने उनके चेहरे छुए।

''बैठ जाओ, दोनों बैठ जाओ। लुडविक, अल्फोंस, क्या तुम दोनों मुझे सुन सकते हो?''

''जी श्रीमान,'' वे बोले।

''मेरा नाम बैरन रोसनोवस्की है।''

''हम जानते हैं, श्रीमान,'' सहायक ने मासूमियत से कहा।

''बीच में मत बोलो। मैं मरने वाला हूँ,'' बैरन बोले।

तहखाने में मौत इतनी आम बात हो गई थी कि वे दोनों यह सुन कर भी कुछ नहीं बोले।

''मैं अब नई वसीयत नहीं बना सकता क्योंकि मेरे पास कागज़, कलम या स्याही नहीं है। यही वजह है कि मैं तुम दोनों को गवाह बना रहा हूँ और पोलैंड के पुराने कानून के अनुसार तुम मेरी गवाही दे सकते हो। क्या तुम्हें समझ आया कि मैंने क्या कहा?''

''जी श्रीमान,'' दोनों ने एक साथ कहा।

''मेरा पहला बेटा लिओन नहीं रहा इसलिए मैं अपनी सारी जायदाद और सम्पत्ति,

व्लादेक कोस्कीविज़ नामक लड़के को दे रहा हूँ।''

व्लादेक ने जाने कितने बरस से अपना पूरा नाम नहीं सुना था और उसे इतनी जल्दी बैरन के शब्दों की अहमियत भी नहीं समझ आई।

बैरन ने आगे कहा, ''अपनी बात के प्रमाण के तौर पर मैं इसे अपना खानदानी बैंड दे रहा हूँ।''

बूढ़े ने धीरे से दाईं बाज़ू से चाँदी का बैंड उतारा और निःशब्द खड़े व्लादेक की ओर बढ़ाया। वे उसे अपने पास लाकर बोले, ''मेरा बेटा, मेरा उत्तराधिकारी।'' ऐसा कहने के बाद चाँदी का बैंड उसकी कलाई पर रख दिया।

व्लादेक पूरी रात बैरन की बाँहों में ही पड़ा रहा, जब तक उसे उनके दिल की धड़कन महसूस होती रही और फिर धीरे-धीरे बैरन की बाज़ुओं की पकड़ ठंडी और सख़्त होने लगी। सुबह पहरेदारों ने बैरन की लाश को हटाया और व्लादेक को इजाज़त मिली कि वह उन्हें घर के ही गिरजे की ज़मीन पर, उनके बेटे लिओन के साथ दफ़ना सके। जब व्लादेक के हाथों खोदी गई क़ब्र में लाश को दफ़नाया जा रहा था, तो बैरन की रेशमी कमीज़ छाती से फट कर खुल गई। व्लादेक ने मृतक की लाश को देखा। उनकी छाती पर एक ही निप्पल था।

~

1918 का पतझड़ बीतने को था, कैदियों ने आपसी झड़प के साथ गोलीबारी की आवाज़ सुनी। व्लादेक को यकीन था कि पोलिश सेना उन्हें बचाने आ गई थी और अब वह अपने उत्तराधिकार का दावा कर सकता था। जब जर्मन पहरेदार, तहखाने के दरवाज़े से हटे, तो बाकी सारे कैदी भी निचले कक्षों में चुप होकर जमा हो गए। व्लादेक अकेला ही वहीं खड़ा अपने हाथ का बैंड घुमा रहा था, वह इंतज़ार में था कि उनके मुक्तिदाता आकर उन्हें छुड़ा लेंगे और वह अपनी सम्पत्ति पर अधिकार जमा सकेगा, जो अब उसकी थी।

धीरे-धीरे वे आदमी सामने आए जिन्होंने दुश्मनों को हराया था, एक सिपाही व्लादेक से टूटी-फूटी स्लाविक बोली में बोलने लगा, जो वह स्कूल में सीख चुका था और जर्मनों से भी ज़्यादा नापसंद करता था।

नए विजेताओं को शायद इस बात का अनुमान नहीं था कि वे जिस महल में घुसपैठ कर रहे थे, यह बारह वर्ष का लड़का उसका मालिक था। वे उसकी बोली नहीं बोलते थे। उनके आदेश स्पष्ट थे और कोई सवाल नहीं उठा सकता था : ऐसे किसी भी इंसान को जान से मार दिया जाए जो ब्रेस्त-लितोवस्क समझौते को नहीं मानता, पोलैंड का यह हिस्सा रूसियों का होगा और बाकी बचे लोग साइबेरिया के कैंप 201 में भेजे जाएँगे। जर्मन नाममात्र के संघर्ष के बाद, अपनी नई सीमा के पीछे जा चुके थे और व्लादेक और उसके साथी, अपने आने वाले कल से अनजान बैठे रहे।

दो और रातों के बाद, व्लादेक ने यह मान लिया कि अब उनकी बाकी ज़िन्दगी जेल में ही बीतने वाली है। नए पहरेदारों ने उनसे कोई बात नहीं की और वह यह सोचने लगा

कि जर्मनों की जगह रूसी नर्क ने ले ली थी।

तीसरे दिन, रूसी सिपाही धड़धड़ाते हुए तहखाने में आ गए और चौदह मरियल गंदे कैदियों को, महल के बाहर घास में घसीट लाए। दोपहर के सूरज की रोशनी में आते ही दो नौकरों ने दम तोड़ दिया। व्लादेक को भी अपनी आँखों पर हाथों से ओट करनी पड़ी ताकि धूप से बच सके, वे सिपाहियों के अगले कदम का इंतज़ार करने लगे। क्या उन्हें गोली मार दी जाएगी या वे रिहा होने वाले हैं?

पहरेदारों ने उनके कपड़े उतरवाए और कहा कि वे नदी में जाकर नहा कर आएँ। व्लादेक ने पानी के पास जाने से पहले अपने हाथ के बैंड को कपड़ों में छिपा लिया। नदी तक जाने में ही टाँगें साथ नहीं दे रही थीं। वह अचानक ठंडे पानी को छूते ही बेदम हो गया। हालाँकि शरीर को पानी कितना भला लग रहा था। बाकी कैदी भी उसके साथ आ मिले, वे सभी तीन साल की मैल और गंदगी को अपने शरीर से हटाने की कोशिश में थे।

व्लादेक ने नहाते हुए देखा कि सिपाही फ़्लोरेंटीना की ओर इशारा करते हुए हँस रहे थे। किसी दूसरी महिला ने उनका ध्यान इस तरह नहीं खींचा था। एक मोटे और बड़े से रूसी सिपाही ने नदी की ओर जाती फ़्लोरेंटीना का हाथ कस कर पकड़ लिया। उसने उसे ज़मीन पर पटका और अपनी पतलून उतारने लगा। व्लादेक ने अविश्वास से उस आदमी के बड़े से गुप्तांग की ओर देखा, जो अब फ़्लोरेंटीना पर हावी होने की कोशिश कर रहा था। वह नदी से निकल कर सिपाही की ओर भागा, और अपने सिर से सिपाही के पेट पर वार करने के बाद, घूँसे बरसाने लगा। आदमी ने अकबका कर फ़्लोरेंटीना को छोड़ दिया, पर दूसरे सिपाही ने व्लादेक को ज़मीन पर फेंका और उसकी पीठ पर घुटने से ठोकर दे मारी। यह हल्ला सुन कर दूसरे सिपाही भी उस ओर आ गए और तमाशा देखने लगे। व्लादेक को मारने वाला ज़ोर-ज़ोर से हँस रहा था।

''ये देखो महान रक्षक पधारे हैं,'' एक बोला।

''ये अपने देश की इज़्ज़त बचाने आए हैं,'' दूसरा बोला।

''इसे कम-से-कम नज़ारा तो दिखा दो,'' उसे ज़मीन पर कस कर पकड़ने वाला सिपाही बोला।

उस हँसी के बीच और फ़ब्तियाँ कसी गईं जो उसे समझ नहीं आईं। निर्वस्त्र सिपाही धीरे-धीरे फ़्लोरेंटीना की ओर बढ़ रहा था जो मारे भय के जड़ हो गई थी। व्लादेक ने खुद को छुड़ाने के लिए बहुत कोशिश की पर वह नाकाम रहा। निर्वस्त्र सिपाही फ़्लोरेंटीना के शरीर को रौंदने लगा। जब उसने फ़्लोरेंटीना को तमाचा रसीद किया तो उसने लड़ते हुए भागने की कोशिश की पर सिपाही उस पर हावी हो चुका था। फ़्लोरेंटीना इतनी बुरी तरह से चीखी, जैसी चीख व्लादेक ने पहले कभी नहीं सुनी थी। दूसरे सिपाही आपस में हँसते हुए बतियाते रहे, उन्होंने उनकी ओर देखा तक नहीं।

''हद हो गई, ये तो कुँआरी निकली,'' सिपाही ने अपना खून से सना लिंग बाहर निकाला।

वे सारे हँसने लगे।

''तब तो तूने मेरा काम और आसान कर दिया,'' दूसरा सिपाही बोला।

फिर से हँसी का दौर चला। जब फ़्लोरेंटीना का ध्यान व्लादेक की ओर गया तो उसका जी मिचला गया। सिपाही ने उसे थोड़ा पीछे कर दिया ताकि वह कहीं उसकी वर्दी या चमचमाते जूतों पर उल्टी न कर दे। पहला सिपाही, खून में सना लिंग लिए नदी की ओर भागा, वह इस तरह चिल्ला रहा था जैसे कोई बड़ी जीत हासिल की हो। दूसरा आदमी बेल्ट खोलने लगा और एक सिपाही ने फ़्लोरेंटीना को ज़मीन से उठने नहीं दिया। दूसरे सिपाही ने पहले की तुलना में फ़्लोरेंटीना के साथ और ज़्यादा खिलवाड़ किया और उसके साथ जिस्मानी संबंध बनाने से पहले उसे बुरी तरह से मारा। वह फिर से चिल्लाई, पर अब चीख पहले ज़ितनी तेज़ नहीं थी।

''जल्दी करो व्लादी, तुमने बहुत समय ले लिया।''

उस आदमी ने फ़्लोरेंटीना को छोड़ा और पहले सिपाही की तरह नदी की ओर भागा। व्लादेक ने विवश होकर फ़्लोरेंटीना की ओर देखा। वह बुरी तरह से नोची जा चुकी थी और टाँगों के बीच से खून बह रहा था। उसे पकड़ने वाला सिपाही फिर से बोला—

''बोरिस, तू इस हरामी को सँभाल, अब मेरी बारी है।''

पहले सिपाही ने व्लादेक को पकड़ा, व्लादेक ने फिर से मारना चाहा पर सिपाही उसकी इस कोशिश को देख और हँसने लगे।

''अब हमें पोलिश सेना की पूरी ताकत का पता मिल गया।''

एक और सिपाही ने फ़्लोरेंटीना को अपना शिकार बनाया और उनके बीच हँसी-ठट्ठा जारी रहा। फ़्लोरेंटीना उदासीन सी पड़ी रही।

''ओह, लगता है कि इसे भी मज़ा आने लगा है।'' उसने अपना काम पूरा करके कहा। चौथा सिपाही फ़्लोरेंटीना की ओर बढ़ा। जब उसके पास गया तो उसने उसे पलटा और अपनी ओर से उसकी टाँगों को चौड़ाई में खोल दिया। उसके बड़े से हाथ तेज़ी से लड़की के दुबले शरीर पर रेंग रहे थे। जब उसकी बारी आई तो फ़्लोरेंटीना कराहने लगी। व्लादेक गिनता रहा, सोलह सिपाही उसकी बहन के साथ बलात्कार कर चुके थे। जब आख़िरी ने अपना काम पूरा किया तो वह गाली बक कर चिल्लाया, ''शायद मैंने एक औरत की लाश से मज़ा लिया है।'' यह सुन कर सभी फिर से हँसने लगे।

जब व्लादेक को उस सिपाही ने छोड़ा तो वह सीधा फ़्लोरेंटीना की ओर भागा। सिपाही बैरन के शराबघर से लूटी गई शराब और वोदका पीते हुए, रसोई से आए माँस और डबलरोटी का मज़ा उठा रहे थे।

व्लादेक ने दो अन्य नौकरों की मदद से फ़्लोरेंटीना को उठाया और वे उसे नदी की ओर ले गए। वह उसकी देह पर लगी धूल और खून को साफ़ करते हुए रोता रहा। उसने उसे अपनी जैकेट से ढँका, उसे अपनी बाँहों में भरा और धीरे से चूम लिया, वह पहली औरत थी, जिसका उसने चुंबन लिया था। जब उसके आँसू बहन की लाश पर गिरने लगे

तो उसे महसूस हुआ कि फ़्लोरेंटीना का शरीर निढाल हो गया था। वह किनारे पर उसकी लाश को लाते हुए फिर से रोने लगा। उन्होंने उसे गिरजे की ओर जाते देखा तो वे चुप हो गए। उसने बैरन की क़ब्र के पास ही फ़्लोरेंटीना को लिटाया और अपने हाथों से उसके लिए क़ब्र खोदने लगा। जब तक उसने उसे दफ़नाया, तब तक ढलता सूरज कब्र पर गहरा साया बना चुका था। उसने दो छड़ियों से क्रॉस बना कर, क़ब्र पर लगा दिया। फिर वह वहीं गिर कर गहरी नींद में सो गया, वह इस बात से बेपरवाह था कि वह दोबारा उठेगा भी या नहीं।

10

विलियम के सेंट पॉल जाने के बाद एनी केन बहुत अकेली हो गई थी। परिवार के दायरे में विलियम की बूढ़ी दादी और नानी के सिवा भी कोई नहीं था।

जब एनी का तीसवाँ जन्मदिन आया तो उसके बाद उसने महसूस करना शुरू किया कि अब मर्द उसे मुड़ कर नहीं देखते थे। उसने अपनी कुछ पुरानी दोस्तों के साथ उन पुराने रिश्तों को ताज़ा करना चाहा जो रिचर्ड की मौत के बाद टूट से गए थे। मिली प्रेस्टन, विलियम की धर्ममाता थी, जो उसे बचपन से जानती थी। वह एनी को अपनी दावतों में बुलाने लगी जिनमें एक अतिरिक्त पुरुष इस उम्मीद में हमेशा शामिल किया जाता कि शायद एनी को अपने लिए कोई नया साथी मिल सके। मिली के चुनाव अक्सर बेमेल होते और एनी उसके जोड़ा मिलाने की इस कोशिश पर दिल खोल कर ठहाके लगाया करती। फिर एक दिन, जनवरी 1919, विलियम सर्दियों में स्कूल के सत्र के लिए वापिस लौटा ही था, एनी को डिनर के लिए बुलावा आया जिसमें चार व्यक्ति शामिल थे। मिली ने क़ुबूल किया कि वह अपने दूसरे मेहमान हेनरी ऑस्बॉर्न से पहले कभी नहीं मिली थी, पर उसे लगता था कि वह उसके पति जॉन के साथ ही कभी हॉर्वर्ड में पढ़ता था।

मिली ने फ़ोन पर यह बात मानी, "दरअसल, डार्लिंग, जॉन भी उसके बारे में बहुत नहीं जानता, बस हमें इतना पता है कि वह दिखने में सुंदर है।"

जब एनी ड्राइंग रूम में आई तो हेनरी ऑस्बॉर्न अलाव के पास बैठा था। वह झट से खड़ा हो गया ताकि मिली एनी से उसका परिचय करवा सके। लगभग छह फुट का क़द, गहरी काली आँखें और काले घुँघराले बाल, वह दिखने में छरहरा और किसी एथलीट जैसा लगता था। एनी को उसे देखते ही खुशी हुई कि उस शाम के लिए उसका साथी जोशीला और खूबसूरत था, हालाँकि मिली को पति के कॉलेज में पढ़ने वाले समकालीन मित्र की तुलना में अपने अधेड़ हो रहे तोंदयुक्त पति से ही काम चलाना पड़ा।

हेनरी ऑस्बॉर्न का हाथ पलस्तर से बँधा था जिसने उसकी हॉर्वर्ड टाई को लगभग छिपा रखा था।

एनी ने हमदर्दी से पूछा, "यह घाव युद्ध की देन है?"

"नहीं, स्कीइंग करते हुए हादसा हो गया; मैं वर्मोंट की ढलानों पर कुछ ज़्यादा ही

तेज़ी दिखाने की कोशिश में था,'' वह हँसते हुए बोला।

यह डिनर एनी के लिए उन दुर्लभ डिनर्स में से एक था, जिनमें समय कब बीत जाता था, पता ही नहीं चलता था। हेनरी ने उसकी हर जिज्ञासा को हल किया। हॉर्वर्ड से आने के बाद वह शिकागो के रियल एस्टेट मैनेजमेंट फ़र्म में काम करता था जो उसका होमटाउन भी था पर फिर लड़ाई छिड़ गई और वह खुद को जंग का हिस्सा बनने से रोक नहीं सका। उसके पास यूरोप और एक युवा लेफ़्टिनेंट के रूप में अपने किस्सों का अच्छा-ख़ासा भंडार था। उसने बताया कि उसने मार्न की जंग में अमेरिका की आन कैसे बचाई। मिली और जॉन ने एनी को रिचर्ड की मौत के बाद इतना हँसते हुए कभी नहीं देखा था। जब हेनरी ने एनी को घर वापिस छोड़ कर आने का प्रस्ताव रखा तो वे एक-दूसरे को देख कर मुस्कुराने लगे।

जब हेनरी ने चार्ल्स रोड पर अपनी स्टूट्ज़ गाड़ी की गति धीमी की तो एनी ने पूछा, ''अब जब तुम हीरोज़ के लायक धरती पर वापिस आ गए तो अब क्या करने का इरादा है?''

उसने कहा, ''अभी कुछ तय नहीं किया। वैसे भी थोड़ा पैसा हाथ में है इसलिए किसी भी मामले में जल्दबाज़ी करना ठीक नहीं होगा। वैसे मैं अपनी रियल एस्टेट फ़र्म भी खोलने के बारे में सोच रहा हूँ। मुझे अपने हॉर्वर्ड के दिनों से बौस्टन अपने लिए घर जैसा लगता रहा है।''

''तो क्या वापिस शिकागो जाने का इरादा नहीं है?''

''नहीं, उस जगह ऐसा कुछ नहीं जो मेरा मन मोह सके। माता-पिता रहे नहीं और मैं उनकी इकलौती औलाद ठहरा इसलिए किसी भी मनचाही जगह से ज़िन्दगी की नई शुरुआत कर सकता हूँ। किस ओर मोड़ना है?''

''ओह, दाईं ओर ले लो,'' एनी ने कहा। ''कोने वाला रेड हाउस मेरा घर है।''

हेनरी ने कार पार्क की और एनी के साथ घर के बड़े दरवाज़े तक आया। उसने शुभ रात्रि कहा और इससे पहले कि एनी को उसे सवारी के लिए धन्यवाद कहने का ध्यान आया, वह लगभग निकल ही चुका था। वह उसकी कार को धीरे-धीरे बीकन हिल की ओर जाते हुए देखती रही और उसे पता था कि वह उससे दोबारा मिलना चाहेगी।

अगली सुबह हेनरी का फ़ोन आने से एनी बहुत खुश हुई, हालाँकि उसे यह देख कर हैरत नहीं हुई।

''बौस्टन सिंफ़नी ऑर्केस्ट्रा, मोज़ार्ट, अगले सोमवार को उनके नए कमाल के मास्टरो की ओर से—क्या मैं तुम्हें साथ चलने के लिए राज़ी कर सकता हूँ?''

एनी को जब यह अहसास हुआ कि वह उस कंसर्ट में जाने को कितनी बेताब थी तो वह सकते में आ गई। जाने कब से किसी आकर्षक पुरुष ने उसे अपनी सोहबत नहीं दी थी।

हेनरी तय किए हुए समय से कुछ मिनट पहले ही रेड हाउस आ गया। उन्होंने औपचारिक तौर पर हाथ मिलाए और फिर एनी ने उसे स्कॉच हाईबॉल परोसी। क्या हेनरी

ने ध्यान दिया कि ड्रिंक्स के मामले में एनी को उसकी पसंद याद थी?

"लुईसबर्ग स्क्वेयर में रहना कितना अच्छा लगता होगा। वाकई क़िस्मतवाली हो तुम।"

"हम्म, वह तो है—वैसे कभी इस ओर इतना ध्यान नहीं दिया। मैं कॉमनवेल्थ एवेन्यू में जन्मी और वहीं पली-बढ़ी। बल्कि यह जगह तो मुझे ज़्यादा तंग लगती है।"

"अगर मैं बौस्टन में ही रह गया तो तुम्हें हिल पर एक घर खरीद दूँगा।"

"बाज़ार में अक्सर हिल वाले मकान बिकने के लिए नहीं आते पर हो सकता है कि तुम्हारा दाँव लग जाए। वैसे अब चलना ही बेहतर होगा। मुझे किसी कंसर्ट में देर से पहुँच कर, अंधेरे में दूसरों के पाँव कुचलने से बहुत नफ़रत है," एनी बोली।

हेनरी ने घड़ी देखी। "अरे हाँ, कंडक्टर की शुरुआत देखने लायक होगी। पर तुम्हें मेरे अलावा किसी और के पैरों की चिंता नहीं करनी होगी। हमारी सीट पिछले गलियारे में होगी।"

कंसर्ट के बाद बाहर आते हुए, ग्रेंड की ओर बढ़े तो हेनरी ने सहज ही उसकी बाँह थाम ली। रिचर्ड के जाने के बाद केवल एक ही व्यक्ति ने ऐसा किया था और वह विलियम था। उसे भी ऐसा करने के लिए मनाना पड़ा था क्योंकि उसे ऐसा बर्ताव पसंद नहीं था। एक बार फिर एनी के लिए समय जैसे पंख लगा कर उड़ गया : सुंदर सा संगीत, बढ़िया खाना या फिर हेनरी की संगत? इनमें से कौन-सा जादू चल रहा था? इस बार उसने हॉर्वर्ड के किस्से सुना कर हँसाया और जंग की यादें बता-बता कर रुला दिया। हालाँकि एनी देख सकती थी कि वह अपनी उम्र से छोटा दिखता था, वह अपनी ज़िन्दगी में इतने रंग देख चुका था कि वह उसकी संगति में खुद को जवाँ और अनाड़ी समझती थी। एनी ने उसे रिचर्ड की मौत के बारे में बताते हुए कुछ आँसू बहाए। जब वह गर्व और स्नेह से अपने बेटे के बारे में बात करने लगी तो हेनरी ने उसका हाथ थाम लिया। उसने कहा कि वह हमेशा अपने लिए एक बेटा चाहता था। हालाँकि उसने शिकागो या अपने घर का कहीं ज़िक्र नहीं किया पर एनी को लगा कि उसे अपने घर की बहुत याद सताती होगी। जब वह उसे उस रात लुईसबर्ग स्क्वायर ले गया तो गला तर करने के लिए रुका और जाते हुए एनी के गाल पर हौले से चूमा। एनी ने पूरी शाम के एक-एक पल को मन-ही-मन दोहराते हुए उम्मीद की कि काश, हेनरी को भी उतना ही अच्छा लगा हो जितना उसे लगा था।

वे लोग मंगलवार को थियेटर गए, बुधवार को नॉर्थ शोर में बने एनी के समर मैंशन को देखने गए, वीरवार को बर्फ़ से ढँके मैसाचुसेट्स के देहाती इलाकों की सैर हुई, शुक्रवार को पुराने ज़माने की कुछ वस्तुओं की खरीददारी की गई और शनिवार को उनके बीच जिस्मानी संबंध बने। उस रविवार के बाद तो जैसे उन्हें अलग करना ही मुश्किल हो गया। मिली प्रेस्टन वाकई खुश थी कि उसने उनका बहुत कमाल का जोड़ा बना दिया था और वह सारे बौस्टन में सबको बताती फिरी कि उसकी वजह से ही एनी और हेनरी एक हो सके।

गर्मियों में, एनी की सगाई की बात सुनकर किसी को हैरानी नहीं हुई, बस विलियम के सिवा, जिस पल में एनी ने विलियम को हेनरी से मिलवाया, वह तभी से उसे नापसंद

करने लगा था। उनकी पहली बातचीत सवालों के रूप में हुई, जिसमें हेनरी ने खुद को दोस्त साबित करना चाहा और विलियम ने एक शब्द में दिए जाने वाले उत्तरों से साफ़ ज़ाहिर कर दिया कि उसकी ऐसी कोई मंशा नहीं थी। और विलियम ने अपना मन नहीं बदला। एनी ने सोचा कि उसके बेटे की यह नाराज़गी जलन की वजह से है: रिचर्ड के जाने के बाद से विलियम ही उसके जीवन का केंद्र बिंदु रहा था। वैसे भी, यह भी ठीक ही था, विलियम के लिहाज़ से तो उसके पिता रिचर्ड की जगह तो कोई ले ही नहीं सकता था। एनी ने हेनरी को समझाया कि उसे इस रिश्ते को थोड़ा वक़्त देना चाहिए, विलियम उसे स्वीकार कर ही लेगा।

एनी केन उस वर्ष अक्टूबर के महीने में मिसेज़ हेनरी ऑस्बॉर्न बन गई। उसने सुनहरे लाल पत्तों के झड़ने के मौसम के साथ ही सेंट पॉल्स एपिसकोपल कैथेड्रल में अपनी कसमें लीं। उसकी और हेनरी की पहली मुलाकात को नौ महीने होने को थे। विलियम ने उस समारोह में जाने से बचने के लिए बीमारी का बहाना बनाया और स्कूल में ही रहा। दादी और नानी माँ अवश्य आईं पर वे भी एनी की दोबारा शादी करने की बात को दिल से रज़ामंदी नहीं दे सकीं, ख़ासतौर पर किसी ऐसे आदमी से जो दिखने में एनी से छोटा लगता था।

"यह सब आँसुओं के बीच ही ख़त्म होगा," मिसेज़ केन बोलीं।

नवविवाहित जोड़ा अगले ही दिन ग्रीस रवाना हो गया और वे लोग दिसंबर के दूसरे सप्ताह तक, हिल पर बने रेड हाउस में नहीं लौटे, उन्हीं दिनों विलियम क्रिसमस की छुट्टियों में घर लौटा। विलियम को यह देखकर अच्छा नहीं लगा कि घर को नए सिरे से संवार दिया गया था जिसमें उसके पिता की कोई निशानी नहीं दिखाई दे रही थी। क्रिसमस के दिनों में भी अपने नए सौतेले पिता के लिए उसके रवैए में कोई बदलाव नहीं आया और न ही उसे हेनरी से मिले उपहार की कोई खुशी हुई, हेनरी ने उसे साइकिल की रिश्वत देकर अपने बस में करना चाहा था पर क़ामयाब नहीं रहा। हेनरी ने भी अपनी ओर से कोई दूसरी कोशिश नहीं की और यह देख कर एनी का मन उदास हो गया कि उसके इतने कमाल के नए पति ने उनके बेटे का दिल जीतने की ज़्यादा कोशिश नहीं की।

विलियम अपने ही घर में सहज नहीं था और हेनरी के पास भी कोई काम नहीं था इसलिए विलियम ही लंबे अरसे के लिए घर से बाहर रहता। जब भी एनी उससे पूछती कि वह कहाँ जा रहा है तो उसे कोई तसल्लीबख़्श जवाब न मिलता। बेशक़ वह नानी या दादी के पास तो नहीं जा रहा था, उन्होंने भी शिकायत की थी कि विलियम उनसे मिलने तक नहीं आया था। जब छुट्टियाँ ख़त्म होने को आईं तो विलियम वापिस सेंट पॉल जाने को बेताब था और हेनरी को उसे वापिस जाते देख कोई दुख नहीं हुआ।

हालाँकि एनी अपनी ज़िन्दगी के इन दो पुरुषों के बारे में सोच कर थोड़ा बेचैन रहने लगी थी।

11

"उठ छोकरे! उठ, छोकरे!"

सिपाहियों में से एक अपनी राइफ़ल से व्लादेक की पसलियों को कोंच रहा था। व्लादेक झटके से उठा और सिपाही की ओर चेहरा करने से पहले, अपनी बहन और बैरन की ताज़ी खुदी क़ब्रों की ओर देखा।

"मैं ज़िन्दा रहूँगा ताकि तेरी जान ले सकूँ। यह मेरा घर है और तूने मेरे घर में घुसपैठ की है," वह पोलिश भाषा में बोला।

सिपाही ने व्लादेक के मुँह पर थूकते हुए उसे महल के अगले हिस्से में धकेल दिया, जिस तरह बाकी बचे हुए नौकर एक क़तार में इंतज़ार कर रहे थे। व्लादेक उन्हें देख कर सदमे में आ गया, वे नहीं जानते थे कि अब उनका क्या हश्र होने जा रहा था। उसे घुटनों के बल बैठ कर सिर झुकाने को कहा गया। फिर उसे सिर पर उस्तरे की तेज़ धार का स्पर्श हुआ और उसके काले मोटे बाल घास पर गिरने लगे। उस्तरे के दस वारों में, किसी भेड़ के बालों की तरह, उसका सिर भी मूँड दिया गया। फिर उसे पहनने के लिए वर्दी दी गई—रूसी किसानों द्वारा पहनी जाने वाली रूबाश्का कमीज़ और पतलून। जब व्लादेक को कैदियों की क़तार में वापिस धकेला गया तो वह तब तक अपने हाथ में पहने गए चाँदी के उस पट्टे को किसी तरह मुट्ठी में छिपाने में क़ामयाब रहा।

जब वे उस जगह खड़े थे तो अब वे सभी नाम नहीं—अंकों में बदल चुके थे—वे सब आने वाले पलों की आशंका से डरे हुए थे। तभी व्लादेक का ध्यान दूर से आती अजीब-सी आवाज़ पर गया। लोहे का विशाल दरवाज़ा खुला और एक मशीन दाख़िल हुई। व्लादेक ने पहले कभी कोई ऐसी चीज़ नहीं देखी थी। यह एक बड़ा-सा वाहन था पर इसे जोतने के लिए घोड़े या बैल नहीं थे। सभी कैदी उस हिलती हुई मशीन को देख कर सकते में आ गए। वह उस जगह आकर रुकी और सिपाही बेमन कैदियों को उसके अंदर धकेलने लगे। फिर घोड़ाविहीन मशीन ने मोड़ काटा और लोहे के बड़े दरवाज़े से बाहर निकल आई। किसी में एक भी शब्द बोलने का साहस नहीं था। व्लादेक ट्रक के पिछले हिस्से में बैठा महल को तब तक ताकता रहा, जब तब उसे अपना वह उत्तराधिकार दिखाई देना बंद नहीं हो गया।

घोड़े के बिना चलने वाला वाहन किसी तरह स्लोनिम से बाहर हो गया। अगर व्लादेक का ध्यान इस ओर न होता कि उन्हें किस जगह ले जाया जा रहा था तो शायद वह इस बारे में और सोच सकता था कि वह मशीन कैसे काम कर रही थी। उसको स्कूली दिनों वाला अपना रास्ता दिखाई दिया, पर तहखाने में बीते वर्षों ने उसकी यादें धुँधला दी थीं और वह याद नहीं कर सका कि रास्ता किस ओर जाता था। कुछ मील चलने के बाद ट्रक एक जगह रुका और उन्हें स्थानीय रेलवे स्टेशन की ओर धकेल दिया गया। व्लादेक ने उससे पहले अपने जीवन में एक बार ही वह स्टेशन देखा था, जब वह और लिओन वॉरसॉ से वापिस आ रहे बैरन का स्वागत करने गए थे। जब वे टिकट ऑफ़िस में गए तो दरबान

ने उन्हें सलाम ठोंका था। इस बार सलाम करने के लिए कोई नहीं था।

कैदियों को एक प्लेटफ़ॉर्म पर बैठने को कहा गया और उन्हें खाने में बकरी का दूध, पत्तागोभी का शोरबा और काली डबलरोटी दी गई। तहखानों में बंद पच्चीस नौकरों में से केवल बारह ही ज़िन्दा बचे थे जिनमें दस पुरुष और दो स्त्रियाँ थीं। व्लादेक ने अपनी ज़िम्मेदारी सँभालते हुए, भोजन को सावधानी से सबके बीच बाँट दिया। उसे लगा कि उनकी गाड़ी आने वाली होगी पर ऐसा कुछ नहीं हुआ और वे सब खुले आकाश तले सो गए। तहखानों की तुलना में तो यह जगह जन्नत से कम न थी। व्लादेक ने खुले हुए मौसम के लिए भगवान का शुक्र अदा किया।

उन्होंने अगला दिन भी उस गाड़ी के इंतज़ार में बिताया जो नहीं आई, इसके बाद एक और निद्राहीन रात बीती, जो पिछली रात से ठंडी हो गई थी। फिर सुबह हुई और वे इंतज़ार करते रहे। आख़िर में एक इंजन छुक-छुक करता हुआ स्टेशन में दाख़िल हुआ। उसमें से गंदी, नफ़रत से भरी बोली बोलते हुए सिपाही उतरे पर वे लोग व्लादेक के दल को लिए बिना रवाना हो गए। व्लादेक और उसके साथियों को वह रात भी वहीं स्टेशन पर बितानी पड़ी।

व्लादेक लेटे-लेटे यही सोचता रहा कि उनके पास बचने का क्या उपाय हो सकता है, रात को उसके बारह नौकरों में से एक ने भागना चाहा पर पटरी के पास ही एक सिपाही की गोली का शिकार हो गया। वह प्लेटफ़ॉर्म के दूसरी ओर तक नहीं जा सका था। वह बैरन का सहायक, स्टीवर्ड था—वह बैरन की वसीयत और व्लादेक के वारिस होने का गवाह था। पटरी पर पड़ी उसकी लाश, ऐसा ही कदम उठाने की हिम्मत करने वालों के लिए किसी चेतावनी की तरह थी।

तीसरे दिन की शाम, एक और रेलगाड़ी स्टेशन पर आई, गाड़ी में यात्रियों के बैठने के लिए डिब्बे बने थे, कुछ डिब्बे माल ले जाने के लिए थे और कुछ पर 'पशु' लिखा था। पशुओं को ले जाने वाले डिब्बों में भूसा भी भरा हुआ था। कई डिब्बों में कैदी ठसाठस भरे थे पर व्लादेक नहीं जान सका कि वे लोग किस जगह से थे। उसे और उसके छोटे से दल को एक डिब्बे में ठूँस दिया गया—पर वे जा कहाँ रहे थे? फिर कई घंटों के इंतज़ार के बाद गाड़ी ने स्टेशन छोड़ा और व्लादेक ने ढलते सूरज को देख कर अंदाज़ा लगाया कि वे लोग पूर्व की ओर जा रहे थे।

मुसाफ़िरों के डिब्बों की छतों पर, हथियारबंद सिपाही आलथी-पालथी लगाए बैठे थे। इस यात्रा के दौरान अचानक ही गोलीबारी की आवाज़ आती और पटरी पर फेंकी गई लाश को देखते ही समझ आ जाता कि उस जगह से बचने की कोशिश करना बेकार था।

जब गाड़ी मिंस्क में रुकी, तो उन्हें उनका पहला भोजन मिला—काली डबलरोटी, पानी, मेवे और ज्वार—पर फिर से यात्रा चालू हो गई। कई-कई बार तो तीन-तीन दिन तक कोई स्टेशन नहीं दिखता था। कई मुसाफ़िरों ने भूख और प्यास से दम तोड़ दिया या फिर उन्हें ऐसे लोगों ने चलती गाड़ी से धकेल दिया जो अपने लिए थोड़ी खुली जगह बनाना चाहते थे। जब गाड़ी रुकती तो उन्हें अक्सर दो दिन तक इंतज़ार करना पड़ता ताकि पश्चिम

की ओर जाने वाली गाड़ियाँ उस पटरी का इस्तेमाल कर सकें। उनकी गाड़ी रोककर, जिन गाड़ियों को जाने का रास्ता दिया गया, उनमें सिपाही भरे होते थे और व्लादेक ने झट से अनुमान लगा लिया कि माल और कैदियों से भरी गाड़ी के बजाय सिपाहियों को सही समय पर पहुँचाना उनकी प्राथमिकता थी।

व्लादेक के दिमाग में बच कर भागने का ख़याल तो था पर दो चीज़ों ने उसे ऐसा करने से रोका हुआ था। पहला, पटरी के दोनों ओर दूर-दूर तक वीराने के सिवा कुछ नहीं था; और दूसरे, तहखानों से बचकर आए नौकर उस पर निर्भर करते थे। चाहे वह सबसे छोटा था पर वही सबके खाने-पीने का ध्यान रखता और उनकी ज़िन्दा रहने की आस बनाए रखता। बस एक वही था जिसे अब भी आने वाले कल से उम्मीदें थीं।

जैसे-जैसे दिन बीतते गए, वे पूर्व की ओर बढ़ते गए, तापमान ठंडा हो रहा था, अक्सर शून्य से तीस डिग्री नीचे चला जाता। वे डिब्बे के फ़र्श पर एक के बाद एक क़तार बना कर लेटते ताकि एक-दूसरे के शरीरों की गरहमाहट मिल सके। व्लादेक सोने की कोशिश करते हुए, स्वयं को द *एनियड* का पाठ सुनाने लगता। जब तक सारे हामी न भरें तब तब अकेले करवट लेना भी संभव नहीं था। समय-समय पर व्लादेक डिब्बे पर अपने हाथ से थपकी देता और वे सभी एक साथ करवट ले लेते। एक रात, उन दो स्त्रियों में से एक ने करवट नहीं ली। व्लादेक ने दरबानों को बताया और उन्होंने लाश को उठा कर चलती गाड़ी से बाहर फेंक दिया। फिर उन्होंने उस स्त्री पर गोलियाँ भी चलाईं ताकि कहीं वह मरने का दिखावा करते हुए भाग न सके।

मिंस्क से दो सौ मील के सफ़र के बाद, वे स्मोलेंस्क शहर पहुँचे, उस जगह पत्तागोभी का गर्म शोरबा और काली डबलरोटी खाने को मिली। उनके डिब्बे में कैदियों का एक और दल धकेल दिया गया जो उन दरबानों जैसी बोली ही बोल रहे थे। उनका नेता व्लादेक से बड़ा था। व्लादेक और उनके ग्यारह साथी—दस पुरुष और एक स्त्री, उन्हें देखते ही संशय में आ गए और उन्होंने डिब्बे को उसी समय आधा-आधा बाँट लिया।

एक रात जब व्लादेक जागते हुए, तारों को निहारता खुद को गरमाहट देने की कोशिश में था तो उसने स्मोलेंस्की नेता को अपने दल के आख़िरी आदमी की ओर सरकते हुए देखा। उसके हाथ में रस्सी का छोटा-सा टुकड़ा था, उसने वह रस्सी बैरन के पहले वर्दीधारी नौकर अल्फोंस के गले में डाल कर ज़ोर से कस दी। व्लादेक जानता था कि अगर वह उस समय एकदम से हिला तो वह आदमी उसकी आहट से चौंक कर, अपने साथियों के बीच जाकर सुरक्षित हो जाएगा। वह धीरे-धीरे पेट के बल सरकते हुए आगे चला। कई आँखें उसे घूर रही थीं पर किसी ने कुछ नहीं कहा। जब वह क़तार के आख़िर में आया तो उसने हमलावर पर छलांग लगा दी और सभी उठ कर बैठ गए। दोनों दल पीछे की ओर सिकुड़ कर बैठ गए, बस अल्फोंस ही अपवाद था, जो उनके आगे बेजान-सा पड़ा था।

स्मोलेंस्की नेता व्लादेक की तुलना में लंबा और मज़बूत था, पर दोनों ही फ़र्श पर थे इसलिए इससे कोई फ़र्क नहीं पड़ता था। यह संघर्ष कुछ मिनट तक चला, जिसने पहरेदारों का ध्यान अपनी ओर खींचा, वे हँसते हुए, इस लड़ाई के नतीजों पर शर्तें लगाने लगे। एक

पहरेदार को खून-ख़राबा होता नहीं दिखा तो उसने एक संगीन चाकू बीच में फेंक दिया। दोनों छोकरे चमचम करते चाकू पर लपके पर स्मोलेंस्की ने उसे पहले लपक लिया। उसने वह चाकू व्लादेक की टाँग में घोंपा तो उसके लोग हल्ला करने लगे, उसने खून से सना चाकू टाँग से खींच कर निकाला और फिर से चाकू घोंपा। इस बार चाकू हिलते हुए डिब्बे के लकड़ी के फ़र्श में जा धँसा, व्लादेक का कान बाल-बाल बचा। जब स्मोलेंस्की छोकरे ने उसे निकालने की कोशिश की, तो व्लादेक ने पूरी ताकत लगाकर उसकी दोनों टाँगों के बीच ठोकर दे मारी, उसका दुश्मन पीछे गिर गया और हाथ से चाकू छोड़ दिया। व्लादेक ने चाकू लपका और स्मोलेंस्की पर कूद गया और फिर वह चाकू उसके मुँह में डाल दिया। वह छोकरा इतनी ज़ोर से चिल्लाया कि उसने सारी रेलगाड़ी के यात्रियों को जगा दिया। व्लादेक ने चाकू को बाहर निकालते हुए अंदर-ही-अंदर घुमाया और फिर उसे निकाल कर बार-बार वार करने लगा, स्मोलेंस्की इस दुनिया से विदा ले चुका था। व्लादेक हाँफ़ते हुए, उस पर घुटनों के बल बैठा, उसकी लाश उठाई और डिब्बे से बाहर फेंक दी। उसने लाश को फेंकते ही धड़ाम की आवाज़ सुनी और फिर सिपाहियों की गोली की आवाज़ सुनाई दी जो वे उस लाश पर अँधाधुँध बरसा रहे थे।

व्लादेक लँगड़ाते हुए अल्फ़ोंस के पास गया और घुटनों के बल बैठ गया। अचानक उसे अपनी टाँग में उठने वाले तेज़ दर्द का अहसास हुआ। उसने उसकी निर्जीव देह को हिलाया, उसका दूसरा गवाह भी जा चुका था। अब कौन विश्वास करेगा कि उसे बैरन का उत्तराधिकारी चुना गया था? क्या अब जीने की कोई वजह बची थी? उसने संगीन उठाई और उसे अपने पेट पर दबा दिया। तभी एक पहरेदार आगे आया और उससे चाकू छीन लिया।

"अरे नहीं, तू ऐसा मत कर। तेरे जैसे दमदार लोग कैंप में चाहिए। तुझे क्या लगता है कि सारा काम हम ही करेंगे।"

व्लादेक ने दोनों हाथों में सिर छिपा लिया। उसका उत्तराधिकार खो गया था पर बदले में एक दर्जन कंगाल स्मोलेंस्की लोगों की ज़िम्मेदारी भी उसके सिर आ गई थी।

~

अब सारे डिब्बे पर व्लादेक का क़ब्ज़ा था और उसे बीस कैदियों का ध्यान रखना था। उसने उन्हें इस तरह विभक्त किया कि एक स्मोलेंस्की के साथ हमेशा एक पोलिश कैदी हो, उसे उम्मीद थी कि इस तरह आपस में गुटबंदी को रोका जा सकेगा।

उसके दिन का अधिकतर हिस्सा स्मोलेंस्की लोगों की अजीब-सी बोली सीखने में लगने लगा। उसे कई दिन तक यही पता नहीं चला कि वे रूसी बोल रहे थे, ये तो उस क्लासिक रूसी बोली से बहुत अलग थी जो उसे बैरन ने सिखाई थी। पर जब उसे पता चला कि रेलगाड़ी उन्हें किस ओर ले जा रही थी तो उसे पता चला कि यह उसके लिए कितना फ़ायदेमंद रहा।

दिन में, व्लादेक दो स्मोलेंस्की लोगों को अपना शिक्षक बनाता, जब वे दोनों थक

जाते तो अगले दो लोगों की बारी आ जाती और इस तरह वे सब थक जाते। जल्दी ही वह उन लोगों से धाराप्रवाह बात करने के लायक हो गया। उसे पता चला कि उनमें से कुछ रूसी सिपाही थे, जिन्हें जर्मनों ने पकड़ा और अब उन्हें वापिस भेजा जा रहा था। बाकी लोग सफ़ेद रूसी—किसान, खदान श्रमिक और मज़दूर थे—वे सब उस क्रांति के कट्टर बैरी थे।

गाड़ी ऐसे बंजर इलाकों से निकल रही थी जो व्लादेक ने जीवन में कभी नहीं देखे थे, ऐसे-ऐसे शहर बीच में आ रहे थे जिनके नाम तक सुने नहीं थे—ऑम्क, नोवोसिबिर्स्क, क्रास्नोयार्स्क—ये नाम उसके कानों में गूँजने लगे। आख़िर में, वे दो महीने और तीन हज़ार मील की यात्रा के बाद इरकुत्सक पहुँचे, जहाँ तक रेलगाड़ी जाती थी।

सभी कैदी गाड़ी से उतारे गए, उन्हें खिलाने के बाद सलेटी वर्दियाँ पहनने को दी गईं जिनके पीछे उनके नंबर लिखे थे। इसके अलावा फ़ेल्ट जूते, जैकेट और भारी कोट भी दिए गए। हालाँकि सबसे गर्म कपड़ों के लिए आपस में खींचतान मच गई, सबसे गर्म कपड़े भी उस जगह की ठंडी हवा और बर्फ़ से बचाव नहीं कर सकते थे।

जैसी घोड़ा रहित गाड़ी में व्लादेक को महल से लाया गया था, वही फिर से सामने आईं और सिपाहियों ने लंबी ज़ंजीरें बिछा दीं। कैदियों का एक-एक हाथ ज़ंजीर से बाँध दिया गया, एक ज़ंजीर में पचास कैदी बँधे थे। वे ट्रकों के पीछे कदमताल करने लगे, सिपाही ट्रकों पर सवार थे। बारह घंटों तक पैदल चलने के बाद उन्हें आराम करने के लिए दो घंटे मिले ताकि उन्हें फिर से ज़ंजीरों में बाँधकर आगे ले जा सके।

तीन दिन बाद, व्लादेक को ऐसा लगने लगा मानो वह ठंड और थकान से मर ही जाएगा पर जब वे आबादी वाले इलाकों से बाहर आ गए तो वे केवल दिन में यात्रा करते और रातों को आराम रहता। कैंप से आए कैदी एक रसोई चलाते थे जिसमें शलगम का ठंडा सूप और हर बीतते दिन के साथ बासी होती डबलरोटी मिलती थी। व्लादेक को इन कैदियों से ही पता चला कि कैंप के हालात तो और भी बदतर थे इसलिए वे लोग इस रसोई के साथ आए हुए थे।

पहले सप्ताह में ज़ंजीरें कभी नहीं खोली गईं पर जब किसी के भागने की कोई संभावना नहीं रही तो उन्हें रात को रिहा किया जाने लगा। वे बर्फ़ में खड्डे खोद कर बैठते ताकि ठंड से बच सकें। कई बार क़िस्मत अच्छी होती तो उनकी रात जंगल में कटती, विलासिता अलग-अलग रूपों में आने लगी थी। वे लगातार चलते रहे, विशाल झीलों और जमी हुई नदियों को पार करते रहे, वे उत्तर की ओर, बर्फ़ीली हवाओं और बर्फ़ की ओर बढ़ रहे थे। व्लादेक की टाँग में लगातार ठीस उठती रहती थी, जल्दी ही उसे पैर के अँगूठों और अँगुलियों में शीतदंश भी होने लगा। कान हमेशा सुन्न रहते।

बूढ़े और बीमार लोग मर रहे थे। क़िस्मत वाले नींद में ही मर जाते। बदनसीब लोग ज़ंजीरों में साथ न चल पाते तो उन्हें मरने के लिए वहीं फेंक दिया जाता। व्लादेक को समय का कोई अंदाज़ा नहीं था और उसे केवल इतना पता था कि उसकी ज़ंजीर खिंची, कब उसने रात को बर्फ़ में सोने के लिए खड्डा खोदा और कब अगले दिन फिर से चल पड़ा। जिन लोगों ने बर्फ़ में खड्डे नहीं खोदे, उन्होंने अपनी क़ब्रें खोद ली थीं।

नौ सौ मील की लंबी पदयात्रा के बाद, वे लोग रेंडियर से खींची जाने वाली स्लेजों में घूमने वाले, बंजारों ओस्तयाकों से मिले। फिर उन्हें स्लेजों से ज़ंजीरों से बाँध दिया गया। फिर बर्फ़ का तूफ़ान आने के कारण उन्हें एक ही जगह पर दो दिन रहना पड़ा। उस दौरान व्लादेक को उस व्यक्ति से बात करने का अवसर मिल गया जिसकी स्लेज से वह बँधा था। उसे पता चला कि ओस्तयाक दक्षिण और पश्चिम के रूसियों से नफ़रत करते थे जो उनके साथ अपने बंदियों से भी बुरा बर्ताव करते थे। उन लोगों को इन कैदियों से कोई हमदर्दी नहीं थी जिन्हें वे 'बदनसीब कैदी' कहा करते थे।

12

एनी आने वाले कल के लिए आशंकित थी। उसकी शादी के पहले कुछ महीने सुख से बीते, बस विलियम की उसके पति के लिए नाराज़गी उसकी परेशानी की वजह थी और हेनरी को चाहने पर भी कोई काम नहीं मिल रहा था। हेनरी काम के बारे में सुनते ही नाराज़ हो जाता और सफ़ाई देने लगता कि वह अब भी जंग की वजह से सँभल नहीं पाया है और जल्दबाज़ी में ऐसा कोई फ़ैसला नहीं लेना चाहता जिसके लिए उसे बाद में पछताना पड़े। ऐनी को यह सब समझ नहीं आ रहा था और इसी बात पर उनके बीच पहली तकरार हो गई।

"मैं समझ नहीं पा रही, हेनरी। तुम शादी से पहले रियल एस्टेट के काम को चालू करने के लिए इतने उत्सुक थे और अब उसे चालू नहीं कर पा रहे, इसकी क्या वजह हो सकती है?"

"डार्लिंग, अभी सही वक़्त नहीं आया। रिएल एस्टेट का बाज़ार इस समय ठीक नहीं लग रहा।"

"तुम्हें यही बात कहते एक साल होने को आया। मैं सोच रही हूँ कि ये बाज़ार कभी ठीक होगा भी या नहीं?"

"ज़रूर होगा। सच तो यह है कि थोड़ी और पूँजी चाहिए। अब अगर तुम थोड़ा पैसा उधार दे सको तो मैं काम चालू कर लेता।"

"हेनरी, यह नहीं हो सकता। तुम जानते हो कि रिचर्ड की वसीयत में क्या शर्तें हैं। हमारी शादी होते ही मेरा जेबख़र्च बंद हो गया था और अब मेरे पास निजी पूँजी बाकी है।"

"उसमें से थोड़ा-सा भी दे दोगी तो काम चल जाएगा। और यह मत भूलो कि तुम्हारे दुलारे बेटे के परिवार ट्रस्ट में बीस लाख से ज़्यादा जमा हैं।"

"विलियम के ट्रस्ट के बारे में कुछ ज़्यादा ही जानकारी है," एनी बोली।

"ओह, छोड़ो भी एनी। तुम्हारा पति साबित हो सकूँ, उसके लिए एक मौका तो दो। मेरे अपने ही घर में मुझे मेहमान तो मत बनाओ।"

"हेनरी, तुम्हारा अपना पैसा किधर है? तुम तो हमेशा यकीन दिलाते आए हो कि

तुम्हारे पास अपना काम चालू करने लायक पैसा है?"

"तुम हमेशा से जानती थीं कि मैं रिचर्ड की तरह पैसेवाला आदमी नहीं हूँ और तुमने हमेशा यही कहा कि तुम्हारे लिए यह बात मायने नहीं रखती।" उसने एनी की नकल उतारी "हेनरी, अगर तुम्हारे पास फूटी कौड़ी भी न होती, तो भी मैं तुमसे शादी कर लेती।"

एनी फूट-फूट कर रोने लगी और तब हेनरी को उसे चुप करवाने का होश आया। एनी की पूरी शाम हेनरी की बाँहों में बीती और उन्होंने दोबारा उस बारे में बात नहीं की। एनी ने खुद को समझाया कि वह हेनरी को समझने में ग़लती कर रही थी, यह हेनरी के प्रति अन्याय था। उसके पास इतना पैसा था जिसकी उसे कभी ज़रूरत भी नहीं पड़नी थी। क्या उसे उस आदमी पर इतना भरोसा भी नहीं करना चाहिए जिसे उसने अपना पूरा जीवन सौंप दिया है?

अगली सुबह, वह हेनरी को अपने पैसों में से 100,000 डॉलर देने के लिए मान गई ताकि वह बौस्टन में अपना रियल एस्टेट का क़ारोबार चालू कर सके। उसने एक महीने में ही शहर के अच्छे फ़ैशनेबुल इलाके में अपना बढ़िया-सा ऑफ़िस खोला और छह लोगों का स्टाफ़ रख कर काम चालू कर दिया। जल्द ही वह शहर के नामी और असरदार लोगों और बौस्टन के रियल एस्टेट से जुड़े लोगों से मिलने-जुलने लगा। वे उसके साथ क्लबों में शराब पीते और खेती-बाड़ी की ज़मीन के दामों पर चर्चा करते। उन्होंने उसे कई निवेशों के बारे में बताया जो बेकार नहीं जा सकते थे और वह भी उनकी चूहा-दौड़ का हिस्सा बन गया। वे उसे अपने साथ महँगे कंट्री क्लबों में ले जाते, जिनमें वह संभावित ग्राहकों से मिलता। देखते-ही-देखते एनी के सारे पैसे छूमंतर हो चुके थे।

~

जब विलियम ने अपना पंद्रहवाँ जन्मदिन मनाया तो वह सेंट पॉल्स के तीसरे वर्ष में था। अपनी कक्षा में छठे स्थान पर और गणित की कक्षा में पहले स्थान पर था। वह खेलों में तो कुछ ख़ास नहीं कर सका पर वाद-विवाद समाज में उसका नाम होने लगा था।

वह माँ को सप्ताह में एक बार ख़त लिखता, अपनी प्रगति का ब्यौरा देते हुए, माँ को मिसेज़ रिचर्ड केनी ही लिखता, उसने हेनरी ऑस्बॉर्न के वजूद को भी मानने से इनकार कर दिया था। एनी तय नहीं कर पा रही थी कि उसे विलियम से इस बारे में बात करनी चाहिए या नहीं, वह उन ख़तों को हेनरी से छिपा कर रखती थी। उसे उम्मीद थी कभी-न-कभी विलियम को उसका पति पसंद आने लगेगा पर बीतते महीनों के साथ ही साफ़ दिखाई देने लगा कि ऐसी कोई भी उम्मीद रखना बेकार था। विलियम को हेनरी ऑस्बॉर्न से नफ़रत थी और वह अपनी नफ़रत को बड़े जुनून से पोसता रहा, हालाँकि वह इस बारे में यकीन से नहीं कह सकता था कि वह क्या कर सकता था। उसके लिए इतना ही बहुत था कि जब कभी माँ स्कूल आती तो हेनरी साथ नहीं आता था, वह सहन नहीं कर सकता था कि बच्चे उसकी माँ को किसी और पुरुष के साथ देखें। यह भी क्या कम था कि उसे बौस्टन में हेनरी के साथ रहना पड़ता था।

विलियम ने एक ख़त में पूछा कि क्या वह गर्मी की छुट्टियों को अपने दोस्त मैथ्यू लेस्टर के साथ बिता सकता है। उनकी पहले वरमौंट के समर कैंप में जाने और फिर न्यूयॉर्क में लेस्टर परिवार के साथ रहने की योजना थी। एनी को यह पढ़कर धक्का लगा पर उसने जाने की इजाज़त दे दी। हेनरी भी उसके फ़ैसले से खुश ही लगा।

माँ की शादी के बाद पहली बार, विलियम बेताबी से छुट्टियों का इंतज़ार कर रहा था।

~

लेस्टर्स की पाकार्ड कार में विलियम और मैथ्यू बड़े आराम से वरमौंट के समर कैंप पहुँच गए। यात्रा में, मैथ्यू ने विलियम से पूछा कि जब सेंट पॉल से जाने का समय होगा, तब वह क्या करना चाहेगा।

"जब मैं इस स्कूल को छोड़ूँगा तो उस साल का टॉप छात्र और कक्षा प्रेज़ीडेंट बनूँगा। इसके अलावा हॉर्वर्ड जाने के लिए हैमिल्टन मेमोरियल मैथेमेटिक्स स्कॉलरशिप जीत चुका होऊँगा," विलियम ने बेहिचक कहा।

"यह सब इतना ज़रूरी क्यों है?" मैथ्यू ने मासूमियत से पूछा।

"मेरे पिता ने भी यह सब पाया था।"

"जब तुम्हारी अपने पिता से जंग पूरी हो जाएगी तो मैं तुम्हें अपने पिता से मिलवाने ले जाऊँगा।"

विलियम मुस्कुरा दिया।

दोनों लड़कों ने वरमौंट में बड़े ही मज़े से छह सप्ताह बिताए। उन्होंने हर तरह का खेल खेला, जिसमें शतरंज से लेकर फुटबॉल तक शामिल था। जब वह कैंप पूरा हुआ तो वे गाड़ी में सवार होकर न्यूयॉर्क रवाना हो गए ताकि लेस्टर परिवार के साथ छुट्टियों का आख़िरी महीना बिता सकें।

दरवाज़े पर ही एक सहायक ने स्वागत किया और मेथ्यू को 'सर' का संबोधन दिया, चकत्तेदार त्वचा वाली बारह वर्षीया एक लड़की ने मेथ्यू को 'मोटू' कह कर चिढ़ाया। यह देख कर विलियम हँसने लगा क्योंकि उसका दोस्त बहुत दुबला था जबकि वह लड़की मोटी थी। लड़की मुस्कुराई तो उसके दाँत दिखाई दिए जो दाँतों पर लगी तार की वजह से छिपे हुए थे।

"यकीन कर सकते हो, यह लड़की सूसन मेरी बहन है?" मेथ्यू ने नाराज़गी दिखाई।

"नहीं, कभी नहीं," विलियम सूसन को देखकर मुस्कुराया। "यह तुमसे कहीं ज़्यादा सुंदर लगती है।"

सूसन को उसी पल से विलियम भा गया।

विलियम को मेथ्यू के पिता से मिलते ही लगाव हो गया। उन्हें देखकर उसे अपने पिता की याद आने लगी और उसने मि. लेस्टर से आग्रह किया कि क्या वे उसे उस महान बैंक को दिखाने ले जा सकते हैं, जिसके वे चेयरमैन हैं। चार्ल्स लेस्टर ने सावधानी से

उसकी विनती पर विचार किया। आज तक 17 बोर्ड स्ट्रीट पर स्थित उस आलीशान बैंक में किसी बच्चे ने कदम नहीं रखा था, उनका अपना बेटा तक भी नहीं गया था। उन्होंने समझौता किया, जैसा कि बैंकर अक्सर करते हैं और विलियम को एक रविवार की दोपहर सारा बैंक घुमाया।

विलियम इतने तलों पर बने विशाल ऑफ़िस देख कर दंग था। उसने वॉल्ट, विदेशी विनिमय कक्ष, बोर्डरूम और चेयरमैन के ऑफ़िस देखे। लेस्टर बैंक का लेन-देन बेशक़ केन एंड कैबट से कहीं बड़ा था और विलियम को छोटे से निजी निवेश खाते की वजह से यह पूरी जानकारी थी क्योंकि उसे हर साल की जनरल रिपोर्ट देखने को मिलती थी। उसे पता था कि लेस्टर का पूँजी आधार, केन एण्ड कैबट से कहीं ज़्यादा था। जब वे लेस्टर के घर वापिस आ रहे थे तो वह रास्ते में चुप रहा।

"विलियम, क्या तुम्हें अच्छा लगा?" चार्ल्स लेस्टर ने पूछ ही लिया।

"जी, सर। बहुत अच्छा लगा," विलियम बोला। वह एक पल को चुप रहा। "पर सर, आपको चेतावनी देना चाहूँगा कि मैं एक दिन आपके बैंक में चेयरमैन का पद सँभालना चाहता हूँ।"

चार्ल्स मुस्कुराए। उन्होंने उस रात डिनर के समय सबको बताया कि विलियम केन ने लेस्टर एंड कंपनी का दौरा किया है और अब वह उनकी नौकरी खाने को तैयार है। सारे मेहमान खूब हँसे। पर विलियम ने यह बात मज़ाक में नहीं कही थी।

≈

हेनरी ने एक बार फिर से पैसों की माँग की तो एनी सदमा खा गई।

उसने दिलासा दी, "चिंता मत करो, मेरे पास तुम्हारी रकम सुरक्षित रहेगी। एलन लॉयड से पूछो। बैंक चेयरमैन होने के नाते वह तुम्हारा शुभचिंतक ही होगा।"

"पर दो सौ पचास हज़ार?" एनी ने पूछा।

"डार्लिंग, ऐसे मौके ज़िन्दगी में बार-बार हाथ नहीं आते। इसे तो तुम निवेश समझो जो दो साल में दुगना हो जाएगा।"

फिर एक बार लंबी बहस छिड़ी जिसमें बार-बार विलियम और रिचर्ड को बीच में घसीटा गया और एक बार फिर एनी ने हथियार डाल दिए और जीवन सामान्य रूप से बीतने लगा। जब उसने अगली बार बैंक में निवेश पोर्टफ़ोलियो देखा तो उसे पता चला कि अब उसके पास 150,000 डॉलर ही बचे थे। हालाँकि, हेनरी को देख कर यही लगता था कि वह अच्छे रसूख़दार लोगों से मिल रहा था और बार-बार यही दोहरा रहा था कि वह एक ऐसी डील करने जा रहा था जो मुनाफ़ा-ही-मुनाफ़ा देने वाली थी। एनी को लगा कि उसे केन एण्ड कैबट में इस बारे में बात करनी चाहिए पर फिर सोचा कि ऐसा करना अपने ही पति के खिलाफ़ जाने जैसा हो जाता। और हेनरी को अगर यकीन न होता कि एलन उसे मंजूर कर देगा तो हेनरी ऐसी पेशकश ही न रखता।

एनी फिर से डॉ. मैकेंज़ी के पास जाने लगी ताकि उनसे दूसरे बच्चे की संभावना के बारे में सलाह मिल सके पर वे अब भी इसके खिलाफ़ ही थे। उच्च रक्तचाप की वजह से पिछले गर्भपात के बाद, छत्तीस साल की उम्र में एनी के लिए दोबारा माँ बनने की कोशिश जानलेवा हो सकती थी। एनी ने माँ और भूतपूर्व सास से भी सलाह ली पर वे भी डॉक्टर की सलाह के हक़ में थीं। उनमें से किसी को हेनरी की परवाह नहीं थी और यह चिंता भी थी कि कहीं आने वाले समय में, उनके दुनिया से जाने के बाद हेनरी की औलाद केन परिवार की दौलत पर हक़ न जमा ले। एनी ने सोच लिया कि वह एक ही बेटे की माँ बन कर रहेगी पर हेनरी को यह मंजूर नहीं था। उसने इल्ज़ाम लगाया कि वह उसे धोखा दे रही है और अगर रिचर्ड ज़िन्दा होता तो वे दोनों दोबारा बच्चा पैदा करने की कोशिश भी करते। एनी ने सोचा कि वे दोनों मर्द कितने अलग हैं और वह समझ नहीं पा रही थी कि इसके बावजूद वह दोनों को प्यार कैसे करती है। उसने हेनरी को शांत करना चाहा, उसने मनाया कि उसका काम चल जाए ताकि उसका ध्यान काम में लगा रहे। इसके साथ ही उसे अपने कम होते जा रहे पैसों की चिंता भी सता रही थी। हेनरी ने काम से देर रात लौटना चालू कर दिया था।

13

नौ दिन बाद, आर्कटिक की एक सर्द रात को हल्की रोशनी के बीच, व्लादेक और उसका दल कैंप 201 पहुँचे। व्लादेक कभी सोच भी नहीं सकता था कि उसे ऐसी जगह देखकर भी खुशी होगी: बंजर और वीरान-सुनसान जगह पर लकड़ी से बनी झोंपड़ियों की क़तारें ही क़तारें दिख रही थीं। झोंपड़ियों पर कैदियों की तरह नंबर डाले हुए थे। व्लादेक की झोंपड़ी का नंबर 33 था। कमरे के बीच काले रंग का छोटा-सा स्टोव था और दीवारों पर लकड़ी के फट्टे लगा कर बिस्तर बनाए गए थे, उन पर मोटी घास के गद्दों के साथ एक-एक पतला कंबल रखा था। कुछ कैदी पहली रात सोने में क़ामयाब रहे, जैसे उन्हें बर्फ़ में भी सोने की आदत हो गई थी। झोंपड़ी नंबर 33 से उठने वाली कराहें और चीखें, कई बार बाहर मंडरा रहे भेड़ियों की आवाज़ों से भी तेज़ थीं।

अगली सुबह सूरज निकलने से बहुत पहले, उन्हें उठाने के लिए लोहे के तिकोने को हथौड़े से ज़ोर-ज़ोर से पीटा जाने लगा। खिड़कियों के अंदर भारी ओस जमा थी और व्लादेक को लगा कि वह ठंड के मारे मर ही जाएगा। बर्फ़ीले कम्युनल हॉल में दस मिनट में नाश्ता पूरा हुआ। उन्हें नाश्ते के नाम पर हल्का गुनगुना सूप का कटोरा दिया गया जिसमें सड़ी हुई मछली के टुकड़ों के अलावा कुछ पत्तागोभी के पत्ते तैर रहे थे। नए आए हुए कैदियों ने मछली की हड्डियों को मेज़ पर ही थूक दिया पर पुराने और अनुभवी कैदी उन हड्डियों को भी खाने के बाद मछली की आँखें तक खा गए।

नाश्ते के बाद, नए कैदियों के सिर एक बार फिर से मूँडे गए और फिर उन्हें काम सौंपे गए। व्लादेक को लकड़ी काटने का काम मिला। उसे बंजर मैदानों से कई मील दूर जंगल में ले जाया गया और आदेश मिला कि रोज़ दस पेड़ काटने हैं। सिपाही उसे और उसके दल के छह लोगों को उनके दोपहर के खाने के साथ अकेला छोड़ देते। उन्हें खाने

में बेस्वाद पीले रंग का दलिया और डबलरोटी दी जाती। उन्हें कैदियों के भागने का कोई ख़तरा नहीं था क्योंकि सबसे निकटतम शहर ही कम-से-कम हज़ारों मील की दूरी पर था—बशर्ते कैदियों को पता हो कि उन्हें किस दिशा में जाना था।

दिन के अंत में, सिपाही वापिस आते और गिरे हुए पेड़ों की गिनती की जाती; अगर वे गिनती पूरी न कर पाते तो अगले दिन उनके खाने में कटौती कर दी जाती। शाम को सिपाहियों के आने तक सात बज जाते और हलका अंधेरा हो जाता इसलिए उनके लिए नए कटे पेड़ों को गिनना थोड़ा मुश्किल होता। व्लादेक अपने दल के दूसरे लोगों को भी सिखा चुका था कि सिपाहियों को धोखा कैसे देना है। वे पिछले दिन के कटे पेड़ों को भी ताज़ा कटे पेड़ों में मिला देते इसलिए कम काम करने पर भी पकड़े नहीं जाते थे और उनके खाने में कभी कटौती नहीं हुई। कई बार वे टाँग के पिछले हिस्से में लकड़ी का छोटा-सा टुकड़ा बाँध कर छिपा लाते ताकि रात को चूल्हे में जला सकें। सावधानी बरतनी ज़रूरी थी क्योंकि कई बार कैंप में घुसते हुए उनकी तलाशी हो जाती। कई बार उस जमी हुई बर्फ़ के बीच दोनों जूते उतार कर दिखाने पड़ते। अगर उनके पास निजी रूप से कुछ मिल जाता तो तीन दिन तक खाने के बिना रहने की सज़ा थी।

इसी तरह कई सप्ताह बीत गए, व्लादेक की टाँग अकड़ कर दर्द करने लगी थी। वह उन दिनों के लिए तरस रहा था, जब तापमान शून्य से चालीस डिग्री नीचे होता और उन्हें बाहर के काम से मुक्ति मिल जाती। हालाँकि जिस दिन काम नहीं होता था, उसकी पूर्ति अगले रविवार को हो जाती, जब उन्हें सामान्यत: पूरा दिन अपने बिस्तर पर लेटने की अनुमति होती।

एक शाम, जब व्लादेक लकड़ी के तने को कमर से बाँध कर घसीट रहा था तो टाँग बुरी तरह से टीस मारने लगी। उसने देखा कि ज़ख़्म लाल होकर सूज गया था। उसने उसे सिपाही को दिखाया तो उसे कहा गया कि वह सुबह होते ही तुरंत कैंप के डॉक्टर से मिले। व्लादेक सारी रात अपनी टाँग को चूल्हे से सटा कर जागता रहा, पर आँच इतनी कम थी कि उसका दर्द नहीं घटा।

अगली सुबह, व्लादेक रोज़ के समय से एक घंटा पहले बाहर आ गया। अगर काम पर जाने से पहले डॉक्टर को न दिखाता तो फिर अगले दिन तक इंतज़ार करना पड़ता। व्लादेक अगले दिन तक ऐसा असहनीय दर्द नहीं सह सकता था। उसने डॉक्टर के पास जाकर अपना नाम और नंबर बताया। डॉक्टर एक हमदर्द बूढ़ा निकला, गंजा डॉक्टर, बैरन से भी ज़्यादा बूढ़ा दिखता था। उसने बिना कुछ कहे व्लादेक की टाँग को देखा।

''डॉक्टर, क्या ये घाव भर जाएगा?'' व्लादेक ने पूछा।

''तुम रूसी बोल लेते हो?''

''जी, सर।''

''मुझे सर कहने की ज़रूरत नहीं। मेरा नाम डुबिएन है। मैं भी तुम्हारी तरह इनका बंदी हूँ। व्लादेक यह सुनकर हैरान हो गया। तुम्हारी टाँग सही तो हो जाएगी नौजवान पर

हमेशा लंगड़ा कर चलना होगा। पर इससे फ़ायदा भी क्या। सुनसान जंगल में सारा जीवन लकड़ी काटने के लिए ठीक होना है?''

''नहीं, डॉक्टर। मैं तो इस जगह से बचकर वापिस पोलैंड जाना चाहता हूँ,'' व्लादेक बोला।

डॉक्टर ने झिड़की भरे अंदाज़ में देखा। ''आवाज़ नीची कर बच्चे...अब तक यह तो समझ आ ही गया होगा कि इस जगह से निकलना नामुमकिन है। मैं पिछले पंद्रह साल से हूँ और एक भी दिन ऐसा नहीं गया, जब मैंने भागने के बारे में न सोचा हो। कोई उपाय नहीं है; भागने वाला आज तक नहीं बचा, भागने का नाम तक लेने वाले को सज़ा वाली कोठरी में रख देते हैं जिसमें तीसरे दिन पर खाना मिलता है और आग जलाने का भी कोई प्रबंध नहीं होता। अगर उस जगह से ज़िंदा आ जाओगे तो यही चाहोगे कि मौत ही भली थी।''

''मैं बच कर निकलूँगा। ज़रूर निकलूँगा,'' व्लादेक ने बूढ़े को घूरते हुए कहा।

डॉक्टर ने व्लादेक की आँखों में देखा। ''मेरे दोस्त, दोबारा ये शब्द मत कहना। वरना ये लोग जान से मार देंगे। अपनी टाँग अच्छी तरह ढँक कर, काम पर जाओ और कल सुबह फिर दिखाना।''

व्लादेक जंगल में चला गया पर दर्द इतना ज़्यादा था कि काम नहीं कर सका। अगली सुबह, डॉक्टर ने और ध्यान से टाँग की जाँच की।

''बदतर हालत है। कितने साल के हो बेटा?''

''ये कौन-सा साल है, डॉ. डुबिएन?'' व्लादेक ने पूछा।

''1919।''

''तो मैं तेरह साल का हूँ। डॉक्टर, आपकी उम्र क्या है?''

वह आदमी यह सवाल सुनकर हैरत में आ गया और फिर धीरे से बोला, ''अड़तीस।''

''हे ईश्वर! मदद कर,'' व्लादेक बोला।

''मेरे बच्चे, पंद्रह साल की कैद के बाद तुम भी ऐसे ही दिखोगे,'' डॉक्टर ने कड़वा सच बताया।

''आप इस जगह क्यों हैं? उन्होंने आपको आज तक छोड़ा क्यों नहीं?'' व्लादेक ने पूछा।

''वे इकलौते डॉक्टर को इस जगह से जाने दें?'' वह हँस दिया। ''मुझे 1904 में, मास्को में बंदी बनाया गया, उससे पहले मैं पेरिस में डॉक्टरी की पढ़ाई कर चुका था। मैं उस समय फ्रेंच दूतावास के साथ काम कर रहा था, और उनका कहना था कि मैं एक जासूस हूँ, मुझे जेल में डाल दिया गया। क्रांति के बाद, बिना किसी मुकदमे के, इस नर्क में भेज दिया गया। फ्रेंच तक मेरे वजूद को भूल गए। कोई भी कैंप 201 की सज़ा को पूरा नहीं कर सका इसलिए मैं भी दूसरों की तरह यहीं जान दूँगा और यह इतनी जल्दी नहीं हो सकता।''

''नहीं, डॉक्टर, आपको उम्मीद नहीं छोड़नी चाहिए।''

''उम्मीद, मैंने बहुत पहले ही अपने लिए उम्मीद करना छोड़ दिया है। शायद तुम्हारे लिए उम्मीद नहीं छोड़ूँगा। पर हमेशा याद रखना, यह बात किसी के आगे नहीं करनी, कई कैदी मोटे कंबल या एक अतिरिक्त डबलरोटी के लालच में चुगली कर देते हैं। व्लादेक, ध्यान से सुनो, मैं तुम्हें एक महीने के लिए रसोई के काम पर लगा रहा हूँ पर तुम्हें रोज़ सुबह मेरे पास आना होगा। इस तरह ही हम तुम्हारी टाँग को कटने से बचा सकते हैं और कम-से-कम मैं ऐसा आदमी नहीं होऊँगा जिसे टाँग काटनी पड़े। हमारे पास तो ऑपरेशन के लिए औज़ार तक नहीं हैं।'' उन्होंने दीवार पर टँगे चाकू की ओर इशारा किया। व्लादेक उसे देख कर काँप गया।

डॉक्टर डुबिएन ने व्लादेक का नाम कागज़ पर लिख दिया और अगली सुबह, वह रसोई में काम करने आ गया। उसे ठंडे पानी में बर्तन धोने और तैयार खाने को परोसने का काम दिया गया। सारा दिन लकड़ी काटने की तुलना में यह काम आसान था; मछली का अतिरिक्त सूप, काली मोटी डबलरोटी और कमरे की गर्माहट में रहने का मौका। एक बार, कुक ने उसे आधा अंडा भी खिलाया था। हालाँकि उन दोनों में से किसी को पता नहीं था कि वह किस पक्षी का अंडा है। व्लादेक की टाँग को ठीक होने में थोड़ा समय लगा और हमेशा के लिए हल्की लँगड़ाहट रह गई। चिकित्सा के लिए सामान और दवाओं के अभाव में डॉक्टर भी उसके लिए इससे ज़्यादा कुछ नहीं कर सकते थे, वे बस यह देख रहे थे कि ज़ख़्म सही तरह से भर रहा था या नहीं।

दिन बीतते गए और डॉक्टर व व्लादेक आपस में पक्के दोस्त बन गए। वे रोज़ सुबह अलग भाषा में बात करते पर डुबिएन को अपनी मातृभाषा फ्रेंच में बात करना पसंद था, जो उन्होंने पिछले पंद्रह सालों से नहीं बोली थी।

''व्लादेक, तुम्हें सात दिन बाद जंगल वाले काम पर वापिस जाना होगा, वे लोग तुम्हारी टाँग की जाँच करेंगे और गैं तुम्हें इसके बाद रसोई के काम में नहीं रखवा सकता। ध्यान से मेरी बात सुनो, मैं तुम्हारे भागने की योजना पर काम कर रहा था।''

''मिलकर डॉक्टर, एक साथ चलेंगे,'' व्लादेक ने कहा।

''नहीं, बस तुम। मैं इतने लंबे सफ़र के लिए बूढ़ा हूँ और बचने का सपना देखने के सिवा मेरे बस में कुछ नहीं है। मेरे लिए यही जानना बहुत होगा कि कोई तो इस सपने को पूरा कर सका और तुम पहले ऐसे इंसान मिले हो जिसे पूरा यकीन है कि वह बचने में क़ामयाब हो सकता है।''

डॉक्टर अपनी योजना बताने लगा और व्लादेक चुपचाप सुनता रहा।

''मैंने पिछले पंद्रह सालों के दौरान दो सौ रूबल बचाए हैं—जब तुम रूसियों के लिए काम करते हो तो ओवरटाइम नहीं मिलता।'' व्लादेक ने कैंप के सबसे पुराने चुटकुले पर हँसना चाहा। ''मैं दवा की शीशी में पैसे छिपा कर रखता हूँ। पचास रूबल के चार नोट हैं। जब तुम्हारे जाने का समय आएगा तो उन्हें तुम्हारे कपड़ों में सिल दूँगा।''

''कौन से कपड़े,'' व्लादेक बोला।

''मेरे पास एक सूट, एक शर्ट और एक टोपी है। मैंने उन्हें बारह साल पहले, एक

सिपाही से दवा के बदले लिया था, जब मुझे यकीन था कि एक दिन मैं बच कर निकल सकता हूँ। वे आज के फ़ैशन के नहीं पर तुम्हारा काम चला देंगे।''

पंद्रह साल जमा करने के बाद दो सौ रूबल, एक कमीज़, एक सूट और एक टोपी; डॉक्टर अपना सारा सामान एक पल में व्लादेक को देने को राज़ी था। व्लादेक ने अपने जीवन में इससे पहले इतना निःस्वार्थ भाव कभी नहीं देखा था।

''अगले वीरवार को तुम्हें वह मौका मिलेगा,'' डॉक्टर ने कहना जारी रखा। ''इरकुत्सक में रेल से कुछ नए कैदी आने वाले हैं और नए कैदियों के खाने की व्यवस्था करने के लिए रसोई से चार लोगों को ले जाया जाएगा। मैंने सीनियर कुक-स्तानिस्लाव से सब तय कर लिया है। थोड़ी-सी दवाओं के बदले में रसोईवाले ट्रक में जाने का मौका मिल सकता है। यह मुश्किल नहीं है क्योंकि कोई भी इतने लंबे कष्टदायक सफ़र में नहीं जाना चाहता—पर तुम्हें केवल इनके साथ जाना है।''

व्लादेक अब भी बड़े ध्यान से सुन रहा था।

''जब तुम स्टेशन पहुँचोगे, तो गाड़ी के आने तक इंतज़ार करना। जब नए कैदी प्लेटफ़ॉर्म पर हों और पटरी पार कर, मास्को जाने वाली गाड़ी में चढ़ जाना जो कैदियों की रेल आने से पहले नहीं जा सकती क्योंकि पटरी एक ही है। तुम्हें प्रार्थना करनी चाहिए कि सैंकड़ों नए कैदियों के बीच इन दरबानों को तुम्हारी गैर-मौजूदगी का पता न चले। उस जगह से सारी ज़िम्मेदारी तुम पर होगी। अगर भागते हुए पकड़े गए तो वे एक भी क्षण सोचे बिना गोली मार देंगे। मैं बस एक और मदद कर सकता हूँ। पंद्रह साल पहले, जब मैं रेल में सवार हुआ था। मैंने अपनी याददाश्त से मास्को से तुर्की तक का नक़्शा बनाया था। हो सकता है कि यह पूरी तरह से सही न हो। हो सकता है कि रूसियों ने तुर्की पर भी क़ब्ज़ा कर लिया हो। भगवान जाने ये आजकल क्या कर रहे हैं। मुझे तो इतना पता है कि ये शायद ये फ्रांस को भी अपने अधीन कर सकते हैं।''

डॉक्टर दवा की अलमारी के पास गए और भूरे से रंग के पदार्थ से भरी बड़ी-सी बोतल निकाली। उन्होंने उसे खोला तो अंदर से चमड़े का पुराना टुकड़ा निकला। इतने बरसों में काली स्याही हल्की हो गई थी। उस पर अक्टूबर 1904 लिखा था, उसमें कैंप से मास्को और फिर मास्को से ओदेसा, ओदेसा से तुर्की का रास्ता दिखाया गया था; आज़ादी की ओर 1500 मील की यात्रा।

''इस सप्ताह में हर सुबह टाँग दिखाने के बहाने आते रहो। हम बार-बार योजना दोहराते रहेंगे। अगर तुम क़ामयाब न हो सको तो कम-से-कम तैयारी की कमी से ऐसा नहीं होना चाहिए।''

~

व्लादेक हर रात जागते हुए खिड़की से बाहर चंद्रमा को ताकता रहता। वह किसी भी हालत में क्या करेगा, उसने हर चीज़ के बारे में सोच लिया था, वह खुद को किसी भी तरह के हादसे के लिए तैयार कर रहा था।

हर दिन, वह डॉक्टर के साथ योजना दोहराता। जाने से एक दिन पहले, डॉक्टर ने नक़्शे के छह तह बनाए और उनमें नोट रखकर, उन्हें सूट की बाजू में सिल दिया। व्लादेक ने शर्ट और सूट पहन लिया। वह इतना दुबला हो गया था कि कपड़े ऐसे लग रहे थे मानो कोट के हैंगर पर लटक रहे हों। जब उसने उन पर अपनी वर्दी पहनी तो डॉक्टर का ध्यान उसके बैंड पर गया। व्लादेक उसे हमेशा कोहनी से ऊपर चढ़ा कर रखता था, उसे डर था कि अगर पहरेदारों ने देख लिया तो वे उसे छीन लेंगे।

''यह क्या है? यह तो बड़ी कमाल की चीज़ लगती है?''

''यह मेरे पिता का उपहार है,'' व्लादेक बोला। ''क्या मैं अपना स्नेह जताने के लिए इसे आपको दे सकता हूँ।'' व्लादेक ने बैंड उतार कर डॉक्टर के हाथ में दे दिया।

डॉक्टर उसे कुछ देर ताकते रहे और फिर सिर झुका कर बोले। ''कभी नहीं। यह केवल एक ही इंसान का हो सकता है।''

उन्होंने उसे व्लादेक को ही पहना दिया और उसे प्यार से सहला कर बोले—

''व्लादेक मेरी शुभकामनाएँ। ईश्वर करे, हम जीवन में दोबारा कभी न मिलें।''

वे आपस में गले मिले और व्लादेक झोंपड़ी नंबर 33 में आखिरी रात बिताने चल दिया, जैसा कि उसने सोचा था। उस रात इसी डर से सो नहीं सका कि कोई वर्दी के नीचे पहने हुए कपड़े न देख ले, वे पहरेदार को चुगली कर सकते थे। अगली सुबह लोहे के तिकोने पर हथौड़ा पीटा गया तो वही सबसे पहले रसोई में पहुँचा। सबसे वरिष्ठ कैदी ने पहरेदारों के आगे उसे धकेल दिया, जब वे अपने सफ़र के लिए रसोई से चार व्यक्ति लेने आए। व्लादेक उम्र में सबसे छोटा था।

''इसे क्यों ले जाना है?'' एक पहरेदार ने उसकी ओर इशारा किया।

व्लादेक वहीं जम गया। उनके बरामदे से बाहर तक निकलने से पहले ही डॉक्टर की योजना पर पानी फिरने वाला था और फिर अगले तीन महीने तक कैदियों की कोई खेप नहीं आनी थी। डॉक्टर भी दोबारा रसोई के काम पर नियुक्त नहीं कर सकेगा।

''ये कमाल का खाना पकाता है,'' स्तानिस्लाव ने बात सँभाली। ''इसे बैरन के महल में काम सिखाया गया था। पहरेदारों के लिए इससे बेहतर कुक और कौन होगा।''

''बढ़िया!'' पहरेदार का लालच, उसके शक़ पर हावी हो गया। ''चलो फिर।''

चारों कैदी ट्रक की ओर भागे और काफ़िला चल निकला। यात्रा धीमी और थकान से भरी थी पर कम-से-कम व्लादेक इस बार पैदल नहीं चल रहा था। और वैसे भी गर्मियों का मौसम होने की वजह से शून्य से एक डिग्री ही तापमान कम था।

~

उनका काफ़िला सोलह दिन बाद इरकुत्सक पहुँचा। मास्को जाने वाली गाड़ी स्टेशन पर ही खड़ी थी। वह कई घंटों से वहीं थी पर नए कैदियों की खेप के आए बिना उसका सफ़र चालू नहीं हो सकता था। व्लादेक रसोई के तीन लोगों के साथ जाकर प्लेटफ़ॉर्म के कोने पर

बैठ गया। अपने अनुभवों से उदासीन हो चुके उन लोगों को आस-पास की चीज़ों में कोई दिलचस्पी नहीं थी। पर वह हर चीज़ पर निगरानी रखे हुए था, उसने प्लेटफ़ॉर्म के दूसरी ओर खड़ी गाड़ी देख ली थी। बहुत सारे दरवाज़े खुले थे और व्लादेक ने अपने लिए एक दरवाज़ा चुन लिया था जिससे वह सही मौका पाते ही गाड़ी में जाने वाला था।

"क्या तुम भागने की सोच रहे हो?" बड़े रसोईए ने अचानक पूछा।

व्लादेक के पसीने छूटने लगे। उसने कुछ नहीं कहा। स्तानिस्लाव उसे घूरने लगा, "तुम भाग रहे हो।" फिर भी व्लादेक चुप रहा। बूढ़े कुक ने तेरह साल के बच्चे को घूरते हुए मुस्कुराकर कहा, "शुभकामनाएँ। मैं ध्यान रखूँगा कि उन्हें बहुत देर तक तुम्हारे गुमशुदा होने की ख़बर ही न मिले।"

स्तानिस्लाव ने उसकी बाजू छूकर इशारा किया। व्लादेक को दूर से कैदियों की गाड़ी आती दिखाई दी, वह धीरे से उनसे कुछ इंच की दूरी पर आकर खड़ी हो गई। वह तनाव के मारे बेचैन था, दिल तेज़ी से धड़क रहा था। वह हर कैदी की गतिविधि पर ध्यान रखे हुए था। आख़िर में, सैंकड़ों बेनाम कैदी प्लेटफ़ॉर्म पर जमा होने लगे। जब स्टेशन पर लोगों का कोलाहल बढ़ गया तो पहरेदार पूरी तरह से व्यस्त हो गए, तब व्लादेक कैदियों की गाड़ी के नीचे से होते हुए, मास्को वाली रेल की ओर भागा और एक डिब्बे में सवार हो गया। जब वह डिब्बे के कोने में बने शौचालय में गया तो किसी ने भी उसकी ओर ध्यान नहीं दिया। उसने खुद को अंदर बंद कर लिया और हाथ जोड़ कर इंतज़ार करने लगा। उसे लग रहा था कि किसी भी घड़ी, कोई दरवाज़ा खटखटा सकता था। जब तक गाड़ी स्टेशन से रवाना नहीं हुई, ऐसा लगा जैसे सदियाँ बीत गई हों। असल में गाड़ी सैंतालीस मिनट बाद चली।

"ओह शुक्र!" वह ज़ोर से बोला। उसने शौचालय की छोटी-सी खिड़की से देखा, स्टेशन दूर होते हुए छोटा और छोटा होता जा रहा था। नए कैदियों को ज़ंजीरों से बाँध कर कैंप 201 ले जाने के लिए तैयार किया जा चुका था, पहरेदार उन्हें हथकड़ियों में कसते हुए हँस रहे थे। उनमें से कितने कैंप तक जीवित पहुँचेंगे? कितने भेड़ियों का भोजन बनेंगे? कितनी देर बाद उन्हें व्लादेक की सुध आएगी?

व्लादेक कुछ और देर तक शौचालय में ही बैठा रहा, हिलने से भी डर लग रहा था, पता नहीं आगे क्या होने वाला था। अचानक किसी के दरवाज़ा पीटने की आवाज़ आने लगी। व्लादेक के दिमाग में तत्काल आया—पहरेदार? टिकट की जाँच करने वाला? कोई सिपाही?—उसके आगे बहुत सारी तस्वीरें नाचने लगीं, उनमें से हर तस्वीर पिछली तस्वीर की तुलना में डरावनी थी। खटखट की आवाज़ लगातार आती रही।

"जल्दी करो!" किसी ने गहरे भारी सुर में कहा।

व्लादेक के पास कोई चारा नहीं था। अगर बाहर सिपाही था तो वह बच नहीं सकता था क्योंकि कोई बौना ही उस छोटी खिड़की से निकल सकता था। अगर कोई सिपाही नहीं था तो वह ज़्यादा देर तक शौचालय में टिक कर, बेवजह उसका ध्यान अपनी ओर खींच लेता। उसने जल्दी से कैद वाले कपड़े उतारे, उनकी पोटली बना कर खिड़की से बाहर डाल दी। फिर उसने सूट की जेब से टोपी निकाल कर गंजा सिर ढँक लिया और दरवाज़ा खोला।

व्लादेक के पूरी तरह से बाहर आने से पहले ही, एक अधेड़ अपनी पतलून खिसकाए भीतर घुसा और उसे बाहर धकेल दिया।

कॉरीडोर में आते ही व्लादेक ने खुद को बहुत अकेला महसूस किया, वह चलन से बाहर हो चुके उन ढीले कपड़ों में ऐसा लग रहा था मानो किसी ने संतरों के ढेर पर सेब रख दिया हो। वह किसी दूसरे खाली शौचालय की खोज में चल दिया। जब एक शौचालय खाली मिला तो उसने अंदर जाकर खुद को बंद कर लिया और बाज़ू में से पचास रूबल बाहर निकाल लिए। वह कॉरीडोर में वापिस आया, अपनी ओर से सबसे भीड़ वाले डिब्बे में घुस कर कोने में बैठ गया। वहीं कुछ लोग, कुछ रूबल लगाकर जुआ खेल रहे थे। व्लादेक ने महल में वह खेल खेलते हुए कई बार लिओन को हराया था और वह भी खेलना चाहता था पर उसे डर था कि लोगों का ध्यान उसकी ओर न आ जाए। जब खेल आगे बढ़ा तो व्लादेक ने देखा कि केवल एक जुआरी लगातार जीत रहा था। उसने खेल को और ध्यान से देखा तो समझ आ गया कि वह सबको धोखा दे रहा था।

एक जुआरी ने अपना सारा पैसा लगा दिया, जब वह हार गया तो सबको कोसते हुए उठा और व्लादेक के पास आ बैठा। व्लादेक अपने साथ बैठे आदमी के मोटे कोट की गरमाहट महसूस कर सकता था।

"ओह क़िस्मत ने साथ नहीं दिया," व्लादेक ने कहा।

"हम्म, क़िस्मत की बात नहीं है। ज़्यादातर तो मैं ही सब किसानों को हरा देता हूँ पर आज सारे पैसे लग गए," जुआरी बोला।

"क्या अपना कोट बेचना चाहोगे?"

जुआरी व्लादेक को ताकने लगा।

"बच्चे, इसे खरीदना तेरे बस का नहीं है।" व्लादेक उसकी आवाज़ सुनकर अंदाज़ लगा सकता था कि वह कोट बेचना चाह रहा था। "मैं इसके लिए पचहत्तर रूबल से कम नहीं लेने वाला।"

"मैं चालीस दे सकता हूँ," व्लादेक बोला।

"साठ," जुआरी ने कहा।

"पचास," व्लादेक बोला।

"नहीं, कम-से-कम साठ तो देने पड़ेंगे, ये सौ से ऊपर का है।"

"वह तो पुरानी बात होगी," व्लादेक ने कहा। वह सबके सामने बाज़ू से और रूबल नहीं निकालना चाहता था, वरना सबको पैसों के बारे में पता लग जाता। उसने कोट के कॉलर को हाथ लगाया और मुँह बनाते हुए कहा, "दोस्त, तुमने इसके लिए ज़्यादा पैसे दे दिए। मैं पचास रूबल से ऊपर एक कोपेक (रूबल का सौवाँ हिस्सा) भी नहीं दे सकता।" व्लादेक इस तरह उठा मानो जाना चाह रहा हो।

"रुको, रुको।" जुआरी ने कहा। "ठीक है, मैं पचास रूबल में दे देता हूँ।"

व्लादेक ने जेब से पचास रूबल निकाल कर कोट के बदले में दे दिए। वह उसके लिए बहुत बड़ा था और पैरों तक आ रहा था पर उसे अपने बेढंगे सूट को ढँकने के लिए ठीक ऐसा ही कुछ चाहिए था। कुछ देर तक वह जुआरी को ही देखता रहा जो फिर से खेलने गया और हार कर लौट आया। उसने दो सबक़ सीखे; जब हालात साथ न दें तो जुआ मत खेलो; अपनी सीमा पार करने के बाद, उस जगह से हट जाओ।

व्लादेक उस डिब्बे से बाहर निकला तो थोड़ा सुरक्षित महसूस कर रहा था। अपने नए-पुराने कोट से मिली सुरक्षा के साथ, गाड़ी के बाकी डिब्बों का मुआयना करने लगा। वे दो क्लास में बँटे हुए थे। जनरल डिब्बों में यात्री लकड़ी की बैचों पर बैठे या खड़े थे। ख़ास डिब्बों के बैंच चमड़े से मढ़े हुए थे। सभी डिब्बे भरे हुए थे, बस ख़ास डिब्बे खाली थे। उनमें से एक डिब्बे में केवल एक महिला बैठी थी। वह अधेड़ आयु की थी और दूसरे सहयात्रियों की तुलना में बेहतर कपड़ों में थी। उसने गहरे नीले रंग की पोशाक पहनी थी और सिर पर स्कार्फ़ डाला हुआ था। जब वह कोने में खड़ा हिचकते हुए उसे देख रहा था, तो वह उसे देखकर मुस्कुराई जिससे उसे डिब्बे में प्रवेश करने का आत्मविश्वास मिला।

''क्या मैं बैठ सकता हूँ?''

''प्लीज़ बैठो न,'' वह उसे सावधानी से देखने लगी।

व्लादेक दोबारा कुछ नहीं बोला पर मौका लगते ही उस महिला और उसके सामान को देख लेता। वह थोड़े भारी शरीर की झुर्रीदार चेहरे वाली महिला थी, शायद रूसी खाना खाती होगी। उसके छोटे काले बाल और भूरी आँखें देख कर लगता था कि कभी बहुत आकर्षक रही होगी। उसके सामान में दो बड़े बैग और एक छोटी टोकरी थी। व्लादेक अपने हालात के ख़तरों को जानने के बावजूद बुरी तरह से थकान महसूस करने लगा। वह यही सोच रहा था कि क्या उसे सोने का दु:साहस करना चाहिए, तभी वह महिला बोली—

''तुम किस जगह जा रहे हो?''

यह सुनकर वह हैरत में आ गया, ''मास्को।''

''मैं भी वहीं जा रही हूँ,'' वह बोली।

व्लादेक अपनी ओर से जो जानकारी दे चुका था, उसके लिए उसे अफ़सोस होने लगा। डॉक्टर ने चेतावनी दी थी कि किसी से बात नहीं करनी। ''याद रखना, किसी पर भरोसा मत करना। रशिया में हर इंसान जासूस है।''

जब उस महिला ने और सवाल नहीं किए तो व्लादेक ने चैन की साँस ली। पर ज्यों ही उसका खोया आत्मविश्वास लौटने लगा, टिकट कलक्टर अंदर आ गया। व्लादेक पसीने से नहा गया, शून्य से पाँच डिग्री तापमान में भी उसके पसीने छूट रहे थे। कलक्टर ने उस महिला की टिकट देख कर वापिस की और फिर व्लादेक की ओर मुड़ा।

''टिकट कॉमरेड,'' वह धीमे नीरस सुर में बोला।

व्लादेक घबरा कर अपने कोट की जेब में देखने लगा।

''यह मेरा बेटा है,'' उस महिला ने दृढ़ शब्दों में कहा।

टिकट कलक्टर ने एक बार उस महिला को और फिर व्लादेक को देखा और फिर उस महिला के आगे सिर झुका कर, कुछ कहे बिना ही बाहर चला गया।

व्लादेक उसे ताकता रहा। समझ नहीं आ रहा था कि क्या कहे, उसने हकलाते हुए धन्यवाद दिया।

''मैंने तुम्हें कैदियों वाली गाड़ी के नीचे से सरक कर आते हुए देखा था,'' वह धीरे से बोली। व्लादेक की हालत खराब हो गई। ''पर चिंता मत करो। मैं तुम्हें उनके पास वापिस नहीं भेज रही। मेरा एक नातेदार भाई भी ऐसे ही किसी दुष्ट कैंप में है और हम सबको डर है कि एक दिन हम सब यहीं होंगे।'' उसने व्लादेक को कुछ देर देखने के बाद पूछा। ''तुम्हारे कोट के अंदर क्या है?''

व्लादेक यह सोचने लगा कि उसके लिए डिब्बे से बाहर निकलना बेहतर होगा या कोट उतार कर दिखाना ठीक रहेगा। अगर वह बाहर भागा तो गाड़ी में किस जगह जाकर छिपेगा? उसने कोट उतार दिया।

''उतना बुरा नहीं है, जितना मुझे डर था।'' वह बोली। ''तुमने कैदियों वाली वर्दी का क्या किया?''

''खिड़की से बाहर फेंक दी।''

''उम्मीद करते हैं कि उन्हें हमारे मास्को पहुँचने से पहले वर्दी न मिले।'' व्लादेक चुप रहा। ''क्या मास्को में कोई जानकार है?''

उसने एक बार फिर से डॉक्टर की सलाह को याद किया कि किसी पर भरोसा नहीं करना, पर उसे उस महिला पर भरोसा करना ही पड़ा।

''मेरे पास जाने को कोई जगह नहीं है।''

''फिर तुम कोई जगह मिलने तक मेरे पास रह सकते हो। मेरे पति मास्को में स्टेशनमास्टर हैं और यह डिब्बा केवल सरकारी अधिकारियों के लिए है।'' उसने बताया। ''अगर तुमने फिर से कभी वही भूल की तो तुम इरकुत्सक जाने वाली गाड़ी पर सवार दिखोगे।''

व्लादेक ने थूक गटका। ''क्या मुझे चले जाना चाहिए?''

''नहीं, टिकट कलक्टर ने तुम्हें देख लिया है। कुछ देर तक तुम मेरे साथ ही सुरक्षित हो। क्या तुम्हारे पास कोई पहचान पत्र है?''

''नहीं, वह क्या होता है?''

''इस क्रांति के बाद से रूसी नागरिकों को अपने पास पहचान पत्र रखना होता है जिससे पता चलता है कि वह कौन है, किस जगह रहता और काम करता है; वरना अपनी पहचान बताने तक उसे जेल की हवा खानी होगी। जेल में पहचान पत्र बनाने का काम हो नहीं सकता इसलिए वह कैदी ही बन कर रह जाता है,'' महिला ने दो टूक शब्दों में बताया।

"जब हम मास्को पहुँचेंगे तो तुम्हें मेरे साथ ही रहना होगा और ध्यान रहे कि तुमने अपना मुँह नहीं खोलना।"

"आप कितनी दयालु हैं," व्लादेक की आवाज़ में संदेह का हल्का-सा पुट था।

"अब ज़ार नहीं रहे, कोई भी सुरक्षित नहीं रहा। क़िस्मत अच्छी थी कि सही आदमी से विवाह हुआ मेरा। पर अब रशिया में कोई नागरिक और यहाँ तक कि सरकारी अधिकारी ऐसा नहीं, जो लगातार गिरफ़्तार होने के डर में न जी रहा हो। सबको यही डर रहता है कि वे कैंप में बंदी न हो जाएँ। तुम्हारा नाम क्या है?"

"व्लादेक।"

"अच्छा। अब सो जाओ। व्लादेक, तुम थके हुए लग रहे हो। सफ़र लंबा है और तुम अभी तक सुरक्षित नहीं हो।"

व्लादेक सो गया।

14

अक्टूबर के एक सोमवार, जब वे पिछले सप्ताहांत में अपनी शादी की दूसरी वर्षगाँठ मना चुके थे, तो एनी को किसी बेनाम शुभचिंतक की ओर से ख़त आने लगे, जिनमें उसे बताया गया था कि हेनरी बौस्टन में किसी दूसरी युवती के साथ देखा गया है और वह युवती कौन है, इसके बारे में ख़त भेजने वाले ने कुछ नहीं लिखा था।

एनी ने पहले-पहल उन ख़तों को जलाना ही ठीक समझा, हालाँकि उन्हें देख कर उसे चिंता होने लगी थी पर उसने कभी हेनरी के आगे नाम नहीं लिया। वह हर बार यही मनाती कि दोबारा ऐसा ख़त न आए। जब हेनरी ने उसे अपने बचे हुए 150,000 डॉलर देने के लिए कहा, तब भी वह इस बारे में उससे बात करने की हिम्मत नहीं जुटा सकी।

"एनी, अगर अभी पैसा न मिला तो सारी डील पानी में चली जाएगी।"

"पर हेनरी, मेरे पास और बचेगा क्या? सारा पैसा तुम ले चुके हो।"

"यह घर ही कम-से-कम दो सौ हज़ार डॉलर से ऊपर का होगा। तुम इसे बंधक रख सकती हो।"

"ये तो विलियम का घर है।"

"विलियम, विलियम, विलियम। यह विलियम ही हर बार मेरी सफलता के आड़े आ जाता है," हेनरी चिल्लाते हुए तूफ़ान की तरह कमरे से बाहर हो गया।

वह आधी रात को घर आने के बाद एनी को पछतावे से भरे सुर में बोला कि वह अपना पैसा अपने पास रखे चाहे हेनरी का काम न बने। इस बहाने वे कम-से-कम साथ तो रहेंगे। एनी को यह सुन कर अच्छा लगा और फिर उन्होंने जी भर कर प्यार किया। अगली सुबह एनी ने बचे हुए पैसों के लिए चैक काट दिया और यह भूलने की कोशिश की कि हेनरी की डील पूरी होने तक, अब उसके पास एक कौड़ी तक नहीं बची थी। हालाँकि वह

यह सोचे बिना नहीं रह सकी कि क्या यह एक संयोग था कि हेनरी ने उतने ही पैसों की माँग की जितने उसकी वसीयत में बचे हुए थे।

अगले ही महीने एनी के पीरियड्स नहीं हुए।

डॉ. मैकेंज़ी थोड़ा परेशान दिखे पर अपने भाव छिपा गए। माँ और सासू माँ डरी हुई थीं पर हेनरी खुश था। उसने एनी को दिलासा दिया कि उसकी ज़िन्दगी में इससे सुंदर कोई बात नहीं हो सकती थी। उसने कहा कि वह अस्पताल में बच्चों का वार्ड भी तैयार करवा देगा जो रिचर्ड ने मरने से पहले सोचा था।

जब विलियम को माँ ने ख़त में यह ख़बर भेजी तो वह उस दिन स्टडी में अकेला बैठा रहा, उसने मैथ्यू को भी यह नहीं बताया कि उसे क्या खाए जा रहा है। अगले शुक्रवार, वह अपने हाउसमास्टर रैग्स रैगलन की विशेष अनुमति से बौस्टन जाने वाली गाड़ी में सवार हुआ और वहाँ पहुँचकर अपने बचत खाते से सौ डॉलर निकाले। फिर वह जैफ़रसन स्ट्रीट पर कोहेन एंड यैबलंस के लॉ आफ़िस में पहुँचा। सीनियर साझेदार, मिस्टर थॉमस कोहेन एक लंबे-चौड़े और मोटी गठन के होंठों वाले व्यक्ति थे जो कभी मुस्कुराते नहीं थे। वे विलियम को अपने ऑफ़िस में आया देख अपनी हैरानी छिपा नहीं सके।

''मुझे आज तक किसी सोलह साल की उम्र के ग्राहक से मिलने का मौका नहीं मिला,'' कोहेन बोले। ''यह मेरे लिए नई बात होगी।'' वे हिचकिचाए, ''मिस्टर केन। ख़ासतौर पर जब आपके पिता—मैं कैसे कहूँ, मेरे लिए बहुत हमदर्दी नहीं रखते थे।''

''मेरे पिता,'' विलियम बोला। ''वे आपके हिब्रू रेस की उपलब्धियों के बहुत बड़े प्रशंसक थे और जब आपने उनके विरोधियों के नाम पर अपना काम किया तो वे आपकी फ़र्म का बहुत लिहाज़ करते थे। मैंने कई बार उन्हें और मि. लॉयड को आपका नाम बड़ी इज़्ज़त से लेते हुए सुना था। यही वजह है कि मैंने आपको चुना, मिस्टर कोहेन। आपने मुझे नहीं चुना।''

मि. कोहेन ने विलियम की उम्र वाला मसला झट से परे धकेल दिया। ''बिलकुल, बिलकुल। हम बेशक़ रिचर्ड केन के बेटे के लिए नियम में फेरबदल कर सकते हैं। अब बताओ, हम आपके लिए क्या कर सकते हैं?''

''मि. कोहेन, मुझे आपसे तीन प्रश्नों के उत्तर चाहिए। पहला, मैं जानना चाहता था कि अगर मेरी माँ, मिसेज़ हेनरी ऑस्बॉर्न बेटे या बेटी को जन्म देती हैं तो क्या उस संतान का केन परिवार ट्रस्ट पर कोई कानूनी दावा होगा। दूसरा, क्या मेरा हेनरी ऑस्बॉर्न से केवल इसलिए कोई कानूनी लेन-देन बनता है कि वे मेरी माँ से ब्याहे हैं? तीसरा, मैं किस आयु में यह दबाव डाल सकता हूँ कि मि. हेनरी ऑस्बॉर्न मेरे लुईसबर्ग स्क्वेयर वाले घर को छोड़ दें?''

मि. कोहन का पेन अपने आगे रखे पीले रंग के पैड पर लगातार चल रहा था जिससे स्याही से रंगे सोख़्ता कागज़ पर कुछ और नीले धब्बे फैल गए थे।

विलियम ने सौ डॉलर मेज़ पर रख दिए। वकील सकते में आ गया पर झट से डॉलर्स उठा कर गिने।

"मि. कोहेन, पैसा समझदारी से खर्च कीजिएगा। जब मैं हॉर्वर्ड से निकल कर अपने पिता का बैंक सँभालूँगा तो मुझे एक अच्छे वकील की ज़रूरत होगी।"

"मि. केन, आपको पहले ही हॉर्वर्ड में जाने के लिए प्रस्ताव आ गया है, बधाई। मैं उम्मीद कर रहा हूँ कि मेरे बेटे को भी जल्दी वहीं दाख़िला मिल जाए।"

"नहीं, मुझे प्रस्ताव नहीं आया। पर थोड़े समय की बात है। मि. कोहेन, एक सप्ताह बाद आपसे भेंट होगी। अगर इस बारे में, आपके सिवा किसी दूसरे के मुँह से कुछ सुनने को मिला, तो आपके और हमारे संबंध वहीं समाप्त समझ लेना। चलता हूँ, गुड डे सर।"

मि. कोहेन भी जवाब में 'गुड डे' ज़रूर कहते यदि पहले ही विलियम दरवाज़ा बंद करके वहाँ से चला नहीं गया होता।

~

विलियम सात दिन बाद कोहेन एंड यैबलंस के ऑफ़िस में दोबारा आया।

"ओह, मि. केन," कोहेन ने कहा। "आपको देखकर अच्छा लगा। क्या आप कॉफ़ी लेना चाहेंगे?"

"नहीं, थैंक यू।"

"कोका-कोला चलेगा?"

विलियम के चेहरे पर कोई भाव नहीं दिखे।

"काम की बात पर आते हैं," मि. कोहेन हल्का-सा खिसियाते हुए बोले। "हमने आपके लिए कुछ पूछताछ करवाई है, मि. केन। इसके लिए कुछ प्राइवेट जासूसों की प्रतिष्टिठत फ़र्म से मदद ली गई। शायद मैं सुरक्षित रूप से कह सकता हूँ कि हमारे पास आपके सवालों के जवाब हैं। आपने पूछा था कि यदि आपकी माँ मि. ऑस्बॉर्न की संतान को जन्म देती है तो क्या उसका केन एस्टेट पर कोई दावा होगा, या फिर उस ट्रस्ट में कोई हिस्सा होगा, जो आपके पिता ने आपके लिए छोड़ा है। नहीं, इसका सीधा-सा यही जवाब है, लेकिन हाँ, मिसेज़ ऑस्बॉर्न को निजी व्यय के लिए पाँच सौ हज़ार डॉलर दिए गए थे और वे अपनी मर्ज़ी से उन्हें किसी को भी दे सकती हैं। हालाँकि, आपके लिए यह जानना भी ठीक होगा कि आपकी माँ पिछले अठारह महीनों के दौरान केन एंड कैबट्स के निजी खाते से अपना सारा पैसा निकलवा चुकी हैं। हालाँकि हमें यह पता नहीं चल सका कि उस पैसे को ख़र्च कैसे किया गया है। हो सकता है कि उन्होंने किसी और बैंक में पैसा डालने के बारे में सोचा हो।"

विलियम सकते में आ गया, कोहेन ने उसके रवैए में आत्म-नियंत्रण की कमी का पहला लक्षण देखा।

"ऐसा करने की कोई वजह नहीं होगी," विलियम ने कहा। "वह पैसा एक ही आदमी के पास जा सकता है।"

वकील चुप रहा, वह इस उम्मीद में था कि उसे पता चल सके कि पैसा किसके

पास गया होगा पर विलियम ने खुद को रोक लिया और आगे कुछ नहीं बोला। कोहेन ने आगे कहा, "आपके दूसरे सवाल का जवाब है कि आपका मि. हेनरी ऑस्बॉर्न से निजी या कानूनी तौर पर कोई नाता नहीं बनता। आपके पिता की वसीयत के हिसाब से, आपकी माँ, मित्र एलन लॉयड और मिसेज़ मिली प्रेस्टन के साथ आपके एस्टेट की ट्रस्टी हैं, जो लोग आपके जीवित धर्म माता-पिता हैं। वे तीनों आपके बाईस साल के होने तक इस रोल को पूरा करेंगे।"

विलियम का चेहरा भावविहीन था। कोहेन ने पहले ही सीख लिया था कि इसका मतलब था कि वह अपनी बात जारी रखे।

"और तीसरे, मि. केन, आप तब तक मि. ऑस्बॉर्न को बेकन हिल से नहीं निकाल सकते, जब तक वे आपकी माँ से ब्याहे हुए हैं और उनके साथ रहते हैं। आपकी माँ के दुनिया से जाने के बाद ही वह ज़ायदाद आपकी होगी, उससे पहले नहीं हो सकती। अगर वे उस समय ज़िन्दा हुए, तो आप उन्हें घर छोड़ने को कह सकते हैं।" कोहेन ने अपने आगे रखी फ़ाइल से सिर उठा कर देखा। "उम्मीद करता हूँ कि आपको अपने सारे सवालों के जवाब मिल गए होंगे, मि. केन।"

"थैंक यू मि. कोहेन," विलियम बोला। "मैं एहसानमंद हूँ कि आपने यह मामला बड़ी गोपनीयता और असरदार तरीके से सँभाला। बेहतर होता कि आप मुझे अपनी पेशेवर फ़ीस के बारे में बता देते?"

"सौ डॉलर से फ़र्म के काम की भरपाई तो नहीं होगी पर हमें आपके आने वाले कल में विश्वास है, और—"

"मि. कोहेन, मैं किसी भी तरह के कर्ज़ में नहीं रहना चाहता। आपको मेरे साथ इसी तरह पेश आना चाहिए जैसे आप किसी एक बार आने वाले व्यक्ति के साथ करते हैं। इसी बात को ध्यान में रखते हुए कहें कि मुझे आपको कितने पैसे देने हैं?"

कोहेन ने पल भर के लिए कुछ सोचा, "तब तो आपको दो सौ बीस डॉलर भरने होंगे मि. केन।"

विलियम ने अंदर की जेब से पैसे निकालकर दे दिए और कोहेन ने इस बार पैसे गिने भी नहीं।

"मि. कोहेन, आपके सहयोग के लिए धन्यवाद। उम्मीद है फिर मिलेंगे कभी। चलता हूँ, सर।"

"मि. केन, आपका दिन शुभ हो। क्या मैं आपसे कुछ कह सकता हूँ?" कोहेन ने हिचकते हुए पूछा। "मुझे कभी आपके पिता से मिलने का अवसर तो नहीं मिला पर उनके बेटे से मिलने के बाद लगता है कि काश, कभी उनसे भेंट हुई होती।"

विलियम पहली बार मुस्कुराया, "थैंक्स मि. कोहेन!"

15

जब व्लादेक सोकर उठा तो बाहर अंधेरा हो चुका था। उसने अपनी मदद करने वाली को देखा, जिसने उसकी जान बचाई थी। वह भी उसे देखकर मुस्कुराई। वह भी मुस्कुराया और यही मनाने लगा कि वह उस पर भरोसा कर सके कि वह कम-से-कम पुलिस को उसके बारे में न बताए—या फिर वह ऐसा कर चुकी थी? उसने अपने सामान से थोड़ा खाना निकाला और व्लादेक ने जैम सैंडविच खाया जो उसके लिए पिछले चार सालों के दौरान सबसे स्वादिष्ट खाना था। जब वे अगले स्टेशन तक आए तो लगभग सभी मुसाफ़िर उतर गए, उनमें से कुछ अपने घरों को चले गए और कुछ अकड़े हुए हाथ-पैरों को आराम देने के लिए नीचे टहलने लगे, वैसे अधिकतर लोगों का उतरने का मक़सद इतना ही था कि खाने के लिए कुछ मिल सके।

वह महिला अपनी सीट से उठी। "मेरे पीछे आओ," वह बोली।

व्लादेक उसके साथ प्लेटफ़ॉर्म की ओर चल दिया। क्या उसे पीछे चलना चाहिए। तभी उस महिला ने हाथ आगे कर दिया और वह उसका हाथ पकड़ कर इस तरह चलने लगा जैसे अपनी माँ के साथ चल रहा हो। वह महिलाओं के शौचालय की ओर बढ़ी। व्लादेक हिचका पर वह महिला उसे जबरन अंदर ले गई और कपड़े उतारने को कहा। जब उसने कपड़े उतारे तो महिला ने नल चला दिया जिससे बेमन से ठंडा गंदला पानी टपकने लगा। महिला ने पानी को कोसा पर व्लादेक के लिए तो यह कैंप के पानी से बेहतर ही था। महिला ने उसे गीले कपड़े से रगड़ कर नहलाया, वह उसकी टाँग का घाव देख कर कराह उठी। हालाँकि वह बहुत आराम से नहला रही थी पर व्लादेक का शरीर बुरी तरह से दर्द कर रहा था।

"जब हम घर पहुँचेंगे, मैं तुम्हारे घावों की मरहम-पट्टी कर दूँगी। अभी के लिए तो इतना ही हो सकता है।"

फिर उसे वह चाँदी का बैंड दिखाई दिया। उसने उस पर लिखी हुई इबारत पढ़ कर व्लादेक को गौर से देखा। "तुमने इसे किससे चुराया?"

व्लादेक ने अकड़ से कहा, "कहीं से नहीं चुराया। मेरे पिता ने उस दिन दिया था, जब उनकी मौत हुई।"

महिला की आँखों में एक अलग ही भाव उभर आया। पता नहीं वह डर था या सम्मान?

उसने अपना सिर झुकाया। "व्लादेक सँभल कर रहना। कुछ लोग इस कीमती चीज़ के लिए तुम्हारी जान तक ले सकते हैं।"

उसने हामी भरी और फटाफट कपड़े पहनने लगा। वे फिर से अपने डिब्बे में आ गए। जब गाड़ी चलने लगी तो व्लादेक को चलते हुए पहियों को देख कर बहुत चैन आया।

रेलगाड़ी को मास्को तक जाने में साढ़े बारह दिन का समय और लगा। जब भी कोई

नया टिकट कलक्टर आता तो व्लादेक और वह महिला उसी तरह पेश आते : वह बिलकुल मासूम और छोटा दिखने की कोशिश करता, वह उसकी माँ होने का दिखावा करती। टिकट कलक्टर उस महिला को देखते ही सिर झुकाते, व्लादेक को लगा कि रूस में स्टेशन मास्टर की ख़ास ही अहमियत होती होगी।

जब तक उन्होंने नौ सौ मील की यात्रा पूरी की, व्लादेक उस महिला पर पूरी तरह से भरोसा करने लगा था। दोपहर को उनकी रेलगाड़ी अपनी मंज़िल तक पहुँची। व्लादेक इतना सहने के बाद भी उस अनजान शहर से खौफ़ खाने लगा। पूरे रशिया की राजधानी तो दूर रही, वह तो कभी किसी बड़े शहर तक में नहीं गया था। व्लादेक ने पहले कभी इतने लोगों को एक ही दिशा में जाते नहीं देखा था। वह महिला उसकी बेचैनी को भाँप गई।

''मेरे पीछे आओ, कुछ मत बोलना और सिर से टोपी मत उतारना।''

व्लादेक ने उस महिला के बैग उठाए और सिर पर टोपी डाल ली जिस पर हल्के बाल आ गए थे। वह उसके साथ प्लेटफ़ॉर्म की ओर चल दिया। लोगों का पूरा रेला, उस छोटे से अवरोधक से निकलने को बेताब था जिससे भीड़ जमा हो गई थी। बाहर जाने के लिए दरबान को पहचान पत्र दिखाना ज़रूरी था। जब वे अवरोधक के पास आए, तो व्लादेक का दिल तेज़ी से धक-धक करने लगा पर दरबान ने केवल महिला के कागज़ों को ही देखा।

''कॉमरेड,'' उसने कहा और सलाम किया। फिर उसने व्लादेक को देखा।

''मेरा बेटा,'' वह बोली।

''बेशक़ कॉमरेड,'' उसने फिर से सलाम किया।

व्लादेक मास्को पहुँच गया था।

~

अपने नए साथी पर भरोसा होने के बाद भी उसके मन में यही आया कि चुपचाप तिड़ी हो जाए पर वह जानता था कि जीने के लिए 150 रूबल काफ़ी नहीं थे, इसलिए उसने किसी तरह थोड़ा वक़्त काटने की सोची, भागा तो कभी भी जा सकता था। स्टेशन के बाहरी बरामदे में घोड़ागाड़ी उनके इंतज़ार में थी और वह उस महिला और उसके नए गोद लिए हुए बेटे को घर ले गई। स्टेशन मास्टर उस समय घर पर नहीं था इसलिए महिला ने पहले व्लादेक के लिए बिस्तर लगाया। उसके लिए स्टोव पर पानी गर्म किया और बड़े से टिन टब में डाल कर, व्लादेक को उसमें बैठने को कहा। व्लादेक कई साल बाद नहाया। उस महिला ने और पानी गर्म किया, उस पर फिर से साबुन मला और उसकी पीठ रगड़ी। धीरे-धीरे पानी का रंग बदलने लगा और बीस मिनट बाद वह पानी काला हो गया था। पर व्लादेक जानता था कि शरीर पर कई सालों में जमा हुई मैल को एक बार में उतारा नहीं जा सकता था। जब शरीर सूख गया तो उस महिला ने उसकी टाँग और शरीर के सूजे हुए हिस्सों पर मलहम लगाया। वह उसकी छाती पर एक निप्पल को घूरने लगी। व्लादेक जल्दी से कपड़े पहन कर उसके पीछे रसोई में आ गया। वह उसके लिए गर्म सूप बना रही थी, उसने उसमें थोड़ी बींस भी मिला दीं। व्लादेक भुक्खड़ की तरह सब खा गया। उनमें से कोई कुछ नहीं

बोला। जब व्लादेक का पेट भर गया तो महिला ने कहा कि वह जाकर आराम कर ले, उसके लिए यही ठीक रहेगा।

"मैं चाहती हूँ कि मैं पहले अपने पति को तुम्हारे बारे में बता दूँ, उसके बाद ही वह तुम्हें देखें। व्लादेक, अगर मेरे पति राज़ी हुए तो क्या तुम हमारे साथ रहना चाहोगे?"

"जी, मेहरबानी होगी आपकी," वह इतना ही कह सका।

"तो ठीक है, बिस्तर पर जाओ।"

व्लादेक सीढ़ी चढ़ते हुए प्रार्थना करने लगा कि उस महिला का पति उसे उनके साथ रहने की इजाज़त दे दे। उसने धीरे से कपड़े उतारे और बिस्तर में घुस गया। वह बहुत साफ़-सुथरा था, चादरें कड़क थीं और बिस्तर बहुत नरम था। उसने अपना तकिया नीचे फेंका और उस आराम के बावजूद गहरी थकान के बीच सो गया। जब तेज़ आवाज़ों से आँख खुली तो अंधेरा घिर आया था। वह कह नहीं सकता था कि वह कितनी देर सोया होगा। वह धीरे से दरवाज़े के पास गया और उसे खोल कर नीचे रसोई में होने वाली बातचीत सुनने लगा।

व्लादेक को एक तीखी आवाज़ सुनाई दी। "बेवकूफ़ औरत। समझ नहीं आता कि अगर तू पकड़ी जाती तो क्या होता? तुझे कैंपों में भेज देते और मेरे हाथ से नौकरी चली जाती।"

"पिओत्र, उसका चेहरा देखना था। बेचारा ऐसा लग रहा था, जैसे किसी जानवर का शिकार किया गया हो।"

"तो तुमने तय किया कि हम भी जानवरों की तरह शिकार हो जाएँ?" वह बोला। "किसी ने उसे देखा तो नहीं?"

"नहीं," वह महिला बोली। "मुझे नहीं लगता।"

"भगवान का शुक्र है। इससे पहले कि किसी को इसके इस जगह होने का पता चले, इसे यहाँ से निकल जाना चाहिए; हमारी यही आख़िरी उम्मीद है।"

"पर ये जाएगा कहाँ, पिओत्र? इसका कोई घर नहीं है और मैं हमेशा से अपने लिए एक बेटा चाहती थी।"

"मुझे कोई परवाह नहीं कि तुम क्या चाहती थीं या यह किधर जाएगा। यह हमारी ज़िम्मेदारी नहीं है। हमें जल्दी से इससे छुटकारा पा लेना चाहिए।"

"पर पिओत्र, मुझे लगता है कि यह शाही ख़ानदान से है। शायद इसके पिता बैरन थे। उसने कलाई पर एक चाँदी का बैंड पहना हुआ है और उस पर लिखा है—"

"इससे तो बात और बदतर हो सकती है। तुम जानती हो कि हमारे नेता क्या ऐलान कर चुके हैं। कोई शाही ख़ानदान नहीं, कोई विशेष अधिकार नहीं। हमें तो कैंप भी नहीं भेजा जाएगा—अधिकारी सीधा गोली से उड़ा देंगे।"

"पिओत्र, हम हमेशा चाहते थे कि हमारे घर बेटा पैदा हो। क्या हम अपनी ज़िन्दगी

में यह जोखिम नहीं उठा सकते?''

''तुम चाहे उठा लो, पर यह काम मैं नहीं करने वाला। मेरे हिसाब से इसे जाना होगा और अभी के अभी जाना होगा।''

व्लादेक को और सुनने की ज़रूरत नहीं थी। वह अपनी मदद करने वाली के लिए इतना ही कर सकता था कि रातों-रात उस घर से निकल जाए। उसने झट से कपड़े पहने और बिस्तर को ताकने लगा, उसने उम्मीद की कि दोबारा ऐसे बिस्तर पर चैन की नींद सोने के लिए कहीं फिर से चार साल इंतज़ार न करना पड़े। वह खिड़की खोल ही रहा था कि झटके से दरवाज़ा खुला और स्टेशनमास्टर कदमताल करता हुआ अंदर आ गया। वह एक छोटा-सा आदमी था, लंबाई में व्लादेक से ज़्यादा बड़ा नहीं था। बड़ी-सी तोंद के साथ गंजे सिर पर इक्का-दुक्का सफ़ेद बाल दिख रहे थे जिन्हें उसने कंघी से बिठा रखा था। उसने बिना रिम का चश्मा पहना हुआ था, जिससे आँखों के नीचे आधे लाल घेरे से उभर आए थे। वह व्लादेक को घूरने लगा। व्लादेक उसे घूर रहा था।

''नीचे आओ,'' उसने हुक्म दिया।

व्लादेक बेमन से उसके पीछे रसोई में चल दिया। वह महिला वहीं मेज़ पर बैठी सुबक रही थी।

''अब सुनो, छोकरे,'' वह आदमी बोला।

''इसका नाम व्लादेक है,'' वह महिला बोली।

''अब सुनो, छोकरे,'' उस आदमी ने दोहराया। ''तुम मुसीबत से कम नहीं हो। मैं चाहता हूँ कि तुम जितनी जल्दी हो सके, मेरे घर से दफ़ा हो जाओ। मैं बताऊँगा कि मैं तुम्हारी मदद के लिए क्या कर सकता हूँ।''

व्लादेक उसे घूरता रहा और उसे अच्छी तरह पता था कि वह आदमी अपने सिवा किसी दूसरे की मदद में विश्वास नहीं रखता था।

''मैं रेल की टिकट दिलवा सकता हूँ। किधर जाना चाहता है?''

''ओदेसा,'' व्लादेक को कुछ पता नहीं था कि वह जगह किधर थी और कितना किराया लगने वाला था। बस इतना पता था कि डॉक्टर के आज़ादी वाले नक़्शे में अगली जगह यही थी।

''ओदेसा-अपराधों की नगरी-बिलकुल सही जगह चुनी है,'' स्टेशन मास्टर ने मुँह बिचकाया। ''तुम अपने जैसे लोगों की ही संगत में रहोगे।''

''पिओत्र, इसे हमारे साथ रहने दो। मैं इसका ध्यान रखूँगी। मैं—''

''नहीं, कभी नहीं। मैं हरामी के जाने का किराया देना ज़्यादा पसंद करूँगा।''

''पर यह उन अधिकारियों से अपना बचाव कैसे करेगा?'' महिला बोली।

''मैं इसे एक ओदेसा तक का टिकट और उस जगह का पास बनवा दूँगा कि यह वहाँ काम करने जा रहा है।'' वह आदमी व्लादेक की ओर मुड़ा। ''छोकरे, एक बार रेल

में सवार होने के बाद, अगर मास्को में कहीं दिखा या तेरे बारे में सुना, तो उसी समय पास वाली जेल में डलवा दूँगा। जितनी जल्दी ट्रेन पहुँचेगी, बस तू उतनी देर में दोबारा कैंप में होगा—अगर उन्होंने तुझे पहले ही गोली न मार दी।''

उस आदमी ने मेंटलपीस पर रखी घड़ी देखी। पाँच बज कर ग्यारह मिनट हो चुके थे। वह पत्नी की ओर मुड़ कर बोला, ''आधी रात को ओदेसा की ओर एक गाड़ी जाती है। मैं इसे स्टेशन ले जाकर गाड़ी में चढ़वा दूँगा। छोकरे, कोई सामान है क्या तेरा?''

व्लादेक मना करने ही वाला था कि महिला ने कहा, ''हाँ, मैं लेकर आती हूँ।''

वह कुछ देर के लिए बाहर चली गई। व्लादेक और स्टेशनमास्टर एक-दूसरे को हिकारत भरी निगाहों से ताकते रहे। बीच में एक बार घड़ी की आवाज़ भी सुनाई दी पर दोनों कुछ नहीं बोले। स्टेशनमास्टर उसे लगातार घूरता रहा। जब वह महिला लौटी तो उसके पास भूरे कागज़ का एक बड़ा लिफ़ाफ़ा था जो डोरी से बँधा था। व्लादेक उसे देख कर विरोध करने ही वाला था पर ज्यों ही नज़रें मिलीं तो उस महिला की आँखों में छिपा डर देख कर वह इतना ही कह सका, ''थैंक यू।''

''जाने से पहले इसे खा लो,'' वह बोली और ठंडे सूप का कटोरा उसके आगे कर दिया।

व्लादेक ने सिर हिलाया और हालाँकि उसका सिकुड़ा हुआ पेट भरा हुआ था पर वह किसी तरह सारा सूप पी गया, वह उस महिला के लिए और परेशानी खड़ी नहीं करना चाहता था।

''जानवर कहीं का,'' वह आदमी बोला।

व्लादेक ने अपनी आँखों में नफ़रत के साथ उसे देखा। उसे उस औरत पर तरस आया जो उस आदमी से बँधी थी। अपनी ही कैद में बंद।

''चलो छोकरे, चलने का समय हो गया,'' स्टेशन मास्टर बोला। ''हम नहीं चाहते कि गाड़ी छूट जाए।''

व्लादेक उसके पीछे रसोई से बाहर निकला। वह महिला के पास से निकलते हुए सकुचाया और हौले से उसका हाथ ही छू सका।

स्टेशनमास्टर और शरणार्थी मास्को की सड़कों पर छिपते-छिपाते आड़ में चलते हुए स्टेशन आ गए। स्टेशनमास्टर ने व्लादेक के लिए ओदेसा जाने की एक ओर की टिकट ली और लाल रंग का पुर्ज़ा उसे पकड़ा दिया।

''मेरा पास?'' व्लादेक ने दिलेरी से पूछा।

उस आदमी ने कोट की अंदर वाली जेब से एक सरकारी फ़ार्म-सा निकाला और हस्ताक्षर करके, बेमन से उसे सौंप दिया। वह लगातार किसी संभावित खतरे के डर से व्लादेक को घूर रहा था। व्लादेक पिछले चार सालों में, उसके जैसी डरपोक आँखें कई जगह देख चुका था।

"आज के बाद न तो कभी सुनाई देना और न ही दिखना। वरना..." स्टेशनमास्टर ने धमकाया।

व्लादेक कुछ कहने ही वाला था कि स्टेशनमास्टर अंधेरों में कहीं गुम गया, जहाँ का वह रहने वाला था।

व्लादेक अपने आस-पास से गुज़रते लोगों की नज़रें देखने लगा। वही आँखें, वही डर: क्या दुनिया में कोई आज़ाद नहीं था? उसने बाज़ू में दबा लिफ़ाफ़ा सँभाला, टोपी ठीक की और अवरोधक की ओर चल दिया। दरबान ने टिकट देखा और कुछ कहे बिना ही अंदर जाने दिया। वह सही समय पर अपनी गाड़ी में सवार हो गया। हालाँकि वह उस महिला को दोबारा अपने जीवन में कभी नहीं मिलने वाला था, वह उसकी दयालुता को हमेशा याद रखेगा, स्टेशनमास्टर की पत्नी, कॉमरेड...वह उसका नाम तक नहीं जानता था।

16

एनी बच्चे के आने की तैयारी में बहुत व्यस्त थी; अब वह जल्दी थकने लगी थी और बहुत आराम करना पड़ता था। जब भी वह हेनरी से पूछती कि काम कैसा चल रहा है तो वह कोई-न-कोई कहानी सुना कर, उसे यकीन दिला देता कि सब ठीक चल रहा है और एक भी असली जानकारी न देता।

वे गुमनाम ख़त फिर से आने लगे। इस बार और विस्तार से बताया गया था—कौन-सी महिला शामिल थी और उन्हें हेनरी के साथ किन जगहों पर देखा गया। इससे पहले कि एनी उन जगहों के नाम याद कर पाती, उसने वे ख़त जला दिए। वह विश्वास नहीं कर पा रही थी कि जब वह माँ बनने वाली है, ऐसे में उसका पति उसके साथ बेवफ़ाई कैसे कर सकता है। शायद कोई जलनखोर था या फिर हेनरी से बैर रखता था। वे लोग झूठ बोल रहे होंगे।

पर वे ख़त आते रहे। कई बार नए-नए नाम लिखे होते थे। एनी उन्हें नष्ट करती रही पर वे उसके दिमाग पर असर डालने लगे थे। वह उनके बारे में किसी से बात करना चाहती थी पर उसे समझ नहीं आ रहा था कि ऐसे में किस पर भरोसा किया जा सकता था। विलियम की नानी और दादी चिंता में पड़ जातीं, वैसे भी वे दोनों हेनरी के लिए कोई अच्छी राय नहीं रखती थीं। बैंक में एलन लॉयड से इसे समझने की उम्मीद नहीं कर सकते थे, उन्होंने कभी विवाह ही नहीं किया था और विलियम अभी छोटा था। एनी ने सिग्मंड फ्रायड को बौस्टन में सुनने के बाद सोचा कि उसे किसी मनोचिकित्सक से मिलना चाहिए पर फिर उसने तय किया कि वह अपने परिवार की समस्या कभी किसी अजनबी के आगे नहीं खोलेगी।

यह मामला आगे चल कर इतना बढ़ गया जितना एनी ने कभी सोचा भी नहीं था। सोमवार की सुबह तीन ख़त आए, हमेशा की तरह एक विलियम का ख़त था जो मिसेज़ रिचर्ड केन के नाम था, वह पूछ रहा था कि वह एक बार फिर से गर्मी के अवकाश में अपने

दोस्त मैथ्यू लेस्टर के घर जा सकता है; एक बेनाम ख़त में लिखा था कि हेनरी का मिली प्रेस्टन के साथ नाजायज़ संबंध है; तीसरा ख़त एलन का था जिन्होंने लिखा था कि क्या वह उन्हें फ़ोन करके, एक बार बैंक में आकर मिल सकेगी।

एनी हाँफ़ते हुए वहीं बैठ गई, जी मिचला रहा था। उसे मजबूरन तीनों ख़त फिर से पढ़ने पढ़े। विलियम अपनी उदासीनता से उसका दिल तोड़ रहा था। उसे यह जान कर नफ़रत हुई कि विलियम उसके बजाय, अपने दोस्त के साथ समय बिताना चाहता था। जिस ख़त में लिखा था कि हेनरी का चक्कर, उसकी बचपन की सहेली मिली प्रेस्टन से चल रहा है, अब उसे और उपेक्षित नहीं किया जा सकता था। एनी याद किए बिना नहीं रह सकी कि मिली ने ही तो उसे हेनरी से मिलवाया था और वह विलियम की धर्ममाता थी। तीसरा ख़त एलन लॉयड का था, जिसे देखकर वह और चिंतित हो गई। इससे पहले एलन ने केवल एक ही ख़त भेजा था जो रिचर्ड की मृत्यु के बाद शोक संवेदना पत्र था। इस बार वे किस बात के लिए सांत्वना देना चाह रहे हैं ?

उसने बैंक में फ़ोन किया। ऑपरेटर ने सीधा लाइन दे दी।

"एलन, आप बात करना चाहते थे ?"

"हाँ डियर, थोड़ा समय निकालो, कुछ बात करनी थी तुमसे।"

"क्या कोई बुरी ख़बर है, एलन ?"

"नहीं, ऐसा तो नहीं। पर फ़ोन पर नहीं बता सकता," उन्होंने दिलासा देनी चाही। "तुम चिंता मत करो। क्या आज लंच पर आ सकोगी ?"

"जी, आ सकती हूँ।"

"चलो, ग्रैंड में एक बजे लंच करते हैं। वहीं मिलूँगा डियर।"

एक बजे। बस तीन घंटे बचे हैं। उसका दिमाग एलन से विलियम और फिर हेनरी पर आ गया और फिर वह मिली प्रेस्टन के बारे में सोचने लगी। क्या यह सच हो सकता है ? उसने तय किया कि वह नहा कर, कोई नई पोशाक पहनेगी। उससे मदद नहीं मिली। उसका शरीर फूल रहा था। उसके टखने और पिंडलियाँ कभी कितने नाजुक और छरहरे दिखते थे, आज तो वे भी बेडौल लग रहे थे। यह सोच कर भी डर लगा कि बच्चा पैदा होने के समय तक उसके शरीर की क्या दशा होगी। एनी ने शीशे में खुद को देखा और खुद को आकर्षक और आत्मविश्वास से भरपूर दिखाने के लिए अपनी ओर से पूरी कोशिश करने लगी।

~

"एनी, कितनी स्मार्ट लग रही हो। अगर मैं बूढ़ा कुँआरा न होता तो बड़ी बेशर्मी से तुम्हारे साथ फ़्लर्ट करता," सफ़ेद बालों वाले बैंकर ने उसके दोनों गाल चूमते हुए कहा। मानो वह कोई फ्रेंच जनरल हो। फिर वे उसे अपनी हमेशा वाली मेज़ पर ले गए।

बौस्टन के ग्रैंड होटल में यह अनकही परंपरा थी कि यदि केन एंड कैबट के चेयरमैन ऑफ़िस में लंच नहीं करेंगे तो होटल में कोने वाली मेज़ हमेशा उनके लिए आरक्षित रहेगी

पर एनी आज पहली बार उस जगह बैठी थी। उनके आस-पास वेटर मंडरा रहे थे। वे अच्छी तरह जानते थे कि उन्हें कब परोसने आना था और कब उनके पास नहीं फटकना।

"एनी, बेबी कब तक आने वाला है?"

"ओह, अभी तो तीन महीने पड़े हैं।"

"उम्मीद करता हूँ कि सब ठीक है न?"

"हम्म," एनी बोली। "डॉक्टर हर सप्ताह जाँच के बाद, मेरे ब्लड प्रेशर को देख कर मुँह लटका लेते हैं पर मुझे बहुत चिंता नहीं है।"

"मुझे खुशी है डियर," उन्होंने कहा और एनी का हाथ हौले से छुआ, जैसे कोई अंकल हों। "वैसे तुम थकी हुई लग रही हो, कहीं ज़्यादा मेहनत तो नहीं कर रहीं?"

एनी कुछ नहीं बोली।

एलन लॉयड ने सिर भी नहीं उठाया था कि एक वेटर हाज़िर हो गया।

"माई डियर, तुमसे कुछ सलाह लेनी थी," एलन ने ऑर्डर देने के बाद कहा। एनी अच्छी तरह जानती थी कि एलन लॉयड डिप्लोमेसी के माहिर हैं। उन्होंने उसकी सलाह लेने के लिए लंच पर नहीं बुलाया था। एनी को अच्छी तरह पता था कि वे थोड़ी दया दिखाते हुए, अपनी बात करना चाहते थे।

"क्या तुम्हें कोई अंदाज़ा है कि हेनरी के रियल एस्टेट वाले काम कैसे चल रहे हैं?"

"नहीं, पता नहीं," एनी बोली। "मैं कभी इन बातों में नहीं पड़ती। आपको याद होगा, मैं रिचर्ड के मामलों में भी कभी आगे नहीं थी। क्यों? क्या कोई चिंता की बात है?"

"नहीं, नहीं। दरअसल हम बैंक में इस बारे में नहीं जानते। हमें इतना पता है कि हेनरी कोई नया अस्पताल कॉम्प्लैक्स बनाने के लिए बड़ा सिटी कॉन्ट्रेक्ट लेना चाह रहा है। मैं तो इसलिए पूछ रहा था क्योंकि उसने 500,000 डॉलर के कर्ज़ के लिए बैंक में आवेदन भेजा है।"

एनी के पास शब्द नहीं थे।

"शायद तुम्हें सुन कर हैरानी हुई," वे बोले। "अब तुम्हारे स्टॉक के हिसाब से, तुम्हारे पास बीस हज़ार डॉलर से कम ही होंगे और निजी खाते पर भी सत्रह हज़ार डॉलर का ओवरड्राफ़्ट चल रहा है।"

एनी का सूप वाला चम्मच हाथ से छूट गया। उसे अहसास ही नहीं था कि वह इतना पैसा निकाल चुकी थी। एलन देख सकते थे कि वह कितनी हताश हो गई थी।

"एनी, यह लंच इन बातों के बारे में नहीं है," वे झट से बोले। "बैंक तुम्हारे निजी खाते पर, आजीवन एडवांस देता रहेगा। विलियम को अपने ट्रस्ट पर सालाना मिलियन डॉलर से ज़्यादा का ब्याज मिल रहा है इसलिए तुम्हारा ओवरड्राफ़्ट तो मामूली सी बात है और हेनरी के कर्ज़ वाली बात भी इतनी बड़ी नहीं है, पर विलियम की कानूनी संरक्षिका होने के नाते तुम्हें मंज़ूरी देनी होगी।"

"मुझे नहीं पता था कि मैं विलियम के ट्रस्ट के पैसे पर कोई अधिकार रखती हूँ।"

"तुम पूँजी पर कोई हक़ नहीं रखतीं पर कानूनन इससे मिलने वाले ब्याज को किसी ऐसी जगह लगा सकती हो जिससे उसे लाभ हो और तुम्हारे और उसके धर्म माता-पिता के संरक्षण (तुम और मिली प्रेस्टन) में ऐसा संभव है, जब तक विलियम इक्कीस वर्ष का नहीं हो जाता। अब, विलियम के ट्रस्ट का चेयरमैन होने के नाते मैं तुम्हारे कहने पर ही हेनरी को पैसा दे सकता हूँ। मिली मुझे पहले ही बता चुकी है कि उसे यह मंजूरी देने में खुशी होगी।"

"मिली ने अपनी मंजूरी दे दी?"

"हाँ। क्या उसने तुम्हें नहीं बताया?"

एनी ने उसी समय जवाब नहीं दिया।

"आपकी क्या राय है?" एनी ने अपने उत्तर को टालना चाहा।

"मैंने अभी तक हेनरी के खाते नहीं देखे, क्योंकि उसने अठारह महीने पहले ही कंपनी रजिस्टर की है और हमारे साथ बैंकिंग नहीं करता इसलिए मुझे नहीं पता कि उसके साल भर में आय और व्यय कितने रहे और वह 1923 के लिए क्या रिटर्न बता रहा है। मुझे इतना पता है कि वह अपने नए अनुबंध के लिए हमसे कर्ज़ चाहता है और अफ़वाह यही है कि इस परियोजना को बहुत गंभीरता से लिया जा रहा है।"

"क्या आपको पता था कि मैंने पिछले अठारह महीनों के दौरान हेनरी को अपने पैसों में से कितना पैसा दिया है?"

"जब भी किसी एकाउंट से बड़ी धनराशि निकलती है तो मुझे बताया जाता है पर मुझे यह नहीं पता था कि तुम इतना पैसा किसलिए इस्तेमाल कर रही थीं और सच यह भी है कि इस बात से मेरा कोई लेना-देना नहीं है, एनी। रिचर्ड ने वह पैसा तुम्हारे लिए छोड़ा था और तुम उसे जैसे जी चाहे खर्च कर सकती हो। परिवार के ट्रस्ट से आने वाले ब्याज के मामले में बात अलग है। अगर तुमने तय किया कि हेनरी को यह पैसा दिया जाना चाहिए तो बैंक पहले उसके खाते देखेगा क्योंकि यह पैसा, विलियम के पोर्टफ़ोलियो में निवेश के तौर पर देखा जाएगा। रिचर्ड ने ट्रस्ट से जुड़े लोगों को कर्ज़ देने का अधिकार नहीं दिया, वे केवल विलियम के नाम पर निवेश कर सकते हैं और यह बात मैं पहले ही हेनरी को समझा चुका हूँ। अगर हम आगे बढ़ते हुए यह कर्ज़ देते हैं, तो ट्रस्टियों को यह यकीन होना चाहिए कि यह एक अच्छा निवेश साबित होगा।"

"विलियम हमेशा इस बात का पता रखता है कि हम उसके ट्रस्ट की आय को कैसे प्रयोग में ला रहे हैं, यही वजह है कि हमने उसके इस आग्रह को भी पूरा किया है कि उसे बैंक से हर तिमाही निवेश रिपोर्ट जाती रहे, जैसे दूसरे ट्रस्टियों को भेजी जाती है। इसमें कोई संदेह नहीं कि इस निवेश के बारे में उसकी अपनी राय भी होगी, उसे अगले माह मिलने वाली तिमाही रिपोर्ट से पूरी जानकारी मिल जाएगी। तुम्हें यह जान कर हैरानी होगी कि वह अपने सोलहवें जन्मदिन के बाद से, हमारे हर निवेश के लिए अपनी राय भेजने लगा है। पहले तो मैं उन्हें एक स्नेही अभिभावक के रूप में देखता था पर बाद में मैं बहुत गहराई से

उसकी राय का अध्ययन करने लगा। विलियम जब तक केन एण्ड कैबट में अपनी सही जगह लेगा, तब तक यह बैंक उसके लिए बहुत छोटा हो चुका होगा।''

''मुझसे पहले कभी विलियम के ट्रस्ट के बारे में कोई राय नहीं ली गई,'' एनी ने विरक्ति से कहा।

''बेशक़ तुमने दिलचस्पी नहीं ली पर बैंक ने हमेशा तुम्हें तिमाही रिपोर्ट भेजी और तुम एक ट्रस्टी होने के नाते, विलियम के नाम पर होने वाले निवेश के लिए पूछताछ कर सकती थीं।'' उन्होंने अपनी जेब से कागज़ का छोटा-सा पुर्ज़ा निकाला और अपने गिलास में शराब भरे जाने तक चुप रहे। जब वह वेटर उनसे दूर हुआ तो एलन ने अपनी बात जारी रखी।

''विलियम ने हाल ही में, बैंक के साथ साढ़े चार प्रतिशत ब्याज के साथ लगभग इक्कीस मिलियन डॉलर का निवेश किया है। हम हर तिमाही पर उसके ब्याज का स्टॉक और बॉन्ड्स में पुन: निवेश करते हैं। हमने इससे पहले कभी किसी प्राइवेट कंपनी में निवेश नहीं किया। एनी, तुम्हें यह जान कर हैरानी होगी कि हम इस पुनर्निवेश को पचास-पचास के आधार पर देते हैं : पचास प्रतिशत बैंक की सलाह पर और बाकी पचास प्रतिशत विलियम की सलाह के हिसाब से होता है। इस समय हम विलियम से आगे हैं जिससे मि. साइमंस, हमारे निवेश डायरेक्टर थोड़े संतुष्ट हैं, विलियम ने उनसे वादा किया है कि अगर उन्होंने किसी भी कैलेंडर वर्ष में, उसकी अपनी रिटर्न्स पर दस प्रतिशत से अधिक अर्जित किया तो वह उन्हें रॉल्स-रॉयस उपहार में देगा।''

''पर विलियम के पास ऐसी कार लेने का पैसा कहाँ से आएगा? वह तो इक्कीस साल का होने तक अपने ट्रस्ट के पैसे को हाथ नहीं लगा सकता?''

''एनी, इसका जवाब तो नहीं पता पर इतना यकीन है कि अगर वह कोई वादा पूरा नहीं कर सकता तो वह करता भी नहीं। क्या तुम्हें कभी उसके प्रमुख लेजर को देखने का मौका मिला?''

''वही जो उसकी दादी और नानी ने दिया था?''

एलन लॉयड ने सिर हिलाया।

''नहीं, जब वह सेंट पॉल्स गया तो उसके बाद से नहीं देखा। मुझे नहीं पता था कि वह अब भी है।''

''वह अब भी है,'' बैंकर ने दबी हँसी से कहा। ''और मैं यह जानने के लिए महीने का वेतन देने को तैयार हूँ कि उसके क्रेडिट कॉलम में कितनी रकम हो गई है। शायद तुम्हें पता होगा कि अब वह न्यूयॉर्क में लेस्टर्स के साथ बैंकिंग करता है, हमारे साथ नहीं? वे दस हज़ार से नीचे के प्राइवेट खाते नहीं लेते। मुझे यकीन है कि उन्होंने रिचर्ड केन के बेटे के लिए अपना यह नियम नहीं तोड़ा होगा।''

'रिचर्ड केन का बेटा,' एनी मन-ही-मन सोचने लगी।

''सॉरी, एनी, मेरे कहने का यह मतलब नहीं था,'' एलन बोले।

"नहीं, नहीं, इसमें कोई संदेह नहीं कि वह रिचर्ड केन का बेटा है। क्या आप जानते हैं कि उसने बारहवें जन्मदिन के बाद से, मुझसे कभी जेबखर्च नहीं लिया?" वह थोड़ा रुकी। "एलन, मुझे लगता है कि मुझे आपको चेता देना चाहिए कि अगर आप उसे यह बताते हैं कि आप उसके ट्रस्ट फ़ंड से हेनरी की कंपनी को पैसा देने जा रहे हैं तो वह इस बात को इतनी आसानी से नहीं लेगा।"

"उनकी आपस में नहीं बनती?" एलन ने भवें उठा कर पूछा।

"जी, उन दोनों की आपस में नहीं बनती," एनी बोली।

"सुन कर अफ़सोस हुआ। अगर विलियम ने साफ़ शब्दों में इसके लिए मना कर दिया तो वाकई यह लेन-देन पूरा करना थोड़ा मुश्किल हो जाएगा। हालाँकि, वह इक्कीस साल का होने तक ऐसा कोई कानूनी हक़ तो नहीं रखता, हमें अपने ही स्रोतों से पता चला है कि वह एक स्वतंत्र वकील के पास जाकर अपने कानूनी हक़ तक जान चुका है।"

"हे भगवान," एनी बोली। "क्या आप सच कह रहे हैं?"

"हम्म, सच। मैं मज़ाक नहीं कर रहा। पर तुम चिंता मत करो। सच कहूँ तो बैंक में हम सभी यह जान कर प्रभावित हुए और जब हमें पता चला कि यह पूछताछ कौन करवा रहा है तो हमने वह जानकारी भी दे दी जो हम अक्सर दूसरों को नहीं देते। शायद कुछ निजी कारण रहे होंगे जिनके कारण विलियम हमसे इस बारे में सीधा बात नहीं करना चाहता था।"

"हे भगवान, जब तक यह लड़का तीस साल का होगा, तब यह क्या करेगा?" एनी फिर बोली।

"यह निर्भर करेगा," एलन बोले। "इस बात पर निर्भर होगा कि क्या उसकी क़िस्मत इतनी अच्छी होगी कि वह किसी ऐसी लड़की से प्यार करने लगे जो उसकी माँ जितनी ही प्यारी हो। वही तो रिचर्ड की असली ताकत है।"

"एलन, आपके तारीफ़ों के पुल कितने लंबे हो गए! अच्छा, क्या हम तब तक हेनरी के पैसों वाले मामले को रोक सकते हैं जब तक मैं एक बार हेनरी से बात नहीं कर लेती?"

"बेशक, डियर हम ऐसा कर सकते हैं। जैसा कि मैंने कहा, मैं बस तुम्हारी राय लेना चाहता था।"

एलन ने कॉफ़ी लाने को कहा और एनी का हाथ थाम लिया। "और एनी, अपना ध्यान रखना मत भूलना। कुछ हज़ार डॉलरों के मुक़ाबले तुम्हारी सेहत कहीं ज़्यादा ज़रूरी है।"

~

जब एनी घर वापिस आई तो उसे उन बाकी दो ख़तों की चिंता होने लगी जो उसे आज सुबह ही मिले थे। कम-से-कम यह तो तय था कि एलन लॉयड से विलियम के बारे में जानने के बाद, बेहतर यही था कि वह खुशी-खुशी उसे मैथ्यू के साथ गर्मियों का अवकाश मनाने दे।

हेनरी और मिली के प्रेम प्रसंग की संभावना एक ऐसी समस्या थी जिसके लिए वह कोई सादा-सा हल नहीं निकाल पा रही थी। वह गाढ़े मैरून रंग की चमड़े की कुर्सी पर बैठी थी जो रिचर्ड को बेहद पसंद थी, खिड़की से लाल और सफ़ेद गुलाबों की क्यारियाँ दिख रही थीं। वह अपनी सोच में डूबी थी और कुछ नहीं देख पा रही थी। एनी कोई भी फ़ैसला सोच कर ही करती थी पर एक बार उसे कर लेने के बाद पीछे हटना नहीं सीखा था।

हेनरी उस शाम जल्दी ही घर आ गया और वह सोचे बिना नहीं रह सकी कि ऐसा क्यों हुआ। उसे जल्द ही पता भी चल गया।

''मैंने सुना कि आज तुम एलन लॉयड के साथ लंच पर गई थीं,'' उसने कमरे में आते ही कहा।

''किसने बताया हेनरी?''

''मेरे जासूस हर ओर हैं,'' वह हँस कर बोला।

''हाँ, एलन ने लंच पर बुलाया था। वे जानना चाहते थे कि अगर बैंक विलियम की ट्रस्ट मनी से तुम्हारी कंपनी को पैसा दे दे तो मुझे कैसा लगेगा?''

''तुमने क्या कहा?'' हेनरी ने अपनी बेचैनी छिपाते हुए पूछा।

''मैंने कहा कि मुझे तुमसे बात करनी होगी। पर तुमने आज तक क्यों नहीं बताया कि तुमने बैंक में आवेदन किया है? हेनरी, यह बात पहली बार एलन से सुन कर बहुत अजीब लगा।''

''मुझे लगा कि तुम बिज़नेस में दिलचस्पी नहीं रखतीं, डियर। बस अचानक ही पता चल गया कि एलन, मिली और तुम ट्रस्टी हो और तुम तीनों के वोट से तय होता है कि विलियम के पैसे का निवेश किस जगह होना चाहिए।''

''तुमने यह कैसे पता किया?'' एनी ने पूछा। ''जबकि यह बात तो मुझे भी पता नहीं थी।''

''डार्लिंग, तुम कभी दस्तावेज़ों को पढ़तीं ही नहीं। वैसे तो कुछ समय पहले तक, मुझे भी नहीं पता था। बस यूँ ही, मिली ने ट्रस्ट के बारे में विस्तार से बता दिया। वह विलियम की धर्ममाता ही नहीं बल्कि एक ट्रस्टी भी है। अब देखते हैं कि क्या हम इन हालात का अपने लिए फ़ायदा उठाते हुए, विलियम के पैसों में बढ़ोतरी कर सकते हैं। मिली का कहना है कि अगर तुम मान जाओ तो वह भी मेरा साथ देगी।''

मिली का नाम सुनते ही एनी बेचैन होने लगी।

''मुझे नहीं लगता कि हमें विलियम के पैसे को हाथ लगाना चाहिए,'' उसने कहा। ''मैंने कभी ट्रस्ट के काम में दख़ल नहीं दिया। मैं चाहती हूँ कि मुझे अकेला छोड़ दिया जाए और बैंक ही देखे कि ब्याज को कैसे निवेश करना है, जैसे वह पहले करता आ रहा था।''

''जब मैं सिटी हॉस्पिटल का कॉन्ट्रेक्ट लेने जा रहा हूँ तो ऐसे में बैंक के निवेश कार्यक्रम से ही क्यों संतुष्ट रहें? एलन ने यह बात तो पता कर ही ली होगी?''

"मैं निश्चित रूप से नहीं कह सकती कि उन्होंने क्या महसूस किया। वे हमेशा की तरह कम बोले, हालाँकि उन्होंने कहा कि ये कॉन्ट्रेक्ट मिल जाए तो अच्छी बात होगी और संभावना है कि शायद तुम्हें ही मिल जाए।"

"बिलकुल ठीक।"

"पर उन्होंने यह भी कहा कि उन्हें किसी नतीजे पर आने से पहले तुम्हारी कंपनी के एकाउंट देखने होंगे और वे यह भी सोच रहे थे कि मेरा सारा पैसा कहाँ गया।"

"हमारा सारा पैसा, डार्लिंग। वह सारा पैसा सही जगह लगा है और तुम्हें जल्दी ही पता चल जाएगा। मैं कल सुबह ही एलन को सारे एकाउंट भेज दूँगा ताकि वह अपनी तसल्ली कर ले। मैं तुम्हें यकीन दिलाता हूँ कि वह उन्हें देख कर प्रभावित हो जाएगा।"

"हेनरी, हम दोनों के लिए यही ठीक होगा। देखते हैं कि उनकी क्या राय है—तुम तो जानते हो कि मैं हमेशा से एलन पर भरोसा करती आई हूँ।"

"पर मुझ पर नहीं," हेनरी ने कहा।

"अरे, नहीं, हेनरी, मेरा कहने का यह मतलब नहीं—"

"मैं तो ऐसे ही चिढ़ा रहा था। मुझे लगा कि तुम अपने पति पर भरोसा करती हो।"

"मैं भी यही मानती हूँ," एनी ने हार कर कहा। "इससे पहले कभी पैसे की चिंता नहीं करनी पड़ी इसलिए इन चीज़ों का सामना करने में दिक्कत हो रही है। बच्चे की वजह से भी थकान और डिप्रेशन बना रहता है।"

हेनरी के चेहरे पर चिंता झलक उठी। "मुझे पता है, डार्लिंग और मैं नहीं चाहता कि तुम इन काम-धंधे की बातों में अपना सिर खपाओ—इन सब कामों को मैं भी सँभाल सकता हूँ। देखो, तुम आज जल्दी सोने क्यों नहीं जातीं, मैं तुम्हारा खाना कमरे में ही ले आऊँगा। इस तरह मुझे भी ऑफ़िस जाकर वे फ़ाइलें लाने का मौका मिलेगा जो कल एलन को भेजनी हैं।"

एनी ने हामी भर दी पर हेनरी के जाने के बाद भी उसने सोने की कोई कोशिश नहीं की। हालाँकि थकान बहुत थी पर वह पलंग पर बैठी पढ़ती रही। वह जानती थी कि हेनरी को ऑफ़िस जाने में पंद्रह मिनट लगेंगे इसलिए उसने बीस मिनट बाद उसकी प्राइवेट लाइन डायल की। एक मिनट तक घंटी बजती रही।

एनी ने बीस मिनट बाद फिर से कॉल किया पर कोई जवाब नहीं आया। वह हर बीस मिनट बाद कॉल करती रही पर लाइन पर कोई नहीं आया। हेनरी ने भरोसे के बारे में जो कहा था, वह लगातार उसके दिमाग में पूरी कड़वाहट के साथ गूँज रहा था।

जब वह आधी रात से थोड़ा पहले घर लौटा, तो एनी को जागता देख हैरान हुआ।

"तुम्हें मेरे लिए नहीं जागना चाहिए था।"

उसने एनी को एक चुंबन दिया। एनी को लगा कि उससे दूसरे परफ़्यूम की गंध आ रही थी—या यह उसके मन का वहम है?

"मुझे उम्मीद से थोड़ा ज़्यादा समय लग गया—पहले तो कागज़ ही नहीं मिल रहे थे जो एलन को भेजने हैं। बेवकूफ़ सैक्रेटरी ने किसी दूसरी फ़ाइल में लगा दिए थे।"

"तुम आधी रात तक ऑफ़िस में अकेले बैठे काम करते रहे?" एनी बोली।

"ओह, अगर कोई अच्छा काम होने जा रहा हो तो इसमें कोई हर्ज़ भी नहीं है।" हेनरी पलंग पर चढ़ा और एनी को बाँहों में भर लिया। "कम-से-कम तुम्हारे लिए एक बात तो कह ही सकते हैं—जब फ़ोन लगातार परेशान न कर रहा हो तो और ज़्यादा काम कर सकते हैं।"

~

हेनरी अगली सुबह नाश्ते के बाद ही निकल गया—एनी को नहीं पता था कि वह किधर जा रहा था। वह *बौस्टन ग्लोब* के उन पन्नों को पलटने लगी जो उसने पहले कभी खोल कर नहीं देखे थे। उनमें ऐसी कई सेवाओं के बारे में लिखा था जो वह अपने लिए पाना चाहती थी। उसने यूँ ही एक नंबर लिया और फ़ोन घुमा दिया। उसने मिस्टर रिकार्डो से दोपहर को मिलने का समय ले लिया था।

एनी बदहाल सड़कों और इमारतों की हालत देख कर दंग रह गई। वह पहले कभी शहर के दक्षिणी हिस्से में नहीं आई थी। अगर सामान्य हालात रहते तो शायद वह आजीवन जान ही न पाती कि ऐसी जगहें भी होती हैं।

लकड़ी की छोटी-सी सीढ़ियाँ माचिस की तीलियों, सिगरेट के टुकड़ों और कचरे से भरी थीं, वे उसे उस दरवाज़े तक ले गईं जिसके साथ ही धुँध से भरी खिड़की दिखाई दी। उस पर काले मोटे अक्षरों में 'ग्लेन रिकार्डो' लिखा था।

प्राइवेट जासूस

(कॉमनवेल्थ ऑफ़ मैसाचुसेट्स से रजिस्टर्ड)

एनी ने हौले से दरवाज़ा खटखटाया।

"अंदर आ जाओ, दरवाज़ा खुला है," किसी ने भारी स्वर में चिल्लाकर कहा।

एनी ने अंदर कदम रखा। वह आदमी मेज़ के पीछे बैठा था, टाँगें नीचे की ओर पसरी हुई थीं। उसने सिर उठा कर देखा। एनी को देखते ही उसके सिगार का ठूँठ मुँह से निकल कर गिर गया। उसने पहली बार किसी मिंक कोट पहने महिला को अपने ऑफ़िस के दरवाज़े पर देखा था।

वह जल्दी से उठते हुए बोला, "सुप्रभात! मैं ग्लेन रिकार्डो।" वह मेज़ पर आगे झुका और निकोटीन के दागों से भरा हाथ एनी के आगे कर दिया। एनी ने शुक्र मनाया कि उसने दस्ताने पहने हुए थे। "क्या आपने मिलने का समय लिया है?" रिकार्डो ने पूछा, हालाँकि उसे परवाह नहीं थी कि एनी ने समय लिया होगा या नहीं। वह मिंक कोट पहनने वालों को सलाह देने के लिए हमेशा तैयार था।

"हाँ, मैंने समय लिया था।"

"ओह, तो आप मिसेज़ ऑस्बॉर्न होंगी। क्या मैं आपका कोट ले सकता हूँ?"

"नहीं, मैं इसे पहने रहूँगी," एनी ने कहा। उसने दीवार पर लगी कील को देख लिया था।

"बेशक़, बेशक़!"

एनी ने रिकार्डो को कुर्सी पर बैठ कर दूसरा सिगार जलाते हुए कनखियों से देखा। उसने उसके हल्के हरे रंग के सूट, रंगीन टाई या तेल से चिपके बालों की परवाह नहीं की। इसी विश्वास ने उसे जाने से रोका कि कहीं और इससे बेहतर जासूस नहीं मिल जाएगा।

"आप कहें कि क्या परेशानी है?" रिकार्डो ने एक कुंद चाकू से पेंसिल छीलनी शुरू कर दी। उसके छिलके कूड़ेदान के सिवा हर जगह गिर रहे थे। "आपका कुत्ता, गहने या पति—इनमें से क्या खोया है?"

"मि. रिकार्डो, सबसे पहले तो मैं आपसे यह तसल्ली चाहूँगी कि मेरी हर बात गोपनीय रखी जाएगी," एनी ने कहा।

"बेशक़, बेशक यह कहने की बात नहीं है," रिकार्डो ने अपनी ख़त्म होती जा रही पेंसिल से मुँह उठाए बिना ही कहा।

"इसी शर्त पर आपको सब बता रही हूँ," एनी बोली।

"बेशक़, बेशक़!"

एनी को लगा कि अगर उस आदमी ने एक बार और 'बेशक़' बोला तो वह चिल्लाने लगेगी। उसने गहरी साँस भरी। "मुझे गुमनाम ख़त मिल रहे हैं, जिनमें कहा गया है कि मेरे पति का एक निकटतम मित्र से चक्कर चल रहा है। मैं जानना चाहती हूँ कि वे ख़त कौन लिख रहा है और जो आरोप लगाया गया है, उसमें कितनी सच्चाई है।"

एनी ने पहली बार अपने मन के डर को कहने के बाद बहुत सुकून महसूस किया। रिकार्डो उसे बेलाग देखता रहा, मानो उसके लिए यह सब देखना-सुनना रोज़ की बात हो। उसने अपना एक हाथ अपने लंबे काले बालों पर फिराया।

"ठीक है," वह बोला। "पति वाला काम आसान है पर बेनाम ख़त कौन भेज रहा है, यह पता लगाना थोड़ा मुश्किल होगा। आपने उन्हें रखा तो होगा?"

"बस एक ही है," एनी बोली।

ग्लेन रिकार्डो ने आह भरी और मेज़ पर हाथ फैला दिया। एनी ने बेमन से, बैग से पत्र निकाला और एक पल को हिचकिचा गई।

"मुझे पता है कि मिसेज़ ऑस्बॉर्न आप कैसा महसूस कर रही हैं, पर मैं अपना एक हाथ पीठ पीछे बाँध कर काम नहीं कर सकता।"

"बेशक़ रिकार्डो, माफ़ करना।"

एनी को यकीन नहीं आया कि उसने भी अभी 'बेशक़' बोला।

रिकार्डो ने कुछ बोलने से पहले ख़त को दो-तीन बार पढ़ा। ''क्या सभी ख़त ऐसे ही कागज़ पर टाइप किए गए थे और इसी तरह के लिफ़ाफ़े में भेजे गए थे?''

''हम्म, ऐसा ही है,'' एनी बोली। ''जहाँ तक मुझे याद है।''

''ठीक है, तो अगला ख़त आते ही—''

''आप यकीन से कैसे कह सकते हैं कि और ख़त आएगा?'' एनी ने पूछा।

''ज़रूर आएगा। मेरा यकीन करें और उसे सँभाल लीजिएगा। मुझे अपने पति के बारे में विस्तार से जानकारी दीजिए। क्या आपके पास उनकी कोई तस्वीर है?''

''जी,'' एक बार फिर एनी हिचकिचा गई।

''मैं किसी ग़लत आदमी का पीछा करते हुए अपना समय बरबाद नहीं करना चाहता, क्यों मिसेज़ ऑस्बॉर्न, ठीक है ना?'' रिकार्डो बोला।

एनी ने अपना बैग खोला और हेनरी का पुराना-सा फ़ोटो उसे दे दिया जो एक लेफ़्टिनेंट की वर्दी में था।

''दिखने में सुंदर है,'' जासूस ने कहा। ''यह तस्वीर कब ली गई थी?''

''शायद पाँच साल पहले,'' एनी बोली। ''जब वह सेना में था तो मैं उसे नहीं जानती थी।''

रिकार्डो ने एनी से हेनरी की दिनचर्या के बारे में कई सवाल किए। एनी को यह देख कर हैरानी हुई कि उसे हेनरी की दिनचर्या और अतीत के बारे में कितनी कम जानकारी थी।

''मिसेज़ ऑस्बॉर्न, कुछ ख़ास पता नहीं चला पर मैं अपनी ओर से पूरी कोशिश करूँगा। प्रतिदिन दस डॉलर और खर्च के हिसाब से मेरा भुगतान होगा। मैं आपको एक सप्ताह में लिखित रिपोर्ट दूँगा। दो सप्ताह के पैसे एडवांस देने होंगे।'' उसका हाथ पैसे लेने के लिए कुछ ज़्यादा तेज़ी से आगे आ गया।

एनी ने अपना बैग खोल कर, सौ डॉलर के दो नोट निकाले और उसकी ओर सरका दिए। उसने उन्हें गौर से देखा। बेंजामिन फ्रेंकलिन अविचलित रूप से उसे ताक रहे थे, उसने कुछ समय से उस महान व्यक्ति के दर्शन नहीं किए थे। रिकार्डो ने एनी को साठ डॉलर के खुले नोट पकड़ा दिए।

''मि. रिकार्डो आप रविवार को भी काम करते हैं,'' एनी ने उसके मानसिक गणित से खुश होकर कहा।

''बेशक़ यही तो बेवफ़ाई दिखाने का सबसे बड़ा दिन होता है। क्या अगले सप्ताह यही समय सही रहेगा, मिसेज़ ऑस्बॉर्न?'' उसने जेब में पैसे रखते हुए कहा।

''बेशक़,'' एनी ने कहा। और जल्दी से निकल आई। वह उस आदमी से दोबारा हाथ नहीं मिलाना चाह रही थी।

17

व्लादेक को मज़दूरों के डिब्बे में बैठने के लिए जगह मिल गई।

ज्यों ही गाड़ी चली तो उसने अपने हाथों में पकड़े लिफ़ाफ़े को खोला जो उस महिला ने दिया था। वह उसका सामान खंगालने लगा : सेब, डबलरोटी, मेवे, एक कमीज़, एक जोड़ी पतलून और एक जोड़ी जूते। उसने पास ही बने शौचालय में जाकर कपड़े बदल लिए और अपना पचास रूबल का कोट पहने रखा। जब वह अपनी सीट पर वापिस आया, तो उसने सेब दाँतों से काटा और मुस्कुराने लगा। वह उस खाने को ओदेसा की लंबी यात्रा तक बचाए रखेगा। जब उसने सेब खा लिया तो उसके बाद उसका बचा हुआ हिस्सा भी नहीं छोड़ा और फिर अपना ध्यान डॉक्टर के दिए नक़्शे पर लगाया।

ओदेसा मास्को से उतना दूर नहीं था जितना इरकुत्सक था, यह डॉक्टर के नक़्शे के हिसाब से एक अँगूठे की दूरी पर था जबकि असलियत में यह दूरी 700 मील थी। जब व्लादेक नक़्शे को देख रहा था तो अचानक उसका ध्यान डिब्बे में चल रहे जुए के खेल पर चला गया। उसने अपने हाथ में पकड़े चमड़े के दस्तावेज़ को मोड़ कर जेब में रखा और खेल को दिलचस्पी से देखने लगा। इस जगह भी वही हो रहा था, बस एक ही खिलाड़ी बार-बार जीत रहा था और दूसरे हार रहे थे। बेशक एक पूरा दल इन गाड़ियों में सक्रिय था। व्लादेक ने तय किया कि वह अपनी इस नई जानकारी का फ़ायदा उठाएगा।

वह आगे की ओर आया और जुआरियों के घेरे में अपने लिए जगह बना ली। हर बार जब भी सामने वाला हारता तो व्लादेक अपनी ओर से एक-एक रूबल और लगाता जाता और आख़िर में वह जीत गया। सामने वाले खिलाड़ी ने उसकी ओर देखा तक नहीं था। जब तक अगला स्टेशन आया, व्लादेक चौदह रूबल्स जीत चुका था। उसने दो रूबल्स से एक सेब और सूप का गर्म प्याला खरीदा। उसने इतना जीत लिया था कि ओदेसा तक का सफ़र आराम से कट सकता था। गाड़ी में वापिस सवार होते हुए दिमाग में आया कि क्यों न एक-एक दाँव और खेल लिया जाए।

ज्यों ही उसके पैर पायदान पर पड़े, उसके सिर पर मुक्का पड़ा और वह वहीं गलियारे में गिर गया। उसकी बाजू पीठ के पीछे बुरी तरह से मोड़ी गई और चेहरे को डिब्बे के साथ चिपका कर दबाया गया। नाक से खून आ रहा था और कान के पीछे चाकू की नोक महसूस हो रही थी। "छोकरे, मेरी बात सुन रहा है?"

"जी," व्लादेक ने डर कर कहा।

"अगर मेरे डिब्बे में दोबारा कदम रखा तो ये कान ही काट दूँगा। तब तू मुझे सुनने लायक नहीं रहेगा, समझे?"

"नहीं सर," व्लादेक सहम गया था।

उसने चाकू की नोक के दबाव से निकलने वाले खून को महसूस किया जो टपकते हुए गर्दन तक आ गया था।

“छोकरे, ये तेरे लिए चेतावनी है।”

अचानक उसके गुर्दों में ज़ोर से घुटना आकर पड़ा और वह वहीं ढेर हो गया। एक हाथ ने कोट की जेब खंगालते हुए सारे रूबल निकाल लिए जो उसने जुए में जीते थे।

“ये मेरे ही हैं,” वह आदमी बोला।

व्लादेक की नाक और गर्दन के पीछे से अब भी खून बह रहा था। जब उसने साहस करके सिर उठाया तो वह अकेला था; उस जगह कोई जुआरी नहीं था और दूसरे यात्री भी दूरी बनाए हुए थे। उसने उठना चाहा पर शरीर ने दिमाग की बात मानने से इनकार कर दिया इसलिए वह काफ़ी देर तक वहीं पड़ा रहा। धीरे-धीरे खड़े होने के बाद वह गाड़ी के दूसरे हिस्से की ओर चल दिया, वह जुआरी के डिब्बे से दूरी बना लेना चाहता था, पैर और भी लँगड़ाने लगा था। उसने ऐसे डिब्बे में जगह ली जिसमें औरतें और बच्चे ही भरे हुए थे। वह उसमें बैठते ही गहरी नींद में सो गया।

अगले स्टेशन पर वह अपनी जगह से नहीं उठा। गाड़ी चलते ही वह दोबारा सो गया। उसने खाना खाया, नींद ली और सपने देखे। आख़िर में चार दिन और पाँच रातों की यात्रा के बाद, गाड़ी छुक-छुक करते हुए ओदेसा आ पहुँची। टिकट बैरियर पर वही जाँच, पर इस बार कागज़ात पूरे थे इसलिए दरबान ने उसकी ओर दूसरी बार देखा तक नहीं। व्लादेक अपनी मर्ज़ी का मालिक था। अब भी बाज़ू की सीवन में 150 रूबल रखे थे और वह उनमें से एक भी बरबाद नहीं करना चाहता था।

उसने सारा दिन शहर में घूमते हुए बिताया ताकि उससे थोड़ी जान-पहचान बन सके। बार-बार ऐसे नज़ारे दिख रहे थे जो उसने पहले कभी नहीं देखे थे : काँच की खिड़कियों वाले, बड़े-बड़े शहरी घर दुकानें, सड़कों पर रंगबिरंगी वस्तुएँ बेचते फेरीवाले, गैसबत्तियाँ, छड़ी के इशारे पर नाचता बंदर। वह चलते-चलते एक बंदरगाह तक पहुँच गया। हाँ, वह वहीं था, समंदर। व्लादेक बड़े चाव से उस नीले विस्तार को देखता रहा : उस ओर रशिया से बचाव और आज़ादी थी। बैरन ने उसे बताया था कि किस तरह समंदरों में तैरने वाले बड़े जहाज़, उनके सामान को विदेशों तक ले जाते हैं। आज वह अपनी आँखों से सब देख रहा था। वे तो उसकी कल्पना से भी कहीं बड़े थे और जहाँ तक दिखाई देता था, क़तार बाँधे खड़े थे।

जब सूरज बड़ी इमारतों के पीछे ढलने लगा, तो उसने तय किया कि सोने के लिए कोई जगह खोजी जाए। शहर में कई लुटेरे भी होंगे क्योंकि कई जगह वीरान घर भी दिख रहे थे। वह एक छोटी गली में लगातार चलता गया। बेशक वह अपने पैरों तक आने वाले कोट में अजीब प्राणी लग रहा होगा। बाज़ू तले भूरे रंग का लिफ़ाफ़ा दबा था। कोई भी जगह सही नहीं लग रही थी और फिर वह पटरियों के पास रेल के एक ऐसे डिब्बे के पास पहुँचा जो जला हुआ था। उसने सावधानी से अंदर झाँका, अंधेरा और ख़ामोशी; इसके सिवा कुछ नहीं दिखा। उसने अपना लिफ़ाफ़ा डिब्बे में फेंका और धीरे से डिब्बे में कूदा और एक कोने में जाकर चुपचाप सो गया।

एक झटके से आँख खुली तो एक लड़का उस पर चढ़ कर बैठा था और दोनों हाथों

से उसकी गर्दन दबोच रहा था। व्लादेक साँस भी नहीं ले पा रहा था।

"कौन हो तुम?" वह छोकरा गुर्राया जो दिखने में उसका हमउम्र ही था।

"व्लादेक कोस्कीविज़।"

"किधर से आया है?"

"मास्को।"

"ओह, तू मेरे डिब्बे में नहीं सो रहा? बड़ा आया मास्को वाला," वह बोला।

"माफ़ करना," व्लादेक बोला। "मुझे पता नहीं था।"

"पैसा है क्या?" उसने व्लादेक का गला और दबाया।

"थोड़ा-सा।"

"कितना?"

"सात रूबल।"

"दे इधर।"

व्लादेक ने ओवरकोट की खाली जेब में हाथ फिराया। उस छोकरे ने भी उसकी जेब में हाथ डाल दिया जिससे गर्दन पर दबाव कम हो गया।

व्लादेक ने मौका पाते ही उसकी टाँगों के बीच घुटना दे मारा। हमला करने वाला हाय-हाय करता वहीं ढेर हो गया। व्लादेक उछलकर उस पर आ गया और दे दनादन मारने लगा। ओदेसा के छोकरे का व्लादेक से कैसा मुक़ाबला—तहखानों और रूसी लेबर कैंपों की तुलना में खाली रेल के डिब्बे में सोना किसी विलासिता से कम न था। व्लादेक ने उस छोकरे को चित्त करने के बाद ही साँस ली।

"डिब्बे के दूसरी ओर निकल जा और वहीं सो जा। अगर हाथ-पैर भी हिलाया तो जान से मार दूँगा," व्लादेक ने कहा।

वह छोकरा चुपके से खिसक गया।

व्लादेक कुछ देर अडोल बैठ कर किसी हरकत पर गौर करता रहा और जब कोई हलचल नहीं हुई तो वह भी लेटा और गहरी नींद में सो गया।

जब सुबह उठा तो छत की दरारों से सूरज की किरणें दिखाई दे रही थीं। वह मुड़ा और पिछली रात के बैरी को देखा, वह डिब्बे के दूसरे कोने में किसी नवजात की तरह पड़ा उसे ही ताक रहा था।

"इधर आ," व्लादेक ने कहा।

वह लड़का नहीं हिला।

"इधर आओ," व्लादेक ने और तेज़ सुर में कहा।

वह लड़का उठा। व्लादेक ने उसे पहली बार अच्छी तरह देखा। वे एक ही उम्र के थे

पर दूसरा लड़का उससे थोड़ा लंबा, मैले से सफ़ेद बालों और ताज़गी से भरे चेहरे वाला था।

''सबसे पहले काम की बात, हमको खाने को कुछ कहाँ मिलेगा?''

''मेरे पीछे आओ,'' उस लड़के ने कहा और उछल कर डिब्बे से बाहर कूद गया। व्लादेक उसके पीछे लंगड़ाते हुए शहर के चौराहे तक आया। सुबह-सुबह बाज़ार सज रहा था। उसने आज तक बैरन के महल में भी इतनी तरह के पकवान नहीं देखे थे। एक के बाद एक क़तारों में फल, मेवे, सब्ज़ियाँ वगैरह सजे हुए दिखाई दे रहे थे। दूसरा लड़का देख सकता था कि व्लादेक वह सब देख कर भौंचक्का रह गया था।

''अब मैं बताता हूँ कि हमें क्या करना होगा,'' उसने कहा। ''मैं कोने में जाकर, उस जगह से एक संतरा उठा कर भागूँगा। तुम ज़ोर से बोलना, 'चोर को पकड़ो!' दुकानदार मेरे पीछे भागना शुरू करेगा और ज्यों ही वह थोड़ा आगे जाएगा, तुम अपनी जेबों में खाने-पीने का सामान भर लेना। ज़्यादा लालच मत करना—बस एक समय का पेट भरने लायके फिर मैं आगे जाकर मिलता हूँ। समझ आया?''

''हाँ, ठीक है,'' व्लादेक ने आत्मविश्वास से भरपूर दिखने की कोशिश की।

''ठीक है, देखते हैं, मास्को का छोकरा यह काम कर सकेगा या नहीं।'' उसने व्लादेक को देखकर मुँह बिचकाया और कोने वाली दुकान की ओर चल दिया। उसने संतरों के सजे हुए ढेर से एक संतरा उठाया और धीरे-धीरे भागने लगा। उसने व्लादेक को मुड़ कर देखा जो यह चिल्लाना ही भूल गया था—''पकड़ो चोर!'' पर दुकानदार ने उस छोकरे का पीछा करना चालू कर दिया था। जब सबका ध्यान उस ओर था तो व्लादेक भीतर चला गया। जब दुकानदार चोर को पकड़ने ही वाला था, चोर ने उठाया हुआ संतरा उस पर दे मारा। वह गाली बकते हुए संतरा उठाने झुका और अपनी दुकान पर वापिस आ गया। वह रास्ते में आते हुए दूसरे दुकानदारों से शिकायत करना नहीं भूला।

व्लादेक खुशी से झूम रहा था, जब अचानक कंधे पर एक हाथ आकर पड़ा। उसने मुड़ कर देखा, ऐसा लगा कि वह पकड़ा गया।

''क्या कुछ हाथ आया, मास्को के छोकरे या तमाशा देखता रहा?''

व्लादेक चैन से हँसने लगा और कोट की जेब से तीन संतरे, एक सेब और आलू निकाल कर सामने रख दिए। वह लड़का मुस्कुराया।

''नाम क्या है तुम्हारा?'' व्लादेक ने पूछा।

''स्टीफ़न।''

''चलो, फिर से करते हैं स्टीफ़न।''

''ठहर ओए। ज़्यादा चालाकी मत झाड़। अगर हम ऐसा फिर करना चाहते हैं, तो हमें बाज़ार के दूसरे कोने में जाना होगा और कम-से-कम एक घंटे तक इंतज़ार करना होगा। तुम एक पेशेवर के साथ हो पर यह मान कर मत चलो कि पकड़े नहीं जाओगे।''

दोनों लड़के, बाज़ार के दूसरे कोने की ओर चल दिए। स्टीफ़न जिस शान से चल रहा

था, उस अकड़ को पाने के लिए लँगड़ा कर चलने वाला व्लादेक अपने तीन संतरे, एक सेब, एक आलू और यहाँ तक कि अपने डेढ़ सौ रूबल भी कुर्बान कर सकता था। वे दुकानदारों के बीच मिल गए और स्टीफ़न के सही मौका देखते ही उन्होंने किस्सा दोहराया। फिर वे अपने लूटे हुए सामान का मज़ा लेने के लिए रेल के डिब्बे की ओर चल दिए। छह संतरे, पाँच सेब, तीन आलू, एक नाशपाती, कई तरह के मेवे और एक खरबूजा। स्टीफ़न के पास इतनी बड़ी जेब नहीं थी कि वह खरबूजा चुरा पाता।

"बढ़िया है," व्लादेक आलू में दाँत गड़ाते हुए बोला।

"तुम छिलका भी खा गए," उसके साथी ने पूछा।

"मैं ऐसी जगहों पर रहा हूँ जिनमें आलू का छिलका भी किसी ऐश से कम नहीं था," व्लादेक ने जवाब दिया।

स्टीफ़न उसे प्रशंसा से देखने लगा।

"इसके बाद परेशानी यह है कि हमें पैसा कहाँ से मिल सकता है?" व्लादेक ने पूछा।

"हर चीज़ पहले ही दिन पाना चाहते हो क्या तुम ऐसा नहीं चाहते?" स्टीफ़न बोला। "मास्को के छोकरे, अगर सच में कुछ करना चाहते हो तो बंदरगाह का चेन गैंग हमारे लिए सही रहेगा।"

"दिखाओ मुझे," व्लादेक बोला।

जब उन्होंने आधे फल खाकर, बाकी सामान डिब्बे के भूसे में छिपा दिया तो उसके बाद दोनों बंदरगाह की ओर चले।

"देखो वह हरे रंग का बड़ा-सा जहाज़," स्टीफ़न बोला। "यह पानी में खड़ा है। हम एक टोकरी में अनाज भरेंगे, उस फट्टे पर चढ़ेंगे और माल को उसमें पलट देंगे। तुम्हें हर चार बारी के लिए एक रूबल मिलेगा। ध्यान रहे कि तुम्हें बारी गिननी है क्योंकि यह हरामी मालिक कम गिनती करके, तुम्हारे पैसे अपनी जेब में डाल लेगा।"

वे दोनों सारी दोपहर, जहाज़ पर अनाज ढोने का काम करते रहे। उन्होंने मिल कर छब्बीस रूबल कमाए। चुराए हुए मेवे, डबलरोटी और प्याज खाने के बाद, वे डिब्बे में अपने-अपने कोने में चैन से सो गए।

जब स्टीफ़न अगली सुबह उठा तो व्लादेक नक़्शा देख रहा था।

"ये क्या है?"

"यह नक्शा है जो बता रहा है कि रूस से कैसे निकला जा सकता है।"

"तुम रूस को छोड़ना क्यों चाहते हो? तुम मेरे साथ मिल कर काम कर सकते हो," स्टीफ़न बोला। "हम दोनों साझेदार बन सकते हैं।"

"नहीं, मुझे तो तुर्की जाना है। मैं वहीं आज़ादी से जी सकता हूँ। स्टीफ़न, तुम भी साथ क्यों नहीं चलते?"

''मैं ओदेसा नहीं छोड़ सकता। यह मेरा घर है। यही लोग मेरे जानकार हैं। इस जगह बहुत अच्छी तो नहीं पर तुर्की में तो और भी बुरा हो सकता है। पर तुम यही चाहते हो तो मैं तुम्हारी सहायता करूँगा।''

''मैं तुर्की तक जाने के लिए कौन से जहाज़ पर जा सकता हूँ?'' व्लादेक ने पूछा।

''आसान है—मुझे पता है कि इन जहाज़ों का पता कैसे करना है। हम एक दाँत वाले जो से बात करेंगे, वह वहीं गोदी के पास रहता है पर तुमको उसे एक रूबल देना होगा।''

''शर्त लगा लो, तुम उससे भी हिस्सा लोगे।''

''पचास-पचास,'' स्टीफ़न बोला। मास्को का छोकरा तेज़ी से सीख रहा है,'' उसने डिब्बे से बाहर कूदते हुए कहा।

व्लादेक उसके पीछे चला और उसे साफ़ दिख रहा था कि दूसरे लड़के कितनी आसानी से भाग-दौड़ सकते थे और वह लंगड़ा कर चल रहा था। जब वे गोदी के दूसरे कोने में गए तो स्टीफ़न उसे एक कमरे में ले गया जो धूल से भरी किताबों और टाइमटेबलों से अटा हुआ था। व्लादेक को कोई नहीं दिखा पर फिर उसे किताबों के ढेर के पीछे से आवाज़ सुनाई दी। ''ऐ भिखारी, क्या चाहिए। मेरा समय बरबाद मत कर।''

''जो, मेरे साथी के लिए कुछ पता करना था। तुर्की के लिए अगला बढ़िया जहाज़ कब रवाना होगा?''

''पहले पैसे आगे रख,'' बूढ़े ने किताबों से सिर उठाया, नाविक की टोपी के नीचे बूढ़े का झुर्रीदार चेहरा दिखने लगा। वह अपनी काली आँखों से व्लादेक को पढ़ रहा था।

''जो कभी समुद्र का बादशाह था,'' स्टीफ़न ने इतनी ज़ोर से कहा कि जो को भी सुन जाए।

''कोई बहाना नहीं चलेगा छोकरे। पैसे निकाल।''

''मेरे दोस्त के पास मेरा बटुआ है,'' स्टीफ़न ने कहा। ''व्लादेक इन्हें रूबल दिखा दो।''

व्लादेक ने सिक्का जो के हाथों में रख दिया। जो ने उसे अपने बचे हुए दाँत से काट कर देखा और एक कोने में रखते हुए, हरे रंग का रजिस्टर निकाला। चारों ओर धूल ही धूल थी। वह गंदे पन्ने पलटते हुए, बुरी तरह से खाँसने लगा। फिर उसने छोटी और मोटी सी अँगुली, नामों की लंबी सूची पर टिका दी।

''वीरवार को 'रेनास्का' कोयला लेने आ रहा है—शायद शनिवार को कुस्तुंतुनिया जाएगा। अगर माल समय से भरा गया तो वह शुक्रवार रात भी निकल सकता है ताकि बंदरगाह का भाड़ा बचा सके। वह बर्थ संख्या 17 पर होगा।''

''धन्यवाद जो,'' स्टीफ़न ने कहा। ''मैं देखता हूँ कि आगे भी मैं तुम्हारे लिए इसी तरह अपने पैसे वाले साथी लाता रहूँ।''

एक दाँत वाले जो ने मुट्ठी दिखाते हुए कोसा और वे दोनों रफ़ूचक्कर हो लिए।

~

अगले तीन दिनों तक, दोनों ने खाना चोरी किया, अनाज ढोया और सोए। जब वीरवार को तुर्की के जहाज़ के आने का समय आया तो स्टीफ़न ने काफ़ी हद तक व्लादेक को वहीं ओदेसा में रहने के लिए राज़ी कर लिया था पर व्लादेक के मन में डर था कि अगर रूसियों ने पकड़ लिया तो वे फिर उसे कैंप में भेज देंगे। स्टीफ़न के साथ जीने में आकर्षण तो था पर उसका अपना डर हावी हो गया।

वे बर्थ 17 पर खड़े जहाज़ को देख रहे थे।

"मैं इसमें कैसे जा सकता हूँ?" व्लादेक ने पूछा।

"आसान है," स्टीफ़न बोला। "हम कल सुबह चेन गैंग में काम करेंगे। मैं तुम्हारे पीछे रहूँगा और जब कोयला लगभग भरने वाला होगा तो तुम उसमें छलांग मार कर छिप जाना और मैं तुम्हारी टोकरी ले कर दूसरी ओर निकल जाऊँगा।"

"और मेरे हिस्से के पैसे भी ले लोगे," व्लादेक ने दाँत निपोरे।

"वह तो सच है," स्टीफ़न ने कहा। "मेरी इस चतुराई के लिए इनाम तो मिलना ही चाहिए। वरना मैं अपने आप पेट भरने का काम कैसे कर सकूँगा?"

वे सुबह छह बजे चेन गैंग में शामिल हो गए और तब तक उनके लिए काम करते रहे, जब तक कोयला फेंका जाता रहा पर शाम तक वह आधा भी नहीं भरा था। व्लादेक इतना काला हो गया था जितना जेल में भी काला नहीं हुआ था। दोनों लड़के उस रात गहरी नींद सोए। अगली सुबह उन्होंने फिर से काम शुरू किया और दोपहर के आस-पास, जब कोयला काफ़ी ऊपर तक आ गया तो स्टीफ़न ने व्लादेक के टखने में ठोकर मारी।

"अगली बार छलाँग मारना, मास्को के छोकरे," उसने कड़ाई से कहा।

जब वे कोयले के ढेर के पास पहुँचे, तो व्लादेक ने कोयला फेंक कर अपनी टोकरी पटकी और उसमें छलाँग लगा दी।

"अलविदा, मेरे दोस्त," स्टीफ़न ने कहा। "इन काफ़िर तुर्क़ियों से बच कर रहना।" उसने व्लादेक की टोकरी ली और सीटी बजाते हुए नीचे उतर गया।

व्लादेक ने खुद को एक कोने में छिपा लिया और उसके ऊपर कोयला ढेर होता गया। चारों ओर काले रंग की धूल थी; जो उसके नाक, मुँह, फेफड़ों और आँखों में जा रही थी। उसने किसी तरह हल्का-सा खाँसने की कोशिश की, डर था कि कहीं जहाज़ पर कोई उसकी आवाज़ न सुन ले। जब उसके लिए धूल भरी हवा झेलना मुश्किल हो गया तो उसने तय किया कि वह स्टीफ़न के पास लौट जाए और बच कर निकलने का कोई और उपाय करेगा लेकिन उसी समय उसके ऊपर का वह दरवाज़ा बंद हो गया। कोयला भरा जा चुका था। वह दिल खोल कर खाँसा।

कुछ ही क्षणों में, उसे ऐसा लगा जैसे किसी ने टखने पर काटा हो। जब उसे अहसास हुआ कि वह क्या हो सकता है तो उसका लहू जम गया। उसे तहखानों में इनका सामना करना पड़ता था। उसने उस दुष्ट पर कोयले का टुकड़ा दे मारा और उसे दूर भगा दिया, पर तभी दूसरा आ गया, फिर तीसरा और फिर चौथा। कुछ बहादुर उसकी टाँगों पर लपके, पता

नहीं कहाँ से निकलते आ रहे थे; बड़े, काले और भूखे। वह नीचे घूरते हुए, उन्हें खोजने लगा। वह झट से कोयले के अंबार पर चढ़ा और डिब्बे का दरवाज़ा हल्का-सा खोला। सूरज की रोशनी अंदर आते ही वे चूहे कोयले के नीचे अपनी सुरंगों में भाग गए। उसने बाहर निकलना चाहा पर जहाज़ पहले से पानी में आगे आ गया था। वह फिर से डर के मारे अंदर दुबक गया। अगर वह कप्तान को मिल जाता और वह उसे ओदेसा वापिस भेजने का फ़ैसला करता तो दोबारा कैंप 201 और गोरे रूसियों का कष्ट झेलना पड़ता। उसने काले चूहों के साथ रहने का ही चुनाव किया। ज्यों ही उसने दरवाज़ा बंद किया, उनकी लाल आँखें फिर से दिखाई देने लगीं। वह अपनी ओर से लगातार उन पर कोयले बरसाता रहा पर उनकी फ़ौज थमने का नाम ही नहीं ले रही थी। हर कुछ मिनट बाद वह थोड़ा दरवाज़ा खोल कर रोशनी करता और उसके पास इसके सिवा कोई चारा नहीं था।

दो दिन और तीन रातों तक व्लादेक एक पल की भी नींद लिए बिना चूहों से जंग लड़ता रहा। जब जहाज़ कुस्तुंतुनिया पहुँचा तो डैक के एक कर्मचारी ने कोयले वाला डिब्बा खोला। सिर से घुटनों तक काली धूल से भरा और घुटनों से पंजे तक खून से लथपथ व्लादेक दिखाई दिया। उसने उसे घसीट कर बाहर निकाला। व्लादेक ने उठ कर खड़ा होना चाहा पर वह कोयले के अंबार पर ही ढेर हो गया।

18

जब विलियम ने केन एंड कैबट की तिमाही ट्रस्ट रिपोर्ट में पढ़ा कि हेनरी ऑस्बॉर्न अपनी कंपनी में निवेश के लिए 500,000 डॉलर लेना चाह रहा था तो उसने अपनी तसल्ली के लिए रिपोर्ट में लिखे नाम को ज़ोर से दोहराया—हेनरी ऑस्बॉर्न। उसका दिन बहुत खराब था। सेंट पॉल में पिछले चार सालों के दौरान पहली बार ऐसा हुआ कि वह गणित के टेस्ट में दूसरे स्थान पर आया। मैथ्यू लेस्टर ने उसे पछाड़ दिया था। उसने विलियम का हाल भी पूछा। वह कुछ नहीं बोला।

उस शाम, विलियम ने एलन लॉयड के घर फ़ोन किया। केन एंड कैबट के चेयरमैन को उसकी बात सुन कर हैरानी नहीं हुई क्योंकि वे एनी के ज़रिए जान चुके थे कि हेनरी और विलियम के संबंध मधुर नहीं थे।

''विलियम, प्यारे बच्चे, कैसे हो तुम? स्कूल में सब कैसा चल रहा है?''

''बहुत बढ़िया, धन्यवाद सर। पर मेरे कॉल करने की वजह कुछ और है।''

''मैंने भी यही सोचा था। मैं आपके लिए क्या कर सकता हूँ?'' एलन रूखाई से बोले।

''मैं आपसे कल दोपहर मिलना चाहूँगा।''

''रविवार को, विलियम?''

''जी, स्कूल से मैं एक ही दिन दूर रह सकता हूँ और मुझे आप से जल्द-से-जल्द

मिलना है।'' इससे पहले कि एलन कुछ कहते, विलियम ने एक पंक्ति और जोड़ दी, ''किसी भी हाल में मेरी माँ को इसके बारे में पता नहीं चलना चाहिए।''

''ठीक है, विलियम—'' लॉयड बोले।

विलियम के स्वर में और दृढ़ता आ गई, ''मि. लॉयड, मुझे आपको याद दिलाने की ज़रूरत तो नहीं कि मेरे ट्रस्ट के पैसे का, मेरे सौतेले पिता की कंपनी में निवेश, गैरकानूनी तो नहीं, पर बेशक़ इसे अनैतिक माना जा सकता है।''

लॉयड कुछ देर चुप रहे और सोचने लगे कि क्या उन्हें इस बच्चे को शांत करना चाहिए। बच्चा? यह कभी बच्चा तो था ही नहीं।

''ठीक है, विलियम कल दोपहर हंट क्लब में एक बजे के लगभग लंच पर मिलते हैं।''

''सर, आपसे मिलने की उम्मीद रहेगी,'' लाइन काट दी गई।

एलन ने फ़ोन रखते हुए सोचा, 'कम-से-कम बात तो मेरे इलाके में होगी।' वे मि. बैल को फ़ोन जैसी चीज़ की खोज करने के लिए कोस रहे थे।

~

लॉयड ने हंट क्लब को चुना क्योंकि वे मीटिंग को बहुत ज़्यादा प्राइवेट नहीं करना चाहते थे। विलियम ने आते ही सबसे पहले पूछा कि क्या वे लोग लंच के बाद गोल्फ़ की एक गेम खेल सकते हैं।

''क्यों नहीं, बच्चे,'' एलन ने कहा और उन दोनों ने खेल के लिए तीन बजे का समय आरक्षित करवा लिया। वे हैरान थे कि विलियम ने लंच के दौरान हेनरी ऑस्बॉर्न वाले प्रस्ताव के बारे में कोई चर्चा नहीं की। इसकी बजाय वह बजट डायरेक्टर के तौर पर चार्ल्स जी. डावेस की अक्षमता और शुल्क सुधार पर प्रेज़ीडेंट हार्डिंग के विचारों के बारे में बताता रहा। एलन सोचने लगे कि 'शायद विलियम इस बारे में अपनी राय बना चुका है और वह ऑस्बॉर्न के प्रस्ताव पर बात नहीं करना चाहता। अगर ऐसा है तो ऐसा ही सही।' वे गोल्फ़ की खूबसूरत दोपहर के इंतज़ार में थे। एक बढ़िया लंच और एक बोतल शराब के बाद—विलियम ने एक पैग ही लिया—उन्होंने क्लबहाउस में कपड़े बदले और पहले टी की ओर चल दिए।

''सर क्या अब भी आपका नाइन हैंडीकेप (गोल्फ़ खेल की शब्दावली) है?'' विलियम ने पूछा।

''सही जानते हो, बच्चे। पर क्यों?''

''क्या एक होल के लिए 10 डॉलर ठीक रहेंगे?''

एलन लॉयड पल भर को हिचके, उन्हें याद था कि विलियम को गोल्फ़ खेलने में बहुत आनंद आता है। ''हम्म, ठीक है।''

पहले होल पर कुछ नहीं कहा गया। एलन किसी तरह पार पर रहे और विलियम ने

बोगी किया। एलन दूसरा और तीसरा गेम भी आराम से जीते और सुस्ताने लगे। वे अपने खेल से खुश दिखाई दिए। जब तक वे चौथे टी पर आए, तो क्लबहाउस से आधे मील की दूरी पर आ चुके थे। जब एलन अपना बैकस्विंग लेने ही वाले थे तो विलियम ने कहा—

''मैं एक बात पूरी तरह से स्पष्ट करना चाहूँगा कि किसी भी हाल में, मैं आपको यह अनुमति नहीं दे सकता कि आप मेरे ट्रस्ट से लाखों डॉलर की धनराशि हेनरी ऑस्बॉर्न से जुड़ी किसी कंपनी या व्यक्ति को दें।''

लॉयड ने ऐसा बुरा टी शॉट लगाया जो बाएँ हाथ के रफ़ में जा गिरा। बस इतना लाभ हुआ कि वे विलियम से काफ़ी दूरी पर आ गए जो अब तक बीच में आ गया था और इस तरह उन्हें यह सोचने का समय मिल गया कि विलियम की गेंद और बात का जवाब कैसे देना है। जब वे दोबारा ग्रीन पर मिले, तो लॉयड तीन और शॉट खेल चुके थे। वे होल तक नहीं जा सके।

''विलियम, तुम जानते हो, एक ट्रस्टी होने के नाते, मेरे पास तीन में से केवल एक वोट है और तुम्हें यह भी पता होगा कि तुम इक्कीस साल का होने तक ट्रस्ट से जुड़ा कोई भी निर्णय नहीं ले सकते। तुम्हें यह अहसास भी होना चाहिए कि हमें इस विषय में बात ही नहीं करनी चाहिए।''

''सर मुझे कानूनी नियमों की पूरी जानकारी है पर चूँकि बाकी दोनों सदस्य मेरे सौतेले पिता से संबंध रखते हैं...''

लॉयड की अगली ड्राइव झील में जा पड़ी।

''अब यह न कहें कि पूरे बौस्टन में आप ही इकलौते इंसान हैं जिन्हें यह नहीं पता है कि मिली प्रेस्टन का मेरे सौतेले पिता से चक्कर चल रहा है?''

लॉयड अपना होल हार गए।

विलियम ने बात जारी रखी, ''मैं निश्चिंत होना चाहता था कि आपका वोट मेरे साथ हो और आप अपनी ओर से पूरी कोशिश करें कि मेरी माँ हेनरी को यह पैसा देने की हामी न भरे, चाहे, उसे मेरे सौतेले पिता और मिली का सच ही क्यों न बताना पड़े।''

विलियम का छठा ड्राइव सीधा फ़ेयरवे के बीच में जा पड़ा। एलन का खेल पिछली बार की तुलना में और भी बदतर रहा और एक पास वाले होल के बंकर में जा पड़ा। उनका अगला शॉट झाड़ी में गया, उन्होंने पहले तो कभी उसे नहीं देखा था और तिरतालीस साल के जीवन में दूसरी बार उनके मुँह से निकला, ''शिट!'' पहली बार भी उनके साथ ऐसा ही कुछ हुआ था।

''तुम कुछ ज़्यादा नहीं माँग रहे,'' एलन ने विलियम के साथ ग्रीन की ओर जाते हुए कहा।

''सर, अगर मुझे आपका सहयोग नहीं मिलता तो मैं क्या कर सकता हूँ, यह उसके मुक़ाबले तो कुछ भी नहीं है।''

~

''विलियम, मुझे नहीं लगता कि तुम्हारे पिता ऐसी धमकियों के हक़ में होते,'' एलन ने कहा। विलियम उस समय गोल्फ़ का चौदहवाँ पुट खेल रहा था।

''मेरे पिता बस हेनरी ऑस्बॉर्न के हक़ में न होते,'' विलियम ने जवाब दिया और लॉयड दो फ़ीट से अपनी बारी से चूक गए।

''मि. लॉयड, किसी भी हाल में आपको ध्यान होना चाहिए कि मेरे पिता ने ट्रस्ट के डीड में यह शामिल किया था कि ट्रस्टियों की ओर से जिस पैसे का निवेश किया जाएगा, यह एक निजी मामला होगा और जिसे लाभ होगा, उसे कभी पता नहीं लगेगा कि इसमें केन परिवार निजी तौर पर शामिल था। उन्होंने एक बैंकर के तौर पर अपने जीवन में कभी यह नियम नहीं तोड़ा। इस तरह वे हमेशा निश्चिंत रहते थे कि बैंक के निवेश और परिवार के ट्रस्ट के बीच कभी हितों का संघर्ष न हो।''

''शायद तुम्हारी माँ को लगता है कि परिवार के एक सदस्य के लिए नियम तोड़ा जा सकता है।''

''हेनरी ऑस्बॉर्न मेरे परिवार का सदस्य नहीं और जब मैं ट्रस्ट सँभालूँगा तो अपने पिता की तरह पूरी कोशिश रहेगी कि इस नियम को तोड़ा न जाए।''

''विलियम, कहीं ऐसा कट्टर रवैया रखने पर पछताना न पड़े। एक पल के लिए सोचो, जब तुम्हारी माँ को तुम्हारे सौतेले पिता और मिसेज़ प्रेस्टसन के बारे में पता चलेगा।''

''मेरी माँ पहले ही अपना सारा पैसा बरबाद कर चुकी हैं, सर। क्या एक पति के नाम पर इतना बहुत नहीं है? मेरे पैसों की आहुति देना भी ज़रूरी है क्या?''

''विलियम, हम इस बारे में नहीं जानते। हो सकता है कि इस निवेश से अच्छी वापसी मिले। मुझे अभी तक अच्छी तरह से हेनरी के एकाउंट देखने का मौका नहीं मिला।''

लॉयड ने विलियम के सौतेले पिता हेनरी का नाम लिया तो वह चिहुँका।

''सर, मैं आपको यकीन दिलाता हूँ कि उसने मेरी माँ के पैसों में से पाई-पाई उड़ा दी है। अब उसके खाते में कुल मिला कर 33, 412 डॉलर ही बचे हैं। मैं आपको सलाह दूँगा कि आप उसके खातों के बजाय पृष्ठभूमि पर ज़्यादा ध्यान दें, उसके पिछले बिज़नेस रिकॉर्ड और एसोसिएट का पता करें। यह बताने की ज़रूरत नहीं कि उसे जुआ खेलने की बुरी लत है।''

आठवें टी पर, एलन ने उसी झील में गेंद उछाल दी और एक बार फिर से होल छूट गया।

''तुम्हें यह सब कैसे पता चला?'' एलन ने पूछा, ''उन्हें यकीन था कि यह जानकारी थॉमस कोहेन के ऑफ़िस से मिली होगी।''

''सर, मैं बताना नहीं चाहूँगा।''

एलन चुप लगा गए। उन्हें अभी शांत रहना होगा। हो सकता है कि विलियम के

जीवन में आगे जाकर वे अपने उस इक्के का इस्तेमाल कर सकें।

''अगर तुम्हारे सारे दावे सही हैं विलियम, तो तुम्हारी माँ को यही सलाह देनी होगी कि वह हेनरी की कंपनी में निवेश न करे और मेरा फ़र्ज़ बनता है कि इस बारे में हेनरी से भी चर्चा की जाए।''

''ऐसा ही करें, सर।''

एलन ने अच्छा शॉट लगाया पर वे जानते थे कि अब देर हो चुकी थी।

विलियम ने अपनी बात जारी रखी, ''आपको यह जानना भी अच्छा लगेगा कि ऑस्बॉर्न को मेरे ट्रस्ट का पैसा अपने हॉस्पिटल कॉन्ट्रेक्ट के लिए नहीं चाहिए बल्कि उसे शिकागो में पुराना कर्ज़ चुकाना है। शायद आपको इसके बारे में नहीं पता होगा?''

एलन कुछ नहीं बोले। बेशक़ उन्हें नहीं पता था। विलियम ने होल जीत लिया।

जब तक वे अठारहवें तक आए, एलन आठ होल पीछे थे और सबसे बदतर राउंड पूरा होने वाला था जिसे वे हमेशा याद रखते थे। उनके पास फ़ाइव-फुट पुट था जो कम-से-कम फ़ाइनल होल के आधे तक तो ले जा सकता था।

''क्या मुझ पर बरसाने के लिए अभी कोई और भी बम है तुम्हारे पास?'' वे बोले।

''सर, आपकी बारी से पहले या बाद में?'' विलियम ने पूछा।

एलन हँसे और अपने क्लब पर झुक कर बोले, ''पहले, विलियम।''

''ऑस्बॉर्न को अस्पताल वाला कॉन्ट्रेक्ट भी नहीं मिलने वाला। यह फ़ैसला उन लोगों का है जो यह जानते हैं कि उसने प्लानिंग कमेटी के एक जूनियर सदस्य को घूस दी है। कुछ भी सार्वजनिक नहीं किया जाएगा पर उसकी कंपनी का नाम सूची से हटा दिया गया है। यह कॉन्ट्रेक्ट कर्कब्राइड और कार्टर को दिया जाएगा। सर, आख़िरी सूचना बहुत गोपनीय है। यहाँ तक कि सप्ताह के गुरुवार के पहले तक चुनी गई कंपनी को भी इसकी भनक तक नहीं पड़ने दी जाएगी इसलिए अगर आप भी इस बात को अपने तक रखेंगे तो आपका आभारी रहूँगा।''

एलन का पुट मिस हो गया। विलियम ने होल किया और लॉयड से गर्मजोशी से हाथ मिलाया।

''सर, खेलने के लिए धन्यवाद। शायद खेल के हिसाब से आपको मुझे नब्बे डॉलर देने हैं।''

लॉयड ने अपने पर्स से सौ डॉलर का बिल निकाल कर विलियम को थमा दिया। ''विलियम, अब समय आ गया है कि तुम मुझे सर कहना बंद कर दो। मेरा नाम तो तुम जानते ही हो, एलन।''

''थैंक यू एलन,'' विलियम ने उन्हें दस डॉलर लौटा दिए।

19

जब व्लादेक को होश आया तो उसने खुद को छोटे से कमरे में एक पलंग पर पाया और सफ़ेद कोट पहने तीन लोग उस पर झुके थे, वे ऐसी बोली बोल रहे थे जो वह नहीं समझता था। दुनिया में लोग कितनी भाषाएँ बोलते हैं?

उसने उठना चाहा, पर उनमें से सबसे बूढ़े व्यक्ति ने उसे वापिस लेटने पर मजबूर कर दिया। वह एक पतले और झुर्रीदार चेहरे पर बकरी जैसी दाढ़ी वाला व्यक्ति था। उसने व्लादेक को अजीब-सी बोली में कुछ कहा। व्लादेक ने सिर हिलाया। फिर उस आदमी ने रूसी भाषा बोली। व्लादेक ने फिर से सिर हिलाया—इस तरह वह तुरंत वापिस उस जगह जा सकता था, जिस जगह से आया था। इसके बाद डॉक्टर ने जर्मन में बात की और व्लादेक को लगा कि वह उस आदमी से बेहतर जर्मन भाषा बोल सकता है।

"अरे, तो तुम रूसी नहीं हो?" पूछने वाले ने कहा।

"नहीं।"

"तो रूस में क्या कर रहे हो?"

"बच कर भागना चाह रहा था।"

"ओह," वह आदमी अपने लोगों की ओर मुड़ा और उन्हें व्लादेक के बारे में बताने लगा। वे तीनों कमरे से बाहर चले गए।

एक नर्स ने अंदर आकर, व्लादेक को गीले कपड़े से पोंछा, उसे व्लादेक की दर्द भरी कराहों में कोई दिलचस्पी नहीं थी। उसे अस्पताल में ऐसे गंदे लोग पसंद नहीं थे। फिर उसने व्लादेक की टाँगों पर भूरा-सा मलहम लगा कर उसे सुला दिया। जब वह दूसरी बार उठा, तो वह अकेला था। वह सफ़ेद दीवार को घूरते हुए, आगे के बारे में सोचने लगा।

वह बिस्तर से उठा और खिड़की से बाहर देखा। उसने देखा कि वह बाज़ार ओदेसा जैसा नहीं था और लोग लंबे सफ़ेद चोगों में थे, उनकी चमड़ी का रंग भी गहरा था। वे सिर पर रंगीन-सी चीज़ें पहनते थे और ऐसे लगते थे जैसे लाल रंग के छोटे फूलदान उल्टे रखे हों। उन्होंने पैरों में खुली चप्पलें पहनी हुई थीं। सभी औरतें काले कपड़ों में थीं और उनके चेहरे तक ढँके हुए थे। उसे बस उनकी काली आँखें दिख रही थीं। वे बाज़ार में सौदेबाज़ी करते हुए रोज़मर्रा का खाने का सामान ले रही थीं और लगता था कि सारी दुनिया में यही एक बात आम थी। वह बहुत देर तक बाज़ार की चहल-पहल देखता रहा।

कुछ देर बाद, उसे इमारत के बाहर लोहे का बना आतिशदान दिखाई दिया जो नीचे तक जा रहा था। वह सावधानी से दरवाज़े के पास गया और उसे खोल कर बरामदे में देखा। लोग आस-पास से निकल रहे थे पर किसी को उसमें दिलचस्पी नहीं थी। उसने धीरे से दरवाज़ा बंद किया। अपना सामान उठाया, जो कमरे के कोने में रखी अलमारी में मिल गया, फिर उसने झट से कपड़े पहन लिए। कपड़ों पर अब भी कोयले की धूल जमी थी जो साफ़ चमड़ी पर चुभने लगी। वह खिड़की के पास आया, उसे आराम से खोला और

आतिशदान से नीचे फिसलते हुए, अपनी आज़ादी की ओर बढ़ने लगा। सबसे पहले तेज़ धूप का उसने सामना किया। उसने सोचा कि काश, वह इतने भारी ओवरकोट में न होता।

जब एक बार पैर धरती पर लगे तो उसने भागना चाहा पर टाँगें इतनी कमज़ोर थीं कि धीरे-धीरे चलने के सिवा कोई चारा नहीं था। वह बार-बार यही प्रार्थना करता था कि किसी दिन वह सो कर उठे और देखे कि उसके पैरों का लंगड़ापन ठीक हो चुका था। उसने तब तक मुड़ कर अस्पताल को नहीं देखा, जब तक वह बाज़ार की भीड़ में गुम नहीं हो गया।

मज़ेदार खाने की वस्तुओं से सजी दुकानें थोड़ी ऊँचाई पर थीं और उसने सोचा कि वह अपने लिए कुछ मेवे और संतरे खरीदेगा। उसने अपने कपड़ों की सीवन में हाथ डाला तो उनमें पैसे नहीं थे। उसे पता चला कि उसके हाथ का वह बैंड भी गायब था। सफ़ेद कोटवालों ने ही सामान चुरा लिया होगा। उसने सोचा कि अस्पताल जा कर अपना सामान लेना चाहिए पर कुछ खाना भी ज़रूरी था। शायद, ओवरकोट की जेब में कुछ सिक्के रखे हों। उसे कोट की जेब में पचास रूबल के तीन नोट और कुछ सिक्के मिल गए। वे डॉक्टर के नक़्शे और हाथ के बैंड के साथ लिपटे हुए थे। व्लादेक की ख़ुशी का ठिकाना न रहा। उसने जल्दी से बैंड पहन कर, कलाई के ऊपर चढ़ा लिया।

फिर उसने जो उसे सबसे बड़ा संतरा दिखा उसको चुना और मुट्ठी भर मेवे उठा लिए। फेरीवाले ने कुछ कहा जो उसे समझ नहीं आया। व्लादेक को लगा कि भाषा की परेशानी से उबरने का यही तरीका होगा कि वह अपने पैसे आगे कर दे। फेरीवाले ने रूबल देखते ही हवा में बाँहें फैलाईं और हँसने लगा। फिर वह ज़ोर से बोला, "अल्लाह!" उसने व्लादेक के हाथ से संतरा और मेवे छीन लिए और उसे हाथ के इशारे से जाने को कहा।

व्लादेक मायूस होकर पीछे हो गया। अलग ज़ुबान का मतलब था कि उनके पैसे भी अलग थे। रूस में तो वह गरीब था, इस जगह आकर तो कंगाल ही हो गया। उसे कुछ खाने के लिए चुराना होगा, अगर पकड़ा गया तो सामान को दुकानदार की ओर उछाल कर भाग जाएगा। वह स्टीफ़न की तरह पूरे आत्मविश्वास के साथ बाज़ार के दूसरे कोने में गया पर उसकी पूरी तरह से नकल नहीं कर सका क्योंकि उसमें इतना दम नहीं था। उसने कोने की दुकान चुनी और जब देखा कि किसी का ध्यान उस ओर नहीं था तो उसने एक संतरा उठाया और भागने लगा। अचानक हल्ला मच गया; मानो आधा शहर उसके पीछे भाग रहा था।

एक बड़ा-सा खिलाड़ीनुमा आदमी लँगड़ाते व्लादेक पर लपका और उसे ज़मीन पर गिरा दिया। छह या सात लोगों ने उसे बुरी तरह से घेर लिया और फिर वे बड़ा-सा दल बना कर, उसे दुकान पर वापिस घसीट लाए, एक पुलिसवाला वहीं इंतज़ार करता मिला। दुकानदार और पुलिसवाले के बीच थोड़ी खींचतान-सी होने लगी। पुलिसवाला व्लादेक की ओर मुड़ कर उस पर चिल्लाने लगा पर व्लादेक को एक अक्षर पल्ले नहीं पड़ा। फिर पुलिस वाले ने कंधे झटके और व्लादेक का कान पकड़ लिया। जब वे एक साथ आगे बढ़े तो लोगों ने कोसना और थूकना चालू कर दिया।

जब व्लादेक थाने पहुँचा तो उसे बीस-तीस अपराधियों के बीच छोटी-सी जेल में डाल दिया गया। उनमें ठग, चोर और जाने कौन-कौन से अपराधी भरे हुए थे। वह कुछ

नहीं बोला और उन्होंने भी उससे बात करने की कोई दिलचस्पी नहीं दिखाई। वह पूरा दिन और रात दीवार से टेक लगाए बैठा रहा, उसे हिलने से भी डर लग रहा था। मल-मूत्र की बदबू के कारण उल्टी हुई और पेट का क़तरा-क़तरा तक बाहर आ गया। उसने कभी सोचा नहीं था कि वह दिन भी आएगा जब बैरन के महल के तहखाने ज़्यादा शांत और कम भीड़ वाले महसूस होंगे।

अगली सुबह, दो संतरी उसे घसीट कर ऐसे कमरे में ले गए जिसमें उसे दूसरे कैदियों के साथ क़तार में खड़ा कर दिया गया। सबकी कमर में रस्सी बाँधी गई और उन्हें सड़क पर ले जाया गया। एक भारी भीड़ जमा हो चुकी थी और उनके हो-हल्ले को सुनकर व्लादेक को लगा कि शायद वे कुछ देर से कैदियों के आने का इंतज़ार कर रहे थे। भीड़ उनके पीछे तालियाँ पीटती, चिल्लाती और कोसती हुई बाज़ार में साथ-साथ चल रही थी—पर व्लादेक को कोई अंदाज़ा नहीं था कि वे इतने उत्साहित क्यों थे। बाज़ार के बीच आकर वे सब रुक गए। पहले आदमी को खोल कर चौराहे पर ले गए, उस जगह सैंकड़ों लोग उसके खून के प्यासे हो रहे थे।

व्लादेक हैरानी से सारा तमाशा देखता रहा। जब कैदी बीच चौराहे पर गया तो पहरेदारों ने घुटनों के बल धकेल दिया। एक बड़े से आदमी ने उसका दायाँ हाथ लकड़ी के कुंदे पर बाँध दिया, फिर उसने भारी-सी तलवार सिर से ऊपर ले जाते हुए, उस आदमी की कलाई पर ज़ोर से वार किया। पहली बार में अँगुली के पोर ही काट सका। कैदी दर्द से चिल्लाया और तलवार फिर से उठी। इस बार वार और गहरा था पर काम अब भी अधूरा था और कैदी का हाथ उसकी कलाई से लटक रहा था, खून निकल कर धूल में गिर रहा था। तलवार तीसरी बार उठाई गई और जब वह नीचे आई तो कैदी का हाथ कट कर धरती पर आ चुका था। भीड़ ने चिल्लाकर अपनी सहमति दी। कैदी को रिहा किया गया और वह एक कोने में बेहोश हो कर गिर गया। एक ऊबा हुआ पहरेदार उसे घसीट कर भीड़ के छोर पर छोड़ आया। व्लादेक ने एक रोती हुई औरत को देखा जो शायद उस कैदी की बीवी रही होगी। उसने झट से एक मैला कपड़ा उसके काटे गए ठूँठ पर लपेट दिया। दूसरा कैदी, चौथे वार पर सदमे से ही मारा गया। तलवार चलाने वाले को मौत में दिलचस्पी नहीं थी, उसे बस हाथ काटने के लिए पैसे मिलते थे, इसलिए उसने अपना काम जारी रखा।

व्लादेक ने अपने आस-पास डर और घबराहट के बीच देखा : अगर पेट में कुछ भी बचा होता तो शायद दोबारा उल्टी आ जाती। उसने मदद के लिए किसी को खोजना चाहा और भागने का उपाय करने लगा। उसे किसी ने नहीं चेताया कि अगर वह भागने की कोशिश करता तो इस्लाम के अनुसार उसकी सज़ा यह होती कि उसका पैर काट दिया जाता। उसकी आँखें भीड़ में तब तक भटकती रहीं, जब तक उसे एक आदमी नहीं दिखा जो गहरे रंग के सूट, शर्ट और टाई में था। वह व्लादेक से बीस गज़ की दूरी पर खड़ा, बड़ी हिकारत से यह सब देख रहा था। उसने एक बार भी व्लादेक की ओर नहीं देखा और न ही उसने तलवार के वार के बीच उठने वाले शोर के बीच, उसकी मदद की गुहार सुनी। वह कोई फ्रेंच था या जर्मन? अंग्रेज़ या फिर कोई पोलिश था? व्लादेक नहीं बता पाया, पर

जाने क्यों वह आदमी इतना घिनौना तमाशा देखने खड़ा था।

व्लादेक उसे ताकता रहा, वह चाहता था कि वह आदमी उसे एक बार देख ले। उसने अपना खुला हाथ हिलाया पर विदेशी का ध्यान अपनी ओर नहीं खींच सका। पहरेदार उसके आगे खड़े कैदी से, आगे वाले कैदी को खोल कर, चौराहे पर घसीट कर ले गए। फिर से तलवार उठी और भीड़ झूम उठी। सूट वाले आदमी ने घिना कर चेहरा दूसरी ओर कर लिया। व्लादेक पागलों की तरह उसकी दिशा में हाथ हिलाता रहा।

अचानक उस आदमी ने व्लादेक की ओर देखा और फिर अपने साथी की ओर मुड़ा। व्लादेक ने अब तक दूसरे आदमी को नहीं देखा था। अब पहरेदार व्लादेक के आगे वाले कैदी से जूझ रहा था। उसने उसका हाथ खोल कर लकड़ी के कुंदे पर रखा और एक ही वार में हाथ काट दिया। भीड़ थोड़ी मायूस लगी, किसी ने शोर नहीं मचाया। व्लादेक ने फिर दो विदेशियों की ओर देखा, वे अब उसे और ध्यान से देख रहे थे। वह चाहता था कि वे दोनों कुछ करें पर वे केवल उसे देखते रहे।

फिर पहरेदार आगे आया। व्लादेक का पचास रूबल का ओवरकोट उतार कर धरती पर उछाल दिया। उसकी हथकड़ी खोली और अपने बाज़ू ऊपर चढ़ा लिए। व्लादेक को चौराहे की ओर घसीटा गया तो वह असहाय होकर हाथ-पैर मारने लगा पर उस भारी-भरकम आदमी के आगे उसकी क्या बिसात थी। जब वे बीच में पहुँचे, तो उसने व्लादेक के घुटनों पर ठोकर मारकर उसे नीचे झुका दिया। उसका दायाँ हाथ बाँधा गया। अब उसके पास आँखें बंद करने के सिवा कोई चारा नहीं था क्योंकि तलवार हवा में उठ चुकी थी। वह उस भयानक वार की प्रतीक्षा में था, पर अचानक ही बैरन का दिया बैंड, कलाई से खिसक कर नीचे आ गिरा। धूप में चमकती उस चीज़ को देख कर भीड़ में जैसे सन्नाटा-सा छा गया।

सज़ा देने वाला हिचकिचाया और फिर तलवार नीचे कर, उस रूपहले फीते को ध्यान से देखने लगा। व्लादेक ने आँखें खोलीं तो पहरेदार उसके हाथ के बैंड को उतारने की कोशिश में था पर चमड़े के फीते की वजह से उतार नहीं पा रहा था। वर्दी वाला एक आदमी झट से उस ओर आया। उसने भी बैंड और उस पर लिखी लिखावट को गौर से देखा और फिर दूसरे आदमी की ओर भागा। वह अपने अधिकारी की ओर भागा और उसे उस ओर जाने में समय लगा। तलवार ज़मीन पर थी और भीड़ का पारा चढ़ने लगा था। दूसरे अधिकारी ने भी बैंड उतारना चाहा पर ऐसा नहीं कर सका, उसे वह पट्टा खोलने का हक़ नहीं था। वह व्लादेक पर चिल्लाया पर व्लादेक नहीं समझ सका कि उसे क्या कहा जा रहा था। व्लादेक पोलिश में बोला, ''मैं तुम्हारी बोली नहीं समझता।''

अधिकारी ने हैरानी से उसे देखा और अपने दोनों हाथ उठा कर बोला, ''अल्लाह!'' फिर वह धीरे से पश्चिमी पोशाक वाले आदमियों की ओर चल दिया। व्लादेक ने भगवान से प्रार्थना की—ऐसे हालात में हर कोई भगवान को ही याद करता है—चाहे वह मुसलमान हो या ईसाई। दो में से एक आदमी तुर्की अधिकारी के संग हो लिया और वे चौराहे की ओर आए। विदेशी व्लादेक के पास एक घुटने के बल झुका और बैंड को देखने के बाद,

उसे सावधानी से देखने लगा। व्लादेक इंतज़ार करता रहा। वह पाँच भाषाएँ बोल सकता था और उसने मनाया कि काश, उस आदमी को उनमें से एक तो आती हो। जब उस आदमी ने मुड़कर अधिकारी से उसकी ही भाषा में बात की तो व्लादेक का दिल डूब गया। अब भीड़ उकता कर चिल्लाते हुए, सड़े हुए फल फेंकने लगी थी। अधिकारी सब सुन कर सिर हिला रहा था। विदेशी ने मुड़कर व्लादेक से पूछा, "क्या अंग्रेज़ी जानते हो?"

व्लादेक ने चैन की साँस ली। "जी, सर! मैं एक पोलिश नागरिक हूँ।"

"तो तुम्हारे पास ये बैंड कैसे आया?"

"यह मेरे पिता का है, सर। वे पोलैंड में जर्मनों के हाथों तहखाने में मारे गए और मुझे पकड़ कर रशिया के कैदी कैंप में भेज दिया गया। मैं वहीं से बच कर भाग आया। मैंने कई दिनों से कुछ नहीं खाया था। जब दुकानवाले ने मेरे रूबल के बदले संतरा देने से मना किया तो मैंने एक संतरा उठा लिया क्योंकि मुझको बहुत तेज़ भूख लगी थी।"

अंग्रेज़ उठा और कड़े शब्दों में उसने अधिकारी से कुछ कहा। फिर उन्होंने सज़ा देने वाले से बात की, पहले तो उसने बात नहीं मानी पर जब अधिकारी ने कड़े शब्दों में आदेश दोहराया तो वह झुका और बेमन से व्लादेक का हाथ खोल दिया। व्लादेक चिहुँक उठा। अंग्रेज़ ने उन लोगों को चाँदी का एक-एक सिक्का दिया और इधर भीड़ विरोध करने लगी। उनको एक और हाथ कटने के नज़ारे का मज़ा मिलते-मिलते रह गया था।

"मेरे साथ चलो," अंग्रेज़ ने कहा। "जल्दी करो। कहीं इनका मन न बदल जाए।"

व्लादेक जैसे अब भी तंद्रा में था। वह अपना कोट उठा कर उसके पीछे लपका। भीड़ उसी तरह चिल्लाते हुए, उस पर सड़े हुए फल और सब्ज़ियाँ फेंकती रही। तलवार वाले ने अगले कैदी का हाथ काटने का सिलसिला चालू कर दिया था। वह पहले वार में अँगूठा ही काट सका और वह नज़ारा देख कर भीड़ थोड़ी शांत हो गई।

~

अंग्रेज़ तेज़ी से चहल-पहल और रौनक से भरे बाज़ार और चौराहे से दूर निकल आया और वहीं उसे अपना साथी मिला।

"एडवर्ड, यह सब क्या चल रहा है?"

"यह लड़का कहता है कि यह पोलिश है और रशिया से जान बचा कर आया है। मैंने उन लोगों से कहा कि यह अंग्रेज़ है और हमारी ज़िम्मेदारी है। इसे कॉन्सुलेट (दूतावास) ले चलें और देखें कि इसके किस्से में कुछ सच्चाई है भी या नहीं।"

व्लादेक किसी तरह उन दोनों के साथ कदमताल करने लगा, वे स्ट्रीट ऑफ़ सेवन किंग्स पर तेज़ी से चल रहे थे। वह अब भी अपने पीछे भीड़ का हल्का स्वर सुन सकता था, जब भी तलवार का वार होता तो वे चिल्लाकर उसका स्वागत करते।

दोनों अंग्रेज़ व्लादेक को एक कंकड़ों वाले गलियारे को पार करते हुए, बड़ी-सी सलेटी रंग की इमारत में ले गए। दरवाज़े पर लिखा था, 'ब्रिटिश दूतावास'। उस इमारत

के अंदर जाते ही व्लादेक को सुरक्षा का अहसास हुआ। वह उन दोनों के साथ एक लंबे से हॉल में गया, दीवारों पर अजीब-सी वर्दी वाले लोगों की तस्वीरें थीं। कुछ दूरी पर नीली वर्दी वाले बूढ़े की तस्वीर दिखी जिसकी वर्दी पर बहुत सारे मैडल थे। उसकी दाढ़ी देखकर व्लादेक को बैरन की याद आ गई। जाने कहाँ से एक सिपाही निकल कर आया और उन्हें सलाम किया।

''कार्पोरल स्मिथर्स, इस लड़के को ले जाकर नहलवा दो। फिर कपड़े बदलवा कर, रसोई में पहले कुछ खिलाओ। जब इसका पेट भर जाए और इससे सूअर जैसी गंध आनी बंद हो जाए तो इसे मेरे पास लेकर आना।''

''जी, सर,'' कार्पोरल ने कहा और सलाम ठोंका, ''आओ, छोकरे।''

व्लादेक उसका कहा मान कर पीछे-पीछे चल दिया। उसे बेसमेंट में बने, सोने के छोटे से कमरे में ले जाया गया। उसमें एक छोटी-सी खिड़की थी जिससे बच कर भागने का कोई उपाय नहीं था। कार्पोरल ने उसे कपड़े उतारने को कहा और अकेला छोड़ गया। जब वह कुछ मिनट बाद वापिस आया तो व्लादेक पूरे कपड़े पहने, वहीं पलंग के कोने पर बैठा अपने बैंड को घूर रहा था।

''जल्दी करो, छोकरे। तुम आराम फ़रमाने नहीं आए हो।''

''सॉरी सर,'' व्लादेक बोला।

''मुझे सर मत कहो छोकरे। मैं कार्पोरल स्मिथर्स हूँ। तुम मुझे कॉर्पोरल कहो।''

''मैं व्लादेक कोस्कीविज़ हूँ। आप मुझे व्लादेक कहें।''

''छोकरे, मेरे साथ मज़ाक मत कर। पहले ही हमारी सेना में बहुतेरे मसखरे भरे हुए हैं। तेरे जैसों की ज़रूरत नहीं है।''

व्लादेक को उसकी बात समझ नहीं आई। वह झटपट कपड़े उतारने लगा।

''फटाफट पीछे आओ।''

गर्म पानी और साबुन से एक और सुकून से भरा स्नान, उसे अपनी रूसी संरक्षिका की याद आ गई और उसका बेटा, जो वह हो सकता था पर उसका पति नहीं माना। सिपाही दरवाज़े पर कपड़े लिए खड़ा था। हैरानी की बात थी, उसके माप के कपड़े किसके बेटे के थे?

कार्पोरल, व्लादेक को रसोई तक लाया और गदबदी गुलाबी चेहरे वाली रसोइया महिला के पास छोड़ गया। व्लादेक जब से पोलैंड से आया था, उसने इतना दोस्ताना चेहरा नहीं देखा था। उसे देखकर धाय माँ की याद आ गई। व्लादेक यह सोचे बिना नहीं रह सका कि कैंप 201 में कुछ और दिन बिताने के बाद उनकी कमर कितनी रह गई होगी।

''हैलो,'' वह मुस्कुरा कर बोली। ''नाम क्या है, तुम्हारा?''

व्लादेक ने उसे नाम बताया।

"अच्छा व्लादेक, तुम्हें देखकर लगता है कि तुम ये तुर्की कचरा खाने के बजाय अच्छा ब्रिटिश भोजन खाना चाहोगे। हम पहले थोड़े गर्म सूप और बीफ़ से चालू करते हैं। अगर मि. प्रेंडरगास्ट से मिलने जाना है तो ज़रा ठोस खा कर जाना होगा ताकि तुम्हारे अंदर जान आ सके।" वह हँसने लगी। "बस इतना याद रखना कि वह ज़रा ज़बान के तेज़ हैं, वैसे किसी को कुछ नहीं कहते। हालाँकि अंग्रेज़ हैं पर दिल सही जगह पर है।"

"कुक आंटी, आप इंग्लिश नहीं हैं?" व्लादेक ने हैरानी से कहा।

"हे भगवान, नहीं बच्चे। मैं तो स्कॉटिश हूँ। दोनों में ज़मीन-आसमान का अंतर है। हम तो अंग्रेज़ों से जर्मनों से भी ज़्यादा नफ़रत करते हैं।" उसने माँस और सब्ज़ियों से भरा सूप का गर्म कटोरा आगे रख दिया। व्लादेक भूल चुका था कि खाने की गंध और स्वाद कितने स्वादिष्ट होते हैं। वह धीरे-धीरे खाने लगा। उसे डर था कि कहीं लंबे अरसे तक यही उसका आख़िरी भोजन न हो।

कार्पोरल फिर से सामने आ गया। "छोकरे, अभी तक पेट भर नहीं खाया?"

"जी, शुक्रिया कार्पोरल।"

कार्पोरल ने उसे संदेह भरी नज़रों से देखा पर उसे छोकरे के बर्ताव में कुछ अटपटा नहीं दिखा। "ठीक है, तो चलो। हम मि. प्रेंडरगास्ट के पास जाने में देरी नहीं कर सकते।"

कार्पोरल रसोई के दरवाज़े से ओझल हो गया। व्लादेक ने कुक को देखा। उसे किसी दयालु इंसान से मिलते ही, उसी समय विदा लेना अच्छा नहीं लगता था।

"आपका धन्यवाद, कुक आंटी," व्लादेक बोला। "आपका यह बेहतरीन खाना हमेशा याद रखूँगा।"

वह उसे देखकर मुस्कुराई। उसे फिर से कार्पोरल के साथ चलने के लिए अपनी चाल तेज़ करनी पड़ी। वह अचानक एक दरवाज़े के पास ठिठका और व्लादेक भाग कर उसके पास पहुँच गया।

"देखो, छोकरे, इधर जाना है," कार्पोरल ने हौले से खटखट किया।

"आ जाओ," भीतर से कोई बोला।

कार्पोरल ने दरवाज़ा खोला और अंदर जाकर सलाम ठोंका। "सर, वह पोलिश लड़का। जैसा कि आपने कहा था, नहला कर, कपड़े बदलवा दिए और खाना खिला दिया।"

"धन्यवाद कार्पोरल। अगर मि. ग्रांट को भेज दो तो और अच्छा होगा।"

एडवर्ड प्रेंडरगास्ट ने अपनी मेज़ से सिर उठाया। उन्होंने व्लादेक को कुर्सी पर बैठने का इशारा किया और अपना काम करते रहे। पहले व्लादेक उन्हें देखता रहा और फिर दीवार पर लगी तस्वीरें देखने लगा। वर्दीधारी युवकों की तस्वीरों में दाढ़ीवाले बूढ़े की तस्वीर सबसे बड़ी थी परन्तु अब वह खाकी वर्दी पहने हुए था। कुछ मिनट बाद, बाज़ार में मिले एक और अंग्रेज़ सज्जन भी कमरे में आ गए।

''हैरी, समय निकालने के लिए शुक्रिया। बैठो न।'' मि. प्रेंडरगास्ट व्लादेक की ओर घूमे। ''मेरे बच्चे, अब बात को बढ़ा-चढ़ा कर कहने के बजाय, अपनी कहानी शुरू से कहो, बस सच बोलना। समझ गए?''

''जी, सर।''

व्लादेक ने पोलैंड में शिकारी के घर से कहानी शुरू की। उसे सही अंग्रेज़ी शब्द खोजने में थोड़ा समय लगा। वे दोनों बीच-बीच में उससे सवाल करते और जवाब मिलने पर, आपस में एक-दूसरे को देख कर सिर हिलाते। एक घंटे तक बात करने के बाद, व्लादेक के जीवन का इतिहास उस मोड़ पर आ गया था, जब वह एडवर्ड प्रेंडरगास्ट के ऑफ़िस में बैठा था, जो तुर्की में हिज़ ब्रिटेनिक मैजेस्टी के दूसरे काउंसिल थे।

''हैरी, मुझे लगता है कि हमें तत्काल पोलिश दूतावास को ख़बर करनी चाहिए और युवा कोस्कीविज़ को उन्हें सौंप देना चाहिए। इन हालात में यह उनकी ज़िम्मेदारी होनी चाहिए,'' प्रेंडरगास्ट बोले।

''आपने ठीक कहा,'' हैरी बोले। ''मेरे बच्चे, पता है, आज तुम बाल-बाल बचे हो। पुराने इस्लामिक काननू, 'शरीआ' के हिसाब से, चोरी करने वाले का हाथ काट देते हैं। सरकारी तौर पर इसे बहुत पहले बंद कर दिया गया था पर असल में इस गुनाह की सज़ा ओटोमन पैनल कोड के अनुसार मिलती है। ये कसाई आज भी इस सज़ा को ज़िन्दा रखे हुए हैं,'' उन्होंने कंधे झटके।

''मेरा हाथ क्यों नहीं काटा?'' व्लादेक ने अपनी कलाई थाम कर पूछा।

''मैंने उनसे कहा कि वे मुसलमानों के हाथ काट सकते हैं पर उन्हें किसी अंग्रेज़ का हाथ नहीं काटने दिया जाएगा,'' दूसरे काउंसिल ने बताया।

''शुक्र है,'' व्लादेक ने हौले से कहा।

''व्लादेक वस्तुतः,'' दूसरे काउंसिल ने पहली बार मुस्कुराते हुए कहा। ''आज रात यहीं रहो। कल तुम्हें तुम्हारे दूतावास ले चलेंगे। पोलिश काउंसिल वाले अच्छे हैं,'' उसने बटन दबाया और कार्पोरल हाज़िर हो गया।

''सर।''

''कार्पोरल, नन्हे कोस्कीविज़ को कमरे में ले जाओ। कल सुबह ठीक नौ बजे नाश्ता करवा कर, मेरे पास ले आना।''

''सर। छोकरे, इधर आओ, मेरे साथ चलो।''

व्लादेक को कार्पोरल साथ ले गया। उसे उन दो अंग्रेज़ों को धन्यवाद कहने का भी मौका नहीं मिला, जिन्होंने आज उसका हाथ और शायद जान भी बचाई। उस छोटे से सोने के साफ़ कमरे में उसका बिस्तर इस तरह लगाया गया था मानो वह कोई सम्मानीय अतिथि हो। उसने कपड़े उतारे, तकिए को नीचे पटका और गहरी नींद में तब तक सोता रहा, जब तक सुबह सूरज की किरणें उस खिड़की से अंदर नहीं आ गईं।

"छोकरे, उठो और कुछ कर दिखाओ!"

कार्पोरल एक बार फिर से अपनी चमचमाती प्रेस की हुई वर्दी पहने सामने खड़ा था, मानो वह कभी सोने नहीं गया था। व्लादेक को एक पल के लिए लगा कि वह कैंप 201 में आ गया है क्योंकि कार्पोरल अपने डंडे से पलंग के धातु पर उसी तरह टहोका दे कर आवाज़ निकाल रहा था, जैसे जेल के तिकोने घंटे से आती थी, व्लादेक को उससे नफ़रत हो गई थी। वह बिस्तर से निकला और अपने कपड़ों की ओर बढ़ा।

"छोकरे, पहले मुँह-हाथ तो धो लो। हम नहीं चाहते कि सुबह-सुबह मि. प्रेंडरगास्ट तुम्हारी बदबू से ही हलकान हो जाएँ।"

व्लादेक को समझ नहीं आ रहा था कि उसे कौन से अंग धोने थे, वह तो कभी इतना साफ़ नहीं रहा था जितना आज लग रहा था। उसने देखा कि कार्पोरल उसे घूर रहा था।

"छोकरे, तेरी टाँग को क्या हुआ?"

"कुछ नहीं, कुछ नहीं," व्लादेक ने कहा और उसकी घूरती नज़रों से परे हो गया।

"ठीक है, मैं तीन मिनट में वापिस आता हूँ। मेरे बच्चे, तीन मिनट, समझ आ गया न? तब तक तैयार मिलना।"

व्लादेक ने मुँह-हाथ धोकर जल्दी से कपड़े पहन लिए। जब कार्पोरल उसे दूसरे काउंसिल के पास ले जाने के लिए आया तो वह अपना लंबा-सा कोट पहने तैयार था। मि. प्रेंडरगास्ट ने उसका स्वागत किया और शायद पिछली मुलाक़ात के बाद से उनके स्वभाव में भी थोड़ी नरमी आ गई थी।

"सुप्रभात, कोस्कीविज़," वे बोले

"सुप्रभात, सर।"

"क्या तुमने नाश्ता कर लिया?"

"नहीं सर, नाश्ता तो नहीं किया।"

"क्यों नहीं?" उन्होंने घूम कर कार्पोरल को देखा।

"सर, यह देर तक सोता रहा। अगर नाश्ता करवाता तो इसे आपके पास लाने में देर हो जाती।"

"हम्म, देखें, अब क्या हो सकता है। कार्पोरल, क्या तुम मिसेज़ हेंडरसन से कह सकते हो कि वह खाने के लिए सेब या कुछ और दे दें?"

"जी, सर।"

व्लादेक दूसरे काउंसिल के साथ बाहर तक गया और वहीं उनके लिए एक कार इंतज़ार कर रही थी। तुर्की में कारों की गिनती न के बराबर थी। व्लादेक पहली बार ऐसे वाहन में बैठने वाला था। उसे वह जगह छोड़ने में दुख हो रहा था। उसने कई साल बाद, उस जगह खुद को सुरक्षित महसूस किया था। वह सोचने लगा कि काश, उसे पूरा जीवन उसी बिस्तर में सोने का मौका मिलता। कार्पोरल सीढ़ियों से उतरा और ड्राइवर की जगह

जा बैठा। उसने व्लादेक को एक सेब और ताज़ा बनी गर्म डबलरोटी थमा दी।

''देखना, छोकरे, कार में गंदगी मत फैलाना। कुक ने अपनी शुभकामनाएँ दी हैं।''

वे लोग गर्म और चहल-पहल से भरी सड़कों पर निकल आए और उन तुर्कों के बीच रास्ता बनाने लगे, जो अंग्रेज़ों के ऊँट को रास्ता नहीं देना चाह रहे थे। व्लादेक सारी खुली खिड़कियों के बावजूद गर्मी से पसीना-पसीना हो रहा था। मि. प्रेंडरगास्ट पिछली सीट पर आराम से शांत बैठे थे। व्लादेक ने सिर झुका लिया, कहीं भीड़ में किसी ने पहचान लिया और फिर से उनका गुस्सा भड़क गया। जब उनकी छोटी-सी काली ऑस्टिन एक छोटी बदहाल इमारत के पास रुकी, कांसुलेट पोलस्की; तो व्लादेक ने मायूसी और उत्साह को एक साथ महसूस किया।

वे तीनों कार से नीचे उतरे।

''सेब के बीज किधर गए, छोकरे ?'' कार्पोरल ने पूछा।

''मैंने वे भी खा लिए।''

कार्पोरल हँसा और दरवाज़ा खटखटाया। काले बाल और मज़बूत जबड़े वाले दोस्ताना से दिखते व्यक्ति ने दरवाज़ा खोला। वह बाजू वाली कमीज़ में था और तुर्की के सूरज की धूप में साँवला पड़ गया था। उसने उनसे पोलिश में बात की। व्लादेक ने जब से कैंप छोड़ा था तब से पहली बार अपनी ज़ुबान सुन रहा था। उसने झट से जवाब दिया और अपने आने की सफ़ाई दी। उसके देश का आदमी अंग्रेज़ों को अपने साथ ले गया।

''इधर आइए, मि. प्रेंडरगास्ट, ये आपने बहुत अच्छा किया कि आप स्वयं बच्चे को ले आए,'' उसने अंग्रेज़ी में कहा।

प्रेंडरगास्ट और कार्पोरल के जाने से पहले उनके बीच औपचारिक बातचीत हुई। व्लादेक उन्हें देखता रहा और उसे 'थैंक्यू' कहने के सिवा कुछ नहीं सूझा।

प्रेंडरगास्ट ने उसका सिर इस तरह थपथपाया जैसे वह कोई कॉकर स्पेनियल (कुत्तों की नस्ल) था। और कार्पोरल ने मुड़ कर दरवाज़ा बंद करते हुए, व्लादेक को देख कर आँख दबाई। ''गुडलक छोकरे। भगवान जानता है कि तुम इसके हक़दार हो।''

पोलिश काउंसिल ने अपना नाम पावेल ज़ालेस्की बताया। व्लादेक को एक बार फिर से अपनी कहानी दोहरानी पड़ी पर उसके लिए इस बार पोलिश में बोलना आसान था। ज़ालेस्की चुपचाप बैठे सब सुनते हुए, दुख से सिर हिलाते रहे।

''मेरे प्यारे बच्चे,'' वे बोले। ''तुम इतनी कम उम्र में ही अपने देश के नाम पर बहुत दुख झेल चुके हो। और देखते हैं कि हम तुम्हारे लिए क्या कर सकते हैं।''

''मुझे पोलैंड वापिस जाकर अपने महल पर दावा करना चाहिए,'' व्लादेक बोला।

''पोलैंड? वह किधर है? जिस जगह तुम रहते थे, वह अब विवाद में है और पोलैंड व रशिया के बीच अब भी जंग जारी है। जनरल पिलसुदस्की हमारी धरती को बचाने की पूरी कोशिश में हैं पर ऐसी कोई आशा करना मूर्खता होगी। अब पोलैंड में तुम्हारे लिए कुछ

नहीं रहा। नहीं, तुम्हारे लिए बेहतर यही होगा कि तुम इंग्लैंड या अमेरिका में अपना नया जीवन शुरू करो।''

''मैं इंग्लैंड या अमेरिका नहीं जाना चाहता। मैं पोलिश हूँ।''

''व्लादेक, तुम हमेशा पोलिश रहोगे—वह तुमसे कोई नहीं छीन सकता, जहाँ मन करे, वहीं रहो। पर अपने भविष्य के बारे में सोच कर फ़ैसला करना, तुम अभी बहुत छोटे हो।''

व्लादेक ने मायूसी से सिर झुका लिया। क्या उसने इसीलिए यह सब सहन किया कि उसे एक दिन सुनना पड़े कि वह कभी अपनी मातृभूमि वापिस नहीं जा सकेगा, अपना महल नहीं देख सकेगा? उसने किसी तरह उमड़ते आँसू रोक लिए।

कांउसिल ने उसके कंधों पर हाथ रखते हुए दिलासा दी, ''यह कभी मत भूलना कि तुम उन क़िस्मत वाले लोगों में से हो, जो बच कर भागे और जीवित बच गए। बस अपने वफ़ादार दोस्त डॉ. डुबिएन को याद रखना, वरना तुम जानते हो कि तुम्हारा जीवन क्या होता।''

व्लादेक कुछ नहीं बोला।

''अब अपनी पुरानी बातें भूलकर आगे के बारे में सोचो, व्लादेक, शायद आने वाले समय में पोलैंड फिर से सिर उठा सके और हम इतनी उम्मीद तो कर ही सकते हैं।''

20

एलन लॉयड को सोमवार सुबह बैंक में बहुत सारा काम निपटाना था, जितना उन्होंने विलियम से मुलाकात के पहले तक सोचा भी नहीं था। उन्होंने झट से पाँच विभागीय प्रबंधकों को काम पर लगाया ताकि वे विलियम के लगाए आरोपों की सत्यता की जाँच कर सकें। उन्हें भय था कि वे जानते थे कि उनकी छानबीन के नतीजे क्या होंगे और बैंक के साथ एनी के संबंधों के कारण, उन्होंने ध्यान रखा कि दूसरे विभागों को यह न पता चले कि कौन-सा विभाग क्या काम कर रहा था। हर प्रबंधक के लिए उनके निर्देश स्पष्ट थे : सारी रिपोर्ट्स पूरी तरह से गोपनीय थीं और केवल चेयरमैन के लिए बनाई जा रही थीं।

बुधवार तक, उनके पास मेज़ पर पाँचों रिपोर्ट्स आ चुकी थीं। उन्हें देख कर तो यही लगता था कि विलियम ने ठीक ही कहा था। वैसे हर प्रबंधक का यही कहना था कि अभी उसे विस्तार में जाने के लिए और समय चाहिए था। एलन ने तय किया कि जब तक कोई ठोस सुबूत हाथ नहीं आता, तब तक एनी से बात नहीं करनी चाहिए। उन्हें लगा कि उस वक्त यही बेहतर होगा कि वे शुक्रवार शाम को ऑस्बॉर्न परिवार की ओर से दिए जाने वाले बुफ़े डिनर का फ़ायदा उठा लें; वे उस जगह जाकर एनी को सलाह दे सकते थे कि वह अभी कर्ज़ के बारे में कोई तत्काल निर्णय न ले।

~

जब एलन एनी के घर पहुँचे—वे उसे कभी ऑस्बॉर्न का घर मान ही नहीं सके—उन्हें यह देख कर झटका लगा कि एनी कितनी थकी और मुरझाई हुई लग रही थी, उन्हें लगा कि

उन्हें थोड़ी और नरमाई से बात करनी होगी। किसी तरह वे एनी को अकेले मिलने में सफल हुए, पर ऐसा कुछ ही क्षण के लिए संभव हो सका। उन्होंने सोचा कि ऐसे हालात में अगर एनी गर्भ से न होती तो बेहतर होता।

एनी उन्हें देखकर मुस्कुराई, "ओह, आपको देखकर कितना अच्छा लगा। एलन, आप बैंक की व्यस्तता से समय निकाल कर आए, आप कितने अच्छे हैं।"

"प्रिय! तुम्हारी पार्टी कैसे छोड़ देता। अब भी बौस्टन वालों के लिए तुम्हारी पार्टी का न्यौता बहुत मायने रखता है।"

वह मुस्कुराई, "बिलकुल, आप तो कभी कुछ ग़लत कहते ही नहीं।"

"हाँ अक्सर। अच्छा एनी, हमने पिछले सप्ताह जो बात की थी, क्या उसके बारे में दोबारा सोचने का मौका मिला?"

"नहीं, समय नहीं मिला। एलन, मैं आज शाम के इंतज़ार में थी। हेनरी की कंपनी के एकाउंट्स देखकर क्या पता चला?"

"ठीक हैं, पर अभी हमारे पास केवल एक ही साल के खाते हैं। मुझे अपने एकाउंटेंट्स को कहना होगा कि वे दोबारा जाँच कर लें। कोई भी कंपनी जिसे काम करते तीन साल न हुए हों, उसके लिए हमारा बैंक यही स्टैंडर्ड नीति अपनाता है। मुझे यकीन है कि हेनरी हमारी मजबूरी समझ लेगा।"

"एनी डार्लिंग, क्या कमाल की पार्टी दी है," एलन के कंधे के पीछे से एक भारी स्वर सुनाई दिया। उन्होंने चेहरा नहीं पहचाना। शायद हेनरी का कोई राजनीतिक दोस्त था। उसने फिर से पूछा, "होने वाली मम्मी का क्या हाल है?"

एलन उस जगह से हट गए, उन्हें लगा कि बैंक से संबंधित बात करने के लिए यहाँ समय बहुत कम है। पार्टी में सिटी हॉल वाली बहुत सी राजनीतिक हस्तियाँ शामिल थीं और दो कांग्रेस वाले भी दिखे, उन्हें देख कर लगा कि कहीं विलियम ने अस्पताल वाले कॉन्ट्रेक्ट के बारे में ग़लत तो नहीं कहा। बैंक सारी पड़ताल आप ही नहीं करना चाहता था : सिटी हॉल ने एक सप्ताह में औपचारिक ऐलान के लिए कहा था। उन्होंने क्लॉकरूम से काला ओवरकोट लिया और पार्टी से चल दिए।

"काश, यह काम अगले सप्ताह तक टल जाता," उन्होंने चेस्टनट स्ट्रीट से अपने घर की ओर जाते हुए जोर से कहा।

पार्टी के दौरान, एनी ने पाया कि जब भी हेनरी मिली प्रेस्टन के पास जाता तो वह उसे देखने लगती। बेशक़ बाहरी तौर पर उनके बीच कुछ दिखाई नहीं दे रहा था; असल में, हेनरी जॉन प्रेस्टन के साथ ज़्यादा समय बिता रहा था। एनी सोचने लगी कि कहीं उसने अपने पति पर संदेह करके ग़लत तो नहीं किया और फिर वह ग्लेन रिकार्डो से अपनी मुलाक़ात को रद्द करने के बारे में सोचने लगी। पार्टी उसके अंदाज़ से दो घंटे देरी से समाप्त हुई; उसे बस यही उम्मीद थी कि मेहमानों को मज़ा आया हो और हेनरी को इससे फ़ायदा हो।

"ग्रेट पार्टी, एनी। हमें बुलाने के लिए शुक्रिया," फिर से एक तेज़ आवाज़ सुनाई दी। आख़िरी मेहमान वापिस जा रहे थे। एनी उनका नाम याद नहीं कर सकी— शायद सिटी हॉल से कोई थे। वे देखते-ही-देखते ओझल हो गए।

एनी धीरे से सीढ़ियाँ चढ़ कर अपने बेडरूम तक जाते-जाते अपनी ड्रेस खोलने लगी, उसने खुद से वादा किया कि अब और दावतें नहीं देगी, दस सप्ताह में ही शिशु आने वाला था।

कुछ ही देर में हेनरी आ गया। "डार्लिंग, एलन से बात करने का मौका मिला?" उसने सहज भाव दिखाते हुए पूछा।

"हम्म, हमारी बात हुई थी," एनी बोली। "उन्होंने कहा कि तुम्हारे खाते तो ठीक हैं पर कंपनी केवल एक ही साल के खाते दे सकी है, बैंक के एकाउंटेंट को दोबारा जाँच करनी होगी। यही स्टैंडर्ड बैंकिंग नीति है।"

"भाड़ में जाए स्टैंडर्ड बैंकिंग नीति। क्या तुम्हें नहीं लगता कि इन सबके पीछे विलियम का हाथ है? एनी, वह हमारे काम में रोड़ा डालने की कोशिश कर रहा है?"

"तुम ऐसा कैसे कह सकते हो? एलन ने तो विलियम का नाम तक नहीं लिया।"

"अच्छा, नहीं लिया?" हेनरी तेज़ सुर में बोला। "तो उसने तुम्हें बताने का कष्ट नहीं किया कि रविवार को विलियम ने उसके साथ लंच किया था और उसके क्लब में एक राउंड गोल्फ़ भी खेला था।"

"क्या?" एनी ने कहा। "मुझे यकीन नहीं आता। विलियम बौस्टन आया और मुझसे मिले बिना ही चला गया। हेनरी, तुम्हें कोई ग़लतफ़हमी हुई होगी।"

"माई डियर, मैं तो नहीं मानता कि विलियम पचास मील का सफ़र करके, एलन लॉयड के साथ गोल्फ़ खेलने ही आया होगा। एनी, तुम्हें जल्द ही तय करना होगा कि तुम्हें अपने पति पर ज़्यादा भरोसा है या विलियम पर? क्या तुम्हें समझ नहीं आता कि मुझे हर हाल में, अगले बुधवार तक पैसा चाहिए क्योंकि अगर मैं सिटी हॉल को नहीं दिखा सका कि मैं इतने बड़े काम के लायक हूँ तो मुझे लिस्ट से निकाल दिया जाएगा। लिस्ट से इसलिए निकाल दिया जाएगा कि एक स्कूली छोकरा नहीं चाहता कि तुम उसके पिता के सिवा किसी दूसरे मर्द से शादी करो। प्लीज़, एनी, तुम्हें कल एलन को फ़ोन करके कहना चाहिए कि वह मेरे बैंक में पैसा डलवा दे।"

हैनरी की ज़िद भरी आवाज़ ऐनी के दिमाग में गूँजने लगी, जिससे उसको चक्कर आ गया और उस पर बेहोशी भी छा गई।

"नहीं, कल नहीं, हेनरी। क्या हम सोमवार तक इंतज़ार कर सकते हैं?"

हेनरी मुस्कुराया और उसकी ओर बढ़ा। एनी कपड़ों के बिना, दर्पण के आगे खड़ी थी। उसने उसके उभरे हुए पेट पर हाथ फिराया, "मैं इतना चाहता हूँ कि इस नन्हे मेहमान

को भी वही अवसर मिलें जो विलियम को मिले।''

~

अगली सुबह, एनी ने खुद को सैंकड़ों बार कहा कि वह ग्लेन रिकार्डो से मिलने नहीं जाएगी, पर दोपहर से पहले उसने खुद को एक कैब को रोकते पाया। बीस मिनट बाद वह लकड़ी की बदहाल सीढ़ियों पर चढ़ रही थी। वह इस फ़िक्र में थी कि उसे क्या सुनने को मिल सकता था। वह दरवाज़ा खटखटाने से पहले हिचकिचाई और एक पल को तो लगा कि उसे वापिस चले जाना चाहिए।

''आ जाओ।''

उसने दरवाज़ा खोला।

''ओह, मिसेज़ ऑस्बॉर्न। आपको देख कर अच्छा लगा। आइए, बैठिए।''

एनी वहीं खड़ी रही।

''ख़बर अच्छी नहीं है,'' रिकार्डो ने लंबे काले बालों पर हाथ फिराया।

एनी का दिल डूब गया और वहीं पड़ी कुर्सी पर ढेर हो गई।

''पिछले एक सप्ताह से मि. ऑस्बॉर्न मिसेज़ प्रेस्टन या किसी दूसरी युवती के साथ नहीं देखे गए।''

''पर आपने तो कहा कि ख़बर अच्छी नहीं है,'' एनी ने कहा।

''बेशक़, मिसेज़ ऑस्बॉर्न। मुझे लगा कि शायद आप तलाक के लिए सुबूत जुटा रही थीं। गुस्साई हुईं पत्नियाँ मेरे पास इस उम्मीद से नहीं आतीं कि मैं उनके पतियों को वफ़ादार साबित कर दूँ।''

''नहीं, नहीं,'' एनी बोली। ''पिछले कई सप्ताह बाद एक अच्छी ख़बर सुनने को मिली है।''

''ओह, यह तो अच्छी बात है,'' रिकार्डो ने हैरानी से कहा। ''तो उम्मीद करते हैं कि दूसरे सप्ताह में भी कुछ देखने को न मिले।''

''आप अपनी छानबीन बंद कर सकते हैं, मि. रिकार्डो। मुझे पूरा यकीन है कि आपको अगले सप्ताह की जासूसी में भी कुछ हाथ नहीं लगेगा।''

''मिसेज़ ऑस्बार्न, ऐसा करना ठीक नहीं होगा। केवल एक सप्ताह के आधार पर ही फ़ैसला न करें, मेरा अनुभव कहता है कि यह थोड़ा जल्दी हो रहा है।''

''ठीक है, आप चाहें तो कोशिश कर लें पर मुझे यकीन है कि आपको कोई सुराग नहीं मिलेगा।''

''जो भी हो,'' रिकार्डो ने सिगार फूँकते हुए कहा। एनी को वह सिगार पिछली मुलाक़ातों की तुलना में बड़ा और बेहतर गंध वाला लगा। ''आपने पहले ही दो सप्ताह के पैसे दे दिए हैं।''

"और पत्रों का क्या हुआ?" एनी ने पूछा। "शायद मेरे पति की उपलब्धियों से जलने वाले ने लिखे होंगे।"

"जैसा कि मैंने पिछली बार भी कहा था, बेनाम ख़तों को भेजने वाले का पता लगाना आसान नहीं होता। खैर, मुझे उस दुकान का पता चल गया है जिस जगह से वह स्टेशनरी ली गई थी पर अभी उसके बारे में बताने को कुछ नहीं है। हो सकता है कि अगले सप्ताह कोई और ख़बर हाथ आए। क्या आपको कोई और ख़त मिले हैं?"

"नहीं, और कोई ख़त नहीं आया।"

"ठीक है, फिर तो सब ठीक ही लग रहा है। उम्मीद करते हैं कि हमारी अगली भेंट, आख़िरी भेंट होगी।"

"हम्म," एनी खुशी से बोली। "यही उम्मीद है। मैं अगले सप्ताह हिसाब कर दूँ?"

"बेशक़, बेशक।"

एनी तो उसका तकिया कलाम भूल ही गई थी पर इस बार सुन कर हँस दी। वह अगले वीरवार रिकार्डो को मिलने वाली थी जो उनकी आख़िरी भेंट होती। एनी ने घर जाते हुए तय किया कि उसे हेनरी को 500,000 डॉलर देकर, विलियम और एलन को ग़लत साबित करने का मौका देना चाहिए। उसे अब तक यह बात नहीं पची थी कि विलियम शहर में आया और उससे मिले बिना ही लौट गया। उसे लगा कि हेनरी को यह मानने का पूरा हक़ है कि उसका बेटा, उनकी पीठ पीछे, उनकी ही जड़ें काट रहा था।

हेनरी को लंच के समय एनी का फ़ैसला जान कर अच्छा लगा और उसने अगली ही सुबह कानूनी दस्तावेज़ हस्ताक्षरों के लिए आगे कर दिए। एनी के दिमाग में आया कि क्या उसने पहले से ही कागज़ी कार्रवाई कर रखी थी, उन पर मिली के हस्ताक्षर भी किए हुए थे। या फिर वह दोबारा शक़ की चपेट में आ रही थी? उसने इस ख़याल को दिमाग से निकाला और अपने हस्ताक्षर कर दिए।

~

जब सोमवार सुबह एलन लॉयड का फ़ोन आया तो वह उनसे बात करने के लिए पूरी तरह से तैयार थी।

"एनी हम अगले वीरवार तक यह फ़ैसला क्यों नहीं टाल सकते। कम-से-कम इतना तो पता चल जाएगा कि अस्पताल का काम किसे दिया जा रहा है।"

"नहीं, एलन। मैंने तय कर लिया है। हेनरी को अभी पैसे चाहिए। उसे सिटी हॉल को दिखाना है कि वह डील को पूरा करने के लिए आर्थिक रूप से सक्षम है और आपको कागज़ों पर दो ट्रस्टियों के हस्ताक्षर मिल ही गए हैं तो अब यह फ़ैसला आपके हाथ नहीं है।"

"बैंक पैसा दिए बिना भी हेनरी के पोज़ीशन की गारंटी दे सकता है," एलन ने कहा। "मुझे पूरा विश्वास है कि सिटी हॉल वाले इस बात को मान लेंगे। किसी भी हाल में, मैं अभी तक उसकी कंपनी के सारे खाते अच्छी तरह नहीं देख सका।"

"पर आपको पिछले रविवार विलियम के साथ लंच करने और खेलने का समय मिल गया और मुझे बताना भी सही नहीं लगा?"

लाइन के दूसरी ओर एक पल के लिए ख़ामोशी छा गई।

"एनी, मैं—"

"यह न कहें कि आपको बताने का मौका नहीं मिला। आप शुक्रवार शाम को हमारी पार्टी में आए थे और मुझे आसानी से सब बता सकते थे। आपने बताना नहीं चाहा, जबकि आपके पास यह सलाह देने का समय था कि मुझे हेनरी को कर्ज़ देने से पहले सोच लेना चाहिए।"

"एनी, माफ़ करना। मैं समझ सकता हूँ कि तुम्हें कैसा लग रहा होगा और तुम नाराज़ क्यों हो, पर यकीन करो, इसकी भी एक वजह थी। क्या मैं घर आकर सब समझा सकता हूँ?"

"नहीं एलन, आप नहीं आ सकते। आप सब मिलकर मेरे पति के ख़िलाफ़ साज़िश कर रहे हैं। आपमें से कोई नहीं चाहता कि हेनरी खुद को साबित कर सके। मैं उसे यह मौका देना चाहती हूँ।"

एनी ने फ़ोन नीचे रख दिया। उसे खुशी थी कि उसने हेनरी का पक्ष लेते हुए, उस पर शक़ करने के अपने पाप का प्रायश्चित कर लिया था।

एलन लॉयड ने फिर से फ़ोन किया पर एनी ने सहायिका से कहलवा दिया कि वह आराम करने चली गई हैं। जब उस रात हेनरी घर आया तो उसे एनी से यह जान कर अच्छा लगा कि वह एलन के साथ सख़्ती से पेश आई।

"डार्लिंग, देखना, सब ठीक हो जाएगा। रविवार की सुबह, मुझे वह कॉन्ट्रेक्ट मिलेगा और तुम फ़िर से एलन से दोस्ती कर सकोगी, तब तक उससे दूर ही रहो। अगर चाहो तो हम वीरवार को ग्रैंड में जश्न मनाते हुए लंच कर सकते हैं और फिर हम कमरे के दूसरे कोने से उसे देख कर हाथ लहरा देंगे।"

एनी मुस्कुराई। उसे याद था, उसने उस दिन बारह बजे ग्लेन रिकार्डो से मिलने जाना था। फिर भी, एक बजे तक ग्रैंड पहुँचने के लिए बहुत समय होगा और वह दोनों जश्न एक साथ मना सकेगी।

~

एलन ने बार-बार एनी से बात करनी चाही पर हर बार बहाना बना कर टाल दिया गया। कर्ज़ के काग़जों पर दो ट्रस्टियों के हस्ताक्षर हो चुके थे इसलिए भुगतान को चौबीस घंटों से ज़्यादा नहीं रोका जा सकता था। कानूनी दस्तावेज़ भी बिलकुल सही लग रहे थे। जब मंगलवार दोपहर, विशेष संदेशवाहक, बैंक से 500,000 डॉलर का चेक लेकर निकला तो एलन ने विलियम को एक लंबा ख़त लिखा, जिसमें बताया गया था कि उनके पास पैसा देने के सिवा कोई चारा नहीं बचा था, उनके पास उन विभागीय रिपोर्टों के सिवा

कुछ नहीं था। उन्होंने बैंक के हर डायरेक्टर को उस पत्र की प्रति भेज दी। वे सचेत थे कि वे पूरे अधिकार से पेश आएँ पर उन्होंने स्वयं को आरोप झेलने के लिए भी तैयार कर लिया था।

विलियम को वीरवार सुबह, एलन लॉयड का लंबा ख़त मिला, जब वह मैथ्यू के साथ नाश्ता कर रहा था।

~

वे लोग वीरवार की सुबह, बेकन हिल पर हमेशा की तरह अंडे और बेकन, गर्म टोस्ट, ठंडे ओटमील और गर्म कॉफ़ी का नाश्ता कर रहे थे। हेनरी बहुत तनावग्रस्त और बेचैन था। उसने सहायिका को डपटा, एक जूनियर सिटी अधिकारी से मज़ाक किया जिसने कंपनी का नाम पूछने के लिए फ़ोन किया था जिसे दस बजे होने वाली प्रेस कॉन्फ्रेंस में मेयर के हाथों कॉन्ट्रेक्ट मिलना तय था।

एनी ग्लेन रिकार्डो से मिलने जाने को तैयार थी। वह *वॉग* पत्रिका के पन्ने पलट रही थी। जब *बौस्टन ग्लोब* के पन्ने पलटते हुए हेनरी के हाथ काँप रहे थे तो उसने उन्हें अनदेखा करना ही ठीक समझा।

"आज सुबह क्या कर रही हो?" हेनरी ने बात करनी चाही।

"अरे, हमारे आज के लंच से पहले कुछ ख़ास नहीं। क्या तुम अब भी रिचर्ड की याद में ही बच्चों के विंग का नाम रखना चाहोगे?" एनी ने पूछा।

"रिचर्ड की याद में नहीं, डार्लिंग। यह मेरी उपलब्धि होगी इसलिए मैं इसे तुम्हारे नाम पर रखूँगा। मिसेज़ हेनरी ऑस्बॉर्न विंग," उसने शान से कहा।

"विचार बुरा नहीं है," एनी पत्रिका नीचे रखते हुए मुस्कुराई। "लंच में मुझे ज़्यादा शैंपेन मत पीने देना आज दोपहर बाद मेरी डॉ. मैकेंज़ी से एप्वाइंटमेंट है, और मैं नहीं सोचती कि अगर मैं इन दिनों शैंपेन पीती हूँ तो शायद डॉक्टर ऐसा करने की इजाज़त नहीं देंगे। कॉन्ट्रेक्ट हाथ आ गया, यह पक्की तरह से कब पता चलेगा?"

"मैं पहले से जानता हूँ," हेनरी बोला। "जिस क्लर्क से बात हुई है, उसे सौ टका भरोसा है पर यह बात दस बजे से पहले बाहर नहीं आ सकती।"

"हेनरी, सबसे पहला काम यही करना कि एलन को फ़ोन करके यह ख़बर देना। सोमवार को मैं उनके साथ जिस तरह पेश आई, उससे शर्मिंदगी महसूस हो रही है।"

"डार्लिंग, शर्मिंदा क्यों हो रही हो? उन्होंने भी तो तुम्हें विलियम के आने और उनके साथ लंच करने वाली बात नहीं बताई।"

"नहीं, पर वे बाद में सफ़ाई देना चाहते थे। मैंने ही उन्हें मौका नहीं दिया।"

"ठीक है, ठीक है। जैसे तुम कहो। अगर तुम कहती हो तो दस बज कर पाँच मिनट पर फ़ोन कर दूँगा और फिर तुम विलियम को ख़त लिख देना कि मैंने उसके लिए एक और मिलियन जोड़ दिए हैं," उसने घड़ी देखते हुए कहा।

"चलता हूँ। शुभकामनाएँ दो मुझे।"

"मुझे तो लगा कि तुम्हें इनकी ज़रूरत नहीं," एनी बोली।

"नहीं, कोई ज़रूरत नहीं। बस ऐसे ही कह रहा था। चलो, एक बजे ग्रैंड में मिलते हैं," उसने एनी का माथा चूम लिया। "आज रात तक तुम एलन, विलियम और कॉन्ट्रेक्ट पर हँसते हुए, उन्हें बीती बातें समझ कर भुला सकोगी। मेरा यकीन करना, गुडबाय, डार्लिंग।"

~

एलन लॉयड ने नाश्ते को हाथ तक नहीं लगाया था। वे *बौस्टन ग्लोब* के फ़ाइनेंशियल पेज पढ़ रहे थे, तभी दाईं ओर के कॉलम में एक छोटा-सा पैराग्राफदिखाई दिया, जिसमें लिखा था कि सुबह दस बजे मेयर ऐलान करेंगे कि कौन-सी कंपनी को अस्पताल का 5 मिलियन का कॉन्ट्रेक्ट दिया जा रहा है।

एलन तय कर चुके थे कि अगर हेनरी को कॉन्ट्रेक्ट नहीं मिलता और विलियम की बताई बातें सच निकलती हैं तो उन्हें अपनी ओर से क्या करना होगा। वे ठीक वही करेंगे, जो ऐसे हालात में रिचर्ड करता : बैंक के हित में निर्णय लेना। हेनरी के निजी वित्त के बारे में विभागीय रिपोर्ट सामने आई थीं जिन्हें देख कर वे बहुत परेशान थे। ऑस्बॉर्न बड़ा जुआरी था और ऐसा कोई निशान नहीं मिला जो दिखा सके कि वह पैसा उसकी कंपनी के लिए जमा किया गया था।

एलन ने संतरे का रस लिया और बाकी नाश्ता छुआ तक नहीं। उन्होंने अपने सहायक से इसके लिए माफ़ी चाही और बैंक की ओर चल दिए। वह एक उजला सुनहरा दिन था।

~

"विलियम, आज दोपहर टेनिस की एक गेम हो जाए?"

मैथ्यू विलियम के जवाब के इंतजार में था पर वह एलन लॉयड का ख़त पढ़ता रहा।

"क्या कहा तुमने?"

"बहरे हो गए क्या या अभी से याददाश्त भूलने लगे हो?" कोई जवाब नहीं आया। मैथ्यू ने फिर से कोशिश की। "क्या आज दोपहर टेनिस के खेल में तुम्हें बुरी तरह से हरा कर शर्मिंदा कर सकता हूँ?"

"नहीं, आज दोपहर नहीं, मैथ्यू। मुझे कुछ ज़रूरी काम निपटाने हैं।"

"बेशक़ दोस्त, मैं तो भूल ही गया था कि तुम्हें देश के वित्तीय मामलों में, प्रेज़ीडेंट हार्डिंग को सलाह देने के साप्ताहिक दौरे पर जाना होगा। वैसे भी वह दिखावा करने वाला मूर्ख चार्ल्स जी. डावेस जो कर चुका है, तुम उससे बुरा तो नहीं कर सकते।" विलियम ने कुछ नहीं कहा। "प्रेज़ीडेंट से कहना कि तुम तब तक उन्हें सलाह देते रहोगे, जब तक वे मैथ्यू लेस्टर को अपना अगला अटॉर्नी जनरल नहीं बनाते।"

विलियम ने फिर भी कुछ नहीं कहा।

"मैं जानता हूँ कि चुटकुला कुछ कमज़ोर था पर कम-से-कम जवाब तो आना

चाहिए,'' मैथ्यू ने कहा। उसने अपने खामोश दोस्त को सावधानी से देखा। ''ये अंडे हैं, न? लगता है कि रूसी कैदियों के कैंप से आए हैं।''

''मैथ्यू, तेरी मदद चाहिए,'' विलियम ने एलन का ख़त लिफ़ाफ़े में रखते हुए कहा।

''मेरी बहन का ख़त मिला, उसे लगता है कि तू रूडोल्फ वेलेंटीनो से भी ज़्यादा सेक्सी है।''

विलियम उठ खड़ा हुआ, ''मैथ्यू, मज़ाक बंद कर। कोई तेरे पिता के बैंक को लूटता तो क्या तब भी इसी तरह बैठ कर चुटकुले सुनाता।''

विलियम का चेहरा देखकर मैथ्यू जान गया कि कोई गंभीर मामला है। ''नहीं, मैं ऐसा न करता,'' उसने धीरे से कहा।

''ठीक है, चलो चलें। मैं रास्ते में सब बता दूँगा।''

''कौन से रास्ते में?'' मैथ्यू ने पूछा।

''बौस्टन के रास्ते में।''

~

एनी दस बजे के बाद बेकन हिल से निकली और थोड़ी खरीददारी करने के बाद, ग्लेन रिकार्डो से मिलने गई।

जब वह चेस्टनट स्ट्रीट से निकल गई, तो फ़ोन बजा। सहायिका ने फ़ोन लिया और खिड़की से बाहर देखा पर मालकिन जा चुकी थी। अगर एनी ने फ़ोन ले लिया होता तो उसे पता होता कि सिटी हॉल के अस्पताल वाले मामले में क्या हुआ। वह उस दौरान अपने लिए रेशमी स्टॉकिंग्स और नए परफ़्यूम खरीद रही थी। वह बारह बजे के आस-पास ग्लेन रिकार्डो के पास पहुँची, उसे उम्मीद थी कि उसके नए परफ़्यूम से उसके सिगार की गंध दब जाएगी।

''उम्मीद है, मैं समय से आई हूँ, मिस्टर रिकार्डो,'' उसने झट से कहा।

''प्लीज़ बैठें, मिसेज़ ऑस्बॉर्न।''

रिकार्डो आज हमेशा की तरह खुशमिज़ाज़ नहीं लगा। एनी ने देखा कि वह सिगार भी नहीं पी रहा था। उसने एक छोटी-सी भूरे रंग की फ़ाइल ली और कुछ कागज़ निकाले। एनी को यह चीज़ नई दिखाई दी।

''आइए, उन बेनाम ख़तों की बात करें मिसेज़ ऑस्बॉर्न?''

एनी को उसका लहज़ा पसंद नहीं आया।

''जी, ठीक है,'' उसने किसी तरह कहा।

''ये किसी मिसेज़ रूबी फ़्लावर्स ने भेजे हैं।''

''कौन? क्यों?'' एनी ने कहा। वे ऐसे जवाब चाहती थी जिन्हें उसको सुनना भी पसंद नहीं था।

''शायद वे इस समय आपके पति पर मुकदमा चला रही हैं।''

''ओह तो अब समझ आया,'' एनी बोली। ''वह बदला लेना चाहती होगी। हेनरी को उसका कितना उधार चुकाना है?''

''वह कोई उधार उतारने को नहीं कह रही मिसेज़ ऑस्बॉर्न।''

''तो क्या आरोप लगा रही है?''

रिकार्डो कुर्सी से आगे खिसक आया ताकि उसके दोनों बाजुओं को सहारा मिल सके। फिर वह सहारा लेकर उठा और खिड़की के पास जाकर बाहर बौस्टन की भीड़ भरी बंदरगाह को देखने लगा।

''वादा ख़िलाफ़ी के लिए मुकदमा किया है उसने।''

''पर यह कैसे हो सकता है?'' एनी बोली।

''लगता है कि जब हेनरी आपसे मिले तो उन दोनों की शादी होने वाली थी और वह सगाई बिना किसी कारण के अचानक तोड़ दी गई।''

''पैसे की भूखी औरत। हेनरी का पैसा चाहती होगी।''

''नहीं, मुझे ऐसा नहीं लगता। वह तो काफ़ी खाते-पीते घर से है। बेशक़ आपके जैसा स्तर नहीं है पर आम लोगों के हिसाब से तो है ही। उनके स्वर्गीय पति का सॉफ़्ट ड्रिंक का व्यवसाय था और वे अपना सब कुछ उनके नाम छोड़ गए हैं।''

''उनके स्वर्गीय पति? महिला की उम्र क्या होगी?''

रिकार्डो मेज़ के पास गया और एक कागज़ पलट कर देखा और फिर पूरा पन्ना पलट कर बोला—

''जुलाई में तिरेपन साल की हो जाएँगी।''

''हे भगवान,'' एनी बोली। ''बेचारी औरत, वह तो मुझसे नफ़रत करती होगी।''

''हो सकता है, मिसेज़ ऑस्बॉर्न। पर इससे हमें कोई मदद नहीं मिलेगी। अब मैं आपके पति की दूसरी हरकतों पर रोशनी डालता हूँ।''

निकोटीन के दाग वाली उँगलियाँ कुछ और पन्ने पलटने लगीं।

एनी का जी मिचलाने लगा था। वह इस जगह वापिस क्यों आई? वह यह सब छोड़ क्यों नहीं देती? उसे यह सब क्यों जानना है? वह कुछ जानना नहीं चाहती। वह उठ कर निकल जाना चाहती थी। काश, रिचर्ड उसके साथ होता। ऐसा लगा जैसे रिकार्डो की फ़ाइल और उसके पन्नों ने उसके पैर बाँध दिए हों, वह हिल भी नहीं पा रही थी।

''पिछले सप्ताह, मि. ऑस्बॉर्न ने दो बार, मिसेज़ प्रेस्टन के साथ तीन घंटे बिताए।''

''पर इससे तो कुछ साबित नहीं होता,'' एनी परेशान होने लगी। ''मुझे पता है कि वे आपस में एक ज़रूरी वित्तीय सौदे की बात कर रहे थे।''

''ला सुल स्ट्रीट पर एक छोटे से होटल में, रात के आठ बजे?''

एनी ने फिर कुछ नहीं कहा।

"दोनों मौकों पर वे हँसते और फुसफुसाते होटल में जाते दिखाई दिए। बेशक़ इससे भी कोई नतीजा नहीं निकलता, पर हमारे पास उनके होटल से आने और जाने की तस्वीरें हैं।"

"तस्वीरें नष्ट कर दो," एनी ने हौले से कहा।

ग्लेन रिकार्डो ने पलकें झपकाईं, "जैसा आप कहें मिसेज़ ऑस्बॉर्न। अभी कुछ और भी बताना है। मेरी छानबीन से पता चलता है कि मि. ऑस्बॉर्न कभी हॉर्वर्ड में नहीं पढ़े और न ही अमेरिका के सशस्त्र बलों में काम करते थे। हॉर्वर्ड में एक हेनरी ऑस्बॉर्न थे पर उनका क़द पाँच फ़ुट पाँच इंच था, बालों का रंग बालू जैसा था और वे अलबामा से थे। वे 1917 में मारे गए। मैंने यह भी पता लगाया कि आपके पति अपनी उम्र का जो दावा करते हैं, उससे छोटे हैं और उनका असली नाम विटोरियो टोगना है और वे—"

"बस करें। मैं और नहीं सुनना चाहती," एनी के गालों पर आँसू बह रहे थे। "मैं अब और नहीं सुनना चाहती।"

"बेशक़ मिसेज़ ऑस्बॉर्न। मैं समझ सकता हूँ। माफ़ करें, मेरे लिए यह सब बताना ज़रूरी था। कई बार मेरा काम ... ।"

एनी कुछ देर खुद को सँभालने की कोशिश में रही। "थैंक यू मि. रिकार्डो, मैं आपके काम की क़द्र करती हूँ। मुझे आपको कितने डॉलर और देने हैं?"

"आपने दो सप्ताह का खर्च पहले ही दे दिया था। मेरा खर्च तिहत्तर डॉलर के लगभग हुआ है।"

एनी ने सौ डॉलर उसके आगे रखे और कुर्सी से उठ गई।

"मिसेज़ ऑस्बॉर्न खुले पैसे लेकर जाइए," वह जाने को मुड़ी तो ग्लेन ने कहा।

एनी ने जैसे कुछ सुना ही नहीं।

"आप ठीक तो हैं, मिसेज़ ऑस्बॉर्न। आपका रंग पीला पड़ गया है। क्या एक गिलास पानी दूँ या कुछ और पीना चाहेंगी?"

"नहीं, थैंक्यू। मैं ठीक हूँ," एनी ने झूठ बोला।

"क्या मैं आपको घर तक छोड़ आऊँ?"

"नहीं, थैंक्स। मैं अपने-आप जा सकती हूँ," वह मुड़ी और प्राइवेट जासूस को देख कर मुस्करा दी। "आपकी पेशकश के लिए शुक्रिया।"

ग्लेन ने अपने ग्राहक के जाने के बाद दरवाज़ा बंद किया और सिगार का आख़िरी टुकड़ा निकाल कर सुलगा लिया। उसने मिसेज़ ऑस्बॉर्न को टैक्सी में बैठते देखा तो अपने पेशे को कोसने लगा। 'बेचारी, कितनी अच्छी महिला है।'

~

एनी थूक के छींटों से भरी सीढ़ियों के पास रुकी और जंगले को कस कर पकड़ लिया, वह बेसुध होने ही वाली थी। पेट के अंदर से बच्चे ने लात मारी और उसका जी मिचला गया। उसे बाहर निकल कर ब्लॉक के कोने पर कैब मिली और वह उसमें बैठते ही, पिछली सीट पर ढेर हो गई। वह अपनी सुबकियों को नहीं रोक पा रही थी, कुछ समझ नहीं आ रहा था कि अब उसे क्या करना है। ज्यों ही उसे रेड हाउस उतारा गया वह झट से अपने सोने के कमरे की ओर चल दी ताकि कोई सहायक उसे ऐसी हालत में न देख ले। जब वह कमरे में जा रही थी तो फ़ोन की घंटी बज रही थी। उसने आदतन फ़ोन उठा लिया, जबकि यह जानने की कोई इच्छा नहीं थी कि फ़ोन कौन और क्यों कर रहा था।

''क्या मैं मिसेज़ ऑस्बॉर्न से बात कर सकता हूँ, प्लीज़?''

उसने एलन की आवाज़ एक पल में पहचान ली। एक और थकी हुई चिंता से भरी आवाज़।

''हैलो, एलन। मैं एनी बोल रही हूँ।''

''एनी, डार्लिंग। आज सुबह वाली बात सुन कर बहुत बुरा लगा।''

''एलन, आपको कैसे पता चला? आपको कैसे पता चल सकता है? आपको किसने बताया?''

''सिटी हॉल से फ़ोन आया था और उन्होंने दस बजे के बाद यह समाचार दिया। तुम्हें फ़ोन लगाया तो पता चला कि तुम बाज़ार जा चुकी थीं।''

''हे भगवान,'' एनी बोली। ''मैं तो कॉन्ट्रेक्ट के बारे में भूल ही गई थी।'' वह वहीं बैठ कर हाँफ़ने लगी।

''एनी, क्या तुम ठीक हो?''

''जी, मैं ठीक हूँ,'' उसने किसी तरह अपने लहज़े से सुबकियों को छिपाने की कोशिश की। ''सिटी हॉल वालों ने क्या कहा?''

''वह कॉन्ट्रेक्ट तो कर्कब्राइड और कार्टर को दिया गया है। हेनरी तो टॉप थ्री में भी नहीं था। मैं सुबह से उसे फ़ोन कर रहा हूँ पर लगता है कि वह दस बजे से पहले ही ऑफ़िस से निकल गया था और अब तक वापिस नहीं आया। एनी, मुझे नहीं लगता कि तुम्हें पता होगा कि हेनरी कहाँ है।''

''नहीं, मुझे कुछ नहीं पता।''

''डियर, क्या तुम्हारे पास आ जाऊँ? कुछ ही मिनट लगेंगे।''

''नहीं, थैंक्स एलन,'' एनी ने किसी तरह डूबती साँसों को सँभाला। ''मुझे माफ़ करें, मैं पिछले कुछ दिनों से आपके साथ बहुत ग़लत तरीके से पेश आई। अगर रिचर्ड होते तो वे कभी मुझे माफ़ न करते।''

''एनी, पागल मत बनो। हमारी दोस्ती इतनी पुरानी है कि ऐसी छोटी बातों से कोई फ़र्क नहीं पड़ता।''

एलन के दयालुता भरे शब्दों को सुनकर एनी के भीतर से रुलाई फूट पड़ी और उसके पैर लड़खड़ा गए।

''एलन, मैं फ़ोन रखती हूँ। बाहर से आवाज़ आ रही है—शायद हेनरी आ गया है।''

''एनी, अपना ध्यान रखना और चिंता मत करना। जब तक मैं चेयरमैन हूँ, बैंक हमेशा तुम्हारा साथ देगा। अगर मैं किसी काम आ सकूँ तो कॉल करने में संकोच मत करना।''

एनी ने फ़ोन नीचे रख दिया। साँस लेना और मुश्किल हो रहा था और फिर अचानक पेट में होने वाले दर्द के कारण वह वहीं नीचे लेट गई। उसे दौरा-सा पड़ रहा था।

कुछ क्षण बाद सहायिका ने दरवाज़ा खटखटाया। उसने अपनी मालकिन को इस हाल में देखा तो विलियम को बताने भागी। जब से एनी का विवाह हेनरी से हुआ था, उस दिन के बाद से विलियम ने पहली बार उसके सोने के कमरे में कदम रखा था। एनी बुरी तरह से काँप रही थी, उसे विलियम के आने का भी पता नहीं चला। होंठों के कोनों पर झाग आ गया था। कुछ ही देर में दौरा आना बंद हो गया और वह चुपचाप पड़ी रही।

''माँ, क्या हुआ?'' विलियम भागा हुआ आया।

एनी ने आँखें खोलकर अपने बेटे को देखा, ''रिचर्ड, शुक्र है कि तुम आ गए।''

''माँ, मैं विलियम हूँ।''

एनी की नज़रें धुँधला गईं। ''अब मेरे पास ताकत नहीं है, रिचर्ड। मुझे अपनी ग़लती की कीमत चुकानी होगी। माफ़ करो...''

दोबारा पेट में संकुचन हुआ और एनी की आवाज़ कराह में बदल गई।

''क्या हो रहा है?'' विलियम ने असहाय होकर कहा।

''मुझे लगता है कि बच्चे का जन्म होने वाला है,'' सहायिका ने कहा। ''जबकि अभी तो दो महीने बाकी हैं।''

''प्लीज़ जल्दी से डॉक्टर मैकेंज़ी को फ़ोन करो,'' विलियम ने बेडरूम की ओर भागते हुए कहा। ''मैथ्यू, जल्दी बाहर आओ।''

मैथ्यू भी सीढ़ियों से ऊपर आया और दोनों एनी के सोने के कमरे में चले गए।

''माँ को नीचे कार तक ले जाने में मदद करो।''

दोनों ने एनी को आराम से उठाया और कार में ले गए। वह बुरी तरह से हाँफ़ते हुए कराह रही थी, वह बहुत तकलीफ़ में थी। विलियम भाग कर घर में गया और सहायिका के हाथ से फ़ोन ले लिया। मैथ्यू कार में ही रहा।

''डॉ. मैकेंज़ी।''

''हम्म, कौन बोल रहा है?''

''मेरा नाम विलियम केन—सर, आप मुझे नहीं जानते।''

''नौजवान, तुम्हें नहीं जानता? तुम्हें इस दुनिया में मैं ही लाया था। मैं तुम्हारे लिए क्या कर सकता हूँ?''

''शायद माँ को प्रसव पीड़ा हो रही है। मैं उन्हें तुरंत अस्पताल ला रहा हूँ। हम कुछ ही मिनटों में वहीं होंगे।''

डॉक्टर का लहज़ा बदल गया। ''ठीक है, विलियम, चिंता मत करो। मैं तुम्हारा इंतज़ार करूँगा और तुम्हारे आने तक सारी तैयारी करवा कर रखता हूँ।''

''थैंक्यू सर,'' विलियम हिचकिचाया। ''उन्हें कोई दौरा जैसा भी पड़ा है, क्या यह सामान्य है?''

विलियम के शब्द सुनकर डॉक्टर जड़ हो गए। वे भी हिचकिचा गए।

''सामान्य तो नहीं, पर तुम्हारी माँ प्रसव के बाद बिलकुल ठीक हो जाएँगी। उन्हें जितनी जल्दी हो सके, मेरे पास लेकर आओ।''

विलियम ने फ़ोन रखा, भागते हुए घर से बाहर आया और रॉल्स-रॉयस में छलाँग लगा दी। विलियम ने यह गाड़ी चलाने के लिए पिता से केवल एक ही लैसन लिया था इसलिए उसने किसी तरह झटकों के बीच कार चालू की, एक बार भी पहले गियर से नहीं हटा। जब तक वे अस्पताल के प्रवेश द्वार तक नहीं आए, वह लगातार कार चलाता रहा। दोनों ने एनी को उठाया और स्ट्रेचर पर लिटा दिया। नर्स उन्हें झट से प्रसव कक्ष की ओर ले चली। डॉ. मैकेंज़ी भी वहीं एक कमरे के बाहर खड़े दिखाई दिए। उन्होंने लड़कों से वहीं बाहर बैठने को कहा और एनी को अंदर ले गए।

विलियम और मैथ्यू, कॉरीडोर में छोटी बैंच पर बैठ कर इंतज़ार करने लगे। प्रसव कक्ष से घबराहट से भरी ऐसी चीख-चिल्लाहट आ रही थी जो उन्होंने पहले कभी नहीं सुनी थी। इसके बाद एक गहरा और डरावना सन्नाटा छा गया। दोनों लड़के पिछले एक घंटे से बैंच पर बैठे थे और आपस में एक शब्द तक नहीं कहा था। आख़िर में, थके हुए डॉक्टर कमरे से बाहर आए। जब वे उन्हें देख कर खड़े हुए तो डॉक्टर ने मैथ्यू को देखकर पूछा, ''विलियम?''

''नहीं सर, मैं मैथ्यू लेस्टर हूँ।'' डॉक्टर ने मुड़ कर एक हाथ विलियम के कंधे पर रखा। ''विलियम, आई एम सो सॉरी। कुछ मिनट पहले तुम्हारी माँ नहीं रहीं...और फिर एक बच्चा, एक नन्ही बच्ची, जो अभी पैदा भी नहीं हुई थी।''

विलियम की टाँगें जवाब दे गईं और वह वहीं बैंच पर लुढ़क गया।

''हमने अपनी ओर से उन्हें बचाने की पूरी कोशिश की, पर बहुत देर हो चुकी थी,'' उन्होंने चिंता से अपना सिर हिलाया।

विलियम चुप लगाए बैठा रहा। फिर वह हौले से बोला, ''वे मर कैसे सकती हैं? आपने उन्हें मरने कैसे दिया?''

डॉक्टर उसके पास बैंच पर बैठ गए। ''वह किसी की नहीं सुनती थी। मैंने उसे उसके गर्भपात के बाद बार-बार समझाया था कि उसे दोबारा माँ नहीं बनना चाहिए पर उसने फिर

से शादी कर ली। उसने और तुम्हारे सौतेले पिता ने मेरी एक न सुनी, उन्होंने मेरी चेतावनियों को कभी गंभीरता से नहीं लिया। जब तुम उसे आज लाए तो जाने कैसे उसका ब्लडप्रेशर इतना बढ़ चुका था कि वह इक्लेंपसिया की शिकार हो गई।''

''इक्लेंपसिया?''

''दौरे। कई बार मरीज़ बहुत सारे दौरों के बावजूद बच जाता है और कई बार—बस साँस रुक जाती है।''

विलियम रोने लगा और दोनों हाथों में सिर टिका दिया। कुछ मिनटों तक कोई कुछ नहीं बोला। विलियम धीरे से उठा और मैथ्यू कोमलता से उसे गलियारे तक ले गया। डॉक्टर उनके साथ था। जब वे प्रवेश द्वार के पास आए तो, उसने विलियम को देखा।

''उसका ब्लड प्रेशर अचानक इतना बढ़ा था। ऐसा अक्सर नहीं होता और उसने अपनी ओर से ज़िन्दा रहने की कोशिश भी नहीं की मानो उसे परवाह ही नहीं थी। हैरानी की बात है—क्या कोई चीज़ उसे सता रही थी?''

विलियम ने आँसुओं से भीगा चेहरा उठाया। ''कोई चीज़ नहीं, कोई था,'' उसने आवेश में कहा।

~

जब दोनों लड़के रेड हाउस वापिस आए तो एलन लॉयड को कमरे के कोने में बैठा हुआ देखा। उनके आते ही वह खड़े हो गए।

''विलियम,'' वे झट से बोले। ''मैंने वह कर्ज़ दिया था, गुनाहगार मैं हूँ।''

विलियम उन्हें ताकता रहा जैसे कुछ सुना ही न हो।

मैथ्यू ने उस ख़ामोशी को तोड़ा, ''मुझे नहीं लगता कि अब इस बात का कोई मतलब है, सर। विलियम की माँ एक अजन्मे बच्चे को जन्म देते हुए नहीं रहीं।''

एलन लॉयड का चेहरा स्याह पड़ गया। उन्होंने किसी तरह मेंटलपीस का सहारा लेकर खुद को खड़ा किया। दोनों लड़कों ने पहली बार किसी वयस्क को इस तरह रोते देखा था।

''यह मेरी ग़लती है। मैं खुद को कभी माफ़ नहीं कर सकूँगा। मैंने उसे वह सब नहीं बताया, जो मैं जानता था। मैं उसे इतना प्यार करता था कि उसे परेशान नहीं देख सकता था,'' बैंकर ने कहा।

उनके दुख को देखकर विलियम को शांत होने में मदद मिली।

''एलन, यह आपकी ग़लती नहीं है,'' उसने दृढ़ शब्दों में कहा। ''आपने अपनी ओर से पूरी कोशिश की, मैं जानता हूँ और अब मुझे आपकी मदद चाहिए होगी।''

एलन लॉयड ने खुद को सँभाला, ''क्या ऑस्बॉर्न को तुम्हारी माँ की मौत के बारे में पता है?''

''पता नहीं और न ही मुझे जानने की परवाह है।''

''मैं सारा दिन अस्पताल के कॉन्ट्रेक्ट के बारे में जानने के लिए उसे फ़ोन करता रहा। वह दस बजे के बाद ऑफ़िस से निकल गया था और तब से उसे नहीं देखा गया।''

''वह देर-सेवर आ ही जाएगा,'' विलियम ने कड़वाहट से कहा।

~

एलन लॉयड के जाने के बाद, विलियम और मैथ्यू उसी कमरे में सारी रात बैठे सोते-जागते रहे। दोनों के बीच न के बराबर बात हुई। सुबह चार बजे के क़रीब विलियम की नींद खुली, वह बड़े से घंटे की आवाज़ सुन ही रहा था कि ऐसा लगा जैसे सड़क पर कहीं शोर हो रहा है। वह देखने उठा तो मैथ्यू को खिड़की पर खड़ा पाया, वह भी उसके पास जाकर खड़ा हो गया। वे दोनों ही ऑस्बॉर्न को लुईसबर्ग स्क्वेयर के आस-पास लड़खड़ाते देख सकते थे, एक हाथ में बोतल और दूसरे हाथ में चाबियों का गुच्छा पकड़ा हुआ था। वह कुछ देर चाबियों से उलझता रहा और फिर कमरे में आकर, उन दोनों को ताकने लगा।

''मुझे एनी से काम है, तुमसे नहीं। तुम इधर क्या कर रहे हो? जाओ इधर से।'' उसने विलियम को धक्का देकर अंदर जाना चाहा। ''एनी किधर है?''

''मेरी माँ मर चुकी है,'' विलियम ने धीरे से कहा।

ऑस्बॉर्न ने उसे देखा, चेहरे पर हैरानी सिमट आई थी। वह साइडबोर्ड के पास गया और अपने लिए शराब उड़ेली, जिसे देख कर विलियम अपना आपा खो बैठा।

''तब तुम कहाँ थे, जब उसे पति की ज़रूरत थी?'' वह चिल्लाया।

ऑस्बॉर्न ने हाथ से बोतल नहीं छोड़ी। ''बच्चे का क्या हुआ?''

''एक बच्ची थी, वह भी नहीं रही।''

हेनरी वहीं कुर्सी पर बैठ गया। चेहरे पर आँसू दिखने लगे। ''उसने मेरा बच्चा भी खो दिया?''

विलियम का गुस्सा बेक़ाबू हो गया। ''तुम्हारा बच्चा? क्या तुम एक मिनट के लिए अपने बारे में सोचना बंद नहीं कर सकते?'' वह चिल्लाया। ''तुम जानते थे कि डॉ. मैकेंज़ी ने माँ को दोबारा गर्भवती न होने की सलाह दी थी।''

''ओह, तो क्या और चीज़ों की तरह इन मामलों में भी अपनी राय रखते हो? अगर तुम अपने काम से काम रखते तो मैं तुम्हारे दख़ल के बिना अपनी बीवी को सँभाल सकता था।''

''और उसका पैसा भी, लगता तो यही है।''

''पैसा, हरामी तुमने तो हर चीज़ पर कब्ज़ा कर रखा है। यकीन से कह सकता हूँ कि तुझे माँ के मरने से ज़्यादा अपना पैसा जाने का अफ़सोस हो रहा होगा।''

''यहाँ से उठो!'' विलियम चिल्लाया।

हेनरी किसी तरह घिसटते हुए उठा और अपनी बोतल मेज़ के कोने पर दे मारी। सारे

कालीन पर शराब बिखर गई। वह झूमते हुए विलियम की ओर आया और काँच का टुकड़ा हाथ में उठाए उसे मारने की कोशिश की। विलियम वहीं डटा रहा, मैथ्यू दोनों के बीच आ गया और आसानी से उस पियक्कड़ के हाथ से काँच छीन लिया।

विलियम ने अपने दोस्त को पीछे धकेला और इतना आगे आ गया कि उसका चेहरा हेनरी के चेहरे से कुछ इंच की दूरी पर रह गया।

"अब तू मेरी बात सुन और ध्यान से सुन। मैं चाहता हूँ कि तू अभी के अभी घर से निकल जाए। अगर आज के बाद तेरे बारे में कुछ सुना तो इस बारे में पूरी कानूनी कार्रवाई होगी कि मेरी माँ के उस पैसे का क्या हुआ जो तेरी फ़र्म में निवेश किया गया था और मैं इस बारे में भी फिर से पूछताछ शुरू करवा दूँगा कि तू असल में कौन है और शिकागो में करता क्या था। और अगर तू मुझसे दूर रहा तो मैं समझूँगा कि ये मामला यहीं रफ़ा-दफ़ा हो गया। अब इससे पहले कि मैं कुछ ऐसा कर बैठूँ कि मुझे बाद में अफ़सोस हो, तू चुपचाप निकल जा।"

ऑस्बॉर्न डगमगाते हुए बाहर निकल गया। जब ज़ोर से दरवाज़ा बंद होने की आवाज़ आई तो उनमें से किसी ने भी उसकी धमकी नहीं सुनी।

~

अगली सुबह, विलियम बैंक गया। उसे तत्काल चेयरमैन के ऑफ़िस में ले जाया गया। एलन लॉयड एक ब्रीफ़केस में कुछ कागज़ रख रहे थे। उन्होंने कुछ कहे बिना विलियम को एक कागज़ थमा दिया। यह बोर्ड के सदस्यों के नाम लिखा गया पत्र था जिसमें उन्होंने बैंक के चेयरमैन पद से इस्तीफ़ा दे दिया था।

"क्या आप अपनी सैक्रेटरी को बुला देंगे?" विलियम ने धीरे से कहा।

"जैसा तुम चाहो।"

एलन ने मेज़ के कोने में लगा बटन दबाया और एक अधेड़ आयु की पारंपरिक पोशाक वाली महिला ने कमरे में कदम रखा।

"गुड मॉर्निंग, मिस्टर केन," उसने विलियम को देख कर कहा। "आपकी माँ के बारे में सुन कर बहुत अफ़सोस हुआ।"

"थैंक्यू," विलियम बोला। "क्या किसी और ने यह पत्र देखा है?"

"नहीं, सर," वह बोली। "मैं बारह अन्य प्रतियों को तैयार करने वाली थी ताकि उन पर सर के हस्ताक्षर हो सकें।"

"आप ऐसा न करें और प्लीज़ भूल जाएँ कि ऐसा कभी हुआ था," विलियम ने कहा।

सेक्रेटरी सोलह साल के लड़के की नीली आँखें ताकती रही। 'बिलकुल अपने पिता पर है,' उसने सोचा। "जी, मि. केन।" वह बाहर जाते हुए दरवाज़ा बंद कर गई। एलन लॉयड कुछ उलझन में दिखे।

"केन एण्ड कैबट को इस समय एक नया चेयरमैन नहीं चाहिए," विलियम बोला। "आपने ऐसा कुछ नहीं किया जो मेरे पिता ऐसे हालात में न करते।"

"यह सब इतना आसान नहीं है," एलन बोले।

"यह उतना ही आसान है," विलियम बोला। "जब मैं इक्कीस साल का हो जाऊँगा, तब इस बारे में हम दोबारा बात कर सकते हैं, उससे पहले नहीं। तब तक, अगर आप इसी समझदारी और अक्लमंदी के साथ मेरा बैंक सँभालते रहें तो आपकी मेहरबानी होगी। मैं नहीं चाहता कि जो भी हुआ, ऑफ़िस के बाहर उसके बारे में बात हो। आप हेनरी से जुड़ी हर जानकारी नष्ट कर दें और मान लें कि यह केस यहीं बंद हो गया।"

विलियम ने उनका इस्तीफ़ा फाड़ा और टुकड़े आतिशदान में डाल दिए। फिर उसने अपनी बाज़ू से एलन के कंधे को घेरा।

"एलन, मेरे पास कोई परिवार नहीं रहा, केवल आप हैं। भगवान के लिए, मुझे अकेला न छोड़ें।"

~

जब विलियम बेकन हिल वापिस आया, तो दादी केन और नानी कैबट, कमरे में गहरी ख़ामोशी के बीच बैठी थीं। जब उसने कमरे में कदम रखा तो वे खड़ी हो गईं। विलियम को पहली बार अहसास हुआ कि अब वह केन परिवार का मुखिया हो गया था।

अंतिम संस्कार ठीक चार दिन बाद, सेंट पॉल के एपिसकोपल कैथेड्रल में हुआ। परिवार और निकट मित्रों के अलावा किसी को न्यौता नहीं भेजा गया; केवल हेनरी ऑस्बॉर्न ही अनुपस्थित था। जब अफ़सोस मनाने वालों ने विदा ली, तो उन्होंने विलियम को दिलासा दी। दादी और नानी उससे कुछ कदमों की दूरी पर खड़ी देख रही थीं कि वह कितनी शांति और गरिमा के साथ पेश आ रहा था। जब सभी जा चुके तो विलियम एलन लॉयड के साथ उसकी कार तक गया।

चेयरमैन विलियम के आग्रह पर प्रसन्न थे।

"एलन, जैसा कि आप जानते हैं, मेरी माँ मैसाचुसेट्स जनरल में हमेशा से बच्चों के लिए एक विंग बनवाना चाहती थीं। मैं चाहता हूँ कि उनकी यह इच्छा पूरी की जाए।"

21

व्लादेक कुस्तुंतुनिया के पोलिश दूतावास में एक वर्ष से अधिक समय तक रहा, जबकि उसने सोचा था कि वह उस जगह कुछ दिन के लिए आया था। उसने पावेल ज़ालेस्की के साथ दिन-रात काम किया और इस तरह उनका साथी, सहकर्मी और पक्का दोस्त बन गया। उसे किसी बात से परेशानी नहीं होती थी और ज़ालेस्की अक्सर सोचते कि व्लादेक के जाने के बाद उनका काम कौन सँभालेगा। व्लादेक सप्ताह में एक बार, ब्रिटिश दूतावास जाता था ताकि स्कॉटिश कुक, मिसेज़ हेंडरसन के साथ कुछ समय

बिता सके और एक बार उसे डाइनिंग रूम में ब्रिटेन मैजेस्टी के दूसरे राजदूत के साथ बैठने का भी अवसर मिला।

उस समय तक पुराने इस्लामिक रिवाज़ ख़त्म हो रहे थे और ओट्टोमन साम्राज्य बिखरने लगा था। मुस्तफ़ा कमाल का नाम सबके होंठों पर था। इस आने वाले बदलाव से व्लादेक आशंकित था। उसे बार-बार बैरन और उन सबकी याद आती जिन्हें वह महल में बहुत प्यार करता था। रशिया में एक-एक दिन जीने की कोशिश ने इन यादों को परे रखा पर तुर्की में, वे सब फिर से सामने आ गए, यह एक तरह का मौन जुलूस होता : बैरन, लिओन, फ्लोरेंटीना...कई बार वह उन्हें हँसते हुए और ख़ुशहाल देखता—लिओन नदी में तैरते हुए, फ्लोरेंटीना अपने कमरे में बिल्ली के पालने से खेलते हुए दिखती। बैरन का मज़बूत और गर्वीला चेहरा शाम की मोमबत्तियों की रोशनी में चमकता-पर हमेशा वे अच्छी तरह यादों में बसे हुए चेहरे गुम हो जाते, चाहे वह उन्हें थामने की कितनी भी कोशिश क्यों न करता। जब उन्हें आख़िरी बार देखा था, बस बार-बार वही दृश्य दिखाई देते : लिओन महल के मैदान में मरा हुआ। दर्द से तड़पती, खून से सनी बहन और अंधा और बिखरा हुआ बैरन!

व्लादेक को लगने लगा कि वह अपनी ज़िन्दगी में सुधार लाए बिना, उस जगह कभी नहीं जा सकेगा। मन में यह बात आते ही, उसने अमेरिका जाने की सोच ली। बैरन ने ही उसे बताया था कि उसके देश के नागरिक टडऊस कुश्चुको भी पहले ऐसा कर चुके थे। उसने बैरन से जाने उनके कितने किस्से सुने थे। पावेल ज़ालेस्की के अनुसार यूनाइटेड स्टेट्स एक नई दुनिया थी। व्लादेक के मन में इस नाम ने आने वाले कल की उम्मीद जगा दी और शायद उसे एक दिन पोलैंड वापिस जाने का मौका भी मिल जाता।

पावेल ने ही अमेरिका तक जाने के लिए पैसे की व्यवस्था की। उन्हें यह प्रबंध करने में एक साल लगा। ऐसा लगा मानो सारा पूर्वी यूरोप बच कर भागना चाहता था और नई दुनिया में अपने जीवन का आरंभ करना चाहता था।

≈

1921 में वसंत का महीना था, व्लादेक कोस्कीविज़ 'एसएस ब्लैक एरो' पर सवार हुआ जो उसे न्यूयॉर्क के इलिस आईलैंड ले जाने वाला था। उसने अपने साथ एक सूटकेस लिया और उसके सारे सामान में पावेल ज़ालेस्की की ओर से जारी किए गए दस्तावेज़ों का पुलिंदा भी था।

पोलिश दोस्त छोड़ने आए और विदा लेते हुए कहा, ''मेरे बच्चे, ईश्वर तुम्हारे साथ रहें।''

व्लादेक की यादों से पारंपरिक पोलिश उत्तर स्वयं ही बाहर आ गया, ''आप भी ईश्वर के साथ रहें,'' उसने कहा।

जब वह जहाज़ के तख़्ते तक पहुँचा तो उसे एक साल पहले, ओदेसा से कुस्तुंतुनिया की यात्रा याद आ गई। इस बार तो कोयला कहीं नहीं था, बस हर ओर प्रवासी दिख रहे थे—पोलैंड, लिथुआनिया, एस्टोनिया, यूक्रेन और यूगोस्लाव से आए नागरिक और कई

दूसरे लोग जिनकी जातीय पृष्ठभूमि का उसे पता नहीं लग पाया था। उसने अपना सूटकेस कस कर पकड़ा और बारी आने का इंतज़ार करता रहा। यूनाइटेड स्टेट्स में कदम रखने से पहले कई जगह इसी तरह इंतज़ार करना था।

कई तुर्क सेना में भर्ती होने के डर से भाग रहे थे इसलिए अधिकारियों ने उसके कागज़ों की बारीकी से छानबीन की पर पावेल ने चौकस काम करवाया था। व्लादेक ने मन-ही-मन उन्हें दुआ दी, उसने देखा कि कई लोगों को वापिस भेज दिया गया था।

इसके बाद टीकाकरण हुआ और चिकित्सा जाँच की गई। अगर पिछले साल में व्लादेक ने भरपूर न खाया होता तो वह इसमें असफल हो जाता। जब सारी जाँच पूरी हुई, तो उसे जहाज़ में सबसे नीचे जाने को कहा गया जिसमें मर्द, औरतों और शादीशुदा लोगों के लिए अलग-अलग हॉल बने थे। व्लादेक मर्दों वाले कक्ष में गया तो उसे बहुत सारे पोलिश दिखे जो बहुत सारे लोहे की बर्थों पर कब्ज़ा किए बैठे थे, उनमें से हरेक पर चार टू-टायर बंक बैड थे। हर बैड पर एक पतला फूस का गद्दा, पतला-सा कंबल और तकिया था। व्लादेक को तकिए की परवाह नहीं थी, वह कैंप 201 छोड़ने के बाद से कभी तकिए पर नहीं सो सका।

उसने अपने लिए एक लड़के के पास बिस्तर चुना जो उसकी उम्र का लगा।

''मैं व्लादेक कोस्कीविज़ हूँ।''

''मैं वॉरसॉ से यरज़ी नोवाक हूँ,'' वह पोलिश में बोला। ''मैं अमेरिका में क़िस्मत आज़माने जा रहा हूँ।'' लड़के ने अपना हाथ आगे फैला दिया।

व्लादेक और यरज़ी जहाज़ के चलने से पहले, एक-दूसरे को अपने अनुभव सुनाते हुए वक्त काटते रहे। उन्हें खुशी थी कि अकेलापन दूर करने को साथी मिल गया था। कोई मानने को तैयार नहीं था कि जब वे अमेरिका में होंगे तो वे क्या उम्मीद कर सकते थे, उन्हें इस बात का पता नहीं था। पता चला कि दोनों ने ही जंग में माता-पिता खो दिए थे। यरज़ी व्लादेक के किस्सों में खो सा गया। बैरन का बेटा, शिकारी की झोंपड़ी में पला-बढ़ा, जर्मनों और रूसियों का कैदी बना, साइबेरिया से बच कर भागा और फिर पिता के चाँदी के बैंड की वजह से तुर्की में जान बचाई। यरज़ी को लगा कि वह अपनी पूरी ज़िन्दगी में इतना कुछ नहीं पा सकता था जितना व्लादेक ने पंद्रह साल में देख लिया था।

अगली सुबह, 'ब्लैक एरो' ने सफ़र चालू किया। व्लादेक और यरज़ी, रेलिंग पर लटके, कुस्तुंतुनिया को सुदूर नीले क्षितिज में विलीन होते देखते रहे। मारामारा के शांत समंदर के बाद, यात्रा का वह हिस्सा आया जिससे सारे जहाज़ में उथल-पुथल मच गई। निचले हिस्सों में सफ़र कर रहे मुसाफ़िरों की हालत खराब थी। दो स्नानागार, दस बेसिन, छह शौचालय और ठंडे नमकीन पानी के नल—काम करने के घंटों के दौरान लंबी लाइनें लगने लगीं और सारी रात शोर-शराबा मचा रहता। दो दिन बाद ही उस जगह की बदबू से व्लादेक को स्लोनिम महल के तहखाने की याद आने लगी।

एक बड़े से गंदे डाइनिंग हॉल में लकड़ी की लंबी मेज़ों पर खाना परोसा जाता : गर्म

सूप, आलू, मछली, उबला हुआ गोमांस और पत्तागोभी, भूरी या काली डबलरोटी। व्लादेक इससे भी बदतर खाना खा चुका था पर साइबेरिया से आने के बाद वह अच्छा खाना खाने का आदी हो चुका था। उसने शुक्र मनाया कि उसके पास मिसेज़ हेंडरसन का दिया खाने-पीने का सामान था : सॉसेज़, मेवे और थोड़ी ब्रांडी भी थी। दोनों दोस्त मिल कर खाते और जहाज़ में दिन भर घूमते और रात को एक साथ सो जाते।

समंदर में तीसरे दिन, यरज़ी खाने की मेज़ पर एक पोलिश लड़की को साथ लाया। उसने व्लादेक को बताया कि लड़की का नाम ज़ाफ़िया है। व्लादेक ने जीवन में पहली बार किसी लड़की को दूसरी बार देखा था और उस एक पल के बाद से उसकी नज़रें उस ओर से हट ही नहीं रही थीं। उसे देख कर फ्लोरेंटीना की याद सताती थी। अपनेपन से भरी सलेटी आँखें, लंबे कंधों पर गिरने वाले बाल, कोमल और धीमा स्वर। उसके दिल ने चाहा कि हाथ बढ़ा कर लड़की को छू ले। वह बीच-बीच में व्लादेक को देख कर मुस्कुरा देती, व्लादेक अच्छी तरह जानता था कि यरज़ी उससे कहीं ज़्यादा सुंदर है। जब यरज़ी उसे महिलाओं के लिए बने कक्ष में छोड़ने गया तो वह भी उनके साथ हो लिया।

यरज़ी उसकी ओर मुड़ कर थोड़ा खीझ कर बोला, ''क्या अपने लिए कोई और लड़की नहीं खोज सकते? ये तो मेरी है।''

व्लादेक ने उसे नहीं बताया कि उसे कोई जानकारी नहीं थी कि अपने लिए लड़की कैसे खोजी जा सकती है।

''अमेरिका जा कर लड़कियों के लिए बहुत समय होगा,'' उसने व्यंग्य करते हुए कहा।

''अमेरिका जाने का इंतज़ार क्यों? इस जहाज़ पर कम हैं क्या, यहीं से शुरुआत क्यों न हो?''

''तू ये सब कैसे कर लेता है?'' व्लादेक उससे कोई सुराग निकलवाने की फ़िराक में था।

''हमारे पास इस समंदर के बीच बारह दिन बाकी हैं और जब तक अमेरिका आएगा, तब तक बारह लड़कियों को पटा लूँगा।''

''तू बारह लड़कियों का क्या करेगा?'' व्लादेक ने पूछा।

''अरे!! मज़े लूँगा, और क्या?''

व्लादेक थोड़ी उलझन में दिखा।

''हे भगवान,'' यरज़ी बोला। ''अब यह मत कहना कि जो आदमी जर्मनों से बच गया, रूसियों से बच गया, बारह साल की उम्र में एक आदमी को जान से मारा और तुर्कों के हाथों अपने हाथ कटवाने से बाल-बाल बचा, उसे आज तक किसी औरत का संग-साथ नहीं मिला?'' वह इतनी ज़ोर से हँसा कि आस-पास से अलग-अलग भाषाओं में बातें करने वाले उसे चुप करने को डपटने लगे।

''ख़ैर,'' यरज़ी हौले से बोला। ''अब समय आ गया है कि तू कुछ सीखे क्योंकि

मेरे पास कुछ तो है जो मैं तुझे सिखा सकता हूँ।'' उसने अपने पलंग के उस ओर झाँका, हालाँकि व्लादेक का चेहरा नहीं दिखा पर वह धीरे से बोला, ''ज़ाफ़िया समझदार लगती है। बेशक़ वह तुम्हारी जानकारी को थोड़ा बढ़ाने में मदद करने को मान जाएगी। देखता हूँ कि कोई इंतज़ाम हो सकता है क्या?''

व्लादेक चुप रहा।

इस बारे में और कोई बात नहीं हुई, पर अगले ही दिन ज़ाफ़िया व्लादेक में कुछ ज़्यादा ही दिलचस्पी दिखाने लगी। वह खाने के दौरान उसके साथ बैठती और उसके अनुभवों और उम्मीदों के बारे में घंटों उससे बातें करती। वह पोंज़ान की एक अनाथ थी, जो शिकागो में अपने रिश्तेदारों के पास जा रही थी। व्लादेक ने उसे बताया कि वह न्यूयॉर्क जा रहा है और यरज़ी के साथ रहने वाला है।

''शायद न्यूयॉर्क और शिकागो की दूरी बहुत ज़्यादा न हो,'' ज़ाफ़िया बोली।

''जब मैं मेयर बन जाऊँगा तो तुम मुझसे मिलने आ सकती हो,'' यरज़ी ने कहा।

ज़ाफ़िया ने मुँह बनाया, ''यरज़ी, तुम भी तो पोलिश हो। तुम व्लादेक की तरह अच्छी अंग्रेज़ी नहीं बोल सकते।''

''मैं सीख लूँगा,'' यरज़ी ने आत्मविश्वास से कहा। ''और इसकी शुरुआत मैं अपना अमेरिकी नाम रखकर करूँगा। आज से सब मुझे जॉर्ज नोवाक कहेंगे। फिर कोई परेशानी नहीं होगी। अमेरिका में सबको लगेगा कि मैं वहीं का रहने वाला हूँ। तुम बताओ, व्लादेक कोस्कीविज़? तुम ऐसे नाम के साथ कुछ ख़ास नहीं कर सकते।''

व्लादेक ने अपने नाम के साथ नाराज़गी दिखाते हुए, सामने बैठे जॉर्ज को देखा। वह चाह कर भी अपना उत्तराधिकार हासिल नहीं कर सका इसलिए अपने नाम से चिढ़ होने लगी थी, कोस्कीविज़ से नाजायज़ होने का अहसास होता था।

''मैं देख लूँगा,'' वह बोला। ''अगर चाहो तो अंग्रेज़ी सिखा सकता हूँ।''

''और मैं लड़की खोजने में तुम्हारी मदद करूँगा।''

ज़ाफ़िया खिलखिलाई, ''तुम चिंता मत करो, इसने खोज ली है।''

यरज़ी या जॉर्ज, जो नाम उसने अभी-अभी रखा था, खाने के बाद रोज़ रात को तिरपाल से ढँकी लाइफ़बोट में नई लड़की के साथ जाता था। व्लादेक जानना चाहता था कि वह ऐसा क्यों करता था। हालाँकि जॉर्ज जिन लड़कियों को ले जाता, वे न केवल गंदी बल्कि मल-मल कर साफ़ करने के बाद भी बदसूरत ही दिखतीं।

एक रात खाने के बाद, जब जॉर्ज फिर से गायब हुआ, तो व्लादेक और ज़ाफ़िया बाहर डेक पर बैठे थे। उसने व्लादेक के गले में बाँह डाली और उसे चूमने लगी। व्लादेक ने कस कर अपना मुँह उसके मुँह से चिपका दिया; यह बड़ा अजीब-सा महसूस हुआ और वह नहीं जानता था कि उसके बाद क्या करना है। उसे यह देख कर हैरानी और शर्मिंदगी हुई कि ज़ाफ़िया की जीभ उसके होंठों के बीच घूम रही थी। कुछ पलों की उलझन के बाद,

व्लादेक को गहरी उत्तेजना महसूस होने लगी और वह अपने गुप्तांग में आने वाले कड़ेपन के लिए सचेत हो गया। उसने परे हटना चाहा, वह लड़की को शर्मसार नहीं करना चाहता था पर ज़ाफ़िया को कोई फ़र्क पड़ता दिखाई नहीं दे रहा था। वह धीरे-धीरे एक लय में अपनी देह को उसकी देह से चिपका कर हिलाने लगी। व्लादेक का गुप्तांग उसके पेट की छुअन से आनंदित हो रहा था। ज़ाफ़िया ने अपना मुँह पीछे किया और उसके कान में बोली—

"लगता है कि अब समय आ गया है कि तुम अपने कपड़े उतार लो, व्लादेक," जब व्लादेक टस-से-मस नहीं हुआ तो वह हँसने लगी। "अच्छा ठीक है, कल देखते हैं।" फिर ज़ाफ़िया ने उसे एक बार और चूमा और डेक से उतर गई।

व्लादेक की तंद्रा टूटी और उसने तय किया कि अगली बार खुद को मूर्ख साबित नहीं होने देगा। जल्दी ही वह अपनी बर्थ पर था और सोच रहा था कि अगर उसने पतलून उतारी होती तो क्या होता, तभी एक बड़े से हाथ ने उसे बालों से पकड़ा और बर्थ से नीचे फेंक दिया। एक झटके में सारे ख़याल कहीं गुम गए। दो अनजान आदमी उसकी ओर लपके। वे उसे एक कोने में घसीट ले गए और दीवार पर दे मारा। उनमें से एक ने अपना हाथ व्लादेक के मुँह पर रख कर गर्दन से चाकू सटा दिया।

"आवाज़ मत निकालना, पोलक," वह आदमी चाकू को गर्दन पर दबाते हुए बोला। "बस यह चाँदी का बैंड हमारे हवाले कर दे।"

उसका ख़ज़ाना चोरी हो सकता था, व्लादेक के लिए यह अहसास ही हाथों के कटने के बराबर था। इससे पहले कि वह कुछ कहता, दूसरे आदमी ने कलाई से बैंड झपट लिया।

अचानक चाकू वाले आदमी पर पीछे से कोई आया। इससे व्लादेक को उस आदमी को घूँसा मारने का मौका मिल गया जो उसे दीवार से सटाए हुए था। उनके आस-पास सोए हुए प्रवासी जागने लगे और तमाशा देखने खड़े हो गए। वे घुसपैठिए दो पोलिश नागरिकों के आगे कायर निकले, वे जान बचा कर भागे पर जॉर्ज उससे पहले उनमें से एक की बगल में चाकू घुसा चुका था।

"जा तुझे हैजा हो जाए," व्लादेक उसे देख कर चिल्लाया।

"मुझे नहीं लगता कि वे इतनी जल्दी वापिस आने वाले हैं," जॉर्ज ने कहा। उसने धूल में पड़े बैंड को देखा। "यह तो कमाल का है," उसने आदर भाव से कहा। "ऐसी चीज़ को पाने के लिए तो हमेशा कोई-न-कोई पीछे पड़ा रहेगा।"

व्लादेक ने बैंड उठाया और हाथ में फिर से पहन लिया।

"इस बार तो यह हाथ से गया था," जॉर्ज बोला। "तेरी किस्मत अच्छी है कि मैं आज रात देर से आया।"

"तुम इतनी देर तक किधर थे?" व्लादेक ने पूछा।

"अरे मेरी लाइफ़बोट में पहले से कोई पतलून उतार कर घुसा हुआ था। उससे छुटकारा पाने में ही समय लगा," जॉर्ज बोला।

"तू ये सब कैसे कर लेता है?" व्लादेक ने अपने पलंग पर जाते हुए पूछा।

"मैंने उसको बोला कि वह जिस लड़की के साथ था, उसे तो चेचक हुई थी। मैंने कभी किसी को इतनी जल्दी कपड़े पहनते नहीं देखा।"

"तू उस लाइफ़बोट में करता क्या है?" व्लादेक ने पूछा।

"हम शारीरिक संबंध बनाते हैं, और क्या करना है, मूर्ख, तुझे क्या लगा?" इतना कह कर जॉर्ज पलटा और सो गया।

व्लादेक को नींद नहीं आ रही थी, वह हाथ के बैंड को घुमाते हुए जॉर्ज की बात के बारे में सोचने लगा कि ज़ाफ़िया के साथ ऐसे संबंध बनाते हुए कैसा लगेगा।

अगली सुबह जहाज़ तूफ़ान से घिर गया और सभी मुसाफ़िरों को डेक के नीचे जाने का आदेश दे दिया गया। जहाज़ के ताप संयंत्र के कारण इतने सारे शरीरों के पास होने की बदबू और भी गहरी हो गई, बस कुछ लोग ही स्वस्थ रहे।

जॉर्ज भुनभुनाया, "हद हो गई, अब मैं अपना वादा कैसे पूरा करूँगा?"

जब तूफ़ान थमा तो जिनमें थोड़ी जान बची थी, वे डेक पर आ गए। व्लादेक और जॉर्ज किसी तरह भीड़ में से जगह बना कर ताज़ी हवा खाने डेक पर आ गए। कई लड़कियों ने जॉर्ज को मुस्कान दी पर व्लादेक को दूसरी नज़र भी नहीं देखा। एक काले बालों वाली लड़की के गाल समंदर की हवा से गुलाबी हो गए थे, वह जॉर्ज के पास से निकलते हुए मुस्कुराई। वह व्लादेक की ओर मुड़ा।

"आज रात यही चलेगी," व्लादेक लड़की को घूरने लगा और उसने जाना कि वह जॉर्ज को कैसे देख रही थी। "आज रात," जॉर्ज लड़की के पास से निकलते हुए कान में बोला। लड़की ने ऐसा दिखाया मानो सुना ही न हो और जल्दी से दूसरी ओर निकल गई।

"व्लादेक, मुड़ कर देख, क्या वह मुझे अब भी देख रही है?"

व्लादेक मुड़ कर बोला, "देख रही है।"

"यह आज रात मेरी होगी," जॉर्ज बोला। "क्या ज़ाफ़िया के साथ कोई चक्कर चला?"

"नहीं, आज रात शायद," व्लादेक बोला।

"थोड़ा जल्दी कर। न्यूयॉर्क जाने के बाद तो वह दोबारा नहीं मिलेगी।"

जॉर्ज उस रात उसी लड़की के साथ खाने पर आया, जिसे दिन में डेक पर देखा था। व्लादेक और ज़ाफ़िया उन्हें वहीं छोड़ कर डेक पर आ गए और कई चक्कर लगाए। व्लादेक बार-बार कनखियों से ज़ाफ़िया की सुंदरता निहार रहा था। अगर आज नहीं कर पाया तो कभी नहीं होगा, वह अपने मन को यही समझा रहा था। वह उसे लाइफ़बोट के पास ओट में ले गया और चूमने लगा। ज़ाफ़िया ने अपना मुँह खोल दिया और तिरपाल के सहारे पीछे की ओर टिक गई। लाइफ़बोट के अंदर से किसी की सिसकारियों की आवाज़ें आ रही थीं। उन्हें कोई फ़र्क नहीं पड़ा। व्लादेक उसकी ओर बढ़ा और ज़ाफ़िया ने उसके हाथ अपनी छाती पर टिका दिए। वह उन्हें छूने लगा और उनकी कोमलता के अहसास से

हैरान हो गया। ज़ाफ़िया ने अपने ब्लाउज़ के दो बटन खोले और व्लादेक का हाथ उसके अंदर डाल दिया। व्लादेक के लिए नंगी चमड़ी का पहला स्पर्श सुखदायी था।

"क्राइस्ट! तुम्हारे हाथ तो बर्फ़ हुए पड़े हैं," ज़ाफ़िया बोली।

व्लादेक ने उसे अपनी ओर खींच लिया। उसका मुँह सूख रहा था और साँस लेना भारी हो रहा था। ज़ाफ़िया ने हौले से अपनी टाँगें खोलीं और व्लादेक बेढब तरीके से उस पर गिरा। वह कुछ पलों तक उसके साथ हमदर्दी से वहीं टिकी रही और फिर उसे पीछे धकेल दिया।

"इस डेक पर नहीं। पहले कोई बोट खोजो।"

पहली तीन बोट में पहले से कोई मौजूद था पर आखिर में एक खाली बोट मिल गई और वे उसमें घुस गए। उस गहरे अंधेरे में व्लादेक ज़ाफ़िया के कपड़ों की सरसराहट महसूस कर सकता था। फिर उसने व्लादेक को अपने ऊपर खींच लिया। वह जल्दी ही व्लादेक को दोबारा उत्तेजित करने में क़ामयाब रही, जबकि उसने पूरे कपड़े भी नहीं उतारे थे। व्लादेक ने खुद को उसकी टाँगों के बीच पाया और चरमसुख तक आने ही वाला था कि ज़ाफ़िया ने उसे फिर से पीछे धकेल दिया।

"तुम अपनी पतलून क्यों नहीं उतारते?" वह हौले से बोली।

व्लादेक ने झट से पतलून के बटन खोले और उसके साथ अटपटे तरीके से शारीरिक संबंध बनाने की कोशिश में ही उसका वीर्य स्खलित हो गया, वह अपनी जाँघों के बीच चिपचिपाहट को महसूस कर सकता था। वह वहीं स्तब्ध पड़ा रहा, उसे हैरानी इस बात की थी कि सब कुछ इतनी जल्दी ख़त्म हो गया, उसे यह भी समझ आ रहा था कि लाइफ़बोट में लकड़ी के नुकीले कुंदे बुरी तरह से कोहनी और घुटनों में चुभ रहे थे।

"क्या पहली बार किसी लड़की के इतना पास आए हो?" ज़ाफ़िया ने पूछा, वह चाहती थी कि व्लादेक ऊपर से हटे।

"नहीं, बेशक़ नहीं।"

"व्लादेक, क्या मुझसे प्यार करते हो?"

"हाँ, करता हूँ," वह बोला। "न्यूयॉर्क में पैर जमाते ही शिकागो आकर तुम्हें ले जाऊँगा।"

"व्लादेक, मुझे अच्छा लगेगा। मैं भी तुमसे प्यार करती हूँ," ज़ाफ़िया ने पोशाक के बटन बंद करते हुए कहा।

"क्या तुम्हारे बीच कुछ हुआ?" व्लादेक वापिस गया तो जॉर्ज ने पहला सवाल किया।

"हाँ।"

"क्या वह अच्छा रहा?"

"बुरा नहीं था। पर मैं इससे बेहतर कर चुका था," व्लादेक ने कहा।

~

अगली सुबह लोगों के शोर से उनकी आँख खुली जो 'ब्लैक ऐरो' जहाज़ में अपने आखिरी दिन का जश्न मना रहे थे। उनमें से कुछ तो सूरज निकलने से पहले डेक पर आकर जमा थे ताकि ज़मीन की पहली झलक दिख सके।

व्लादेक ने अपना सामान सूटकेस में रखा, इकलौता सूट और टोपी पहने वह ज़ाफ़िया और जॉर्ज के साथ डेक पर आ गया। तीनों दूर तक देखते हुए, यूनाइटेड स्टेट्स ऑफ़ अमेरिका की एक झलक पाने के इंतज़ार में खड़े रहे।

"वह रहा!" उनके ऊपर वाले डेक से एक मुसाफ़िर चिल्लाया और क्षितिज पर दिखते लॉन्ग आईलैंड की झलक से बाकी लोग भी उत्साहित हो गए।

ब्लैक ऐरो कुछ ही देर में न्यूयॉर्क बंदरगाह की ओर था। ऐसा लगा कि स्टेच्यू ऑफ़ लिबर्टी आकाश में लैंप उठाए, सुबह के खाली आकाश में उनका स्वागत कर रहा था। व्लादेक, मैनहट्टन की स्काईलाइन को हैरानी से ताकता रहा।

अंत में वे एलिस आईलैंड की लाल ईंटों वाली इमारतों के पास पहुँचे। पहले उन मुसाफ़िरों को उतारा गया जो निजी केबिनों में थे यानी फ़र्स्ट और सैकेंड क्लास वाले यात्री। व्लादेक ने उस दिन से पहले उन्हें देखा तक नहीं था। उनके सामान कुलियों के पास थे और डॉकसाइड पर मुस्कुराते चेहरे उनका स्वागत कर रहे थे। व्लादेक जानता था कि कोई भी मुस्कुराता चेहरा उनका स्वागत नहीं करने वाला।

जब वे लोग उतर गए तो कप्तान ने माइक पर ऐलान किया कि बाकी लोग कुछ घंटों तक जहाज़ से नहीं उतर सकते। लोगों में हताशा की लहर छा गई जो अलग-अलग बोलियों में सुनाई दे रही थी। ज़ाफ़िया डेक पर बैठ कर रोने लगी। व्लादेक ने उसे दिलासा देनी चाही। आखिर में एक अप्रवासी अधिकारी आया और सभी को नंबरों वाले बिल्ले पहनने को दिए गए। व्लादेक का नंबर बी.127 था, उसे वह समय याद आया जब उसे नंबर से ही जाना जाता था। क्या अमेरिका रूसी कैंपों से भी बदतर होने वाला था?

बीच दोपहर—न कोई खाना मिला और न ही कोई सूचना—एक ऐलान हुआ कि अब वे उतर सकते हैं। व्लादेक, जॉर्ज और ज़ाफ़िया ने एक साथ अमेरिका की धरती पर पहला कदम रखा। पुरुष और स्त्रियों को उसी समय अलग-अलग शेड में भेज दिया गया। व्लादेक ने ज़ाफ़िया को चूमा, वह उसे अपने से अलग नहीं करना चाहता था। उसने उसका हाथ थामे रखा। एक अधिकारी ने उन्हें अलग किया।

"ठीक है, चलो-चलो। तुम लोग दूसरी ओर जाकर मिल सकते हो।" ज्यों ही व्लादेक और जॉर्ज आगे बढ़े, ज़ाफ़िया दिखाई देनी बंद हो गई।

उनकी पहली रात अमेरिका के एक सीलन से भरे शेड में बीती। वे लोग सो नहीं पाए क्योंकि दुभाषिए उनके बीच घूमते हुए बौखलाए प्रवासियों की मदद कर रहे थे।

सुबह उन्हें चिकित्सा जाँच के लिए लाइन में लगाया गया। व्लादेक से कहा गया कि ऊँची सीढ़ियों पर चढ़े। नीली वर्दी वाले डॉक्टर ने उससे दो बार ऐसा करवाया। वह उसके पैर की लँगड़ाहट को ध्यान से देख रहा था। व्लादेक ने सामान्य दिखने की पूरी कोशिश की,

जब तक डॉक्टर संतुष्ट नहीं हो गया। व्लादेक को टोपी और कॉलर उतारने को कहा गया ताकि उसके चेहरे, आँखों, बालों, हाथों और गर्दन की सावधानी से जाँच हो सके। उसके पीछे खड़े आदमी का एक होंठ कटा हुआ था, डॉक्टर ने उसे तत्काल रोक दिया। उसके दाएँ कंधे पर चॉक से क्रॉस लगा कर शेड के दूसरे कोने में भेज दिया।

शारीरिक जाँच के बाद व्लादेक और जॉर्ज को सार्वजनिक परीक्षा कक्ष में भेजा गया, उस जगह पाँच मिनट तक सबका इंटरव्यू लिया जा रहा था। व्लादेक यही सोच रहा था कि उनसे क्या पूछा जा रहा होगा।

तीन घंटे बाद जॉर्ज को अंदर भेजा गया। जब वह आया तो व्लादेक को देख कर बोला, "आसान है बड़ा, तुझ जैसा बेवकूफ़ भी निभा लेगा।"

व्लादेक अंदर जाते हुए हाथों पर आए पसीने को महसूस कर सकता था। उस छोटे से कमरे में दो अधिकारी मौजूद थे। वे सरकारी कागज़ों पर लगातार कुछ लिखते जा रहे थे—

"क्या अंग्रेज़ी बोल लेते हो?" एक ने पूछा।

"जी सर, मैं अच्छी अंग्रेज़ी बोल सकता हूँ," व्लादेक को लगा कि उसे यात्रा के दौरान थोड़ा और अभ्यास कर लेना चाहिए था।

"तुम्हारा नाग क्या है?"

"व्लादेक कोस्कीविज़, श्रीमान।"

दूसरे आदमी ने काली मोटी क़िताब देकर पूछा, "पता है, यह क्या है?"

"जी सर, यह *बाइबिल* है।"

"क्या तुम परमात्मा में विश्वास रखते हो?"

"जी सर, रखता हूँ।"

"*बाइबिल* पर हाथ रख कर कसम खाओ कि सारे प्रश्नों के उत्तर सच्चाई से दोगे।"

व्लादेक ने *बाइबिल* पर दायाँ हाथ रखकर कहा, "मैं वादा करता हूँ कि सच बोलूँगा।"

"तुम किस देश के रहने वाले हो?"

"मैं पोलिश हूँ।"

"रास्ते का ख़र्च किसने दिया?"

"मैंने कुस्तुंतुनिया के पोलिश दूतावास में खुद कमाए थे।"

अधिकारी ने व्लादेक के कागज़ देख कर सिर हिलाया और फिर पूछा, "क्या किसी के घर जा सकते हो?"

"जी सर, मैं मिस्टर पीटर नोवाक के पास ठहरने वाला हूँ। वे मेरे दोस्त के अंकल हैं। वे न्यूयॉर्क में रहते हैं।"

"अच्छा, कोई नौकरी है क्या?"

"जी सर, मैं मि. नोवाक की बेकरी में काम करने जा रहा हूँ।"

"क्या पहले कभी बंदी बने हो?" एक आदमी ने पूछा।

व्लादेक के दिमाग में रूस घूम गया। उसे गिन नहीं सकते। तुर्की—वह कभी नाम नहीं लेने वाला।

"नहीं सर, कभी नहीं।"

"क्या तुम बागी हो?"

"नहीं सर।"

"क्या तुम साम्यवादी हो?"

"नहीं सर। मुझे उनसे नफ़रत है। उन्होंने मेरी बहन को मारा।"

"क्या तुम अमेरिका के नियम-कानून मानने को तैयार हो?"

"जी, सर।"

"क्या तुम्हारे पास पैसा है?"

"जी, सर।"

"क्या हम देख सकते हैं?"

"जी सर," व्लादेक ने कुछ नोट और सिक्के मेज़ पर रख दिए।

"थैंक्यू," परीक्षक ने कहा। "तुम जेब में पैसे वापिस रख सकते हो।"

"इक्कीस और चौबीस कितने होते हैं?" दूसरे परीक्षक ने पूछा।

"पैंतालीस," व्लादेक बेहिचक बोला।

"गाय की कितनी टाँगें होती हैं?"

व्लादेक अपने कानों पर यकीन नहीं कर सका। "चार, सर," वह सोच रहा था कि क्या इस सवाल में कोई झोल था।

"और एक घोड़े की?"

"चार सर," व्लादेक अब भी यकीन नहीं कर पा रहा था।

"अगर तुम समंदर में एक छोटी-सी नाव में होते और उसका भार कम करना होता तो इनमें से कौन-सी चीज़ पानी में फेंकते-पैसा या रोटी?"

"सर, पैसा," व्लादेक बोला।

"बढ़िया," परीक्षक ने कार्ड उठा कर 'दाख़िल' लिख दिया। उसने वह कार्ड व्लादेक को देकर कहा, "जब अपने पैसों के बदले डॉलर ले लो तो यह कार्ड प्रवासी अधिकारी को दिखाना। उसे अपना पूरा नाम बताना, वह तुम्हें रजिस्ट्रेशन कार्ड देगा। तब तुम्हें प्रवेश सर्टिफ़िकेट मिल जाएगा। अगर तुम अगले पाँच साल तक कोई अपराध नहीं करते, उसके साथ ही अंग्रेज़ी में पढ़ने और लिखने की एक परीक्षा पास कर लेते हो, संविधान को मानने

की हामी भरते हो तो तुम यू.एस. की नागरिकता पाने के लिए आवेदन कर सकते हो। व्लादेक, शुभकामनाएँ।''

''धन्यवाद, सर।''

पैसे बदलने वाले काउंटर पर व्लादेक ने तुर्की में एक साल में की गई कमाई और पचास रूबल के तीन नोट सौंप दिए। उसे तुर्की पैसे के बदले 47 डॉलर और 20 सेंट मिले और बताया गया कि रूबल बेकार हो चुके थे। उसे याद आया कि वे डॉ. डुबिएन की पंद्रह साल की बचत थे।

इसके बाद प्रवासी अधिकारी से मिलना था, जो बाहर निकलने वाले बैरियर के काउंटर के पीछे बैठा था। उसके ऊपर प्रेज़ीडेंट हार्डिंग की तस्वीर लगी थी। व्लादेक और जॉर्ज उसके आगे जाकर खड़े हो गए।

''पूरा नाम?'' अधिकारी ने जॉर्ज से पूछा।

''जॉर्ज नोवाक,'' झट से जवाब आया। अधिकारी ने कार्ड पर नाम लिख दिया।

''और पता?'' उसने पूछा।

''286, ब्रूम स्ट्रीट, न्यूयॉर्क''

अधिकारी ने जॉर्ज को कार्ड दे दिया। ''यह प्रवासी सर्टिफ़िकेट है। एमडीएल 21871707—जॉर्ज नोवाक जॉर्ज, यू.एस. में स्वागत है। मैं भी पोलैंड से हूँ। मुझे लग रहा है कि तुम ज़रूर नाम कमाने वाले हो। बधाई और शुभकामनाएँ जॉर्ज।''

जॉर्ज ने मुस्कुराकर अधिकारी से हाथ मिलाया और फिर एक ओर खड़े हो कर अपने दोस्त का इंतज़ार करने लगा। अधिकारी ने अपना ध्यान व्लादेक की ओर लगाया, जो अपने हाथ में 'दाख़िल' वाला कार्ड लिए खड़ा था।

''पूरा नाम,'' अधिकारी ने पूछा।

व्लादेक हिचका।

''तुम्हारा नाम क्या है?'' उस आदमी ने ज़ोर से दोहराया।

व्लादेक कुछ बोल नहीं सका। उसे उस किसान के नाम से नफ़रत थी।

''आखिरी बार पूछ रहा हूँ, नाम क्या है तुम्हारा?'' उस आदमी ने कहा।

जॉर्ज व्लादेक के पास बैठा था। लाइन में और बहुत से लोग इंतज़ार में थे। व्लादेक अब भी कुछ नहीं बोल सका। अधिकारी घूम कर उसकी ओर आया, उसकी कलाई पर बँधे बैंड पर लिखे शब्द पढ़े और कार्ड पर कुछ लिख कर व्लादेक को पकड़ा दिया।

''यह रहा तुम्हारा प्रवासी सर्टिफ़िकेट-एमडीएल 21871708-बैरन एबल रोसनोवस्की। यूनाइटेड स्टेट्स में स्वागत है। बहुत सारी बधाई और गुड लक, एबल!''

भाग दो

1923–1928

22

सितंबर 1923 में विलियम को सेंट पॉल की सीनियर कक्षा का प्रेज़ीडेंट चुना गया, तैंतीस साल पहले, इसी तरह उसके पिता चुने गए थे।

विलियम ने अच्छा एथलीट या स्कूल का सबसे लोकप्रिय लड़का होने के नाते यह अवसर नहीं पाया था। अगर ये मापदंड होते तो बेशक़ उसका सबसे पक्का दोस्त मैथ्यू लेस्टर उससे आगे होता। बस विलियम स्कूल का सबसे प्रभावशाली छात्र था इसलिए मैथ्यू और उसका मुक़ाबला नहीं था।

सेंट पॉल ने विलियम का नाम, हॉर्वर्ड में हैमिल्टन मैमोरियल मैथेमेटिक्स स्कॉलरशिप के लिए भी भेजा, और विलियम दिन-रात इस लक्ष्य को साकार करने में जुटा रहा।

जब वह क्रिसमस के अवकाश में रेड हाउस आया तो अपने लिए ऐसा समय चाहता था, जब 'प्रिंसीपिआ मैथेमेटीशिआ' को पूरा समय दिया जा सके। पर ऐसा नहीं हो सका क्योकि उसके लिए बहुत सारी पार्टियों और नृत्य की दावतों के न्यौते आए हुए थे। उसने कई लोगों को खेद के साथ मना कर दिया पर एक जगह बचा नहीं जा सकता था। दादी और नानी ने रैड हाउस में बॉल का आयोजन किया था। विलियम सोच रहा था कि उसे इन दो महान महिलाओं से अपने घर की रक्षा के लिए और कितना बड़ा होना होगा, फिर उसने तय किया कि अभी वह समय नहीं आया है। बौस्टन में उसके कुछ इने-गिने दोस्त थे पर इसके बावजूद बॉल में आने वालों की लंबी सूची तैयार थी।

इस मौके पर पहनने के लिए विलियम को नया टक्सीडो (पुरुषों के लिए अर्ध औपचारिक पोशाक) दिया गया जो डबल ब्रेस्ट स्टाइल में था, उसने बड़ी उदासीनता से उपहार लिया पर बाद में उसे पहन कर अपने कमरे में शीशा देख-देख कर इतराता रहा।

अगले दिन उसने न्यूयॉर्क में लॉन्ग डिस्टेंस कॉल लगा कर मैथ्यू से इस पार्टी में आने का आग्रह किया। मैथ्यू की बहन भी आना चाहती थी पर उसकी मॉम को लगा कि किसी बड़े के साथ न होने पर, उसे भेजना सही नहीं होगा।

जब मैथ्यू गाड़ी से उतरा तो विलियम स्टेशन पर ही था।

''इस बारे में सोचो तो सही,'' वे दोनों कार में थे और चालक घर की ओर जा रहा था। ''विलियम, अब समय आ गया है कि किसी लड़की से दोस्ती कर लो। क्या पूरे बौस्टन में ऐसी एक भी लड़की नहीं होगी, जिसकी पसंद बकवास हो?''

''क्यों जी, क्या तुम्हें भी ऐसी ही कोई मिल गई है?''

''हाँ, पिछले दिसंबर, न्यूयॉर्क में।''

''मैं तब क्या कर रहा था?''

''शायद बर्टेंड रसेल पूरा कर रहे थे।''

''तूने तो कभी उसके बारे में बताया नहीं।''

''तूने कभी पूछा नहीं।''

"बताने लायक था नहीं कुछ। यह सब बैंक की क्रिसमस स्टाफ़ पार्टी में हुआ। दरअसल, अगर सारी घटना को सही नज़रिए से देखें, तो डायरेक्टर की एक सैक्रेटरी ने मेरा नाजायज़ फ़ायदा उठाया, सिंथिया नाम की बड़ी-बड़ी छातियों वाली वह औरत..."

"क्या तुझे मज़ा आया?"

"हाँ, पर यकीन से नहीं कह सकता कि सिंथिया को आया होगा या नहीं क्योंकि वह उस समय नशे में इतनी धुत्त थी कि मेरे होने का भी अहसास नहीं हुआ होगा। खैर, कहीं-न-कहीं से तो शुरुआत करनी ही होती है और वह बॉस के बेटे की मदद के लिए तैयार थी।"

विलियम के आगे, एलन लॉयड की अधेड़ सैक्रेटरी का चेहरा नाच गया।

"मुझे नहीं लगता कि इस मामले में चेयरमैन की सहायिका मेरे किसी काम आ सकती है।"

"तुझे जान कर हैरानी होगी कि जो लोग अपनी टाँगों को बहुत ज़्यादा बंद करके रखते हैं, वही मौका पाते ही उन्हें खोलने में देर नहीं करते।"

"मैथ्यू, तू अपने पियक्कड़ी अनुभव के आधार पर, अभी कहीं से भी विशेषज्ञ नहीं हो सकता," विलियम ने कहा और कार रेड हाउस पहुँच गई।

जब वे घर में दाख़िल हो रहे थे तो मैथ्यू ने मज़ाक उड़ाते हुए कहा, "ओह, अपने ही सबसे प्यारे दोस्त से इतनी जलन। वाह! जब मैं पिछली बार आया था, तब से घर में कई बदलाव आए हैं।" उसने आधुनिक बेंत फ़र्नीचर को सराहते हुए बेलों वाले वॉलपेपर को गौर से देखा। बस मैरून रंग की चमड़े की कुर्सी अपनी जानी-पहचानी जगह पर ज्यों-की-त्यों धरी थी।

"इस जगह में थोड़ा रंग लाना है," विलियम ने कहा। "ऐसा लगता है कि मानो हम पाषाण युग में जी रहे हों। वैसे भी, मैं नहीं चाहता था कि मुझे उन बातों की याद...। चल छोड़, अभी घर की साज-सजावट के बारे में बातें करने का समय नहीं है।"

"तेरी छोटी-सी पार्टी के मेहमान कितने बजे आने वाले हैं?"

"बॉल, मैथ्यू—मेरी दादी और नानी इसे बॉल कहना पसंद करती हैं।"

"इन मौकों पर बस एक ही चीज़ को बॉल कहा जा सकता है।"

विलियम ने हँसते हुए घड़ी देखी। "वे लोग दो घंटे तक आने वाले होंगे। नहा कर कपड़े बदलने का समय हो गया है। क्या तू याद से टक्सीडो लाया है?"

"हाँ, पर अगर नहीं भी लाया होता तो अपना पाजामा पहन सकता था। मैं अक्सर एकाध चीज़ छोड़ देता हूँ पर ये दोनों कभी नहीं भूला।"

"मुझे नहीं लगता कि मेरी नानी और दादी, बॉल के लिए तुझे पाजामा पहनने देतीं।"

~

केटरर छह बजे के करीब आ गए। वे कुल मिला कर तेईस लोग थे। सात बजे के करीब

दादी और नानी ने तैयारियों का निरीक्षण किया। वे अपनी लंबी काली लेस वाली शाही पोशाकों में थीं जो धरती पर लोट रही थीं। विलियम और मैथ्यू भी आठ बजे से कुछ पहले उनके साथ नीचे थे। विलियम एक लाजवाब आइस केक पर रखी चैरी उठाने ही वाला था कि दादी केन का कड़ा स्वर सुनाई दिया।

''विलियम, खाने को हाथ मत लगाना। तुम्हारे लिए नहीं है।''

वह पलट कर मुड़ा। ''तो किसके लिए है?'' उसने दादी के गाल चूमते हुए पूछा।

''विलियम, मुझसे मत उलझना। तू छह फुट से लंबा हो गया इसका मतलब यह नहीं कि मैं तुझे पीट नहीं सकती।''

मैथ्यू हँस दिया।

''दादी, मेरे सबसे पक्के दोस्त से मिलिए, मैथ्यू लेस्टर।''

दादी ने मैथ्यू को सिर से पैर तक अच्छी तरह देखा। ''कैसे हो, नौजवान?''

''मिसेज़ केन, यह मेरे लिए सम्मान की बात है कि आपसे भेंट हुई। शायद आप मेरे दादाजी को जानती थीं?''

''तुम्हारे दादा को जानती थीं? केलब लांगवर्थ लेस्टर? उन्होंने पचास साल पहले मेरे आगे शादी का प्रस्ताव रखा था। बेशक़ मैंने मना कर दिया। मैंने उनसे कहा कि वे बहुत शराब पीते हैं इसलिए इस दुनिया से जल्दी विदा होंगे। मैं सही साबित हुई इसलिए तुम दोनों में से कोई भी उनके रास्ते पर मत चलना। याद रखो, शराब दिमाग को कुंद कर देती है।''

''हमें तो वैसे भी इतना पीने का अवसर ही नहीं मिलता,'' मैथ्यू ने कहा।

मिसेज़ केन ने उसकी बात अनसुनी की और मेहमानों की सूची देखने लगी।

मेहमान आठ बजे के बाद आने लगे, उनमें से कई तो मेज़बान को जानते तक नहीं थे, हालाँकि विलियम को यह देख कर अच्छा लगा कि एलन लॉयड भी जल्दी आ गए थे।

''मेरे बच्चे कमाल लग रहे हो,'' उन्होंने विलियम को सिर से पैर तक देख कर कहा।

''आप भी अच्छे लग रहे हैं, सर। आपके आने से मुझे खुशी हुई।''

''कैसी बात करते हो? तुम भूल गए कि किन दो महान हस्तियों ने मुझे न्यौता भेजा था? किसी एक की बात तो टाल भी देता पर दोनों की बात टालने की हिम्मत मुझमें नहीं है।''

''आप भी एलन?'' विलियम हँस दिया। ''क्या आप एक मिनट के लिए कोने में आएँगे।'' वह चेयरमैन को अपने साथ एक शांत कोने में ले गया, उसने अपनी बात कहने में ज़रा भी देर नहीं की। ''मैं अपने निवेशक प्लान को थोड़ा-सा बदलना चाहता हूँ। मैं चाहता हूँ कि लेस्टर बैंक स्टॉक जब भी बाज़ार में उतरें, हम उसे खरीद लें। मैं जब तक इक्कीस का होऊँ, तब तक मेरे पास इस कंपनी के पाँच प्रतिशत अंश तो होने ही चाहिए।''

''यह आसान नहीं होगा,'' एलन बोले। ''लेस्टर के स्टॉक इतनी आसानी से बाज़ार में नहीं आते क्योंकि ये सब निजी हाथों में है। पर मैं देखूँगा कि क्या कर सकते हैं।

विलियम, क्या मैं पूछ सकता हूँ कि तुम्हारे दिमाग में क्या चल रहा है?''

''मेरी लंबे समय के लिए योजना है कि...''

''विलियम!'' विलियम ने मुड़ कर देखा तो नानी कैबट उनके पीछे खड़ी थीं। उनके चेहरे पर सख़्त से भाव दिखे। ''विलियम, यह कोई बोर्ड रूम नहीं, एक बॉल है और मैंने तुम्हें शाम से अब तक डांस फ़्लोर पर नहीं देखा।''

''सही कहा,'' एलन बोले। ''मिसेज़ कैबट, आप मेरे साथ बैठो, मैं इस लड़के को असली दुनिया में किक करके आता हूँ। हम इन्हें नाचते हुए देखेंगे और संगीत का आनंद लेंगे।''

''संगीत? एलन, तुम इसे संगीत कहते हो, न सिर, न पैर, धुनें तो जैसे रहीं ही नहीं।''

''मेरी प्यारी नानी, यह तो सबसे नया हिट गाना है-यैस, वी हैव नो बनानास,'' विलियम बोला।

''तो मेरे लिए दुनिया से जाने का वक़्त आ गया है,'' नानी कैबट ने आँख दबाते हुए कहा।

''कभी नहीं,'' एलन जोश से बोले।

विलियम उन्हें वहीं छोड़ कर, दो में से एक लड़की के साथ नाचने लगा, उसे कुछ-कुछ याद था, शायद किसी पार्टी में मिली थीं पर उनके नाम दिमाग से निकल गए थे। जब उसने मैथ्यू को कोने में एक सोफ़े पर बैठा देखा तो उसे खुशी हुई कि उसे उस जगह से हटने का बहाना मिल गया था। जब तक वह उस जगह नहीं पहुँचा, उसे अपने दोस्तों के साथ बैठी लड़की नहीं दिखी। जब उस लड़की ने उसे देखा तो विलियम को लगा कि उसके घुटने जवाब दे गए।

''क्या तुम एबी ब्लॉन्ट को जानते हो?'' मैथ्यू ने पूछा।

''नहीं,'' विलियम ने कहा। वह अपनी नज़रें उस लड़की पर से नहीं हटा पा रहा था।

''यह तुम्हारा मेज़बान है, मि. विलियम लोवेल केन।''

विलियम साथ बैठा तो उस लड़की ने नज़रें झुका लीं। मैथ्यू ने विलियम का चेहरा पढ़ लिया था और वह कुछ पीने के बहाने, उन्हें अकेला छोड़ कर निकल गया।

''ऐसा कैसे हो सकता है कि मैं बौस्टन का ही हूँ और हमारी कभी मुलाक़ात नहीं हुई?'' विलियम ने पूछा।

''हम पहले एक बार मिल चुके हैं, मि. केन,'' एबी ने कहा। ''तब आपने मुझे पूल में धकेल दिया था। तब हम तीन साल के थे। चौदह साल पहले की बात है और मैं अभी भी आपको भूली नहीं।''

''सॉरी,'' विलियम उसकी बात के जवाब में इतना ही कह पाया।

एबी मुस्कुराई और उसे सहज करने की कोशिश की। ''विलियम, घर कितना सुंदर है तुम्हारा,'' वह बोली।

एक और लंबी चुप्पी। विलियम ने धीरे से धन्यवाद कहा। उसने कनखियों से लड़की को देखा। वह छरहरी थी-बहुत छरहरी-लंबी, भूरी आँखें, लंबी अलकें और ऐसा ढब कि कोई भी मर्द पलट कर दूसरी बार देखना चाहे। उसके बाल ऐसे स्टाइल में बने थे, जिसे वह उस एक पल से पहले नफ़रत करता था।

"मैथ्यू ने बताया कि तुम अगले साल हॉर्वर्ड जा रहे हो?" उसने फिर से बात करने की कोशिश की।

"हम्म, सही बताया। मतलब, क्या तुम डांस करना चाहोगी?"

"थैंक्स," वह बोली।

थोड़ी देर पहले इतनी आसानी से डांस के स्टेप्स आ रहे थे पर अब उसके लिए नाचना भी दूभर हो रहा था। उसने एबी का पैर कुचला और बार-बार दूसरे नाचने वालों से टकराता रहा। उसने माफ़ी चाही, वह मुस्कुराई। वह चौथे डांस के बाद उसे अपने थोड़ा और पास ले आया था।

"क्या हम उस लड़की को जानते हैं जो पिछले एक घंटे से विलियम पर कब्ज़ा किए हुए है?" नानी कैबट ने संदेह से पूछा।

दादी केन ने विलियम के साथ वाली लड़की को गौर से देखा।

"एबीगेल ब्लॉन्ट," उन्होंने कहा।

"एडमिरल ब्लॉन्ट की पोती?" नानी कैबट ने पूछा।

"हाँ।"

नानी कैबट ने अपनी ओर से सिर हिलाते हुए हामी भरी।

विलियम एबी को बाग के दूसरे कोने में ले गया और वे अखरोट के पेड़ के पास रुके। इससे पहले वह पेड़ उसके लिए केवल चढ़ने के काम आता था।

"क्या तुम हमेशा किसी लड़की को पहली बार मिलते ही चूमने की कोशिश करते हो?" एबी ने पूछा।

"सच पूछो तो आज से पहले कभी किसी लड़की को किस नहीं किया," विलियम ने कहा।

एबी हँस दी। "वाह, मैं तो क़िस्मत वाली हूँ।"

उसने अपना गुलाबी गाल आगे कर दिया पर फिर कहने लगी कि बाहर सर्दी है इसलिए वह अंदर जाना चाहती है। दादी और नानी ने उनकी लॉन से वापसी देख कर सुकून की साँस ली।

जब सारे मेहमान चले गए, तो दोनों लड़के लॉन में घूमते हुए शाम की बातें करने लगे।

"पार्टी अच्छी थी," मैथ्यू बोला। "इतनी दूर से यहाँ आना बेकार नहीं गया। यह बात अलग है कि तूने मेरी ही लड़की चुरा ली।"

"क्या तुझे लगता है कि वह मेरा कुआँरापन मिटाने में मदद करेगी?" विलियम ने पूछा, उसने मैथ्यू के मज़ाक को अनसुना कर दिया था।

"तेरे पास पता करने के लिए दो सप्ताह हैं पर लगता है कि तुझे पता चलेगा कि अभी वह इस मामले में कोरी है।"

"तुम यकीन से कैसे कह सकते हो?" विलियम ने पूछा।

"वह जैसे तुझे देख रही थी। कुआँरी लड़कियाँ ऐसे ही शरमाती हैं। वह विलियम लोवेल केन के आकर्षण में नहीं आने वाली, मैं पाँच डॉलर की शर्त लगाता हूँ।"

शर्त लगाने के बाद दोनों ने हाथ मिलाए।

~

विलियम ने सावधानी से अपने अभियान की योजना तैयार की। अपना कुआँरापन खोना अलग बात थी, पर मैथ्यू से पाँच डॉलर हारना अलग बात थी। वह बॉल के बाद से एबी को लगभग हर दिन मिलने लगा, वह पहली बार अपनी कार और घर का फ़ायदा उठा रहा था। उसे लगने लगा था कि अगर हर जगह एबी के माता-पिता बीच में न आते तो वह कहीं बेहतर प्रदर्शन कर सकता था और अवकाश बीतने को था, वह अपने लक्ष्य के आस-पास भी नहीं आया था।

वह हर हाल में शर्त जीतना चाहता था, उसने उस सुबह एबी को दर्जन भर गुलाब भेजे, उसे जोसेफ़ में महँगा खाना खिलाया और उस रात उसे अपने साथ रेड हाउस चलने के लिए राज़ी करने में क़ामयाब रहा।

"तुम्हें व्हिस्की की बोतल कैसे मिली?" एबी ने पूछा।

"अगर सही लोगों से जान-पहचान हो तो सब काम हो जाते हैं," विलियम ने कहा।

सच तो यह था कि जब हेनरी घर से गया तो उसने उसकी ही शराब की एक बोतल अपने सोने के कमरे में छिपा ली थी और अब उसे खुशी थी कि उसने उसे नाली में नहीं उँड़ेला जैसा कि उसने पहले करने का सोचा था।

विलियम शराब पी कर हाँफ़ने लगा और एबी की आँखों में पानी आ गया। वह उसके साथ बैठा और बड़े आत्मविश्वास से अपना हाथ उसके कंधे पर रख दिया। एबी ने कुछ नहीं कहा।

"एबी, मुझे लगता है कि तुम ज़बरदस्त सुंदरी हो," वह उसके सुनहरे भूरे बाल देख कर बुदबुदाया।

वह उसे हैरानी से ताकती रही, भूरी आँखें बड़ी-बड़ी खुली हुई थीं। "ओह, विलियम, और मुझे लगता है कि तुम वाकई कमाल हो।"

वह पीछे की ओर झुकी और आँखें बंद कर लीं। उसने पहली बार विलियम को अपने होंठ चूमने दिए। विलियम का हौसला बढ़ा और उसका हाथ एबी की कमर से सरक कर वक्ष तक आ गया। उसने उसे वहीं टिका दिया जैसे किसी यातायात नियंत्रक ने गाड़ियों

को हाथ देकर रोक रखा हो। एबी ने हाथ पीछे हटा दिया ताकि यातायात का आवागमन आराम से हो सके।

"विलियम, तुम्हें ऐसा नहीं करना चाहिए।"

"क्यों नहीं?" विलियम ने अपनी ओर से पहल करनी चाही।

"क्योंकि तुम नहीं जानते कि यह सब कहाँ थमेगा।"

"मुझे पूरा अंदाज़ा है।"

इससे पहले कि वह आगे बढ़ता, एबी झट से सोफ़े से उठी और हाथ से पोशाक की सलवटें ठीक करने लगी।

"मुझे अब चलना चाहिए, विलियम।"

"पर तुम अभी तो आई हो।"

"मॉम को पता चल जाएगा कि मैं क्या कर रही थी।"

"तुम उन्हें बता देना—कुछ नहीं।"

"और मुझे लगता है कि इस तरह बोलना सही नहीं रहेगा," वह बोली।

"पर मैं कल वापिस जा रहा हूँ और तीन महीने तक नहीं मिल सकूँगा," उसने जान कर स्कूल शब्द का प्रयोग नहीं किया।

"विलियम, तुम मुझे पत्र लिख सकते हो।"

अब वेलेंटीनो वाला मामला नहीं था। विलियम जानता था कि बाज़ी हाथ से निकल गई है। "हम्म, क्यों नहीं। मैं पत्र लिखूँगा।" उसने उठ कर टाई ठीक की। एबी का हाथ थामा और उसे कार में घर छोड़ आया।

अगले दिन, सेंट पॉल्स में मैथ्यू ने शर्त के पाँच डॉलर ग्रहण करते हुए, नकली हैरानी के साथ भवें उठाईं।

"मैथ्यू, एक भी शब्द बोला तो बेसबॉल बैट से मारते हुए, पूरे स्कूल में घुमाऊँगा।"

"मुझे तो ऐसे शब्द ही नहीं मिल रहे जिससे मैं अपनी हमदर्दी जता सकूँ।"

"मैथ्यू! स्कूल के चक्कर!" विलियम ने फिर से चेतावनी दी।

~

विलियम ने आखिरी सत्र के दौरान अपने हाउसमास्टर की पत्नी को जाना था।

मिसेज़ रैगलन दिखने में सुंदर, थोड़ी मोटी और भारी थी। नितंब थोड़े पतले होते तो अच्छा था पर भारी छातियों के साथ वे भी दिखने में सुंदर लगते थे। सिर पर काले मोटे बालों में कहीं-कहीं हल्की सफ़ेदी झलकती थी। एक शनिवार, हॉकी खेलते हुए विलियम की कलाई में मोच आ गई। मिसेज़ रैगलन ने ठंडी पट्टी कर दी, ज़रूरत से ज़्यादा नज़दीक खड़ी हुई और विलियम को इजाज़त दी कि वह अपनी बाज़ू उसकी छातियों से छुआ सके। उसने इस सनसनी का आनंद लिया। एक और मौके पर, जब उसे बुखार था और वह कुछ

दिन के लिए सिक रूम में था तो वह स्वयं उसके लिए खाना ला कर, पलंग पर बैठती, जब वह खाना खाता तो उसका शरीर उसकी टाँगों को छूता। उसे वह भी अच्छा लगता था।

सबका कहना था कि वह रेग्स रैगलन की दूसरी बीवी थी। किसी लड़के को भी यह समझ नहीं आता था कि रेग्स की पहली शादी कैसे हुई होगी, दूसरी तो बहुत दूर की बात थी। मिसेज़ रेग्स अक्सर बातों और इशारों में अपनी फूटी क़िस्मत का रोना रो देती थी।

हाउस कैप्टन के रूप में विलियम को रोज़ रात को साढ़े दस बजे के आस-पास सोने से पहले, रेग्स को रिपोर्ट करने जाना होता था। सोमवार शाम उसने रेग्स का दरवाज़ा खटखटाया, तो मिसेज़ रेग्स ने उसे अंदर आने को कहा। वह एक जापानी से खुले रेशमी चोगे में लिपटी कुर्सी पर पसरी हुई थी।

विलियम ने दरवाज़े को कस कर पकड़ा और कहा, ''सारी बत्तियाँ बंद हैं और मैंने बाहर का दरवाज़ा भी लॉक कर दिया है। गुड नाइट।''

मिसेज़ रेग्स ने अपने पैर ज़मीन पर टिकाए और पल भर के लिए उनकी जाँघ का एक हिस्सा चमचम करते हुए सामने आ गया।

''विलियम, तुम हमेशा जल्दी में रहते हो। क्या तुम अपनी ज़िन्दगी के शुरू होने का भी इंतज़ार नहीं कर सकते?'' वह एक कोने वाले मेज़ के पास आई। ''यहीं बैठो। हॉट चॉकलेट लाती हूँ। मैं भी पागल हूँ, याद ही नहीं रहा कि रैगलन तो शनिवार सुबह तक आने वाले हैं। मैंने उनके लिए हॉट चॉकलेट बना लिया।'' शनिवार शब्द पर बल दिया गया था।

वह भाप उड़ाता हुआ कप विलियम के पास ले आई और उसे देखा कि क्या उसके शब्दों का असर विलियम पर हुआ या नहीं। फिर उसने मुस्कुरा कर कप थमा दिया। दोनों के हाथ आपस में मिले। वह हॉट चॉकलेट को तेज़-तेज़ हिलाने लगा।

''विलियम, मेरे पति जिराल्ड कॉन्फ्रेंस में गए हैं। तुम दरवाज़ा बंद कर दो और मेरे पास आकर बैठो,'' मिसेज़ रेग्स ने पहली बार पति का नाम लिया था।

विलियम हिचका; उसने दरवाज़ा बंद कर दिया पर उसे लगा कि रेग्स की कुर्सी पर नहीं बैठना चाहिए और उसकी मिसेज़ के पास भी नहीं बैठना चाहता था। उसे लगा कि रेग्स की कुर्सी चुनना बेहतर होगा इसलिए वह उस पर ही बैठ गया।

''नहीं, नहीं,'' वह बोली। और अपने पास बैठने का संकेत किया।

विलियम घबराया हुआ-सा उसके पास जा बैठा। वह हौसले के लिए अपने कप को घूरने लगा पर कोई बात नहीं बनी। उसने ज्यों ही घूँट भरा तो जीभ जल गई। जब मिसेज़ रैगलन उठी तो उसे चैन आया। उसने विलियम का कप फिर से भर दिया और कोई इनकार नहीं माना, फिर वह कमरे के कोने में गई और एक रिकॉर्ड चला दिया। जब वह वापिस आई तो विलियम फ़र्श को ही ताक रहा था।

''विलियम, क्या किसी लेडी को अकेले नाचने देना शिष्टाचार होगा?''

वह संगीत की धुन पर थिरकने लगी। विलियम ने उठ कर औपचारिक रूप से अपनी बाँह उसकी कमर में डाल दीं मानो वे लोगों के बीच डांस फ़्लोर पर उतरे हों। उनके बीच

इतनी दूरी थी कि उनमें रेग्स भी आ सकता था। कुछ देर बाद वह विलियम के पास आ गई और वह लगातार उसके दाएँ कंधे को ताकता रहा ताकि यह संकेत दे सके कि उसने यह ध्यान नहीं दिया कि मिसेज़ रैगलन का बायाँ हाथ उसके कंधे से खिसक कर कमर के निचले हिस्से पर आ गया था। जब संगीत थमा, तो विलियम को लगा कि अब वह सुरक्षित रूप से हॉट चॉकलेट के पास वापिस जा सकता है पर संगीत दोबारा चालू कर दिया गया और वह फिर से मिसेज़ रैगलन के साथ नाच रहा था।

''मिसेज़ रैगलन, मुझे अब चलना चाहिए।''

''विलियम, ऐसी भी क्या बात है।''

अंत में विलियम ने उसकी आँखों में देखने की हिम्मत जुटा ही ली। वह चाह कर भी कुछ बोल नहीं सका। मिसेज़ रैगलन का हाथ विलियम के नितंब पर घूम रहा था और अचानक विलियम को लगा कि उसकी जाँघ आगे आकर शरीर से सट गई थी। उसने मिसेज़ रैगलन की कमर पर अपनी पकड़ कस दी।

''ये हुई न बात,'' वह बोली।

वे कमरे के चक्कर लगाते हुए, एक-दूसरे के धीरे-धीरे और पास आते गए। रिकॉर्ड पर धीमा संगीत बजता रहा। जब संगीत बंद हुआ तो मिसेज़ रैगलन ने जा कर बत्ती बंद कर दी। विलियम कमरे के अंधेरे में खड़ा था। उसे रेशमी कपड़ों की सरसराहट सुनाई दी, जब उसने उसे कपड़े उतारते देखा।

गाना पूरा हो गया था और सुई रिकॉर्ड के कोने में अटकी थी। विलियम कमरे में अडोल खड़ा रहा। मिसेज़ रैगलन ने उसकी जैकेट उतारी और उसे लाउंज में ले आई। विलियम ने अपने हाथों से उसके शरीर के लगभग सभी अंगों को छुआ पर वे तो बिलकुल वैसे नहीं लग रहे थे, जैसे वे उसकी कल्पना में थे। उसने झट से हाथ हटाए और वक्षस्थल के जाने-पहचाने हिस्से में ले आया। मिसेज़ रैगलन की ओर से कोई रोक नहीं हुई और विलियम को ऐसा कुछ महसूस होने लगा जो उसने पहले कभी अनुभव नहीं किया था। वह ज़ोर से चिल्लाना चाहता था पर खुद को सँभाल लिया वरना होस्टल में सो रहे लड़के जाग सकते थे। वह उसकी पतलून के बटन खोल कर, उसे उतारने लगी।

विलियम सोचने लगा कि वह उसके साथ शारीरिक संबंध कैसे बनाएगा क्योंकि उसे तो कोई अनुभव नहीं था। यह सब इतना आसान नहीं था जितना उसने सोचा था। हर बीतते पल के साथ उसकी उत्तेजना बढ़ रही थी। मिसेज़ रैगलन की उँगलियों ने उसे अपने अंदर आने का रास्ता दिखाना चाहा पर उससे पहले ही विलियम चरम अवस्था तक आ चुका था।

''सॉरी,'' विलियम को इसके सिवा कुछ और नहीं सूझा। वह कुछ देर तक मिसेज़ रैगलन के ऊपर चुपचाप लेटा रहा और फिर वह बोली—

''विलियम, यह कल और बेहतर होगा। याद रखना, रैग्स शनिवार तक वापिस नहीं आने वाला।''

रिकॉर्ड की तीखी आवाज़ फिर से विलियम को सुनाई देने लगी।

अगले दिन मिसेज़ रैगलन ही विलियम के दिमाग में छाई रहीं। उस रात उसने आह भरी। बुधवार को हाँफ़ने लगी। वीरवार को कराहने लगी। शुक्रवार को वह ज़ोर से चिल्लाई।

शनिवार सुबह, रेग्स रैगलन वापिस आ गए, तब तक विलियम की पढ़ाई पूरी हो चुकी थी।

~

ईस्टर के अवकाश के अंत में, एबी ब्लॉन्ट विलियम के आकर्षण में उलझ ही गई। मैथ्यू के पाँच डॉलर गए और एबी ने अपना कुआँरापन खोया। वह मिसेज़ रैगलन के बाद, किसी एंटीक्लाइमैक्स की तरह थी। पूरे ब्रेक के दौरान यही एक ऐसी घटना थी जिसके बारे में बताया जा सकता था क्योंकि एबी के माता-पिता उसे अपने साथ पाम बीच ले गए। विलियम का सारा अवकाश अपनी क़िताबों, नानी-दादी और मिस्टर लॉयड के साथ बीता। रेग्स रैगलन दोबारा बाहर नहीं गए इसलिए विलियम स्कूल आने के बाद भी क़िताबों में ही खोया रहा।

वह और मैथ्यू, कमरे में बात किए बिना, पढ़ाई में घंटों बिता देते। मैथ्यू गणित में कोई समस्या आने पर ही बात करता। जब परीक्षा पास आई तो उनकी पढ़ाई और बढ़ गई। परीक्षा पूरी होते ही उन्होंने चैन की साँस ली पर दिन बीतने लगे और नतीजे नहीं आए तो उनकी उम्मीद घटने लगी।

हॉर्वर्ड के लिए हैमिल्टन मैमोरियल मैथेमेटिक्स स्कॉलरशिप, इन नतीजों पर ही टिकी थी और अमेरिका के हर स्कूली लड़के के लिए खुली थी। विलियम के पास यह जाँचने का कोई तरीका नहीं था कि उसका प्रतिद्वंद्वी कितना मज़बूत हो सकता है। जब एक महीने बाद भी कुछ पता नहीं चला तो वह बदतर की कल्पना करने लगा और सोचने लगा कि उसे उस यूनिवर्सिटी में दाख़िला भी मिलेगा या नहीं।

एक दिन विलियम कुछ अन्य सीनियर्स के साथ बेसबॉल खेल रहा था जो स्कूल छोड़ने के कुछ दिन पहले, समय बिताने की कोशिश में थे। उसी समय एक तार आया। ये गर्मियों की ऐसी शामें थीं जब अधिकतर छात्र शराब पीते, खिड़कियाँ तोड़ते या मास्टरों की बीवियों या बेटियों के साथ रात बिताने का डौल बिठाते।

विलियम ने अपनी ओर से जो लड़के उसे सुन रहे थे, उनके सामने ज़ोर से ऐलान किया कि वह 'पहले होम रन' को हिट करने जा रहा था। मैथ्यू ने कहा, ''सेंट पॉल का बेब रूथ।'' मैथ्यू की बात से वहाँ और अधिक हँसी गूँज गई जब विलियम के हाथों में ये टेलीग्राम थमाया गया तो उसने झट से बैट नीचे रखा और पीला लिफ़ाफ़ा फाड़ कर खोला। पिचर और फ़ील्डर जानने को बेताब थे कि उसमें क्या लिखा है।

''क्या रेड सॉक्स वाले तेरे साथ डील कर रहे हैं ?'' पहला बेसमैन चिल्लाया। किसी बेसबॉल खेल के बीच तार आना सामान्य बात नहीं थी।

मैथ्यू दूसरे कोने से चलते हुए अपने दोस्त के पास आ गया। वह उसका चेहरा देख कर अंदाज़ा लगा रहा था कि ख़बर अच्छी थी या बुरी। विलियम ने तार उसे ही दे दिया।

उसने उसे पढ़ा, हवा में उछाला, कागज़ नीचे गिरा और वह विलियम के साथ ही बेस में दौड़ लगाने लगा, जबकि उसने बॉल को हिट तक नहीं किया था। केचर ने उस तार को उठाया और पढ़ने के बाद जोश में आकर अपना दस्ताना हवा में उछाल दिया। फिर वह पीले रंग के कागज़ का टुकड़ा हर खिलाड़ी के हाथों तक गया। आख़िर में उसे सैकेंड-फ़ॉर्मर ने पढ़ा, वही तो इतनी खुशी लाया था और उसे धन्यवाद तक नहीं दिया गया, उसने तय किया कि उसे ख़बर जानने का हक़ तो बनता ही है।

तार मि. विलियम लोवेल केन के नाम था। जिसमें लिखा था : हॉर्वर्ड के हेमिल्टन मेमोरियल मैथेमेटिक्स स्कॉलरशिप जीतने की बधाई। बाकी बातें विस्तार से बाद में। एबॉट लॉरेंस लोवेल, प्रेज़ीडेंट। विलियम को होम रन नहीं मिल सका क्योंकि बाकी खिलाड़ियों ने उसे जोश में आकर घेर लिया था।

मैथ्यू अपने दोस्त की क़ामयाबी से खुश था पर इस बात की उदासी भी थी कि अब उन्हें अलग होना होगा। विलियम ने भी इसे महसूस किया पर कुछ नहीं कहा। उन्हें पूरे नौ दिन के इंतज़ार के बाद यह पता चला कि मैथ्यू को भी हॉर्वर्ड से प्रस्ताव आया था।

इस एक ख़बर के बाद, एक और तार आया, यह चार्ल्स लेस्टर की ओर से था, बेटे को बधाई देने के बाद, उसे और विलियम को न्यूयॉर्क के होटल प्लाज़ा में चाय पीने का न्यौता दिया गया था। नानी और दादी ने विलियम को बधाई भेजी पर दादी केन ने एलन लॉयड से कहा, ''लड़के से जो उम्मीद थी, उतना उसने कर दिखाया पर उसका पिता पहले ही इतना हासिल कर चुका था।''

~

दोनों नौजवान एक दोपहर, फ़िफ़्थ एवेन्यू की ओर रवाना हुए। लड़कियों की आँखें उस जोड़े पर टिकी थीं, जो उनके आकर्षण से अनजान थे। वे 3.59 बजे प्लाज़ा होटल के पाम कोर्ट में दाखिल हुए, उस जगह पूरा परिवार उनके इंतज़ार में था। विलियम की दादी और नानी किसी बूढ़ी महिला के पास बैठी थीं जो शायद लेस्टर परिवार की बुज़ुर्ग थीं। मि. और मिसेज़ चार्ल्स लेस्टर और उनकी बेटी सूसन, जिसकी आँखें लगातार विलियम पर लगी रहीं। इसके अलावा एलन लॉयड भी शामिल थे। दो कुर्सियों को विलियम और मैथ्यू के लिए खाली रखा गया था।

दादी केन ने पास खड़े वेटर को दस्ताने वाले हाथ से संकेत किया, ''ताज़ी गर्म चाय और केक ले आएँ, प्लीज़।''

वेटर झट से रसोई की ओर गया, ''गर्म चाय और क्रीम केक्स, मैम,'' उसने वापिस आकर कहा।

''विलियम, तुम्हारे पिता को तुम पर गर्व होता,'' एलन ने विलियम से कहा।

वेटर सोचने लगा कि सुंदर से दिखने वाले नौजवान को किस बात के लिए इतनी तारीफ़ मिल रही होगी।

अगर विलियम को वेटर की कलाई का चाँदी का बैंड न दिखता तो शायद उसने उस

ओर ध्यान ही न दिया होता। शायद यह टिफ़नी से लिया होगा, वह यही सोच कर चकरा सा गया।

दादी केन ने कहा, "विलियम, दो केक बहुत होंगे। हॉर्वर्ड जाने से पहले यह तुम्हारा आख़िरी भोजन नहीं है।"

वह दादी को प्यार से देख कर मुस्कुराया और वेटर की कलाई पर दिखने वाले चाँदी के बैंड के बारे में सब भूल गया।

23

उस रात, एबल प्लाज़ा में अपने छोटे से कमरे में जागता रहा, वह उस नौजवान के बारे में सोच रहा था जिसे आज उसने दोपहर को भोजन परोसा था, जिसके पिता को उस पर नाज़ होगा। उसे जीवन में पहली बार अहसास हुआ कि वह क्या पाना चाहता था। वह चाहता था कि उसे भी दुनिया के विलियम्स के बराबर माना जाए।

एबल को न्यूयॉर्क आने के बाद बहुत संघर्ष करना पड़ा। एबल को जॉर्ज और उसके दो भाइयों के साथ एक छोटे कमरे में रहना पड़ा। वह उनका एहसानमंद था। उस जगह दो ही पलंग थे इसलिए जब कोई बिस्तर खाली होता, तभी उस पर सोने का मौका मिलता था। जॉर्ज के अंकल उसे नौकरी नहीं दे सके और कुछ सप्ताह बड़ी व्याकुलता के बीच बीते। एबल की बचत धीरे-धीरे ख़त्म हो रही थी। ब्रुकलिन से क्वीन्स तक सारी जगह खोजने के बाद, लोअर्स ईस्ट साइड में, एक मीट पैकर के पास काम मिला। वे सप्ताह में साढ़े छह दिन काम करने के लिए 9 डॉलर देते थे और उसे वहीं ऊपर सोने की इजाज़त थी। यह गोदाम, खाते-पीते पोलिश समुदाय के बीच में स्थित था पर एबल अपने देशवासियों की छोटी सोच से मेल नहीं बिठा पा रहा था, उनमें से कई तो अंग्रेज़ी बोलने की भी कोशिश नहीं करते थे।

वह जॉर्ज को हर सप्ताह के अंत में किसी नई लड़की के साथ देखता पर उसका अधिकतर समय नाइट स्कूल में बीतता ताकि वह अच्छी तरह अंग्रेज़ी पढ़ और बोल सके। दो ही साल में उसने धाराप्रवाह अंग्रेज़ी बोलना सीख लिया, बस थोड़ा लहज़ा सही करना बाकी था। अब वह उस जगह को छोड़ कर आगे जाने को तैयार था—पर कहाँ, कब और कैसे?

तीन महीने बाद, उसे अपने सवाल का जवाब मिल गया।

एबल एक सुबह मीट पैक कर रहा था कि उसने सबसे बड़े ग्राहकों में से एक, प्लाज़ा होटल के केटरिंग मैनेजर को मीट व्यापारी से कहते सुना कि उसे जूनियर वेटर को काम से निकालना होगा क्योंकि वह चोरी करता है।

"इतने कम समय में कोई दूसरा आदमी कैसे मिलेगा?" मैनेजर ने शिकायत की।

मीट व्यापारी के पास कोई हल नहीं था। एबल के पास था। उसने अपना इकलौता सूट पहना, 47 ब्लॉक में पैदल गया और उसे पाम कोर्ट में वेटर की नौकरी मिल गई। सप्ताह में दस डॉलर का वेतन और रहने को कमरा दिया गया।

जब वह प्लाज़ा में काम करने लगा तो उसने कोलंबिया यूनिवर्सिटी में नाइट स्कूल मे

दाख़िला ले लिया ताकि एडवांस इंग्लिश का कोर्स कर सके। वह हर शाम मेहनत से काम करता, एक हाथ में पुरानी डिक्शनरी और दूसरे में पेन रहता। सुबह के समय, नाश्ते और लंच के बीच, वह द *न्यूयॉर्क टाइम्स* के संपादकीयों की नकल उतारता और डिक्शनरी से मुश्किल शब्दों के अर्थ देखता।

अगले दो साल तक, एबल प्लाज़ा में दिन-रात काम करता रहा—उसे डिक्शनरी में ओवरटाइम शब्द को देखने की आवश्यकता नहीं थी—फिर उसे ओक रूम का वेटर बना दिया गया। अब वह सप्ताह में 25 डॉलर कमा रहा था जिसमें टिप्स भी शामिल थे। उसकी अपनी दुनिया में कहीं कोई कमी नहीं थी।

कोलंबिया के टीचर अपने छात्र से इतने प्रसन्न थे कि उन्होंने उसे एक और कोर्स करने को कहा, जो बी.ए. की डिग्री लेने की दिशा में पहला कदम होता। वह अपने खाली समय की पढ़ाई को भाषा से अर्थशास्त्र पर ले आया और द *टाइम्स* के बजाय द *वॉल स्ट्रीट* जर्नल की संपादकीय कॉपी में उतारने लगा। वह इस नई पढ़ाई में पूरी तरह से डूब गया और जॉर्ज के अलावा, न्यूयॉर्क के किसी भी पोलिश दोस्त से उसका संपर्क टूट गया।

एबल हर दिन, ओक रूम में मेज़ आरक्षित करने वालों की सूची को ध्यान से देखता—बेकर्स, लोब्स, व्हिटनीस, मॉर्गन्स और फिल्पिस—वह जानने की कोशिश करता कि अमीर लोग अलग क्यों दिखते थे। उसने ज्ञान पाने की अंतहीन खोज में एच.एल मेन्कन, द *अमेरिकन मर्करी,* स्कॉट फित्ज़गेराल्ड, सिनक्लेयर लुईस और थियोडोर ड्रेसियर को पढ़ा। जब दूसरे वेटर *मिरर* के पन्ने पलटते तो वह द *वॉल स्ट्रीट* जर्नल पढ़ता। जब वे झपकी लेते तो वह द *न्यूयॉर्क टाइम्स* पढ़ता। वह नहीं जानता था कि उसका यह ज्ञान उसे किस ओर ले जाने वाला था पर उसने कभी बैरन की कही बात पर संदेह नहीं जताया कि एक अच्छी शिक्षा का कोई विकल्प नहीं होता।

सोमवार, अगस्त 1926—उसे वह अवसर अच्छी तरह याद रहा क्योंकि उस दिन रुडोल्फ वेलेंटीनो का निधन हुआ, फ़िफ़्थ एवेन्यू में खरीददारी करने वाली अनेक महिलाओं ने उस दिन शोकसूचक काले वस्त्र पहने—एबल कोने की एक मेज़ पर सर्विस कर रहा था, वह जगह ख़ास व्यवसायियों के लिए थी जो अकेले में बातचीत करना चाहते थे जो किसी के कान में न पड़े। उसे वह मेज़ पसंद थी क्योंकि अक्सर उस जगह की बातचीत से काम के सुराग हाथ आ जाते थे। जब रेस्तरां दोपहर को बंद हो जाता, तो एबल रात के खाने पर आने वाली पार्टियों के स्टॉक के दाम देखता और उनकी बातचीत में आशा की झलक दिखती तो वह उनकी कंपनी में अपना थोड़ा पैसा लगा देता। अगर वे लोग खाने के बाद सिगार का ऑर्डर देते तो वह अपनी ओर से ज़्यादा पैसा लगाता। दस में से सात बार ऐसा हुआ कि उसने जो स्टॉक लिए, उनकी कीमत छह महीने में दोगुनी हो गई, वह किसी भी स्टॉक को इससे ज़्यादा देर तक पास नहीं रखता था। इस तरह उसने प्लाज़ा में चार साल काम करने के दौरान केवल तीन बार मात खाई।

उस दिन कुछ अलग ही घटा, प्लाज़ा के कोने में बैठ कर बातें करने वाले मेहमानों ने खाने से पहले ही सिगार लाने को कह दिया। फिर बाद में उनके पास और मेहमान

आ गए, सिगार और शैंपेन का और ज़्यादा ऑर्डर दिया गया। एबल होटल के रिज़र्वेशन रजिस्टर में मेहमानों के नाम देखने लगा। वूलवर्थ, एबल हाल ही में फ़ाइनेंशियल कॉलमों में यह नाम देख चुका था, पर उसे कारण नहीं याद आया। दूसरे मेहमान मि. चार्ल्स लेस्टर थे, वे अक्सर प्लाज़ा में आते थे और एबल उन्हें जाने-माने बैंकर के तौर पर जानता था। खाने के लिए आने वाले को ज़रूरत से ज़्यादा सचेत वेटर में कोई दिलचस्पी नहीं थी, इस तरह एबल को उनकी बातें सुनने में आसानी रही। एबल को विस्तार से तो सब पता नहीं चल सका पर उसे पता चला कि उस दिन सुबह ही कोई डील पूरी हुई थी। जिसे शाम को सबके बीच बताया जाना था। फिर उसे याद आया। उसने वह नाम द *वॉल स्ट्रीट* जर्नल में देखा था। मि. वूलवर्थ के पिता ने पहला फ़ाइव एंड डाइम स्टोर खोला था और अब उनका बेटा विस्तार के लिए पैसा पाना चाहता था। मेहमान मीठे का स्वाद ले रहे थे, अधिकतर ने अपने लिए स्ट्रॉबैरी केक ही चुना (एबल के कहने पर)-उसे डाइनिंग हॉल से कुछ मिनट बाहर जाने का मौका मिल गया ताकि वह *वॉल स्ट्रीट* पर अपने ब्रोकर से बात कर सके।

"वूलवर्थ किस भाव पर चल रहा है?" उसने पूछा।

लाइन पर कुछ देर चुप्पी रही। "दो और एक का आठवाँ हिस्सा। कुछ दिनों से काफ़ी हलचल दिख रही है, पर पता नहीं क्यों," जवाब आया।

"मेरे खाते से तब तक खरीदते रहो, जब तक कंपनी की ओर से कोई ऐलान नहीं होता।"

"उस ऐलान में क्या कहा जाएगा," ब्रोकर ने पूछा।

"मैं यह नहीं बता सकता," एबल बोला।

ब्रोकर काफ़ी प्रभावित हुआ। एबल के पिछले रिकॉर्ड देखकर अंदाज़ा लगाया जा सकता था कि उसकी जानकारी का स्रोत ग़लत नहीं हो सकता था। एबल झट से ओक रूम में वापिस आया ताकि मेहमानों को कॉफ़ी दी जा सके। वे लोग कुछ देर ब्रांडी पीते रहे और फिर जब एबल वापिस आया तो वे चलने को तैयार थे। बिल लेने वाले ने एबल को उसकी सर्विस के लिए थैंक्स कहा और मुड़ कर अपने दोस्तों को सुनाते हुए बोला, "नौजवान, टिप चाहते हो?"

"थैंक्स सर," एबल ने कहा।

"वूलवर्थ के स्टॉक खरीदो।"

मेहमान हँसने लगे। एबल भी हँसा और 5 डॉलर का बिल लेकर थैंक्स कहा। फिर उसने आने वाले छह सप्ताह में वूलवर्थ के स्टॉक से 2,412 डॉलर का मुनाफ़ा कमाया।

~

एबल को अपने इक्कीसवें जन्मदिन के कुछ दिन बाद ही यूनाइटेड स्टेट्स की नागरिकता मिल गई और उसे लगा कि इसके लिए तो जश्न मनाया जाना चाहिए। उसने जॉर्ज और उसकी नई प्रेमिका मोनिका और जॉर्ज की एक भूतपूर्व प्रेमिका, क्लारा को बुलाया। उन्होंने

डॉन युआन में जॉन बैरीमोर को देखा और फिर रात के खाने के लिए 'बीगो' में गए। जॉर्ज अब भी अपने अंकल की बेकरी में काम करता था, सप्ताह में आठ डॉलर कमा रहा था पर एबल उसे अपना जिगरी दोस्त मानता था। उसे अपने और कंगाल जॉर्ज के बीच का अंतर दिखाई देने लगा था। एबल के बैंक खाते में 8,000 डॉलर आ चुके थे और वह कोलंबिया यूनिवर्सिटी से इकोनोमिक्स में बी.ए. के आख़िरी साल में था। वह अच्छी तरह जानता था कि वह कहाँ जा रहा था, जबकि जॉर्ज ने सबको यह कहना बंद कर दिया था कि वह एक दिन न्यूयॉर्क का मेयर होगा।

उन चारों ने एक साथ यादगार शाम बिताई क्योंकि एबल जानता था कि एक अच्छे रेस्तराँ से क्या उम्मीद की जा सकती थी। उसके मेहमानों ने जम कर खाया-पिया और जब बिल आया तो जॉर्ज को यह देख कर सदमा लगा कि वह तो उसके एक महीने की आय से भी अधिक था। एबल ने बिना कुछ कहे भुगतान कर दिया। अगर कभी बिल भरना हो तो हमेशा ऐसे ही दिखाओ कि तुम्हें इससे कोई फ़र्क नहीं पड़ता। अगर ऐसा नहीं कर सकते तो रेस्तराँ जाना बंद कर दो। जो भी करो, हैरानगी मत दिखाओ या शिकायत मत करो—उसने यह एक बात अमीरों से सीखी थी।

जब पार्टी रात को दो बजे समाप्त हुई तो जॉर्ज और मोनिका लोअर ईस्ट साइड में वापिस चले गए। एबल को लगा कि वह क्लारा को प्लाज़ा में आने के लिए कह सकता था। वह उसे सर्विस एंट्रेंस और लॉण्ड्री लिफ़्ट से होते हुए अपने कमरे में ले आया। क्लारा को लुभाने में ज़्यादा देर नहीं लगी और एबल के पास भी ज़्यादा समय नहीं था। उसे नाश्ते की कॉल पर जाने से पहले थोड़ी नींद भी पूरी करनी थी। वह तीन बजे के करीब गहरी नींद में सो गया और सुबह छह बजे के अलॉर्म पर ही उठा। इस तरह उसे सुबह तैयार होने से पहले भी क्लारा को दोबारा प्यार करने का मौका मिल गया।

जब उसने अपनी सफ़ेद बो टाई पहनी तो क्लारा उसे रूठे हुए अंदाज़ में देखती रही। फिर उसने गुडबाय किस देकर कहा—

"जिस रास्ते से रात को आई थीं, वहीं से वापिस जाना वरना मेरे लिए परेशानी हो जाएगी। हम दोबारा कब मिलेंगे?" वह बोला।

"हम नहीं मिलेंगे," क्लारा ने निर्दयता से कहा।

"क्यों नहीं?" एबल ने हैरानी से कहा। "क्या मैंने कुछ किया?"

"नहीं, तुमने कुछ नहीं किया," वह पलंग से कूदी और कपड़े पहनने लगी।

"मैंने क्या नहीं किया? तुम मेरे साथ बिस्तर में नहीं जाना चाहती थीं?"

वह उसकी ओर मुड़ कर बोली, "शायद जाना चाहती थी पर मुझे यह नहीं पता था कि तुममें और रुडोल्फ वेलेंटीनो में एक बात तो एक जैसी है—तुम दोनों मर चुके हो। हो सकता है कि प्लाज़ा के लिए तुम कमाल रहे हो पर बता सकती हूँ कि तुम बिस्तर में किसी काम के नहीं हो। क्लारा ने सारे कपड़े पहने और बाहर जाते हुए पूछा, "एक बात बताओ, एक बार के बाद, किसी भी लड़की को दोबारा अपने साथ सोने के लिए मना सके हो कभी?"

एबल दंग रह गया, वह दरवाज़ा पटक कर निकल गई। वह सारी शाम क्लारा के इल्ज़ाम के बारे में सोचता रहा। वह किसी से इस बारे में बात नहीं कर सकता था, स्टाफ़ में सबको पता चल जाता और जॉर्ज उसका मज़ाक बनाता। उसने तय किया कि वह ज़िन्दगी की दूसरी परेशानियों की तरह, इस परेशानी को भी अपने अनुभव और अध्ययन से ही दूर करेगा।

उस दिन लंच के बाद वह फ़िफ़्थ एवेन्यू में स्क्रिब्नर्स बुकस्टोर पर गया। उसकी भाषा और अर्थशास्त्र से जुड़ी जिज्ञासाओं के लिए यहीं से मदद मिलती थी पर एक भी क़िताब ऐसी नहीं दिखी जो यौन संबंधी समस्याओं को हल कर सके। शिष्टाचार पर लिखी क़िताबें किसी काम की नहीं थीं क्योंकि उसे काँटे और छुरी का इस्तेमाल करना आता था और द *मॉरल डाइलिमा* भी किसी काम का नहीं था।

एबल बिना कुछ खरीदे बाहर आ गया। बाकी बची हुई दोपहर एक मूवी हॉल में बिताई, वह मूवी देखने के बजाय क्लारा के बारे में ही सोचता रहा। ग्रेटा गार्बो और इरोल फ्लिन की प्रेम कथा, आख़िर तक किस करने पर भी नहीं पहुँची और उसे बुकस्टोर की तरह इस जगह भी निराशा ही हाथ आई।

जब एबल मूवी हाउस से निकला तो शाम होने को थी और ब्राडवे में ठंडी हवा चल रही थी। एबल को यह देख कर हैरानी होती थी कि यह शहर दिन की तरह रात को भी उजला और रौनक से भरपूर लगता था। वह फ़िफ़्टी-नाइंथ स्ट्रीट की ओर चल दिया, उसे लगा कि ताज़ी हवा से मन शांत होगा। उसने फ़िफ़्टी-सेकेंड के कोने पर खड़े होकर शाम का अख़बार लिया ताकि स्टॉक के दाम देख सके।

"लड़की चाहिए?" न्यूज़स्टैंड के कोने से किसी ने पूछा।

एबल ने मुड़ कर देखा। वह पैंतीस के करीब रही होगी, भारी मेकअप और नए फ़ैशन की गुलाबी लिपिस्टिक उसके सफ़ेद सिल्क ब्लाउज के कुछ बटन खुले हुए थे और उसने लंबी काली स्कर्ट, काली स्टॉकिंग्स और काले जूते पहने हुए थे।

"केवल पाँच डॉलर, पूरा पैसा वसूल," वह बोली और कूल्हा मटकाते हुए स्कर्ट को इस तरह घुमाया कि स्टॉकिंग्स का ऊपरी कोना दिखने लगा।

"हम किस जगह जाएँगे?" एबल ने पूछा।

"अगले ब्लॉक में मेरे पास जगह है।"

उसने सिर हिला कर इशारा किया और पहली बार सड़क की रोशनी में उसका चेहरा दिखाई दिया। बदसूरत नहीं थी। एबल ने हामी भरी तो उसने बाज़ू थाम ली।

"अगर पुलिस कुछ पूछे तो कहना है कि तुम पुराने दोस्त हो और मेरा नाम जॉयस है," लड़की ने कहा।

वे दोनों अगले ब्लॉक में गए और एक छोटे से अपार्टमेंट की इमारत में कदम रखा। एबल उस गंदे से कमरे को देख कर घबरा-सा गया; एक कुर्सी, एक बल्ब की हल्की रोशनी, एक वाश बेसिन और मुचड़ी हुई चादर वाला पलंग, जिस पर दिन में पहले भी कई लोग आ चुके होंगे।

"तुम इधर रहती हो?"

"अरे नहीं, बस काम के लिए इधर आना होता है।"

"तुम यह क्यों करती हो?" एबल ने उससे पूछा और सोचने लगा कि क्या वह अब भी अपनी योजना पर काम करना चाह रहा था।

"मेरे दो बच्चे हैं, पति नहीं रहे। क्या कोई और बेहतर वजह हो सकती है? अब, बताओ, मेरी ज़रूरत है या नहीं?"

"हाँ, पर उस तरह से नहीं, जैसे तुम सोच रही हो," एबल बोला।

उसने एबल को चिंता से देखा। "तुम भी उन अजीब लोगों में से हो जो मारक्विस डि सेड के दीवाने हैं, है न?"

"बिलकुल नहीं," एबल बोला।

"तुम मुझे सिगरेट से तो नहीं जलाने वाले?"

"नहीं, ऐसा कुछ नहीं। बस मुझे यह सीखना है कि प्यार कैसे करते हैं। मुझे लैसन चाहिए।"

"लैसन? मज़ाक कर रहे हो? बेबी, क्या इसे जिस्मानी संबंध बनाने का नाइट स्कूल समझ लिया है?"

"कुछ ऐसा ही मान लो," एबल ने कहा। वह पलंग के एक कोने पर बैठा और उसे बताया जो क्लारा ने सुबह कहा था। "क्या तुम्हें लगता है कि तुम कुछ मदद कर सकती हो?"

रात की रानी ने एबल को और सावधानी से देखा और सोचने लगी कि कहीं उसे अप्रैल फ़ूल तो नहीं बनाया जा रहा था।

"ज़रूर," आख़िर में वह बोली। "पर फिर भी तीस मिनट के लिए 5 डॉलर ही लगेंगे।"

"कोलंबिया से होने वाले बी.ए. से भी ज़्यादा महँगा है," एबल ने कहा। "तुम्हारे हिसाब से कितने लैसन की ज़रूरत होगी?"

"यह तुम पर निर्भर करता है कि कितनी जल्दी सीख लोगे," वह बोली।

"चलो, अभी से शुरू करते हैं," एबल ने कहा और अंदर की जेब से 5 डॉलर निकाल कर दिए। "उस महिला ने उन्हें अपनी स्टॉकिंग्स में डाल लिया, जिसका मतलब था कि वह उन्हें उतारने नहीं वाली थी।"

"बेबी, कपड़े उतारो पहले," वह बोली। "पूरे कपड़े पहन कर सही तरह से नहीं सीख सकते।"

जब एबल ने कपड़े उतारे तो वह उसे देख कर बोली। "तुम डगलस फेयरबैंक जैसे नहीं लगते? चिंता मत करो–बत्ती बंद होने के बाद इससे फ़र्क़ नहीं पड़ता कि तुम कैसे दिखते हो, इससे फ़र्क पड़ता है कि तुम क्या कर सकते हो?"

एबल ने उसकी बात ध्यान से सुनी कि किसी महिला के साथ कैसे पेश आना चाहिए। उस महिला को यह देखकर हैरानी हुई कि एबल उससे कुछ और नहीं चाहता था और वह अगले तीन सप्ताह तक, हर दोपहर उसके पास आता रहा। ''मुझे कैसे पता चलेगा कि लैसन पूरे हो गए?'' उसने एक शाम पूछा।

''बेबी, तुम खुद ही जान लोगे। अगर तुम मुझे उत्तेजित कर सकते हो तो तुम एक मिस्त्री ममी को भी उत्तेजित कर लोगे,'' जॉयस ने कहा।

उसने एबल को सिखाया कि किसी युवती के शरीर में सबसे संवेदनशील हिस्से कौन से हैं, उसे किस तरह प्यार करते हुए धीरज रखना है—उसे बताया कि किन बातों से पता चलता है कि युवती को आनंद आ रहा है। किसी युवती के मुँह के बजाय शरीर के दूसरे अंगों के लिए अपनी जीभ और होंठों का इस्तेमाल कैसे करना है।

एबल ने हर बात को ध्यान से सुना और पहले-पहल बड़े मशीनी तरीके से उनका पालन किया। जॉयस उसे बार-बार दिलासा देती रही कि वह पहले से बेहतर कर रहा है, और तीन सप्ताह में लगभग 110 डॉलर लगने के बाद, उसे यह जान कर हैरानी और खुशी हुई कि जॉयस जैसे उसकी बाँहों में जीवित हो उठी। जब वह धीरे-धीरे उसके निप्पल चूस रहा था तो वह उसके सिर को अपनी छाती के और पास ले आई। जब वह उसे टाँगों के बीच सहलाने लगा तो उसने पहली बार जॉयस को अपने लिए उत्तेजित पाया और जब उसने उसके साथ शारीरिक संबंध बनाए तो जॉयस ने इस तरह सिसकारी भरी जैसी उसने पहले कभी उसके मुँह से नहीं सुनी थी। वह उसकी पीठ पर नाखून से खरोंचते हुए आदेश दे रही थी कि उसे रुकना नहीं चाहिए। जॉयस की कराह जारी रही। वह कभी तेज़ और कभी धीमे सुर में सिसकारी भरती रही। आख़िर में वह ज़ोर से चीखी और उसे कस कर बाँहों में भरने के बाद ढीला छोड़ दिया।

जब उसकी साँस में साँस आई तो वह बोली, ''बेबी, तुमने अभी-अभी क्लास में टॉप किया है।''

एबल खुद चरम अवस्था तक पहुँचा भी नहीं था।

~

एबल ने अपनी डिग्री का जश्न मनाने के लिए, वर्ल्ड सीरीज़ डिसाइडर में बेब रूथ के न्यूयॉर्क यैंकीज़ को पिट्सबर्ग पाइरेट्स को हराते हुए देखा। उसने एक शाम जॉर्ज, मोनिका और क्लारा को खाने पर बुलाया। क्लारा ने बेमन से हामी भरी। खेल देखने के बाद क्लारा को लगा कि एबल के साथ बिस्तर पर जाना उसका फ़र्ज़ बनता है, एबल ने पूरे एक महीने की आय उसके लिए खर्च की थी।

अगली सुबह, क्लारा ने जाने से पहले कहा, ''तुमसे दोबारा मुलाक़ात कब हो सकती है?''

~

जब एबल कोलंबिया से ग्रेजुएट हो गया तो वह प्लाज़ा के जीवन से असंतुष्ट होने लगा, पर उसे यह समझ नहीं आ रहा था कि अपनी पढ़ाई से लाभ कैसे उठाया जा सकता है।

हालाँकि उसने अमेरिका के कुछ जाने-माने धनी और सफल लोगों को अपनी सेवाएँ दीं पर उनसे प्रत्यक्ष संपर्क नहीं हो सका, अगर ऐसा करता तो नौकरी से हाथ धोने पड़ते। किसी भी दशा में, उनके जैसे ग्राहक वेटर की महत्वाकांक्षाओं की ओर ध्यान देने वाले नहीं थे।

एक बार, मि. और मिसेज़ एल्सवर्थ स्टेटलर, प्लाज़ा के एडवार्डियन कक्ष में लंच के लिए आए और एबल को लगा कि उसके लिए एक मौका आ गया था। उसने अपनी ओर से जाने-माने होटल मालिक की सेवा में कोई कसर नहीं रखी, लंच बढ़िया रहा। स्टेटलर ने जाते हुए एबल को धन्यवाद देते हुए 10 डॉलर की टिप देनी चाही पर और कुछ नहीं कहा। जब एबल उन्हें प्लाज़ा के रिवॉल्विंग डोर से बाहर जाते देख रहा था तो उसके दिमाग में एक ही बात घूम रही थी कि क्या उसे जीवन में कभी कोई मौका मिल सकेगा।

जब वह काम पर वापिस आया तो हैडवेटर सैमी ने कंधे पर थपकी दी। ''मि. स्टेटलर से क्या मिला?''

''कुछ नहीं,'' एबल बोला।

''उन्होंने तुम्हें टिप नहीं दी?''

''अरे हाँ,'' एबल बोला। ''दस डॉलर।'' उसने वह पैसा आगे रख दिया।

''ये बात। मुझे तो लगा था कि एबल मुझे चकमा दे रहे हो। दस डॉलर। मि. स्टेटलर के हिसाब से बढ़िया रहा। लगता है कि तुमने उनका दिल जीता होगा।''

''नहीं, मैं ऐसा नहीं कर सका।''

''कहना क्या चाहते हो?''

''इससे कोई फ़र्क नहीं पड़ता,'' एबल ने जाते हुए कहा।

''ठहरो एबल। मेज़ नंबर 17 पर मि. लीरॉय हैं, वे तुमसे बात करना चाहते हैं।''

''किस बारे में?''

''मुझे क्या पता? शायद उन्हें पता चला हो कि तुम उन्हें अच्छी वित्तीय सलाह दे सकते हो।''

एबल ने मेज़ नंबर 17 पर ध्यान दिया, वह रसोई के दरवाज़े के पास थी और उस पर आमतौर पर कोई नहीं बैठता था। एबल कमरे के कोने वाली मेज़ पर सर्विस देने से बचता था।

''कौन हैं वे?'' उसने पूछा।

''पता नहीं,'' सैमी ने कहा। उसने सिर तक नहीं उठाया। ''मैं तेरी तरह हर ग्राहक के जीवन की कहानी जानने की कोशिश नहीं करता। उन्हें अच्छा खाना दो, अच्छी टिप लो और उम्मीद करो कि वे फिर से होटल में आएँ, बस यही बहुत होता है। तुझे मेरा दर्शन सादा लग

सकता है पर मेरे लिए यही बहुत है। हो सकता है कि उन्होंने तुझे कोलंबिया में ये बुनियादी बातें न सिखाई हों। अब सीधे वहीं जा और अगर टिप मिले तो मेरे पास लेकर आ।''

एबल, सैमी को देख कर मुस्कुराया और सीधे मेज़ नंबर 17 की ओर चल दिया। मेज़ पर दो लोग बैठे दिखाई दिए—पुरुष रंगीन चैक वाली जैकेट में था और साथ बैठी युवती के बाल ब्लॉन्ड थे, पल भर के लिए उसका ध्यान भटका। एबल को लगा कि वह उस पुरुष की न्यूयॉर्क वाली कोई दोस्त होगी। उसने चेहरे पर सॉरी वाली मुस्कान सज़ा ली, उसे लग रहा था कि अब वह पुरुष उसे शिकायत करेगा कि उन्हें रसोई के कोने वाली मेज़ मिली है और वह अपनी दोस्त को प्रभावित करने के लिए अपनी जगह बदलवाने को कहेगा। किसी को भी रसोई से आने वाली गंध और बार-बार वेटरों की आवाजाही पसंद नहीं आती पर जब होटल में बहुत से लोग हों तो जगह बदलना मुश्किल हो जाता था। स्थानीय लोगों को बाहर से आने वाले लोग घुसपैठिए ही लगते थे। सैमी हमेशा ऐसे उलझे हुए ग्राहकों से निपटने के लिए उसे ही क्यों चुनता था?

एबल चैक जैकेट वाले सज्जन के पास गया, ''सर! आप मुझसे बात करना चाहते थे?''

''हम्म, बात तो करनी थी,'' उसने टैक्सन लहज़े में कहा। ''मेरा नाम डेविस लीरॉय है और यह मेरी बेटी मेलानी है।''

एबल ने अपना ध्यान मेलानी पर टिकाया, यह एक बेवकूफ़ी से भरी ग़लती थी क्योंकि उसके बाद तो नज़रें हटने का नाम ही नहीं ले रही थीं।

''एबल, पिछले पाँच दिनों से मैं तुम्हें देख रहा था,'' लीरॉय ने अपने लहज़े में बात जारी रखी। ''जो भी देखा, उससे बहुत प्रभावित हूँ। तुम्हारे पास वह क्लास है, रियल क्लास, जो मैं कब से खोज रहा था। एल्सवर्थ स्टेटलर भी कोई मूर्ख नहीं था जिसने तुम्हें उसी समय नौकरी की पेशकश दे दी।''

एबल ने मि. लीरॉय को ध्यान से देखा। उन्हें देख कर समझ आ रहा था कि वे पेट भर कर खाना-पीना कर चुके थे। उसे उनके बारे में और कुछ पता नहीं था। आमतौर पर लंच के दौरान आने वाले गेस्ट के बारे में एबल को सब पता रहता था पर इस जगह उसके पास कोई सुराग नहीं था।

लीरॉय अब भी बोल रहे थे, ''मैं उन मल्टीमिलिनेयर लोगों में से हूँ, जिन्हें प्लाज़ा में खाते हुए कोने वाली मेज़ पर बैठना होता है।''

एबल प्रभावित हुआ। औसत ग्राहक को अक्सर उस कोने वाली मेज़ की अहमियत नहीं पता थी।

''वैसे मैं यह सब अपने लिए नहीं कर रहा। एबल, हो सकता है कि किसी दिन मेरा अपना होटल भी ऐसा ही हो सके।''

''ज़रूर, ऐसा ज़रूर होगा सर,'' एबल ने पहली बार कुछ कहा। लीरॉय, लीरॉय, लीरॉय। यह नाम अब भी कोई सुराग नहीं दे रहा था।

''मैं काम की बात पर आता हूँ, बेटा। मेरे ग्रुप के सबसे अच्छे होटल को, रेस्तराँ

के लिए सहायक मैनेजर चाहिए, अगर चाहो तो, काम से समय मिलते ही मेरे कमरे में मिलने आना।''

उसने एबल को एक कार्ड थमा दिया।

''थैंक्यू सर,'' एबल ने कार्ड देखा। 'डेविस लीरॉय, द रिचमंड ग्रुप ऑफ़ होटल्स, डलास।' उसके नीचे लिखा था : 'एक दिन हर स्टेट में, एक होटल।' अब भी उसे कुछ समझ नहीं आया।

''मैं तुम्हारी प्रतीक्षा में रहूँगा,'' लीरॉय ने कहा।

''जी सर,'' एबल ने कहा। वह मेलानी को देख कर मुस्कुराया, जो शांत बैठी रही। वह सैमी के पास गया जो सिर झुकाए अपने पैसे गिन रहा था।

''कभी रिचमंड ग्रुप ऑफ़ होटल्स के बारे में सुना है, सैमी?''

''हाँ, मेरा भाई उस जगह जूनियर वेटर था। ये शायद आठ या नौ होटल हैं और ज़्यादातर दक्षिण में हैं। कोई सिरफिरा टैक्सन चलाता है पर नाम नहीं याद आ रहा। तुम क्यों पूछ रहे हो,'' उसने संदेह जताया।

''नहीं, कोई ख़ास वजह नहीं,'' एबल ने कहा।

''एबल तुम्हारे मामले में हमेशा कोई वजह होती है, मेज़ नंबर-17 वाला ग्राहक क्या चाहता था?''

''रसोई के इतना पास होने के लिए भुनभुना रहा था, उसे दोषी नहीं मान सकते।''

एबल ने सैमी को वहीं छोड़ा और मेज़ें साफ़ करते हुए झटपट काम निपटाने लगा। फिर वह अपने कमरे में गया और रिचमंड ग्रुप के बारे में विस्तार से जानकारी ली। कुछ ही देर में उसकी तसल्ली हो गई। ग्रुप में 11 होटल थे और शिकागो का द रिचमंड कॉन्टिनेंटल सबसे आलीशान था जो 342 कमरों का डीलक्स होटल था। एबल ने तय किया कि मिस्टर लीरॉय और मेलानी से मिलने में कोई हर्ज़ नहीं था। उसने उनका कमरा नंबर देखा—85। यह छोटे कमरों में से बेहतरीन कमरा था। उसने चार बजे के आस-पास दरवाज़ा खटखटाया और पता चला कि मेलानी उनके साथ नहीं थी। वह मायूस हो गया।

''एबल, तुम आए, मुझे अच्छा लगा। बैठो।''

एबल प्लाज़ा में काम करते हुए चार साल में पहली बार, किसी मेहमान के साथ कमरे में बैठ रहा था।

''कितना कमाते हो?'' लीरॉय ने पूछा।

एबल अचानक पूछे गए सवाल से हैरान-सा हो गया।

''टिप्स सहित सप्ताह में 25 डॉलर मिलते हैं।''

''मैं सप्ताह में 35 डॉलर से शुरुआत करूँगा और टिप्स भी तुम ही देखना।''

''कौन-सा होटल?'' एबल ने पूछा।

"एबल, अगर मुझे क़िरदार परख़ने आते हैं तो तुमने अपना काम साढ़े तीन बजे पूरा किया और अगले तीस मिनट में रिचमंड के बारे में सारी जानकारी लेकर आए हो। मैंने ठीक कहा न?"

एबल को वह आदमी पसंद आने लगा था। "शिकागो का द रिचमंड कॉन्टिनेंटल?" उसने बताया।

लीरॉय हँस दिए। "तुम्हारे बारे में मेरा अनुमान ग़लत नहीं था।"

एबल का दिमाग तेज़ी से काम कर रहा था। "मेरे ऊपर कितने लोग होंगे?"

"बस मैनेजर और मैं। मैनेजर पुरानी सोच का आदमी है और रिटायर होने वाला है और मुझे दस और होटलों में दिमाग खपाना है। मुझे नहीं लगता कि तुमको मेरी ओर से कोई परेशानी होगी। हालाँकि, यह मानना होगा कि शिकागो मेरा प्रिय है और उत्तर में वह मेरा पहला होटल है। मेलानी का स्कूल भी वहीं है इसलिए मैं उस जगह ज़रूरत से ज़्यादा समय बिताना पसंद करता हूँ।"

एबल अब भी सोच रहा था।

"वह भूल कभी मत करना जो अधिकतर न्यूयॉर्क वाले करते हैं। शिकागो को कम मत समझना। उन्हें लगता है कि यह एक बड़े से लिफ़ाफ़े पर लगी एक मुहर है और वे लिफ़ाफ़ा हैं।"

एबल मुस्कुराया।

"होटल इस समय थोड़ा मंदा है," लीरॉय ने माना। "पिछला सहायक मैनेजर बिना नोटिस दिए चला गया इसलिए हमें उसकी जगह किसी अच्छे व्यक्ति की तलाश है। अब सुनो, एबल। मैंने तुम्हें पिछले पाँच दिनों में सावधानी से काम करते देखा है और मैं जानता हूँ कि वह आदमी तुम ही हो। क्या तुम इस काम के लिए शिकागो आना चाहोगे?"

"प्रति सप्ताह 40 डॉलर और बढ़े हुए मुनाफ़े का दस प्रतिशत, मैं काम करने को तैयार हूँ।"

"क्या?" डेविस हकला से गए। "मेरे किसी मैनेजर को मुनाफ़े के आधार पर पैसे नहीं मिलते। अगर उन्हें पता लगा तो तूफ़ान आ जाएगा।"

"अगर आप नहीं बताते तो मैं भी नहीं बताने वाला," एबल बोला।

डेविस कुछ देर चुप रहने के बाद कुर्सी के हत्थे पर हाथ मार कर बोले, "अब मैं जानता हूँ कि मैंने सही व्यक्ति का चुनाव किया है। एबल, मुझे तुम्हारी शर्तें मंजूर हैं।"

"मि. लीरॉय, क्या आपको मेरे लिए सिफ़ारिशी पत्र चाहिए होगा?"

"सिफ़ारशी पत्र? मैं उस पल से तुम्हारा इतिहास और पृष्ठभूमि जानता हूँ जब तुमने यूरोप छोड़ा और कोलंबिया से इकनोमॉक्सि की डिग्री ली। तुमने क्या सोचा, मैं पिछले दिनों क्या कर रहा था? मैं अपने सबसे बेस्ट होटल में दूसरे स्थान पर किसी ऐसे को नहीं रखूँगा जिसके लिए सिफ़ारशी पत्र की ज़रूरत हो। तुम कल से काम पर आ सकते हो?"

~

एबल ने जब से बैरन को छोड़ा था, तब से न्यूयॉर्क शहर और प्लाज़ा होटल ही उसके लिए असली घर बने हुए थे। जब उसने जॉर्ज, मोनिका और कोलंबिया के अपने बचे-खुचे दोस्तों से विदा ली तो वह सोच रहा था कि क्या उसका यह निर्णय सही था। सैमी और दूसरे वेटरों ने उसे दावत दी।

"मुझे यकीन है कि हमें तुम्हारा पूरा नाम नहीं पता था, एबल रोसनोवस्की," सैमी ने कहा। "दरअसल, अगर तुम मेरी नौकरी भी ले लेते तो मुझे हैरानी न होती।"

~

गाड़ी से उतरते ही एबल को शिकागो भा गया पर यही भाव रिचमंड होटल तक नहीं गया जो अमेरिका के बीचों-बीच तेज़ी से विकसित हो रहे मिशीगन एवेन्यू में स्थित था। यह देख कर एबल को अच्छा लगा जो एल्सवर्थ स्टेटलर के कथन से परिचित था कि एक होटल के लिए केवल तीन चीज़ें ही मायने रखती हैं : पोज़ीशन, पोज़ीशन पोज़ीशन।

उसने जल्द ही पता लगा लिया कि रिचमंड अपने लिए पोज़ीशन ही पाना चाहता था। डेविस लीरॉय ने होटल की वास्तविक स्थिति के बारे में पूरी तरह नहीं बताया। जब उन्होंने कहा कि होटल थोड़ा मंदा चल रहा था। मैनेजर डेस्मंड पेसी पुराने ज़माने का नहीं था, जैसा कि लीरॉय ने कहा था, वह एक आलसी आदमी था और नए सहायक मैनेजर एबल को मेन होटल में ठहराने के बजाय, सड़क पार स्टाफ़ एनेक्सी में छोटा-सा कमरा रहने को दिया। रिचमंड के खाते देखते ही समझ आ गया कि रोज़ आने वाले मेहमानों की संख्या 40 प्रतिशत तक कम हो गई थी और रेस्तराँ हर समय आधा खाली दिखाई देता। ऐसा नहीं कि भोजन के स्वाद में कमी थी। स्टाफ़ आपस में आधा दर्जन बोलियों में बात करते, उनमें से कोई इंग्लिश नहीं थी और उन्होंने न्यूयॉर्क के पोलक का स्वागत करने में कोई रुचि नहीं ली। यह समझने में दिक्कत नहीं हुई कि पुराना सहायक मैनेजर अचानक काम छोड़ कर क्यों चला गया था। यदि रिचमंड डेविस लीरॉय का सबसे आलीशान होटल था, तो एबल को बचे हुए दस होटलों की चिंता होने लगी हालाँकि उसके नए मालिक की जेबें भारी थीं।

शिकागो में पहले सप्ताह के दौरान ही एबल को यह खुशखबरी पता चली कि मेलानी, लीरॉय की इकलौती संतान थी।

24

विलियम और मैथ्यू ने 1924 के अंत में, हॉर्वर्ड में पहले साल की पढ़ाई चालू की।

विलियम ने हैमिल्टन मैमोरियल मैथेमेटिक्स स्कॉलरशिप स्वीकार की और दादी-नानी के मना करने पर भी, 290 डॉलर में, नए मॉडल की टी फ़ोर्ड, 'डेज़ी' खरीदी, जो उसके जीवन का पहला प्यार बनी। उसने डेजी को गाढ़े पीले रंग में रंगा, जिससे उसका

मोल आधा हो गया पर उसको चाहने वालियों की गिनती दुगनी हो गई। कैल्विन कूलिज, भारी जीत के साथ व्हाइट हाउस आ गए—दादी और नानी हताश हुईं क्योंकि उन्होंने जॉन डब्ल्यू डेविस को वोट दिया था और न्यूयॉर्क स्टॉक एक्सचेंज का वाल्यूम, पाँच साल के रिकॉर्ड 2,336,160 शेयर तक आ गया।

दोनों नौजवान—"अब हम इन्हें बच्चे नहीं कह सकते," नानी कैबट ने कहा—कॉलेज जाने को तैयार हैं।" जोश से भरपूर गर्मियों के अवकाश में गोल्फ़ की गेंदों और लड़कियों के पीछे भागते रहे और दोनों को पाने में नाक़ामयाब लड़के और गंभीर काम करने को तैयार थे। विलियम जिस दिन गोल्ड कोस्ट में अपने कमरे में पहुँचा, उसने अपना काम चालू कर दिया, सेंट पॉल की पढ़ाई के बाद यह बड़ा बदलाव था, मैथ्यू यूनिवर्सिटी के रोइंग क्लब की तलाश में निकला। उसे फ्रैशमैन दल का कप्तान चुना गया और विलियम हर रविवार अपनी क़िताबों को परे रख कर, चार्ल्स नदी के किनारे अपने दोस्त को देखने जाता। उसे मैथ्यू की क़ामयाबी से खुशी होती पर ऊपर से जलने का दिखावा करता।

उसने घमंड से ऐलान किया, "ज़िन्दगी कोई लकड़ी का बेड़ा नहीं, जिसे आठ मुस्टंडे गहरे पानी के बीच खींच रहे हों और एक होशियार आदमी उन पर हुक़्म चला रहा हो।"

"यह बात याले को बता दो," मैथ्यू ने कहा।

इस दौरान, विलियम ने मैथ्यू की तरह, अपने गणित के प्रोफ़ेसरों को दिखा दिया कि वह अपने मैदान के खिलाड़ियों से कहीं आगे था। उसे फ्रैशमैन डिबेटिंग सोसायटी का चेयरमैन बनाया गया और उसने अपने ग्रेट अंकल प्रेज़ीडेंट लोवेल को मना लिया कि वे पहली यूनिवर्सिटी बीमा योजना चालू करें, जहाँ हॉर्वर्ड से ग्रेजुएट होने वाले छात्र 1,000 डॉलर का बीमा ले सकते थे, जिसमें यूनिवर्सिटी को बेनीफ़िशयरी बनाया जाता था। विलियम का अनुमान था कि अगर 40 प्रतिशत पुराने छात्र भी यह योजना लेते हैं तो हॉर्वर्ड को 1950 के बाद से, सालाना 3 मिलियन डॉलर की तयशुदा आय होने लगेगी। उसके ग्रेट अंकल बहुत प्रभावित हुए और योजना को पूरा समर्थन दिया। उन्होंने एक साल बाद, विलियम को यूनिवर्सिटी फ़ंड रेज़िंग कमेटी के बोर्ड में आने का न्यौता दिया। विलियम ने बड़े गर्व से उसे स्वीकार किया, उसे पता नहीं था कि वह नियुक्ति उसे आजीवन दी जा रही थी।

प्रेज़ीडेंट लोवेल ने दादी केन को बताया कि वे नई पीढ़ी के सबसे बेहतरीन फ़ाइनेंशियल दिमाग को बिना पैसों के अपना बना चुके थे। दादी केन ने अपने भाई से चिढ़ कर कहा, "हर बात का एक मक़सद होता है। इस घटना के बाद विलियम को सीख मिलेगी कि हर काम से पहले छिपी शर्तों को ध्यान से देख ले।"

~

कॉलेज का दूसरा साल था, विलियम को हॉर्वर्ड में समाज के किसी सफल क्लब का हिस्सा बनना था और वह सबसे श्रेष्ठ और आलीशान क्लब प्रोसेलियन के लिए पूरी तरह से योग्य था। यह क्लब हाउस मैसाचुसेट्स ऐवन्यू पर, हेज़बिकफ़ोर्ड कैफ़ेटेरिया पर स्थित था। वह अक्सर क्लब में अपनी आरामदायक कुर्सी पर बैठ कर कई विषयों पर गहन अध्ययन और

मनन करता और संगीत की स्वर लहरियों के बीच कभी-कभी सड़क पर भी देख लेता।

जब क्रिसमस का अवकाश आया तो मैथ्यू ने विलियम को अपने साथ स्कीइंग के लिए वरमोंट जाने को मना लिया और उसने पूरा एक सप्ताह अपने मज़बूत क़द-काठी के दोस्त के पीछे हाँफ़ते हुए पहाड़ों पर बिताया।

''एक बात बता, मैथ्यू, पूरा एक घंटा लगा कर पहाड़ पर जाने और उसी पहाड़ से कुछ सैकेंड में नीचे आने की क्या तुक बनती है और वह भी अपनी जान और अंगों को जोखिम में डाल कर ऐसा करना?''

मैथ्यू ने दाँत पीसे, ''इससे मुझे ग्राफ़ थ्योरी से भी ज़्यादा नशा आता है विलियम। तू यह क्यों नहीं मान लेता कि तू पहाड़ पर जाने या वापिस नीचे आने, दोनों में ही फिसड्डी है।''

उन दोनों ने अपनी ओर से दूसरे साल में बहुत मेहनत की पर उनके लिए इस मेहनत के मायने अलग-अलग थे। गर्मी के अवकाश में, वे पहले दो महीनों तक न्यूयॉर्क के चार्ल्स लेस्टर बैंक में जूनियर मैनेजमेंट क्लर्क के रूप में काम करते रहे। मैथ्यू के पिता विलियम को अपने बैंक से दूर रखने की उम्मीद भूल चुके थे।

जब अगस्त का महीना आया तो उनका अधिकतर समय डेजी पर सवार हो कर, न्यू इंग्लैंड के देहाती इलाकों में बीतने लगा, उन्होंने लड़कियों के साथ चार्ल्स नदी की सैर कीं और हर तरह की हाउस पार्टी का हिस्सा बने। वे जल्द ही यूनिवर्सिटी का जाना-माना नाम बन चुके थे। बौस्टन के समाज में सब अच्छी तरह समझते थे कि विलियम केन और मैथ्यू लेस्टर से शादी करने वाली लड़की को कभी अपने भविष्य की चिंता नहीं करनी होगी पर जब उम्मीदें रखने वाली माँएँ अपनी लड़कियों के ताज़ा-तरीन चेहरे लिए सामने आने लगीं तो दादी और नानी को उन लड़कों को बौस्टन से भेजने में ही समझदारी दिखी।

~

18 अप्रैल, 1927, को विलियम ने अपने एस्टेट के ट्रस्टियों के साथ आख़िरी मीटिंग का हिस्सा बनते हुए, अपना इक्कीसवाँ जन्मदिन मनाया। एलन लॉयड और टोनी सिमन्स ने उनके हस्ताक्षरों के लिए सारी कागज़ी कार्रवाई पूरी की।

मिली प्रेस्टन कुछ इस तरह बोलीं, मानो उसके कंधों से कोई भारी बोझ उतर गया हो, ''प्रिय विलियम, उम्मीद तो यही है कि तुम सब कुछ उसी तरह सँभाल लोगे जैसे हम आज तक सँभालते आए हैं।''

''यही उम्मीद है, मिसेज़ प्रेस्टन,'' विलियम बोला। ''पर अगर कभी रातोंरात आधा मिलियन गँवाने का मन हुआ तो आपको ही कॉल करूँगा।''

मिली प्रेस्टन का चेहरा लाल हो गया, उसने फिर कभी विलियम से बात नहीं की।

ट्रस्ट में 32 मिलियन का बकाया दिख रहा था और विलियम के पास आगे के लिए सारी योजना तैयार थी। उसने अपने लिए भी लक्ष्य बना लिया था कि उसके पास हॉर्वर्ड छोड़ने से पहले एक मिलियन डॉलर होंगे। यह धनराशि उसके ट्रस्ट के पैसे के आगे कुछ

नहीं थी, पर लेस्टर में उसके खाते में यह निजी बचत, उसके उत्तराधिकार से कहीं ज़्यादा मायने रखती थी।

गर्मियों के मौसम में, दादी और नानी को फिर से डर सताने लगा कि दोबारा लड़कियों की लाइन न लगने लगे। उन्होंने विलियम और मैथ्यू को यूरोप के बड़े दौरे पर भेज दिया। यह उन दोनों के लिए बहुत ही बढ़िया रहा। मैथ्यू ने भाषा की हर बाधा को पार करते हुए, हर बड़े यूरोपियन शहर में अपने लिए लड़की खोजी—उसने विलियम को यकीन दिलाया कि प्यार एक अंतर्राष्ट्रीय चीज़ है। विलियम ने सभी बड़े यूरोपियन बैंकों के डायरेक्टरों से भेंट की। उसने मैथ्यू को यकीन दिलाया कि पैसा भी एक अंतर्राष्ट्रीय चीज़ है और इसे इतना सनकी नहीं कह सकते।

लंदन से ले कर बर्लिन और फिर रोम तक, दोनों नौजवान टूटे हुए दिल और प्रभावित बैंकरों की लाइन बनाते हुए आगे बढ़े। जब वे सितंबर में हॉर्वर्ड वापिस आए तो वे अंतिम वर्ष की पढ़ाई के लिए पूरी तरह से तैयार थे।

~

1927 की कड़ी सर्दियों के दौरान, दादी केन नहीं रहीं। वे उस समय पचासी साल की थीं और विलियम माँ के जाने के बाद पहली बार रोया।

मैथ्यू ने कई दिनों तक दोस्त की उदासी झेलने के बाद उसे समझाया, ''अब छोड़ भी, उन्होंने बहुत सुंदर जीवन जिया और इस बात की लंबे समय से प्रतीक्षा में थीं कि जा कर पता कर सकें कि भगवान कैबट थे या लोवेल।''

विलियम को दादी की वे सभी बातें याद आने लगीं जिन्हें उसने पहले नहीं सराहा था। उसने उनके अंतिम संस्कार का ऐसा ही भव्य प्रबंध किया जिस पर उन्हें गर्व होता। उस महान महिला को पैकर्ड कार में अंतिम संस्कार के लिए लाया गया। हालाँकि वे जीते-जी कभी उस सवारी को पसंद नहीं कर सकीं। विलियम की सारी तैयारी में इस वाहन को छोड़ दें तो उनके लिहाज़ से बाकी कोई कमी नहीं थी। उनकी मौत के बाद विलियम हॉर्वर्ड के आख़िरी साल में और मेहनत से पढ़ने लगा और उनकी याद में यूनिवर्सिटी का टॉप गणित पुरस्कार जीतने का निर्णय किया।

नानी कैबट भी दादी केन के निधन के पाँच महीनों बाद चल बसीं। विलियम ने कहा कि शायद उनके पास बात करने के लिए कोई नहीं बचा था इसलिए वे भी दुनिया से चली गईं।

~

फ़रवरी 1928, विलियम से मिलने के लिए यूनिवर्सिटी डिबेटिंग टीम का कप्तान आया। आने वाले महीने में एक वाद-विवाद होने वाला था—'अमेरिका के भविष्य के लिए पूँजीवाद या समाजवाद' और उसने कहा कि विलियम पूँजीवाद के पक्ष में अपनी बात कहे।

''अगर मैं कहूँ कि मैं तो शोषित जनता की ओर से अपनी बात कहना चाहता था।'' विलियम की बात सुन कर कप्तान हैरान हो गया। बाहरी लोगों का तो यही मानना था कि

विलियम का झुकाव पूँजीवाद की ओर होगा क्योंकि वह एक जाने-माने खानदान और बैंक से संबंध रखता था।

"विलियम, मुझे तो पता नहीं था कि तुम उस ओर झुकाव रखते हो?"

"ऐसा ही है। तुम्हारा निमंत्रण स्वीकार है। क्या मैं अपना साथी स्वयं चुन सकता हूँ?"

"ज़रूर।"

"ठीक है। मैं मैथ्यू लेस्टर को चुनता हूँ। क्या जान सकता हूँ कि हमारे विपक्षी कौन होंगे?"

"ये तो एक दिन पहले ही पता लग सकेगा जब पोस्टर लगेंगे।"

अगले महीने मैथ्यू और विलियम, नाश्ते के दौरान लेफ़्ट और राइट के सभी नेताओं के विचार पढ़ते रहे और शाम को रणनीति सत्रों में हिस्सा लेते, जिन्हें कैंपस में 'द ग्रेट डिबेट' कहा जाने लगा था। विलियम ने तय किया कि मैथ्यू ही पहले आगे आए।

जब वह दिन आया तो यह साफ़ हो गया कि उस समारोह में सभी राजनीतिक रूप से प्रेरित छात्र, प्रोफ़ेसर और बौस्टन व केम्ब्रिज के संभ्रांत व्यक्ति भी शामिल होंगे। एक सुबह पहले, विलियम और मैथ्यू यह देखने गए कि उनके विपक्षी कौन थे।

"लीलैंड क्रॉसबी और थाडियस कोहेन। विलियम ये दोनों नाम सुन कर कुछ ध्यान आया। ये क्रॉसबी तो फिलाडेलफ़िया वाला ही होगा शायद।"

"सही कहा। 'द रैड मैनियक ऑफ़ रिटनहाउस स्क्वेयर,' जैसा कि उसकी आंटी ने एक बार बताया था। वह कैंपस के प्रतिबद्ध बागियों में से है। पैसे वाला है और अधिकतर पैसा लोकप्रिय क्रांतिकारी कामों में लगाता है। मैं अनुमान लगा सकता हूँ कि वह क्या कहेगा।" विलियम ने उसके सुर की नकल उतारी, " 'मैंने अमेरिका के पूँजीपति समाज के बीच सामाजिक चेतना के अभाव और लोभ को पहले ही जान लिया था। अगर श्रोताओं ने उसके ये विचार पचासों बार नहीं सुने होंगे तो वह विपक्ष में भारी पड़ेगा।' "

"और कोहेन?"

"कभी सुना नहीं उसका नाम। शायद कोई यहूदी होगा।"

अगली शाम, वे बर्फ़ीली ठंड के बीच, भारी ओवरकोट लपेटे, वाइडनर लाइब्रेरी के चमकते खंभों के आगे से निकल रहे थे, जिस तरह विलियम का पिता, दान देने वाले का बेटा, बोल्सिटन हॉल की ओर जाता होगा।

"ऐसे मौसम में, अगर हम कहीं छिप भी गए तो हमारे बारे में बताने वाला कोई नहीं होगा," मैथ्यू ने आस से कहा।

पर जब वे पुस्तकालय के कोने से उत्तरी छोर तक गए तो उन्हें कई लोग हॉल की ओर बढ़ते हुए दिखाई दिए। जब वे पोडियम में अपनी जगह बैठे तो विलियम ने श्रोताओं के बीच कुछ लोगों को पहचान लिया : प्रेज़ीडेंट लोवेल बीच वाली पंक्ति में चुपके से बैठे थे; बॉटनी के प्रोफ़ेसर, एंशियंट न्यूबरी सेंट जॉन; रैड हाउस पार्टियों के जानकार ब्राटल

स्ट्रीट ब्ल्यूस्टॉकिंग्स का जोड़ा और उसके दाईं ओर, बोहेमियन से दिखने वाले स्त्री और पुरुष, कई तो टाई भी नहीं पहनकर आए थे, वे सब अपने प्रवक्ता क्रॉसबी और कोहेन के मंच पर आते ही ताली बजाने लगे।

क्रॉस्बी दोनों में से ज़्यादा उल्लेखनीय था। लंबा और दुबला, काफ़ी हद तक भौंडा लगता था, उसने बड़े ही बेमन से कपड़े पहने हुए थे या फिर कह सकते हैं कि बड़ा सोच कर कपड़े पहने थे—एक मैला-सा ट्वीड सूट और अकड़न के साथ प्रेस की गई कमीज़ और निचले होंठ से लटकता पाइप। कोहेन का क़द छोटा था और वह बिना फ्रेम का चश्मा पहनता था। वह अपने सूट में कमाल दिख रहा था। विलियम को लगा कि उसने वह चेहरा पहले कहीं देखा है।

दूर से मैमोरियल चर्च का घंटा सुनाई दिया और वह कई बार बजा।

डिबेट के नियम बताए जाने से पहले चारों वक्ताओं ने सावधानी से हाथ मिलाए। ''पहले वक्ता मिस्टर लीलैंड क्रॉस्बी, जूनियर होंगे,'' प्रतियोगिता के कप्तान ने कहा।

क्रॉस्बी के भाषण को सुन कर विलियम थोड़ा उलझन में आ गया। उसने सोचा था कि क्रॉस्बी का रुख कड़ा होगा और उसने उसका सामना करने के लिए ही दीवानगी की हद तक कुछ बातों को याद किया था—अमेरिकी रेडिकलवाद—हे मार्केट, मनी ट्रस्ट, स्टैंडर्ड ऑयल, क्रॉस ऑफ़ गोल्ड। विलियम को नहीं लगा कि क्रॉस्बी ने खुद को मंच पर खड़े करने से ज़्यादा कुछ किया था। हालाँकि उसके अपने लोगों ने उसके लिए ताली बजाई। जब वह बैठा तो उसे कुछ नए समर्थक मिल गए थे और देख कर लगता था कि उसने आज कुछ पुराने समर्थक खो दिए थे।

मैथ्यू भी अच्छा बोला और सटीक तरह से अपनी बात रखते हुए, खुद को उदारवादी सहिष्णुता का अवतार दिखाने में सफल रहा। जब वह तालियों के बीच अपनी सीट पर वापिस आया तो विलियम ने अपनेपन से उसका हाथ दबाया।

''अरे वाह, तालियों की आवाज़ तो सुनो,'' वह हौले से बोला। पर यह सब कोहेन के बोलने से पहले तक था।

उस अनजान नौजवान ने सबको हतप्रभ कर दिया। उसका अंदाज़ सबसे निराला, सुखद और हमदर्दी से भरा था। उसके संदर्भ, उक्तियाँ बिलकुल कैथोलिक और ज्ञानवर्द्धक थीं। उसने श्रोताओं के प्रति विनीत भाव रखे बिना ईमानदारी से अपनी बात कही। वह लेफ़्ट की ज़्यादती को स्वीकार करने को तैयार था और यह भी माना कि उसके कुछ नेता अपर्याप्त थे पर उसने श्रोताओं को संभावित खतरों के बावजूद इस संदेह में नहीं रखा कि अगर मनुष्य जाति में सुधार करना है तो समाजवाद का कोई विकल्प नहीं है।'अंत में समानता निष्पक्षता से अधिक महत्त्व रखती है।' वह दोनों पक्षों से मिलने वाली तालियों के बीच बैठ गया।

विलियम खिसिया गया। कोहेन के सौम्य और लुभा लेने वाले प्रदर्शन के बाद, अपने विपक्षी पर तार्किक हमला करना बेकार था। पर मानवीय भावना में आशा और विश्वास के प्रवक्ता के रूप में भी उसे पछाड़ना मुश्किल हो सकता था। पहले उसने सोचा कि क्रॉसबी के कुछ दावों का खंडन किया जाए, फिर सोचा कि उसे कोहेन के तर्कों का सामना करते

हुए ऐलान करना चाहिए कि वह अमेरिकी तंत्र पर पूरा भरोसा करता है जो प्रतियोगिता के माध्यम से बौद्धिक और आर्थिक स्तर पर बेहतर नतीजे लाने की योग्यता रखता है। उसे लगा कि उसने अच्छा बचावकारी खेल खेला और उससे ज़्यादा कुछ नहीं कर सका। उसे लग रहा था कि कोहेन ने उसे बुरी तरह से हरा दिया था।

क्रॉसबी ने जब दोबारा अपनी बात रखी तो उसके आक्रामक स्वभाव को देख कर यही लगा कि अब उसे विलियम और मैथ्यू से भी ज़्यादा कोहेन को हराने की ज़रूरत महसूस हो रही थी। उसने सबके बीच कहा कि क्या कोई उस रात लोगों के दुश्मन को उनके बीच पहचान सकता था। श्रोता शर्मिंदगी से भरे सन्नाटे के बीच चुप थे और वह सबको गुस्से से कुछ सैकेंड तक ताकता रहा। फिर वह आगे झुका और गरजने लगा :

"वह आपके आगे खड़ा है। उसने अभी आपके आगे अपनी बात रखी है। उसका नाम है विलियम लोवेल केन," उसने एक हाथ से विलियम की ओर संकेत किया पर उसे देखा नहीं—फिर वह आगे बोला, "उसके बैंक का खदानों पर स्वामित्व है, जिसके मज़दूर मरते रहते हैं ताकि खदान मालिकों को हर साल अतिरिक्त लाभांश दिलवा सकें। उसका बैंक खूनी और लातिन अमेरिका के भ्रष्ट तानाशाहों को समर्थन देता है। इसके बैंक के माध्यम से ही अमेरिकी कांग्रेस ने छोटे किसानों को घूस देकर कुचला। उसका बैंक... "

यह प्रलाप कुछ देर जारी रहा। विलियम सन्न बैठा रहा, बीच-बीच में अपने पीले रंग के राइटिंग पैड पर कुछ लिख लेता। श्रोताओं में से कुछ लोग चिल्लाने लगे, "नहीं!" क्रॉसबी के समर्थक चिल्लाए, "हाँ!" सोसायटी के अधिकारी घबराए हुए दिखे।

क्रॉसबी के लिए तयशुदा समय समाप्त हो गया था। उसने अपनी मुट्ठी उठा कर कहा, "देवियो और सज्जनो, इस कमरे के दो सौ गज़ के भीतर ही हमारे पास अमेरिका की दयनीय दशा का उत्तर है। वाइडनर पुस्तकालय को देखें, दुनिया की सबसे बड़ी निजी लाइब्रेरी। निर्धन और प्रवासी विद्वान इसके दरवाज़ों से होकर निकलते हैं और उनके साथ सबसे बेहतरीन शिक्षा पाने वाले अमेरिकी भी होते हैं ताकि दुनिया का सारा ज्ञान पा सकें। पर इसका अस्तित्व क्यों है? क्योंकि आज से सोलह साल पहले, एक अमीर प्लेब्वॉय बदकिस्मती से 'टाइटैनिक' पर सवार हो गया था। देवियो और सज्जनो, जब अमेरिका के लोग शासक वर्ग के हर सदस्य के हाथ में पूँजीवाद के टाइटैनिक में उसके निजी केबिन का टिकट थमा देंगे, तो उसके बाद इस महान महाद्वीप की चुपके से जोड़ी गई संपदा मुक्त होगी और उसे स्वतंत्रता, समानता और प्रगति के लिए समर्पित किया जा सकेगा।"

मैथ्यू ने यह भाषण सुना तो 'टाइटैनिक' के संदर्भ के साथ ही उसका गुस्सा भड़क गया, यह तो संवेदनाओं के साथ सीधा खिलवाड़ था। उसे कोई अनुमान नहीं था कि विलियम ऐसे उकसाए जाने पर क्या करने वाला था।

जब लोगों के बीच दोबारा सन्नाटा हुआ तो डिबेट के कप्तान ने माइक पर आ कर कहा, "मि. विलियम लोवेल केन।"

विलियम धीरे से उठ कर आया और दर्शकों को देखा। हॉल में चुप्पी पसर गई।

"मेरा मानना है कि मि. क्रॉसबी ने जो भी विचार रखे हैं, वे इस लायक भी नहीं

कि उनका कोई उत्तर दिया जाए।''

वह अपनी जगह बैठ गया। चारों ओर आश्चर्य से भरे सन्नाटे के बाद तालियों की गूँज सुनाई देने लगी।

कप्तान फिर से मंच पर आया पर उसे समझ नहीं आ रहा था कि इसके बाद क्या करना है। पीछे से आने वाले एक स्वर ने तनाव को भंग किया।

''मि. चेयरमैन, मैं मि. केन से पूछना चाहूँगा कि क्या मैं उनके लिए तयशुदा समय में अपनी बात रख सकता हूँ?'' कोहेन ने पूछा।

विलियम ने सहमति में सिर हिला दिया।

कोहेन मंच पर आया और दर्शक-श्रोताओं की ओर देखते हुए बोला, ''यू.एस. में प्रजातांत्रिक समाजवाद की सफलता में सबसे बड़ी बाधा, इसके कुछ कारकों की अति ही रही है। आज मेरे साथी का भाषण ही इस दुर्भाग्यपूर्ण तथ्य का उदाहरण माना जा सकता है। देश को प्रगतिशील रूप में आगे ले जाने वालों के साथ ऐसा बर्ताव हमारे अमेरिका में माफ़ी के क़ाबिल नहीं है। यदि मैं अपनी बात रखूँ तो मैं अपनी ओर से मि. केन से क्षमा चाहूँगा।''

इस बार तालियों की आवाज़ और भी तेज़ थी। सारे श्रोता अपनी सीटों पर खड़े होकर ताली बजा रहे थे।

विलियम और मैथ्यू को यह जान कर कोई हैरानी नहीं हुई कि वे 150 वोटों से भी अधिक से विजयी रहे। जब सारे श्रोता आज की घटना पर बात करते हुए हॉल से बाहर निकले तो विलियम कोहेन से हाथ मिलाने के लिए आगे गया।

''तुमने कैसे जाना कि मेरे पिता 'टाइटैनिक' में थे?'' उसने पूछा।

''क्योंकि मेरे पिता ने कई बरस पहले बताया था।''

''ओह, तुम थॉमस कोहेन के बेटे हो। आज हमारे साथ ड्रिंक पर चलो,'' विलियम ने कहा।

''थैंक्स,'' वे तीनों मिल कर मैसाचुसेट्स एवेन्यू के पार चल दिए, हालाँकि बर्फ़बारी के बीच पता लगाना मुश्किल था कि वे किस ओर जा रहे थे। वे बोल्सिटन हॉल के ठीक सामने, एक बड़े से काले दरवाज़े के पास रुके। विलियम ने उसे चाबी से खोला और वे तीनों अंदर जाने लगे। कोहेन बोला, ''शायद इस जगह मेरा स्वागत नहीं होगा।''

विलियम एक पल के लिए सन्न रह गया, ''क्या बकवास है। तुम मेरे साथ हो।''

मैथ्यू ने दोस्त को सावधानी से देखा पर देखा कि विलियम अपने इरादे पर अटल था।

वे सीढ़ियों से होते हुए बड़े कमरे में पहुँचे। कमरा विलासिता का प्रतीक नहीं था, आरामदायक कुर्सियों पर लगभग दस-बारह लोग मौजूद थे। कुछ नौजवान आपस में खड़े होकर बात कर रहे थे। ज्यों ही विलियम सामने गया, उसके लिए बधाइयों के स्वर गूँज उठे।

''विलियम तुमने गज़ब कर दिया। इस तरह के लोगों से ऐसे ही पेश आना चाहिए।''

''शान से अंदर आओ।''

कोहेन पीछे ही रहा पर विलियम उसे भूला नहीं था।

''जेंटलमैन, क्या मैं अपने योग्य विपक्षी मि. कोहेन को आपसे मिलवा सकता हूँ?''

कोहेन हिचकते हुए आगे आया।

सारी बातचीत वहीं थम गई। कुछ लोग सिर घुमा कर, बाहर बर्फ़ के भार से दबी शाखाओं को देखने लगे।

जैसे ही एक नौजवान कमरे से बाहर निकला, फ़र्श पर उसके चलने की आवाज़ सुनाई दी। कुछ देर बाद एक और आदमी बाहर चला गया। बिना कुछ कहे-सुने सभी उस जगह से बाहर चले गए। आख़िर में जाने वाले ने विलियम को देर तक घूरा और फिर वह भी कमरे से बाहर हो गया।

मैथ्यू अपने साथियों को हैरत से देखता रहा। कोहेन शर्मसार होकर सिर झुकाए खड़ा था। विलियम के होंठ उसी तरह भिंचे थे, जब क्रॉसबी ने टाइटैनिक का हवाला दिया था।

मैथ्यू ने उसे छुआ, ''बेहतर होगा कि हम इस जगह से चलें।''

वे तीनों विलियम के कमरे में गए और जाकर ब्रांडी पीते हुए ऐसे किस्से सुनाने लगे, जो उनमें से कोई नहीं सुन रहा था।

जब विलियम अगली सुबह उठा तो उसके दरवाज़े के नीचे एक लिफ़ाफ़ा रखा था। उसने उसे खोला तो प्रोसेलियन क्लब के चेयरमैन का नोट था। जिसमें कहा गया था कि वे आशा करते हैं कि पिछली रात जैसी दुर्भाग्यपूर्ण घटना दोबारा नहीं दोहराई जाएगी।

दोपहर के लंच तक चेयरमैन को इस्तीफ़ों के दो ख़त जा चुके थे।

~

कई महीनों की पढ़ाई के बाद, विलियम और मैथ्यू लगभग तैयार थे—हालाँकि उन्होंने कभी नहीं सोचा कि वे पूरी तरह से तैयार थे और फ़ाइनल परीक्षा दे सकते थे। छह दिन तक वे सभी सवालों के जवाब देते हुए, नीली उत्तर पुस्तिकाओं को भरते रहे और जब आख़िरी लाइन तक लिख दी तो सब्र से इंतज़ार करने लगे।

परीक्षा के एक सप्ताह बाद ऐलान हुआ कि विलियम ने प्रेज़ीडेंट का गणित पुरस्कार जीत लिया था। मैथ्यू को 'जेंटलमैन सी' मिला, जो उसके लिए किसी सुकून से कम नहीं था और बाकी किसी को हैरानी नहीं हुई। दोनों को और पढ़ाई नहीं करनी थी, वे जल्द-से-जल्द असली दुनिया में काम करना चाहते थे।

न्यूयॉर्क में विलियम के खाते में, हॉर्वर्ड छोड़ने से आठ दिन पहले, एक मिलियन से अधिक धनराशि हो चुकी थी। उसने पहली बार मैथ्यू के साथ अपनी दीर्घकालीन योजना पर बात की कि वह लेस्टर बैंक को केन एण्ड कैबट में मिला कर, उस पर नियंत्रण करना चाहता था। मैथ्यू को यह सुनकर अच्छा लगा और उसने कहा, ''इस तरह ही मैं उस चीज़ को सुधार सकता हूँ जो मेरे बूढ़े पिता ने अपना पूरा जीवन लगा कर बनाई है।''

जून 1928, में एलन लॉयड साठवें वर्ष में थे, वे ग्रेजुएशन डे के लिए हॉर्वर्ड आए।

विलियम को लगा कि काश, उसके पिता यह दिन देखने को जीवित होते।

इसके बाद वह एलन को चाय के लिए स्क्वेयर ले गया। बैंकर ने लंबे नौजवान को प्यार से देखा।

''मैं न्यूयॉर्क में चार्ल्स लेस्टर के बैंक को ज्वाइन करने जा रहा हूँ। मैं चाहता हूँ कि केन एण्ड कैबट में काम करने से पहले, कुछ साल का अनुभव ले लिया जाए।''

''पर विलियम, तुम 12 साल की उम्र से लेस्टर बैंक में ही तो हो। तुम सीधा हमारे पास क्यों नहीं आते ? हम तुम्हें झट से डायरेक्टर बना देंगे।''

कोई उत्तर नहीं आया।

''विलियम, कोई जवाब तो दो।''

''पर मैंने कभी नहीं सोचा था कि आप मुझे मेरे पच्चीसवें जन्मदिन से पहले बोर्ड में आने का न्यौता देंगे। मेरे पिता...''

''यह सच है कि तुम्हारे पिता 25 साल की उम्र में चुने गए पर अगर बोर्ड के दूसरे डायरेक्टर राज़ी हों तो तुम पहले क्यों नहीं आ सकते और मुझे पता है कि कोई भी इस काम के लिए मना नहीं करेगा। वैसे भी मेरे कुछ निजी कारण हैं जिनकी वजह से मैं चाहता हूँ कि तुम जल्दी से बोर्ड में अपनी जगह ले लो। जब मैं बैंक से 5 साल बाद रिटायर होऊँ तो हमारे पास एक क़ाबिल चेयरमैन तैयार होना चाहिए। अगर इन बरसों के दौरान बैंक से जुड़े रहोगे तो यह तुम्हारे हित में होगा, लेस्टर के पास अनुभव लेने के बजाय हमारे साथ काम करो। बेटा, क्या तुम बोर्ड में शामिल होने को तैयार हो ?''

विलियम को दिन में दूसरी बार लगा कि काश, उसके पिता जीवित होते।

''सर, मुझे आपका प्रस्ताव स्वीकार कर खुशी होगी।''

''जब हमने एक साथ गोल्फ़ खेला था और मैं हार गया था, उस दिन के बाद से तुमने आज मुझे सर कहा।''

विलियम मुस्कुराया।

''बढ़िया। तो तय रहा। तुम जूनियर डायरेक्टर बन कर निवेश सँभालोगे और टोनी सिमन्स के अधीन काम करोगे,'' एलन ने कहा।

''क्या मैं अपना सहायक नियुक्त कर सकता हूँ ?'' विलियम ने पूछा।

''मैथ्यू लेस्टर, इसमें कोई संदेह नहीं ?''

''जी।''

''नहीं। मैं नहीं चाहता कि वह हमारे बैंक में काम करे, जो तुम उसके बैंक में करना चाहते थे।''

विलियम ने कुछ नहीं कहा पर उसने उस दिन के बाद से एलन की बात को कभी हल्के में नहीं लिया।

भाग तीन

1928–1932

25

एबल को यह अच्छी तरह समझने में पूरे तीन महीने लगे कि रिचमंड कॉन्टिनेंटल किस तरह की परेशानियों का सामना कर रहा था और होटल इतने घाटे में क्यों चल रहा था।

जब उसने पूरे बारह सप्ताह तक अपना मुँह बंद और आँखें खुली रखीं तो वह इस नतीजे पर आया और इसके साथ ही वह स्टाफ़ को यकीन दिलाने में भी सफल रहा कि उसे इसकी कोई भनक नहीं थी कि होटल के मुनाफ़े में सेंध लगाई जा रही थी। रिचमंड का स्टाफ़ आपस में मिल कर इस तरह काम कर रहा था, जैसा एबल ने पहले कहीं नहीं देखा था। हालाँकि इस सिस्टम ने नए सहायक मैनेजर को स्वीकार नहीं किया जिसे जीवित रहने के लिए भी रूसियों से डबलरोटी चुरानी पड़ी थी। एबल की पहली परेशानी यही थी कि जब तक होटल के सारे विभागों की पूरी छानबीन न हो जाती, किसी को पता नहीं चलना चाहिए था कि उसे उनके बारे में पता चल चुका है। उसे यह पता लगाने में देर नहीं लगी कि उनमें से हरेक ने अपने लिए चोरी का अपना ही तरीका बनाया हुआ था।

यह धोखाधड़ी फ्रंट डेस्क पर ही चालू हो जाती, जहाँ क्लर्क दस में से आठ मेहमानों को ही रजिस्टर करता था और बाकी दो का पैसा नक़द भुगतान बन कर उसकी जेब में जाता। वे बहुत सादा रूटीन प्रयोग में ला रहे थे। अगर न्यूयॉर्क के प्लाज़ा में इसे आज़माते तो झट पकड़े जाते और उन्हें उसी दिन काम से निकाल दिया जाता। प्रमुख डेस्क क्लर्क, किसी दूसरे राज्य से आए अधेड़ दंपति को चुनता जो केवल एक रात के लिए कमरा बुक करते और उससे पहले होटल में न आए होते। फिर वह यह देखता कि कहीं शहर में उनका कोई व्यावसायिक संपर्क तो नहीं, इसके बाद उनका नाम रजिस्टर न करता। अगर वे अगली सुबह नकद देते तो पैसा उसकी जेब में जाता। अगर रजिस्टर में साइन न होते तो इस बात का सुबूत ही नहीं था कि वे उस होटल में ठहरे थे। एबल को लगता था कि हर होटल में मेहमानों को रजिस्टर करना चाहिए, जैसा कि प्लाज़ा में होता था।

डाइनिंग रूम में सिस्टम को और भी निखार दिया गया था। जिस मेहमान को रजिस्टर नहीं किया जाता था, उसके दोपहर और रात के खाने के पैसे उसी समय ले लिए जाते। एबल ने अंदाज़ा लगा लिया था कि ऐसा हो रहा होगा पर एबल को यह जाँचने में थोड़ा समय लगा कि फ्रंट डेस्क इस मामले में डाइनिंग हॉल वालों के साथ मिला हुआ था। जिन मेहमानों को रजिस्टर नहीं किया जाता था, उनके लिए रेस्तराँ के कोई बिल नहीं बनते थे। बार में तो और खुलेआम गुंडागर्दी जारी थी। बारमैन अपनी शराब की बोतलें लेकर आता, होटल की बोतलें इस्तेमाल ही न होतीं। इसके अलावा काल्पनिक टूट-फूट, मरम्मत, सामान खोने, खाना चोरी होने और चादरें खोने की वारदातें होतीं—कभी-कभार तो गद्दा तक गायब कर दिया जाता। एबल ने नतीजा निकाला कि रिचमंड का आधे से ज़्यादा स्टाफ़ इस खेल का हिस्सा था और किसी भी एक विभाग का रिकॉर्ड भी पूरी तरह से साफ़ नहीं था।

जब वह पहले होटल में आया तो उसे यह समझ नहीं आया कि मैनेजर डेस्मंड पेसी को पता क्यों नहीं चला कि उसकी नाक तले क्या हो रहा था। उसने सोचा कि वह आदमी

आलस की वजह से इन बातों पर ध्यान नहीं दे रहा होगा। एबल को यह समझने में समय लगा कि मैनेजर ही असल में सारे ऑपरेशन का मास्टरमाइंड था और यही वजह थी कि वह सब सही तरह से चल रहा था। पेसी रिचमंड ग्रुप में पिछले तीस सालों से काम कर रहा था। ग्रुप में एक भी होटल ऐसा नहीं था जिसमें वह कभी-न-कभी किसी सीनियर पद पर न रहा हो, इसी वजह से एबल को डर सताने लगा कि कहीं पूरी चेन ही दिवालिया न हो जाए। वैसे भी, पेसी, लीरॉय का नज़दीकी दोस्त था और उसका भरोसेमंद साथी बन चुका था। एबल ने हिसाब लगाया कि चोरी की वजह से शिकागो रिचमंड सालाना 30,000 डॉलर के घाटे में जा रहा था, अगर बहुत सारे स्टाफ़ को निकाल दिया जाता तो रातों-रात हालात को सँभाला जा सकता था, जिसकी शुरुआत डेस्मंड पेसी से होनी थी। यहीं परेशानी पैदा हो गई, लीरॉय ने पिछले तीस सालों से किसी को काम से नहीं निकाला था। वे सब कुछ सहन करते थे और यही मानते थे कि ऐसे लोग अपने-आप ही होटल से विदा ले लेंगे। एबल देख सकता था कि ग्रुप का स्टाफ़ अपनी मर्ज़ी से रिटायर होने तक, लगातार इस चोरी का साथी बना रहता था।

एबल ने तय किया कि अगर होटल की बाज़ी पलटनी है तो उसे डेविस लीरॉय को यह नज़ारा दिखाना ही होगा पर पहले वह सब दस्तावेज़ जमा करना चाहता था। एबल अगले सप्ताहांत में, इलीनोयस सेंट्रल से ग्रेट एक्सप्रेस पर सवार होकर, सेंट लुई और फिर मिसौरी पेसीफिक होते हुए डलास पहुँचा। उसके पास 200 पन्नों की रिपोर्ट थी जो उसने होटल के अपने छोटे से कमरे में बैठ कर बड़ी मेहनत से तैयार की थी। जब डेविस लीरॉय ने सारे सुबूत पढ़ लिए तो वे अविश्वास से एबल को ताकते रहे।

''ये लोग मेरे दोस्त हैं,'' उनके पहले शब्द यही थे। ''उनमें से कुछ तो पिछले तीस साल से साथ हैं। हद है—होटल के धंधे में थोड़ी-बहुत हेरा-फेरी हर जगह होती है पर अब तुम बता रहे हो कि ये लोग मिल कर पूरे सिस्टम से जालसाज़ी कर रहे हैं।''

''कुछ मामलों में तो, शायद पिछले तीस सालों से ऐसा हो रहा है,'' एबल ने कहा।

''तो मुझे अब क्या करना चाहिए?''

''अगर आप डेस्मंड पेसी को निकालने दें तो मैं यह सब सँभाल सकता हूँ, आपको मुझे यह हक़ भी देना होगा कि उसके किसी भी साथी को भी काम से निकाला जा सके।''

''ओह एबल, काश यह सब इतना आसान होता।''

''यह इतना ही आसान है,'' एबल बोला। ''और अगर आपने अपराधियों से निबटने की अनुमति नहीं दी तो शिकागो वापिस जाने से पहले, अपना इस्तीफ़ा दूँगा और आपको उसे मंजूर करना होगा क्योंकि मुझे अमेरिका के इतने भ्रष्ट होटल का हिस्सा बनने में कोई दिलचस्पी नहीं है। मुझे तो हैरानी है कि अल केपोन डायरेक्टर नहीं है?''

''क्या हम केवल डेस्मंड को पद से हटा कर सहायक मैनेजर नहीं बना सकते? फिर तुम्हें मैनेजर बना देंगे और सारी परेशानी दूर हो जाएगी। वैसे भी, वह दो साल में रिटायर होने ही वाला है।''

''इतना समय आपको दिवालिया करने के लिए बहुत होगा,'' एबल बोला। ''और इससे भी बदतर बात यह है कि शायद आपके बाकी होटल भी इसी चाल पर चल रहे हैं। अगर आप शिकागो में हालात बदलना चाहते हैं तो पेसी के लिए अभी सख़्त निर्णय लेना होगा या फिर आप चाहें तो अपने-आप इसे हल कर लें। मेरे पास जीवन में करने के लिए और बहुत कुछ है।''

''हम टेक्सन लोग अक्सर मन की बात करते हैं पर बेशक़ हम तुम्हारी श्रेणी में नहीं आते। ठीक है, ठीक है। मैं तुम्हें पेसी को निकालने का हक़ देता हूँ, आज से तुम शिकागो रिचमंड के मैनेजर हो, मुबारक़ हो, मेरे बच्चे,'' लीरॉय ने उठ कर नए मैनेजर की पीठ थपथपाई। ''यह मत सोचना कि मैं एहसानफ़रामोश हूँ, तुमने कमाल का काम किया है और आज से तुम ही मेरे सबसे नज़दीकी साथी हो। एबल, स्टॉक मार्केट में इतना अच्छा काम चल रहा था कि कभी होटल के घाटे की ओर ध्यान ही नहीं गया। शुक्र है कि अब मेरे पास तुम्हारे जैसा ईमानदार दोस्त है। तुम आज रात यहीं रहो, हम एक साथ डिनर करेंगे।''

''मुझे बहुत खुशी होगी, मि. लीरॉय। मैं आज रात डलास रिचमंड में बिताना चाह रहा था ताकि पता लग सके कि इस जगह क्या खिचड़ी पक रही है।''

''एबल, लगता है कि तुम किसी को छोड़ने वाले नहीं हो?''

''अगर पता चला कि वे भी डेस्मंड पेसी के ही स्कूल के छात्र हैं तो कोई नहीं बचेगा।''

उस शाम, एबल और डेविस ने दो बड़ी स्टीक्स खाईं, बहुत सारी व्हिस्की पी जो टेक्सन के हिसाब से दक्षिणी मेज़बानी का हिस्सा था। उन्होंने एबल को यह भी बताया कि वे किसी को रिचमंड ग्रुप का भार सौंपना चाह रहे थे ताकि उनके लिए ज़िन्दगी थोड़ी आसान हो सके।

''क्या आप वाकई इस मूर्ख पोलक को यह काम सौंप रहे हैं?'' एबल ने लड़खड़ाई ज़ुबान में पूछा।

''एबल, मूर्ख तो मैं था। अगर तुमने इन चोरों का पता न लगाया होता तो ये मुझे दिवालिया कर देते। पर अब जबकि मुझे सच पता है तो हम मिल कर इन हरामियों को बाहर करेंगे और मैं तुम्हें मौका देता हूँ कि तुम रिचमंड को फिर से एक बार अच्छे होटलों के नक़्शे पर ले आओ।''

एबल ने डगमगाते से हाथों से गिलास उठा कर लंबी और सफल साझेदारी के नाम टोस्ट किया।

''जाओ, मेरे बच्चे, इनके छक्के छुड़ा दो।''

एबल ने वह रात डलास रिचमंड में काटी, उसने अपना झूठा नाम बताया और डेस्क क्लर्क से यही कहा कि वह एक ही रात ठहरेगा। अगली सुबह, उसने देखा कि उसके नकद भुगतान की होटल की इकलौती रसीद कचरे के डिब्बे में कहीं गायब हो चुकी थी। उसका शक़ सही निकला। यह समस्या केवल शिकागो में नहीं थी, सारे ग्रुप में दिखाई दे रही थी।

उसने तय किया कि दूसरे डेस्मंड पेसियों का निपटारा करने से पहले शिकागो का

सुधार करना होगा। रेलगाड़ी की खिड़कियों से मिस्सीसिपी घाटी का नज़ारा दिख रहा था जो पिछले साल की बाढ़ों से तबाह हो चुकी थी। एबल को केवल यही सूझ रहा था कि जब वह शिकागो रिचमंड में होगा तो उसे कैसी तबाही का सामना करना होगा।

जब वह होटल के रिवॉल्विंग डोर के पास पहुँचा, तो रात वाले कुली का कुछ पता नहीं था और डेस्क पर एक क्लर्क मौजूद था। उसने तय किया कि उन सबको रात की अच्छी नींद लेने दी जाए, फिर उन्हें विदा दी जाएगी। एक नौजवान बैलब्वॉय ने एनेक्सी का दरवाज़ा उसके लिए खोल दिया।

''मि. रोसनोवस्की, आपका दौरा कैसा रहा?''

''हाँ, थैंक्स, इधर के क्या हालात हैं?''

''जी, पूरी तरह से शांत।''

'कल इस समय तक और शांत देखोगे, जब स्टाफ़ में केवल तुम इकलौते सदस्य बचोगे,' एबल ने सोचा।

एबल ने बैग से सामान निकाला और हल्का-फुल्का खाना ऑर्डर कर दिया। पर एक घंटे बाद खाना आया तो वह पूरी तरह से ठंडा था। जब उसने कॉफ़ी पी ली तो ठंडे पानी से नहा कर अगले दिन की योजना पर काम करने लगा। उसने इस सामूहिक संहार के लिए साल का अच्छा समय चुना था। होटल में उस समय आम उपस्थिति की तुलना में 25 प्रतिशत लोग ही मौजूद थे। उसे यकीन था कि वह रिचमंड में मौजूदा स्टाफ़ के आधे स्टाफ़ के साथ भी होटल सँभाल सकता था। उसने पलंग पर चढ़ कर तकिया नीचे फ़र्श पर फेंका, और अपने स्टाफ़ की तरह आने वाले अनजान लोगों की तरह सो गया।

~

डेस्मंड पेसी को रिचमंड में सभी आलसी पेसी के नाम से जानते थे। वह तिरेसठ साल का था, भारी वज़न और छोटी टाँगों की वजह से धीरे-धीरे चलता था। उसके रिचमंड में कार्यकाल के दौरान सात सहायक मैनेजर आए और गए। कुछ इतने लालची थे कि दूसरों से ज़्यादा पाना चाहते थे और बाकी सब समझ नहीं पाए कि यह सिस्टम काम कैसे करता था। उसने तय कर लिया था कि ये पोलक तो कमअक्ल था, जैसे कि बाकी सारे होते हैं। पेसी सुबह दस बजे वाली मीटिंग के लिए एबल के ऑफ़िस की ओर जाते हुए गुनगुना रहा था। दस बज कर सत्रह मिनट हो चुके थे।

''सॉरी, तुमको इंतज़ार करवाया,'' उसने कहा, हालाँकि उसके सुर से नहीं लग रहा था कि उसे कोई अफ़सोस था। ''मैं फ्रंट डेस्क पर थोड़ा काम करवा रहा था—तुम समझ सकते हो, हर ओर नज़र रखनी पड़ती है।''

एबल जानता था कि पेसी को फ्रंट डेस्क पर कैसी नज़र रखनी पड़ती थी। उसने धीरे से मेज़ का दराज खोला और मुड़े-तुड़े कुचले हुए चालीस होटल बिलों के टुकड़े उसके आगे रख दिए। वे सभी बदतर हालत में थे क्योंकि उन्हें कूड़ेदान, सिगरेटदानी वगैरह से निकाला गया था, ये उन मेहमानों के बिल थे जिन्होंने नकद भुगतान किया और उन्हें कभी

रजिस्टर नहीं किया गया था। वह मोटे मैनेजर को देखता रहा जो उन बिलों को उलट-पुलट कर देखने की कोशिश में था और फिर धीरे-धीरे उसे समझ आया कि वे असल में क्या थे।

पेसी को कोई परवाह नहीं थी। वह चिंता क्यों करता। अगर कमअक्ल पोलक को सिस्टम पता चल ही गया था तो या तो वह शामिल हो जाए या होटल से दफ़ा हो। हो सकता है कि होटल में रहने का कमरा लेकर चुप हो जाए।

"तो, एबल, अब तुमने मेरे लिए क्या करने का सोचा है?" उसने सीट पर बैठते हुए कहा।

"मि. पेसी, आपको काम से निकाल दिया गया है। मैं चाहता हूँ कि आप घंटे भर में होटल खाली कर दें।"

डेस्मंड पेसी ने उसी समय कुछ नहीं कहा, क्योंकि उसे अपने कानों पर विश्वास नहीं हुआ था।

"क्या कहा तुमने? मुझे नहीं लगता कि मैंने सही सुना है?"

"आपने बिलकुल सही सुना है," एबल बोला। "आपको नौकरी से निकाल दिया है।"

"तुम मुझे नहीं निकाल सकते। मैं मैनेजर हूँ। पिछले तीस सालों से रिचमंड ग्रुप के साथ काम कर रहा हूँ। अगर किसी को काम से निकालना होगा तो वह काम मेरा है। तुम किसी को नौकरी से निकालने वाले कौन होते हो?"

"मैं नया मैनेजर हूँ।"

"तुम 'क्या' हो?"

"नया मैनेजर," एबल ने दोहराया। "मि. लीरॉय ने कल ही मुझे काम पर रखा और मेरा पहला कार्यकारी निर्णय है कि मि. पेसी आपको नौकरी से निकाला जाता है।"

"किसलिए?"

"धोखाधड़ी के लिए," एबल ने सारे बिलों पर हाथ मारा ताकि पेसी उन्हें फिर से देख ले। "इनमें से हर मेहमान ने पैसे दिए पर एक पाई भी होटल के अकाउंट में नहीं आई। इन सबमें एक ही बात साझी है कि इन सब पर तुम्हारे हस्ताक्षर हैं।"

"इससे तो कुछ साबित नहीं होता।"

"मुझे पता है, तुम बहुत अच्छा सिस्टम चला रहे थे। अब जाकर ये खेल कहीं और खेलो क्योंकि इस होटल में तो दाल नहीं गलेगी। एक पुरानी पोलिश कहावत है, मि. पेसी, 'मटके में तब तक ही पानी भरा जा सकता है, जब तक उसका हैंडल नहीं टूट जाता'। और अभी-अभी ये हैंडल टूट गया है। आपको काम से निकाल दिया गया है।"

"तुम्हें मुझे निकालने का कोई हक़ नहीं बनता," पेसी हकलाया, उसके माथे पर पसीना आ गया था। "डेविस लीरॉय मेरे नज़दीकी दोस्त हैं। वे ही मुझे काम से निकाल सकते हैं। तुम अभी कुछ महीने पहले होटल में आए हो। एक कॉल करके, तुम्हें काम से निकलवा सकता हूँ।"

"आओ न, कोशिश करो," एबल ने कहा। उसने फ़ोन उठाया और ऑपरेटर से कहा कि डलास में डेविस लीरॉय का नंबर मिला कर दे। वे दोनों एक-दूसरे को घूरते हुए इंतज़ार करते रहे। पेसी की नाक से भी पसीना टपकने लगा था। एक पल के लिए एबल को लगा कि कहीं लीरॉय अपना मन तो नहीं बदल देंगे।

"सुप्रभात, मि. लीरॉय, शिकागो से एबल रोसनोवस्की बोल रहा हूँ। मैंने अभी डेस्मंड पेसी को काम से निकाल दिया है। वे आपसे बात करना चाहते हैं।"

पेसी ने काँपते हाथों से फ़ोन लिया और कुछ देर तक चुपचाप सुनता रहा।

"पर डेविस मैं...मैं क्या कर सकता था... ? कसम से, यह सब सच नहीं है। ...ज़रूर कोई ग़लती हुई है—"

एबल ने लाइन कट होने की आवाज़ सुनी।

"एक घंटा, मि. पेसी," एबल ने कहा। "या फिर मैं ये बिल शिकागो पुलिस विभाग को भेज दूँगा।"

"एक मिनट सब्र करो। इतनी उतावली मत दिखाओ," पेसी का लहज़ा और सुर अचानक बदल गए थे। "हम यह सारा ऑपरेशन तुम्हें सौंप सकते हैं। अगर मिल कर होटल को चला सके, तो तुम भी अच्छा पैसा बना सकते हो और किसी को पता तक नहीं चलेगा। सहायक मैनेजर बन कर भी जो नहीं मिला, वह इस तरह तुम्हारे पास होगा और डेविस को इस घाटे से कोई फ़र्क नहीं पड़ता, यह तो हम सबको पता है—"

"अब मैं सहायक मैनेजर नहीं। दफ़ा हो जाओ। मि. पेसी निकलो, वरना धक्के लगवा कर निकलवा दूँगा।"

"हरामी पिल्ले," पूर्व मैनेजर पेसी अपना आख़िरी दाँव उलटा पड़ते देख बौखला गया। "तू अपनी आँखें खोल कर रखना पोलक, तुझे तेरी औकात दिखाने आऊँगा।" वह दरवाज़ा पटकते हुए बाहर निकल गया।

दोपहर तक, पेसी, हैडवेटर, शेफ़, सीनियर हाउसकीपर, चीफ़ डेस्क क्लर्क, हैड पोर्टर और रिचमंड स्टाफ़ के दूसरे सत्रह लोगों के साथ सड़क पर था जिनकी एबल के हिसाब से सुधरने की कोई संभावना नहीं थी। दोपहर को उसने बचे हुए स्टाफ़ की मीटिंग बुलवाई और उन्हें विस्तार से बताया कि उसने क्या और क्यों किया। उसने उन्हें दिलासा दी कि उन लोगों की नौकरी को कोई ख़तरा नहीं होगा।

"पर अगर एक भी डॉलर, मैं फिर से कहता हूँ, एक भी डॉलर की हेरा-फेरी मिली तो उसमें शामिल आदमी को बिना किसी सफ़ाई के, उसी समय काम से निकाल दिया जाएगा। क्या मेरी बात समझ में आ गई?" एबल ने साथ ही यह चेतावनी भी दे दी।

कोई भी कुछ नहीं बोला।

स्टाफ़ के बाकी कई लोग भी आने वाले सप्ताहों के दौरान अपने-आप ही काम छोड़ कर चले गए, उन्हें समझ आ गया था कि एबल रोसनोवस्की, डेस्मंड पेसी की तरह अपना कोई सिस्टम नहीं चलाना चाहता था। उनकी जगह तुरंत दूसरे लोग काम पर रख लिए गए।

~

विलियम सितंबर 1928 में केन एण्ड कैबट में जूनियर डायरेक्टर के तौर पर काम करने लगा। उसने अपना बैंकिंग कैरियर, बैंक के निवेश डायरेक्टर टोनी सिमन्स के साथ वाले छोटे कार्यालय से चालू किया। विलियम जिस दिन से आया, वह उसी दिन से जानता था कि चाहे कुछ भी प्रत्यक्ष या अप्रत्यक्ष तौर पर नहीं कहा गया था लेकिन सिमन्स एलन के बाद बैंक का चेयरमैन बनने की इच्छा रखता था।

बैंक का सारा निवेश प्रोग्राम सिमन्स की ज़िम्मेदारी था। उसने अपने पोर्टफ़ोलियो का कुछ हिस्सा विलियम को सौंप दिया जो छोटे व्यवसायों, ज़मीन और अन्य बाहरी एंटरप्रीन्योरल गतिविधियों में निजी निवेश से जुड़ा था। विलियम जिस भी निवेश का संदर्भ देना चाहता था, उसे बोर्ड के लिए उसकी रिपोर्ट भी बनानी होती थी। बोर्ड के सत्रह सदस्य, महीने में एक बार ओक पैनल वाले बड़े से कमरे में मिलते, जिसमें विलियम के पिता और दादा के विशाल चित्र लगे थे। विलियम ने अपने दादा को कभी नहीं देखा पर इतना पता था कि वे कोई जाँबाज़ ही रहे होंगे जिन्होंने दादी केन से शादी की और निभाया। वैसे उसके अपने चित्र के लिए दीवारों पर काफ़ी जगह बची हुई थी।

बैंक के शुरुआती महीनों में विलियम ने सावधानी से काम किया और साथी बोर्ड सदस्य जल्द ही उसकी परख़ की क़द्र करने लगे। वे उसके निवेश प्रस्तावों पर हामी भरने में देर नहीं करते थे। जिन मौकों पर उन्होंने उसके निर्णयों को नहीं माना, उन्हें आगे चल कर पछताना पड़ा। पहले मौके में, किसी मि. मेयर ने बैंक से कर्ज़ लिया ताकि वह बोलती तस्वीरों में निवेश कर सके, पर बोर्ड ने यह मानने से इनकार कर दिया कि उस काम का कोई भविष्य नहीं हो सकता था। दूसरी बार, मि. पेले रेडियो नेटवर्क की महत्त्वाकांक्षी योजना लेकर आए। एलन लॉयड टेलीग्राफ़ी और टैलीपैथी की बहुत इज़्ज़त करते थे, उनका योजना से कोई लेना-देना नहीं था। बोर्ड ने उसके नज़रिए को मान दिया। लुई बी. मेयर ने आगे चल कर एमजीएम की स्थापना की और विलियम पेले सीबीएस के चीफ़ एक्ज़ीक्यूटिव बने। विलियम ने अपने पैसे से उन लोगों की मदद की और बैंक या पैसा पाने वालों को भी सूचना नहीं दी। यह उसका निजी मामला था।

विलियम के रोज़मर्रा के कामों का एक असुखद पहलू यह था कि उसे बैंक से बड़े कर्ज़ लेने के बाद अदा न करने वालों की दिवालिया स्थिति को सँभालना पड़ता था। विलियम स्वभाव से नरम दिल नहीं था पर हेनरी ऑस्बॉर्न ने भी अपना सबक़ सीखा था। हालाँकि बूढ़े और नामी ग्राहकों से कहना कि स्टॉक और घर बेच कर कर्ज़ अदा करें, यह अनुभव अच्छा नहीं था। उसने जल्दी ही जान लिया कि ऐसे ग्राहक भी दो श्रेणियों में आते थे—कुछ लोग दिवालिया होने को अपनी ज़िम्मेदारियों से मुक्त होने का बहाना मानते थे और कुछ लोग इसकी सोच से भी घबराते थे और आजीवन मेहनत करते हुए, अपने कर्ज़ की पाई-पाई अदा करते थे। विलियम के लिए पहली श्रेणी के साथ सख़्ती दिखाना आसान था पर दूसरी श्रेणी के साथ वह रियायत बरतता था, अक्सर टोनी सिमन्स चिढ़ कर ही अपनी सहमति देता था।

उस दिन सुबह मिलने वाला ग्राहक दूसरी श्रेणी से था। मैक्स ब्रूक्स ने 1925 के फ़्लोरिडा लैंड बूम में निवेश करने के लिए केन एण्ड कैबट से एक मिलियन डॉलर से अधिक उधार लिए थे, अगर विलियम उस समय बैंक के लिए सलाह दे रहा होता तो वह इस निवेश के लिए कभी हामी न भरता। मैक्स ब्रूक्स मैसाचुसेट्स में एक हस्ती थे। फ्लायर्स की गिनती में आते थे। वे चार्ल्स लिंडबर्ग के नज़दीकी दोस्त थे। वे एक छोटा विमान उड़ा रहे थे, जब उनका विमान उड़ान भरने के बाद एक पेड़ से जा टकराया तो वे भरा गए। उनके दुखद निधन का समाचार विस्तार से अख़बारों में छपा और वे पूरे अमेरिका में नेशनल खबर बन गए।

विलियम, बैंक की ओर से काम कर रहा था, उसने तत्काल ब्रूक्स एस्टेट को अपने अधीन कर लिया जो पहले ही दिवालिया था। उसने खाता बंद किया और बैंक का घाटा पूरा करने के लिए ब्रूक्स की फ्लोरिडा वाली ज़मीन बेचनी चालू की। उसने केवल वह दो एकड़ छोड़ दिए जिस पर खानदानी घर बना था। बैंक का घाटा अब भी 300,000 डॉलर से अधिक था।

जब विलियम ने मैक्स ब्रूक्स के नाम मिलने वाली हर चीज़ से बैंक की भरपाई कर ली तो उसका ध्यान मिसेज़ ब्रूक्स की ओर गया, जिसने अपने स्वर्गीय पति के उधार के लिए निजी गारंटी के कागज़ों पर हस्ताक्षर किए थे। हालाँकि विलियम अपनी ओर से बैंक की ओर से दिए जाने वाले लोन पर ऐसी गारंटी सुरक्षित करता था पर अपने दोस्तों का एहसान कभी नहीं लेता था, चाहे उन्हें किसी काम के सफल होने के बारे में कितना भी यकीन क्यों न हो क्योंकि किसी काम के असफल होने पर, गारंटी देने वाले को परेशानी का सामना करना पड़ता है, इससे उसका परिवार भी प्रभावित होता था।

विलियम ने मिसेज़ ब्रूक्स को एक औपचारिक ख़त लिखा। उनसे कहा गया कि मिल कर अपनी पोज़ीशन के बारे में बात करें। उसे ब्रूक्स की फ़ाइलों से पता था कि उसकी पत्नी की आयु केवल बाईस साल थी और वह बौस्टन के एक खानदानी घर से थी। बौस्टन सिंफनी के संस्थापक, हेनरी ली हिग्गिनसन की पड़-भतीजी और एंड्रयू हिग्गिनसन की बेटी। उसने यह भी देखा कि उसके पास भी निजी सम्पत्ति की कमी नहीं थी। वह नहीं चाहता था कि मिसेज़ कैथरीन बैंक में आए पर वह कुछ नहीं कर सका और उसने खुद को उस अनचाही भेंट के लिए तैयार कर लिया।

सुबह का आरंभ अच्छा नहीं था, सिमन्स के साथ कॉपर और टिन निवेश के मामले में भारी झड़प हुई, जिसे वह बोर्ड के आगे रखना चाहता था। इन दोनों धातुओं के लिए औद्योगिक माँग बढ़ रही थी और विलियम को यकीन था कि इसके बाद इनकी भारी कमी होने वाली थी जिससे बैंक का मुनाफ़ा पक्का था। सिमन्स को उसकी बात पर विश्वास नहीं था, उसे लगता था कि बैंक को स्टॉक मार्केट में ही और पैसा लगाना चाहिए और जब सचिव ने मिसेज़ ब्रूक्स को उसके ऑफ़िस में भेजा, तब भी विलियम के दिमाग में यही सब घूम रहा था।

उसकी एक छोटी-सी मुस्कान से ही विलियम के दिमाग से कॉपर, टिन और दुनिया

की सारी मंदी अचानक गायब हो गई। इससे पहले कि वह बैठती, वह अपनी कुर्सी से उछल कर, मेज़ के दूसरी ओर गया और उसके लिए कुर्सी खींची। वह खुद को दिलासा देना चाहता था कि कहीं वह किसी छलावे की तरह गायब तो नहीं हो जाएगी। विलियम ने आज तक कोई ऐसी युवती नहीं देखी थी जो मिसेज़ ब्रूक्स की सुंदरता के आस-पास भी फटकती हो। उसके लंबे बाल खुले हुए थे और कुछ लटें कंधों पर बिखरी थीं। कुछ शरारती लटें हैट से निकल कर कनपटी पर चिपक गई थीं। वह अभी शोक में थी, इस बात से उसकी छरहरी देह की सुंदरता पर कोई फ़र्क नहीं पड़ता था। उसके शरीर की गठन बताती थी कि वह सुंदरता बरसों की गरिमा की देन थी। भूरी आँखें कितनी बड़ी थीं। उनमें यह चिंता भी दिखाई दे रही थी कि उसने उसके लिए क्या योजना बनाई थी।

विलियम ने किसी व्यवसायी के सुर में कहा, ''मिसेज़ ब्रूक्स, सॉरी आपके पति के निधन के बारे में जान कर बहुत दुख हुआ—हम सभी उनके प्रशंसक थे—मुझे इस बात पर बहुत पछतावा है कि आज आपको बातचीत के सिलसिले में बैंक में बुलाना पड़ा।''

एक ही वाक्य में दो झूठ, जो पाँच मिनट पहले सच हो सकते थे। वह उसके बोलने की प्रतीक्षा करने लगा।

''थैंक यू मि. केन। मैं जानती हूँ कि हम आपके बैंक के देनदार हैं,'' उसने कोमल और मुलायम सुर में कहा। ''और मैं आपको यकीन दिला सकती हूँ कि उसे पूरा करने के लिए अपनी ओर से कोई कसर नहीं रखने वाली।''

विलियम चुप रहा। उसे लग रहा था कि शायद वह कुछ और कहेगी। जब वह नहीं बोली तो उसने मैक्स ब्रूक्स की एस्टेट की स्थिति के बारे में धीरे-धीरे विस्तार से बताया। वह सिर झुकाए सुनती रही।

''आप अपने पति के उधार के लिए गारंटी दे चुकी हैं, मिसेज़ ब्रूक्स और यहीं से आपकी निजी सम्पत्ति का विचार हमारे मन में आया।'' उसने फ़ाइल देख कर कहा, ''आपके पास 80,000 डॉलर के निवेश हैं जो आपका खानदानी पैसा है। और आपके चेकिंग खाते में 17,456 डॉलर हैं।''

कैथरीन ने सिर उठाया, ''आप मेरी वित्तीय स्थिति के बारे में मुझसे बेहतर जानते हैं, मि. केन। आपको इसमें बकहर्स्ट पार्क वाला घर भी मिला लेना चाहिए, वह भी मैक्स के नाम था। मेरे पास कुछ निजी अनमोल आभूषण भी हैं। अगर मैं अपनी सारी सम्पत्ति लगा दूँ तो बैंक का घाटा लगभग पूरा हो सकता है और मैंने उसके लिए व्यवस्था भी कर दी है,'' उसकी आवाज़ में हल्का-सा कंपन था।

''मिसेज़ ब्रूक्स, बैंक आपसे आपकी पाई-पाई छीनने की इच्छा नहीं रखता। हम आपकी सहमति से, आपके स्टॉक और बॉन्ड्स बेचना चाहेंगे। इनके अलावा, हमें लगता है कि वह घर आपके पास ही रहना चाहिए।''

वह हिचकी, ''मि. केन, आपकी दरियादिली के लिए आभार। हालाँकि मैं बैंक की एहसानमंद नहीं रहना चाहती और न ही अपने पति के नाम पर कोई धब्बा चाहती हूँ।'' फिर से हल्का कंपन सुना जो उसने दबा लिया। ''जो भी हो, मैंने फ्लोरिडा वाले घर को

बेचना तय कर लिया है और जल्दी ही अपने माता-पिता के घर वापिस चली जाऊँगी।''

जब विलियम को अहसास हुआ कि वह बौस्टन वापिस आ रही है तो उसका दिल तेज़ी से धड़कने लगा। ''फिर तो हम सेल के लिए आपस में किए समझौते पर आ सकते हैं।''

''बेशक, बैंक ही इस सारे पैसे का हक़दार है,'' उसने स्पष्टता से कहा।

विलियम ने एक और मीटिंग का बहाना बनाया। ''मिसेज़ ब्रूक्स इतनी जल्दी फ़ैसला न करें। पहले मुझे मेरे सहकर्मियों से बात करने दें, फिर मैं आपको उनकी प्रतिक्रिया के बारे में बताता हूँ।''

उसने हौले से कंधे झटके, ''जैसा आप चाहें, मि. केन। मुझे पैसे की परवाह नहीं और मैं आपको किसी तरह की परेशानी में नहीं डालना चाहती।''

विलियम ने पलकें झपकाईं, ''मिसेज़ ब्रूक्स, आप ऐसे मुश्किल हालात में भी इतना धीरज बनाए हुए हैं, मुझे यह देख कर हैरानी हो रही है। कम-से-कम मुझे यह मौका तो दें कि मैं आपको लंच के लिए बुला सकूँ।''

वह मुस्कुराई और उसके दाएँ गाल पर अचानक एक गड्ढा दिखाई दिया। विलियम मंत्रमुग्ध होकर ताकता ही रहा। रिट्ज़ कार्लटन होटल में अपने पिता की पुरानी मेज़ पर लंच के लंबे घंटों के दौरान भी वह दोबारा वही नज़ारा देखने की पूरी कोशिश में रहा। जब वह अपनी मेज़ पर वापिस आया तो तीन से ज़्यादा बज चुके थे।

''विलियम, लंच लंबा चला आज,'' सिमन्स ने कहा।

''जी, मैंने जो सोचा था, ब्रूक्स का व्यापार तो उससे काफ़ी उलझा हुआ निकला।''

''हम्म, कागज़ों को देख कर ही समझ आ गया था। उसे हमारे प्रस्ताव से कोई शिकायत तो नहीं? मुझे लगता है कि सारी बातों को ध्यान में रखते हुए हमने दरियादिली ही दिखाई थी,'' सिमन्स ने कहा।

''जी, उन्हें भी यही लगता है। मुझे उनसे बात करनी पड़ी कि वे हमारी पाई-पाई चुकाने के नाम पर अपना सारा पैसा न लगा दें।''

सिमन्स हैरानी से ताकने लगा। ''यह तो वह विलियम केन नहीं जिसे हम जानते हैं। खैर, बैंक के लिए दरियादिली दिखाने का इससे अच्छा मौका और नहीं होगा।''

विलियम ने मुँह बनाया। जब से वह काम पर आया था, तब से सिमन्स और उसके बीच स्टॉक बाज़ार को लेकर असहमति चल रही थी। नवंबर 1928 में व्हाइट हाउस में हुए चुनाव में हर्बर्ट हूवर के आने के बाद से, डो जोन्स धीरे-धीरे ऊपर जा रहा था। दस दिन बाद, न्यूयॉर्क स्टॉक एक्सचेंज ने सेल्स का रिकॉर्ड वॉल्यूम पोस्ट किया, एक दिन में 6 मिलियन से ज़्यादा शेयरों की खरीद-बेच हुई थी। पर विलियम को पूरा यकीन था कि उधार के पैसे से आने वाला यह उफ़ान, अस्थिरता लाने की हद तक मंदी का कारण होगा। वहीं दूसरी ओर, सिमन्स को पूरा विश्वास था कि यह बूम जारी रहेगा और जब विलियम ने बोर्ड मीटिंग में सावधानी बरतने को कहा तो उसकी बात को काट दिया गया। हालाँकि, उसने अपने स्टॉक बेच कर, पैसे को ज़मीन, सोने और सावधानी से चुनी हुई पेंटिंग्स वगैरह

में लगा दिया। उसने मानेट, मोनेट और मैटिसी की पेंटिंग्स लीं, वह अभी पिकासो के बारे में कोई फ़ैसला नहीं ले सका।

जब न्यूयॉर्क के फेडरल रिज़र्व बैंक ने यह फ़रमान निकाला कि केवल सट्टा लगाने वाले ग्राहकों को बैंक कर्ज़ नहीं देगा तो विलियम जान गया कि सट्टेबाज़ों के ताबूत में पहला कील ठोंक दिया गया है। उसने झट से बैंक के उधार देने वाले प्रोग्राम की जाँच की और अनुमान लगाया कि केन एंड कैबट के ऐसे सौदों पर 26 मिलियन डॉलर बकाया थे। उसने अगली बोर्ड मीटिंग में बोर्ड को सलाह दी कि उन कर्ज़ों को झट से निपटाया जाए क्योंकि ऐसे सरकारी आदेश के बाद से, दीर्घकालीन रूप से स्टॉक के दामों में कमी आने वाली थी।

"विलियम तुम आवश्यकता से अधिक सावधानी बरत रहे हो। क्या तुम्हें दिखाई नहीं देता कि हम इस समय अलग चाल नहीं चल सकते, क्या तुम चाहते हो कि केन एण्ड कैबट, बाकी दूसरे बैंकों से मुनाफ़ा कमाने में पीछे छूट जाए," सिमन्स ने कहा।

"और क्या आपको नहीं दिखता कि बाज़ार कर्ज़ पर टिका है जिसे कभी-न-कभी चुकाना होगा और तभी सारी गाड़ी पटरी से उतर जाएगी, इस तरह सब कुछ ठप्प होगा और हमें भारी घाटा उठाना पड़ सकता है।"

"नहीं, मैं नहीं देख सकता," सिमन्स ने अपना सुर तेज़ करते हुए कहा।

"जेंटलमैन, जेंटलमैन," एलन लॉयड ने बीच में कहा। "यह कोई बॉक्सिंग रिंग नहीं, बोर्डरूम है। मैं आपको सलाह दूँगा कि हम वोट कर लें। जो लोग हक़ में हैं...।"

विलियम 12 और 2 से हार गया।

26

साल के आख़िर तक एबल प्लाज़ा से चार कर्मचारियों को शिकागो बुला चुका था। उनमें तीन बातें एक सी थीं : वे युवा, महत्त्वाकांक्षी और ईमानदार थे। छह महीने में ही, रिचमंड के 110 पुराने कर्मचारियों में से केवल 37 ही उनके साथ काम कर रहे थे।

वित्तीय वर्ष के अंत तक, एबल डेविस लीरॉय के साथ शैंपेन की बड़ी बोतल खोलने लायक हो गया ताकि वे शिकागो रिचमंड के सालाना आँकड़ों का जश्न मना सकें। उन्हें 3,468 डॉलर का मुनाफ़ा हुआ था, रकम भले ही छोटी थी लेकिन पिछले तीस सालों में होटल को पहली बार फ़ायदा होता दिखा था। एबल 1929 में 25,000 से अधिक का मुनाफ़ा कमाने की अपेक्षा में था।

डेविस लीरॉय ने अपना जाम उठाया। "एबल, इस जगह के सुधार के बाद, तुम्हें अपना ध्यान बाकी ग्रुप पर लगाना होगा।"

"जब तक मैं अपनी जगह किसी सही व्यक्ति को नहीं बिठाता, तब तक इसे छोड़ नहीं सकता।"

"जैसा तुम कहो," डेविस ने कहा और एबल ने उसका गिलास फिर से भर दिया।

~

डेविस का शिकागो आना और भी नियमित हो गया और एबल और वे बेसबॉल के गेम और रेस में एक साथ जाने लगे। एक मौके पर, जब डेविस ने छह रेसों मे 700 डॉलर हारे तो वे एबल के गले में बाँहें डाल कर बोले, ''मुझे घोड़ों से क्या माथा मारना, तुम पर दाँव लगाया और यह मेरा सबसे बढ़िया दाँव रहा।''

जब भी मेलानी लीरॉय पिता के साथ होटल में डिनर पर आती, एबल उससे नज़रें नहीं हटा पाता था पर मेलानी ने कभी उसे मुड़ कर नहीं देखा। वह उससे बहुत कम बोलती थी, उसने कभी नहीं कहा कि एबल उसे मिस लीरॉय के बजाय मेलानी कह सकता है। जब उसे पता चला कि एबल कोलंबिया से इकनोमिक्स में डिग्री ले चुका था और उसने काफ़्का और फित्ज़ेराल्ड को भी पढ़ा हुआ था तो उसके बर्ताव में कुछ नरमी आई। जब वह शिकागो रिचमंड का मैनेजर बना तो वह थोड़ा और पिघली, अब वह कभी-कभी उसके साथ होटल में डिनर करने लगी थी। फिर वह शिकागो यूनिवर्सिटी में अपनी लिबरल आर्ट की डिग्री से जुड़ी बातचीत करती। एक बार एबल ने उसे कंसर्ट का बुलावा भेजा, फिर पंद्रह दिन बाद थियेटर चलने को कहा। जब भी वह होटल में किसी दूसरे पुरुष के साथ डिनर करने आती तो उसे जलन होती हालाँकि वह कभी किसी पुरुष के साथ दो बार नहीं आती थी।

एबल की सर्विस के दौरान मेन्यू में इतना बदलाव आया कि पिछले तीस सालों से शिकागो में रहने के बावजूद होटल के अस्तित्व से अनजान लोग भी, हर शनिवार शाम के डिनर के लिए मेज़ें आरक्षित करवाने लगे।

एबल ने दूसरे साल में सारे होटल को नए सिरे से संवारा, यह बीस वर्षों में पहली बार हुआ था—स्टाफ़ को नई हरी और सुनहरी वर्दी दी गई। एक मेहमान पिछले दस सालों से, हर साल एक सप्ताह तक रिचमंड में रहता था, वह होटल में कदम रखते ही वापिस बाहर चला गया, उसे लगा कि वह ग़लत होटल में आ गया है। जब अल केपोन ने अपने तीसवें जन्मदिन के लिए, सोलह लोगों के साथ एक निजी कक्ष आरक्षित करवाया तो एबल जान गया कि वह कुछ हासिल कर चुका था।

~

एबल की व्यक्तिगत संपदा भी बढ़ रही थी, स्टॉक बाज़ार फल-फूल रहा था। उसने 18 महीने पहले 8,000 डॉलर के साथ प्लाज़ा छोड़ा था और अब उसके ब्रोकेज खाते में 30,000 डॉलर थे। उसे पूरा विश्वास था कि बाज़ार बढ़ता रहेगा इसलिए वह मुनाफ़े का फिर से निवेश करता रहा। उसकी निजी ज़रूरतें बहुत कम थीं। उसने तीन नए सूट बनवाए और भूरे रंग के जूतों के दो जोड़े लिए। होटल रहने और खाने का खर्च देता था और उसका जेबखर्च न के बराबर था।

कॉन्टिनेंटल ट्रस्ट बैंक रिचमंड के खाते को पिछले तीस सालों से देख रहा था इसलिए एबल ने शिकागो आते ही अपना खाता भी वहीं खोल लिया। हर सुबह, वह बैंक जाकर होटल का पिछले दिन का पैसा जमा करवाता। एक सुबह जब उसने अपना काम पूरा किया

तो संदेश मिला कि बैंक मैनेजर को उससे मिलना है। एबल अपनी हैरानी को नहीं छिपा सका। वह जानता था कि उसने निजी खाते से कभी ओवरड्राफ़्ट नहीं किया इसलिए मिलने का मक़सद रिचमंड के बारे में ही होगा। पर बैंक कोई शिकायत कैसे कर सकता था, इतने सालों में पहली बार होटल के खाते में पैसे जमा हो रहे थे। चपरासी एबल को बरामदों से होते हुए, लकड़ी के एक बंद दरवाज़े के पास ले गया। हल्की-सी खटखटाहट और उसे अंदर बुला लिया गया।

''गुड मॉर्निंग, मि. रोसनोवस्की, मेरा नाम कर्टिस फ़ेंटन है,'' मैनेजर ने कहा। उसने एबल के साथ हाथ मिलाने के बाद, उसे मेज़ के दूसरी ओर रखी हरे चमड़े वाली कुर्सी पर बैठने का संकेत किया। वह एक ठिगना और तोंद वाला आदमी था जो आधे चाँद वाले आकार के चश्मे, सफ़ेद कॉलर, काली टाई और थ्री पीस सूट के साथ पक्का बैंकर दिख रहा था।

''धन्यवाद,'' एबल ने घबरा कर कहा। उसे अपने रूस के दिनों से ही, अनजानी चीज़ों से थोड़ा डर सा रहने लगा था।

''मि. रोसनोवस्की, मैं आपको लंच पर बुलाता पर...।''

एबल का मन थोड़ा शांत हुआ। उसे पूरा विश्वास था कि जब बैंक मैनेजर को कोई बुरा संदेश देना हो तो वे लंच नहीं करवाते।

''पर किसी मामले की वजह से यह काम तत्काल करना होगा। अगर आप बुरा न मानें तो क्या हम आज और अभी बात कर सकते हैं।'' एबल ने कुछ नहीं कहा। यह भी उसने रूसियों से ही सीखा था। ''मैं सीधे काम की बात पर आता हूँ, मि. रोसनोवस्की। मेरे प्रतिष्ठित ग्राहकों में से एक, एक अधेड़ महिला मिस एमी लीरॉय-'' नाम सुनते ही एबल तन कर बैठ गया—''वे रिचमंड ग्रुप में 25 प्रतिशत के शेयर यानी अंश रखती हैं। उन्होंने पहले भी कई बार अपने भाई मि. डेविस लीरॉय से कहा कि वे उनके अंश खरीद लें पर उन्होंने हर बार मना कर दिया। मैं मि. लीरॉय का तर्क समझ सकता हूँ। उनके पास कंपनी के 75 प्रतिशत अंश हैं इसलिए उन्हें बाकी बचे हुए 25 प्रतिशत की कोई चिंता नहीं है, जो कि उनके स्वर्गीय पिता का उत्तराधिकार था। हालाँकि, मिस लीरॉय अब भी अपने अंश बेचना चाहती हैं क्योंकि उन्हें इनसे कोई लाभांश नहीं मिल रहा।''

एबल यह सुन कर हैरान नहीं हुआ।

''मि. लीरॉय ने कहा है कि उन्हें इसमें कोई आपत्ति नहीं है कि मिस लीरॉय अपने अंश किसी भी तीसरी पार्टी को बेच दें, मिस लीरॉय को लगता है कि अगर उन्होंने अंश बेचे तो उनके हाथ चार पैसे लगेंगे जो उनके काम आ सकते हैं। मुझे लगा कि मैं आपको सारे हालात बता दूँ ताकि अगर आप किसी व्यक्ति को जानते हों जो मेरे ग्राहक के अंश ले सके।''

''मिस लीरॉय अपने स्टॉक के लिए कितने पैसे पाने की उम्मीद में हैं ?'' एबल ने पूछा।

''ओह, शायद वे पैंसठ हज़ार डॉलर में बेचना चाह रही हैं।''

"जिस स्टॉक से कोई मुनाफ़ा नहीं हो रहा, उसके लिए इतनी बड़ी रकम? कोई भी नहीं देगा।" एबल ने कहा। "और आने वाले सालों में भी कोई मुनाफ़ा होने की संभावना नहीं है," उसने आगे कहा।

"आह," कर्टिस फ़ेंटन बोले। "पर आपको याद रखना चाहिए कि हमें ग्यारह होटलों के मूल्य को भी ध्यान में रखना है।"

"पर कंपनी का नियंत्रण तो मि. लीरॉय के हाथ में ही रहेगा और इस तरह मिस लीरॉय के अंश कागज़ के टुकड़ों से ज़्यादा नहीं हैं।"

"मि. रोसनोवस्की, ग्यारह होटलों के 25 प्रतिशत शेयरों के लिए पैंसठ हज़ार डॉलर तो कुछ भी नहीं हैं।"

"पर जब तक मि. लीरॉय का नियंत्रण है, सब किसी काम का नहीं है। आप मिस लीरॉय से कहें कि उन्हें चालीस हज़ार डॉलर मिल सकते हैं, मि. फ़ेंटन। मैं भी देखता हूँ कि कोई ग्राहक मिल सके।"

"आपको नहीं लगता कि थोड़े और ज़्यादा पैसे देने के बारे में सोचना चाहिए," कर्टिस ने कहा। मि. फ़ेंटन की 'ज़्यादा' शब्द के उच्चारण पर भवें ऊपर उठ गईं।

"नहीं, एक भी पैसा और नहीं, मि. फ़ेंटन।"

बैंक मैनेजर ने हौले से अँगुलियों को आपस में जोड़ा। उन्हें पता था कि बैंक में एबल के खाते में कितना पैसा जमा है।

"इन हालात में, मैं मिस लीरॉय से पता कर सकता हूँ कि वे इस प्रस्ताव पर क्या राय रखती हैं? मैं उनकी ओर से निर्देश आते ही आपसे दोबारा संपर्क करूँगा।"

एबल बैंक से निकलते ही होटल आया और देखा कि उसके पास कितनी धनराशि थी। उसके ब्रोकरेज खाते में 33,112 डॉलर और चैकिंग अकाउंट मे 3,008 डॉलर थे। उसके लिए रोज़मर्रा के कामों पर ध्यान देना भारी हो गया, वह यही सोचता रहता था कि मिस लीरॉय क्या फ़ैसला करेगी और फिर वह सपने देखने लगता कि अगर उसके पास होटल के 25 प्रतिशत स्टॉक होंगे तो वह क्या करेगा।

उसे लगा कि डेविस लीरॉय को बताना चाहिए पर उसे यह डर भी था कि कहीं वे उसे अपने लिए खतरा न समझ लें। पर दो दिन बाद उसे लगा कि बॉस को कॉल करके अपने मन की बात करना ही बेहतर होगा।

"मैं आपको बताना चाहता हूँ कि मैं ऐसा क्यों कर रहा हूँ, डेविस। मेरा मानना है कि रिचमंड ग्रुप का भविष्य उज्ज्वल है और आप यकीन कर सकते हैं, जब मुझे पता होगा कि इसमें मेरा अपना पैसा भी शामिल है तो मेरी ओर से की जाने वाली मेहनत कई गुना हो जाएगी। पर अगर आप ही वे 25 प्रतिशत अंश लेना चाहेंगे तो मैं अपना दावा वापिस ले लूँगा।"

उसे यह देख कर हैरानी हुई कि डेविस ऐसा कुछ नहीं चाहते थे।

"देखो एबल, अगर तुम्हें ग्रुप पर इतना ही विश्वास है तो आगे बढ़ो और एमी के

अंश ले लो। मुझे तुम्हें अपना साझेदार बना कर गर्व होगा। तुम इसके हक़दार हो। वैसे मैं अगले सप्ताह रेड-कब्स गेम के लिए जा रहा हूँ। मेरे साथ आना चाहोगे?''

''क्यों नहीं, धन्यवाद डेविस। आपको कभी अपने निर्णय पर पछताना नहीं पड़ेगा।''

''मुझे यकीन है, ऐसा ही होगा पार्टनर।''

एबल एक सप्ताह बाद बैंक गया। इस बार वह मैनेजर से मिलना चाहता था। एक बार फिर से उसे हरे चमड़े वाली कुर्सी पर बिठाया गया। वह अधीरता से कर्टिस के बोलने की प्रतीक्षा करने लगा।

कर्टिस ने कहा, ''मुझे यह जानकर हैरानी हुई कि मिस लीरॉय अपने 25 प्रतिशत स्टॉक के लिए चालीस हज़ार डॉलर की धनराशि लेने को भी तैयार हैं। मैंने उनसे अनुबंध के लिए बात कर ली है इसलिए क्या अब आप मुझे बता सकते हैं कि इन स्टॉक्स को कौन खरीदना चाहता है?''

''जी,'' एबल ने पूरे आत्मविश्वास से कहा। ''मैं ही स्टॉक लेने वाला हूँ।''

''जी, मि. रोसनोवस्की,'' कर्टिस के चेहरे पर अब भी कोई हैरानी नहीं थी। ''क्या मैं पूछ सकता हूँ कि आप चालीस हज़ार डॉलर का भुगतान कैसे करना चाहेंगे?''

''मैं अपने स्टॉक बेच कर पैसे भरूँगा और जो कम रहेंगे, वह मेरे निजी खाते में से लिया जाएगा। यह सब करने के बाद चार हज़ार डॉलर के करीब रह जाएँगे। आशा करता हूँ कि बैंक मुझे इतनी रकम का कर्ज़ तो दे ही देगा। आपको तो पूरा विश्वास है कि रिचमंड ग्रुप के स्टॉक का बहुत कम मोल लगाया गया है। किसी भी हाल में, चार हज़ार डॉलर की धनराशि, एक डील पर किसी बैंक के कमीशन से ज़्यादा नहीं है।''

कर्टिस ने पलकें झपकाईं और कोशिश की कि उनके माथे पर बल न पड़ें। लोग उनके ऑफ़िस में अक्सर इस तरह की बातें नहीं करते थे; बात तीर की तरह चुभी क्योंकि एबल ने बिलकुल मर्म पर वार किया था। ''क्या आप मुझे प्रस्ताव पर सोचने के लिए थोड़ा समय देंगे, मि. रोसनोवस्की?''

''अगर आपने लंबे समय तक इंतज़ार किया तो मुझे कर्ज़ नहीं चाहिए होगा,'' एबल बोला। ''इस समय बाज़ार की जो दशा है, मेरे दूसरे निवेशों से ही जल्द पूरे चालीस हज़ार हो जाएँगे।''

एबल को यह सूचना पाने के लिए एक और सप्ताह इंतज़ार करना पड़ा कि कॉन्टिनेंटल ट्रस्ट उसकी मदद करने को तैयार था। उसने झट से अपने खाते खाली किए और चार हज़ार डॉलर का कर्ज़ लेकर चालीस हज़ार डॉलर पूरे कर दिए।

छह महीनों में ही उसने बड़ी सावधानी से, मार्च-अगस्त 1929 के दौरान अपने अंशों की खरीद-बेच के साथ अपना कर्ज़ भी पूरा अदा कर दिया। स्टॉक बाज़ार में उन दिनों अच्छा उछाल देखने को मिला। सितंबर 1929 तक दोनों खातों में फिर से पैसा दिखने लगा और उसके पास इतने पैसे हो गए थे कि वह अपने लिए एक नई बुईक खरीद सकता था और साथ ही रिचमंड ग्रुप के 25 प्रतिशत अंश का मालिक भी हो गया था। डेविस लीरॉय

के एंपायर के 25 प्रतिशत अंश को पाने के बाद उसके मन में आत्मविश्वास आया कि उसे उसकी बेटी और बाकी 75 प्रतिशत स्टॉक को भी पा लेना चाहिए।

एक सप्ताह बाद, उसने मेलानी को शिकागो सिंफनी हॉल के मोज़ार्ट कंसर्ट हॉल में आने का न्यौता दिया। उसने अपना नया सूट पहना, जिसने उसे याद दिलाया कि उसका शरीर पहले से भर गया था और उसने अपनी पहली सिल्क टाई पहनने के साथ, शीशे में खुद को देखते हुए संतोष अनुभव किया। उसे पूरा यकीन था कि वह शाम सफल होने वाली थी। कंसर्ट के बाद एबल ने मेलानी को रिचमंड ले जाने के बजाय लूप में ले जाना पसंद किया। हालाँकि डिनर के लिहाज़ से रिचमंड बेहतर हो चुका था। उसने जान-बूझ कर मेलानी को ऐसी बातों पर बोलने का मौका दिया जिन्हें करते हुए वह सहज महसूस करे: उसकी आने वाली डिग्री, उसके पिता, उसे देख कर यह भी लगा कि वह होटल की भावी सफलता के लिए उत्साहित थी। एबल ने उसी मौज में आकर, उसे अपने कमरे में ड्रिंक पीने का न्यौता दिया। मेलानी ने पहली बार उसका कमरा देखा और उसकी मेज़ पर रखी किताबें देख कर हैरान हुई, उसने दीवार पर लगी तस्वीरों को भी हैरानी से देखा।

एबल ने उसकी मर्ज़ी को ध्यान में रखते हुए कोका-कोला परोसा और बर्फ़ के दो टुकड़े डाले, मेलानी ने उसे जैसी मुस्कान दी, उसने उसका आत्मविश्वास और बढ़ा दिया। वह उसकी पतली, मुड़ी हुई टाँगों को एक नज़र देखने से खुद को रोक नहीं पाया। उसने अपने लिए बॉरबॉन का एक जाम बनाया और शिकागो सिंफनी ऑर्केस्ट्रा का म्यूज़िक लगा दिया।

एबल उसके पास ही नीचे बैठा और अपने गिलास का ड्रिंक हिलाने लगा। "कई सालों तक मैंने कोई संगीत नहीं सुना और जब मैंने संगीत सुना तो मोज़ार्ट ने ऐसा दिल जीता, जैसे कोई और नहीं जीत पाया।"

"एबल, तुम कई बार कितने यूरोपियन लगते हो," मेलानी ने अपनी रेशमी पोशाक का कोना खींचा जिस पर एबल बैठा था। "कौन सोच सकता था कि किसी होटल मैनेजर ने मोज़ार्ट का नाम भी सुना होगा?"

एबल बोला, "मेरे पुरखों में से एक, दूसरे बैरन रोसनोवस्की एक बार मास्टरो से मिले और मोज़ार्ट परिवार के निकटतम मित्र बन गए इसलिए मुझे हमेशा यही लगा कि वे हमारे परिवार का एक हिस्सा थे।"

मेलानी के चेहरे पर अविश्वसनीय मुस्कान थी। एबल आगे की ओर झुका और उसे कान के पास चूम लिया, जहाँ बालों की घुँघराली लटें झूल रही थीं। "तुम्हें नहीं लगता कि फ्रेडरिक स्टॉक ने तीसरे मूवमेंट के मूड को अच्छी तरह पकड़ा है?" उसने कहा।

एबल ने दूसरी बार चूमना चाहा। इस बार मेलानी अपना चेहरा उसके पास लाई और उसे अपने होंठ चूमने दिए। फिर वह पीछे हो गई।

"मुझे लगता है कि अब यूनिवर्सिटी वापिस चलना चाहिए।"

"पर तुम अभी तो आई हो," एबल ने कहा।

"हाँ, पता है, पर कल सुबह क्लास जल्दी है।"

एबल ने उसे फिर से चूमा। जैसे ही एबल अपना हाथ उसकी छाती तक ले गया, वह काउच पर गिर गई। फिर जल्दी ही परे हो गई।

"मुझे जाना होगा, एबल," उसने इसरार किया।

"ओह, छोड़ो भी। इतनी जल्दी जाने की क्या पड़ी है," उसने एक बार फिर से उसे अपनी ओर खींचा।

इस बार मेलानी ने उसे और सख़्ती से पीछे कर दिया। "एबल, तुम करना क्या चाहते हो? तुम मुझे कंसर्ट ले गए, कभी-कभार खाना खिला देते हो, इसका मतलब यह नहीं कि तुम्हें मेरे साथ ज़बरदस्ती करने का हक़ मिल सकता है।"

"पर हम कई महीनों से एक साथ हैं," एबल ने कहा। "मुझे लगा कि तुम्हें बुरा नहीं लग रहा।"

"एबल, हम कई महीनों से साथ नहीं हैं। मैंने कभी-कभार अपने पिता के होटल में डिनर किया है पर तुम्हें यह नहीं मान लेना चाहिए कि हम दोनों के बीच कुछ है।"

"मुझे माफ़ कर दो," एबल बोला। "मैं ऐसा कभी नहीं चाहता कि तुम्हें लगे कि मैं हद पार कर रहा हूँ। मैं बस अपनी भावनाओं का अहसास दिलाना चाहता था।"

"मैं किसी ऐसे इंसान के साथ जिस्मानी संबंध बनाने के बारे में नहीं सोच सकती, जिसके साथ मैं शादी नहीं करना चाहूँगी," वह बोली।

"पर मैं तुमसे शादी करना चाहता हूँ," एबल धीरे से बोला।

मेलानी खिलखिला कर हँस दी।

"इसमें मज़ाक वाली क्या बात है?" एबल ने तन कर बैठते हुए पूछा।

"एबल, पागल मत बनो। मैं कभी तुमसे शादी नहीं कर सकती हूँ?"

"क्यों नहीं?" एबल उसकी बात सुन कर सन्न रह गया था।

"एक दक्षिणी महिला कभी पहली पीढ़ी के पोलिश प्रवासी के साथ शादी करने के बारे में सोच भी नहीं सकती," उसने कहा और अपनी पोशाक की सिलवटें ठीक करने लगी।

"पर मैं तो एक बैरन हूँ," एबल ने थोड़े दंभ से कहा।

मेलानी फिर से ज़ोर-ज़ोर से हँसने लगी। "तुम्हें क्या लगता है, किसी को तुम्हारी बात पर यकीन होगा? एबल, क्या तुम्हें नहीं पता कि सारा स्टाफ़ पीठ पीछे तुम्हारी इस पदवी का मज़ाक उड़ाता है?"

एबल को काटो तो खून नहीं, चेहरा फक्क पड़ गया था। "वे मेरी पीठ पीछे मज़ाक उड़ाते हैं?" उसने दोहराया। उसका धीमा लहज़ा भी तेज़ हो गया था।

"हाँ," वह बोली। "बेशक़ तुम्हें पता होना चाहिए, होटल में सभी तुम्हें शिकागो बैरन के नाम से जानते हैं।"

एबल कुछ बोल नहीं सका।

"अब, पागल मत बनो। अपनी असलियत को पहचानो। मुझे लगता है कि तुमने डैडी के लिए कमाल का काम किया है और वे तुम्हें सराहते भी हैं पर मैं कभी तुमसे शादी नहीं कर सकती।"

"तुम मुझसे कभी शादी नहीं कर सकतीं," एबल ने हौले से कहा।

"बेशक़ नहीं। डैडी तुम्हें पसंद करते हैं, पर वे किसी पोलिश को अपना दामाद नहीं बनाना चाहेंगे।"

"सॉरी, मैंने तुम्हारा दिल दुखाया," एबल ने सोफ़े से उठते हुए कहा।

"नहीं एबल, ऐसी कोई बात नहीं। हम भूल जाते हैं कि हमारे बीच ऐसी कोई बात हुई थी। ज़रा मेहरबानी करके मुझे यूनिवर्सिटी वापिस छोड़ दोगे?"

एबल ने किसी तरह उठ कर मेलानी को उसका कोट पहनने में मदद की। जब वह उसके साथ बरामदे में गया तो अपने लंगड़ेपन की ओर ज़्यादा ध्यान जाने लगा। वे लोग नीचे उतरे तो कोई कुछ नहीं बोला और वह मेलानी को वापिस छोड़ आया। उसने कार पार्क की और उसे आगे वाले लॉज में छोड़ने से पहले हाथ चूमा।

"उम्मीद करती हूँ कि इस बात का असर हमारी दोस्ती पर नहीं पड़ेगा," मेलानी ने कहा।

"बेशक़ नहीं," वह किसी तरह बोला।

"थैंक्स, एबल तुमने कंसर्ट के लिए बुलाया। तुम जल्दी ही कोई अच्छी पोलिश लड़की से मिलोगे और तुम्हारी शादी होगी। गुड नाइट।"

"गुडबाय," एबल ने कहा।

~

मार्च 21, 1929, ब्लेयर एंड कंपनी ने बैंक ऑफ़ अमेरिका के साथ अपना विलयन घोषित किया, यह इस श्रेणी का तीसरा विलयन था जो एक सुनहरे कल की उम्मीद जगाता था। मार्च 25, को टोनी सिमन्स ने विलियम को एक नोट भेजा जिसमें लिखा था कि बाज़ार ने एक और ऑल टाइम रिकॉर्ड तोड़ा है और बैंक का और पैसा स्टॉक में लगाया जा रहा है। तब तक विलियम अपने स्टॉक का 75 प्रतिशत बेच चुका था, एक ऐसा कदम जिससे वह 2 मिलियन डॉलर से ज़्यादा गँवा चुका था—जिसे देख कर एलन लॉयड चिंता में थे।

"उम्मीद करता हूँ, विलियम, तुम जानते हो कि तुम क्या कर रहे हो?"

"एलन, मैं चौदह साल की उम्र से यही काम करता आया हूँ और हमेशा अपने हिसाब से जीत हासिल की है।"

1929 की गर्मियों तक बाज़ार में उछाल आता रहा, विलियम ने भी बेचना बंद कर दिया और सोचने लगा कि कहीं टोनी सिमन्स का अनुमान सही तो नहीं था।

एलन लॉयड के रिटायर होने का समय पास आ रहा था, सिमन्स की चेयरमैन पद

पर आने की इच्छा और गहरी होती जा रही थी। विलियम इसी बात से परेशान था, उसके हिसाब से सिमन्स की सोच बहुत ही पारंपरिक थी। वह हमेशा बाज़ार से दो कदम आगे चलता था, जो उन वर्षों में ठीक था जब सारे निवेश सही तरह से चल रहे थे पर प्रतियोगी समय में यह खतरनाक हो सकता था। विलियम के हिसाब से एक कुशल निवेशक, न केवल झुंड के साथ चलता है, बल्कि उस दिशा में पहले ही काम कर लेता है जिस ओर सारा झुंड मुड़ने वाला होता है। विलियम को अब भी लगता था कि स्टॉक बाज़ार जोखिम से भरा था, जबकि सिमन्स को पूरा यकीन था कि अमेरिका सुनहरे युग में प्रवेश कर रहा था।

विलियम की दूसरी परेशानी यह थी कि अभी सिमन्स केवल तिरतालीस वर्ष का था और अगर उसे केन एंड कैबट का चेयरमैन बनाया जाता तो विलियम उसे आने वाले बीस साल तक नहीं हिला सकता था। यह हॉर्वर्ड के अनुसार, उसके 'कैरियर पैटर्न' के लिए ठीक नहीं था।

इन बाधाओं के बावजूद, कैथरीन ब्रूक्स लगातार उसके ख़यालों का हिस्सा बनी हुई थी। वह अक्सर उसके स्टॉक और बॉन्ड्स के बारे में उसे पत्र लिखता : वे टाइप किए हुए औपचारिक पत्र थे जिनके बदले में औपचारिक लिखित पत्र के अलावा और कोई उम्मीद नहीं की जा सकती थी। शायद वह उसे वॉल स्ट्रीट के ईमानदार बैंकर से ज़्यादा नहीं मानती थी। फिर, एक दिन कैथरीन का पत्र आया कि उसने फ्लोरिडा एस्टेट के लिए खरीददार खोज लिया है। विलियम ने उससे आग्रह किया कि वह बैंक की ओर से, अनुबंध के लिए सौदेबाज़ी करना चाहेगा। कैथरीन ने लौटती डाक से हामी भेज दी।

विलियम ने एक सप्ताह बाद फ्लोरिडा के लिए गाड़ी पकड़ी। इस यात्रा के दौरान वह यही सोचता रहा कि क्या उसके मन में बसी कैथरीन ब्रूक्स की छवि एक भ्रम होगी और जब वह इसी सोच के साथ गाड़ी से उतरा तो यह देख कर हैरान हो गया कि कैथरीन तो उसकी सोच से भी कहीं ज़्यादा सुंदर लगती थी। वह प्लेटफ़ॉर्म पर उसकी प्रतीक्षा में खड़ी थी और हल्की-सी हवा के झोंके से उसकी काली पोशाक लहरा रही थी, उसकी वह छवि ऐसी थी जिसे कोई भी पुरुष दूसरी बार मुड़ कर देखना चाहता था। विलियम की आँखें जैसे उससे हटना ही नहीं चाहती थीं।

वह अब भी शोक में थी और विलियम से बहुत ही औपचारिक और संयमित तरीके से पेश आई, विलियम किसी भी तरह की छाप नहीं छोड़ सका। उसने बकहर्स्ट पार्क खरीदने वाले किसान से सौदेबाज़ी की और कैथरीन को मना लिया कि वह बेची हुई रकम का एक तिहाई अपने पास रखे और दूसरा दो तिहाई बैंक लेगा। आखिर में, कानूनी दस्तावेज़ों पर हस्ताक्षर हुए, अब बौस्टन वापिस जाने से बचने के लिए कोई बहाना नहीं था। उसने कैथरीन को आख़िरी शाम अपने होटल में डिनर पर बुलाया। उसने सोच लिया था कि उस दिन कैथरीन के मन की बात जान कर रहेगा। हालाँकि ऐसा पहली बार नहीं हुआ था, कैथरीन ने उसे आश्चर्यचकित कर दिया। इससे पहले कि वह उससे इस बारे में बात करता, कैथरीन ने ही पूछ लिया। वह अपना गिलास घुमाते हुए बोली कि क्या वह सप्ताहांत के लिए बकहर्स्ट पार्क में रहना पसंद करेगा।

"इस तरह हम वित्त के अलावा दूसरे विषयों पर भी बातें कर सकेंगे," उसने कहा। विलियम कुछ नहीं बोला।

आख़िर में कैथरीन ने अपनी बात पूरी करने का साहस जुटा ही लिया। "अजीब बात यह है कि पिछले कुछ दिनों में मुझे इतना आनंद आया जितना पहले जीवन में कभी नहीं आया।" वह फिर से शरमाई। "मैंने बहुत ग़लत तरीके से अपनी बात कही, तुम्हें लगेगा कि मैं कितनी बुरी हूँ।"

विलियम के दिल की धड़कन बढ़ गई, "कैथरीन, मैं पिछले आठ महीनों से ऐसा ही कुछ तुमसे कहना चाहता था।"

"तो क्या तुम कुछ और दिन रहोगे?"

"क्यों नहीं रहूँगा," विलियम ने उसका हाथ थाम लिया।

उस रात, कैथरीन उसे बकहर्स्ट पार्क के मेहमानों वाले कमरे में ले गई। विलियम उन दिनों को हमेशा अपने जीवन के सुनहरे अध्याय के रूप में याद करता रहा। वह कैथरीन के साथ घुड़सवारी करने गया और उसने उसे हरा दिया। कैथरीन ने उसे तैराकी में हराया। वह उसके साथ टहलता तो वह उससे आगे निकल जाती। आख़िर में, उसने उसके साथ पोकर खेला और सप्ताह के अंत में 3.5 मिलियन डॉलर जीतने में सफल रहा।

"क्या तुम चैक लोगे?" कैथरीन ने गरिमा से पूछा।

"तुम भूल गईं। मिसेज़ ब्रुक्स, मुझे तुम्हारी हैसियत पता है। पर मैं भी एक डील करने वाला हूँ। मेरे साथ तब तक खेलना होगा, जब तक तुम सब कुछ वापिस नहीं जीत लेतीं।"

"इसमें तो समय लग सकता है।"

"मुझे कोई परेशानी नहीं है," विलियम ने कहा।

उसने केट को अपने बीते दिनों के भूले हुए किस्से सुनाए, ऐसी बातें बताईं जो कभी मैथ्यू से भी नहीं कही थीं—पिता के लिए उसका सम्मान, माँ के लिए प्रेम, हेनरी ऑस्बॉर्न से नफ़रत, केन एण्ड कैबेट के लिए उसकी महत्त्वाकांक्षा। केट ने उसे बौस्टन में अपने बचपन, वर्जीनिया के स्कूली दिनों और मैक्स ब्रुक्स से कम उम्र में होने वाली शादी के बारे में बताया।

जब उन्होंने स्टेशन पर विदा ली, तो विलियम ने पहली बार उसे चूमा।

"केट, मैं कुछ ऐसा कहने वाला हूँ जो थोड़ा दिखावटी लग सकता है। उम्मीद करता हूँ कि किसी दिन तुम मेरे बारे में भी वैसा ही महसूस कर सको, जैसे तुम मैक्स के लिए महसूस करती थीं।"

"मैं पहले से ही महसूस करने लगी हूँ," उसने धीरे से कहा।

विलियम ने उसके गाल छुए। "पूरे आठ महीनों तक मेरे जीवन से दूर मत रहो।"

"मैं नहीं रह सकती। तुमने मेरा घर बेच दिया है।"

~

बौस्टन की वापसी यात्रा के दौरान, विलियम अपने पिता की मृत्यु के बाद से पहली बार संतुष्ट और प्रसन्न महसूस कर रहा था। उसने बकहर्स्ट पार्क की सेल पर रिपोर्ट तैयार की और फिर उसका मन केट और उसके बीते दिनों की यादों में खो गया। जैसे ही गाड़ी ने दक्षिणी स्टेशन पर प्रवेश किया, उसने झट से अपने हाथों से एक नोट लिखा :

केट,

मुझे लगता है कि मुझे अभी से तुम्हारी याद सताने लगी है और अभी तुमसे अलग हुए कुछ ही घंटे बीते हैं। प्लीज़, मुझे बताना कि तुम बौस्टन कब आ रही हो। इस दौरान मैं काम पर वापिस लौट रहा हूँ और देखता हूँ कि क्या तुम्हें लंबे समय अंतराल (5 या 10 मिनट) तक अपने ध्यान से हटा सकूँगा या नहीं।

स्नेह,

विलियम

पुनश्चः तुमने अब भी मेरे 17.5 मिलियन डॉलर चुकाने हैं।

उसने चार्ल्स स्ट्रीट पर बने मेल बॉक्स में वह पत्र डाला और अख़बार बेचने वाले की आवाज़ से उसका ध्यान भंग हुआ।

''वॉल स्ट्रीट गिर गई!''

विलियम ने झट से एक प्रति ली और फ्रंट पेज खंगाल लिया। रातों-रात बाज़ार में गिरावट आई थी। कुछ लोगों का कहना था कि यह समायोजन का ही एक हिस्सा था; विलियम को वह लैंडस्लाइड की शुरुआत लगी, जिसका अनुमान उसने कई महीने पहले ही लगा लिया था। वह झट से बैंक गया और लगभग भागते हुए चेयरमैन के ऑफ़िस में घुसा।

''मुझे पूरा यकीन है कि आने वाले कुछ सप्ताह में बाज़ार सँभल जाएगा,'' एलन लॉयड ने दिलासा देते हुए कहा।

''नहीं, ऐसा नहीं होगा,'' विलियम बोला। ''बाज़ार अपनी हद पार कर चुका है। यह उन छोटे निवेशकों से भरा है जिन्हें लगता था कि वे तत्काल लाभ कमा सकते हैं और अब वे उस पैसे की पूर्ति के लिए भाग रहे हैं। क्या आपको नहीं दिखता कि ये गुब्बारा फूट गया है? मैं अपना एक-एक स्टॉक बेचने वाला हूँ। एलन, मैंने फरवरी में ही बोर्ड को इसके बाबत चेतावनी दे दी थी।''

''विलियम, मैं अब भी तुमसे सहमत नहीं हूँ। पर तत्काल बोर्ड मीटिंग बुलाने वाला हूँ ताकि तुम्हारे विचारों पर विस्तार से चर्चा की जा सके।''

''धन्यवाद,'' विलियम ने कहा। वह अपने ऑफ़िस में आया और मेज़ पर रखा फ़ोन उठाया।

''एलन, मैं आपको बताना भूल गया। मैं उस युवती से मिल चुका हूँ जिससे शादी करना चाहूँगा।''

''क्या वह यह बात जानती है?''

"नहीं।"

"अच्छा," एलन ने कहा। "तो तुम्हारी शादी भी काफ़ी हद तक तुम्हारे बैंकिंग कैरियर जैसी होगी। जो भी प्रत्यक्ष रूप से शामिल होगा, उसे तुम्हारे निर्णय लेने के बाद ही ख़बर होगी।"

विलियम हँस दिया। फिर उसने दूसरा फ़ोन उठाया और अपने बचे हुए स्टॉक बेचने का आदेश दे दिया। जब उसने फ़ोन रखा तो टोनी दरवाज़े पर खड़ा था। उसके चेहरे के भाव देख कर लगा कि उसे विलियम उस समय किसी पागल से कम नहीं लग रहा था।

"अगर सारे स्टॉक बाज़ार के ताज़ा हालात में लगा दिए तो तुम कंगाल हो सकते हो।"

"अगर इन्हें रखा तो हो सकता है कि कंगाल से भी कुछ ज़्यादा होने की नौबत आ जाए," विलियम ने कहा।

पिछले सप्ताहों में उसने 1 मिलियन डॉलर से भी ज़्यादा गँवाया था, जो किसी कम आत्मविश्वास वाले इंसान को डिगाने के लिए काफ़ी होता। विलियम ने अपनी पूँजी का निवेश अलग तरह की सामग्री में किया—सोना, चाँदी, निकल और टीन।

अगले दिन की बोर्ड मीटिंग में भी वह 8-6 वोट से हारा—उसने प्रस्ताव रखा था कि बैंक के स्टॉक जल्दी से बेच देने चाहिए। टोनी ने बोर्ड को विश्वास दिलाया कि अगर थोड़ा और सब्र नहीं किया तो ये गैरज़िम्मेदार कहलाएगा। विलियम को केवल इतनी-सी जीत हासिल हुई कि डायरेक्टरों ने हामी भरी कि इस समय बैंक और शेयर नहीं लेगा।

आने वाले कुछ दिनों में, बाज़ार थोड़ा-सा ऊपर आया, जिससे विलियम को बचे हुए स्टॉक अच्छी तरह बेचने का मौका मिल गया। सप्ताह के अंत तक, जब इंडेक्स, पिछले चार दिनों से लगातार बढ़ रहा था, विलियम भी यह सोचने लगा कि कहीं उसने आवश्यकता से अधिक प्रतिक्रिया तो नहीं दी, पर उसके पिछले अनुभव और सहज ज्ञान यही कहता था कि उसका फ़ैसला ग़लत नहीं था। एलन लॉयड ने कुछ नहीं कहा; विलियम के पैसे से उनका लेना-देना नहीं था और वैसे भी वे अपने लिए एक शांत रिटायरमेंट से ज़्यादा कुछ नहीं चाहते थे।

अक्टूबर 22, को बाज़ार में फिर से भारी घाटा दिखा और विलियम ने फिर से एलन से कहा कि वह मौका रहते फ़ायदा उठा ले। इस बार एलन ने बात मानी और विलियम को अनुमति दी कि वह बैंक के कुछ ख़ास शेयर बेच दे। अगले ही दिन बाज़ार मुँह के बल गिरा और चाहे बैंक ने बेचने की जितनी भी कोशिश की, कोई फ़ायदा नहीं हुआ क्योंकि शेयर खरीदने वाला ही कोई नहीं था। आने वाले अगले सप्ताह के दौरान स्टॉक बेचने के नाम पर भगदड़ मचने लगी क्योंकि अमेरिका में छोटे-से-छोटा निवेशक भी अपने शेयरों से पीछा छुड़ाना चाह रहा था। डर का ऐसा माहौल था कि बेचारी टिकर टेप मशीन भी सौदों के साथ कदमताल नहीं कर पा रही थी। जब अगली सुबह एक्सचेंज खुला और क्लर्क पूरी रात काम करते रहे, उसके बाद ही व्यापारियों को पता चला कि बाज़ार ने कितना घाटा खाया था।

विलियम अपने ट्रस्ट के लगभग सभी शेयर बेच चुका था और उसका निजी घाटा, बैंक

को होने वाले घाटे के अनुपात में बहुत कम था। चार दिन में 3 मिलियन डॉलर से भी ज़्यादा खोने के बाद, टोनी सिमन्स को भी विलियम की सलाह पर अमल करना पड़ा।

अक्टूबर 29, को ब्लैक ट्यूज़डे, जैसा कि उसे जाना गया, बाज़ार फिर से गिरने लगा। 16,610,030 शेयरों का सौदा हुआ। हालाँकि बहुत कम लोगों ने माना कि अमेरिका का वित्तीय संस्थापन दिवालिया हो गया था। अगर उनके हर ग्राहक नकद की माँग करते या बदले में अपने कर्ज़ अदा करने को कहते—तो रातों-रात सारा बैंकिंग सिस्टम तबाह हो सकता था।

9 नवंबर को एक और बोर्ड मीटिंग रखी गई, पहले जॉन रियोड्रॉन की याद में एक मिनट का मौन रखा गया जो काउंटी ट्रस्ट के प्रेज़ीडेंट और केन एण्ड कैबट के डायरेक्टरों में से थे, एक दिन पहले उन्होंने खुद को गोली मार ली थी। यह दो सप्ताह के अंदर, बौस्टन के बैंकिंग दायरे में ग्यारहवीं आत्महत्या थी और मृतक, एलन लॉयड का निकटतम मित्र था। एलन ने ऐलान किया कि केन एण्ड कैबट को करीबन 4 मिलियन डॉलर का घाटा हुआ है। बैंक के सभी छोटे निवेशक इसके अधीन आए थे और बड़े निवेशकों को असंभव नकद प्रवाह की समस्याओं का सामना करना पड़ रहा था।

वॉल स्ट्रीट के बैंकों के बाहर गुस्साई भीड़ जमा होने लगी थी और बूढ़े दरबानों के बजाय पिंकरटन के एजेंट नियुक्त करने पड़े।

''एक और सप्ताह, और हम सबका नामोनिशान मिटने वाला है,'' एलन ने कहा। उन्होंने अपना त्याग-पत्र दे दिया पर डायरेक्टर सुनने को तैयार नहीं थे। उनकी स्थिति, अमेरिका के किसी भी बड़े बैंक के चेयरमैन से अलग नहीं थी। टोनी सिमन्स ने भी अपना त्याग-पत्र दिया पर एक बार फिर उसके डायरेक्टर साथियों ने वोट तक नहीं डाला। अब सिमन्स एलन लॉयड के बाद चुना जाने वाला सदस्य नहीं रहा था इसलिए विलियम ने चुप्पी साधे रखी।

समझौते के अधीन, टोनी सिमन्स को लंदन भेज दिया गया ताकि वह यूरोप में बैंक के ऑपरेशन सँभाल सके। विलियम को लगा कि इससे कोई नुकसान नहीं होगा, उसके बाद बोर्ड ने उसे निवेश डायरेक्टर बना दिया। उसने झट से मैथ्यू को न्यौता दिया कि वह उसका डिप्टी बन सके। इस बार एलन ने कुछ नहीं कहा, यह देख कर विलियम सोचने लगा कि क्या उसे मैथ्यू को बोर्ड का हिस्सा बनने के लिए भी कहना चाहिए था; पर अब वह मौका हाथ से जा चुका था।

मैथ्यू भी वसंत आने तक बैंक में शामिल नहीं हो सका, उसके पिता उससे पहले उसे फ्री नहीं कर सके। लेस्टर्स भी अपनी समस्याओं से जूझ रहे थे।

1929 की सर्दियों में इससे बदतर नहीं हो सकता था और विलियम ने अनासक्ति से छोटी-बड़ी फ़र्मों को एक साथ मिटते देखा, वह उन लोगों को बौस्टन में बरसों से जानता था। वह यह भी सोचने लगा कि क्या केन एण्ड कैबट भी बच सकेगा?

उसने क्रिसमस पर, फ्लोरिडा में केट के साथ शानदार सप्ताह बिताया, विलियम ने बौस्टन आने की तैयारी कर रही केट को ट्रंक और छोटे सूटकेसों में सामान रखने में मदद की। एक बड़े से सूटकेस में वे सब उपहार रखे गए जो विलियम ने केट को क्रिसमस पर

दिए थे, उन्हें देख कर केट विलियम की दरियादिली से शर्मिंदा हो गई।

''एक कंगाल विधवा तुम्हें बदले में क्या दे सकती है?'' उसने उपहास किया।

विलियम बौस्टन लौटा तो पूरे जोश में था, उसे उम्मीद थी कि केट के साथ बीता समय आने वाले बेहतर कल की आस लिए हुए होगा।

27

एबल होटल के डाइनिंग हॉल में चक्कर लगा रहा था कि मेलानी को अपने पिता के साथ बैठा देख हैरान हुआ। वह हमेशा की तरह बनी-ठनी नहीं लग रही थी बल्कि परेशान और थकी हुई लगी। वह उसके पास जाकर हाल-चाल पूछने ही वाला था कि उसे पिछली मुलाक़ात याद आते ही उसने तय किया कि ऐसा न करना ही ठीक होगा। जब वह ऑफ़िस वापिस आ रहा था तो देखा कि डेविस लीरॉय रिसेप्शन डेस्क के पास खड़े थे। उन्होंने वही चैक वाली जैकेट पहनी हुई थी, जो प्लाज़ा में पहली मुलाकात के दौरान पहनी हुई थी।

''क्या मेलानी डाइनिंग हॉल में है?'' डेविस ने पूछा।

''जी, वहीं है,'' एबल ने कहा। ''मुझे पता नहीं था कि आप आज शहर में आ रहे हैं, डेविस। मैं तुरंत आपके लिए प्रेज़ीडेंशियल सुइट तैयार करवाता हूँ।''

''बस एक रात के लिए, एबल। इसके बाद तुमसे अकेले में बात करना चाहूँगा।''

''जी, ज़रूर।''

एबल को 'अकेले में' शब्द का लहज़ा अच्छा नहीं लगा, वह सोचने लगा कि कहीं मेलानी ने उसकी कोई शिकायत तो नहीं लगाई? या फिर यह इसलिए था कि वह कुछ दिनों से डेविस से बात करने का समय नहीं निकाल पाया था?

लीरॉय उसके पास से होते हुए डाइनिंग हॉल की ओर चले गए और वह रिसेप्शन पर देखने लपका कि प्रेज़ीडेंशियल सुइट खाली था या नहीं? होटल के आधे कमरे खाली थे इसलिए सुइट को खाली पाकर उसे हैरानी नहीं हुई। उसने डेविस का नाम लिखा और फिर एक घंटे तक वहीं इंतज़ार करता रहा। उसने मेलानी को डाइनिंग हॉल से निकलते देखा, उसका चेहरा लाल था जैसे वह रो कर हटी हो। कुछ मिनट बाद उसके पिता बाहर आए।

''एबल, अपने साथ बॉरबार्न की बोतल लेकर आना और यह मत कहना कि हमारे पास नहीं है। मेरे सुइट में साथ चलो।''

एबल ने अपनी अलमारी से दो बोतलें लीं और लीरॉय के साथ सत्रहवें तल पर चल दिया। वह अब भी यही सोच रहा था कि मेलानी ने उसकी शिकायत तो नहीं की होगी?

''बोतल खोल कर बड़ा-सा पैग बना कर दो, एबल,'' लीरॉय ने निर्देश दिया।

एबल एक बार फिर अनजान डर से घिरा था। उसकी हथेलियों से पसीना छूट रहा था। कहीं बॉस की बेटी से शादी करने की इच्छा के कारण नौकरी से हाथ तो नहीं धोना होगा? उसने सोचा कि लीरॉय और उसकी दोस्ती को एक साल से ज़्यादा हो ही चुका है।

वे पक्के दोस्त हो चुके थे।

''और अपना गिलास भर लोगे तो बेहतर होगा, एबल।''

एबल ने बॉस की बात सुनी पर लीरॉय की बात सुनने तक अपने गिलास से खेल ही करता रहा।

''एबल, मैं बरबाद हो गया,'' लीरॉय ने एक घूँट में सारा गिलास खाली करके, दूसरा गिलास बनाते हुए कहा।

एबल कुछ नहीं बोला, उसे समझ ही नहीं आया कि क्या जवाब देना चाहिए। उसने किसी तरह दो घूँट भर कर कहा, ''पर आपके पास अब भी 11 होटल हैं।''

''हुआ करते थे,'' डेविस लीरॉय बोले। ''एबल, इसे भूतकाल में कहना होगा। अब इनमें से एक भी मेरा नहीं रहा। बैंक ने पिछले वीरवार को सब पर कब्ज़ा कर लिया।''

''पर ये तो आपके हैं—दो पीढ़ियों से आपके परिवार में हैं,'' एबल ने कहा।

''यह सच है पर अब नहीं रहे। अब वे बैंक के हैं। ऐसा कोई कारण नहीं कि तुम्हें सच पता नहीं चलना चाहिए, एबल। इस समय अमेरिका में सबके साथ यही हो रहा है, चाहे वह कोई छोटा है या बड़ा। लगभग दस साल पहले, मैंने बैंक से 2 मिलियन डॉलर का कर्ज़ लेते हुए होटलों को गिरवी रखा था। मैंने वे पैसे स्टॉक्स और बॉन्ड्स में निवेश कर दिए, वह सब पहले से स्थापित पारंपरिक कंपनियों में ही किया गया था। मैंने पूँजी को 5 मिलियन तक कर दिया था, यही वजह थी कि होटल के घाटों की कभी चिंता नहीं रही। और आज वे शेयर किसी काम के नहीं रहे। बस होटलों में टॉयलेट पेपर की जगह काम आ सकते हैं। पिछले तीन सप्ताह से, मैं अपनी ओर से पूरी तेज़ी से उन्हें बेच रहा था पर अब खरीदने वाले भी नहीं हैं। बैंक ने पिछले सप्ताह अपनी कार्रवाई कर दी। जो लोग क्रैश की चपेट में आए हैं, उनके पास अपने नुकसान की भरपाई के लिए कागज़ के टुकड़े हैं पर मेरे मामले में, बैंकों ने होटलों को मूल कर्ज़ की सिक्योरिटी के अधीन रखा था। उन्हें इन पर दावा जताने में देर नहीं लगी। हरामी किसी खरीददार के मिलते ही मेरे सारे होटल बेच देंगे।''

''यह तो पागलपन है,'' एबल ने कहा। ''उन्हें अभी कुछ नहीं मिलेगा पर अगर वे मिल कर चलें तो हम उन्हें उनके निवेश पर बेहतर वापसी दिखा सकते हैं।''

''मुझे पता है, तुम कर सकते हो, एबल। पर उन्होंने मेरा पिछला रिकॉर्ड मुँह पर दे मारा। मैं बौस्टन में उनके हैड ऑफ़िस गया और तुम्हारे बारे में बताया। मैंने उन्हें यकीन दिलाया कि अगर वे हमें थोड़ा समय दे सकें तो मैं सारा समय ग्रुप पर लगा दूँगा पर वे नहीं माने। उन्होंने मुझे मीठी गोली देने वाले एक कर्मचारी के साथ कर दिया जिसके पास कैश फ़्लो, कैपीटल बेस के अभाव और उधार की पाबंदियों के लिए रटे-रटाए उत्तर मौजूद थे।'' लीरॉय एक घूँट भरने के लिए रुके। ''इस समय, यही ठीक होगा कि हम पी कर नशे में धुत्त हो जाएँ। मैं पूरी तरह से दिवालिया और कंगाल हो चुका हूँ।''

''तब तो मेरे साथ भी यही हुआ है,'' एबल ने धीरे से कहा।

''नहीं, बेटा, तुम्हारे आगे एक सुनहरा भविष्य है। जो भी इस ग्रुप को लेगा, वह

तुम्हारी मदद के बिना कुछ नहीं कमा सकेगा।''

''आप भूल गए कि मेरे पास ग्रुप का 25 प्रतिशत है।''

डेविस लीरॉय उसे ताक रहे थे।

''हे भगवान, एबल। उम्मीद है कि तुमने अपना सारा पैसा मुझ पर नहीं लगाया,'' उनकी आवाज़ भर्रा गई थी।

''आखिरी सेंट तक लगा दिया,'' एबल बोला। ''पर डेविस, मुझे कोई पछतावा नहीं। किसी मूर्ख के साथ जीतने से, समझदार के साथ हारना बेहतर होता है।'' उसने भी अपना गिलास भर लिया।

लीरॉय के आँसू बह रहे थे। ''पता है, एबल। तुम मेरे जिगरी दोस्त हो। मेरे होटलों को नई जान दी, अपना पैसा निवेश किया। मैंने तुम्हें कंगाल कर दिया और तुम्हारे चेहरे पर शिकन तक नहीं है। और ऊपर से मेरी बेटी ने तुमसे शादी करने से मना किया।''

''आपको यह जान कर बुरा तो नहीं लगा?'' एबल अपने तीसरे ड्रिंक के साथ थोड़ा निडर हो गया था इसलिए पूछ ही बैठा।

''बेवकूफ़, सिरफिरी, इसे अच्छे-बुरे की पहचान नहीं है। इसे दक्षिण के किसी घोड़े की नस्लें तैयार करने वाले आदमी से शादी करनी है जिसके खानदान में दो बड़े जनरल भी हुए हैं या फिर वह किसी उत्तर में रहने वाले से शादी करेगी तो उसका कोई पुरखा 'मेफ्लॉवर' पर आया होगा। अगर सभी के ऐसे दावे सही निकलते तो मुझे शक़ है कि वह जहाज़ प्रस्थान से पहले ही डूब गया होता। एबल, काश मेरी एक और बेटी होती तो तुम्हें अपना दामाद बना कर मुझे कितना गर्व होता। हम दोनों मिल कर कितनी अच्छी टीम बनाते पर मैं देख सकता हूँ कि तुम अकेले ही सबको पछाड़ सकते हो। तुम जवान हो, अभी सारा जीवन तुम्हारे आगे पड़ा है।''

एबल चैबीस साल की उम्र में ही अचानक बूढ़ा महसूस करने लगा।

''डेविस, मुझ पर इस भरोसे के लिए शुक्रिया। वैसे भी स्टॉक मार्केट की किसे पड़ी है? आप जानते हैं कि मुझे आप जैसा दोस्त कभी नहीं मिला।''

एबल ने अपने लिए एक और गिलास भरा और एक झटके में खाली कर दिया। सुबह होने तक वे दोनों बोतलें खाली कर चुके थे। जब डेविस अपनी कुर्सी पर गहरी नींद सो गए तो एबल किसी तरह उठ कर डगमग कदमों से दसवीं मंज़िल पर अपने कमरे में गया, कपड़े उतारे और पलंग पर ढेर हो गया।

ज़ोर-ज़ोर से दरवाज़ा पीटने की आवाज़ से आँख खुली। उसका सिर गोल-गोल घूम रहा था और उधर दरवाज़ा पीटने की आवाज़ तेज़, और तेज़ होती जा रही थी। वह किसी तरह उठ कर उस ओर गया। एक वेटर बाहर खड़ा था।

''जल्दी आएँ, मि. रोसनोवस्की, जल्दी!'' वह बोल कर नीचे हॉल की ओर भागा।

एबल ने किसी तरह ड्रेसिंग गाउन और चप्पल पहनी और वेटर के साथ गलियारे में

लपका, वह उसके लिए लिफ़्ट का दरवाज़ा खोल कर खड़ा था।

"जल्दी करें, मि. रोसनोवस्की," उसने दोहराया।

"ऐसी भी क्या जल्दी है?" लिफ़्ट धीरे-धीरे चल रही थी। एबल का सिर घूम रहा था।

"जी, कोई खिड़की से बाहर कूद गया है।"

एबल झट से सुध में आ गया। "कोई गेस्ट?"

"जी, यही लगता है," वेटर ने कहा। "पर यकीन से नहीं कह सकता।"

लिफ़्ट सबसे नीचे जा कर ठहरी। एबल ने लोहे का दरवाज़ा खोला और सड़क पर भागा। पुलिस की कारों ने होटल को घेर लिया था, हैडलाइट ऑन थीं और सायरन गूँज रहे थे। अगर उसे चैक वाली जैकेट की पहचान न होती तो शायद वह फुटपाथ पर पड़े क्षत-विक्षत शरीर को न पहचान पाता। एक पुलिसवाला छानबीन कर रहा था। सादे कपड़ों वाला एक व्यक्ति उसके पास आया।

"आप मैनेजर हैं?"

"जी, मैं मैनेजर हूँ।"

"क्या आपको पता है कि यह व्यक्ति कौन हो सकता है?"

"जी," एबल ने किसी तरह कहा। "इनका नाम डेविस लीरॉय है।"

"क्या आप जानते हैं कि ये किस जगह से थे या इनके परिवार से कैसे संपर्क हो सकता है?"

एबल ने डेविस के शरीर से नज़रें हटाते हुए यंत्रवत रूप से उत्तर दिया :

"यह डलास से हैं। मेलानी लीरॉय इनकी बेटी है। वह यूनिवर्सिटी कैंपस की छात्रा है।"

"हम अभी उनके पास किसी को भेजते हैं।"

"नहीं, आप ऐसा न करें। मैं खुद उनके पास जाता हूँ," एबल बोला।

"थैंक यू सर, किसी अजनबी से ऐसी ख़बर न सुनना ही बेहतर होता है।"

एबल ने अपने दोस्त के शव को देख कर सोचा, 'क्या यह सब करना इतना ज़रूरी था डेविस?'

"यह आज शिकागो का सातवाँ हादसा है," अधिकारी ने अपनी छोटी काली नोटबुक में लिखा। "हमें बाद में इनका कमरा देखना होगा। जब तक हम न कहें, उस कमरे को किसी को न दें।" पुलिसवाला, तेज़ आवाज़ के साथ आकर रुकी एंबुलेंस के पास चल दिया।

एबल देखता रहा, स्ट्रेचर लाने वालों ने डेविस के शव को उस जगह से हटा दिया। उसे अचानक ही बड़ा अजीब महसूस होने लगा। वह घुटनों के बल बैठ गया और उसके पेट में उथल-पुथल होने लगी। उसने एक बार फिर से अपना नज़दीकी दोस्त खो दिया था। शायद उसने थोड़ी कम शराब पी होती तो वह डेविस की जान बचा सकता था। उसने

किसी तरह खुद को सँभाला और अपने कमरे में लौट गया। फिर ठंडे पानी से नहा कर कपड़े पहने। अपने लिए ब्लैक कॉफ़ी लाने को कहा और बेमन से प्रेज़ीडेंशियल सुइट की ओर चल दिया। उस जगह शराब की दो खाली बोतलों के अलावा ऐसा कुछ नहीं था जिसे देख कर अनुमान लगाया जा सके कि उस जगह कुछ समय पहले क्या हो गया। फिर उसने पलंग के पास रखे कुछ पत्र देखे। पहला मेलानी के नाम था, दूसरा डलास के किसी वकील के नाम था और तीसरा एबल रोसनोवस्की के नाम था। उसने अपने काँपते हाथों से किसी तरह पत्र खोला, हालाँकि उसका अपने हाथों पर बस नहीं रहा था।

प्रिय एबल,

बैंक का निर्णय मिलने के बाद मेरे पास यही रास्ता बचा है। अब मेरे पास जीने के लिए कुछ नहीं बचा और नए सिरे से सब चालू करने की उम्र नहीं है। मैं तुम्हें बताना चाहता था कि तुम ही वह इकलौते इंसान हो जो, इस भयंकर हानि के बीच सब सँभाल सकोगे।

मैंने एक नई वसीयत बनाई है जिसके अनुसार, मैं रिचमंड ग्रुप के अपने 75 प्रतिशत शेयर भी तुम्हें दे रहा हूँ। इस समय इनकी कोई अहमियत नहीं पर ऐसा करने से ग्रुप पर कानूनन मालिकाना हक़ तुम्हारा हो सकेगा। जैसे तुम्हारे पास अपने पैसों से 25 प्रतिशत खरीदने की लियाकत थी, तुम्हें ही यह देखने का हक़ है कि क्या तुम बैंक से कोई डील कर सकते हो। मैंने बाकी सब मेलानी को दे दिया है। तुम ही उसे यह सब बताना।

पार्टनर, अगर तुम्हें दामाद बना पाता तो बहुत नाज़ होता।

तुम्हारा दोस्त

डेविस

एबल ने ख़त को बटुए में रखने से पहले फिर से पढ़ा।

वह सुबह होते ही धीरे-धीरे गाड़ी चलाते हुए यूनिवर्सिटी कैंपस चल दिया। उसने अपनी ओर से पूरे एहतियात से वह ख़बर मेलानी को सुनाई। वह काउच पर घबराया हुआ सा बैठा था और नहीं जानता था कि मौत की इस पक्की ख़बर में और क्या शामिल किया जा सकता था। हैरानी की बात यह रही कि मेलानी ने ख़बर को बहुत सहजता से लिया मानो वह जान चुकी थी कि ऐसा हो सकता था, हालाँकि वह बुरी तरह से बिखरी हुई भी लगी। पर एबल के सामने एक भी आँसू नहीं बहाया—शायद वह उसके जाने के बाद रोई हो। एबल को ज़िन्दगी में पहली बार उसके लिए ख़ेद महसूस हुआ।

28

4 जनवरी 1930, को एबल रोसनोवस्की बौस्टन जाने के लिए रेल में सवार हुआ, स्टेशन से केन एण्ड कैबट के लिए टैक्सी ली और कुछ मिनट पहले ही बैंक पहुँच गया। वह रिसेप्शन कक्ष में बैठा, जो शिकागो रिचमंड के किसी भी शयनकक्ष से कहीं बड़ा

और सजावटी था। वह द *वॉल स्ट्रीट* जर्नल पढ़ने लगा जो अपने पाठकों को आश्वस्त करने की कोशिश में था कि 1930 एक अच्छा साल होने वाला है। उसे इस बात पर संदेह था। तभी एक अधेड़ आयु की महिला ने प्रवेश किया।

"मि. रोसनोवस्की, मि. केन अब आपसे मिलेंगे।"

एबल उठ कर उसके पीछे एक लंबे गलियारे में चला और फिर वे ओक लकड़ी से मढ़े कमरे में पहुँचे। चमड़े से मढ़ी बड़ी-सी मेज़ के पीछे एक लंबा और सुदर्शन युवक था, जो एबल को हमउम्र ही लगा। उसकी आँखें भी एबल की आँखों की तरह नीली थीं पर उनके बीच केवल यही एक समानता थी। उसके पीछे एक बूढ़े व्यक्ति की तस्वीर थी, जिससे उसकी शक्ल काफ़ी मिलती-जुलती थी। एबल ने कड़वाहट से सोचा कि वे उसके पिता ही होंगे। वे तो उस मंदी से बच ही जाएँगे, चाहे कुछ भी हो जाए, बैंकों की तो हमेशा पौ बारह होती है।

"मेरा नाम विलियम केन है," वह आदमी बोला और उठ कर हाथ आगे किया। "मेहरबानी करके बैठें, मि. रोसनोवस्की।"

"थैंक यू," एबल ने हाथ हिलाते हुए बेदिली से कहा।

"शायद आप मुझे ताज़ा हालात पर गौर करने का मौका देंगे," विलियम ने कहा।

"ज़रूर।"

"मि. लीरॉय की दुखद और असमय मृत्यु..." विलियम ने अपनी बात शुरू की, हालाँकि उसे इस तरह बोलना अच्छा नहीं लग रहा था।

'जो आपके कठोर बर्ताव का नतीजा थी,' एबल ने मन में सोचा।

"...के कारण आप पर रिचमंड ग्रुप को सँभालने का तत्काल दायित्व आ गया है, जब तक कि बैंक कोई खरीददार नहीं खोज लेता। हालाँकि ग्रुप के सभी शेयर अब आपके नाम हैं। ग्यारह होटलों के रूप में सारी सम्पत्ति आपके नाम है जो बैंक के पास बंधक थी। मि. लीरॉय का 2 मिलियन का कर्ज़ था। अगर आप स्वयं को इन बातों से अलग करना चाहें तो हम आपकी स्थिति समझते हैं।"

विलियम को लगा कि यह अपमानजनक सलाह थी पर कहना ही पड़ा।

एबल ने सोचा कि एक बैंकर किसी आम आदमी से यही उम्मीद रखता है कि मुश्किल पड़ते ही जान बचा कर भाग निकलो।

विलियम ने आगे कहा, "जब तक बैंक का 2 मिलियन डॉलर का कर्ज़ अदा होगा, मुझे डर है कि स्वर्गीय मि. लीरॉय दिवालिया हो जाएँगे। बैंक ग्रुप के साथ आपके निजी लगाव को सराहता है और यही वजह है कि आपसे निजी तौर पर मिले बिना हमने होटलों के लिए आगे की कार्रवाई नहीं की। हमें लगा कि शायद आप कुछ ऐसे लोगों को जानते हों जो होटलों को खरीदना चाहें, यह बहुत महँगी सम्पत्ति हैं।"

एबल ने कहा, "पर इतनी महँगी नहीं कि बैंक मेरा साथ देने के बारे में सोच सके,"

उसने अपने काले बालों में हाथ फिराया। विलियम चुप रहा। "आप एक खरीददार खोजने के लिए मुझे कितना समय देंगे?"

विलियम एक पल के लिए एबल रोसनोवस्की के हाथ में डला बैंड देख कर पल भर को हिचकिचा गया। उसने वह बैंड पहले भी कहीं देखा था पर याद नहीं आया।

"तीस दिन। आपको समझना चाहिए कि बैंक रोज़ के हिसाब से ग्यारह में से दस होटलों का घाटा उठा रहा है। बस एक शिकागो रिचमंड ही थोड़ा मुनाफ़े में है।"

"अगर आप पर्याप्त समय दें मि. केन, तब सारे होटलों को मुनाफ़े में बदल कर दिखा सकता हूँ। मैं जानता हूँ कि मैं ऐसा कर सकता हूँ। सर, मुझे मेरी बात को सही साबित करने के लिए थोड़ा समय दें," एबल को लगा कि आख़िरी शब्द हलक में अटक गए थे।

"मि. लीरॉय जब आख़िरी बार मिलने आए तो उन्होंने बैंक को आश्वासन दिया था कि आप निश्चित रूप से इस लायक हैं कि आपको सहारा दिया जाए," विलियम ने कहा। "पर यह मुश्किल वक्त है। कह नहीं सकते कि होटलों का धंधा चलेगा या नहीं और हम होटल नहीं, बैंक चलाते हैं, मि. रोसनोवस्की।"

एबल इन मीठी-मीठी बातों के झोल से तंग आकर अपना आपा खो रहा था। वह बोला, "मेरे होटल स्टाफ़ के लिए तो यह और भी मुश्किल वक्त होगा। अगर आपने उनके सिर की छत ही बेच दी तो वे क्या करेंगे? आपने सोचा भी है कि उनका क्या होगा?"

"मुझे डर है, शायद यह हमारी ज़िम्मेदारी नहीं है, मि. रोसनोवस्की। मुझे तो बैंक की भलाई पहले देखनी होगी।"

"मि. केन, बैंक की भलाई के नाम पर ऐसी घटिया हरकत न करें," एबल ने थोड़ी कड़वाहट से कहा।

बैंकर खिसिया गया। "मि. रोसनोवस्की, कृपया सोच कर बोलें। अगर आपके हालात न समझता तो इस वाक्य से बुरा मान सकता था।"

"कितनी बुरी बात है कि आपने मि. लीरॉय की बात को भी नहीं समझा," एबल बोला। "मि. केन, आपने उन्हें मारा, जैसे आपने उन्हें उस खिड़की से बाहर धकेला हो। आप और आपके पल्ला झाड़ने वाले कर्मचारी, जो अपने आलीशान ऑफ़िसों में बैठे हैं और अच्छे दौर का पूरा मज़ा लेते हैं। और हम बाहर पसीना बहाते हुए, बुरे वक्त में धूल में अटे चेहरे लिए घूम रहे हैं।"

विलियम भी ताव में आ गया पर उसने एबल की तरह अपना गुस्सा ज़ाहिर नहीं होने दिया। "मि. रोसनोवस्की, यह बात हमें कहीं नहीं ले जा रही। मैं आपको चेतावनी देना चाहूँगा कि अगर आपने 30 दिनों में ग्रुप के लिए खरीददार नहीं खोजा तो मेरे पास कोई और चारा नहीं होगा कि होटलों को ओपन मार्केट में नीलामी के लिए डाल दिया जाए।"

"आप मुझे सलाह दे रहे हैं कि कर्ज़ के लिए किसी और बैंक की राह लूँ," एबल ने व्यंग्य से कहा। "आप मेरा रिकॉर्ड जानते हैं और आप मेरा साथ नहीं देंगे, तो कोई और यह जोखिम उठाने को क्यों तैयार होगा?"

''मि. रोसनोवस्की, आप अपने लिए क्या चुनते हैं, यह पूरी तरह से आप पर निर्भर होगा। मेरे बोर्ड की ओर से केवल यही निर्देश हैं कि जितनी जल्दी हो सके, सम्पत्ति को बेच कर एकाउंट बराबर किया जाए और मैं यही कर रहा हूँ। उम्मीद करता हूँ कि आप इससे पहले, मुझे दोबारा मिलने की ज़हमत नहीं करेंगे,'' उसने अपनी डायरी पर नज़र डाली। ''आप मुझे 4 फ़रवरी को बताने वाले हैं कि आपको कोई खरीददार खोजने में सफलता मिली या नहीं। गुड डे, मि. रोसनोवस्की।''

विलियम ने मेज़ से उठ कर अपना हाथ आगे किया पर एबल ने अनदेखा कर दिया।

वह दरवाज़े के पास गया और ऑफ़िस से बाहर निकलने से पहले ठिठका। ''मि. केन मुझे लगा था कि डेविस लीरॉय की मृत्यु के बाद, आप इतने शर्मिंदा तो होंगे कि अपनी ओर से मदद की पेशकश रखेंगे। मैं ग़लत था। आपको बस अपने हित के सिवा कुछ नहीं सूझता। पर मि. केन, जब आज रात आप बिस्तर पर जाएँगे, तो निश्चित रूप से मेरे बारे में सोचें। जब आप सुबह उठें तो भी मेरे बारे में सोचें क्योंकि मैं आपके बारे में अपनी योजनाओं पर विचार करना कभी बंद नहीं करूँगा।''

विलियम बंद दरवाज़े के पास माथे पर बल डाले खड़ा रहा। चाँदी का बैंड दिमाग में घूम रहा था—उसने वह किस जगह देखा था?

उसकी सैक्रेटरी ने कदम रखा, ''ओह, कितना बेकार आदमी था।''

''नहीं, ऐसी बात नहीं है,'' विलियम ने कहा। ''उसे लगता है कि हम उसके बिज़नेस पार्टनर की मौत के ज़िम्मेदार हैं और अब उसके कर्मचारियों के बारे में सोचे बिना कंपनी को ख़त्म कर रहे हैं, हालाँकि उसने अपना नाम नहीं लिया। जबकि इस समय उसका काम बढ़िया चल निकला था। इन हालात के हिसाब से तो मि. रोसनोवस्की विनम्र ही थे। मुझे अफ़सोस है कि बोर्ड ने मेरी सलाह नहीं मानी और उनका साथ देने से इनकार कर दिया।'' विलियम अपनी कुर्सी पर बैठ गया। उसे अचानक थकान महसूस होने लगी थी।

29

एबल उस शाम शिकागो वापिस आया। उसे अब भी नाराज़गी थी कि विलियम केन ने उसके साथ सही बर्ताव नहीं किया। उसे समझ नहीं आया कि न्यूज़स्टैंड वाला छोकरा क्या चिल्ला रहा था। उसने जल्दी से टैक्सी की और बैक सीट पर जा बैठा।

''रिचमंड होटल चलें।''

''क्या आप भी अख़बारवाले हैं?'' चालक ने टैक्सी मोड़ते हुए पूछा।

''नहीं, आप क्यों पूछ रहे हैं?''

''अरे, आपने रिचमंड जाने को कहा। इस समय सारे पत्रकार उधर ही जा रहे हैं।''

एबल को याद नहीं आया कि रिचमंड में ऐसा कोई समारोह था जिसमें प्रेस वाले उमड़ पड़ें।

चालक आगे बोला, "अगर आप अख़बारवाले नहीं हैं तो क्या किसी और होटल में चलें ?"

"क्यों ?" एबल बुरी तरह से चकरा गया था।

"अगर आपने उस होटल में बुकिंग की है तो रात को चैन की नींद नहीं सो सकेंगे।"

"क्यों नहीं ?" एबल ने पूछा।

"क्योंकि रिचमंड तो जल कर ख़ाक हो गया।"

वे लोग ड्रेक स्ट्रीट के कोने से मुड़े और एबल के सामने शिकागो रिचमंड होटल की जली हुई इमारत थी। उस जगह पुलिस की कारें, फ़ायर इंजन, जली हुई लकड़ी और सड़कों पर बहता पानी दिख रहा था। दूर खड़े लोग झाँक कर नज़ारा देख रहे थे। एबल डेविस लीरॉय की पताका के अवशेषों को ताकता रहा।

"दो डॉलर हो गए," टैक्सी चालक बोला।

'पोलिश लोग ग़लती करने के बाद ही सीखते हैं,' एबल ने मुट्ठी भींचते हुए सोचा और अपनी लंगड़ी टाँग पर मुक्के बरसाने लगा। उसे कोई दर्द नहीं हो रहा था —महसूस करने के लिए कुछ बचा नहीं था।

"हरामियों!" वह ज़ोर से चिल्लाया। "मैं इससे पहले, इससे भी नीचे गिरा हूँ। और फिर भी तुममें से एक-एक को हरा सकता हूँ। जर्मन, रूसी, तुर्क, वह कमीना केन और अब यह सब। मैं तुम सबको हरा दूँगा। एबल रोसनोवस्की को कोई नहीं मार सकता।"

सहायक प्रबंधक ने एबल को टैक्सी से बाहर आते देखा तो उसकी ओर भागा। एबल ने खुद को जबरन शांत किया।

"क्या सभी सही-सलामत बाहर आ गए थे ?" एबल के पहले शब्द थे।

"जी, भगवान का शुक्र है। होटल लगभग खाली था आग भी बीच दोपहर के समय लगी इसलिए सबको बाहर निकालने में परेशानी नहीं हुई। इक्का-दुक्का लोग थोड़ा जले या हल्की चोट आई—तीन लोगों को शिकागो जनरल ले जाया गया—पर आपको उसके बारे में चिंता करने की ज़रूरत नहीं है।"

"ठीक है, सुन कर चैन आया। अच्छी बात यह है कि होटल का बीमा पहले से ही था—अगर मुझे याद है, तो एक मिलियन से अधिक का होगा। हम इस नुकसान को अपने फ़ायदे में बदल सकते हैं।"

"अगर आज के अख़बार में छपी बात को सच मानें तो ऐसा नहीं हो सकेगा।"

"तुम कहना क्या चाहते हो ?" एबल ने पूछा।

"मैं चाहूँगा कि आप खुद ही पढ़ लें, बॉस।"

"एबल पास वाले न्यूज़ स्टैंड पर गया और लड़के को दो सेंट देकर, *शिकागो ट्रिब्यून* का ताज़ा अंक खरीद लिया।

मुख्य शीर्षक था : 'रिचमंड होटल आग की लपटों में—संदेह है कि किसी ने

जानबूझकर आग लगाई।'

एबल ने अपना सिर ज़ोर से हिलाया। ''इससे बदतर भी कुछ हो सकता है?'' वह बुदबुदाया।

''कोई परेशानी हो गई क्या?'' अख़बारवाले लड़के ने पूछा।

''थोड़ी-सी,'' एबल बोला और अपने सहायक मैनेजर के पास लौट गया।

''पुलिस की तरफ़ से पूछताछ के लिए कौन आया है?''

''वह रहा अधिकारी, गश्ती गाड़ी पर झुका हुआ है,'' सहायक मैनेजर ने एक समय से पहले अधेड़ दिखने वाले गंजे आदमी की ओर संकेत किया जिसकी आँखें गहराई तक भीतर धँसी हुई थीं। ''इसका नाम लेफ़्टिनेंट ओ मैले है।''

''यही होगा,'' एबल ने कहा। ''स्टाफ़ से कहो कि मैं कल सुबह दस बजे उनसे एनेक्सी में मिलूँगा। अगर कोई उससे पहले मिलना चाहे तो मैं स्टीवन्स में ठहरा हूँ।''

''ठीक है, बॉस।''

एबल लेफ़्टिनेंट ओ मैले की ओर बढ़ा और अपना परिचय दिया।

पुलिसवाला आगे की ओर झुका और उससे हाथ मिलाया। ''आह, तो लंबे अरसे से खोये हुए भूतपूर्व मैनेजर अपने जले हुए होटल में लौट आए हैं।''

''ऑफ़िसर, मुझे यह मज़ाकिया नहीं लगा,'' एबल बोला।

''सॉरी,'' वह बोला।'' ''यह मज़ाकिया नहीं है। हम पूरी रात से यहीं हैं। आइए, चल कर ड्रिंक लेते हैं।''

वह एबल को कोहनी से पकड़ कर मिशीगन एवेन्यू के एक कॉर्नर डाइनर में ले गया और दो मिल्क शेक्स का ऑर्डर किया।

जब झाग से भरा सफ़ेद मिश्रण एबल के सामने आया तो वह हँस दिया। क्योंकि उसने कभी बचपन को बचपन की तरह नहीं जिया। इसलिए यह उसके जीवन का पहला मिल्कशेक था।

''मुझे पता है, यह मज़ाकिया लगता है, शहर में सभी चुपके से बॉरबॉर्न और बीयर पीते हैं,'' पुलिसवाला बोला। ''इसलिए किसी को तो खुल कर सामने आना होगा। मेरे मामले में, यह पाबंदी आख़िर तक नहीं रहने वाली और फिर मेरी परेशानियाँ बढ़ेंगी क्योंकि ये डाकू जल्द ही पता कर लेंगे कि मुझे मिल्कशेक पीना बहुत पसंद है।''

एबल दूसरी बार हँसा।

''मि. रोसनोवस्की, अब आपकी परेशानियों की बात करते हैं। पहला, मुझे आपको यह बताना है, आप यह न सोचें कि होटल जलते ही सीधा बीमा कंपनी से पैसा आपके हाथ आ जाएगा। अग्नि विशेषज्ञ होटल में गए और जाँच करते हुए पाया कि उस जगह कैरोसिन का तेल छिड़का गया था। उसे छिपाने की भी कोशिश नहीं की गई। बेसमेंट में उसके सुबूत भी मिल गए। बस एक माचिस की तीली और यह एक रोमन मोमबत्ती की

तरह जल गया।"

"क्या आपको कोई अंदाज़ा है कि यह किसका काम हो सकता है?" एबल ने पूछा।

"मुझे सवाल पूछने दें। क्या आप किसी व्यक्ति को जानते हैं जिसे आपसे या आपके होटल से कोई बैर हो?"

एबल भुनभुनाया, "कम-से-कम पचास लोग होंगे, मैं जब पहली बार आया था तो खून चूसने वाले कई लोगों को काम से निकाला था। अगर आपको मदद मिल सके तो उनकी सबकी सूची दे सकता हूँ।"

"मिल सकती है, पर लोग जैसी बातें कर रहे हैं, हो सकता है कि इसकी ज़रूरत न हो। अगर आपको कोई ठोस जानकारी मिले तो मुझे बता दें, मि. रोसनोवस्की क्योंकि मैं आपको चेता दूँ कि आपके दुश्मनों की कमी नहीं है।"

"कोई ख़ास नाम?" एबल ने पूछा।

"कोई कह रहा था कि यह आपने इसलिए किया क्योंकि आपने क्रैश में सब खो दिया और आपको बीमे के पैसे चाहिए थे।"

एबल अपने स्टूल से उछल गया।

"शांत हो जाओ। शांत हो जाओ। मुझे पता है, तुम कल सारा दिन बौस्टन में थे और सबसे महत्त्वपूर्ण यह है कि शिकागो में तुम्हें होटल चलाने के लिए जाना जाता है, उन्हें जलाने के लिए नहीं! पर किसी ने तो रिचमंड में आग लगाई है और यकीनन मैं उसे छोड़ने वाला नहीं। मैं उसका पता लगा कर रहूँगा। इसे तब तक के लिए ऐसा ही छोड़ दो।" वह अपने स्टूल से उठ गया। "मि. रोसनोवस्की, आज का मिल्क शेक मेरे नाम रहा, आने वाले समय में आप इसका बदला चुका सकते हैं।"

जब वे दरवाज़े की ओर चले तो पुलिसवाला उस लड़की को देखकर मुस्कुराया, जिसने उससे पचास सेंट लिए। उसने उसकी पायल को सराहा और लंबी स्कर्टों के फ़ैशन को कोसा। वह बोला, "खुले पैसे रखो, जान।"

"बड़ा-सा धन्यवाद," लड़की बोली।

"कोई मेरी तारीफ़ नहीं करता," पुलिसवाला बोला।

एबल तीसरी बार हँसा और आधे घंटे पहले वह ऐसा करने के बारे में सोच तक नहीं सकता था।

जब वह आगे चले तो पुलिसवाले ने कहा, "वैसे बीमावाला आपको खोज रहा है। उसका नाम याद नहीं आ रहा पर वह बंदा आपको जल्द ही खोज लेगा। अगर वह कहे कि इस कांड में आप भी शामिल थे तो नाराज़ मत होना। उसका क्या कुसूर? मि. रोसनोवस्की, मिलते रहें—मैं आपसे अगली बार मिल कर बात करने की प्रतीक्षा में रहूँगा, तब मिल्क शेक के पैसे आप देंगे।"

एबल उसे भीड़ में ओझल होते देखता रहा, फिर धीरे से स्टीवन्स होटल की ओर

चल दिया। उसने रात के लिए कमरा बुक किया। डेस्क क्लर्क रिचमंड के सभी मेहमानों को कमरा दे चुका था। जब मैनेजर को भी कमरा बुक करते देखा तो अपनी मुस्कान रोक नहीं सका।

जब एबल कमरे में अकेला था तो उसने मि. विलियम केन के नाम लंबा पत्र लिखा, अपनी ओर से आगजनी के बारे में विस्तार से बताया और बताया कि वह इस अचानक मिलने वाली आज़ादी का इस्तेमाल करते हुए, ग्रुप के दूसरे होटलों के दौरे पर जाना चाहता है। वह इसी उम्मीद पर शिकागो में रहते हुए, रिचमंड के अंगारों पर हाथ नहीं सेंक सकता कि कोई आकर इस कष्ट से मुक्त करेगा।

अगली सुबह स्टीवन्स में बढ़िया नाश्ते के बाद—एबल को अच्छी तरह से संचालित होटल में रहना पसंद था—उसने होटल के एकाउंट से 5,000 डॉलर नक़द निकाले और स्टाफ़ के हर सदस्य को दो सप्ताह का वेतन देते हुए कहा कि वे चाहें तो एक माह तक एनेक्सी में रह सकते हैं या फिर जब तक उन्हें नई जगह काम नहीं मिलता। फिर वह कॉन्टिनेंटल ट्रस्ट गया ताकि कर्टिस फ़ेंटन को, केन एण्ड कैबट या फिर सही तरह से कहें तो विलियम केन के रवैए के बारे में बता सके। उसने बिना किसी आशा के बताया कि वह रिचमंड ग्रुप को 2 मिलियन डॉलर में बेचने के लिए खरीददार खोज रहा है।

"यह आग हमारी मदद नहीं करने वाली। फिर भी मैं देखता हूँ कि हम क्या कर सकते हैं।" फ़ेंटन ने कहा। वह एबल की उम्मीद से कहीं ज़्यादा सकारात्मक तरीके से पेश आया। "जब तुमने मिस लीरॉय से पच्चीस प्रतिशत शेयर खरीदे थे तो मैंने तुमसे कहा था कि शायद ये होटल बेशकीमती सम्पत्ति थे। मि. रोसनोवस्की इस क्रैश के बावजूद मेरी वह सोच और राय नहीं बदली। मैंने आपको पिछले दो सालों से होटल चलाते हुए देखा है, अगर यह निर्णय व्यक्तिगत रूप से मेरे हाथ में होता तो मैं आपका साथ देता पर मुझे डर था कि बैंक कभी रिचमंड ग्रुप का साथ देने की हामी नहीं भरेगा। हम किसी भी ग्रुप के भविष्य में विश्वास करने के लिए वित्तीय उथल-पुथल को आधार मानते आए हैं और यह आग तो जैसे बेड़ा गर्क ही कर गई। ख़ैर, मेरे पास कुछ बाहरी संपर्क हैं और देखता हूँ कि आपकी क्या मदद हो सकती है। मि. रोसनोवस्की, आपको अनुमान नहीं होगा पर इसी शहर में आपको अपने कई चाहने वाले मिल जाएँगे।"

30

एबल अपनी बुइक में सवार होकर दक्षिण की ओर चला, जो उसने क्रैश से कुछ समय पहले ही खरीदी थी। उसने तय कर लिया था कि वह सेंट लुईस रिचमंड ग्रुप का अपना दौरा शुरू करेगा।

ग्रुप के सारे होटलों का दौरा करने में लगभग चार सप्ताह लगे हालाँकि उनमें से अधिकतर बदहाल थे और बिना किसी अपवाद के घाटे में जा रहे थे पर एबल के हिसाब से उनमें से एक भी होटल ऐसा नहीं था जिससे कोई उम्मीद नहीं की जा सकती थी। वे सब अच्छी जगहों पर थे; कई तो शहर के नामी होटलों में गिने जाते थे। एबल ने सोचा कि

लीरॉय के पिता, बेशक़ अपने बेटे से कहीं ज़्यादा समझदार रहे होंगे। उसने हर होटल के जीवन बीमा का सावधानी से निरीक्षण किया; उनमें कोई परेशानी नहीं थी। जब वह डलास रिचमंड आया, जो कि उसके दौरे का आख़िरी होटल था, तो उसे पूरा यकीन हो गया था कि जो भी ग्रुप के लिए 2 मिलियन डॉलर लगाएगा, यह उसके लिए एक अच्छा निवेश होगा और अगर उन्होंने एबल को काम पर रखने की सोची, तो वह अच्छी तरह जानता था कि ग्रुप को मुनाफ़े के सौदे में बदलने के लिए क्या करना होगा।

जब वह शिकागो गया तो एक बार फिर होटल स्टीवन्स में ही ठहरा। वहाँ बहुत सारे संदेश उसकी प्रतीक्षा में थे। लेफ़्टिनेंट ओ मैले उससे जल्दी-से-जल्दी मिलना चाहता था। इसी तरह विलियम केन, कर्टिस फ़ेंटन और किसी मि. हेनरी ऑस्बॉर्न को भी मिलना था। उसने कानूनी काम करने वाले इंसान से शुरुआत की और मिशीगन एवेन्यू में लेफ़्टिनेंट ओ मैले से मिलने के लिए डिनर की व्यवस्था कर दी।

एबल काउंटर की ओर पीठ किए स्टूल पर बैठा था और सड़क के दूसरी ओर दिख रहे, रिचमंड होटल के खंडहर को ताक रहा था, वह लेफ़्टिनेंट ओ मैले का इंतज़ार कर रहा था। लेफ़्टिनेंट ओ मैले कुछ देरी से आया पर उसने अपनी ओर से माफ़ी माँगने का शिष्टाचार तक नहीं निभाया और स्टूल पर बैठ कर, एबल की ओर मुँह घुमा लिया।

वह बोला, "तुम्हें मेरा एक एहसान चुकाना है और पूरे शिकागो में ऐसा कोई नहीं जो मुझसे मिल्क शेक उधार पी कर, चुकता न करे।"

एबल ने दो मिल्क शेक ऑर्डर किए। एक सामान्य और दूसरा बड़ा।

"आपको क्या पता चला?" एबल ने जासूस को लाल और सफ़ेद रंग के स्ट्रॉ देते हुए पूछा।

"अग्निशमन कर्मचारी ठीक कह रहे थे—किसी ने जान-बूझ कर आग लगाई। हमने डेस्मंड पेसी नाम के आदमी को पकड़ा है, जो रिचमंड का पुराना मैनेजर निकला। जो तुम्हारे समय में था, है न?"

"जी, वही मैनेजर था," एबल ने कहा।

"तुम यकीन से कह सकते हो?" ओ मैले ने कहा।

"जी हाँ, मैंने ही उसे काम से निकलवाया था। उसने धमकी भी दी थी कि वह मुझसे बदला लेकर रहेगा। मैंने इतना ध्यान नहीं दिया—मैंने जीवन में बहुत सारी धमकियों को झेला है, पर पेसी जैसे आदमी की धमकी को गंभीरता से लेना सही नहीं लगा।"

"मुझे आपको बताना होगा कि हमने उसे बहुत गंभीरता से लिया है और बीमा कंपनी वाले भी ऐसा ही कर रहे हैं क्योंकि जब तक यह साबित नहीं होता कि आपके और पेसी के बीच कोई अनबन या टकराव नहीं था, तब तक बीमा कंपनी वाले बीमे के नाम पर फूटी कौड़ी नहीं देने वाले।"

"इस समय यही तो चाहिए," एबल ने कहा। "आप यकीन से कैसे कह सकते हैं कि यह काम पेसी का है।"

"वह आगजनी वाले दिन निकट के एक अस्पताल के दुर्घटना विभाग के आस-पास दिखाई दिया, उसके हाथ और छाती पर जलने के घाव थे। वह झट से अपना बचाव कर गया पर मैं अब भी उसका मक़सद नहीं समझ पा रहा। तो मि. रोसनोवस्की क्या मामला यहीं निपटा दें?"

उसने मिल्क शेक का आख़िरी घूँट तक गड़गड़ की आवाज़ के साथ पिया और अपना स्ट्रॉ भी चबा गया।

"एक और शेक लेंगे?" एबल ने पूछा।

"नहीं, बेहतर होगा कि न ही लूँ। मैंने अपनी बीवी से वादा किया है कि इसे कम कर दूँगा," वह खड़ा हो गया। "अच्छा गुडलक मि. रोसनोवस्की, अगर आप बीमा वालों को साबित कर सके कि आपका पेसी से कोई लेना-देना नहीं, तो आपको पैसा मिल जाएगा। अगर केस अदालत में गया तो मैं अपनी ओर से पूरी मदद करूँगा। मुझसे मिलते रहना।"

एबल जासूस को दरवाज़े से बाहर जाते देखता रहा। उसने वेटर महिला को एक डॉलर दिया। फिर वह बाहर फुटपाथ पर आ गया और उस जगह को देखने लगा जहाँ लगभग एक महीने पहले रिचमंड होटल था। फिर वह मुड़ा और स्टीवन्स लौट गया।

किसी हेनरी ऑस्बॉर्न का भी संदेश था, पता नहीं, वह कौन था। पता लगाने का एक ही तरीका था। एबल ने वह नंबर लगाया तो वह ग्रेट वेस्टर्न कैजुएलटी इंश्योरेंस कंपनी में लगा। उसने दोपहर को ऑस्बॉर्न से मिलने का समय ले लिया। फिर उसने बौस्टन में विलियम केन को कॉल किया और ग्रुप के सारे होटलों की रिपोर्ट दी।

"और मि. केन, क्या मैं दोबारा कह सकता हूँ कि अगर बैंक एक मौका दे तो मैं होटलों के घाटे को फ़ायदे में बदल सकता हूँ। जैसा कि मैंने शिकागो में किया था। मैं जानता हूँ कि मैं बाकी ग्रुप के लिए भी ऐसा ही कर सकता हूँ।"

"बेशक़ मि. रोसनोवस्की, आप ऐसा कर सकते हैं पर केन एंड कैबट के पैसे से नहीं कर सकते। क्या मैं आपको याद दिला सकता हूँ कि आपके पास ग्रुप का खरीददार खोजने के लिए कुछ ही दिन बचे हैं। आपका दिन शुभ हो, सर।"

"आईवी लीग का नकचढ़ा!" एबल ने लाइन कटने के बाद कहा। "मैं इतना इज़्ज़तदार नहीं कि तेरे बैंक का पैसा मिल सके, क्यों? किसी दिन, तुझे तो कमीने...।"

~

एबल की सूची में अगला नाम बीमा एजेंट का था।

हेनरी ऑस्बॉर्न लंबा और सुदर्शन व्यक्ति था। गहरे रंग की आँखें, सिर पर काले बाल जो कनपटियों के पास हल्के सफ़ेद हो रहे थे। उसका बर्ताव सहज और अपनेपन से भरा था। लेफ़्टिनेंट ओ मैले ने एबल को जो बताया, उसके पास बताने के लिए उससे ज़्यादा कुछ नहीं था। ग्रेट वेस्टर्न कैजुएलटी इंश्योरेंस कंपनी बीमे का पैसा देने को तैयार नहीं थी क्योंकि पुलिस ने डेस्मंड पेसी पर इल्ज़ाम लगाया था कि उसने जानबूझकर आग लगाई है

और जब तक यह साबित नहीं होता कि एबल स्वयं इसमें शामिल नहीं था, तब तक पैसा मिलने का सवाल ही नहीं था। ऐसा लग रहा था कि दो टूक बात कहने के बाद भी ऑस्बॉर्न सारे हालात को अच्छी तरह समझ पा रहा था।

"क्या रिचमंड ग्रुप के पास इतना पैसा है कि वह फिर से होटल बना सके?" उसने पूछा।

"नहीं, एक पाई भी नहीं है," एबल ने कहा। "बाकी सारा ग्रुप भी गिरवी है और बैंक उसे बेचने का दबाव डाल रहा है।"

"तुम पर दबाव क्यों?" हेनरी ने पूछा।

एबल ने उसे बताया कि होटल का मालिक बने बिना ही उसके पास सारे शेयर कैसे आ गए।

"बेशक़ बैंक आप ही देख सकता है कि तुम कितनी अच्छी तरह होटल चला रहे हो? शिकागो का हर व्यवसायी जानता है कि तुम पहले मैनेजर थे जिसने डेविस लीरॉय को मुनाफ़ा कमा कर दिखाया। मैं समझ सकता हूँ कि बैंक भी बुरे दौर में हैं पर फिर भी उन्हें पता होना चाहिए कि किसका साथ देना है, ख़ासतौर पर तब, जब ऐसा करना उनके अपने हित में हो।"

"यह बैंक ऐसा नहीं है।"

"कॉन्टिनेंटल ट्रस्ट?" ऑस्बॉर्न ने कहा। "बूढ़ा कर्टिस फ़ेंटन थोड़ा अक्खड़ है पर उसे झुकाया जा सकता है।"

"नहीं, अब यह कॉन्टिनेंटल होटल नहीं। यह होटल बौस्टन में केन एण्ड कैबट के अधीन है।"

हेनरी का चेहरा फ़क्क पड़ गया और फिर वह अपनी कुर्सी में धँस गया।

"क्या तुम ठीक हो?" एबल ने पूछा।

"जी, मैं ठीक हूँ।"

"क्या पहले कभी केन एण्ड कैबट से लेन-देन रहा?"

"रिकॉर्ड के बाहर?" ऑस्बॉर्न ने कहा।

"हाँ, आराम से बताओ।"

"मेरी कंपनी उनके खिलाफ़ खड़ी हुई थी और हमने एक-एक पाई गँवा दी थी।"

"कैसे?"

"विस्तार से नहीं बता सकता। बहुत गड़बड़ हुई थी—बस समझ लो कि उनके एक डायरेक्टर ने अच्छी तरह से बनाए गए अनुबंध का ग़लत फ़ायदा उठाया था।"

"कौन था?" एबल ने पूछा।

"वही, जिसके साथ तुम बात कर रहे हो?"

''विलियम केन?''

हेनरी उसी तरह बैठा रहा। ''सँभल कर रहना। दुनिया में सबसे ज़्यादा घटिया कुत्ते का पिल्ला है। मैं सब बता देता पर अगर उसे पता चल गया तो छोड़ेगा नहीं और उससे पंगा न लेना ही ठीक है।''

''मैं तो पंगा लेने को तैयार हूँ,'' एबल ने कहा। ''इसलिए मैं तुम्हारे संपर्क में रहूँगा। मुझे भी मि. केन से एक बदला लेना है।''

''कोई भी मदद चाहिए हो तो बताना, अगर विलियम केन को नुकसान पहुँचाया जा सके, तो मैं हमेशा तैयार हूँ,'' हेनरी ने मेज़ से उठते हुए कहा। ''पर यह बात हमारे बीच रहेगी। अगर कोर्ट को पता चले कि डेस्मंड पेसी ने रिचमंड होटल को आग लगाई थी और कोई दूसरा आदमी शामिल नहीं था तो कंपनी उसी दिन बीमे के सारे पैसे दे देगी।''

उसने एबल के लिए दरवाज़ा खोला। ''फिर शायद हम मिल कर तुम्हारे दूसरे होटलों के लिए भी धंधा कर सकते हैं।''

''शायद,'' एबल बोला।

एबल स्टीवन्स आया तो एक और संदेशा आया हुआ था। कोई डेविड मैक्सटन पूछ रहे थे कि क्या वह उनके साथ एक बजे लंच करना चाहेगा।

''डेविड मैक्सटन,'' वह ज़ोर से बोला तो रिसेप्शनिस्ट ने उसे देखा। ''मैं यह नाम क्यों जानता हूँ?''

''मि. रोसनोवस्की, वे इस होटल के मालिक हैं।''

''ओह, क्यों नहीं। प्लीज़ उन्हें ख़बर कर दें कि मुझे उनके साथ लंच करने में ख़ुशी होगी,'' एबल ने घड़ी पर नज़र मारी। ''क्या आप उन्हें बता देंगी कि मुझे कुछ मिनट की देरी हो सकती है।''

''जी सर, ज़रूर।''

एबल अपने कमरे में गया और नई सफ़ेद कमीज़ पहनी और सोचने लगा कि डेविड मैक्सटन उससे क्या चाहते होंगे।

जब वह नीचे आया तो डाइनिंग रूम भरा हुआ था। हैडवेटर उसे एक निजी मेज़ पर ले गया, जिस पर होटल के मालिक एकांत में बैठे थे। उन्होंने उठ कर मेहमान का स्वागत किया।

''एबल रोसनोवस्की, सर।''

''जी, मैं आपको जानता हूँ,'' मैक्सटन ने कहा। ''या फिर और सही शब्दों में कहा जाए तो मैं आपको आपकी प्रसिद्धि से जानता हूँ। बैठिए, आइए लंच करें।''

एबल स्टीवन्स की तारीफ़ किए बिना नहीं रह सका। खाना और सर्विस, प्लाज़ा की तरह कमाल थे। अगर उसे शिकागो का सबसे अच्छा होटल चलाना था तो उसका मुक़ाबला इस होटल से हो सकता था।

हैडवेटर मेन्यू लेकर आया। एबल ने उसे ध्यान से देखा, विनम्रता से फ़र्स्ट कोर्स के लिए मना कर दिया और बीफ़ (गोमांस) ऑर्डर किया, इसके साथ तुरंत पता लगाया जा सकता था कि होटल सही जगह से मांस मँगवा रहा था या नहीं। डेविड मैक्सटन ने अपना मेन्यू नहीं देखा और सालमन (एक मछली) लाने को कह दिया।

"आप सोच रहे होंगे कि मैंने आपको लंच पर क्यों बुलाया, मि. रोसनोवस्की," मैक्सटन ने कहा।

एबल ने हँसते हुए कहा, "शायद आप चाहते हैं कि मैं आपके स्टीवन्स को अपने अधीन कर लूँ?"

"आपका अंदाज़ सही निकला, मि. रोसनोवस्की।"

एबल कुछ कहने की हालत में नहीं था। अब हँसने की बारी मैक्सटन की थी। वेटर ट्रॉली में आलीशान लंच लेकर हाज़िर था पर उससे भी एबल की हालत में कोई असर नहीं दिखा। मैक्सटन ने अपने लंच पर नींबू निचोड़ा और आगे बोले।

"मेरा मैनेजर 22 साल तक पूरी वफ़ादारी से सर्विस देने के बाद, 5 महीनों में रिटायर होने वाला है और सहायक मैनेजर भी उसके कुछ समय बाद चला जाएगा इसलिए मैं किसी नए मैनेजर की तलाश में हूँ।"

"यह जगह तो मुझे बहुत अच्छी दिखती है," एबल ने कहा।

"इसका मतलब यह नहीं कि इसमें और सुधार नहीं हो सकता मि. रोसनोवस्की। कभी भी हालात से संतुष्ट होकर बैठना नहीं चाहिए। मैं पिछले दो सालों से आपके काम पर नज़र रखे हुए हूँ। तुमने रिचमंड को तब से सँभाला जब इसे होटल तक नहीं कहा जा सकता था। यह उससे पहले एक बड़ा-सा मोटल था। अगर किसी ने उस होटल में आग न लगाई होती तो आने वाले दो या तीन सालों में वह होटल स्टीवन्स से आगे निकल जाता।"

"आलू, सर?"

एबल ने ऊपर देखा तो एक आकर्षक जूनियर वेट्रेस दिखाई दी। वह उसे देख कर मुस्कुराई।

"नहीं, थैंक्स। मि. मैक्सटन, आपकी बातें और प्रस्ताव दोनों ही लुभावने हैं।"

"मुझे लगता है कि आपको इस जगह काम करके अच्छा लगेगा, मि. रोसनोवस्की। स्टीवन्स अच्छी तरह से चल रहा है और मैं आपको प्रति सप्ताह पचास डॉलर और मुनाफ़े में दो प्रतिशत का हिस्सा दूँगा। आप जब जी चाहें, काम शुरू कर सकते हैं।"

"मि. मैक्सटन, सोचने के लिए थोड़ा समय देना होगा," एबल ने कहा। "बेशक़ मुझे आपका प्रस्ताव पसंद है पर अभी रिचमंड की कुछ परेशानियों का निपटारा करना है।"

"मटर या पत्तागोभी, सर?" वही वेट्रेस, वही मुस्कान।

चेहरा जाना-पहचाना सा क्यों लगा? एबल को लगा कि शायद उसे पहले कहीं देखा है। शायद पहले कभी रिचमंड के साथ काम करती हो।

"पत्तागोभी, प्लीज़।"

वह उसे वापिस जाते हुए देखता रहा। उससे कोई पुरानी पहचान तो थी पर याद कुछ नहीं आ रहा था।

"तुम कुछ दिन इस होटल में मेरे मेहमान बन कर रहो," मैक्सटन ने कहा। "और देखो कि हम यह होटल कैसे चलाते हैं? इस तरह तुम्हें फ़ैसला लेने में आसानी होगी।"

"इसकी ज़रूरत नहीं होगी, मि. मैक्सटन। मैं एक दिन का मेहमान बन कर ही जान चुका हूँ कि यह होटल कितनी अच्छी तरह चल रहा है। मेरी परेशानी यह है कि मैं रिचमंड ग्रुप का मालिक हूँ।"

डेविड मैक्सटन के चेहरे पर हैरानी छा गई। वे बोले, "मुझे बिलकुल पता नहीं था। मुझे लगा कि डेविस लीरॉय की बेटी के पास सारे स्टॉक होंगे।"

"यह एक लंबी कहानी है," एबल ने कहा और फिर उसने पूरे बीस मिनट लगा कर मैक्सटन को समझाया कि उसके पास होटल के सारे शेयर कैसे आए। "मैं तो किसी तरह 2 मिलियन का प्रबंध करना चाहता हूँ ताकि ग्रुप को किसी लायक बनाया जा सके। स्टीवन्स ने यह निवेश किया तो उसे अपने पैसे की अच्छी क़ीमत मिलेगी।"

"ठीक है," मैक्सटन ने कहा और वेटर ने खाली प्लेट हटा दी।

"और तुमने कहा कि कॉन्टिनेंटल ट्रस्ट के कर्टिस फ़ेंटन ने आपको खरीददार देखने के लिए कहा है।"

वही वेट्रेस उनके लिए कॉफ़ी लेकर आई। वही जाना-पहचाना सा चेहरा। जिसने एबल को परेशानी में डाल दिया।

"वे पूरे एक महीने से इंतज़ार में हैं," एबल ने कहा। "दरअसल, मुझे आज दोपहर को ही उन्हें बताना है कि मुझे मेरे काम में कोई सफलता मिली या नहीं पर मेरे हाथ कुछ नहीं आया।"

"हम्म, यह तो बड़ी दिलचस्प बात है। मुझे तो अंदाज़ा ही नहीं था कि रिचमंड ग्रुप अपने लिए खरीददार खोज रहा है। क्या तुम मुझे बताते रहोगे कि अब क्या हो रहा है?"

"ज़रूर," एबल ने कहा।

"बैंक दो मिलियन की व्यवस्था के लिए कितना समय दे रहा है?"

"बस कुछ दिन और इसलिए मैं भी आपको नौकरी वाले प्रस्ताव पर अपना फ़ैसला कुछ ही दिन में दे दूँगा।"

"धन्यवाद," मैक्सटन ने अपनी जगह से उठते हुए कहा। "मि. रोसनोवस्की, तुमसे मिल कर बहुत अच्छा लगा। मुझे पूरा यकीन है कि साथ मिल कर काम करने में मज़ा आएगा।" उसने बड़े अपनेपन के साथ एबल से हाथ मिलाया।

एबल डाइनिंग कक्ष से बाहर जा रहा था तो वही वेट्रेस उसे देख कर फिर से मुस्कुराई। जब वह हैडवेटर के पास से निकला तो उससे वेट्रेस का नाम पूछा।

"सॉरी सर, हमें यह अनुमति नहीं कि स्टाफ़ के बारे में मेहमानों को कोई भी जानकारी दें—यह कंपनी की नीति के विरुद्ध है। यदि आप कोई शिकायत करना चाहते हैं तो कृपया मुझसे कहें, सर।"

"कोई शिकायत नहीं," एबल ने कहा। "मैं तो यह कहना चाहता था कि लंच शानदार रहा।"

एबल के पास एक नौकरी का प्रस्ताव भी आ चुका था इसलिए वह कर्टिस फ़ेंटन का सामना करने को पूरी तरह से तैयार था। उसे विश्वास था कि बैंक को अब तक कोई खरीददार नहीं मिला होगा इसलिए वह मन में उमंग लिए बैंक की ओर चल दिया। उसे शिकागो के सबसे बेहतरीन होटल का मैनेजर बनने का विचार बहुत पसंद आया। शायद वह उसे अमेरिका के सबसे बड़े और बेहतर होटल में बदल सके। ज्यों ही वह बैंक में गया, उसे कर्टिस के ऑफ़िस में भेज दिया गया। लंबा और पतला बैंकर उसी काले रंग के सूट में था—उसके पास एक जैसे तीन सूट थे या वह रोज़ वही सूट पहनता था? उसने एबल को बैठने को कहा, उसके गंभीर चेहरे पर एक हल्की मुस्कान की छाप थी।

"मि. रोसनोवस्की, आपसे दोबारा मिल कर अच्छा लगा। अगर आप आज सुबह आते तो मेरे पास आपके लिए कोई ख़बर न होती पर कुछ ही क्षण पहले एक पार्टी का कॉल आया था जो होटल खरीदने में दिलचस्पी रखती है।"

एबल का दिल खुशी और हैरानी से बल्लियों उछल गया। "क्या आप मुझे बता सकते हैं कि वे कौन हैं?"

"शायद नहीं। मुझे कड़े निर्देश दिए गए हैं कि यह बात गोपनीय रखी जाए क्योंकि यह निवेश एक निजी निवेश होगा जो उनके अपने व्यवसाय के लिए संभावित संघर्ष का कारण बन सकता है।"

"डेविड मैक्सटन," एबल ने मन में कहा। "भगवान भला करे उनका!"

"जैसा कि मैंने कहा, मि. रोसनोवस्की, मैं आपको नाम नहीं बता सकता।"

"जी बिलकुल, बिलकुल," एबल भी उसी लहज़े में बोला। "आपके हिसाब से आप मुझे उन सज्जन का निर्णय कब तक बता सकेंगे कि उन्होंने क्या तय किया है?"

"शायद मेरे पास सोमवार तक आपके लिए और ख़बर होगी," फ़ेंटन ने कहा। "इसलिए अगर आप इस ओर से निकलें तो—"

"इस ओर से निकलें तो? आप मेरे सारे भविष्य की बात कर रहे हैं," एबल ने कहा।

"तो फिर हमें सोमवार सुबह दस बजे मिलने का समय रख लेना चाहिए।"

एबल स्टीवन्स वापिस लौटते हुए मिशीगन एवेन्यू से निकला और स्टारडस्ट की धुन पर सीटी बजाने लगा। उसने कमरे में जाकर विलियम केन को कॉल किया कि उसे अगले सोमवार तक का समय दिया जाए, हो सकता है कि एक खरीददार हामी भर दे। केन ने बिना कुछ कहे हामी भर दी।

"आपकी तो दोनों ओर से ही जीत है, है न?" एबल ने फ़ोन चोगे पर रखते हुए कहा।

एबल पलंग पर बैठा तो उसकी अगुँलियाँ फुटबोर्ड को थपथपा रही थीं और वह सोच रहा था कि सोमवार तक का समय कैसे बिताया जाए। वह होटल की लॉबी में टहलने लगा। वही लंच वाली वेट्रेस फिर से दिखाई दी, अब वह ट्रॉपिकल गार्डन में चाय देने की ड्यूटी पर थी। एबल का कौतूहल और बढ़ गया। वह उस ओर गया और कमरे के एक कोने में बैठ गया।

"हैलो सर, क्या आप चाय पीना चाहोगे?" सुर जाना-पहचाना था।

"हम एक-दूसरे को जानते हैं, है न?"

"जी हाँ, व्लादेक हम जानते हैं।"

एबल यह नाम सुनकर चिहुँका और चेहरा लाल हो गया, तब उसे याद आया कि वे छोटे बाल कभी कैसे लंबे और घुँघराले हुआ करते थे और वे उसके बुलावा सा देते होंठ। "ज़ाफ़िया। हम ब्लैक एरो पर एक साथ अमेरिका आए थे। बेशक़, तुम शिकागो आ गई थीं। तुम इस जगह क्या कर रही हो?"

"तुम देख सकते हो, काम करती हूँ। सर, क्या आप थोड़ी चाय लेना चाहेंगे?" उसके पोलिश लहज़े ने एबल को अपनेपन से भर दिया।

"आज रात मेरे साथ डिनर करो।

"व्लादेक, मैं ऐसा नहीं कर सकती। अगर ऐसा किया तो उसी समय मेरी नौकरी हाथ से जाएगी। हमें ग्राहकों के साथ बाहर जाने की अनुमति नहीं है।"

"मैं कोई ग्राहक नहीं, एक पुराना दोस्त हूँ," एबल ने कहा।

"एक पुराना दोस्त जिसने कहा था कि वह काम खोजते ही, शिकागो आकर मुझसे मिलेगा," ज़ाफ़िया ने कहा। "और जब वह मिला तो उसने मुझे पहचाना तक नहीं जबकि मैं उसके सामने थी।"

"मैं जानता हूँ। जानता हूँ, मुझे माफ़ कर दो ज़ाफ़िया। प्लीज़ आज रात मेरे साथ डिनर पर चलो। बस एक बार।"

"बस एक बार," उसने दोहराया।

"मुझे सात बजे ब्रनडेज पर मिलना। क्या वह ठीक रहेगा?"

ज़ाफ़िया वह नाम सुन कर घबरा गई। यह शहर के संभ्रांत रेस्तराँओं में से था और वह उस जगह वेट्रेस बन कर भी नहीं जा सकती थी, ग्राहक बन कर जाना तो बहुत दूर की बात रही।

"नहीं, कहीं और चलें व्लादेक, जो इतना बड़ा न हो।"

"कहाँ?"

"सॉसेज, फ़ोर्टी-थर्ड के कोने पर पड़ता है। जानते हो किधर है?"

''नहीं, पर मैं खोज लूँगा। शाम सात बजे मिलते हैं।''

''सात बजे, व्लादेक क्या तुम चाय पीना चाहोगे?''

''नहीं, चाय नहीं पीनी।''

वह मुस्कुरा कर चली गई। व्लादेक को जितना याद था, वह उससे भी ज़्यादा सुंदर थी। शायद सोमवार तक समय बिताना इतना मुश्क़िल नहीं रहेगा।

≈

सॉसेज में घुसते ही एबल के दिमाग में वे सब बुरी यादें तैर गईं जो अमेरिका में आने के शुरुआती दिनों से थीं। वह ज़ाफ़िया का इंतज़ार करते हुए ठंडी जिंजर बीयर पीने लगा। वेटर अपना काम कर रहे थे और वह पेशेवर तरीके से उन्हें नकारते हुए बैठा रहा। वह तय नहीं कर पा रहा था कि सर्विस ज़्यादा बुरी थी या खाना।

एबल ने मुड़ कर देखा तो ज़ाफ़िया दरवाज़े के पास घबराई हुई खड़ी दिखी। वह पीले रंग की लंबी पोशाक में थी जिसे देख कर लगता था कि उसे हाल ही में नए फ़ैशन का बनाने के लिए कुछ इंच बड़ा किया गया हो। हालाँकि उसमें से भी उसकी फिगर की सुंदरता दिख रही थी। उसने एक पल के लिए सभी मेज़ों की ओर नज़र दौड़ाई और कई पुरुषों को अपनी ओर घूरते देख उसका चेहरा लाल हो गया जिन्हें लग रहा था कि वह कोई ग्राहक नहीं बल्कि अपने लिए ग्राहक खोज रही थी।

वह झट से एबल के पास आई। ''कैसे हो व्लादेक,'' उसने पोलिश में कहा और उसके साथ बैठ गई।

''मुझे अच्छा लगा कि तुम मिलने आईं,'' एबल ने अंग्रेज़ी में कहा।

''सॉरी, मुझे देर हो गई,'' उसने हिचक कर अंग्रेज़ी में ही जवाब दिया।

''कोई बात नहीं ज़ाफ़िया। कुछ पीना चाहोगी?''

''एक कोक, प्लीज़।''

वे दोनों एक पल के लिए चुप रहे और फिर एक साथ बोले।

''मैं भूल गया कि कितनी सुंदर...'' एबल बोला।

''तुम अब तक कैसे...?'' ज़ाफ़िया बोली।

वह लजा कर मुस्कुराई। एबल का जी चाहा कि उसे छू ले। उसे याद आ गया, आठ साल पहले, वह अनुभव कैसा लगा था।

''जॉर्ज कैसा है?'' उसने पूछा।

''दो साल से नहीं मिला,'' एबल को शर्मिंदा होकर बताना पड़ा। मैं शिकागो के होटल में काम कर रहा था और तब—''

''मुझे पता है,'' ज़ाफ़िया बोली। ''किसी ने होटल जला दिया।''

''तुम कभी मिलने क्यों नहीं आईं?''

"व्लादेक, मुझे लगा कि तुम मुझे भूल गए होगे और देखो ऐसा ही था।"

"तुमने मुझे कैसे पहचाना?" एबल ने पूछा। "मैं तो मोटा भी हो गया हूँ।"

"हाथ का सिल्वर बैंड," ज़ाफ़िया बोली।

एबल ने अपनी कलाई देखी और हँस दिया। "इस बैंड का पहले ही बहुत एहसानमंद हूँ और आज इसने ही हमें फिर से मिला दिया।"

ज़ाफ़िया ने नज़रें घुमा लीं। "अब होटल नहीं रहा तो तुम क्या करोगे?"

"मैं काम की तलाश में हूँ।" वह ज़ाफ़िया को इस सँभावना से डराना नहीं चाहता था कि आने वाले समय में वह उसका बॉस हो सकता है।

"स्टीवन्स में एक बड़ा पद खाली हो रहा है। मेरे ब्वायफ्रेंड ने बताया था।"

"तुम्हारा ब्वायफ्रेंड?" एबल ने वह अनचाहा शब्द दोहराया।

"हाँ। होटल को नया सहायक मैनेजर चाहिए, तुम आवेदन क्यों नहीं करते? मुझे यकीन है कि तुम्हें जगह मिल जाएगी, व्लादेक मुझे हमेशा से पता है कि तुम्हें अमेरिका में क़ामयाबी मिलेगी।"

"हो सकता है," एबल ने कहा। "अच्छा किया तुमने बता दिया। क्या तुम्हारा दोस्त भी आवेदन कर रहा है?"

"अरे नहीं, वह तो जूनियर है। डाइनिंग रूम में वेटर है।"

एबल मुस्कुराया, "चलो डिनर करते हैं।"

"मैं बाहर खाने की आदी नहीं हूँ," ज़ाफ़िया ने बेचारगी से मेन्यू को देखा। एबल सोचने लगा कि क्या वह अब भी अंग्रेज़ी पढ़ पाती है या नहीं और फिर उसने ही दोनों का ऑर्डर दे दिया।

ज़ाफ़िया ने सब कुछ खाया और बार-बार थैंक्यू कहती रही, वेटर ने गलती से उसके कपड़ों पर तहरी गिरा दी, तब भी उसने वेटर को थैंक्यू कहा। एबल को मेलानी की नीरस संभ्रांत सोहबत के बाद यह मुलाक़ात किसी टॉनिक जैसी लगी। उन्होंने एक-दूसरे को बताया कि उन्होंने अमेरिका में आने के बाद क्या किया। ज़ाफ़िया को किसी के घर में काम मिल गया और फिर वह स्टीवन्स में काम करने लगी। वह पिछले छह सालों से यहीं काम कर रही थी। एबल अपने अनुभव बताता रहा और फिर ज़ाफ़िया ने घड़ी देखी।

"समय देखो, व्लादेक ग्यारह से ज़्यादा हो गए और मुझे सुबह पहली ब्रेकफ़ास्ट कॉल में काम करना है।"

एबल को पता नहीं चला कि इतना समय बीत गया था। वह तो खुशी-खुशी सारी रात उससे गप्पें लगा सकता था। उसे ज़ाफ़िया की बातों और तारीफ़ों को सुन कर अच्छा लग रहा था जो वह बिना लाग-लपेट के पेश कर रही थी।

"ज़ाफ़िया, क्या हम फिर से मिल सकते हैं?" उसने स्टीवन्स की ओर वापस आते हुए उसकी बाँह में बाँह डाल दी।

"व्लादेक, अगर तुम चाहो तो।"

वे होटल के पीछे नौकरों के क्वार्टर्स के पास रुके।

"बस यहीं से विदा लेनी होगी। व्लादेक, अगर तुम सहायक मैनेजर बने तो तुम आगे के दरवाज़े से जा सकोगे।"

"मुझे एबल बुलाया करो, ज़ाफ़िया," उसने कहा।

"एबल?" वह इस तरह बोली मानो दुनिया में पहली बार यह नाम सुना हो। "पर तुम तो व्लादेक हो।"

"पहले था पर अब नहीं। मेरा नाम एबल रोसनोवस्की है।"

"एबल," ज़ाफ़िया ने हिचकते हुए नाम दोहराया। "मुझे यह नहीं याद कि एबल ने केन को मारा था या केन ने एबल को मारा था।"

एबल याद कर सकता था।

"डिनर के लिए थैंक्स। तुमसे मिल कर बहुत अच्छा लगा। गुड नाइट...एबल।"

"गुड नाइट ज़ाफ़िया," उसने कहा और वह जा चुकी थी।

एबल धीरे से होटल के अगले दरवाज़े से अंदर चला गया।

वह पूरा सप्ताहांत ज़ाफ़िया के बारे में सोचता रहा और उससे जुड़ी यादें दोहराता रहा–जहाज़ के उन गंदे हिस्सों की बदबू, आईलैंड पर बौखलाए प्रवासियों की लाइनें और लाइफ़बोट में उनकी वह छोटी–सी मुलाक़ात। वह अपना खाना होटल के डाइनिंग रूम में ही लेने लगा ताकि ज़ाफ़िया के पास रहते हुए, उसके ब्वायफ्रेंड पर नज़र रख सके, जो शायद मुहाँसों वाला नौजवान ही था। उसे लगा कि उसे पहले मुहाँसे हुए होंगे। उसने उम्मीद की कि उसके चेहरे पर मुहाँसे हों। हाँ, उसके चेहरे पर मुहाँसे थे। हालाँकि एबल को यह भी मानना पड़ा कि वह सारे वेटर्स में खूबसूरत था, चाहे मुहाँसे हों या न हों।

एबल ने शनिवार रात को ज़ाफ़िया से बाहर चलने को कहा पर वह शाम की पाली में काम कर रही थी। वह रविवार सुबह उसके साथ चर्च गया और पुरानी यादों के बीच पोलिश पादरी को प्रार्थना करते सुना, फिर उन्होंने ब्रह्मचर्य पर एक प्रवचन भी दिया। महल प्रवास के बाद एबल पहली बार चर्च आया था। उस समय उसे जिस निर्दयता का सामना करना पड़ा, उसके बाद से उसके लिए किसी स्नेही इष्ट पर विश्वास करना ही थोड़ा कठिन हो गया था। चर्च जाने का पुरस्कार यह मिला कि वापसी पर ज़ाफ़िया ने उसे अपना हाथ थामने दिया।

"क्या स्टीवन्स वाले पद के बारे में सोचा?" वह बोली।

"एक मीटिंग है कल, उसके बाद ही सब तय होगा।"

"ओह, मैं खुश हूँ, एबल। मुझे यकीन है कि तुम अच्छे सहायक मैनेजर बनोगे।"

"थैंक्स," एबल ने कहा। उसे अहसास हुआ कि वे दोनों अलग–अलग बात कर रहे थे।

"आज रात मेरे रिश्तेदारों के साथ डिनर करने चलोगे," ज़ाफ़िया ने पूछा। "मैं रविवार शाम उनके साथ ही बिताती हूँ।"

"हाँ, मुझे बहुत अच्छा लगेगा।"

ज़ाफ़िया के रिश्तेदार पोलिश बिरादरी के बीच रहते थे। जब वह अपने नए दोस्त के साथ नई बुइक में सवार होकर गई तो वे सब प्रभावित हो गए। उस परिवार में दो बहनें कात्या और यानीना और कात्या का पति यानेक था। एबल ने बहनों को गुलाब के फूल दिए और धाराप्रवाह पोलिश में उनके सारे सवालों के जवाब दिए जो वे उसके भविष्य के बारे में पूछ रही थीं। ज़ाफ़िया शर्मिंदा हो रही थी पर एबल को पता था कि किसी भी अमेरिकी पोलिश परिवार में पहली बार जाने वाले नौजवान को ऐसे ही सवालों का सामना करना पड़ता है। यानेक की आँखों में जलन दिखी तो उसने अपना रुतबा कम दिखाने के लिए उन्हें बताया कि वह मीट पैक करने वाली कंपनी में काम करता था। कात्या ने पाइरोगी (मोमोस जैसी डिश) और बाइगोस (कई तरह के मांस से बना व्यंजन) का सादा सा पोलिश भोजन परोसा। अगर एबल को वह सब पंद्रह साल पहले मिलता तो शायद वह उन्हें भरपूर स्वाद लेकर खा पाता। उसने यानेक को अनदेखा करते हुए बहनों पर ध्यान दिया। वे शायद मुहाँसों वाले को मंज़ूर कर चुकी थीं।

स्टीवन्स वापिस आते हुए ज़ाफ़िया ने एबल से पूछा कि क्या कार चलाते हुए किसी लेडी का हाथ पकड़ कर रखना सुरक्षित होगा। एबल ने हँस कर अपना हाथ स्टेरिंग पर वापिस रख दिया।

"क्या कल मिल सकोगी?" उसने पूछा।

"शायद एबल। शायद तब तक तुम मेरे बॉस होगे।"

वह उसे होटल में वापिस जाते देखता रहा। वह उसे कैसे बताता कि कल होने वाली मीटिंग का क्या नतीजा आने वाला है। जब तक ज़ाफ़िया होटल में नहीं चली गई, वह वहीं खड़ा रहा।

"सहायक मैनेजर," वह पलंग पर लेटते हुए हँसा और अपना तकिया नीचे फेंक दिया।

~

एबल सुबह पाँच बजे से थोड़ा पहले उठा। बाहर अभी अंधेरा था और उसने *ट्रिब्यून* का संस्करण लाने को कहा। उसने तैयार होने से पहले फ़ाइनेंशियल पन्ने पढ़े और सात बजे नाश्ता करने नीचे आ गया। ज़ाफ़िया के बजाय उसका दोस्त सुबह की पाली में काम कर रहा था। एबल को यह बदशगुनी लगी। वह नाश्ता करके कमरे में आया और चहलकदमी करते हुए समय बिताने लगा। उसने शीशे में बीस बार अपनी टाई देखी और एक बार फिर से घड़ी देखी। उसने अंदाज़ लगाया कि अगर वह धीरे चलेगा तो बैंक खुलने के समय तक उस जगह होगा। वह पाँच मिनट पहले ही पहुँच गया था इसलिए उसे दूसरे ब्लॉक में समय काटने के लिए जाना पड़ा, वह दुकानों के भीतर से दिखते सूट, रेडियो और गहनों

को ताकता रहा। वह सोचने लगा कि क्या वह कभी अपने लिए सूट सिलवा सकेगा। वह दस बज कर चार मिनट पर बैंक में आया।

एबल से कहा गया कि मिस्टर फ़ेंटन फ़ोन पर व्यस्त थे। वह चाहे तो वहीं प्रतीक्षा कर ले या आधे घंटे बाद आए।

एबल अपनी बेचैनी दिखाना नहीं चाहता था। उसने कहा, ''मैं दोबारा आ जाऊँगा।''

जब से वह मास्को के लिए गाड़ी में सवार हुआ था, यह उसके जीवन के सबसे लंबे आधे घंटों में से था। ला सॉल सड़क पर वह हर दुकान पर गया यहाँ तक कि महिलाओं के कपड़ों की दुकानों पर भी, जो उसको ज़ाफ़िया की याद दिला रही थीं।

जब वह कॉन्टिनेंटल बैंक वापिस आया तो सेक्रेटरी ने उसे तुरंत मि. फ़ेंटन के पास भेज दिया। वह मैनेजर से हाथ नहीं मिलाना चाहता था क्योंकि उसके हाथ पसीने से तर थे।

''मि. रोसनोवस्की, गुड मॉर्निंग। बैठिए।''

कर्टिस ने मेज़ से एक फ़ाइल निकाली। एबल उसके कवर पर 'गोपनीय' शब्द लिखा देख सकता था।

फ़ेंटन ने कहा, ''उम्मीद है कि आपको मेरी ख़बर पसंद आएगी। वह पार्टी होटलों की खरीद करना चाहती है।''

''ओह, यकीन नहीं आ रहा,'' एबल ने कहा।

''आपने अभी शर्तें नहीं सुनीं,'' फ़ेंटन एबल को देखकर मुस्कुराए। ''पर शायद वे आपको वाजिब ही लगेंगी। पार्टी दो मिलियन डॉलर देगी ताकि मि. लीरॉय का कर्ज़ उतारा जा सके और इसके साथ ही एक नई कंपनी बनेगी जिसके साठ प्रतिशत शेयर उस पार्टी के और बाकी चालीस प्रतिशत आपके होंगे। इस तरह आपके चालीस प्रतिशत का मूल्य होगा, आठ लाख डॉलर जो नई कंपनी की ओर से कर्ज़ समझा जाएगा। यह दस साल के लिए चार प्रतिशत के ब्याज पर होगा, जिसका भुगतान कंपनी के मुनाफ़े से हो सकता है।''

''कह सकते हैं, अगर कंपनी किसी साल में एक लाख डॉलर का मुनाफ़ा करती है तो आपके चालीस प्रतिशत और चार प्रतिशत ब्याज की गणना से यह हिसाब होगा। अगर आपने दस साल में लोन दे दिया तो आपको तीन मिलियन डॉलर में कंपनी के बचे हुए साठ प्रतिशत शेयर खरीदने का एक बार विकल्प मिलेगा। इस तरह मेरे ग्राहक को अपने निवेश पर बढ़िया वापसी मिलेगी और आपको रिचमंड ग्रुप को फिर से पाने का मौका हाथ आएगा।''

एबल अपनी कुर्सी से उछलना चाहता था पर चुपचाप बैठा रहा ताकि मि. फ़ेंटन अपनी बात पूरी कर सकें। ''इसके अलावा, आपको सालाना पाँच हज़ार डॉलर का वेतन मिलेगा और ग्रुप प्रेज़ीडेंट के रूप में आप कंपनी पर पूरा नियंत्रण रखेंगे। आप वित्त से जुड़े मामलों के लिए मुझे संपर्क करेंगे। मुझे आपकी पार्टी को रिपोर्ट करने का काम सौंपा गया है और उन्होंने कहा है कि न्यू रिचमंड ग्रुप के सामने उनका प्रतिनिधि बनूँ। अगर आपको यह सब मंजूर है तो आगे बढ़ें। मेरे ग्राहक प्रत्यक्ष तौर पर सामने नहीं आना चाहते। जैसा कि मैंने पहले

भी कहा, अगर उनके साथ काम करने वालों को इसके बारे में पता चला तो हितों का टकराव हो सकता है, उम्मीद है कि आप यह समझ लेंगे। उनका कहना है कि आपको अपनी ओर से उनकी पहचान करने की कोशिश नहीं करनी चाहिए। वे आपको सोचने के लिए चौदह दिन का समय देंगे और इस बारे में कोई और सौदेबाज़ी नहीं होगी। मैं तो यही कहूँगा कि मेरे हिसाब से सौदा बुरा नहीं है।"

एबल कुछ बोल नहीं सका।

"मि. रोसनोवस्की, भगवान के लिए कुछ तो कहें।"

"मुझे निर्णय लेने के लिए चौदह दिन नहीं चाहिए," एबल ने किसी तरह कहा। "मुझे बिना किसी बहस के सारी शर्तें मंजूर हैं। उन्हें धन्यवाद दें और संदेश दें कि मैं उनके अज्ञात बने रहने की इच्छा का आदर करता हूँ और मुझे खुशी है कि उनकी जगह बोर्ड में आप उपस्थित होंगे।"

"बहुत खूब," फ़ेंटन बोले और मुस्कुराए जिसकी इजाज़त वे खुद को बहुत कम देते थे। "अब कुछ और बातें। सारे होटलों के खाते यहीं इसी बैंक में होंगे, जिन पर मेरा प्रत्यक्ष नियंत्रण होगा। मुझे नई कंपनी के डायरेक्टर के तौर पर सालाना एक हज़ार डॉलर मिलेंगे।"

"मुझे खुशी है कि इस सौदे में आपको भी फ़ायदा हुआ," एबल ने कहा।

"जी ?"

"मुझे आपके साथ काम करके खुशी होगी, मि. फ़ेंटन।"

"उन्होंने बैंक में ढाई लाख डॉलर जमा करवा दिए हैं जो आने वाले कुछ महीनों में होटल के खर्च में काम आने वाले हैं। यह भी चार प्रतिशत ब्याज पर कर्ज़ माना जाएगा। अगर आपको कम लगे तो बता दें। हालाँकि मेरा मानना है कि मेरी पार्टी के साथ बना कर रखना चाहते हैं तो इनसे ही अभी काम चला लें।"

"इनसे अच्छी तरह काम चलाया जा सकता है," एबल ने कहा।

"बढ़िया," फ़ेंटन ने कहा और मेज़ की दराज से एक बड़ा क्यूबन सिगार निकाला। "क्या आप पीते हैं ?"

"जी," एबल ने कहा जिसने कभी जीवन में सिगार नहीं पिया था।

एबल वापसी में स्टीवन्स तक खाँसता गया। डेविड मैक्सटन वहीं होटल के बरामदे में मिले। एबल ने सिगार का बुझा हुआ ठूँठ जेब में डाला और उनके पास चला गया।

"मि. रोसनोवस्की, आज चेहरे पर खुशी कैसी ?"

"सर बात ही ऐसी है। माफ़ी चाहता हूँ कि आपके होटल का मैनेजर नहीं बन सकता।"

"सुन कर बुरा लगा पर सच कहूँ तो यह सुन कर हैरानी नहीं हुई।"

एबल ने पूरे मन से हाथ मिलाते हुए कहा, "हर चीज़ के लिए आपका धन्यवाद।"

फिर वह डाइनिंग रूम में गया पर ज़ाफ़िया नहीं दिखी। शायद काम पर नहीं आई थी। उसने होटल के कमरे में जाकर फिर से सिगार जलाया और सावधानी से कश भरा और फिर केन एंड कैबट में कॉल मिला दी। विलियम केन को लाइन पर बुलवा दिया गया।

मि. केन, रिचमंड ग्रुप के लिए पैसे का प्रबंध हो जाएगा। आज आपको कॉन्टिनेंटल बैंक के मि. कर्टिस फ़ेंटन का कॉल आएगा, वे विस्तार से सारी जानकारी दे देंगे। अब होटलों को बेचने की नौबत नहीं आएगी।

एक छोटा-सा अंतराल आया और एबल ने सोचा कि उसकी ख़बर सुनकर विलियम केन को कैसा लग रहा होगा।

''मि. रोसनोवस्की, मुझे बताने के लिए शुक्रिया। मुझे सुन कर अच्छा लगा कि आपको मदद मिल गई। आने वाले समय के लिए मेरी शुभकामना स्वीकार करें।''

''मि. केन, आपको भी मेरी शुभकामनाएँ।''

एबल ने फ़ोन रखा और पलंग पर लेट कर आने वाले समय के बारे में सोचने लगा।

उसने छत को देखते हुए वादा किया, 'एक दिन मैं तुमको 17वीं मंज़िल वाले होटल के बेडरूम से छलाँग लगाने के लिए मजबूर करूँगा।'' उसने फिर से फ़ोन उठा कर कहा कि उसकी ग्रेट वेस्टर्न कैज़ुएलिटी के मि. हेनरी ऑस्बॉर्न से बात करवाई जाए।

31

विलियम रोसनोवस्की के लड़ाके स्वभाव को देख कर खीझा नहीं बल्कि उसे हैरानी ज़्यादा हुई। उसे अफ़सोस था कि वह बैंक को उस गर्वीले पोल नागरिक की मदद करने के लिए मना नहीं सका जिसे पूरा विश्वास था कि वह रिचमंड ग्रुप का स्वरूप बदल सकता था। उसने फ़ाइनेंस कमेटी को सूचित करते हुए अपनी ज़िम्मेदारियाँ पूरी कीं कि एबल रोसनोवस्की को एक ख़रीददार मिल गया है और वे होटल अधिग्रहण के लिए कागज़ी कार्रवाई कर रहे हैं, उसके बाद बैंक से रिचमंड ग्रुप का निपटारा हो जाएगा।

कुछ दिन बाद मैथ्यू लेस्टर बौस्टन आया ताकि बैंक के निवेश पोर्टफ़ोलियो के प्रबंधक के तौर पर अपना पद सँभाल सके। उसके पिता ने उससे यह बात नहीं छिपाई कि वह केन एण्ड कैबट से जो अनुभव प्राप्त करेगा, वह मैथ्यू के लिए लेस्टर्स के चेयरमैन बनने की दिशा में दीर्घकालीन रूप से बहुत लाभदायक होगा। मैथ्यू के आते ही विलियम के काम का भार आधा हो गया, हालाँकि अब वह और व्यस्त रहने लगा। काम से समय मिलते ही दोनों तरणताल या टेनिस कोर्ट में दिखाई देते। वैसे मैथ्यू विलियम को वरमोंट में स्कीइंग करने जाने के लिए नहीं मना सका परंतु उससे मिलने के बाद विलियम का मन थोड़ा शांत हो गया था।

मैथ्यू को यकीन नहीं आ रहा था, ''मैं उस महिला से मिलना चाहूँगा जिसके कारण विलियम केन उस बोर्ड मीटिंग में ख़याली पुलाव पका रहा था जिसमें यह तय होना था कि बैंक को और सोना खरीदना चाहिए या नहीं।''

''मैथ्यू, तू उससे मिल तो सही। तुझे भी यकीन आ जाएगा कि वह ख़रा सोना है।''

''मुझे तुझ पर विश्वास है। बस अपनी बहन को नहीं बताना चाहता। उसे आज भी लगता कि तू उसका इंतज़ार कर रहा है।''

विलियम हँस दिया। वह तो सूसन लेस्टर को भूल ही गया था।

हर सप्ताह केट की ओर से आने वाले पत्रों की संख्या बढ़ रही थी, विलियम ने उन्हें रेड हाउस के विलियम ब्यूरो के लॉकर में रखा हुआ था। वह उन्हें इतनी बार पढ़ चुका था कि वे मुँह ज़ुबानी याद हो गए थे। आख़िर में वह पत्र आया जिसका वह बहुत समय से इंतज़ार कर रहा था।

बकहर्स्ट पार्क

14 फ़रवरी 1930

डियर विलियम

आख़िर में, मैंने कुछ सामान बाँध लिया, कुछ बेच दिया, कुछ दूसरों को दे दिया या फिर छोड़ दिया है और 19 को बौस्टन आ रही हूँ। तुमसे दोबारा मिलने से आशंकित हूँ। यदि यह सारा मोह ईस्टर्न सीबोर्ड की सर्दियों में किसी बुलबुले जैसा फूट गया तो? हे ईश्वर, ऐसा मत होने देना। मैं बता नहीं सकती कि मैंने ये सूनेपन से भरे महीने, तुम्हारे सहारे के बिना कैसे काटे।

तुम्हें दोबारा मिलने को उत्सुक

स्नेह,

केट।

जब केट ने आना था, उससे एक रात पहले, विलियम ने खुद से वादा किया कि वह अपनी ओर से कोई जल्दबाज़ी नहीं करेगा ताकि उन्हें बाद में कोई पछतावा न हो। उसने मैथ्यू से कहा कि वह जान नहीं पा रहा है कि क्या पति के निधन की वजह से संवेदनशील केट उसकी ओर आकर्षित हुई थी या वह उससे प्रेम करती है।

''मैंने ऐसी बकवास कहीं नहीं सुनी,'' मैथ्यू बोला। ''तुम उससे प्यार करते हो और यही बहुत है।''

~

ज्यों ही विलियम ने केट को मिआमी में गाड़ी से उतरते देखा और उसके चेहरे पर खिली मुस्कान दिखाई दी तो उसके मन से बाकी सारी बातें निकल गईं। वह यात्रियों की भीड़ को चीरते हुए आगे गया और उसे बाँहों में भर लिया।

''केट, घर में स्वागत है।''

वह उसे चूमने ही वाला था कि उसे यह देख कर हैरानी हुई कि केट पीछे हट गई।

''विलियम, मुझे नहीं लगता कि तुम मेरे माता-पिता से मिले हो।''

उस रात विलियम ने हिगिन्सन परिवार के साथ रात का खाना खाया और उसने देखा कि केट बूढ़ी होने पर कितनी सुंदर लगेगी। उन्होंने हर संभव क्षण एक साथ बिताने की कोशिश की, विलियम बैंक और मैथ्यू के टेनिस से समय पाते ही केट के साथ होता। जब मैथ्यू केट से पहली बार मिला तो उसने विलियम से कहा कि वह केट के बदले में अपना सारा सोना दे सकता है।

"मैं कभी ऐसा नहीं करने वाला, मैथ्यू। वैसे भी मैं तेरी तरह नहीं, मुझे मात्रा के बजाय गुणवत्ता में विश्वास रहा है," विलियम ने कहा।

"फिर तो तुम्हें एक बात बतानी होगी कि मुझे ऐसी दुर्लभ चीज़ कैसे मिलेगी?" मैथ्यू बोला।

"यह तो लिक्विडेशन विभाग में ही होगी," विलियम ने कहा।

"विलियम, इसे झट से निजी सम्पत्ति बना ले वरना तू नहीं तो कोई और अवसर का लाभ ले लेगा।"

~

एबल ने दूसरी बार सिगार पिया और परेशान होने के बाद कसम खाई कि रिचमंड ग्रुप पर पूरा नियंत्रण पाने के लिए दो मिलियन जमा होने से पहले वह क्यूबन सिगार नहीं पियेगा, जबकि डो जोंस का इंडेक्स इतिहास में सबसे निचले बिंदु पर था और अमेरिका के हर बड़े शहर में लंबी लाइनें लग रही थीं। वह छत को ताकते हुए अपनी प्राथमिकताओं पर विचार करने लगा। पहले तो उसे शिकागो रिचमंड के लिए बेहतरीन स्टाफ़ को बचाना था।

वह पलंग से उतरा और जैकेट पहन कर होटल की एनेक्सी में चल दिया, उस जगह होटल में आग लगने के बाद से बेरोज़गार स्टाफ़ रह रहा था। जो लोग एबल के विश्वसनीय थे और शिकागो से बाहर जा सकते थे, उन्हें उसने अन्य दस होटलों में ही कहीं-न-कहीं काम दे दिया। उसने उन्हें बताया कि उस कठिन समय में उनकी नौकरी तभी सुरक्षित है जब होटल को मुनाफ़ा हो। उसे पता था कि दूसरे होटल भी पुराने शिकागो रिचमंड की तरह बेईमानी पर चल रहे थे। उसने उन्हें यकीन दिलाया कि वह सब जल्दी ही बदल जाएगा। उसने तीन भूतपूर्व सहयक प्रबंधकों को डलास रिचमंड, मिआमी रिचमंड और सेंट लुईस रिचमंड का काम सौंपा और होस्टन, मोबाइल, चार्ल्सटन, एटलांटा, मेम्फिस, न्यू ओरलींस और लुईसविले के सात होटलों में नए सहायक मैनेजर नियुक्त किए।

एबल ने शिकागो रिचमंड एनेक्सी को ही अपना मुख्यालय बनाया और तय किया कि वह भूतल पर एक छोटा रेस्तराँ खोलेगा। इस तरह दक्षिण के किसी होटल में जाने के बजाय सहारा देने वाले और बैंकर के पास रहना भी संभव था और ज़ाफ़िया भी तो शिकागो में थी। एबल को यकीन होने लगा था कि वह मुहाँसों वाले दोस्त को जल्द ही मात दे देगा।

जब वह और स्टाफ़ नियुक्त करने के लिए न्यूयॉर्क जाने को तैयार हुआ, तब तक ज़ाफ़िया उसे यकीन दिला चुकी थी कि अब उसे मुहाँसों वाले दोस्त में कोई दिलचस्पी नहीं रही थी। उसके जाने से एक रात पहले, वे दूसरी बार हमबिस्तर हुए। लाइफ़बोट के पहले

अनुभव के बाद, एबल की देखभाल और विशेषज्ञता देख कर ज़ाफ़िया हैरान थी।

"ब्लैक ऐरो के बाद से कितनी लड़कियों से भेंट हुई?" ज़ाफ़िया ने चिढ़ाया।

"ऐसी कोई नहीं जिसकी मुझे परवाह है," एबल बोला।

"अच्छा, इतनी सारी थीं कि तुम मुझे भूल गए।"

"मैं तुम्हें कभी नहीं भूला," वह आगे की ओर झुका और उसे फिर से चूमा, मानो वह इस बारे में बात न करना चाह रहा हो।

~

केन एंड कैबट का सन् 1929 में होने वाला घाटा, 7 मिलियन से अधिक था जो इतने बड़े बैंक के हिसाब से समकक्ष ही था। कई छोटे बैंक बंद हो चुके थे और विलियम ने पाया कि उसे बैंक को चलाए रखने के लिए दबाव का सामना करना पड़ रहा था।

जब फ्रेंकलिन डी. रूजवेल्ट को यूएस का प्रेज़ीडेंट चुना गया तो विलियम को लगा कि शायद उसके बैंक को इससे कोई ख़ास फ़ायदा नहीं होने वाला था। उसे विस्तार के लिए बहुत सोच-समझ कर योजना बनानी थी।

इस दौरान, टोनी सिमन्स ने लंदन में कई सफल अधिग्रहण किए और अपने पहले दो सालों के दौरान केन एंड कैबट की अपेक्षा से बेहतर मुनाफ़ा कमाया। विलियम की उपलब्धियों के आगे, वह और भी आगे दिख रहा था, क्योंकि विलियम के लिए मंदी के दौरान बैंक को बनाए रखना तक कठिन हो रहा था।

एलन लॉयड ने टोनी को बौस्टन बुलाया ताकि बोर्ड के आगे, लंदन में स्थित बैंक की गतिविधियों की पूरी रिपोर्ट दी जा सके। उसी मीटिंग के दौरान टोनी ने ऐलान किया कि लंदन बैंक पहली बार सालाना तौर पर मिलियन डॉलर से अधिक का लाभ प्राप्त करेगा। उसने यह भी बता दिया कि वह एलन के रिटायर होने पर बैंक में चेयरमैन पद पर आने का इच्छुक है। विलियम सुन कर हतप्रभ हो गया क्योंकि उसे तो लगा था कि टोनी को लंदन भेजने के साथ ही उसने अपनी इस समस्या को हल कर लिया था। उसे लगा कि सिमन्स एटलांटिक के पार किसी छोटे बादल की तरह ओझल हो गया है। दरअसल ब्रिटिश अर्थव्यवस्था ने सिमन्स नामक बादल को ओझल नहीं होने दिया। विलियम के पास अब अधिक समय नहीं था, टोनी सिमन्स के समर्थक उसे बैंक का चेयरमैन बनाते, उससे पहले उसे उन सबका दिल जीतना था।

केट विलियम की बातें पूरे मनोयोग से सुनती और कई बार बहुत बारीकी से निरीक्षण करते हुए अपनी राय भी देती। एकाध बार उसने विलियम को उसकी उदासी के लिए टोका भी। मैथ्यू विलियम की आँख और कान बना हुआ था, उसने बताया कि बोर्ड में दो तरह के लोग शामिल है। एक दल का मानना था कि विलियम चेयरमैन बनने के लिहाज़ से अभी छोटा था और दूसरा दल 1929 के घाटों के लिए टोनी को दोषी मानता था। ऐसा लगता था कि जिन लोगों ने विलियम के साथ प्रत्यक्ष तौर पर काम नहीं किया, वे टोनी और विलियम की आयु के अंतर से ही प्रभावित थे और उन्हें लगता था कि बैंक के चेयरमैन

को आयु में बड़ा और अनुभवी होना चाहिए। मैथ्यू को बार-बार यह सुनने को मिलता था कि आगे जाकर विलियम का समय भी आएगा। तब मैथ्यू को विलियम के समर्थन में सामने आना पड़ता।

''विलियम, तुम बैंक में जितना हक़ रखते हो, उस हिसाब से तुम बोर्ड में तीन सदस्य चुन सकते हो और इस तरह तुम्हें तुम्हारे अपने चुनाव में आसानी होगी।''

विलियम को लगा कि यह जायज़ नहीं होगा। वह पूरी तरह से अपनी योग्यता के आधार पर चेयरमैन बनना चाहता था। उसके पिता ने भी तो अपना पद ऐसे ही पाया था और वह जानता था कि केट भी उससे ऐसी ही अपेक्षा रखती है।

जनवरी 1932, एलन लॉयड ने सभी बोर्ड सदस्यों को मीटिंग का निमंत्रण भेजा जो उनके पैंसठवें जन्मदिन पर होने वाली थी। वे सबको बताना चाहते थे कि बैंक का उत्तराधिकारी कौन होगा। उस अहम मीटिंग का दिन पास आ रहा था। मैथ्यू निवेश विभाग को पूरी तरह से अकेले सँभाल रहा था और विलियम पूरी तरह से चेयरमैन पद पाने के अभियान में लगा हुआ था।

~

जब एबल न्यूयॉर्क गया तो उसने सबसे पहले जॉर्ज नोवाक को खोजा। उसे यह देख कर हैरानी नहीं हुई कि वह ईस्ट थर्ड स्ट्रीट पर एक छत पर बने कमरे में रह रहा था। एबल भूल गया था कि उसके पड़ोस के घर कैसे थे। कुछ घरों में तो बीस-बीस परिवार रहते थे। हर कमरे से बासी भोजन की बू आती थी। शौचालय गंदे रहते और चौबीसों घंटे पलंगों पर कम-से-कम तीन लोग सोए मिलते। बेकरी बंद हो चुकी थी और जॉर्ज के अंकल, न्यूयॉर्क के बाहरी इलाके में बड़ी मिल में काम करते थे। मिल जॉर्ज को और अधिक समय तक कार्य पर रखने में समर्थ नहीं हो सकी। एबल ने जॉर्ज को काम का ऑफ़र दिया तो उसने रिचमंड ग्रुप में अपने दोस्त के पास आने में देर नहीं की।

एबल ने कई दूसरे पोल लोगों को काम पर रखा जिनके लिए जॉर्ज ने आश्वासन दिया था कि वे घंटों मेहनत से काम कर सकते थे और अपने जीवन की कठिनाइयों के बावजूद ईमानदार थे। उनमें एक पेस्ट्री शेफ़, डेस्क क्लर्क और हैडवेटर शामिल थे। ईस्ट कोस्ट के अधिकतर होटलों ने अपने स्टाफ़ को कम कर दिया था जिससे उसे अनुभवी लोग चुनने में आसानी रही। तीन लोग तो उसके साथ प्लाज़ा में भी काम कर चुके थे।

अगले सप्ताह, एबल और जॉर्ज ने ग्रुप के सभी होटलों का दौरा किया। एबल ने ज़ाफ़िया को साथ आने को कहा और उसे कहा कि वह अपनी मर्ज़ी के होटल में काम कर सकती है, पर ज़ाफ़िया ने शिकागो छोड़ने से मना कर दिया क्योंकि उसे अमेरिका में वही शहर घर जैसा लगता था। हालाँकि वह समझौता करते हुए, रिचमंड एनेक्सी में बने एबल के कमरे में आ जाती, जब भी वह शिकागो में होता। जॉर्ज के पास अमेरिकी नागरिकता के साथ मध्यमवर्गीय मूल्य थे, उसने एबल को शादीशुदा जीवन के लाभ गिनाए हालाँकि वह खुद उन बातों का पालन नहीं कर रहा था।

एबल को यह जानकर हैरानी नहीं हुई कि ग्रुप के दूसरे होटल भी अक्षम थे और अधिकतर मामलों में, बेईमानी से चल रहे थे, हालाँकि बहुत सारे स्टाफ़ को डर लगने लगा था कि कहीं उनका काम न छिन जाए। उन्होंने एबल का स्वागत किया क्योंकि उन्हें लगा कि उसके आने से होटल मुनाफ़ा कमा सकता था। उसने शिकागो होटल की तरह, इन होटलों में बहुत सारे लोगों को काम से नहीं निकाला। उसने देखा कि कुछ लोगों का होटल बदलने से ही काम बन गया। उसके बारे में जानने वाले स्टाफ़ को डर हो गया था कि उन्हें होटल से निकालने में देर नहीं की जाएगी। कुछ कर्मचारी ऐसे भी बचे थे जिन्हें लगता था कि डेविस लीरॉय मालिक नहीं थे इसलिए वे अपना पुराना तौर-तरीका बनाए रख सकते थे। उनका इलाज होना बाकी था।

~

एलन लॉयड का पैंसठवाँ जन्मदिन मनाने के लिए बोर्ड के सारे 17 सदस्य उपस्थित हुए थे। मीटिंग में चेयरमैन ने 14 मिनट का विदाई भाषण दिया और विलियम को लग रहा था जैसे वह कभी ख़त्म नहीं होगा। टोनी सिमन्स अपने पेन को पीले रंग के लीगल पैड पर बेचैनी से चला रहा था और बीच-बीच में विलियम को देख लेता। उनमें से किसी ने एलन की बात नहीं सुनी। एलन अपना भाषण पूरा करके बैठ गए और फिर बौस्टन के सोलह बैंकरों की तालियों की गूँज के बीच, वे केन एंड कैबट के चेयरमैन के रूप में आख़िरी बार अपनी बात कहने के लिए कुर्सी से दोबारा उठे।

"और अब, सज्जनो, मुझे अपने उत्तराधिकारी का चुनाव करना है। बोर्ड में चेयरमैन पद के दो श्रेष्ठ दावेदार मौजूद हैं। विदेश विभाग के चेयरमैन टोनी सिमन्स और अमेरिकी निवेश विभाग के डायरेक्टर विलियम केन। आप लोग दोनों को अच्छी तरह जानते हैं और मैं उनके गुणों और योग्यता पर विस्तार से चर्चा नहीं करना चाहता। मैं दोनों से आग्रह करता हूँ कि वे एक-एक कर बोर्ड के आगे आएँ और बताएँ कि अगर उन्हें चेयरमैन पद दिया गया तो उनके पास केन एंड कैबट के लिए क्या भावी योजनाएँ होंगी।"

विलियम पहले उठा। पहले कौन अपने विचार प्रस्तुत करेगा यह एक दिन पहले सिक्का उछाल कर तय कर लिया गया था। वह बीस मिनट तक बोला और विस्तार से बताया कि वह बैंक के बेस का विस्तार उन क्षेत्रों में भी करना चाहता है जिनमें केन एंड कैबट ने अब तक कदम नहीं रखा। उसने कहा कि वह न्यूयॉर्क के साथ भी सशक्त संबंध बनाना चाहता है और यह संभावना भी प्रकट की कि वे एक ऐसी होल्डिंग कंपनी खोल सकते हैं जो कमर्शियल बैंकिंग में विशेषज्ञता रखती हो। बोर्ड के कुछ पुराने सदस्यों ने सिर हिलाया, वे अपनी अस्वीकृति नहीं छिपा सके। विलियम ने अंत में कहा कि वह बैंक का विस्तार चाहता है, वह नई पीढ़ी के उन लोगों को चुनौती देना चाहता था जो उस समय अर्थव्यवस्था से जुड़ कर अमेरिका का नेतृत्व कर रहे थे। उसने आशा प्रकट की कि केन एंड कैबेट बीसवीं सदी के दूसरे आधे हिस्से में देश के विशालतम फ़ाइनेंशियल संस्थानों में से एक होगा। जब वह बैठा तो बोर्ड के सदस्यों के बीच खुसर-फुसर होने लगी। वह कुर्सी से टेक लगा कर आराम से बैठ गया ताकि टोनी सिमन्स का भाषण सुन सके।

जब टोनी अपने स्थान से उठा तो अपने पारंपरिक नज़रिए के साथ अपनी आयु और अनुभव पर बल देते हुए बात कही जो विलियम के हिसाब से उसके पक्ष में थी। उसने कहा, "बैंक को आने वाले वर्षों के लिए, अपनी स्थिति को और मज़बूत बनाना होगा और निवेशों के चुनाव में सावधानी बरतनी चाहिए, बैंकिंग के लिए ऐसे पारंपरिक साधनों को ही प्रयोग में लाना चाहिए जिनसे बैंक की प्रतिष्ठा बनी रह सके। वह सन् 1929 के क्रैश के दौरान अपना सबक़ सीख चुका था, और उसने हँसते हुए कहा कि उसकी सबसे बड़ी चिंता यही है—वह यह सुनिश्चित करना चाहता है कि केन एंड कैबट बीसवीं सदी में आगे तक सुरक्षित रूप से चलता रहे। जब टोनी सिमन्स बैठा तो विलियम के पास यह जानने का कोई उपाय नहीं था कि बोर्ड किसका पक्ष लेने वाला है, हालाँकि उसका मानना था कि बहुमत का झुकाव, बैंक के एक जगह स्थिर होने के बजाय विस्तार की ओर होगा।

एलन लॉयड ने डायरेक्टरों को सूचित किया कि वे और दोनों प्रत्याशी वोटिंग नहीं करेंगे। अन्य चौदह सदस्यों को मतदान पत्र दे दिए गए। उन्होंने उसे भरा और एलन को वापस दे दिया, वे उन्हें धीरे-धीरे गिनने लगे। विलियम अपनी आड़ी-तिरछी लकीरों से भरे पैड से मुँह नहीं उठा पा रहा था, उस पर उसके पसीने से भरी हथेली की छाप भी उभर आई थी। जब एलन ने गिनती का काम पूरा किया तो बोर्डरूम में सन्नाटा छा गया।

उन्होंने कहा कि केन और सिमन्स, दोनों को ही 6-6 वोट मिले हैं और बाकी दो सदस्यों ने मतदान नहीं किया है। मेज़ के आस-पास कानाफूसी के स्वर सुनाई देने लगे। एलन ने सबको शांत रहने को कहा। विलियम ने उसके बाद छाने वाली गहरी चुप्पी के बीच एक साँस ली, वह नहीं जानता था कि अब चेयरमैन क्या करेंगे।

एलन लॉयड ने थोड़े अंतराल के बाद कहा, "मुझे लगता है कि इन हालात में, यही करना उचित होगा कि हम पुन: मतदान करें। यदि पिछले मतदान में मत न देने वाले सदस्यों को ऐसा लगा कि अब वे किसी प्रत्याशी को अपना समर्थन देना चाहते हैं तो वे किसी एक प्रत्याशी को पूरा बहुमत दे सकते हैं।"

फिर से नन्ही पर्चियाँ बाँट दी गईं। विलियम इस बार देख नहीं सका। हालाँकि वह कागज़ पर पैन से लिखने पर होने वाली आवाज़ सुन सकता था, जो मतदाताओं की ओर से आ रही थीं। एक बार फिर से एलन लॉयड पर वोट गिनने का काम आ गया। उन्होंने उन्हें एक-एक कर धीरे-धीरे खोला, पर इस बार उन्होंने वोट बोलने भी चालू कर दिए।

"विलियम केन। टोनी सिमन्स। टोनी सिमन्स। टोनी सिमन्स।"

"टोनी सिमन्स के 3 वोट और केन के नाम 1 वोट।"

"विलियम केन। विलियम केन। टोनी सिमन्स। विलियम केन। विलियम केन। विलियम केन।"

"विलियम केन के नाम 6 वोट और टोनी सिमन्स के नाम 4 वोट।"

"टोनी सिमन्स। टोनी सिमन्स। विलियम केन।"

"विलियम केन के नाम 7 वोट और टोनी सिमन्स के नाम 6 वोट।" विलियम को

लगा कि एलन शायद आख़िरी वोटिंग स्लिप को खोलने में जाने कितने जन्म लगा देंगे।

''टोनी सिमन्स। सज्जनो! दोनों प्रत्याशियों को 7-7 वोट मिले हैं।''

हालाँकि एलन ने कभी किसी को नहीं बताया कि वे चेयरमैन पद पर किसे देखना चाहते थे, कमरे में सभी जानते थे कि अब उन्हें अपनी ओर से निर्णायक वोट देना होगा।

''दो बार वोटिंग होने पर भी कोई नतीजा नहीं निकला और मेरा मानना है कि बोर्डरूम में मौजूद कोई भी सदस्य अपनी राय नहीं बदलना चाहेगा, इसलिए मुझे भी अपनी ओर से वोट देना होगा। मुझे लगता है कि केन एंड कैबट के चेयरमैन पद के लिए टोनी सिमन्स कहीं बेहतर चुनाव होगा।''

विलियम को यकीन नहीं हुआ कि उसने अपने कानों से यह क्या सुना। सिमन्स भी ऐसा दिखा मानो उसे कोई सदमा लगा हो, सिमन्स तालियों की गड़गड़ाहट के बीच अपनी सीट से उठा और उसने अब तक हैड रेएलन लॉयड से अपना स्थान बदला और केन एंड कैबट बैंक के चेयरमैन के रूप में पहली बार अपनी ओर से बोर्ड को संबोधित किया। उसने बोर्ड को उसके सहयोग के लिए धन्यवाद दिया और विलियम की प्रशंसा की कि उसने बैंक में अपने मतदाताओं को प्रभावित करने के लिए अपनी शेयरहोल्डिंग और बैंक के साथ पारिवारिक इतिहास का लाभ नहीं उठाया। उसने विलियम को डिप्टी चेयरमैन पद पर नियुक्ति का निमंत्रण दिया और कहा कि मैथ्यू लेस्टर को बोर्ड में एलन लॉयड का स्थान लेना चाहिए। बोर्ड ने एकमत से उसके दोनों प्रस्तावों को अपना समर्थन दिया।

विलियम के मन में बार-बार आ रहा था कि अगर उसने मैथ्यू को नौकरी देते हुए बोर्ड में भी स्थान दिया होता तो आज वह उसके एक वोट की वजह से केन एंड कैबट के चेयरमैन पद पद पर हो सकता था।

~

एबल के अध्यक्ष के रूप में पहले वर्ष के अंत तक, रिचमंड ग्रुप 1929 में रखे गए आधे स्टाफ़ से ही काम चलाता रहा पर फिर भी वह 100,000 डॉलर का थोड़ा घाटा दिखा रहा था। कुछ कर्मचारी अपनी मर्ज़ी से काम छोड़ कर चले गए, उन्हें यह डर नहीं था कि उन्हें कहीं काम नहीं मिलेगा बल्कि अब उन्हें ग्रुप के भविष्य पर विश्वास होने लगा था।

एबल ने होटल को सही स्थिति में लाने के लिए 1932 तक का लक्ष्य तय किया। उसने तय किया कि यह तभी संभव होगा जब हर होटल का मैनेजर अपने होटल का दायित्व ले, इसके लिए उन्हें होटल के मुनाफ़े में से कुछ प्रतिशत देने का वादा किया, जैसा कि जब एबल पहली बार शिकागो रिचमंड में आया था तो डेविस लीरॉय ने उसकी बात मान कर किया था।

वह कई महीनों तक एक से दूसरे होटल की यात्रा में व्यस्त रहा, किसी भी जगह कुछ दिन से ज़्यादा नहीं रहता था। उसने अपने वफ़ादार साथी जॉर्ज के सिवा कभी किसी को भनक तक नहीं पड़ने दी कि उसके लिए अगला होटल कौन-सा होने वाला था। जॉर्ज उसके लिए शिकागो में आँख और कान का काम करता था। अपने थकान से भरे रूटीन को

तोड़ने के लिए कभी-कभार ज़ाफ़िया के साथ रात बिताता या फिर बैंक में कर्टिस फ़ेंटन से मिलने चला जाता।

ग्रुप की आर्थिक स्थिति का पूरा अनुमान लगाने के बाद, एबल ने कुछ और कठोर निर्णय लिए। उसे मोबाइल और चार्ल्सटन के होटलों को बंद करने का निर्णय लेना पड़ा जो उसके लिए बहुत बड़ी बात थी, उनका घाटा इतना ज़्यादा हो रहा था कि उसे डर था कि कहीं वे ग्रुप की सारी आर्थिक दशा को डाँवाडोल न कर दें। दूसरे होटलों के स्टाफ़ ने यह गाज गिरते देखी तो और मुस्तैदी से काम करने लगे। जब भी वह शिकागो में अपने छोटे से ऑफ़िस में वापिस आता तो बहुत सारे कागज़ उसकी प्रतीक्षा में होते—इसके अलावा वाशरूम के फटे हुए पाइप, कमरों में कॉक्रोच, रसोइयों में आपसी अनबन और मुक़दमा ठोंकने की धमकी देने वाले असंतुष्ट ग्राहक भी शामिल होते।

~

हेनरी ऑस्बॉर्न ने ग्रेट वेस्टर्न कैजुएलिटी की ओर से 750,000 डॉलर के चैक के साथ एबल के जीवन में फिर से कदम रखा। बीमा कंपनी को यकीन आ गया था कि शिकागो रिचमंड में लगी आग में उसका अपना कोई लेना-देना नहीं था, सारे सुबूतों से यही पता चल रहा था। जब लेफ़्ट ने भी यही कहा कि वह अदालत में अपने साक्ष्य फिर से दे देगा तो कंपनी को एबल की ओर से कोई संदेह नहीं रहा। एबल को अहसास हुआ कि वह उस जासूस के लिए मिल्क शेक से ज़्यादा का एहसानमंद था और वह ग्रेट वेस्टर्न की ओर से मिली धनराशि से संतुष्ट था। हेनरी ऑस्बॉर्न ने सलाह दी कि वह और धनराशि के लिए दावा कर सकता था और वे आपस में वह मुनाफ़ा बाँट सकते थे। एबल ने इनकार कर दिया और उसके मन से हेनरी के लिए बचा हुआ सम्मान भी जाता रहा। यदि वह अपनी कंपनी के साथ ही बेईमानी करने को तैयार था तो इसमें कोई शक़ नहीं था कि वह मौका पाते ही एबल की पीठ पीछे भी वार कर सकता था।

~

1932 के वसंत में, एबल मेलानी लीरॉय की ओर से मिले एक ख़त को देख कर हैरान हुआ, उसमें दोस्ताना लहज़े में कहा गया था कि वह उससे मिलना चाहती थी। वह तो चारों खाने चित्त हो गया, मिलने की उत्सुकता इतनी थी कि उसने झट से मेलानी को स्टीवन्स में डिनर पर आने का न्यौता भेज दिया। हालाँकि ज्यों ही उसने हॉल में कदम रखा तो उसे अपने चुनाव पर अफ़सोस हुआ क्योंकि उसी हॉल में ज़ाफ़िया की ड्यूटी थी और वह सारे दिन के काम के बाद थकी हुई दिखी। इसके विपरीत मेलानी अपनी संतरी रंग की पोशाक में ज़बरदस्त दिख रही थी। उस पोशाक से उसका शरीर उस तरह दिखाई दे रहा था, जैसे उससे छिलका हटा दिया गया हो। उसे मेलानी को दूसरी जगह ले जाना चाहिए था। उसने स्टीवन्स को क्यों चुना? वह बिज़नेस के मामलों में इतना चतुर और घरेलू मामलों में इतना अनाड़ी एक साथ कैसे हो सकता था?

"एबल, तुम्हें भला-चंगा देख कर अच्छा लगा," मेलानी ने बैठते हुए कहा। "बेशक़

सभी जानते हैं कि तुम रिचमंड ग्रुप में क्या कमाल दिखा रहे हो।''

''बैरन ग्रुप,'' एबल बोला।

मेलानी खिसिया गई, ''मुझे पता नहीं था कि तुमने नाम बदल दिया है।''

''हम्म, हाल ही में बदला है,'' एबल ने झूठ कहा। दरअसल उसने उसी समय तय किया था कि उस क्षण के बाद से उसके सारे होटल बैरन होटल के नाम से जाने जाएँगे। वह सोचने लगा कि यह बात पहले कभी दिमाग में क्यों नहीं आई।

''बिलकुल सटीक नाम,'' मेलानी ने मुस्कुराते हुए कहा।

एबल को पता था कि ज़ाफ़िया उन्हें कमरे के दूसरे कोने से ताक रही थी पर अब कुछ नहीं हो सकता था।

''तुम कहीं काम नहीं कर रहीं?'' एबल ने अपने मेन्यू के पीछे बैरन ग्रुप शब्द लिखते हुए पूछा।

''नहीं, इस शहर में लिबरल आर्ट की डिग्री रखने वाली किसी युवती को तब तक नौकरी के लिए प्रतीक्षा करनी होती है, जब तक शहर के सभी युवकों को रोज़गार न मिल जाए।''

''अगर कभी बैरन ग्रुप के साथ काम करना चाहो तो बस बता देना,'' एबल ने हौले से अपने होटल का नाम लेते हुए कहा।

''नहीं, नहीं,'' मेलानी बोली। ''मैं ठीक हूँ।'' वह झट से विषय बदल कर संगीत और थियेटर की बात करने लगी। एबल के लिए उससे बात करना एक सुखद बदलाव और नयापन लेकर आया; वह अब भी उसे चिढ़ाने से बाज़ नहीं आई पर वह अपनी समझदारी के बल पर, उसकी सोहबत का पहले से कहीं बेहतर आनंद ले पा रहा था। उन्होंने ग्यारह बजे के बाद ही कॉफ़ी ऑर्डर की, तब तक ज़ाफ़िया घर जा चुकी थी। उसने मेलानी को उसके घर छोड़ा और जब मेलानी ने उसे ड्रिंक के लिए बुलाया तो उसे हैरानी हुई। वह सोफ़े पर बैठा, मेलानी ने उसके लिए व्हिस्की का जाम तैयार किया और फ़ोनोग्राफ़ पर एक रिकॉर्ड लगा दिया।

''मैं देर तक नहीं ठहर सकता। कल का दिन बहुत व्यस्त होने वाला है, एबल ने कहा।''

''यह तो मुझे कहना चाहिए,'' मेलानी बोली। ''मेहरबानी करके जल्दी मत मचाओ। आज का दिन वाकई बहुत अच्छा रहा—पुराने अच्छे दिनों की तरह।''

वह उसके पास बैठ गई। उसकी पोशाक घुटनों से भी ऊपर जा रही थी। एबल ने सोचा कि यह तो पुराने समय की तरह नहीं था। जब वह उसकी ओर बढ़ी तो एबल ने पीछे हटने की कोई कोशिश नहीं की। कुछ ही क्षण बाद, वह उसे चूम रहा था—या वह उसे चूम रही थी? एबल के हाथ मेलानी की टाँगों से होते हुए छातियों तक पहुँच गए और इस बार मेलानी की ओर से कोई प्रतिरोध नहीं हुआ। वही उसे हाथ थाम कर अपने सोने के कमरे में ले गई, बिस्तर पर बिछा कंबल पटका और फिर मुड़ कर एबल से कहा कि वह उसकी पोशाक की ज़िप खोल दे। एबल ने घबराहट और अविश्वास के बीच बत्ती बंद कर दी। मेलानी के पास निश्चित रूप से अनुभव की कमी नहीं थी, उसने एबल को यह जताने में

कमी नहीं रखी कि उसे कितना आनंद आ रहा था। उनके शारीरिक संबंध बनाने के बाद, एबल कुछ देर यूँ ही लेटा रहा और मेलानी को नींद आ गई।

सुबह उन्होंने दूसरी बार शारीरिक संबंध बनाए।

''मैं बैरन ग्रुप को और दिलचस्पी से लेना चाहूँगी,'' मेलानी ने पोशाक पहनते हुए कहा। ''इसमें किसी को संदेह नहीं कि यह एक बड़ी क़ामयाबी हासिल करने वाला है।''

''शुक्रिया,'' एबल बोला।

''शायद फिर से मुलाक़ात हो।''

''क्यों नहीं ?'' एबल ने कहा।

उसने एबल को उसी तरह चूमा जैसे पत्नियाँ पति को काम पर भेजते समय चूमती हैं।

मेलानी उसे उसका ओवरकोट पहनाते हुए बोली, ''मैं सोच रही थी कि तुम्हारी शादी किस तरह की युवती से होगी।''

एबल ने उसे देख कर मीठी-सी मुस्कान दी। ''जब मैं यह निर्णय लूँगा, मेलानी तुम निश्चिंत हो सकती हो कि तुम्हारी सलाह पर पूरा अमल होगा।''

''तुम कहना क्या चाहते हो ?'' मेलानी ने संकोच से पूछा।

''मैं अपने लिए एक अच्छी पोलिश लड़की खोजूँगा।''

~

एक महीने बाद, होली ट्रिनटी पोलिश मिशन में एबल और ज़ाफ़िया की शादी हो गई। ज़ाफ़िया का बहनोई यानेक आगे आया और इधर से जॉर्ज बेस्ट मैन बना। स्टीवन्स में ही रिसेप्शन दी गई और देर रात तक नाच-गाना और शराब का दौर चला। जॉर्ज ने अपनी ओर से कमरे के हर कोने पर मौजूद मेहमानों के हर तरह से फ़ोटो खींचे। रिवाज के हिसाब से हर पुरुष ने टोकन मनी देकर ज़ाफ़िया के साथ नृत्य किया और आधी रात तक शराब, ब्रांडी और वोदका के दौर चले। खाने में पाइरोगी, बार्सेज़ और बाइगोस जैसे पोलिश व्यंजन भी शामिल थे। उसके बाद ही ज़ाफ़िया और एबल को अपनी सुहागरात वाले कमरे में जाने का अवसर मिला।

एबल को यह जान कर सुखद आश्चर्य हुआ, जब कर्टिस फ़ेंटन ने रिसेप्शन की अगली सुबह कहा कि स्टीवन्स में पार्टी का सारा ख़र्च मि. मैक्सटन उठाएँगे और एबल को उसे शादी का उपहार समझ कर रखना होगा। एबल ने दावत के लिए रखे हुए पैसों से रिग स्ट्रीट पर अपने छोटे से घर का डाउन पेमेंट दे दिया।

जीवन में पहली बार एबल के पास अपना घर होने वाला था।

भाग चार

1932–1941

32

विलियम ने तय किया कि वह अपने भविष्य के बारे में कोई भी पक्का निर्णय लेने से पहले इंग्लैंड में एक माह का अवकाश मनाएगा। उसने केन एंड कैबट से इस्तीफ़ा देने के बारे में भी सोचा पर मैथ्यू ने उसे मना लिया कि इससे कुछ नहीं होगा और वैसे भी उसके पिता कभी उसे ऐसा नहीं करने देते।

मैथ्यू ने शायद अपने दोस्त की हार को विलियम से भी ज़्यादा दिल पर ले लिया था। आने वाले सप्ताह में वह दो बार, बैंक में हैंगओवर के साथ दिखा और किसी ज़रूरी काम को अधूरा छोड़ कर जल्दी वापिस चला गया। विलियम ने उससे कुछ नहीं कहा और अगले शुक्रवार को उसने मैथ्यू और केट को डिनर पर बुलाया। मैथ्यू ने मना कर दिया और कहा कि उसे बकाया काम पूरा करना है। अगर विलियम उसे, उसी शाम रिट्ज-कार्लटन में किसी आकर्षक महिला के साथ डिनर करते न देखता तो शायद उसे इतना बुरा न लगता। विलियम जानता था कि वह महिला केन एंड कैबट के ही किसी विभागीय मैनेजर की पत्नी थी। केट ने कुछ नहीं कहा। वह बस इतना ही बोली कि मैथ्यू ठीक नहीं लग रहा था।

विलियम को लगा कि जब वह नहीं होगा तो मैथ्यू उन दोनों का काम सँभाल लेगा। तभी उसने तय कि वह इंग्लैंड में पूरा महीना केट के बिना नहीं रह सकता था, उसने केट से भी दौरे पर चलने को कहा।

"किसी अजनबी के साथ पूरा एक महीना?" उसने होंठों पर लजा कर हाथ रखते हुए कहा। "आपकी दादी और नानी क्या कहतीं?"

"यही कि तुम कुछ ज़्यादा ही शौक़ीन मिज़ाज औरत हो।"

~

विलियम और केट मॉरिटानिया पर सवार हुए, वे अलग-अलग केबिनों में सो रहे थे। जब उन्होंने सैवोय में अलग-अलग तल पर अलग-अलग कमरे ले लिए तो विलियम ने लोंबार्ड स्ट्रीट पर स्थित केन एंड कैबट की लंदन शाखा से संपर्क किया और बैंक की यूरोपियन गतिविधियों का ब्यौरा लेते हुए अपने दौरे के औपचारिक लक्ष्य को पूरा किया। उसका मनोबल बना हुआ था और उसने पाया कि टोनी सिमन्स को लंदन शाखा में सराहा और पसंद किया जाता था इसलिए विलियम के पास कहने या करने के लिए कुछ ज़्यादा नहीं था, उसने दबी ज़बान से अपनी सहमति दे दी।

उसने और केट ने लंदन में आलीशान महीना बिताया, वे रातों को ऑपेरा, द ओल्ड विक और अल्बर्ट हॉल जाते और दिन में उसने केट को टॉवर ऑफ़ लंदन, फोंटम्स और रॉयल एकेडमी दिखाई, उन्होंने वहीं से विलियम सिकर्ट की एक पेंटिंग भी खरीदी।

केट ने बकिंघम पैलेस के बाहर खड़े गार्ड के साथ तस्वीर खिंचवाई। विलियम ने इस बार उनका ध्यान अपनी ओर खींचने की कोशिश नहीं की, वे अब भी पलक नहीं झपकाते थे। उसे अचानक अपनी माँ की याद आ गई। विलियम और केट हाथों में हाथ

लिए व्हाइटहॉल में घूमे और डाउनिंग स्ट्रीट नंबर दस के बाहर एक साथ खड़े हो कर तस्वीर खिंचवाई।

"अब हमने वह सब कर लिया है जिसकी उम्मीद एक स्वाभिमानी अमेरिकी से की जाती है," विलियम ने कहा।

"बस ऑक्सफ़ोर्ड जाना रह गया है," केट बोली। "मेरे पिता रोहड्स स्कॉलर थे और मुझे उनके पुराने कॉलेज को देखना बहुत अच्छा लगेगा।"

अगली सुबह, विलियम ने बुलनोस मॉरिस किराए पर ली और वे देहाती इलाकों की ओर जाने वाली चौड़ी सड़कों पर निकल पड़े जो यूनिवर्सिटी सिटी की ओर जाती थीं। विलियम ने रेडक्लिफ़ के बाहर कार पार्क की और उनकी बाकी सुबह कॉलेजों के आस-पास घूमते हुए बीती—मैग्डालेन, सुपर्ब बाइ द रिवर, क्राइस्ट चर्च, बैलियोल (जहाँ केट के पिता ने दो साल बिताए) और मर्टोन, वे दोनों वहीं घास पर बैठे सपने देखते रहे।

"आप घास पर नहीं बैठ सकते, सर," एक कॉलेज पोर्टर ने कहा।

वे हँसे और हाथ थाम कर अंडरग्रेजुएट बच्चों की तरह आइसिस से परे चले गए, उन्होंने उस जगह आठ मैथ्यू देखे जो अपनी नाव को तेज़ी से दूसरी ओर ले जाने में जुटे थे।

देर दोपहर के लंच के बाद वे दोबारा लंदन के लिए रवाना हुए, हैनले-ऑन-थेम्स में नदी के नज़ारे देखते हुए बैल-इन में, शाम की चाय पी। कड़क इंग्लिश चाय और नाश्ते के बाद केट ने कहा कि उन्हें जल्दी चलना चाहिए ताकि वे रात से पहले सैवोय वापिस जा सकें। पर जब विलियम ने कार को चालू करना चाहा तो इंजन चालू ही नहीं हुआ। उसने हार मान ली, अंधेरा होने को था, उसने तय किया कि उन्हें हैनले में रात बितानी होगी। वह बैल इन के फ्रंट डेस्क पर आया और दो कमरों के लिए आग्रह किया।

"सॉरी, सर। मेरे पास एक डबल रूम ही है," रिसेप्शन पर बैठे युवक ने कहा।

विलियम एक पल को हिचका और बोला, "ठीक है, वही दे दो।"

केट ने अपनी हैरानी को छिपाना चाहा और पर कुछ नहीं कहा; रिसेप्शनिस्ट ने उन्हें संदेह से देखा।

"मिस्टर एंड मिसेज़...?"

"मिस्टर एंड मिसेज़ विलियम केन," विलियम ने दृढ़ शब्दों में कहा। "हम जल्द ही वापिस आते हैं।"

"क्या मैं आपका सामान कमरे में रखवा दूँ?" कुली ने पूछा।

"हमारे पास सामान नहीं है," विलियम ने मुस्कुराते हुए कहा।

"अच्छा सर," उसने भवें उठाते हुए कहा।

विलियम केट को उसकी हैरानगी के बीच ही हैनले की हाई स्ट्रीट पर ले गया और वे एक मोड़ मुड़ने के बाद एक ग्रामीण चर्च के सामने थे।

"क्या मैं पूछ सकती हूँ, हम क्या कर रहे हैं, विलियम?"

"कुछ ऐसा जो हमें बहुत पहले कर लेना चाहिए था, डार्लिंग।"

विलियम को नार्मन वेस्ट्रे में एक चर्च मिला जिसका वार्डन भजनों की क़िताबें समेट रहा था।

"पादरी किधर मिलेंगे?" विलियम ने पूछा।

चर्च वार्डन सीधा खड़ा हुआ और विलियम को तरस खाते हुए देखा।

"वे पादरी निवास में होंगे।"

"पादरी निवास किधर है?"

"आप एक अमेरिकी सज्जन हैं, है ना सर?

"जी," विलियम ने कहा। उसने अपनी अधीरता छिपानी चाही।

"पादरी निवास तो चर्च के पास ही होगा। है ना?" वार्डन ने कहा।

"शायद वहीं होगा," विलियम बोला। "क्या आप चर्च में दस मिनट तक और ठहर सकते हैं?"

"मुझे यहाँ और क्यों रुकना चाहिए, सर?"

विलियम ने अपनी अंदर वाली जेब से 5 पाउंड का नोट निकाल कर लहराया। "आप चाहें तो मेरे लिए पंद्रह मिनट तक चर्च में ही रह सकते हैं, प्लीज़।"

चर्च वार्डन ने बैंक के नोट को ध्यान से देखने के बाद चंदे वाले डिब्बे में डाल दिया। वह बुदबुदाया, "ये अमेरिकी।"

विलियम झट से केट को चर्च से बाहर ले आया। जब वे बाहर आए तो पोर्च में लगे नोटिस बोर्ड पर लिखा था—'आदरणीय साइमन ट्यूक्सबरी, एमए, इस चर्च के पादरी' और इसके साथ एक अपील टँगी थी जिसमें लिखा था कि चर्च की छत दोबारा बनवाने के लिए 500 पाउंड की ज़रूरत है और कहा गया था कि एक-एक पाई से भी मदद हो सकती है। विलियम झट से पादरी निवास की ओर चल दिया। केट उसके पीछे आ रही थी। गुलाबी गालों और गदबदे शरीर वाली महिला ने खटखटाने पर दरवाज़ा खोला।

"मिसेज़ साइमन ट्यूक्सबरी?"

"जी," वह मुस्कुराई।

"क्या मैं आपके पति से मिल सकता हूँ?"

"वे अभी चाय पी रहे हैं। क्या आप थोड़ी देर बाद आ सकते हैं?"

"मुझे कुछ ज़रूरी काम है," विलियम ने अपनी बात पर ज़ोर दिया।

केट ने कुछ नहीं कहा।

"अच्छा तो आप अंदर आ जाओ।"

पादरी निवास सोलहवीं सदी का लग रहा था। एक छोटा-सा कमरा था जिसमें जलने वाली लकड़ियों के कारण गरमाहट थी। पादरी लंबे और दुबले आदमी थे जो खीरे वाला

पतला-सा सैंडविच खा रहे थे। वे उनका अभिवादन करने उठे।

"गुड आफ़्टरनून मिस्टर... ?"

"केन, सर। विलियम केन।"

"मि. केन, मैं आपके लिए क्या कर सकता हूँ?"

"केट और मैं, हम शादी करना चाहते हैं," विलियम ने कहा।

केट का मुँह खुला पर कोई शब्द बाहर नहीं आए।

"ओह, कितनी खुशी की बात है," मिसेज़ साइमन ट्यूक्सबरी ने कहा।

"जी, ज़रूर," पादरी ने कहा। "क्या आप इस चर्च के सदस्य हैं। मुझे तो याद नहीं आता..."

"नहीं सर। मैं एक अमेरिकी हूँ। मैं बौस्टन में सेंट पॉल में प्रार्थना के लिए जाता हूँ।"

"मैसाचुसेट्स, लिंकनशायर तो नहीं?" आदरणीय साइमन ट्यूक्सबरी बोले।

"जी सही कहा," विलियम को पहली बार अहसास हुआ कि इंग्लैंड में भी एक बौस्टन था।

"खूब," पादरी ने हाथ उठा कर ऐसे कहा मानो आशीर्वाद दे रहे हों। "और आप ये शादी कब करना चाहेंगे?"

"आज ही सर।"

"आज?" पादरी ने कहा।

"आज?" केट ने दोहराया।

"मैं विवाह से जुड़े रीति-रिवाजों को तो जानता हूँ पर ये नहीं पता कि यू.एस. में कौन से रिवाज़ मनाए जाते हैं। हालाँकि मुझे पता चला है कि आपके यहाँ बहुत विचित्र तरीके से यह सब सम्पन्न होता है, मैंने किसी से सुना है। हालाँकि मैं आपको बता सकता हूँ कि अब तक वे रिवाज हैनले-ऑन थेम्स तक नहीं आए। इंग्लैंड में आपको चर्च के सामने शादी करने से पहले कम-से-कम पूरे एक कैलेंडर माह पहले बताना होता है और तीन अलग-अलग मौकों पर विवाह की सूचना दी जाती है, जब कोई विशेष या बहुत ही अलग परिस्थितियाँ न हों। हालात चाहे जो भी हों, बिशप से तो पूछना ही पड़ेगा और इस काम को करने में कम से कम तीन दिन का समय लगेगा।"

केट पहली बार बोली, "अभी आपको चर्च की नई छत तैयार करवाने के लिए कितने पैसे कम पड़ रहे हैं?"

"ओह, वह छत। यह भी लंबी कहानी है पर इस समय विस्तार में नहीं जाने वाला—ग्यारहवीं सदी के आरंभ में...।"

"आपको कितने पैसे चाहिए?" विलियम ने केट के हाथ पर अपनी पकड़ कसते हुए पूछा।

''हमें 500 पाउंड जमा करने हैं। काफ़ी काम हो चुका है। केवल सात सप्ताह में ही 27 पाउंड, चार शिलिंग और चार पेंस जमा हो गए हैं।''

''नहीं, नहीं डियर,'' मिसेज़ साइमन ट्यूक्सबरी बोलीं। ''तुम भूल गए, मैंने पिछले सप्ताह 'लाओ और बेचो' सेल से एक पाउंड ग्यारह शिलिंग और दो पेंस कमाए थे।''

''ओह, मैं तो सच में भूल गया था डियर। बताओ, तुम्हारे ही योगदान को भुला दिया। वह सब मिला कर...।'' साइमन ट्यूक्सबरी ने अपना सिर आसमान की ओर उठाया और मन-ही-मन जोड़ने लगे।

विलियम ने अंदर वाली जेब से बटुआ निकाला और कुछ कहे बिना 500 पाउंड का चैक लिख कर आदरणीय रेवरेंड साइमन ट्यूक्सबरी के हाथ में थमा दिया।

''ओह...अरे, मि. केन! मैं देख सकता हूँ कि इन विशेष परिस्थितियों में...।'' पादरी का सुर बदल गया था। ''क्या आप दोनों में से पहले किसी की शादी हो चुकी है?''

''जी,'' केट बोली। ''मेरे पति चार साल पहले एक विमान दुर्घटना में मारे गए।''

''ओह, कितना दुखदायी,'' मिसेज़ साइमन ट्यूक्सबरी ने कहा। ''सॉरी, मुझे पता नहीं था।''

''चुप करो प्रिय,'' भगवान के बंदे ने बीवी को चुप करवाया। अब उसे पत्नी की भावनाओं से ज़्यादा चर्च की छत की चिंता सता रही थी। ''और आप, सर?''

''मेरा अभी विवाह नहीं हुआ,'' विलियम ने कहा।

''मुझे बिशप को कॉल करना होगा,'' पादरी साइमन ट्यूक्सबरी हाथ में चैक लिए अपनी स्टडी में ओझल हो गए।

मिसेज़ साइमन ट्यूक्सबरी ने विलियम और केट को बैठने को कहा और उन्हें खीरे वाले सैंडविच के साथ चाय परोसी। वह लगातार बोलती रही पर विलियम और केट ने एक शब्द नहीं सुना। वे तो लगातार एक-दूसरे को ताकते रहे।

तीन खीरा सैंडविच खाए जाने के बाद पादरी वापिस आ गए।

''मि.केन, आमतौर पर ऐसा नहीं होता पर बिशप ने इस शर्त पर अनुमति दे दी है कि आप कल सुबह सबसे पहले अमेरिकी दूतावास में जाकर अपने विवाह का समाचार देंगे और फिर बौस्टन-मैसाचुसेट्स में सेंट पॉल में अपने पादरी को इसके बारे में सूचना देंगे ताकि जब आप वापिस घर जाएँ तो आपको चर्च का आशीर्वाद मिल सके।''

उनके हाथ में अब भी 500 पाउंड का चैक दबा हुआ था।

''बस अब हमें दो गवाह चाहिए,'' वे आगे बोले। ''मेरी पत्नी एक गवाह बन सकती है और उम्मीद करते हैं कि चर्च का वार्डन अभी वहीं होगा, वह दूसरा गवाह बन सकता है।''

''वह अभी वहीं है,'' विलियम ने कहा।

''आप इतने यकीन से कैसे कह सकते हैं, मि. केन?''

"वह मुझे एक प्रति सेंट पड़ा।"

"एक प्रति सेंट?" पादरी महोदय चकरा गए।

"चर्च की छत का डाउन पेमेंट," केट ने समझाया।

पादरी ने विलियम, केट और अपनी पत्नी को घर से बाहर चलने को कहा और वे चर्च की ओर जाने वाले छोटे से रास्ते पर चल दिए। चर्च का वार्डन वहीं इंतज़ार करता मिला। "वाह, मि. स्प्रोगेट, अभी घर गए नहीं...मि. केन, मानना पड़ेगा आपको लोगों से काम निकलवाना आता है।"

साइमन ट्यूक्सबरी ने पादरियों वाला चोगा और बाकी सामान लिया और चर्च का वार्डन उन्हें अविश्वास से ताकने लगा।

विलियम केट की ओर मुड़ा और हौले से चूम कर बोला, "मुझे पता है कि इन हालात में यह प्रश्न बहुत ही मूखर्तापूर्ण होगा, डार्लिंग। पर क्या तुम मुझसे शादी करोगी?"

"हे भगवान!" आदरणीय पादरी महोदय अपने सत्तावन वर्ष के जीवन में कभी धर्म से विमुख नहीं हुए थे। वे चौंक कर बोले, "क्या मतलब, आपने अभी तक विवाह का प्रस्ताव भी नहीं रखा?"

~

बीस मिनट बाद, मि. और मिसेज़ केन, ऑक्सफ़ोर्डशायर के हैनले-ऑन-थेम्स के ग्रामीण चर्च से बाहर आए। आख़िरी क्षण में मिसेज़ साइमन ट्यूक्सबरी को ही अँगूठी का जुगाड़ लगाना पड़ा जो उन्होंने एक पर्दे के रिंग को उतार कर पूरा किया। वह पूरी तरह से फ़िट आ गई। आदरणीय पादरी महोदय को चर्च की नई छत का पैसा मिला, वार्डन को किस्सा सुनाने का मसाला मिला और मिसेज़ साइमन ट्यूक्सबरी ने अपने पति से बात करने के बाद तय किया कि वे मदर्स यूनियन को सूचित नहीं करेंगी कि उन्होंने नई छत के लिए पैसा कैसे जमा किया है।

चर्च के बाहर पादरी ने विलियम को एक कागज़ दिया। "दो शिलिंग और छह पेंस दे दें प्लीज़।"

"किसलिए?" विलियम ने पूछा।

"आपका शादी का सर्टिफ़िकेट, मि. केन।"

"सर, आपको बैंकिंग में होना चाहिए था," विलियम ने उन्हें पैसे देते हुए कहा।

विलियम और उसकी पत्नी खुशी-खुशी से अपने होटल की ओर चल दिए। उन्होंने पंद्रहवीं सदी के ओक से मढ़े डाइनिंग हॉल में रात का खाना खाया और जब घड़ी ने रात के नौ बजाए तो वे अपने कमरे में चले गए। जब वे चरमराती सीढ़ियों से होते हुए अपने कमरे में गए तो रिसेप्शनिस्ट ने पोर्टर को देख कर आँख दबाई। "अगर ये दोनों शादीशुदा हैं तो मान लें कि मैं इंग्लैंड का राजा हूँ।"

विलियम गुनगुनाने लगा, "गॉड सेव द किंग।"

~

अगली सुबह मि. और मिसेज़ केन ने स्वादिष्ट नाश्ता किया और तब तक स्थानीय गैराज में कार की मरम्मत हो चुकी थी। एक युवा वेटर उनके लिए कॉफ़ी बना रहा था।

"आप काली कॉफ़ी पसंद करेंगी या थोड़ा दूध मिलाना है?" विलियम ने मासूमियत से पूछा।

उनके बगल की मेज़ पर बैठा एक बुज़ुर्ग दम्पत्ति उन दोनों की तरफ़ देख कर हल्के से मुस्कुराया।

"जी, दूध के साथ," केट ने कहा और हौले से विलियम का हाथ छू लिया।

वह उसे देख कर मुस्कुराया। उसे पता था कि कमरे में मौजूद सभी लोग उन्हें ही ताक रहे थे।

जब वे लंदन वापिस आने लगे तो कार का हुड नीचे कर दिया ताकि थेम्स के पास बने हैनले और बेकंसफील्ड की वसंती हवा का आनंद ले सकें।

"डार्लिंग, तुमने देखा कि पोर्टर तुम्हें कैसे देख रहा था?" विलियम ने पूछा।

"हम्म। शायद हमें उसे अपनी शादी का सर्टिफ़िकेट दिखा देना चाहिए था।"

"नहीं, नहीं, अगर ऐसा करतीं तो तुम उनकी सारी कल्पना का सत्यानाश कर देतीं। जब वह घर जाएगा तो उसे अपनी पत्नी को यह बताना कभी पसंद नहीं आएगा कि हम दोनों सच में शादीशुदा थे।"

वे लोग लंच के समय तक सैवोय आ गए और डेस्क मैनेजर को सुन कर हैरानी हुई कि वे केट का कमरा रद्द करने को कह रहे थे। उसने बाद में अपने बारे में लोगों को कहते सुना, "मि. केन देखने में तो नेक लगते थे। उनके स्वर्गीय पिता कभी इस तरह पेश न आते।"

विलियम और केट एक्वीटानिया पर सवार होकर न्यूयॉर्क गए, पर पहले उन्होंने ग्रोसवेनोर गार्डन में स्थित अमेरिकी दूतावास में अपने नए वैवाहिक सम्बन्ध की जानकारी दे दी। सीनियर काउंसिल ने एक बड़ा-सा फ़ॉर्म भरवाया, एक पाउंड की फ़ीस ली और एक घंटे तक इंतज़ार करने को कहा। लगता है कि दूतावास को अपने लिए नई छत नहीं चाहिए थी। विलियम चाहता था कि वे बॉन्ड स्ट्रीट में कार्टियर पर जाएँ और वह केट के लिए सोने की अँगूठी खरीद सके पर वह सुनने को तैयार नहीं थी—वह किसी भी हाल में पीतल के बने पर्दे वाले रिंग को अपने से अलग नहीं करना चाहती थी।

33

अमेरिका अब भी मंदी की चपेट में था, एबल को बैरन ग्रुप के लिए चिंता होने लगी थी। पिछले दो सालों के दौरान दो हज़ार बैंक बंद हो चुके थे और हर सप्ताह बंद होते जा रहे थे। नौ मिलियन लोग बेरोज़गार हो चुके थे, जिसका मतलब था कि उसे होटल के लिए अनुभवी स्टाफ़ आसानी से मिल सकता था। इसके बावजूद बैरन ग्रुप को

1932 में 72,000 डॉलर का घाटा हुआ, जबकि एबल को लगा था कि वे इस साल में काफ़ी तरक्की कर लेंगे। वह सोचने लगा कि क्या उसे सहारा देने वाले की जेब और धैर्य टिके रहेंगे कि वह अपने आस-पास के इन हालात को सँभाल सके।

हाल ही में एबल राजनीति में भी दिलचस्पी लेने लगा था। एंटन सेरमक ने शिकागो का मेयर बनने का सफल अभियान पूरा किया, उसने एबल को डेमोक्रेटिक पार्टी का हिस्सा बनने को राज़ी किया, उन्होंने मिल कर पाबंदी के ख़िलाफ़ अभियान चलाया। एबल ने पूरा सहयोग दिया क्योंकि उस पाबंदी की वजह से होटल उद्योग को घाटा हो रहा था। सेरमक चेकोस्लोवाकिया का प्रवासी था और उनके बीच आत्मीयता हो गई थी। जब एबल को 1932 में, शिकागो में हुए डेमोक्रेटिक नेशनल कन्वेंशन का प्रतिनिधि चुना गया तो उसे बहुत खुशी हुई, वहीं सेरमक ने दर्शकों को अपने शब्दों से चौंका दिया, "यह सच है कि मैं 'मेफ्लॉवर' पर नहीं आया, पर जितनी जल्दी हो सके, ऐसा ही करूँगा।"

वहीं सेरमक ने एबल को फ्रेंकलिन डी. रुज़वेल्ट से मिलवाया, जिन्होंने उसे बहुत प्रभावित किया। बाद में उसी साल, एफडीआर ने आसानी से प्रेज़ीडेंट के चुनाव जीत लिए, पूरे देश में डेमोक्रेटिक प्रत्याशियों का सफ़ाया कर दिया। शिकागो सिटी हॉल में चुने गए लोगों में एक नाम हेनरी ऑस्बॉर्न का भी था।

~

1933 में, बैरन ग्रुप ने 23,000 डॉलर का घाटा पूरा किया और सेंट लुईस के बैरन से मुनाफ़ा भी आया। जब प्रेज़ीडेंट रूज़वेल्ट ने 12 मार्च को अपना जोशीला भाषण दिया और देशवासियों को अमेरिका पर भरोसा करने को कहा तो एबल का आत्मविश्वास दुगना हो गया और उसने उन दो होटलों को भी खोलने का निश्चय किया जिन्हें उसने 1929 में बंद किया था।

ज़ाफ़िया चार्ल्सटन और मोबाइल में उसकी लंबी गैरमौजूदगी के लिए बोलने लगी थी, एबल उन दिनों उन होटलों का नए सिरे से पुनरुद्धार करने में लगा था। वह कभी नहीं चाहती थी कि उसका पति स्टीफ़न के डिप्टी मैनेजर से अधिक बने। हर बीतते महीने के साथ उसे पता चलता गया कि वह अपने पति की महत्त्वाकांक्षा के साथ कदमताल नहीं कर पा रही थी और उसे डर था कि एबल को अब उसमें दिलचस्पी नहीं रही थी।

एबल को बच्चा न दे पाने के कारण भी बेचैन रहती थी, हालाँकि डॉक्टर का कहना था कि उसे गर्भवती होने से कोई नहीं रोक सकता था। डॉक्टर ने एबल की जाँच करवाने को कहा पर उसने एबल को नहीं बताया, वह समझ सकती थी कि यह सुन कर एबल की मर्दानगी को चोट लगती। अंत में, जब उसने सारी उम्मीद छोड़ दी और उनके बीच इस बारे में बात तक नहीं होती थी तब एक दिन उसे पता चला कि उसकी माहवारी नहीं हुई।

उसने एबल को बताने या डॉक्टर को दिखाने से पहले एक महीने तक इंतज़ार किया। एक महीने बाद पुष्टि हुई कि वह गर्भ से थी।

ज़ाफ़िया ने 1934 में नए साल पर बेटी को जन्म दिया। उसका नाम एबल की बहन के नाम पर फ़्लोरेंटीना रखा गया। एबल बच्ची को देखते ही मुग्ध हो गया और ज़ाफ़िया

जान गई कि अब वह एबल का पहला प्यार नहीं थी।

जॉर्ज और ज़ाफ़िया की एक बहन बच्चे के धर्म माता-पिता बने और एबल ने नामकरण की शाम पारंपरिक पोलिश डिनर रखा जिसमें दस कोर्स व्यंजन शामिल थे। बच्ची को असंख्य उपहार मिले। एबल के अज्ञात मददगार बैंकर ने एक सुंदर एंटीक अँगूठी भेजी। बदले में एबल ने उसे सालाना 63,000 डॉलर का उपहार दिया। बस मोबाइल बैरन ही घाटे में जा रहा था।

बच्ची के जन्म के बाद एबल का समय घर में ही बीतने लगा। उसने विंडी शहर में नया बैरन बनाना तय कर लिया। वह इस होटल को डेविस लीरॉय की याद में बनाना चाहता था। कंपनी के पास अब भी मिशीगन एवेन्यू में जगह थी, हालाँकि उसके पास ज़मीन खरीदने से संबंधित बहुत प्रस्ताव आते थे पर उसे अब भी उम्मीद थी कि किसी दिन उसके पास इतना पैसा होगा कि वह फिर से पुराने रिचमंड को बना सकेगा। परियोजना के लिए पूँजी चाहिए थी और एबल को खुशी थी कि उसने ग्रेट वेस्टर्न कैज़ुएलिटी से आए 750,000 डॉलर को हाथ नहीं लगाया था।

उसने मासिक बोर्ड मीटिंग में कर्टिस फ़ेंटन के आगे अपनी मंशा रखी और यह भी कहा कि अगर डेविड मैक्सटन स्टीवन्स के लिए कोई प्रतिद्वंद्वी नहीं चाहते, तो वह सारा काम वहीं बंद करवा देगा। कुछ ही दिन बाद, कर्टिस ने आश्वासन दिया कि एबल को मदद देने वाले को शिकागो बैरन से कोई परेशानी नहीं थी।

एबल को नया होटल बनाने में पंद्रह महीने लगे। उसे एल्डरमैन हेनरी ऑस्बॉर्न की मदद मिली जिसने सिटी हॉल से अपने संपर्कों के बल पर जल्द ही सारे परमिट दिलवा दिए। मेयर एडवर्ड जे. कैली ने मई 1936 में, शिकागो बैरन का शुभारंभ किया, जिन्हें एंटन सेरमक की हत्या के बाद इलिनोयस में डेमोक्रेटिक पार्टी का नेता चुना गया। होटल में डेविस की याद में, 17वाँ तल नहीं था—एबल ने हर नए बैरन में इस परंपरा को निभाया।

शिकागो बैरन को प्रेस ने उसके डिज़ाइन और निर्माण की गति के लिए सराहा। एबल नए होटल पर मिलियन डॉलर से अधिक लगा चुका था और लगता था कि पाई-पाई का सही तरह से उपयोग किया गया था। सार्वजनिक कक्ष बड़े थे, छतें बहुत ही भव्य और ऊँची थीं और हल्के हरे रंग की सजावट बहुत ही सुखद और सुंदर थी। कालीन मोटे और विलासिता से भरपूर थे। गाढ़े हरे रंग का 'बी' गुप्त रूप से होटल की लगभग हर चीज़ पर अंकित था जिसें 42वीं मंज़िल पर लहराते झंडे से लेकर सबसे जूनियर बैलब्वॉय के कोट का कॉलर तक शामिल था। औपचारिक शुभारंभ वाले दिन इलिनोयस के सीनेटर, मौजूद मेहमानों को संबोधित करने के लिए उपस्थित थे। मि. मैक्सटन ने मेहमानों के बीच जगह ली, वे इस बात से चकराए हुए थे कि वे सबसे ऊँची मेज़ पर क्यों थे।

"यह होटल पहले ही सफलता की पहचान बन चुका है क्योंकि मेरे दोस्तो, यह इमारत नहीं बल्कि इसे बनाने वाला इंसान हमेशा, 'द शिकागो बैरन' के नाम से जाना जाएगा।" एबल खुशी से फूला न समाया और हज़ारों मेहमानों ने तालियों से अपनी स्वीकृति दी।

जब एबल धन्यवाद देने के लिए अपने स्थान से उठा तो वह मेयर, सीनेटर और

दर्जनों कांग्रेसियों के बीच बोला। उसने अपना भाषण एक लोकप्रिय कथन से प्रारम्भ किया—"अभी आप लोगों ने कुछ नहीं देखा।"

जॉर्ज से कहा गया था कि वह खड़े होकर एबल के भाषण का स्वागत करे पर उसे ऐसा नहीं करना पड़ा, जब एबल बैठा तो सारे मेहमान अपने-आप ही खड़े हो गए। वह मुस्कुराया। वह उन बड़े उद्योगपतियों और नेताओं के बीच सुशोभित हो रहा था जो उसे अपने बराबर मान रहे थे। इस भव्य उत्सव के दौरान ज़ाफ़िया बेमन से इधर-उधर घूम रही थी, वह एबल के नए दोस्तों के बीच असहज थी। उसने न तो कभी अपने पति की सफलता के स्तर को समझा और न ही उसकी परवाह की। वह दुनिया में सबसे बेहतरीन कपड़े खरीद और पहन सकती थी पर इसके बावजूद वह फ़ैशन की दुनिया से परे, बेतुकी पोशाकें पहनती। उसे यह भी पता था कि एबल को इन बातों से कितनी खीझ होती थी। वह एक ओर खड़ी थी और एबल एल्डरमैन हेनरी ऑस्बॉर्न से बात कर रहा था।

"यह तुम्हारे जीवन का बहुत बड़ा दिन होगा," ऑस्बॉर्न ने एबल की पीठ पर धौल जमा कर कहा।

"बड़ा दिन? मैं अभी तीस साल का हूँ," एबल बोला।

जब उसने हेनरी के कंधे पर हाथ रखा तो कैमरे ने उनकी तस्वीर उतार ली। एबल, दमका और उसे अहसास हुआ कि सार्वजनिक हस्ती बनने में कितना सुख था। "मैं बैरन होटलों को दुनिया भर में ले जाना चाहता हूँ।" उसने इतने ज़ोर से कहा कि उनकी बातें चोरी से सुन रहे रिपोर्टर के कान तक भी पहुँच जाएँ। "मैं अमेरिका के लिए वही बनना चाहता हूँ जो सीज़र रिट्ज़ यूरोप के लिए थे। जब भी कोई अमेरिकावासी यात्रा पर हो तो उसे लगना चाहिए कि बैरन ही उसका दूसरा घर है।"

34

विलियम के लिए अपने नए चेयरमैन के अधीन केन एंड कैबट में काम करना थोड़ा मुश्किल होने लगा। एफडीआर की नई डील के सारे वादे कानूनी हद में आ रहे थे और विलियम और टोनी सिमन्स के बीच इन बातों पर सहमति मुश्किल हो रही थी कि यह निवेश के लिए अच्छा था या बुरा। पर जब केट ने इंग्लैंड से आते ही अपने गर्भवती होने की पुष्टि की तो एक मोर्चे पर विस्तार करना अनिवार्य हो गया, इस ख़बर को सुन कर उसके पति और माता-पिता की ख़ुशी का ठिकाना न रहा। विलियम ने काम के घंटों को इस तरह ढालने की कोशिश की ताकि एक शादीशुदा मर्द के रूप में अपने फ़र्ज़ निभा सके पर उसे महसूस हुआ कि गर्मियों की सारी शामें तो ऑफ़िस में ही बीत रही थीं। केट फूलों वाला अपना खुला सा गाउन पहने, शांत और प्रसन्न मन से, रैड हाउस में बन रही नर्सरी का मुआयना करती और विलियम को जीवन में पहली बार अहसास हुआ कि अब उसे सबसे आख़िर में ऑफ़िस से निकलने वाले इंसान के तौर पर जीना पसंद नहीं आ रहा था।

~

केट और उसका शिशु विलियम के लिए खुशियों का पैगाम लाए थे, उसे क्रिसमस के आस-पास दुनिया में आना था और वहीं दूसरी ओर मैथ्यू काम के नाम पर बहुत असहज रहने लगा था।

वह ऐसे अनजान लोगों के साथ शराब पीने लगा जिन्हें विलियम जानता तक नहीं था। वह अक्सर बिना कोई सफ़ाई दिए काम पर देर से आता। कई महीने बीत गए, विलियम ने पाया कि अब वह अपने दोस्त के फ़ैसलों पर भरोसा नहीं कर सकता था। पहले उसने कुछ नहीं कहा और उसे यही लगा कि सब सँभल जाएगा पर जल्द ही पाया कि हालात तो बद-से-बदतर होते जा रहे थे।

एक दिन मैथ्यू काम पर दो घंटे देर से आया, ज़ाहिर है, वह हैंगओवर की चपेट में था। फिर उसने एक गलती की और ग्राहक के महत्त्वपूर्ण निवेश को बेच दिया। जिस निवेश से ग्राहक को मुनाफ़ा होना था, वह थोड़ा घाटे में आ गया। विलिमय जानता था कि आमने-सामने बैठ कर बात करने का समय आ गया है, भले ही उसे ऐसा करना कितना भी नापसंद क्यों न हो।

जब विलियम ने रस्मी बातचीत कर ली तो मैथ्यू ने अपनी गलती मानते हुए माफ़ी माँगी। विलियम ने शुक्र मनाया कि उसे कठोर शब्दों का प्रयोग नहीं करना पड़ा। वह मैथ्यू को अपने साथ लंच पर ले जाने के लिए कहने ही वाला था कि उसकी सैक्रेटरी भागते हुए ऑफ़िस में आई।

"सर, आपकी पत्नी। उन्हें अस्पताल ले जाया गया है।"

"क्यों? क्या हो गया?" विलियम ने पूछा।

"शायद उनका बेबी होने वाला है," सैक्रेटरी बोली।

"पर अभी उसके आने में तो छह सप्ताह का समय बाकी है," विलियम बोला।

"पता है सर, पर डॉ. मैकेंज़ी परेशान लग रहे थे और चाहते हैं कि आप जल्दी-से-जल्दी अस्पताल आ जाएँ।"

कुछ देर पहले तक जो मैथ्यू बिखरा हुआ लग रहा था, उसने ही कमान सँभाली और विलियम को कार में बिठा कर अस्पताल ले गया। जब मैथ्यू ने अस्पताल के पार्किंग लॉट में कार लगाई तो विलियम की माँ और अजन्मी बेटी की मौत की यादें दिमाग को मथने लगीं।

विलियम को रिचर्ड केन मैटरनिटी विंग का पता बताने की ज़रूरत नहीं थी। केट ने कुछ महीने पहले ही औपचारिक रूप से उसे आरंभ किया था। उसे डिलीवरी कक्ष के बाहर खड़ी नर्स दिखी, उसने बताया कि डॉ. मैकेंज़ी अंदर उसकी पत्नी के पास ही है और केट का काफ़ी खून बह चुका है। विलियम गलियारे में तेज़ी से चक्कर लगाने लगा, कई साल पहले भी उसने ठीक ऐसा ही किया था। किसी बैंक का चेयरमैन होना कितना गैरज़रूरी लग रहा था, केट को खोने का डर दिमाग को सुन्न कर रहा था। उसने उसे आख़िरी बार, 'आई लव यू' कब कहा था।

मैथ्यू विलियम के साथ बैठा, उसके साथ चक्कर काटे, उसके साथ खड़ा रहा पर

कुछ नहीं बोला। कहने को कुछ नहीं था। कभी-कभार कोई नर्स डिलीवरी कक्ष की ओर आती-जाती दिखाई देती। सैकेंड मिनटों में और मिनट घंटों में बदल गए। आख़िर में डॉक्टर कमरे से बाहर आए, उनके नाक और मुँह पर सर्जिकल मास्क था और माथे पर पसीने की बूँदें चमक रही थीं। विलियम उनका सफ़ेद मास्क हटने तक उनके चेहरे के भाव नहीं देख सका, उनके चेहरे पर बड़ी-सी मुस्कान दिखी।

''बधाई हो विलियम। बेटा हुआ है। केट बिलकुल ठीक है।''

''शुक्र है,'' विलियम ने कहा और मैथ्यू के गले लग गया।

''वैसे तो मैं भी परमात्मा की शक्ति पर पूरा विश्वास रखता हूँ पर ऐसा लगता है कि इस बच्चे की पैदाइश में मेरा भी थोड़ा-बहुत योगदान है,'' डॉक्टर बोले।

विलियम हँस दिया। ''क्या मैं केट से मिल सकता हूँ।''

''नहीं, अभी नहीं। अभी मैंने नींद की दवा दी है और वह सो रही है। उसका काफ़ी खून बहा है पर एक रात के आराम के बाद ठीक हो जाएगी। थोड़ी कमजोर है, शायद, लेकिन तुम सुबह उससे मिल सकोगे। हालाँकि तुम्हें अपने बेटे से मिलने से कोई नहीं रोक सकता। उसके आकार को देख कर हैरान मत होना, याद रखना कि वह समय से पहले पैदा हुआ है।''

डॉ. मैकेंज़ी, विलियम और मैथ्यू को गलियारे से एक कमरे में ले गए जिसमें शीशे के बाहर से झाँकने पर छह नन्हे गुलाबी सिर दिखाई दिए।

''वह रहा,'' डॉक्टर ने कोने के पालने में लेटे नवजात की ओर संकेत किया।

विलियम झुर्रियों से भरे नन्हे चेहरे को देखता रहा। बैंक का अगला चेयरमैन आ गया था।

''वैसे इस नन्हे शैतान के लिए एक बात तो कहनी होगी, जब तुम इसके जितने थे तो इसके जैसे सुंदर नहीं थे,'' डॉक्टर ने हँस कर कहा।

विलियम भी सुकून से हँसा।

''तुम इसका क्या नाम रखने वाले हो?''

''रिचर्ड हिग्गिन्सन केन।''

डॉक्टर ने प्यार से कंधा थपथपाया। ''उम्मीद करता हूँ कि मैं इतना जी सकूँ कि रिचर्ड का पहला बच्चा मेरे हाथों जन्मे।''

उसी दोपहर, विलियम ने सेंट पॉल में तार कर दिया और सितंबर 1945 के लिए बच्चे का नाम रजिस्टर करवा दिया। रिचर्ड के कैरियर के लिए पहला कदम उठाने के बाद, नए बने पिता और मैथ्यू ने शराब पी कर जश्न मनाया, देर तक सोते रहे और अगले दिन केट से मिलने के लिए देर से पहुँचे। विलियम मैथ्यू को, नन्हे रिचर्ड की एक झलक देखने के लिए दोबारा ले गया।

''बदसूरत बच्चू। अपनी मम्मी जितना सुंदर तो नहीं है,'' मैथ्यू ने कहा।

"मैं भी यही सोच रहा था," विलियम बोला।

"हम्म, तेरे पर गया है।"

विलियम केट के फूलों से भरे कमरे में वापस आया।

"क्या अपने बेटे से मिले?" केट ने पति से पूछा। "बिलकुल तुम्हारी तरह है।"

"इसके बाद अगर किसी ने ऐसा कहा तो मुझसे पिटेगा," विलियम मुस्कुराकर बोला। "मैंने इतना बदसूरत बच्चा पहले कभी नहीं देखा।"

"अरे नहीं," केट ने मुँह बनाया। "वह तो बहुत सुंदर है।"

"ऐसा चेहरा जिसे उसकी मम्मी ही प्यार कर सकती है," विलियम ने केट को गले से लगा लिया।

वह उससे चिपक कर बोली, "शादी के आठ महीने बाद ही दुनिया में आने वाले अपने पोते के लिए दादी केन क्या कहतीं?"

" 'हालाँकि मैं कुछ बुरा नहीं कहना चाहती,' विलियम ने दादी केन की नकल उतारते हुए कहा। 'पर जो बच्चा, शादी के बाद पंद्रह महीने से पहले जन्मा हो उसके बारे में थोड़ा शक़ तो होता ही है। हालाँकि नौ महीने से कम को तो समाज में स्वीकारा ही नहीं जा सकता और इन्हें विदेश भेज देना चाहिए...' वैसे, मैं तुम्हें कुछ बताना तो भूल ही गया। वे तुम्हें इतनी जल्दी अस्पताल ले आए।"

"क्या?"

"मैं तुमसे बहुत प्यार करता हूँ।"

केट और रिचर्ड को तीन सप्ताह तक वहीं रहना पड़ा और वह क्रिसमस के आस-पास ही घर आ सकी। विलियम परिवार का पहला केन पुरुष बना जिसने बच्चे की नैप्पी बदली और उसे प्रैम में घुमाया। उसने मैथ्यू से कहा कि अब समय आ गया है कि वह भी कोई अच्छी-सी लड़की देख कर शादी कर ले।

मैथ्यू ने अपने बचाव में हँसते हुए कहा, "तू वाकई अधेड़ हो रहा है। इसके बाद तेरे सिर पर सफ़ेद बाल दिखेंगे।"

चेयरमैनशिप की जंग के दौरान कुछेक सफ़ेद बाल तो दिखने भी लगे थे पर मैथ्यू ने बताया नहीं।

~

विलियम सही तरह से नहीं बता सकता था कि उसके और टोनी के बीच के संबंध बदतर कब होने लगे। सिमन्स अपनी नीतियों की सलाहों पर अमल करता और जब भी विलियम बोर्ड में कोई प्रस्ताव रखता तो वह नकारात्मक उत्तर देता। हालात ऐसे बुरे हो गए कि विलियम बोर्ड से त्यागपत्र देने के बारे में सोचने लगा।

मैथ्यू पुरानी आदतों पर वापिस आ गया था और वह कोई मदद नहीं कर रहा था।

कुछ सप्ताह तक वह सुधरा हुआ दिखा और उसके बाद तो पहले से भी ज़्यादा पीने लगा और हर सुबह बैंक में देर से आता। विलियम को समझ नहीं आ रहा था कि हालात को कैसे सँभालना है और उसे लगातार दोस्त की पैरवी करनी पड़ती। हर दिन वह मैथ्यू की मेल चैक करता और उसके फ़ोन कॉल्स का कोई उत्तर न आता।

1934 की गर्मियों तक, प्रेज़ीडेंट रूज़वेल्ट की नई डील लागू हो चुकी थी, निवेशकों का भरोसा वापिस आने लगा था और वे पलंगों के नीचे छिपा पैसा निकाल कर बैंकों में जमा करने लगे थे। कई लोग तो सच में सूटकेस भर कर पैसे ला रहे थे। विलियम को लगा कि नए सिरे से स्टॉक मार्किट में पैर जमाने का समय आ गया है और उसने अपने पोर्टफ़ोलियो का विस्तार करना भी आरंभ कर दिया था, पर सिमन्स की सलाह यही थी कि बैंक को इन वित्तीय मामलों में उसकी सलाह और नेतृत्व में ही चलना चाहिए। विलियम दनदनाते हुए, बिना पूछे सिमन्स के ऑफ़िस में गया और उससे पूछा कि क्या वह विलियम का इस्तीफ़ा चाहता है।

''नहीं, बिलकुल नहीं विलियम। जैसा कि तुम जानते हो, मैं हमेशा बैंक को पारंपरिक तरीके से चलाने के हक़ में रहा हूँ। मैं नहीं चाहता कि हम फिर से अपने निवेशकों के पैसे को बाज़ार में उतार कर जोखिम में डाल दें।''

''पर हमारा सारा काम दूसरे बैंक खींच रहे हैं और हम एक ओर बैठे देख रहे हैं। कुछ साल पहले, हमने जिन बैंकों के बारे में सोचा तक नहीं था, आने वाले समय में वे हमें अपने अधीन कर लेंगे।''

''किसलिए अधीन कर लेंगे, विलियम? प्रतिष्ठा? तत्काल लाभ चाहे ले लें पर हमसे हमारे बैंक की प्रतिष्ठा नहीं छीन सकते।''

''पर हमें मुनाफ़ा भी तो कमाना है,'' विलियम ने कहा। ''बैंक का कर्तव्य बनता है कि अपने निवेशकों को अच्छा मुनाफ़ा दे, बस प्रतिष्ठा से तो बात नहीं बनेगी।''

''मैं आधी सदी से भी ज़्यादा समय में, तुम्हारे दादा और पिता के हाथों बनाई गई इस प्रतिष्ठा को खोने के बजाय बैंक को स्थिर रखना ज़्यादा पसंद करूँगा।''

''हम्म। पर उन दोनों ने हमेशा बैंक की गतिविधियों के विस्तार के लिए नए विचारों का खुले दिल से स्वागत किया।''

''अच्छे दौर में,'' सिमन्स ने कहा।

''और बुरे दौर में भी।''

''विलियम इतने परेशान क्यों हो? तुम अब भी अपना विभाग पूरी तरह से अकेले सँभाल रहे हो?''

''बकवास है यह। तुम किसी भी प्रस्ताव को पहले ही नकार देते हो।''

''आओ, विलियम एक-दूसरे के लिए ईमानदारी से पेश आते हैं। मुझे थोड़ा सावधान इसलिए भी होना पड़ा क्योंकि अब मुझे लगता है कि मैथ्यू की परख भरोसे के लायक नहीं रही।''

''मैथ्यू को इससे परे रखो। तुम मुझे आगे नहीं आने देते। मैं विभाग का प्रमुख हूँ।''

''मैं मैथ्यू को इससे बाहर नहीं रख सकता। काश, मैं ऐसा कर सकता। किसी की भी कार्रवाई के लिए, बोर्ड के आगे मैं ही उत्तरदायी हूँ। और वह हमारे सबसे महत्त्वपूर्ण विभाग में दूसरे नंबर पर है।''

''इसलिए, वह मेरी ज़िम्मेदारी है क्योंकि मैं उस विभाग में पहले नंबर पर हूँ।''

''नहीं, विलियम। मैथ्यू सुबह ग्यारह बजे नशे में धुत्त होकर बैंक में आता है, यह तुम्हारी अकेले की ज़िम्मेदारी नहीं हो सकती—भले ही तुम्हारी दोस्ती कितनी आत्मीय और पुरानी क्यों न रही हो।''

''बात को बढ़ा-चढ़ा कर मत कहो।''

''विलियम, मैं बात को बढ़ाकर नहीं कह रहा। पिछले एक साल से बैंक मैथ्यू को अपने साथ लिए हुए है और उसके व उसके परिवार के साथ तुम्हारे आत्मीय संबंध के कारण ही मैं तुम्हारे आगे इसके बारे में बात नहीं कर पा रहा था। अगर वह इस्तीफ़ा देता है तो मुझे अफ़सोस नहीं होगा। कोई बड़ा आदमी बहुत पहले ऐसा कर चुका होता और नज़दीकी दोस्त ने उसे ऐसा करने को कहा होता।''

''कभी नहीं,'' विलियम बोला। ''अगर वह जाएगा तो मैं भी बैंक में नहीं रहूँगा।''

''तो ऐसा ही हो, विलियम। मेरी पहली ज़िम्मेदारी हमारे निवेशकों के लिए है, तुम्हारे पुराने स्कूली दोस्त के लिए नहीं है।''

''टोनी, तुम एक दिन इसके लिए पछताओगे,'' विलियम ने कहा और चेयरमैन के ऑफ़िस से उफनते हुए बाहर आया। वह कमरे में बैठ कर भी गुस्से में उबलता रहा।

''मि. लेस्टर कहाँ हैं?'' उसने अपनी सैक्रेटरी से पूछा।

''वे तो अभी नहीं आए, सर।''

विलियम ने झल्लाकर घड़ी देखी। ''उनसे कहना कि आते ही मेरे कमरे में मिलने आएँ।''

''जी, सर।''

विलियम मन-ही-मन हालात को कोसते हुए कमरे में चक्कर काट रहा था। सिमन्स ने मैथ्यू के लिए जो भी कहा, वह सब सच था और इससे यह मामला और भी बदतर हो गया था। वह उन दिनों के बारे में सोचने लगा जब मैथ्यू ने इतना पीना चालू किया था, वह सोच रहा था कि इस बात की क्या सफ़ाई हो सकती थी। उसकी सेक्रेटी ने उसकी सोच को विराम दिया।

''सर, मि. लेस्टर आ गए हैं।''

मैथ्यू खीसें निपोरते हुए कमरे में आया, वह फिर से हैंगओवर में था। पिछले एक साल में बुढ़ापा दिखने लगा था और चमड़ी की चमक और लोच गायब थे। विलियम उस आदमी को अचानक पहचान नहीं सका जो पिछले बीस सालों से उसका दोस्त था।

"मैथ्यू, तुम किधर भाड़ झोंक रहे थे?"

"मैं देर तक सोता रहा," मैथ्यू चेहरा खुजाते हुए बोला। "रात बहुत देर तक जाग रहा था।"

"मतलब तुम हद से ज़्यादा पी गए थे?"

"नहीं, शराब तो ज़्यादा नहीं पी। नई गर्लफ्रेंड ने सारी रात जगाए रखा। उसका मन नहीं भर रहा था।"

"मैथ्यू, यह सब कब बंद करोगे। बौस्टन की लगभग हर युवती के साथ सो चुके हो।"

"विलियम, अति मत करो। शायद अभी कुछ तो बच ही गई होंगी। और जो हज़ारों शादीशुदा बची हैं, उन्हें मत भूलो।"

"मैथ्यू, यह कोई मज़ाक नहीं है।"

"अच्छा छोड़ो भी विलियम। चैन से जीने दो।"

"चैन से जीने दूँ? टोनी ने अभी तुम्हारी शिकायत की है और उसकी शिकायत जायज़ है। तुम काम पर ध्यान नहीं दे रहे। किसी भी स्कर्ट पहनने वाली के साथ सोते हो और मरने की हद तक शराब पी रहे हो। क्यों, मैथ्यू? मुझे बताओ, क्यों? कुछ तो कारण होगा। एक साल पहले तक, तुम मेरे जीवन के सबसे भरोसेमंद, समझदार लोगों में से थे। ये सब क्या है, मैथ्यू? मैं सिमन्स को क्या जवाब दूँ?"

"उसे कहो कि भाड़ में जाए और अपने काम से काम रखे।"

विलियम के लिए गुस्सा छिपाना मुश्किल हो गया। "मैथ्यू, यही उसका काम है। हम लोग बैंक चलाते हैं, यह कोई चकला नहीं है। तुम्हें मेरे कहने से बैंक का डायरेक्टर बनाया गया था।"

"और अब मैं तुम्हारे हाई स्टैंडर्ड पर ख़रा नहीं उतर रहा, यही कहना चाहते हो, ना?"

"नहीं, मैं यह नहीं कह रहा।"

"तो फिर क्या कहना चाहते हो?"

"खुद को सँभालो, काम पर ध्यान दो। कुछ दिन में सबको सब कुछ भूल जाएगा।"

"क्या तुम यही चाहते हो?"

"हाँ।"

"जो कहोगे, वही होगा, मास्टर," मैथ्यू ने कहा और सलाम ठोंक कर कमरे से बाहर हो गया।

"हद हो गई," विलियम अपनी कुर्सी पर बैठ गया।

उस दोपहर विलियम को मैथ्यू के साथ एक ग्राहक के पोर्टफ़ोलियो पर बात करनी

थी पर उसका कोई पता नहीं था। वह लंच के बाद काम पर नहीं लौटा और पूरा दिन किसी को नहीं दिखा।

उस दिन शाम को नन्हे रिचर्ड को सुलाने की खुशी भी विलियम का ध्यान मैथ्यू की ओर से हटा नहीं सकी। विलियम उसे गिनती सिखा रहा था पर उसका मन मैथ्यू की ओर था।

"रिचर्ड, अगर तुम गिनती नहीं सीख सके तो बैंकर कैसे बनोगे?" विलियम ने कहा, केट उसी समय नर्सरी में आई।

"शायद यह उससे भी कुछ बेहतर बन कर दिखाए," केट ने कहा।

"बैंकिंग से बेहतर क्या हो सकता है?"

"हो सकता है कि संगीतज्ञ बने, बेसबॉल का खिलाड़ी बन जाए या फिर यू.एस. का प्रेज़ीडेंट भी बन सकता है।"

"बेशक़, फिर तो मैं चाहूँगा कि बेसबॉल खिलाड़ी ही बने—ये लोग अच्छा वेतन देते हैं," विलियम ने रिचर्ड को ढँकते हुए कहा।

"डार्लिंग, तुम थके हुए दिख रहे हो। याद है न, आज शाम डॉक्टर मैकेंज़ी के साथ ड्रिंक्स पर जाना है।"

"ओह, दिमाग से निकल ही गया था। हमें कितने बजे तक जाना है?"

"लगभग एक घंटे तक।"

"चलो, मैं ज़रा गर्म पानी से नहा लेता हूँ।"

"अरे मुझे तो लगा था कि औरतों को ऐसा करना पसंद होता है," केट बोली।

"आज रात, मुझे अपने लिए यही करना होगा। थकान से भरा दिन था आज।"

"टोनी सिमन्स फिर से परेशान कर रहा है?"

"हाँ, पर इस बार वह सही कह रहा है। वह मैथ्यू के पीने के बारे में शिकायत कर रहा था। शुक्र है कि उसने उसके व्यभिचारी रवैए की बात नहीं की। आजकल मैथ्यू को किसी भी जगह लेकर जाना सुरक्षित नहीं रहा। ज़रूरी हो जाता है कि मेहमान पहले अपनी बेटी या फिर बीवी और शराब की बोतलों को ताले में डाल दे।"

विलियम आधे घंटे तक गर्म पानी के टब में रहा और केट को उसे खींच कर निकालना पड़ा ताकि वह उसमें ही न सो जाए। केट के बार-बार कहने के बावजूद, वे डॉक्टर के घर पच्चीस मिनट की देरी से पहुँचे। मैथ्यू पहले से वहीं था और एक कांग्रेसमैन की बीवी पर डोरे डाल रहा था। विलियम दख़ल देना चाहता था पर केट ने उसे ऐसा नहीं करने दिया।

"कुछ मत कहना," वह बोली।

"मैं इस जगह खड़े होकर अपने दोस्त को बरबाद होते नहीं देख सकता," विलियम बोला। "मुझे कुछ तो करना ही होगा।"

फिर आख़िर में उसने केट की सलाह मान ली और उस उदासी से भरी शाम में मैथ्यू को शराब के नशे में धुत्त होते देखता रहा। कमरे के एक कोने से टोनी सिमन्स विलियम को ताक रहा था। जब मैथ्यू जल्दी वापिस चला गया तो उसने चैन की साँस ली। वह पार्टी में अकेली आई एक युवती को साथ ले गया था। उसके जाने के बाद पूरे दिन में अब विलियम का मन शांत हुआ।

"नन्हा रिचर्ड कैसा है?" डॉक्टर ने पूछा।

"अभी गिनती नहीं कर सकता," विलियम बोला।

"यह तो अच्छी ख़बर है। हो सकता है कि कुछ और बढ़िया कर दिखाए।"

"मैंने भी आज यही कहा," केट बोली। "विलियम, कितनी अच्छी बात है। वह डॉक्टर भी बन सकता है।"

"वह ऐसा कर सकेगा। मैं ऐसे बहुत से डॉक्टरों को नहीं जानता जो गिन नहीं सकते," डॉ. मैकेंज़ी ने कहा।

"और जब वे बिल भेजते हैं, तब?" विलियम बोला।

डॉक्टर हँस दिए। "केट, क्या एक और ड्रिंक लोगी?"

"नहीं, थैंक्स एंड्रयू। घर जाने का समय हो गया। अगर देर तक रहे तो टोनी और विलियम ही रह जाएँगे और हमें इनकी बैंकिंग की बातें सुननी पड़ेंगी।"

"पार्टी के लिए थैंक्स डॉक्टर। वैसे मैथ्यू के बर्ताव के लिए माफ़ी चाहूँगा," विलियम ने कहा।

"क्यों?" डॉक्टर ने पूछा।

"अरे छोड़ो भी, एंड्रयू। वह न केवल नशे में था बल्कि कमरे में मौजूद हर युवती पर लाइन मारने की कोशिश में था।"

"अगर मेरा उसके जैसा हाल होता तो शायद मैं भी यही करता," डॉक्टर मैकेंज़ी बोले।

"आप ऐसा क्यों कह रहे हैं?" विलियम बोला। "वह शादीशुदा नहीं है तो क्या उसे ऐसा बर्ताव करने की छूट दी जा सकती है?"

"नहीं, मैं ऐसा नहीं कह रहा। पर ज़रा सोचो, अगर ऐसी परेशानी मेरे साथ होती तो मैं भी शायद थोड़ा गैरज़िम्मेदार हो सकता था।"

"आप कहना क्या चाहते हैं?" विलियम ने पूछा।

"ओह, हे भगवान," डॉक्टर बोले। "तुम उसके सबसे क़रीबी दोस्त हो और तुम्हें ही नहीं बताया?"

"हमें क्या नहीं बताया?" केट और विलियम एक साथ बोले।

डॉक्टर ने उन्हें अविश्वास भरी नज़रों से देखा।

''बेहतर होगा कि तुम दोनों मेरे स्टडी में चलो, अभी।''

विलियम और केट उनके साथ छोटे से कमरे में गए जो मेडिकल की क़िताबों से अटा हुआ था और बीच-बीच में डॉक्टर के छात्र जीवन के कॉर्नेल के फ़ोटो और पुराने सर्टिफ़िकेट दिखाई दे रहे थे।

''प्लीज़ बैठो। विलियम, मैं जो कहना चाहता हूँ, उसे बताने का कोई अफ़सोस नहीं है क्योंकि मुझे लगा था कि शायद तुम जानते थे कि मैथ्यू हॉगकिंस रोग से ग्रस्त है। वह बुरी तरह से बीमार है। लगभग एक साल पहले ही पता चला था।''

विलियम अपनी कुर्सी पर लुढ़क गया, एक क्षण के लिए कुछ बोल नहीं सका। ''हॉगकिंस रोग?''

''जानलेवा रोग है और इसमें लिंफनोड्स बड़े हो जाते हैं,'' डॉक्टर ने औपचारिक तौर पर बताया।

विलियम ने अविश्वास से सिर हिलाया, ''पर उसने मुझे क्यों नहीं बताया?''

''शायद लगता है कि वह किसी को अपनी परेशानियों का हिस्सा नहीं बनाना चाहता। वह किसी को अपने कष्ट के बारे में बताने के बजाय अपनी तरह से मरना पसंद करेगा। पिछले छह महीने से उससे कह रहा हूँ कि वह अपने पिता को बता दे। आज मैंने उसके बारे में तुम्हें बता कर अपने पेशेवर वादे को तोड़ा है पर मैं नहीं चाहता था कि तुम सच जाने बिना ही उसे दोषी समझते रहो।''

''शुक्रिया एंड्रयू,'' विलियम ने कहा। ''मैं इतना अंधा और मूर्ख कैसे हो सकता हूँ?''

''खुद को दोष मत दो। तुम अपने-आप कैसे जान सकते थे?'' डॉ. मैकेंज़ी ने कहा।

''क्या सच में बचने की कोई उम्मीद नहीं है?'' केट ने पूछा।

''नहीं। यह भी नहीं बता सकते कि कितना समय बचा है।''

''क्या कोई क्लीनिक या विशेषज्ञ नहीं हैं? पैसा पानी की तरह बहा देंगे।''

''पैसे से सब कुछ नहीं खरीद सकते, विलियम। मैंने अमेरिका के तीन बड़े सर्जन से राय ली और एक स्विट्ज़रलैंड से भी थे। उनका भी यही कहना है कि कुछ नहीं हो सकता। मेडिकल विज्ञान को अभी तक हॉगकिंस रोग का कोई इलाज नहीं मिला।''

''वह कब तक जी सकता है?'' केट ने हौले से पूछा।

''छह महीने या फिर तीन महीने, यकीन से नहीं कह सकते।''

''और मुझे लगा था कि मैं ही परेशानियों से घिरा था,'' विलियम ने यह कहते हुए केट का हाथ ज़ोर से पकड़ लिया। ''हमें जाना होगा डॉक्टर। हमें बताने के लिए धन्यवाद।''

''उसके लिए जो कर सकते हो, करो। पर भगवान के लिए उसे समझो। ये मैथ्यू के जीवन के आख़िरी महीने हैं, तुम्हारे नहीं। और उसे पता मत चलने देना कि मैंने तुम्हें बताया है।''

विलियम और केट गहरी ख़ामोशी के बीच घर पहुँचे। जब वे रेड हाउस आए तो विलियम ने उस युवती को फ़ोन किया जिसके साथ मैथ्यू पार्टी से निकला था।

''क्या मैथ्यू लेस्टर से बात हो सकती है?''

''वह इधर नहीं है,'' किसी ने खीझ कर कहा। ''वह मुझे रेव्यू क्लब में ले गया और दो ड्रिंक पीने के बाद किसी दूसरी औरत के साथ निकल गया,'' उसने फ़ोन रख दिया।

विलियम ने फ़ोन बुक में रेव्यू क्लब के बारे में देखा। फिर वह शहर के उत्तर की ओर चल दिया, एक टैक्सीवाले से पूछने के बाद क्लब का पता चला। उसने दरवाज़ा खटखटाया। किसी ने कुंडी खोली।

''क्या आप मेम्बर हैं?''

''नहीं,'' विलियम ने कड़े शब्दों में कहा। फिर उसने दस डॉलर अंदर खिसका दिए।

कुंडी खुली और उसे अंदर जाने दिया गया। विलियम डांस फ़्लोर के बीच गया, वह थ्री पीस बैंकर सूट में उस जगह के लिए बेमेल लग रहा था। नाचने वाले उससे थोड़ा परे होकर नाचने लगे। विलियम की आँखें धुएँ से भरे कमरे में मैथ्यू को खोज रही थीं पर वह उस जगह नहीं था। आखिर में उसने एक लड़की को पहचान लिया जो कुछ समय पहले ही मैथ्यू की दोस्त थी। वह एक कोने में एक नाविक के साथ थी। विलियम उसके पास गया।

''माफ़ कीजिए, मिस।''

उसने ऊपर देखा, पर उसने विलियम को नहीं पहचाना।

''यह मेरे साथ है। हटो यहाँ से,'' वह आदमी बोला।

''क्या आपने मैथ्यू लेस्टर को देखा?''

''मैथ्यू कौन?'' लड़की ने पूछा।

''मैंने कहा ना कि दफ़ा हो जा,'' नाविक ने खड़े होते हुए कहा।

''एक भी शब्द और कहा तो तू डेक पर वापिस होगा,'' विलियम ने कहा।

नाविक ने ऐसा गुस्सा अपने जीवन में एक बार ही देखा था और तब उसकी एक आँख जाते-जाते बची थी। वह आराम से बैठ गया।

''मैथ्यू कहाँ है?''

''हनी, मैं मैथ्यू को नहीं जानती।'' अब वह डर गई थी।

''छह फ़ीट दो इंच, ब्लॉन्ड बाल, मेरी तरह कपड़े पहनता है और नशे में धुत्त।''

''ओह, मार्टिन। वह इस जगह खुद को मार्टिन कहता है, मैथ्यू नहीं,'' वह लड़की शांत हो गई। ''अभी देखती हूँ कि आज किसके साथ गया है।'' उसने अपना सिर बार की ओर मोड़ा और चिल्ला कर बारटेंडर से पूछा, ''टैरी, आज मार्टिन किसके साथ गया?''

बारटेंडर ने मुँह के कोने से सिगरेट का बुझा हुआ ठूँठ निकाला और बोला, ''जेनी,'' फिर वह ठूँठ दोबारा मुँह में डाल दिया।

''जेनी। हाँ, सही कहा। वह किसी भी मर्द को आधे घंटे से ज़्यादा नहीं देती। वे लोग वापिस आने वाले होंगे,'' उस लड़की ने कहा।

''धन्यवाद,'' विलियम ने कहा।

उसने बार में एक सीट ली और बहुत सारे पानी के साथ स्कॉच ले ली। हर मिनट के साथ वह उस जगह से दूर और दूर होता जा रहा था। आखिर में बारटेंडर ने जो अब भी मुँह में बिना जली सिगरेट दबाए था, दरवाज़े से अंदर आने वाली लड़की की ओर संकेत किया।

''ये रही जेनी। अगर अब भी चाहिए तो,'' उसने कहा। मैथ्यू कहीं नहीं दिखा।

बारटेंडर ने हाथ के इशारे से जेनी को बुलाया। दुबली, ठिगनी, सांवले रंग की जेनी ने विलियम को देख कर आँख दबाई और कूल्हे मटकाते हुए उसी ओर आ गई।

''मुझे खोज रहे थे, डार्लिंग। मैं आ गई पर आधे घंटे के दस डॉलर लगेंगे।''

''नहीं, तुम्हारी ज़रूरत नहीं है,'' विलियम ने कहा।

''ओह, दिलकश,'' जेनी बोली।

''मैं उस आदमी को खोज रहा था जो तुम्हारे साथ था। मैथ्यू—मतलब मार्टिन।''

''मार्टिन, आज तो इतना धुत्त था कि उसके लिए क्रेन की ज़रूरत पड़े, पर उसने बिना कुछ किए दस डॉलर दिए—वह हमेशा ऐसा करता है। वाकई जेंटलमैन है।''

''अब वह कहाँ है?'' विलियम ने अधीरता से पूछा।

''पता नहीं। उसने कहा कि वह पैदल घर जा रहा था।''

विलियम बारिश से भीगी सड़कों पर सावधानी से गाड़ी चला रहा था, वह मैथ्यू के घर के रास्ते पर था। सड़क से जाने वाले हर इंसान को गौर से देख रहा था। कुछ लोग उसे ताकते देख, जल्दी से निकल जाते और कुछ उससे बात करने की कोशिश करते। वह एक लाल बत्ती पर रुका तो एक रेस्तराँ की भाप से भरी खिड़कियों के अंदर से मैथ्यू दिखाई दिया, वह हाथ में प्याला लिए मेज़ों से परे जा रहा था। विलियम ने कार पार्क की और रेस्तराँ में जाकर उसके सामने बैठ गया। मैथ्यू अनछुई कॉफ़ी के पास मेज़ पर ढेर हो चुका था।

''मैथ्यू, मैं हूँ,'' विलियम ने अपने मुरझाए हुए दोस्त को देखा। उसके गालों पर आँसू बह निकले।

मैथ्यू ने उसे देखा और थोड़ी कॉफ़ी छलक गई। ''यार, तू रो रहा है। क्या तेरी साथी खो गई है?''

''नहीं, मेरा करीबी खो गया।''

''अरे, उसका तो वापिस आना मुश्किल है।''

''मुझे पता है,'' विलियम बोला।

मैथ्यू ने शब्दों को चबाते हुए कहा, ''मेरा एक दोस्त है। बस एक बार लड़ाई हुई

थी, उसके अलावा उसने हमेशा मेरा साथ दिया है। हालाँकि तब भी गलती मेरी थी। पता है, मैंने उसे भी नीचा दिखाया।''

''नहीं, तुमने ऐसा कुछ नहीं किया,'' विलियम बोला।

''तुम्हें कैसे पता। तुम तो इस लायक भी नहीं कि उसे जान सको,'' मैथ्यू गुस्से से बोला।

''चलो घर चलें, मैथ्यू।''

''मेरा नाम मार्टिन है,'' मैथ्यू बोला।

''सॉरी मार्टिन, चलो घर चलें।''

''नहीं, मुझे यहीं रहना है। एक लड़की है, जो शायद वापिस आ सकती है। मैं सोचता हूँ कि अब मैं उसके लिए तैयार हूँ।''

''मेरे घर बढ़िया ओल्ड माल्ट व्हिस्की है,'' विलियम ने कहा। ''तुम मेरे साथ क्यों नहीं चलते?''

''वहाँ औरतें भी हैं क्या?''

''बहुत, चलो तो सही।''

''तुम चलो, मैं आता हूँ।''

विलियम ने मैथ्यू को सहारा दिया और दरवाज़े की ओर ले गया। जब विलियम एक काउंटर के पास से निकला तो उसने दो पुलिसवालों को बोलते सुना, ''हद है इन समलैंगिकों की भी!''

उसने मैथ्यू को कार में बिठाया और बेकन हिल ले गया। केट उनका इंतज़ार कर रही थी।

''डार्लिंग, तुम तो सो जातीं।''

''सो नहीं सकी,'' वह बोली।

''मुझे डर है कि यह होश में नहीं है।''

''यह वही लड़की है, जिसके लिए तूने कहा था,'' मैथ्यू ने पूछा।

''हाँ, यह तेरा ध्यान रखेगी,'' विलियम ने कहा। वह और केट मिल कर उसे गेस्ट रूम में ले गए और पलंग पर लिटा दिया। केट उसके कपड़े उतारने लगी।

''डार्लिंग, तुम भी कपड़े उतारो। मैंने दस डॉलर तो दे दिए हैं,'' मैथ्यू ने कहा।

''पहले तुम पलंग पर आ जाओ,'' केट ने हौले से कहा।

''सुंदरी इतनी उदास क्यों लग रही हो?'' मैथ्यू ने पूछा।

''क्योंकि मैं तुमसे प्यार करती हूँ,'' केट ने कहा और वह रोने लगी।

''रोना बंद करो। रोने की क्या बात है। मैं इस बार सँभाल लूँगा। तुम देखना,'' मैथ्यू ने कहा।

जब उन्होंने उसके कपड़े बदले तो विलियम ने उसे चादर और कंबल ओढ़ा दिया। केट ने लाइट बंद कर दी।

"तुमने कहा था कि मेरे साथ बिस्तर में आओगी," मैथ्यू ने उनींदेपन से कहा।

केट ने चुपके से दरवाज़ा बंद कर दिया।

विलियम उस कमरे के बाहर ही कुर्सी पर सो गया। उसे डर था कि मैथ्यू होश में आने पर जाने की कोशिश न करे। केट ने उसे सुबह उठाया, वह मैथ्यू के लिए नाश्ता ले जाने लगी थी।

"केट, मैं इस जगह क्या कर रहा हूँ," केट ने उसके कमरे के पर्दे हटाए तो मैथ्यू सबसे पहले यही शब्द पलकें झपकाते हुए बोला।

"तुम कल डॉक्टर मैकेंज़ी की पार्टी से हमारे साथ ही घर आ गए थे," केट ने धीरे से कहा।

"नहीं, मैं तो रेव्यू क्लब गया था, वह लड़की साथ थी, शायद पैट्रीशिया नाम था, पर जेनी भी वहीं थी, उसे दस डॉलर कमाने के लिए कुछ नहीं करना पड़ा। हे भगवान, सिर घूम रहा है। क्या टमाटर का जूस मिल सकता है? मैं असामाजिक नहीं दिखना चाहता पर अभी नाश्ता नहीं कर सकूँगा।"

"बेशक मैथ्यू," केट ने ट्रे हटाते हुए कहा।

विलियम अंदर आया। दोनों दोस्त एक-दूसरे को चुप्पी के बीच ताकते रहे।

"तुम जान गए हो, है ना," मैथ्यू ने पूछा।

"हाँ," विलियम बोला। "मैं मूर्ख था, उम्मीद करता हूँ कि तुम मुझे माफ़ कर दोगे।"

"विलियम, रोना बंद करो। मैंने तुम्हें बारह साल की उम्र में आखिरी बार रोते देखा था जब कोविंगटन तुम्हें पीट रहा था और मुझे उसे घसीट कर तुमसे दूर करना पड़ा था। याद है? पता नहीं वह आजकल क्या कर रहा होगा? शायद तिहुवाना में कोई चकला चला रहा होगा। वह इसके ही लायक था। पता है, अगर वह उस जगह को चला रहा है तो वह जगह कमाल ही होगी, मुझे वहीं ले चलो। विलियम रोना बंद करो। मर्द नहीं रोते। कुछ नहीं हो सकता। मैं न्यूयॉर्क से लेकर लॉस एंजेल्स और ज़्यूरिक तक सारे विशेषज्ञों तक जा चुका हूँ और वे कुछ नहीं कर सकते। अगर आज ऑफ़िस नहीं आ सका तो चलेगा? अब भी तबीयत खराब लग रही है। अगर देर तक सोता रहा तो केट उठा देगी और मेरी वजह से परेशानी है तो मैं घर चला जाऊँगा।"

"यही अब तेरा घर है," विलियम ने कहा।

मैथ्यू का सुर बदल गया। "विलियम, क्या मेरे पिता को बता दोगे? मैं उनका सामना नहीं कर सकता। तू इकलौता बेटा है, तू इस बात को समझ सकता है।"

"हाँ, कल न्यूयॉर्क जाकर सब बता दूँगा, अगर तूने इसी जगह रहने का वादा किया

तो। अगर शराब पीना चाहता है तो ऐसा करने से नहीं रोकूँगा। तुम्हें औरतों का साथ चाहिए, वह भी मिलेगा पर तुझे यहीं रहना होगा।''

''विलियम, पिछले कई सप्ताहों में इससे बेहतर प्रस्ताव नहीं मिला। अब थोड़ा और सो लेता हूँ। कई दिन से थकान हो रही है।''

विलियम ने मैथ्यू को गहरी नींद में सोते देखा और उसके हाथ से आधा खाली गिलास ले लिया। चादरों पर टमाटर के जूस का धब्बा दिखाई दे रहा था।

''मरना मत, प्लीज़ मैथ्यू, तुम मरना नहीं। क्या तुम भूल गए कि हम दोनों को मिल कर अमेरिका का सबसे बड़ा बैंक चलाना था?'' विलियम ने धीरे से कहा।

~

विलियम अगली सुबह चार्ल्स लेस्टर से मिलने न्यूयॉर्क गया। वे विलियम की बात सुन कर अपनी कुर्सी में जैसे सिकुड़ से गए।

''विलियम, आने का शुक्रिया और निजी रूप से बताने की मेहरबानी। जब मैथ्यू ने बिना किसी चेतावनी के मिलने आना छोड़ा तो मैं जान गया था कि ज़रूर कोई बात है। मैं हर सप्ताह के अंत में बौस्टन आऊँगा। मुझे खुशी है कि वह तुम्हारे और केट के साथ है और मैं भी इसी तरह पेश आने वाला हूँ मानो इस खबर को सहजता से लिया हो। भगवान जाने, ऐसे कौन से कर्म आगे आए हैं। जब से उसकी माँ नहीं रही, उसके लिए ही सब करता रहा और अब ये सब किसके लिए होगा।''

''सर, आप जब भी चाहें, बौस्टन आएँ—आपका हमेशा स्वागत रहेगा।''

''धन्यवाद विलियम, तुमने मेरे बेटे के लिए जो भी किया, उसके लिए आभार,'' वे उसे देख कर बोले। ''काश तुम्हारे पिता जीवित होते तो देखते कि उनका बेटा कितना होनहार निकला। काश, मैं अपने बेटे की जगह मर सकता और उसे जीवन मिल जाता...''

''सर, मुझे उसके पास जल्द वापिस जाना होगा।''

''हाँ, बेशक़ उसे कहना कि मैं उसे बहुत प्यार करता हूँ, कहना कि मैंने इस ख़बर को दिल पर पत्थर रख कर सह लिया। उसे कुछ और मत कहना।''

''जी, सर।''

विलियम रात को बौस्टन वापिस आया तो देखा कि मैथ्यू घर पर ही था और बरामदे में बैठा, अमेरिका का सबसे ताज़ा बेस्टसेलर, *गोन विद द विंड* पढ़ रहा था। उसने विलियम को देखा।

''मेरे पिता किस तरह पेश आए,'' उसने विलियम के अंदर आते ही पूछा।

''वे रोने लगे,'' विलियम बोला।

''लेस्टर बैंक के चेयरमैन रोने लगे?'' मैथ्यू बोला। ''अरे, कोई उनके अंशधारकों को न बता दे।''

मैथ्यू ने पीना छोड़ दिया और काम पर आ गया, वह अपने आख़िरी दिनों तक पूरी मेहनत से काम करता रहा। विलियम उसकी दृढ़ता से चकित था और उसे बार-बार अपने काम की गति घटाने को कहता रहा पर मैथ्यू सुनने को तैयार नहीं था और दिन के अंत में विलियम की मेल देखते हुए उसे चिढ़ाता। शाम को थियेटर या डिनर से पहले, वह केट के साथ टेनिस खेलता या विलियम के साथ चार्ल्स नदी में नाव चलाता।

"जब मैं तुझे हरा नहीं सकूँगा तो जान लूँगा कि मैं मर गया," वह मज़ाक में कहता।

मैथ्यू कभी अस्पताल नहीं गया। वह रेड हाउस में ही रहा। विलियम के लिए सप्ताह धीरे-धीरे गुज़र रहे थे या बहुत तेज़ी से, वह हर सुबह जल्दी उठ कर यही सोचता कि मैथ्यू को जीवित देख सकेगा या नहीं।

मैथ्यू एक वीरवार को दुनिया से विदा हुआ। उपन्यास *गोन विद द विंड* के चालीस पन्ने पढ़ने बाकी रह गए थे।

~

उसका अंतिम संस्कार, न्यूयॉर्क के सेंट पैट्रिक कैथेड्रल में हुआ। विलियम और केट चार्ल्स लेस्टर के साथ रहे। पिछले कुछ महीनों में वे और भी बुढ़ा गए थे और अपनी पत्नी और बेटे की क़ब्र के पास खड़े होकर उन्होंने विलियम को कहा कि अब उनके जीवन का कोई मक़सद नहीं रह गया। विलियम कुछ नहीं बोला, उसके शब्दों से दुख में डूबे पिता को दिलासा नहीं मिल सकता था।

विलियम और केट अगले दिन बौस्टन वापिस आ गए। रेड हाउस मैथ्यू के बिना खाली लग रहा था। पिछले कुछ महीने विलियम के जीवन के सबसे खुश और सबसे उदास महीने रहे। मैथ्यू की बीमारी उसे अपने दोस्त और पत्नी के और पास ले आई जो शायद उसके सामान्य जीवन में संभव न होता।

जब विलियम बैंक आया तो उसके लिए स्वयं को सामान्य दिनचर्या में ढालना कठिन हो गया। वह उठ कर मैथ्यू के ऑफ़िस की ओर चल देता ताकि उससे कोई सलाह ले सके या गप्प मार सके पर वह जगह खाली मिलती। विलियम को यह मानने में कई सप्ताह लगे कि अब वह कमरा खाली हो चुका था।

टोनी सिमन्स सब कुछ नहीं समझ पा रहा था पर इससे बात भी नहीं बन रही थी। विलियम की बैंकिंग में दिलचस्पी नहीं रही थी, उसे केन एण्ड कैबट में भी आनंद नहीं आ रहा था। दोस्त की मौत के गम से उबरने में कई महीने लगे। उसे लगा था कि दोनों दोस्त एक साथ बूढ़े होंगे। किसी ने भी विलियम के काम के बारे में कुछ नहीं कहा पर केट को चिंता होने लगी थी, विलियम का बहुत समय अकेले बीतता था।

फिर एक सुबह केट उठी तो उसने देखा कि विलियम पलंग के कोने पर बैठा उसे ही ताक रहा था। वह पलकें झपका कर बोली, "डार्लिंग, क्या हुआ?"

"नहीं, बस अपनी सबसे बड़ी सम्पत्ति को देख रहा था और खुद को याद दिला रहा था कि इसका कभी नाजायज़ फ़ायदा नहीं उठाना।"

35

अगली सुबह नाश्ते की मेज़ पर केट ने *ग्लोब* के पेज 17 पर एक छोटी-सी ख़बर दिखाई, उसमें शिकागो बैरन के खुलने की ख़बर थी।

विलियम आलेख पढ़ कर मुस्कुराया। केन एंड कैबट की मूर्खता थी कि उन्होंने रिचमंड ग्रुप को अपना समर्थन देने की उसकी सलाह पर अमल नहीं किया था। उसे प्रसन्नता थी कि रोसनोवस्की के बारे में उसका अपना अंदाज़ा सही निकला, हालाँकि बैंक के हाथ कुछ नहीं आया। जब उसने उसका अल्प नाम 'शिकागो बैरन' पढ़ा तो उसकी मुस्कान और फैल गई। फिर अचानक उसका मन कड़वा हो गया जब उसने आलेख के साथ दी गई तस्वीर को ध्यान से देखा, बेशक़ कोई भूल नहीं थी और उस जगह दिए गए शीर्षक से सारा बचा-खुचा संशय भी जाता रहा। 'एबल रोसनोवस्की, बैरन ग्रुप के चेयरमैन, फ़ैडरल रिज़र्व बोर्ड के सदस्य, एल्डरमैन हेनरी ऑस्बॉर्न से बात करते हुए।'

विलियम ने अख़बार को नाश्ते की मेज़ पर पटक दिया और कॉफ़ी अधूरी छोड़ दी। वह एक भी शब्द कहे बिना घर से निकल गया। ज्यों ही वह ऑफ़िस पहुँचा, उसने कोहेन कोहेन एंड यैबलोन्स में कोहेन को कॉल किया।

"मि. केन, कितने लंबे समय बाद," कोहेन के पहले शब्द थे। "आपके दोस्त मि. लेस्टर की मौत का सुनकर बहुत अफ़सोस हुआ। आपकी पत्नी और बेटा कैसे हैं – रिचर्ड नाम है न उसका?"

विलियम को कोहेन की यह अदा पसंद थी, उसे लोगों के नाम और संबंध याद रखना आता था।

"वे दोनों सही हैं। धन्यवाद मि. कोहेन और थाडियस कैसा है?"

"वह भी फ़र्म का साझेदार बना है और मुझे दादा बना दिया है। कहें, आपके लिए क्या कर सकता हूँ, मि. केन?" थॉमस कोहेन को यह भी याद था कि विलियम को फ़ालतू बातों में समय नष्ट करना पसंद नहीं था।

"मैं आपके माध्यम से एक भरोसेमंद निजी गुप्तचर की सेवाएँ लेना चाहता हूँ। मैं नहीं चाहता कि उस पूछताछ में कहीं भी मेरा नाम प्रकट हो पर मुझे हेनरी ऑस्बॉर्न के बारे में सारी जानकारी चाहिए, जो शायद इन दिनों शिकागो में एल्डरमैन है। मैं सब कुछ जानना चाहता हूँ कि वह बौस्टन छोड़ने के बाद से कहाँ रहा और क्या उसके बैरन ग्रुप के प्रेज़ीडेंट एबल रोसनोवस्की के साथ कोई निजी या व्यावसायिक संबंध हैं?"

उस ओर से ख़ामोशी के बाद वकील ने कहा, "मैं समझ गया।"

"क्या आप एक सप्ताह में रिपोर्ट दे सकते हो?"

"दो सप्ताह चाहिए, मि. केन," कोहेन ने कहा।

थॉमस कोहेन हमेशा की तरह भरोसेमंद था और पंद्रहवें दिन विलियम की मेज़ पर पूरी रिपोर्ट रखी थी। उसने पूरी रिपोर्ट को पढ़ते हुए, ज़रूरी बातों को रेखांकित किया। देख कर लगता था कि एबल रोसनोवस्की और हेनरी ऑस्बॉर्न के बीच कोई औपचारिक संबंध नहीं थे। लगता था कि रोसनोवस्की को हेनरी राजनीतिक लिहाज़ से काम का आदमी लगा होगा, बस इससे ज़्यादा कुछ नहीं था। ऑस्बॉर्न बौस्टन से जाने के बाद कई जगह काम करता रहा और फिर आख़िर में बीमा कंपनी में जाकर टिका। इसी तरह वह एबल रोसनोवस्की के संपर्क में आया होगा क्योंकि पुराने शिकागो रिचमंड का बीमा ग्रेट वेस्टर्न के पास था। जब होटल जला था तो पहले बीमा कंपनी ने पैसा देने से मना कर दिया था। किसी भूतपूर्व अधिकारी डेस्मंड पेसी को आगजनी का दोषी पाया गया और उसे दस साल की सज़ा सुनाई गई। पहले यह भी संदेह जताया गया था कि कहीं होटल को जलाने में एबल का हाथ तो नहीं था पर कुछ भी साबित नहीं हो सका और बीमा कंपनी ने मिलियन डॉलर में से तीन तिहाई पैसा दे दिया। रिपोर्ट के हिसाब से अब ऑस्बॉर्न एक एल्डरमैन था और सिटी हॉल में पूर्णकालिक नेता की तरह काम कर रहा था। यह सबको पता था कि वह इलिनोइस के लिए अगला कांग्रेसमैन बनना चाहता था। उसने कुछ समय पहले ही मिस मैरी एक्सटन से शादी की थी जो एक धनी ड्रग निर्माता की बेटी थी और अभी उनकी कोई संतान नहीं थी।

विलियम ने फिर से सारी रिपोर्ट देखी और उसे यकीन हो गया कि उससे कोई ज़रूरी बात नहीं छूटी थी। हालाँकि उन दोनों के आपसी मेलजोल में कोई और वजह नहीं दिखी पर फिर भी वह यह सोचे बिना नहीं रह सका कि एबल रोसनोवस्की और हेनरी के बीच दोस्ती थी और, दोनों ही उसे अलग-अलग वजह से पसंद नहीं करते थे और उनसे संभावित खतरा हो सकता था। उसने थॉमस कोहेन को चैक मेल करते हुए आग्रह किया कि उस फ़ाइल को हर तीन महीने बाद अपडेट किया जाए। पर कई महीने बाद भी उन रिपोर्ट्स में कुछ खास नहीं दिखा तो उसने चिंता करना बंद कर दिया और सोचा कि शायद वह *बौस्टन ग्लोब* में छपी तस्वीर के लिए कुछ ज़्यादा ही चिंता दिखा रहा था।

~

केट और विलियम के घर 1936 के वसंत में एक बेटी का जन्म हुआ; उन्होंने उसका नाम वर्जीनिया रखा। विलियम फिर से डाइपर बदलने लगा और उस लिटिल लेडी के लिए उसका झुकाव इतना ज़्यादा था कि केट को बच्ची को रात को उससे अलग करना पड़ता था ताकि वह पूरी नींद ले सके। रिचर्ड तीन साल का था और पहले तो उसने नए मेहमान की इतनी परवाह नहीं की पर समय के साथ हालात बदले और नई बिजली से चलने वाली गाड़ी लेकर जलन भी थोड़ी कम हो गई।

साल के आख़िर तक केन एण्ड कैबट में विलियम के विभाग से बैंक को अच्छा मुनाफ़ा हुआ। वह मैथ्यू की मौत के बाद से आने वाली जड़ता से उबर चुका था और स्टॉक बाज़ार में कुशल निवेशक के तौर पर जाना जाने लगा था। 'सैल दैम शॉर्ट' स्मिथ ने भी इस बात की पुष्टि की कि उसने बौस्टन के विलियम केन द्वारा दी गई तकनीक को ही

विकसित किया था। अब टोनी सिमन्स के निर्देश भी इतना खिझाते नहीं थे। विलियम को पता था कि वह टोनी सिमन्स के अगले पंद्रह साल तक रिटायर होने से पहले केन एण्ड कैबट का चेयरमैन नहीं बन सकता था पर उसे समझ भी नहीं आता था कि इस बारे में क्या किया जा सकता था।

36

चार्ल्स लेस्टर, मैथ्यू की मौत के बाद तीन सालों में बहुत बुढ़ा गए थे और फ़ाइनेंशियल गलियारों में अफ़वाहें सुनी जा रही थीं कि अब उन्हें अपने काम में कोई दिलचस्पी नहीं रह गई थी। वे बैंक भी नहीं आते थे इसलिए जब विलियम को *न्यूयॉर्क टाइम्स* से उनकी मौत की ख़बर मिली तो उसे बहुत हैरानी नहीं हुई।

मिस्टर और मिसेज़ केन चार्ल्स के अंतिम संस्कार के लिए न्यूयॉर्क गए। सभी लोग मौजूद थे, उनमें जॉन नैंसी गार्नर, यूनाइटेड स्टेट्स के वाइस प्रेज़ीडेंट भी शामिल थे। अंतिम संस्कार के बाद, विलियम और केट बौस्टन वापिस आए, उन्हें अहसास था कि वे लेस्टर परिवार के साथ अपना निकटतम संपर्क खो चुके थे।

तीन महीने बाद, विलियम को न्यूयॉर्क के जाने-माने वकील, सुलीवन एंड क्रॉमवैल की ओर से पत्र आया कि क्या वह वॉल स्ट्रीट पर बने लेस्टर कार्यालय में उनकी वसीयत सुनने के लिए आ सकेगा।

विलियम ने जाने का मन बना लिया, उसके मन में यह जानने की जिज्ञासा नहीं थी कि लेस्टर ने उसके लिए क्या छोड़ा, वह लेस्टर परिवार के लिए अपनी वफ़ादारी निभाने के नाम पर जाना चाहता था। उसे उम्मीद थी कि लेस्टर की ओर से कोई यादगार चीज़ मिलेगी जिसे वह अपनी रेड हाउस की स्टडी में 'हॉर्वर्ड ओर' के पास जगह दे देगा। वह लेस्टर परिवार के अन्य जानकारों से भी दोस्ती बढ़ाना चाहता था जो उसे उसके स्कूल और कॉलेज के अवकाश के दिनों से जानते थे।

वह अपनी एक रात पहले अपनी नई डेमलर में सवार होकर न्यूयॉर्क गया और हॉर्वर्ड क्लब में ठहरा। अगले दिन सुबह दस बजे वसीयत पढ़ी जानी थी और उसे सुलीवन एंड क्रॉमवैल के ऑफ़िस में जाकर हैरानी हुई कि उस जगह पचास से अधिक लोग पहले ही से उपस्थित थे। जब वह कमरे में गया तो कई लोग उसे ताकने लगे, और उसने मैथ्यू की कई महिला संबंधियों को अभिवादन किया, जो अब और बूढ़ी हो चुकी थीं, जब उन्हें पिछली बार देखा था। वह यही नतीजा निकाल सका कि वे लोग भी उसके बारे में यही सोच रही होंगी। उसने कमरे में मैथ्यू की बहन सूसन को देखना चाहा पर वह कहीं नहीं दिखी। उसने अनुमान लगाया कि उसकी शादी हो गई होगी और वह छोटे बच्चों की वजह से नहीं आ सकी होगी।

दस बजे के क़रीब मि. ऑर्थर क्रॉमवैल ने कमरे में प्रवेश किया। उनके सहायक के हाथ में भूरे रंग का चमड़े का फ़ोल्डर था। सभी एक प्रत्याशा के साथ शांत हो गए। वकील ले कहा कि मि. लेस्टर की मौत के तीन महीने बाद भी उनकी वसीयत को नहीं खोला गया

क्योंकि स्वयं मि. लेस्टर ने ही ऐसा करने का निर्देश दिया था। उनका कोई बेटा नहीं था जिसे वे अपनी सारी सम्पत्ति देकर जा सकते इसलिए वे चाहते थे कि उनकी मौत के बाद सब कुछ शांत होने के बाद ही उनकी मंशा सबके आगे रखी जाए।

विलियम ने कमरे में आस-पास सभी चेहरों पर नज़र दौड़ाई, वे वकील के एक-एक शब्द को जैसे पी रहे थे। मि. ऑर्थर क्रॉमवैल ने हाथ से लिखे गए वसीयतनामे को पढ़ने में एक घंटे का समय लिया। परिवार के सदस्यों को दी जाने वाली धनराशि, हॉर्वर्ड यूनिवर्सिटी को दिए गए चंदे के बाद उन्होंने बताया कि चार्ल्स लेस्टर ने अपने संबंधियों से संबंधों के आधार पर, उनके बीच अपनी सम्पत्ति बाँटी है। उनकी बेटी सूसन को एस्टेट का सबसे बड़ा हिस्सा मिला, जबकि उनके बचे हुए पाँच भतीजों और तीन भांजियों को बराबर मात्रा में हिस्सा दिया गया। उनका सारा पैसा और शेयर तब तक एक ट्रस्ट के पास रहने वाले थे, जब तक वे तीस वर्ष के नहीं हो जाते। इसके अलावा कई दूसरे संबंधियों, अंकल, आँटियों और दूर के संबंधियों को भी नक़द पैसे दिए गए।

विलियम को मि. ऑर्थर क्रॉमवैल की यह घोषणा सुनकर आश्चर्य हुआ, ''इस प्रकार स्वर्गीय चार्ल्स लेस्टर की सारी सम्पत्ति का बँटवारा हो गया है।''

लोग अपनी सीटों पर बेचैनी से पहलू बदलने लगे और आपस में घबराहट से भरी बातचीत के स्वर सुनाई देने लगे।

''हालाँकि यहीं पर मि. लेस्टर की वसीयत और अंतिम इच्छा पूरी नहीं होती,'' वकील ने आगे कहा। सभी फिर से शांत हो गए और उन्हें लगा कि अब और कोई गाज गिरने वाली थी।

वकील ने आगे कहा, ''अब मैं आप सबको मि. लेस्टर के अपने शब्दों में आगे की घोषणा बताना चाहूँगा—'मैं हमेशा से यही मानता आया हूँ कि किसी भी बैंक की प्रतिष्ठा उसके अनुरूप ही होती है, जो उसकी सेवा करने वाले लोगों की होती है। यह सभी जानते हैं कि मुझे यही उम्मीद थी कि एक दिन मेरा बेटा मैथ्यू लेस्टर, लेस्टर बैंक का चेयरमैन होगा पर उसकी असमय दुखद मौत ने सब कुछ बदल दिया। आज तक मैंने किसी को नहीं बताया कि मैं अपना उत्तराधिकार किसे सौंपना चाहूँगा। मैं चाहता हूँ कि मेरे प्रिय मित्रों में से एक, स्वर्गीय रिचर्ड लोवेल केन के बेटे विलियम लोवेल केन को, जो कि इस समय केन एण्ड कैबट में डिप्टी चेयरमैन के पद पर है; उसे अगली पूरी बोर्ड मीटिंग में लेस्टर बैंक एंड ट्रस्ट कंपनी का चेयरमैन नियुक्त किया जाए।' ''

चारों ओर कोलाहल होने लगा। कमरे में हर कोई गुप्त विलियम लोवेल केन को देखना चाहता था जिसके बारे में लेस्टर परिवार के कुछ ही लोग जानते थे।

''मेरी बात अभी ख़त्म नहीं हुई,'' मि. ऑर्थर क्रॉमवैल बोले फिर से सभी शांत हो गए। कुछ भावी उत्तराधिकारी अब चिंतित दिखे।

वकील ने कहा, ''अगली सालाना मीटिंग में उत्तराधिकारियों द्वारा मि. केन को चुने जाने पर ही लेस्टर एंड कंपनी की ओर से दिए जाने वाली धनराशि, दान और विभाजन सुनिश्चित होंगे और ऐसा पाँच साल तक होता रहेगा, जब तक मि. केन स्वयं संकेत नहीं

देते कि वे चेयरमैन नहीं बनना चाहते।''

इसके बाद फिर से फुसफुसाहट होने लगी। विलियम का जी चाहा कि काश, वह उन सबसे लाखों मील की दूरी पर होता। उसे समझ नहीं आ रहा था कि उसे प्रसन्न होना चाहिए या इस बात का दुख मनाना चाहिए कि उस समय वह कमरे में सबसे अप्रिय व्यक्ति था।

''इस प्रकार स्वर्गीय चार्ल्स लेस्टर की वसीयत और वक्तव्य पूरा होता है,'' मि. ऑर्थर क्रॉमवैल बोले। परंतु पहली पंक्ति वालों ने ही उनकी बात सुनी। विलियम ने सूसन लेस्टर को अपनी ओर आते देखा। शरीर का मोटापा छँट गया था पर चेहरे पर आकर्षक चकत्ते अब भी मौजूद थे। वह मुस्कुराया पर वह उसकी ओर देखे बिना ही आगे निकल गई।

जब विलियम दरवाज़े के पास पहुँचा तो धारियों वाला सूट पहने, सफ़ेद बालों वाले व्यक्ति ने उसे रोका।

''आप विलियम केन हैं, है ना सर?''

''जी, मैं विलियम हूँ,'' विलियम ने घबराहट से कहा।

''मेरा नाम पीटर पारफ़िट है,'' अजनबी बोला।

''बैंक के वाइस चेयरमैन में से एक?'' विलियम बोला।

''जी सर, मैं आपको नहीं जानता पर आपकी प्रतिष्ठा छिपी नहीं है और मैं किस्मतवाला हूँ कि आपके प्रतिष्ठा प्राप्त पिता से मिलने का सौभाग्य मिला था। यदि चार्ल्स लेस्टर को लगा कि आप ही बैंक के चेयरमैन बनने के लायक हैं तो मेरे लिए इतना ही बहुत है।''

विलियम ने खुद को इतना निश्चिंत कभी महसूस नहीं किया था।

''आप न्यूयॉर्क में किस जगह ठहरे हैं?'' पारफ़िट ने पूछा।

''हॉर्वर्ड क्लब में।''

''बढ़िया। क्या आप आज हमारे साथ डिनर के लिए समय निकाल सकेंगे?''

''मैं इस शाम बौस्टन वापिस जाना चाहता था पर अब लग रहा है कि कुछ दिन और यहीं रहना होगा।''

''खूब। तो ठीक है, आप आज शाम आठ बजे, मेरे और मेरी पत्नी के साथ डिनर करें।''

बैंकर ने विलियम को कार्ड थमा दिया जिस पर तांबई रंग में पता छपा था। ''मुझे आपके साथ दोस्ताना माहौल में बात करने का मौका मिलेगा और पता चलेगा कि आपके पास बैंक के लिए कौन-सी भावी योजनाएँ हैं।''

''थैंक्स सर,'' विलियम ने कार्ड जेब में रख लिया। दूसरे लोग आस-पास जमा होने लगे थे। कुछ कड़वाहट से घूर रहे थे और कुछ लोग बधाई देना चाहते थे।

जब विलियम आख़िर में सब निपटा कर होटल आया तो उसने यह ख़बर केट को देने के लिए फ़ोन किया।

वह धीरे से बोली, "डार्लिंग! मैथ्यू तुम्हारे लिए कितना ख़ुश होता।"

विलियम चुप रहा। उसे पता था कि अगर मैथ्यू होता तो वही अगला चेयरमैन बनता।

"घर कब आ रहे हो?"

"भगवान जाने। आज तो किसी मि. पीटर पारफ़िट के साथ डिनर पर जाना है, लेस्टर्स के वाइस चेयरमैन हैं। उन्होंने मेरी नियुक्ति का स्वागत किया जिससे हालात थोड़े सहज हो गए। मैं आज यहीं क्लब में रहूँगा। कल शाम तक फ़ोन करके बताता हूँ कि आगे क्या होने वाला है।"

"ठीक है, डार्लिंग।"

"ईस्टर्न सीबोर्ड पर शांति है?"

"वर्जीनिया का दाँत निकल रहा है इसलिए उसे लगता है कि उसे ख़ास ध्यान मिलना चाहिए। रिचर्ड ने नैनी के साथ बदतमीज़ी की इसलिए उसे आज जल्दी सोने भेजा गया और हम सभी तुम्हें बहुत याद कर रहे हैं।"

विलियम हँस दिया। "ओह, मेरी परेशानियाँ तो इसके सामने कुछ नहीं हैं। मेरी प्यारी केट, कल फ़ोन करता हूँ।"

"हम्म, प्लीज़ करना। वैसे बहुत-बहुत बधाई। मैं चार्ल्स लेस्टर के निर्णय को सहमति देती हूँ, चाहे इसके लिए हमें न्यूयॉर्क में ही क्यों न रहना पड़े।"

~

विलियम उस शाम आठ बजे के बाद ईस्ट सिक्सटी-फ़ोर्थ में पीटर पारफ़िट के घर पहुँचा। उसे देख कर हैरानी हुई कि उसके मेज़बान डिनर के लिए तैयार थे। विलियम को अपने बैंकर सूट में थोड़ा अजीब लगा उसने मिसेज़ पीटर को बताया कि वह उसी शाम बौस्टन लौट जाने वाला था। डायना पारफ़िट, पीटर की दूसरी बीवी थी जो बेहद खूबसूरत थी। वह भी अपने पति की तरह ही इस बात से खुश दिखी कि विलियम बैंक का चेयरमैन बनने जा रहा था। शानदार डिनर के दौरान, विलियम पीटर से यह पूछे बिना नहीं रह सका कि उसके हिसाब से बाकी बोर्ड, चार्ल्स लेस्टर की इस घोषणा पर क्या प्रतिक्रिया देगा।

"वे सभी हमारे साथ हैं। मैंने अधिकतर लोगों से बात की है। सोमवार सुबह आपकी नियुक्ति की पुष्टि के लिए मीटिंग रखी गई है पर एक छोटी-सी अड़चन दिखाई दे रही है।"

"वह क्या है?" विलियम ने अपनी परेशानी छिपानी चाही।

"बात आपके और मेरे बीच रहे। दूसरे वाइस चेयरमैन, टेड लीच खुद इस पद पर आना चाहते थे। दरअसल, मुझे लगता है कि उन्होंने स्वयं को ही अगला चेयरमैन मान लिया था। हमें कहा गया था कि वसीयत खुलने तक कोई प्रत्याशी नहीं चुने जा सकते पर चार्ल्स की यह इच्छा टेड के लिए किसी सदमे से कम नहीं रही होगी।"

"क्या वे मुक़ाबला करना चाहेंगे?" विलियम ने पूछा।

''शायद ऐसा हो सकता है पर आप चिंतित न हों।''

डायना ने अपने आगे रखे मफो व्यंजन को देखते हुए कहा, ''मुझे यह कहने में संकोच नहीं कि मुझे तो टेड लीच कभी पसंद नहीं आए।''

''प्रिय, हमें टेड के पीठ पीछे कुछ नहीं कहना चाहिए। विलियम को मौका मिले कि वह स्वयं उन्हें परख़ सके। मेरे मन में कोई संदेह नहीं कि बोर्ड सोमवार की मीटिंग में विलियम की नियुक्ति की पुष्टि कर देगा और यह संभावना भी है कि टेड त्यागपत्र ही दे दे।''

''मैं किसी को भी यह नहीं सोचने देना चाहता कि टेड ने मेरी वजह से इस्तीफ़ा दिया,'' विलियम बोला।

''कितना भरोसेमंद रवैया है,'' पारफ़िट बोला। ''पर आप इतनी भी चिंता न करें। मुझे यकीन है कि सब कुछ नियंत्रण में रहेगा। आप बौस्टन चले जाएँ और मैं आपको इधर की सारी खबरें देता रहूँगा।''

''वैसे अगर मैं कल बैंक चला जाऊँ तो यह ज़्यादा बेहतर होगा। आपके सहकर्मियों को यह कौतूहल भी हो रहा होगा कि मैंने उनसे मिलने की कोशिश क्यों नहीं की।''

''इन हालात के हिसाब से मेरी राय तो यही होगी कि आप ऐसा न करें बल्कि मैं तो कहूँगा कि बोर्ड की पुष्टि से पहले आप सामने ही न पड़ें। वे यही चाहेंगे कि उन्हें आज़ादी मिले और वे खुद को रबर स्टैंप से बेहतर समझ सकें। बिल, मेरी सलाह मानो और बौस्टन लौट जाओ। मैं सोमवार दोपहर तक खुशखबरी सुनाता हूँ।''

विलियम ने बेमन से हामी भर दी। वह उस शाम पीटर पारफ़िट के साथ यही चर्चा करता रहा कि जब वह केट और परिवार को लेकर न्यूयॉर्क आ जाएगा तो वे लोग किस जगह रह सकते हैं। उसे यह हैरानी हुई कि पीटर इस बारे में कोई राय नहीं रखता था कि बैंक क्या करने जा रहा है, शायद वह अपनी पत्नी की उपस्थिति में ऐसी कोई बात नहीं करना चाहता होगा। वह शाम थोड़ी ज़्यादा ब्रांडी के साथ समाप्त हुई और विलियम रात एक बजे के लगभग क्लब वापिस आया।

उसने बौस्टन जाते ही टोनी सिमन्स को न्यूयॉर्क की सारी घटना बताई; वह नहीं चाहता था कि उसकी नियुक्ति के बारे में टोनी को किसी और से पता चले। टोनी यह ख़बर सुन कर थोड़ा फ़िक्रमंद लगा।

''खेद है कि तुम हमें छोड़ दोगे, विलियम। लेस्टर भले ही आकार में केन एण्ड कैबट से दुगना या तिगुना होगा पर तुम्हारी जगह किसी और को रखना कठिन होगा। उम्मीद करता हूँ कि तुम प्रस्ताव के लिए हामी भरने से पहले अच्छी तरह विचार कर लोगे।''

टोनी की बात सुनकर विलियम अचंभे में पड़ गया।

''टोनी, सच कहूँ। मुझे तो लगा था कि मुझसे पीछा छूट रहा है, यह जान कर तुम्हें अच्छा लगेगा।''

''विलियम, तुम यह कब मानोगे कि मेरे लिए पहली प्राथमिकता यह बैंक है?

मेरे मन में कोई संदेह नहीं कि तुम आज के समय में अमेरिका के सबसे निपुण निवेश सलाहकारों में से हो। अगर तुम अब बैंक से जाते हो तो बैंक के बहुत सारे ग्राहक भी तुम्हारे पीछे जाना चाहेंगे।''

''मैं अपने ट्रस्ट फ़ंड भी लेस्टर में नहीं ले जा रहा,'' विलियम बोला। ''मेरे जाने से ग्राहकों के खाते बंद होना तो बड़ी दूर की बात है।''

''बेशक़ तुम उन्हें अपने साथ चलने को नहीं कहोगे, विलियम। यह तुम्हारा स्वभाव नहीं है पर उनमें से कुछ यह चाहेंगे कि तुम ही उनका पोर्टफ़ोलियो मैनेज करते रहो। तुम्हारे पिता और चार्ल्स लेस्टर की तरह, उन्हें भी यही लगता है कि बैंकिंग का संबंध व्यक्ति और प्रतिष्ठा से होता है।''

विलियम और केट का पूरा सप्ताह तनाव में बीता। वे पीटर पारफ़िट की ओर से आने वाली कॉल के इंतज़ार में रहे। सोमवार सुबह विलियम ऑफ़िस में ही रहा और निजी तौर पर हर कॉल का उत्तर देता रहा पर सुबह से दोपहर हो गई, वह कॉल नहीं आया। वह लंच में भी बाहर नहीं गया। शाम पाँच बजे के बाद पीटर पारफ़िट का फ़ोन आया।

''बिल, मुझे डर है कि इस जगह कोई और ही खिचड़ी पक रही है,'' पीटर के ये पहले शब्द थे।

विलियम का दिल डूब गया।

''तुम चिंता मत करो पर बोर्ड चाहता है कि वह अपनी ओर से प्रत्याशी खड़ा करे और इस पद के लिए उन्हें भी वोट देने का हक़ दिया जाए। उनमें से एक ने कानूनी तौर पर जाँच के बाद कहा है कि वसीयत में लिखी बात की कोई वैधता प्रमाणित नहीं हो रही। मुझे ही यह काम सौंपा गया है कि तुमसे पता करूँ कि क्या तुम बोर्ड में चुनाव लड़ना चाहोगे?''

''बोर्ड में प्रत्याशी कौन बनना चाहेगा?'' विलियम ने पूछा।

''अभी तक नाम नहीं पता पर मेरा मानना है कि वह टेड लीच ही होगा। अभी तक किसी ने तुम्हारे विपक्ष में होने की रुचि नहीं दिखाई।''

''मुझे सोचने के लिए समय दो,'' विलियम बोला। ''अगली बोर्ड मीटिंग कब होगी?''

''आज से एक सप्ताह बाद। पर तुम टेड लीच की ओर से चिंता मत करो। मुझे पूरा यकीन है कि तुम आसानी से जीत सकोगे। मैं तुम्हें आगे की सारी जानकारी देता रहूँगा।''

''पीटर, क्या मैं न्यूयॉर्क आ जाऊँ?''

''नहीं, अभी रहने दो। मुझे नहीं लगता कि इससे मामले में कोई मदद मिलेगी।''

विलियम ने उसे थैंक्स बोल कर फ़ोन रख दिया। फिर उसने पुराना चमड़े का ब्रीफ़केस लिया और घर की ओर चल दिया। डायरेक्टर पार्किंग लॉट में टोनी सिमन्स अपने सूटकेस के साथ दिखा।

''मुझे नहीं पता था कि तुम शहर से बाहर जा रहे हो, टोनी।''

"अरे न्यूयॉर्क में मंथली बैंकर डिनर की वजह से जाना है। कल दोपहर तक वापसी हो जाएगी। मुझे लगा कि केन एंड कैबट को चौबीस घंटों के लिए लेस्टर्स के भावी चेयरमैन के हाथों में छोड़ा जा सकता है।"

विलियम हँसने लगा। "हो सकता है कि मैं पहले ही भूतपूर्व-चेयरमैन बन चुका हूँ।" उसने कहा और सारी बात बताई। एक बार फिर वह सिमन्स की प्रतिक्रिया देख कर चौंका।

"यह सच है कि टेड लीच ने हमेशा से लेस्टर का चेयरमैन बनना चाहा। हमारे जानकारों के बीच सभी यह बात जानते हैं पर वह बैंक का वफ़ादार नौकर है और मैं नहीं मान सकता कि वह इस तरह खुल कर चार्ल्स की मर्ज़ी के ख़िलाफ़ आना चाहेगा।"

"मुझे नहीं पता था कि तुम उसे जानते हो," विलियम ने कहा।

"बहुत अच्छी तरह तो नहीं। वह याले में मुझसे एक क्लास आगे था और कभी-कभार बैंकरों के डिनर में भेंट हुई है। चेयरमैन बन जाओगे तो तुम्हें भी यह सब करना होगा। आज भी वह मौजूद होगा। अगर चाहो तो मैं आज उससे बात कर सकता हूँ।"

"हाँ, ज़रूर। बस थोड़ा सँभल कर बात करना," विलियम ने कहा।

"मेरे प्यारे विलियम, तुमने मुझे ज़िन्दगी के पिछले दस साल यही कहने में बिताए हैं कि मैं आवश्यकता से अधिक सावधान रहता हूँ।"

"सॉरी, टोनी। किसी निजी समस्या के सामने आते ही परख़ने की ताकत भी प्रभावित हो जाती है और दूसरों की समस्या के सामने हम कितनी समझदारी दिखाते हैं। अब मेरा भाग्य तुम्हारे हाथों में है, और वही होगा जो तुम कहोगे।"

"बढ़िया। यह सब मुझ पर छोड़ दो। देखता हूँ कि लीच क्या कहता है, कल सुबह ही तुम्हें कॉल करूँगा।"

~

टोनी सिमन्स ने आधी रात से कुछ मिनट पहले न्यूयॉर्क से कॉल किया और विलियम को नींद से जगा दिया।

"विलियम तुम्हें जगा दिया क्या?"

"हाँ, पर कोई बात नहीं टोनी, बोलो।"

विलियम ने पलंग के पास लाइट जला कर समय देखा। "तुमने कहा था कि तुम सुबह कॉल करोगे।"

सिमन्स हँस दिया। "दरअसल मुझे डर है कि मैं तुम्हें जो बताने जा रहा हूँ, उसे सुन कर तुम चौंकने वाले हो। चुनाव में तुम्हारे विपक्ष में टेड लीच नहीं बल्कि पीटर पारफ़िट खड़ा हो रहा है।"

"क्या?" विलियम झटके से सचेत हो गया।

"वह तुम्हारे पीछे से पूरे बोर्ड को अपने साथ मिलाने की कोशिश में है। जैसा कि

मेरी उम्मीद थी, टेड लीच इस हक़ में है कि तुम ही चेयरमैन बनो। हालाँकि बोर्ड अब दो हिस्सों में विभक्त है।''

''क्या मुसीबत है। टोनी, सबसे पहले तो शुक्रिया। और दूसरे, अब इस परेशानी से कैसे छूटना है।''

''अगर लेस्टर के अगले चेयरमैन बनना चाहते हो तो तेज़ी दिखाते हुए इधर आ जाओ। बोर्ड के कुछ सदस्य पूछ रहे हैं कि तुम अभी तक बौस्टन में क्यों छिपे बैठे हो।''

''छिपा हुआ हूँ?''

''पारफ़िट उन्हें पिछले कुछ दिनों से यही कह रहा है।''

''हरामी कहीं का।''

''अब तुमने बात छेड़ ही दी है तो मैं इस बारे में यकीन से नहीं कह सकता कि वह किस घराने से है,'' टोनी बोला।

विलियम हँसने लगा।

''आओ यहीं याले क्लब में रुको। हम कल सुबह सारी बात स्पष्ट कर लेंगे।''

''मैं जितनी जल्दी हो सके, पहुँच रहा हूँ।''

विलियम ने फ़ोन रखा और सोती हुई केट को देखा जो उसकी नई परेशानी से अनजान थी। काश वह इसे सँभाल सकता। हवा से पर्दा भी हिलता तो वह उठ जाता। केट बहुत गहरी नींद सोती थी। उसने पैड पर कुछ लाइनें लिखीं और केट के सिरहाने रख दीं ताकि वह सारी बात समझ सके। फिर वह उठ कर तैयार हुआ, सामान बाँधा, एक डिनर जैकेट भी रखा और न्यूयॉर्क के लिए निकल गया।

सड़कें अलसुबह साफ़ थीं इसलिए वह आसानी से न्यूयॉर्क की ओर बढ़ता गया। सुबह अख़बारवालों, डाकियों, सफ़ाई कर्मचारियों और सूरज देवता के साथ ही वह शहर में था। सवा छह बजे, वह याले क्लब में था। उसने सोचा कि सामान खोल कर एक घंटे की नींद ले ले और उसके बाद ही टोनी को उठाएगा और इसके बाद दरवाज़े पर लगातार खटखट होने से ही नींद टूटी। उसने उनींदे मन से दरवाज़ा खोला तो देखा कि सिमन्स बाहर खड़ा था।

''विलियम, ड्रेसिंग गाउन तो सुंदर है,'' वह खीसें निपोरने लगा।

''ओह! शायद गहरी नींद आ गई। अगर एक मिनट रुको तो मैं अभी आता हूँ,'' विलियम बोला।

''नहीं, नहीं, मुझे बौस्टन के लिए गाड़ी पकड़नी है। ऑफ़िस भी तो देखना है। तुम नहा कर कपड़े बदलो और हम इसी तरह बात कर लेते हैं।''

विलियम बाथरूम में गया और दरवाज़ा खुला छोड़ दिया।

''अब तुम्हारी सबसे बड़ी परेशानी,'' सिमन्स बोला।

विलियम ने दरवाज़े से सिर बाहर निकाला। ''पानी की आवाज़ में तुम्हारी आवाज़ सुनाई नहीं दे रही।''

सिमन्स ने नल बंद होने का इंतज़ार किया। ''पीटर पारफ़िट तुम्हारी बड़ी परेशानी है। उसे लगा कि वह अगला चेयरमैन बनने जा रहा है और चार्ल्स लेस्टर की वसीयत में उसका ही नाम होगा। तभी से वह बोर्डरूम में राजनीति करते हुए, सभी सदस्यों को तुम्हारे खिलाफ़ करने में जुटा है। टेड लीच चाहता है कि तुम आज मैट्रोपॉलिटन क्लब में उसके साथ लंच लो ताकि तुम्हें सब कुछ विस्तार से बताया जा सके। हो सकता है कि बोर्ड के एक-दो सदस्य भी साथ हों, जिन पर तुम भरोसा कर सकते हो। इस समय बोर्ड दो हिस्सों में दिखाई दे रहा है।''

विलियम ने अपने रेज़र से कट लगा लिया। ''उफ़!! तुमने कौन-सा क्लब बोला?''

''मैट्रोपॉलिटन क्लब, ईस्ट सिक्सटियथ स्ट्रीट पर फ़िफ़्थ एवेन्यू से परे।''

''उस जगह क्यों? वॉल स्ट्रीट पर कहीं क्यों नहीं?''

''विलियम, जब तुम इस दुनिया के पीटर पारफ़िटों से लड़ते हो तो अपनी मंशा सबको तार देकर नहीं बताते। अपनी समझदारी अपने तक रखो और सँभल कर चलो। लीच के हिसाब से तुम अब भी जीत सकते हो।''

विलियम कमरे में आया तो कमर में तौलिया बँधा था। उसने कहा, ''मुझे सँभल कर चलना है, है ना?''

सिमन्स मुस्कुराया। ''अब मैं बौस्टन वापिस चला। दस मिनट में मेरी गाड़ी छूटने वाली है।'' उसने घड़ी देखी। ओए, छह मिनट रह गए। वह दरवाज़े पर रुका और बोला, ''पता है, तुम्हारे पिता ने कभी पीटर पारफ़िट पर भरोसा नहीं किया। उनका कहना था कि यह कुछ ज़्यादा ही सीधा बनता है। बस इतना ध्यान रहे। विलियम गुड लक।''

''टोनी, तुम्हारा शुक्रिया कैसे अदा करना है?''

''तुम ऐसा नहीं कर सकते। मैं मैथ्यू के साथ जिस ग़लत तरीके से पेश आया, बस उसे ही माफ़ कर देना। पर सच कहूँ, केन एंड कैबट की भलाई इसमें है कि तुम हार जाओ।''

विलियम ने दरवाज़ा बंद होते देखा तो मुस्कुराया। उसने कॉलर स्टड लगाया तो सोचने लगा कि वह टोनी सिमन्स के साथ कितने सालों से काम कर रहा है पर कभी उसे समझना नहीं चाहा। निजी परेशानी के कुछ दिन में ही वह उसे पसंद करने लगा और उस पर भरोसा भी हो गया था। उसने नीचे जाकर क्लब का नाश्ता किया: एक उबला हुआ अंडा, एक जला हुआ टोस्ट, मक्खन और किसी दूसरे की मेज़ से आया मार्मलेड। पोर्टर ने उसे द *वॉल स्ट्रीट* की कॉपी दी जिसमें बताया गया था कि अंदर वाले पेज पर पूरी स्टोरी है कि विलियम केन के अगला चेयरमैन होने की घोषणा के बाद से लेस्टर में सब कुछ गड़बड़ चल रहा है। कम-से-कम अख़बार को तो नहीं पता था कि उसका प्रतिद्वंद्वी कौन है।

विलियम अपने कमरे में आया और ऑपरेटर से बौस्टन में कॉल मिलाने को कहा। कुछ मिनट के इंतज़ार के बाद कॉल लिया गया।

''मि. केन, माफ़ी चाहूँगा। मुझे पता नहीं था कि आप लाइन पर हैं। क्या लेस्टर के चेयरमैन बनने पर बधाई दे सकता हूँ। मतलब आने वाले समय में, हमारे न्यूयॉर्क ऑफ़िस

में आपका अधिकतर समय बीतेगा।''

''मि. कोहेन, यह आप पर निर्भर करता है।''

''मैं कुछ समझा नहीं,'' वकील बोला।

विलियम ने समझाया कि पिछले कुछ दिनों में क्या हुआ था और चार्ल्स लेस्टर की वसीयत वाले अंश भी पढ़े। ''क्या तुम्हें लगता है कि उनकी मर्ज़ी को अदालत में चुनौती दे सकते हैं?''

''कौन जाने? मुझे तो ऐसे कोई हालात याद नहीं आ रहे। 19वीं सदी में एक संसद सदस्य ने एक बार एक वसीयत में अपना चुनाव क्षेत्र दिया था, किसी ने आपत्ति नहीं की और लाभ पाने वाले आगे चल कर प्रधानमंत्री बने। पर वह सौ साल पहले की बात है—वह भी इंग्लैंड में! अब इस मामले में, अगर बोर्ड लेस्टर की वसीयत के लिए प्रतियोगिता खड़ी करता है और आप अदालत में जाते हो तो कह नहीं सकते कि निर्णय किसके हक़ में होगा। लॉर्ड मेलबोर्न को न्यूयॉर्क काउंटी के प्रतिनिधि से प्रतियोगिता नहीं करनी पड़ी थी। वैसे कहना न होगा, मि. केन! यह अपने-आप में एक रोचक केस होगा।''

''आपकी क्या सलाह है?''

''मैं एक यहूदी हूँ, मि. केन। मैं जर्मनी से जहाज़ पर सवार होकर इस देश में आया था और हर चीज़ लड़ कर हासिल की। आप लेस्टर का चेयरमैन बनने के लिए कितने इच्छुक हैं?''

''बहुत इच्छुक, मि. कोहेन।''

''तो आपको उन वृद्ध सज्जन की बात सुननी चाहिए जिन्होंने आपको इतने लंबे अरसे से सम्मान और स्नेह दिया। मैं आपको बताता हूँ कि अगर मैं आपकी तरह दुविधा में घिरता, तो मैं क्या करता।''

एक घंटे बाद, विलियम ने फ़ोन रखा और समय काटने के लिए पार्क एवेन्यू की ओर निकल गया और कोहेन की सलाह के बारे में सोचने लगा। जब वह लंच के लिए क्लब की ओर जा रहा था तो रास्ते में निर्माणाधीन इमारत दिखाई दी। उस पर लगे बिलबोर्ड पर लिखा था : 'अगला बैरन होटल न्यूयॉर्क में होगा। जब बैरन आपका मेज़बान होगा तो आप कहीं और नहीं ठहरना चाहेंगे।' वह उसे देख कर मुस्कुराया और तेज़ कदमों से क्लब की ओर चल दिया जहाँ लंच का न्यौता था।

टेड लीच, एक ठिगने क़द के, गहरे भूरे बाल और हल्की मूँछों वाले व्यक्ति थे और बरामदे में खड़े उसका इंतज़ार कर रहे थे। विलियम को क्लब का रिनेसाँ स्टाइल पसंद आया। लीच ने उसे बताया कि उसे ओटो कुन और स्टेनफ़ोर्ड व्हाइट ने 1891 में बनवाया था। लीच ने अंदर जाते हुए बताया कि उसकी स्थापना जे.पी. मॉर्गन ने की थी, जब उनके निकटतम मित्रों में से एक को यूनियन लीग में ब्लैकबॉल किया गया था।

''एक निकटतम मित्र के लिए काफ़ी बड़ी दरियादिली कही जाएगी,'' विलियम ने बात को आगे बढ़ाने के लिए कहा।

"सच में," लीच ने कहा। "मि. केन। आप क्या पीना चाहेंगे?"

"एक ड्राई शैरी, प्लीज़," विलियम बोला।

नीले रंग की चुस्त वर्दीवाला छोकरा कुछ ही देर में शैरी और स्कॉच लेकर हाज़िर था; उसे मि. लीच से उनका ऑर्डर पूछने की ज़रूरत नहीं थी।

"लेस्टर के अगले चेयरमैन के नाम," लीच ने गिलास उठाते हुए कहा।

विलियम हिचकिचा गया।

"इसे न पियें, मि. केन। जैसा कि आप जानते हैं, अपने नाम का टोस्ट नहीं पीना चाहिए।"

विलियम हँस दिया। उसे समझ नहीं आया कि क्या कहे।

कुछ ही देर बाद दो और वृद्ध बार में आए और उनके पास आकर खड़े हो गए। वे दोनों बैंकर सलेटी रंग के थ्री पीस सूट में थे। अकड़े हुए कॉलर और गहरे रंग की सादी टाई। अगर वे कहीं वॉल स्ट्रीट पर दिखते तो शायद विलियम उन्हें दोबारा न देखता। उसने क्लब में उनका अच्छी तरह अध्ययन किया और टेड लीच ने उन्हें आपस में मिलवाया।

"मि. अल्फ्रेड रॉजर्स और मि. विनथ्रोप डेविस। दोनों ही बोर्ड के सदस्य हैं।"

विलियम की मुस्कान संयमित थी। उसे पता नहीं था कि कौन किसके पक्ष में है। वे दोनों भी उसे पूरी दिलचस्पी से देख रहे थे। एक पल के लिए कोई कुछ नहीं बोला।

"हम कहाँ से आरंभ करें?" रॉजर्स ने कहा और उनकी आँख से लेंस गिरने को हुआ।

"लंच के लिए चलते हैं," लीच ने कहा।

वे तीनों मुड़े, उन्हें पता था कि किस जगह जाना है। विलियम उनके पीछे चला। दूसरी मंज़िल पर बना डाइनिंग कक्ष बहुत बड़ा था और उसकी छत आलीशान लग रही थी। प्रमुख वेटर ने उन्हें खिड़की के पास बिठाया, जिसमें से सेंट्रल पार्क दिख रहा था, उस जगह से कोई उनकी बातचीत नहीं सुन सकता था।

"पहले ऑर्डर करें, फिर बात करेंगे," लीच ने कहा।

विलियम खिड़की से प्लाज़ा होटल देख सकता था। नानी-दादी और मैथ्यू के साथ मनाए गए जश्नों की यादें लौट आईं और वह प्लाज़ा में होने वाली चाय पार्टी में किसी ख़ास बात को भी याद करने की कोशिश में था...

"मि. केन! हमें अपनी बात सबके आगे रखनी चाहिए," लीच ने कहा। "चार्ल्स लेस्टर का आपको अपना उत्तराधिकारी नियुक्त करने का निर्णय पूरे बैंक के लिए किसी आश्चर्य से कम नहीं था परंतु यदि बोर्ड उनके आदेश की अवहेलना करता है तो बैंक में उथल-पुथल हो सकती है और हममें से कोई ऐसा नहीं चाहता। वे बहुत ही होशियार थे और आपको चेयरमैन बनाने के पीछे उनके पास ख़ास कारण रहे होंगे। मेरे लिए इतना ही जानना बहुत है।"

विलियम ने ऐसे ही भाव पहले भी सुने थे—पीटर पारफ़िट ने कहा था।

"हम तीनों," डेविस ने कमान सँभाली। "हमारे पास जो भी है, उसके लिए चार्ल्स लेस्टर के आभारी हैं और भले ही हमें बोर्ड के सदस्य के तौर पर ये आख़िरी काम ही क्यों न करना पड़े, हम उनकी मर्ज़ी पूरी करने से नहीं हटेंगे।"

"अगर पीटर पारफ़िट चेयरमैन बनने में सफल रहा तो ऐसा हो भी सकता है।"

"जेंटलमैन, सॉरी। आप सबको इतनी उलझन में डाल दिया। यदि मेरी नियुक्ति आप लोगों के लिए आश्चर्य थी तो मेरे लिए भी किसी सदमे से कम नहीं थी। जब मैं वसीयतनामा सुन रहा था तो मैंने सोचा था कि मुझे मि. लेस्टर के बेटे की याद में कोई छोटी-सी यादगार मिलेगी। यह नहीं सोचा था कि उनके बैंक को चलाने का अवसर मिलेगा।"

लीच 'अवसर' शब्द सुन कर मुस्कुराए। "मि. केन, हम समझते हैं कि आप इस समय किन हालात में हैं और जब हम कहते हैं कि हम आपके साथ हैं तो आपको हमारा भरोसा करना होगा। हमें पता है कि आपके साथ पीटर पारफ़िट ने जो भी किया, उसके बाद से आपके लिए अचानक हम पर भरोसा करना मुश्किल होगा।"

"मि. लीच, मुझे आप पर भरोसा करना ही होगा क्योंकि मेरे पास खुद को आपके हाथों में छोड़ने के सिवा कोई चारा नहीं है। आप ताज़ा हालात पर क्या रोशनी डाल सकते हैं?"

"परिस्थिति तो स्पष्ट है।" लीच ने कहा। "पीटर पारफ़िट का अभियान पूरी तरह से व्यवस्थित है और अब उसे लगता है कि वह और ताकतवर हो गया है। मि. केन, क्या आपमें पूरी तरह से लड़ने का हौसला है?"

"यदि हौसला न होता तो मैं इस जगह न होता। और अब आपने सारे हालात बता दिए हैं तो मैं आपको बताना चाहूँगा कि हमें पीटर पारफ़िट को हराने के लिए क्या करना चाहिए।"

"ज़रूर। क्यों नहीं," लीच ने कहा।

तीनों बैंकरों की नज़रें विलियम पर टिकी थीं।

"बेशक़ आपने सही कहा कि पीटर इस समय खुद को ताकतवर महसूस कर रहा है क्योंकि अब तक उसे पहले से पता होता था कि उसके बाद क्या होने जा रहा है। इस बार हमें अपनी ओर से हमला करना है और उसे भनक तक नहीं होगी कि हम क्या और कैसे करने वाले हैं—वह भी उसके ही बोर्डरूम में!"

"मि. केन! आपके हिसाब से क्या करना होगा?" डेविस ने पूछा।

"अगर आप मुझे दो सवाल करने की इज़ाज़त दें तो मैं आगे बात करूँगा। कितने डायरेक्टर वोट करने वाले हैं?"

"सोलह," लीच ने झट से कहा।

''और इस समय वे किसके पक्ष में दिख रहे हैं?''

''सवाल का जवाब देना आसान नहीं है, मि. केन,'' डेविस बीच में बोला। उसने भीतर की जेब से मुड़ा हुआ लिफ़ाफ़ा निकाला और आगे कुछ कहने से पहले उसके बाहर से कुछ पढ़ा। ''हमारे हिसाब से छह वोट हमारे हैं और पारफ़िट के पाँच वोट पक्के हैं पर आज सुबह यह जान कर सदमा लगा—चार्ल्स लेस्टर के सबसे पुराने और भरोसेमंद दोस्त रूपर्ट कॉर्क-स्मिथ तुम्हें समर्थन नहीं देना चाहते। यह अजीब बात है क्योंकि मुझे पता है कि उन्हें पारफ़िट की परवाह नहीं है। वरना हमारे छह वोट पक्के होते।''

''तो हमारे पास वीरवार तक समय है,'' लीच ने कहा। ''तब तक तीन वोट और सुनिश्चित करने होंगे।''

''वीरवार क्यों?'' विलियम ने पूछा।

''वह अगली बोर्ड मीटिंग का दिन है,'' लीच ने बताया और मूँछें थपथपाते हुए बोले, ''नए चेयरमैन की नियुक्ति मीटिंग के एजेंडा में सबसे पहले नंबर पर है।''

''मुझे तो बताया गया था कि अगली बोर्ड मीटिंग सोमवार के बाद होगी,'' विलियम ने हैरानी से कहा।

''किसने कहा?'' डेविस ने पूछा।

''पीटर पारफ़िट'' विलियम बोला।

''यह उसकी चाल है,'' लीच ने कहा। ''ये भले मानुष के काम नहीं हैं।''

''इस सज्जन के बारे में बहुत कुछ जान लिया,'' विलियम बोला। ''अब तो पक्का हो गया कि इससे दो-दो हाथ करने ही होंगे।'' उसने अपनी बात पर ज़ोर दिया।

''यह बात कहना ही आसान है, मि. केन। इस समय बहुत सारी डोरियों को उसने सँभाला हुआ है और मैं यकीन से नहीं कह सकता कि हम उसे कैसे हराने वाले हैं,'' डेविस ने कहा।

''हमें यातायात नियंत्रक बत्ती को लाल करना होगा,'' विलियम बोला। तीनों ने उसे चकरा कर देखा पर कुछ नहीं बोले। ''बोर्ड मीटिंग बुलवाने का अधिकार किसको है?'' उसने आगे पूछा।

''इस समय बोर्ड में चेयरमैन नहीं है इसलिए यह अधिकार वाइस प्रेज़ीडेंट यानी मेरे या पीटर के पास है।''

''कितने बोर्ड सदस्यों से मिल कर कोरम (तय संख्या) बनती है?''

''नौ,'' डेविस ने कहा।

''और कंपनी सैक्रेटरी कौन है?''

''मैं हूँ,'' अल्फ्रेड रॉजर्स बोला, जिसने अब तक कुछ नहीं कहा था—विलियम के हिसाब से इस पद के व्यक्ति के लिए यह एक बड़ी योग्यता थी।

"मि. रॉजर्स, आपको आपातकालीन मीटिंग बुलवाने के लिए कितने समय का नोटिस देना होता है?"

"हर डायरेक्टर को चौबीस घंटे पहले सूचित किया जाना चाहिए, हालाँकि 1929 के क्रेश के बाद से ऐसी नौबत कभी नहीं आई। चार्ल्स लेस्टर हमेशा छह दिन पहले का नोटिस देते थे।"

"परंतु क्या बैंक के नियम अनुमति देते हैं कि चौबीस घंटों के नोटिस पर आपातकालीन बैठक बुलवाई जा सके?" विलियम ने पूछा।

"जी, ऐसा कर सकते हैं, मि. केन," रॉजर्स ने कहा। अब उसका लेंस और ध्यान विलियम पर केंद्रित थे।

"बढ़िया। तो हमें अपनी बोर्ड मीटिंग बुलवानी चाहिए।"

तीनों बैंकरों ने उसे इस तरह घूरा मानो उन्हें पूरी बात समझ न आई हो।

"जेंटलमैन, ज़रा इस बारे में सोचें," विलियम ने आगे कहा। "मि. लीच वाइस चेयरमैन होने के नाते बोर्ड मीटिंग बुलवा दें और मि. रॉजर्स कंपनी सैक्रेटरी होने के नाते, तत्काल डायरेक्टरों को सूचित करें।"

"आप यह बोर्ड मीटिंग कब करवाना चाहेंगे?" लीच ने पूछा।

"कल दोपहर तीन बजे।"

"हे भगवान! इतनी जल्दी।" रॉजर्स ने कहा। "मैं यकीन से नहीं कह सकता,"

"यह सब केवल पारफ़िट के हिसाब से जल्दी हो रहा है, आपको नहीं लगता?" विलियम बोला।

"वैसे आपने सही कहा। आपने इस मीटिंग के लिए क्या तय किया है, मि. केन?"

"वह मुझ पर छोड़ दें। बस यह देखें कि मीटिंग कानून की हद में हो और हर डायरेक्टर को चौबीस घंटे पहले नोटिस मिल जाए।"

"ओह, पीटर कैसे पेश आएगा," टेड ने कहा।

"मुझे परवाह नहीं है," विलियम बोला। "हम अभी तक उसकी परवाह करते आए हैं, अब उसे थोड़ी चिंता करने दें। चौबीस घंटों के नोटिस में से सबसे आख़िरी नोटिस उसके नाम होना चाहिए, बस हमें चिंता करने की ज़रूरत नहीं है। उसे जवाबी हमले के लिए ज़्यादा समय नहीं मिलना चाहिए। कल मैं जो भी कहूँ या करूँ, आप उससे हैरान मत होना। मुझ पर भरोसा रखें और मुझे अपना सहयोग देने के लिए उपस्थित हों।"

"क्या आपको नहीं लगता कि हमें पता होना चाहिए कि आपके मन में क्या है?"

"नहीं, मि. लीच। आपको इसी तरह विरक्त दिखना है और दिखाना है कि आप बस बैंक का डायरेक्टर होने का फ़र्ज़ निभा रहे हैं। हालाँकि मि. रॉजर्स को चुनाव कराने के लिए तैयार रहना होगा और इसी तरह दिखाना होगा कि उन्हें इस बारे में पहले से कोई जानकारी नहीं थी।"

टेड लीच और उनके दो साथियों को समझ आने लगा था कि चार्ल्स लेस्टर ने विलियम केन को ही अपना उत्तराधिकारी क्यों चुना। वे लोग कुछ देर बाद क्लब से निकले। जब वे आए थे, उसकी तुलना में वे पहले से अधिक विश्वस्त महसूस कर रहे थे जबकि उन्हें अब भी नहीं पता था कि आने वाली मीटिंग में विलियम केन क्या करने जा रहा था। विलियम ने संतोषजनक तरीके से कोहेन के निर्देशों का पालन किया और दूसरे कठिन हिस्से की ओर बढ़ा।

उसकी अधिकतर दोपहर और शाम, याले क्लब के कमरे में ही बीतीं, उसने अगले दिन की मीटिंग के लिए नोट्स बनाए और दूसरी तैयारियाँ कीं। छह बजे के क़रीब उसने काम से अवकाश लेते हुए केट को फ़ोन किया।

"डार्लिंग, कहाँ हो तुम?" उसने कहा। "आधी रात को बिना बताए चुपचाप निकल गए।"

"मैं न्यूयॉर्क वाली रखैल के पास हूँ," विलियम बोला।

"बेचारी लड़की। दुष्ट मि. पारफ़िट के बारे में उसकी क्या राय है?"

"पूछने का समय नहीं मिला। हम दूसरे काम करने में व्यस्त रहे। वैसे तुम फ़ोन पर हो, अपनी सलाह दे दो।"

"ऐसा कुछ मत करना जिसे करने के बारे में तुम्हारे पिता या चार्ल्स लेस्टर की हामी न होती," केट ने अचानक गंभीर होते हुए कहा।

"हो सकता है कि वे स्वर्ग में सातवें आसमान पर एक साथ गोल्फ़ खेल रहे हों और हमेशा मुझ पर नज़र रखते हुए, आपस में शर्तें बदते हों।"

"विलियम, तुम जो भी करो, अगर यह याद रखोगे कि वे तुम्हें देख रहे हैं तो तुम्हारे हाथों से कभी कोई ग़लत काम नहीं होगा।"

37

अगली सुबह होने तक विलियम जाग रहा था, बस कुछ ही देर की नींद ले सका। वह छह बजे से थोड़ा पहले उठ गया, ठंडे पानी से नहाया और सेंट्रल पार्क तक लंबी सैर को निकल गया ताकि दिमाग को शांत कर सके। फिर उसने याले क्लब में आकर हल्का नाश्ता किया। फ्रंट हॉल में उसकी पत्नी का संदेश इंतज़ार कर रहा था। 'अगर बहुत ज़्यादा व्यस्त नहीं हो तो क्या रिचर्ड के लिए न्यूयॉर्क यैंकीज बेसबॉल कैप लेना याद रहेगा,' वह उसे पढ़ कर ज़ोर से हँसा।

उसने द *वॉल स्ट्रीट* जर्नल की कॉपी ली जिसमें लेस्टर के बोर्डरूम में नए चेयरमैन की नियुक्ति को लेकर होने वाली खींचतान की कहानी अब भी जारी थी। अब उसे पीटर पारफ़िट के नज़रिए से पेश किया जा रहा था और संकेत दिया गया था कि वीरवार की बोर्ड मीटिंग में उसकी नियुक्ति की पुष्टि होगी। विलियम सोचने लगा कि 'कल अख़बार में किसकी कहानी का संस्करण पेश होगा।' वह शुक्रवार को छपने वाला अख़बार आज ही पढ़ना चाहता था।

थॉमस कोहेन को एक और कॉल करने के बाद, उसने सुबह इन्कार्पोरेशन के आलेख देखने में बिताई और लेस्टर बैंक के कानूनी नियमों को पढ़ता रहा। उसने एफ.ए.ओ. श्वार्ट्ज़ के लिए लंच छोड़ा और वहीं उसे रिचर्ड के लिए बेसबॉल कैप भी मिल गई।

फिर वह ढाई बजे के क़रीब टैक्सी लेकर वॉल स्ट्रीट पर लेस्टर बैंक जा पहुँचा और तीन बजने से कुछ देर पहले ही उनके दरवाज़े पर था। युवा दरबान ने पूछा कि वह किससे मिलने आया है।

''मैं विलियम केन हूँ।''

''जी, सर। आप बोर्डरूम में जाना चाहेंगे।''

'हे भगवान, मुझे तो यह तक नहीं पता कि बोर्डरूम किस ओर है,' विलियम ने सोचा।

दरबान ने उसे झेंपते हुए देखा तो कहा, ''सर, आप बाईं ओर के गलियारे से निकलते हुए आगे जाएँ, दाईं ओर का दूसरा दरवाज़ा है।''

''शुक्रिया,'' विलियम ने कहा और धीरे-धीरे लंबे गलियारे में चलने लगा। तब तक उसके पेट में एक अजीब-सी खलबली मची हुई थी। उसे लगा कि हॉल में लगी घड़ी से भी ज़्यादा दिल की धड़कन तेज़ चल रही थी। उसे डर था कहीं उसके अंदर से ही तीन बजने के घंटे न बजने लगें।

टेड लीच बोर्डरूम के बाहर से ही बोले, ''अब परेशानी का सामना करना होगा।''

''इसमें हैरानी की क्या बात है। चार्ल्स लेस्टर को यह सब पसंद आता क्योंकि वे हमेशा आगे बढ़ कर मुसीबत को गले लगाते थे,'' विलियम ने कहा।

विलियम ओक पैनल वाले प्रभावशाली से दिखते कमरे में दाख़िल हुआ, बहुत सारे पुरुष दो या तीन के समूह में खड़े, गहरी बातचीत में मग्न थे। उसे यह जानने के लिए गिनती करने की ज़रूरत नहीं थी कि सारे डायरेक्टर आ गए थे या नहीं। यह कोई ऐसी बोर्ड मीटिंग नहीं थी जिसमें कोई डायरेक्टर शामिल न होना चाहता। विलियम के अंदर जाते ही उनकी बातचीत वहीं बंद हो गई। इससे पहले कि पीटर पारफ़िट समझ पाता कि क्या हो रहा था, विलियम ने आगे जाकर लंबे महोगनी मेज़ के कोने में चेयरमैन की कुर्सी पर अपनी जगह बना ली।

''जेंटलमैन, मेहरबानी करके बैठें,'' उसने कहा और कोशिश की कि उसके स्वर में अधिकार भाव न छलके।

टेड लीच और दूसरे कुछ डायरेक्टर झट से अपनी सीट पर आ गए, दूसरे कुछ बेमन से दिखे।

''इससे पहले कि कोई और कुछ कहे, मैं अपनी ओर से एक छोटा-सा वक्तव्य देना चाहूँगा और फिर आप लोग तय कर सकते हैं कि आप आगे की कार्रवाई कैसे करना चाहेंगे। मुझे लगता है कि हम स्वर्गीय चार्ल्स लेस्टर की इच्छा पूरी करने के लिए इतना तो कर ही सकते हैं,'' विलियम ने कहा।

एकाध और डायरेक्टर ने बेमन से जगह ली। कमरे में हर नज़र विलियम पर टिकी थी।

''शुक्रिया आप सबका। मैं शुरुआत में ही आप सबके आगे स्पष्ट करना चाहूँगा कि मेरे मन में इस बैंक का चेयरमैन बनने की कोई इच्छा नहीं है,''—वह अपनी बात का असर देखने के लिए रुका—जब तक डायरेक्टरों का बहुमत इसके लिए राज़ी नहीं होता। मैं इस समय केन एण्ड कैबट बैंक का डिप्टी डायरेक्टर हूँ और बैंक के 51 प्रतिशत स्टॉक मेरे पास हैं। केन एंड कैबट बैंक की स्थापना मेरे दादा जी ने की थी और मुझे लगता है कि चाहे आकार में न सही पर प्रतिष्ठा के मामले में इसकी तुलना लेस्टर्स के साथ की जा सकती है। चार्ल्स लेस्टर की इच्छा के अनुसार इस बैंक का चेयरमैन बनने के लिए मुझे बौस्टन छोड़ कर अपने परिवार के साथ न्यूयॉर्क आना होगा जो मेरे और मेरे परिवार के लिए संभव नहीं है। हालाँकि चार्ल्स लेस्टर चाहते थे कि मैं ही चेयरमैन का पद सँभालूँ और उनकी हर बात में कोई-न-कोई गहरा अर्थ छिपा रहता था इसलिए मुझे उनकी इच्छा का मान रखना ही होगा। मैं यह भी कहना चाहूँगा कि उनका इकलौता बेटा पिछले 15 वर्षों से मेरा पक्का दोस्त था और यह मेरे लिए किसी बड़े सदमे से कम नहीं है कि आज उसकी जगह मुझे आप लोगों को भावी चेयरमैन के तौर पर संबोधित करना पड़ रहा है।''

कुछ डायरेक्टरों ने हामी भरी।

''सज्जनो, यदि आज मैं आपकी ओर से बहुमत पाने में सफल रहा तो मैं आपको अपनी सेवाएँ देने के लिए वह सब छोड़ने को तैयार हूँ, जो कुछ भी बौस्टन में मेरे पास है। उम्मीद करता हूँ कि मुझे बैंकिंग के क्षेत्र में आपको अपने अनुभव की जानकारी देने की आवश्यकता नहीं है। मैं समझता हूँ कि आप सब यह पता लगाने का कष्ट उठा चुके होंगे कि चार्ल्स लेस्टर क्यों चाहते थे कि वे मुझे अपना उत्तराधिकारी चुनें। मेरे अपने चेयरमैन, टोनी सिमन्स, जिन्हें आपमें से कई लोग जानते हैं, उनका कहना है कि मैं केन एंड कैबट में ही रहूँ और चार्ल्स लेस्टर की इच्छा का अनादर कर दूँ।''

''मैंने कल मि. पारफ़िट को अपना निर्णय बता दिया होता—यदि वे मुझे कॉल करने का कष्ट करते। मुझे पिछले सप्ताह मि. और मिसेज़ पारफ़िट के घर डिनर करने का अवसर मिला और उस अवसर पर मि. पारफ़िट ने मुझे बताया कि उन्हें बैंक का अगला चेयरमैन बनने में कोई दिलचस्पी नहीं है। उनके अनुसार मि. टेड लीच ही मेरे एकमात्र प्रतिद्वंद्वी थे जो अभी आपके डिप्टी चेयरमैन हैं। जब मैंने मि. लीच से इस बारे में राय ली तो उन्होंने कहा कि वे सदा चेयरमैन चुनाव के लिए लेस्टर की इच्छा का पालन करना चाहेंगे। इस तरह मैं मान सकता हूँ कि मुझे दोनों ही वाइस चेयरमैन का समर्थन प्राप्त था। पर आज सुबह का *वॉल स्ट्रीट* जर्नल पढ़ने के बाद; हालाँकि आप सबको बता दूँ कि मैंने आठ साल की उम्र के बाद से इसके अनुमानों पर यकीन करना छोड़ दिया था''—फिर वह थोड़ा सा हँसा और आगे बोला, ''मुझे लगा कि आज की मीटिंग का हिस्सा बनना चाहिए ताकि यह सुनिश्चित हो सके कि मेरे पास अब भी दोनों वाइस चेयरमैन का समर्थन है और *जर्नल* में छपा अनुमान ग़लत था। मि. टेड लीच ने यह बोर्ड मीटिंग बुलवाई है और मैं उनसे पूछना

चाहूँगा कि क्या वे अब भी चाहते हैं कि चार्ल्स लेस्टर की इच्छा के हिसाब से मुझे ही बैंक के चेयरमैन का पद सौंपा जाए।''

विलियम ने सिर उठा कर लीच की ओर देखा, जिनका सिर झुका हुआ था। हालाँकि उनका उत्तर आने में कुछ ही सैकेंड लगे पर ऐसा लगा कि जैसे कितना समय बीत गया। उनकी ओर से इनकार का मतलब होता कि पारफ़िट की जीत होती।

टेड लीच ने धीरे से सिर उठा कर कहा, ''जेंटलमैन, मैं अपनी ओर से मि. केन को अपना पूरा समर्थन देता हूँ।''

विलियम ने उस दिन पारफ़िट की ओर पहली बार प्रत्यक्ष तौर पर देखा। वह पसीने-पसीने हो रहा था। उसने बोलते समय एक पल के लिए भी पीले पैड से अपना चेहरा नहीं उठाया।

वह बोला, ''बोर्ड के कुछ सदस्यों को लगा कि मुझे अपनी ओर से कोशिश करनी चाहिए।''

''और यह सब उस सप्ताह के बाद हुआ, जब तुमने मुझसे कहा कि तुम चार्ल्स लेस्टर की अंतिम इच्छा का पालन करना चाहोगे?'' विलियम के सुर में हल्का-सा आश्चर्य का पुट था।

पारफ़िट ने सिर थोड़ा-सा उठाया। ''मि. केन हालात इतने सरल भी नहीं हैं।''

''अरे हाँ। मि. पारफ़िट। जब से मैंने आपके घर डिनर किया, तब से आपकी राय बदल गई या अब भी आप मेरे पक्ष में हैं?''

''मुझे यकीन दिलाया गया था कि बोर्ड के बहुत सारे डायरेक्टर आपके पक्ष में नहीं हैं और वे चाहते हैं कि मैं आपका सामना करूँ।''

''जबकि आपने एक सप्ताह पहले ही कहा था कि आप चेयरमैन नहीं बनना चाहते?''

''मैं अपनी बात पर अड़ा रहना चाहूँगा। मि. केन, यह अब भी आपका बोर्डरूम नहीं है,'' पारफ़िट ने कहा।

''मि. पारफ़िट। ज़रूर कहें।''

सारी मीटिंग विलियम की योजना के अनुसार रही। उसका अपना भाषण बहुत सावधानी से तैयार किया गया था और अब पारफ़िट पहल के अभाव में कुछ नहीं कर पा रहा था। उसे अपनी सफ़ाई देने के नाम पर कोई तर्क नहीं सूझ रहे थे।

उसने बोलने के लिए शब्दों की तलाश-सी करते हुए कहा, ''जेंटलमैन!''

सब उसकी ओर देखने लगे तो विलियम को सुस्ताने का मौका मिल गया और वह दूसरे डायरेक्टर्स के चेहरे पढ़ने लगा।

''जब मैंने मि. केन के साथ डिनर किया, उसके बाद बहुत सारे डायरेक्टर निजी तौर पर मुझसे मिले और मुझे लगा कि मुझे उनकी इच्छा का सम्मान करना होगा और मैंने चुनाव

में खड़े होने के लिए हामी भर दी।'' पारफ़िट बोला। ''मैं कभी भी मि. लेस्टर की इच्छा का अपमान नहीं करना चाहता था जिनका मैं बहुत सम्मान करता था और सराहता था। मुझे वीरवार को रखी गई बोर्ड मीटिंग के बारे में मि. केन को बताना चाहिए था पर यह कहना चाहूँगा कि आज की घटनाओं ने हतप्रभ कर दिया है।''

उसने गहरी साँस ली। ''पिछले 22 वर्षों के दौरान कई लेस्टर सज्जनों का साथ रहा। उनमें से 6 आपके बैंक में वाइस चेयरमैन के पद पर थे। इसलिए मुझे लगा कि मुझे इस पद के लिए आवेदन करने का अधिकार है। यदि मि. केन डिप्टी चेयरमैन बन कर आते तो ठीक था पर इस समय मैं चेयरमैन पद पर उनके होने के पक्ष में नहीं हूँ। उम्मीद करता हूँ कि बैंक के दूसरे डायरेक्टर ऐसे व्यक्ति का साथ देंगे जो पिछले 20 वर्षों से बैंक को अपनी सेवाएँ देता आ रहा है और ऐसे व्यक्ति को अपना समर्थन देने से बचेंगे जो बैंक के लिए अजनबी है और एक व्यक्ति ने अपने बेटे की मौत के गम में आकर उसे बैंक में उत्तराधिकारी बना दिया। आप सबका शुक्रिया!''

इन हालात के हिसाब से विलियम को भाषण जानदार लगा पर पारफ़िट के पास मि. कोहेन की सलाह नहीं थी कि जब मुक़ाबला कड़ा हो तो आख़िरी शब्द की ताकत पर ध्यान देना चाहिए, विलियम फिर से उठा।

''सज्जनो, मि. पारफ़िट ने कहा कि मैं आप सबसे व्यक्तिगत तौर पर अपरिचित हूँ। यही वजह है कि मैं आपमें से किसी को भी संशय में नहीं रखना चाहूँगा कि मैं किस तरह का आदमी हूँ। जैसा कि मैंने कहा, मैं बैंकर्स के ख़ानदान से हूँ। मैं आजीवन बैंकर रहा और अपनी ओर से ईमानदारी से कहना चाहूँगा कि लेस्टर्स को अपनी सेवाएँ देना मेरे लिए आदर का विषय होगा। वहीं दूसरी ओर, आप सबने आज जो भी सुना, उसके बाद भी आप मि. पारफ़िट को चुनना चाहें तो यही होगा। मैं बौस्टन वापिस चला जाऊँगा और ख़ुशी से अपने बैंक की सेवा करता रहूँगा। मैं सार्वजनिक रूप से भी ऐलान कर देता हूँ कि मुझे लेस्टर्स का चेयरमैन बनने की कोई इच्छा नहीं है ताकि आगे चल कर कोई आप लोगों को दोषी न ठहरा सके कि आपने चार्ल्स लेस्टर की मर्ज़ी के हिसाब से काम नहीं किया। मैं चाहता हूँ कि यदि चेयरमैन बनना है तो आप सबकी इच्छा से ही यह काम हो।''

''हालाँकि ऐसे कोई हालात नहीं हो सकते कि मैं बोर्ड में मि. पारफ़िट के अधीन काम करूँ। मि. पारफ़िट के शब्दों के अनुसार, मैं एक अजनबी की तरह आपके सामने खड़ा हूँ; हालाँकि मेरे पास ऐसे व्यक्ति का समर्थन है जो इस मीटिंग में चाह कर भी नहीं आ सकता; एक ऐसा इंसान जिसे आप सभी चाहते और सराहते थे, ऐसा इंसान जिसे अंधाधुंध निर्णय लेने के बजाय सोच-समझ कर चलने में यकीन था। मैं बोर्ड के आगे प्रस्ताव रखता हूँ कि वह शीघ्र ही तय कर ले कि लेस्टर्स को चेयरमैन के रूप में अपनी सेवाएँ कौन देगा। यदि आपमें से किसी को भी संदेह है कि मैं बैंक को पूरी योग्यता से नहीं चला सकता तो वह मि. पारफ़िट को वोट दे। जेंटलमैन, मैं स्वयं को वोट नहीं दूँगा और मान कर चलता हूँ कि मि. पारफ़िट भी ऐसा नहीं करेंगे।''

''तुम वोट नहीं कर सकते, तुम बोर्ड के सदस्य नहीं हो,'' पारफ़िट झट से बोला।

''मैं बोर्ड का सदस्य हूँ इसलिए वोट देने के अधिकार का प्रयोग कर सकता हूँ।''

''ठीक है, मि. पारफ़िट। इस तरह कोई नहीं कह सकेगा कि आपने फ़ायदा उठाने का कोई भी मौका हाथ से जाने दिया।''

विलियम ने इंतज़ार किया कि उसकी बात सबको समझ आ जाए। एक डायरेक्टर विलियम के लिए अजनबी था, उसने ऐसे देखा मानो कुछ बोलना चाहता हो इसलिए विलियम झट से बोला, ''मैं कंपनी सैक्रेटरी मि. रॉजर्स से आग्रह करूँगा कि वे चुनाव की प्रक्रिया आरंभ करें। जब आप लोग अपने वोट दे चुके हों तो मतदान पत्र उन्हें सौंप दें।''

अल्फ्रेड रॉजर्स का लेंस सारी मीटिंग के दौरान ऊपर-नीचे होता रहा। उसने सारे डायरेक्टरों को घबराते हुए मतदान पत्र दिए। जब सबने अपनी ओर से वोट दे दिया तो वे सारी स्लिप उसे वापिस कर दी गईं।

''मिस्टर रॉजर्स शायद इन हालात के बीच, सारे वोट बोल कर पढ़े जाएँ तो यह निश्चित हो जाएगा कि कोई भूल नहीं हुई और दोबारा मतदान कराने की नौबत नहीं आएगी।''

''ज़रूर मि. केन।''

''मि. पारफ़िट, क्या आपकी ओर से अनुमति है?''

पारफ़िट ने कुछ कहे बिना अपना सिर हिलाया।

''शुक्रिया। मि. रॉजर्स आप वोट पढ़ना चालू करें।''

रॉजर्स ने पहली वोटिंग स्लिप खोली।

''पारफ़िट।''

और फिर दूसरी

''पारफ़िट।''

अब यह निर्णय विलियम के हाथों से बाहर था। उसने 12 साल की आयु में चार्ल्स से कहा था कि वह बैंक एक दिन उसका होगा, अगले कुछ क्षणों में इस बात की क़िस्मत तय होने वाली थी।

''केन। पारफ़िट। केन।''

तीन वोट पारफ़िट के और दो केन के। क्या टोनी सिमन्स वाले चुनाव वाला हाल होने वाला है?

''केन। केन। पारफ़िट।''

दोनों के चार-चार वोट। पारफ़िट अब भी पसीने से भीगा हुआ था और बेचैनी महसूस कर रहा था।

''पारफ़िट।''

विलियम के चेहरे पर कोई भाव नहीं उभरे। पारफ़िट मुस्कुराया। अब उसके पाँच वोट हो गए थे।

"केन। केन। केन।"

पारफ़िट की मुस्कान गायब हो गई।

"पारफ़िट। पारफ़िट।"

रॉजर्स ने उस स्लिप को खोलने में बहुत समय लिया जिसे कई बार खोल कर मोड़ा गया था।

"केन।"

केन के नाम आठ वोट हो गए थे।

अब आख़िरी स्लिप खोली जानी थी। विलियम रॉजर्स के होंठों को देख रहा था। रॉजर्स ने कमरे में देखा, उस समय वह उस जगह मौजूद सबसे अहम इंसान था।

"केन।"

पारफ़िट ने अपना सिर हाथों में छिपा लिया।

"जेंटलमैन, मि. केन को नौ और मि. पारफ़िट को सात वोट मिले हैं। मैं विलियम केन को लेस्टर्स बैंक के लिए चेयरमैन घोषित करता हूँ," रॉजर्स ने कहा।

कमरे में सन्नाटा छा गया। पारफ़िट के अलावा बाकी सभी सिर विलियम की ओर मुड़े क्योंकि वे अपने चेयरमैन के पहले भाषण को सुनने की प्रतीक्षा में थे।

केन ने गहरी साँस ली और एक बार फिर खड़ा हो गया, अपने बैंक बोर्ड का सामना करने के लिए।

"आप सबकी मेहरबानी। आपने मुझ पर इतना भरोसा जताया, मैं इसका पूरा मान रखूँगा। यह चार्ल्स लेस्टर की अंतिम इच्छा थी कि मैं आपका चेयरमैन बनूँ और मुझे खुशी है कि आपके वोट ने उनकी इच्छा को पूरा करने में मदद की। मैं वादा करता हूँ कि मैं अपनी पूरी योग्यता के साथ बैंक की सेवा करूँगा परंतु पूरे बोर्ड के दिल से मिलने वाले सहयोग के बिना ऐसा करना असंभव होगा। यदि मि. पारफ़िट दया करके..."

पारफ़िट ने उम्मीद से सिर उठाया...

"कुछ देर के लिए मेरे साथ चेयरमैन ऑफ़िस में चलें तो मुझ पर मेहरबानी होगी। मि. पारफ़िट से मिलने के बाद मैं मि. लीच से मिलना चाहूँगा और अगले कुछ दिनों में मुझे आप सबसे व्यक्तिगत रूप से भेंट करने का अवसर मिलेगा। अगली मीटिंग महीने में एक बार हुआ करेगी। यह मीटिंग यहीं समाप्त होती है।"

डायरेक्टर आपस में बातें करते हुए उठने लगे। विलियम झट से गलियारे की ओर चल दिया, वह पीटर पारफ़िट की नज़रों को उपेक्षित कर रहा था। टेड लीच आगे आए और उसे अपने साथ चेयरमैन ऑफ़िस तक ले गए।

"इतना जोखिम लेने के बावजूद जीत तुमने ही हासिल की," लीच ने कहा। "अगर वोट न मिलते तो क्या करते?"

''बौस्टन वापिस जाकर अपना काम देखता,'' विलियम ने सहज होते हुए कहा।

लीच ने चेयरमैन के ऑफ़िस का दरवाज़ा खोला। कमरा लगभग वैसा ही था जैसा विलियम को याद था; शायद उस समय यह थोड़ा बड़ा लगा होगा जब प्रेप स्कूल के छोकरे विलियम केन ने चार्ल्स से कहा था कि एक दिन वह उनका बैंक सँभालेगा। उसने मेज़ के पीछे लगी चार्ल्स की तस्वीर को देख कर आँख दबाई और लाल रंग के चमड़े की बड़ी-सी कुर्सी पर बैठ कर, अपनी कोहनियाँ महोगनी मेज़ पर टिका दीं। उसने जैकेट की जेब से छोटी-सी चमड़े की जिल्द वाली पुस्तिका निकाली और उसे अपने सामने मेज़ पर रख कर इंतज़ार करने लगा। कुछ देर बाद दरवाज़े पर आहट हुई। चाँदी की मूठ वाली काली छड़ी हाथ में लिए एक वृद्ध सज्जन ने प्रवेश किया। टेड लीच ने उन्हें अकेला छोड़ दिया।

''मेरा नाम रूपर्ट कॉर्क-स्मिथ है।''

विलियम ने उठ कर उनका अभिवादन किया। वे बोर्ड के सबसे वृद्ध सदस्य थे। पिछले ज़माने की याद दिलाते सफ़ेद बाल और सुनहरी घड़ी के अलावा, वे बैंकिंग के दायरे में बहुत प्रतिष्ठित हस्ती थे। उनकी जुबान का इतना मोल था कि उनके साथ कोई अनुबंध पर हस्ताक्षर नहीं करता था। उन्होंने विलियम की आँखों में आँखें डाल कर देखा।

''सर, मैंने आपके ख़िलाफ़ वोट दिया और बेशक़ आप चाहेंगे कि एक घंटे के अंदर मेरा इस्तीफ़ा आपकी मेज़ पर हो।''

''क्या आप बैठेंगे सर,'' विलियम ने विनम्रता से कहा।

''शुक्रिया।''

''मुझे लगता है कि आप मेरे पिता और दादाजी को जानते थे?''

''मुझे यह सौभाग्य मिला है। तुम्हारे दादा और मैं हॉर्वर्ड में एक साथ थे और मुझे याद है कि तुम्हारे पिता की असमय मृत्यु से मुझे कितना दुख हुआ था।''

''और चार्ल्स लेस्टर?'' विलियम ने कहा।

''वे मेरे निकटतम मित्र थे। उनकी वसीयत में यह बदलाव मेरे सामने ही हुआ था। यह तो कोई राज़ नहीं कि चेयरमैन पद के लिए पीटर पारफ़िट मेरी पसंद कभी न होता। मैं इस काम के लिए टेड लीच को अपना समर्थन देता पर मैंने जीवन में कभी खुद को किसी चीज़ से दूर नहीं रखा। मुझे लगा कि तुम्हारे ख़िलाफ़ जो भी खड़ा होगा, उसे मेरा समर्थन मिलेगा क्योंकि मैं किसी ऐसे व्यक्ति को वोट नहीं देना चाहता था जिससे कभी भेंट तक न हुई हो।''

''मि. रूपर्ट कॉर्क-स्मिथ, आपकी ईमानदारी के लिए आभारी हूँ पर अब मुझे यह बैंक चलाना है और इस समय आपको मेरी ज़रूरत पड़े, उससे ज़्यादा मुझे आपकी ज़रूरत होगी, आपसे आग्रह करता हूँ कि आप त्यागपत्र न दें।''

वृद्ध सज्जन ने विलियम की आँखों में गहराई से देखा। ''नौजवान, कह नहीं सकता कि यह कारगर होगा या नहीं। मैं रातों-रात अपना रवैया नहीं बदल सकता,'' उन्होंने अपने दोनों हाथ छड़ी पर टिकाते हुए कहा।

''सर, मुझे छह महीने का समय दें और अगर तब भी आपको ऐसा ही लगा तो मैं कुछ नहीं कहूँगा।''

रूपर्ट कॉर्क-स्मिथ बड़ी देर तक चुप रहने के बाद बोले, ''चार्ल्स लेस्टर ने सही कहा था : तुम रिचर्ड केन के बेटे हो।''

''सर, क्या आप इस बैंक को अपनी सेवाएँ देते रहेंगे?''

''हाँ, नौजवान। क्या तुम नहीं जानते कि एक मूर्ख बूढ़े से बड़ा मूर्ख कोई नहीं होता।''

रूपर्ट कॉर्क-स्मिथ छड़ी के सहारे धीरे से उठे। विलियम उछल कर उनकी मदद करने आगे आया पर उन्होंने हाथ के इशारे से मना कर दिया।

''गुडलक मेरे बच्चे। तुम्हें मेरा पूरा सहयोग मिलेगा, भरोसा रखना।''

''शुक्रिया सर।''

जब उन्होंने दरवाज़ा खोला तो पीटर पारफ़िट वहीं प्रतीक्षा करता मिला। जब वे चले गए तो वे दोनों कुछ देर चुप रहे।

फिर पीटर बोला, ''मैंने कोशिश की और नाक़ाम रहा। एक इंसान इससे ज़्यादा क्या कर सकता है। बिल, मन में कुछ मत रखना,'' उसने अपना हाथ आगे किया।

विलियम ने उसे बैठने को नहीं कहा और बोला, ''मेरे मन में ऐसी कोई बात नहीं, मि. पारफ़िट। आपने सही कहा। आपने कोशिश की और नाक़ाम रहे। अब आपको इस बैंक के डायरेक्टर पद से इस्तीफ़ा देना होगा।''

''क्या करना होगा,'' पारफ़िट बुरी तरह से चौंका।

''इस्तीफ़ा,'' विलियम बोला।

''बिल, यह तो ज़्यादती नहीं हो जाएगी। मैंने कोई निजी वार नहीं किया। मुझे जो सही लगा—''

''मि. पारफ़िट, मैं आपको अपने बैंक में नहीं चाहता। आप आज रात इस जगह से चले जाएँगे और दोबारा बैंक में कदम नहीं रखेंगे।''

''अगर मैं ऐसा करने से इनकार कर दूँ तो? इस बैंक में मेरे शेयर हैं और बहुत सारे डायरेक्टर भी मेरे साथ हैं। मैं आपको अदालत तक ले जा सकता हूँ।''

''मैं आपको सलाह दूँगा कि बैंक के नियम पढ़ लें।'' विलियम ने मेज़ पर रखी चमड़े की जिल्द वाली पुस्तिका के कुछ पन्ने पलटे और वह पैराग्राफ़ निकाल लिया जिस पर उसने सुबह ही निशान लगाया था। फिर वह उसे ज़ोर से पढ़ने लगा, ''चेयरमैन को किसी भी ऐसे बैंक कर्मचारी को काम से निकालने का पूरा अधिकार है जिस पर उसे विश्वास न रहा हो। मुझे आप पर विश्वास नहीं रहा मि. पारफ़िट इसलिए आपको इस्तीफ़ा देना होगा। आपको दो साल का वेतन मिलेगा और वे सब लाभ मिलेंगे जिन्हें पाने का आप हक़ रखते हैं। वहीं दूसरी ओर, यदि आपने मुझे जबरन निकालने पर विवश किया तो आप

अपनी प्रतिष्ठा और स्टॉक के अलावा इस बैंक से कुछ नहीं ले जा सकेंगे। आपको क्या चाहिए, चुनाव आपका अपना है।''

''क्या एक और मौका नहीं दोगे?''

''मैंने आपको पिछले सप्ताह मौका दिया था जब आपने मुझे डिनर पर बुलाया और फिर आपने झूठ बोला। मैं अपने डिप्टी चेयरमैन में ऐसे गुण नहीं चाहता। मि. पारफ़िट, क्या आप इस्तीफ़ा देंगे या मुझे आपको बैंक से बाहर निकलवाना होगा?''

''केन, भाड़ में जाओ तुम। मैं इस्तीफ़ा देता हूँ।''

''ठीक है। तो यहीं बैठ कर पत्र लिखो।''

''नहीं। कल सुबह आराम से लिख कर दूँगा।''

''अभी—वरना मैं आपको काम से निकाल दूँगा,'' विलियम बोला।

पारफ़िट पहले तो हिचका और फिर वहीं कुर्सी पर ढह गया। विलियम ने उसके हाथ में बैंक का लैटरहैड और पैन पकड़ा दिया। पारफ़िट अपना पैन निकाल कर लिखने लगा। जब पत्र पूरा हुआ तो विलियम ने उसे उठा कर ध्यान से पढ़ा।

''शुभ दिन। मि. पारफ़िट।''

पारफ़िट बिना कुछ कहे बाहर निकल गया। टेड लीच अंदर आए तो विलियम उन्हें देख कर मुस्कुराया।

''आप मुझसे मिलना चाहते थे, मि. चेयरमैन?''

''जी,'' विलियम ने कहा। ''मैं आपको बैंक का नया डिप्टी चेयरमैन नियुक्त करना चाहूँगा। मि. पारफ़िट ने इस्तीफ़ा दे दिया क्योंकि उन्हें लगा...''

''ओह, यह सुन कर हैरानी हुई। मुझे सोचना चाहिए था...।''

विलियम ने उनके आगे पत्र रख दिया। लीच ने उसे पढ़ा और विलियम की ओर देखा।

''मुझे डिप्टी चेयरमैन का पद स्वीकार कर बहुत खुशी होगी। मुझ पर भरोसा जताने के लिए मेहरबानी।''

''बढ़िया। अगर आप आने वाले कुछ दिनों में हर डायरेक्टर से मेरी भेंट करने की व्यवस्था करवा देंगे तो आपका आभार होगा। मैं कल सुबह आठ बजे से अपनी मेज़ पर मिलूँगा।''

''जी, मि. चेयरमैन।''

''अगर आप मि. पारफ़िट का त्याग-पत्र कंपनी सैक्रेटरी को दे सकें तो?...''

''जैसा आप कहें, मि. चेयरमैन।''

''मेरा नाम विलियम है—मि. पारफ़िट ने यह एक और भूल की थी।''

लीच मुस्कुराए। ''मैं आपको कल सुबह मिलूँगा।'' वे एक क्षण को हिचकिचा कर बोले—''विलियम।''

जब वे चले गए तो विलियम चार्ल्स लेस्टर की कुर्सी पर बैठ कर उसे तब तक गोल-गोल घुमाता रहा, जब तक उसका सिर नहीं चकरा गया। फिर उसने खिड़की से बाहर वॉल स्ट्रीट पर देखा, चारों ओर बड़े-बड़े बैंकों की चहल-पहल के बीच अमेरिका के ब्रोक्रेज हाउस दिख रहे थे। वह हमेशा से वहीं होना चाहता था।

"और जनाब आप कौन हैं?" उसके पीछे से एक महिला स्वर सुनाई दिया।

उसने मुड़ कर देखा तो एक अधेड़ आयु की महिला उसे खीझ कर देख रही थी।

"यही सवाल मैं आपसे पूछ सकता हूँ," विलियम ने कहा।

"मैं चेयरमैन की सैक्रेटरी हूँ," उस महिला ने कड़ाई से कहा।

विलियम बोला, "और मैं चेयरमैन हूँ।"

~

विलियम अगली सुबह से न्यूयॉर्क में काम पर आ गया पर केट और परिवार को उसके पास आने में कुछ सप्ताह लगे। पहले लेस्टर्स बैंक के चेयरमैन के अनुरूप एक अच्छा घर खोजना था और एक ऐसा स्कूल चाहिए था जिसमें पढ़ने के बाद रिचर्ड आसानी से सेंट पॉल में जा सके और फिर आगे उसे हॉर्वर्ड भी जाना था।

अगले तीन महीनों तक, विलियम खुद को बौस्टन से बाहर लाने और न्यूयॉर्क में पैर जमाने की कोशिश करता रहा। उसे लगता था कि काश, हर दिन में अड़तालीस घंटे होते। उसे लगा कि बौस्टन से उसका नाता उसकी सोच से कहीं गहरा निकला। टोनी की ओर से पूरा सहयोग मिला और विलियम भी इस बात को सराहने लगा था कि एलन लॉयड ने उसे केन एण्ड कैबट के चेयरमैन पद के लिए क्यों चुना। वह पहली बार यह मानने को तैयार था कि शायद एलन ने सही किया था।

न्यूयॉर्क में केट का जीवन जल्दी ही व्यस्त हो गया। वर्जीनिया कमरे में घुटनों के बल चलते हुए विलियम की स्टडी तक चली जाती और केट की पकड़ में नहीं आती थी। रिचर्ड अपने लिए एक विंडचीटर चाहता था ताकि न्यूयॉर्क के लड़कों जैसा दिख सके। न्यूयॉर्क बैंक के चेयरमैन की पत्नी होने के नाते केट को नियमित रूप से कॉकटेल पार्टियों के साथ प्राइवेट डिनर भी देने पड़ते थे ताकि डायरेक्टर और प्रमुख ग्राहकों को विलियम से अकेले में बात करने का मौका मिल सके और वे अपनी सलाह ले-दे सकें। वह बड़ी चतुराई और कूटनीति से सारी दावतें सँभालती और विलियम केन एंड कैबट का आभारी था जिसने उसे उसके जीवन की सबसे बड़ी सम्पत्ति दी थी।

जब केट ने उसे बताया कि वह गर्भ से है तो वह इतना ही पूछ सका, "मुझे यह सब करने का समय कब मिला था?" वर्जीनिया को सुन कर रोमांच हुआ पर समझ नहीं पा रही थी कि मम्मा इतनी मोटी क्यों हो रही है और रिचर्ड ने इस बारे में बात करने से ही मना कर दिया।

~

जब विलियम ने एक महीने बाद अगली सालाना मीटिंग में हिस्सा लिया तो चेयरमैन के रूप में उसके पद की पुष्टि हो गई। जब मि. कोहेन ने उसे याद दिलाया कि बहुत सारे शेयर होल्डर्स के पास फूटी कौड़ी नहीं रहेगी अगर वे उसे वोट नहीं देते। यह सुन कर उसके चेहरे पर मुस्कान आ गई। विलियम को पीटर पारफ़िट को पिछली पंक्ति में बैठा देख हैरानी हुई। वह बाज़ू मोड़ कर बैठा था और सूसन लेस्टर उसके साथ थी और जब वोट देने की बारी आई तो दोनों के बाज़ू मुड़े ही रहे।

~

केट ने विलियम के लेस्टर्स चेयरमैन बनने के एक साल बाद, दूसरी बेटी को जन्म दिया और उन्होंने उसका नाम लूसी रखा। विलियम ने वर्जीनिया को सिखाया कि लूसी का पालना कैसे झुलाना है, रिचर्ड बकले स्कूल के पहले ग्रेड में जाने को तैयार था, उसने इस नई उपस्थिति का लाभ उठाते हुए पापा को मना लिया कि वे उसे एक नया बेसबॉल बैट ले देंगे। लूसी किसी तरह की माँग नहीं रख सकती थी पर वह ऐसी तीसरी महिला बनी जो विलियम को अपनी अँगुलियों पर नचा सकती थी।

विलियम के लेस्टर बैंक में चेयरमैन बनने के पहले साल में, बैंक के मुनाफ़े थोड़े से बढ़े और उसने सालाना मीटिंग में शेयर होल्डर्स को यकीन दिलाया कि उसे ऐसी कोई वजह नहीं दिखती कि आने वाले समझा में बैंक के मुनाफ़ों में भारी सुधार नहीं होगा।

38

1 सितंबर, 1939, जर्मन दलों ने पोलैंड में प्रवेश किया।

विलियम के दिमाग में सबसे पहले एबल रोसनोवस्की का नाम आया। पार्क एवेन्यू पर नया बैरन होटल पहले ही न्यूयॉर्क का पसंदीदा होटल था और थॉमस कोहेन से आ रही तिमाही रिपोर्ट बताती थी कि रोसनोवस्की मज़बूत होता जा रहा था। पर अब उसे यूरोप में विस्तार के विचार को कुछ समय तक रोकना होगा। कोहेन को अब तक रोसनोवस्की और हेनरी ऑस्बॉर्न के बीच कोई प्रत्यक्ष संबंध नहीं मिल सका था।

विलियम ने कभी नहीं सोचा था कि अमेरिका एक और यूरोपियन जंग में उलझेगा पर उसने लंदन की लेस्टर शाखा को खुला रखा ताकि अपना पक्ष जता सके और उसने हैम्पशायर और लिंकन शायर में ली गई अपनी 12 हज़ार एकड़ ज़मीन को बेचने के बारे में एक बार भी नहीं सोचा। वहीं दूसरी ओर, टोनी सिमन्स ने विलियम को बताया कि वह लंदन की केन एंड कैबट शाखा को बंद करना चाहता है।

वे दोनों चेयरमैन नियमित रूप से मिलते, एक साथ समय बिताते और अब उनके बीच कोई प्रतियोगिता नहीं रह गई थी। उनमें से प्रत्येक दूसरे को नए विचारों को बाँटने के लिए इस्तेमाल करता था। जैसा कि टोनी ने कहा था, जब विलियम को लेस्टर का चेयरमैन बनाया गया तो कुछ ज़रूरी ग्राहक साथ छोड़ गए पर जब भी कोई पुराना ग्राहक अपना खाता बदलने की बात करता तो विलियम हमेशा टोनी को उसकी पूरी जानकारी देता था। वे दोनों

महीने में एक बार लॉक-ओबर्स में लंच के लिए मिलते थे, टोनी ने दोबारा विलियम को बताया कि वह केन एंड कैबट की लंदन शाखा को बंद करना चाहता है।

"पर क्यों?" विलियम ने पूछा।

"मेरा पहला कारण बिलकुल साफ़ है।" टोनी ने अपनी आयातित बरगंडी पीते हुए कहा और उसे यकीन था कि जर्मन बूट, फ्रांस के अधिकतर अंगूर के बागों को कुचलने को तैयार थे। "मुझे लगता है कि अगर हमने बैंक बंद नहीं किया और इंग्लैंड से नहीं निकले तो भारी घाटा उठाना होगा।"

"बेशक़ थोड़ा घाटा होगा," विलियम बोला। "पर हमें ब्रिटिश को अपना सहयोग देना होगा।"

"क्यों?" टोनी बोला। "हम कोई सपोर्ट करने वाला क्लब नहीं बैंक हैं।"

"ब्रिटेन कोई बेसबॉल टीम नहीं, टोनी। यह उन लोगों का देश है, हमारी पूरी विरासत इससे ही है।"

टोनी बोला, "तुम्हें तो राजनीति में आना चाहिए। मुझे लगता है कि बैंकिंग में तुम्हारी प्रतिभा व्यर्थ हो रही है। हालाँकि मेरे पास शाखा को बंद करने का एक और कारण भी है। अगर जर्मन ब्रिटेन में आ गए जैसे वे पोलैंड और फ्रांस में आए हैं—और जो कैनेडी के अनुसार वे ऐसा ही करने की योजना भी बना रहे हैं, तो बैंक हाथ से जाएगा और हम लंदन में पाई-पाई गँवा देंगे।"

"मेरी लाश से गुज़रना होगा पहले," विलियम बोला। "अगर हिटलर ने ब्रिटिश धरती पर पैर भी रखा तो अमेरिका उसी दिन जंग में होगा फिर चाहे लंदन में हमारे राजदूत जो भी कहें।"

"कभी नहीं," टोनी ने कहा। "एफडीआर ने बार-बार कहा है। और किसी भी दशा में जंग नहीं होगी। वैसे भी अमेरिका के लोग आसमान सिर पर उठा लेंगे।"

" 'कभी नहीं' कहने वाले नेता की बात मत सुनो," विलियम बोला। "ख़ासतौर पर, रूज़वेल्ट की मत सुनो। जब वे कहते हैं, 'कभी नहीं।' तो इसका मतलब है कि आज या कल सुबह तक नहीं पर उसके बाद हो सकता है। तुम्हें याद रखना चाहिए कि वुडरो विल्सन ने 1916 से 'कभी नहीं' कहना बंद नहीं किया।"

टोनी हँस दिया, "विलियम, सीनेट के लिए कब जाना चाहोगे?"

"कभी नहीं," विलियम मुस्कुराकर बोला।

"विलियम, तुम्हारी भावनाओं की क़द्र करता हूँ पर चाहता हूँ कि ऐसा हो।"

"तुम चेयरमैन हो। अगर बोर्ड का साथ मिला तो लंदन शाखा कल ही बंद हो सकती है। मैं बहुमत से हुए निर्णय को रोकने के लिए अपने पद का प्रयोग नहीं करता और यह बात तुम अच्छी तरह जानते हो," विलियम ने कहा।

"जब तक तुम केन एण्ड कैबट को लेस्टर से नहीं मिला देते। तब वह तुम्हारा निर्णय

होगा।''

''टोनी, पहले भी कहा है कि जब तक तुम चेयरमैन हो, ऐसी कोई कोशिश नहीं होगी।''

''पर हमें यह विलयन कर लेना चाहिए।''

''क्या?'' विलियम के हाथ का गिलास छलक गया। उसे अपने कानों सुनी बात पर भरोसा नहीं हुआ। ''हे ईश्वर, टोनी! तुम्हारे लिए एक बात तो कह ही सकते हैं। तुम्हारी बातों को पहले से कोई नहीं जान सकता।''

''मैं हमेशा की तरह बैंक के हित को सबसे पहले रखता आया हूँ, विलियम। ताज़ा हालात पर एक पल के लिए गौर करो। न्यूयॉर्क पहले की तुलना में, इस समय यूएस वित्त का केंद्र बना हुआ है और जब इंग्लैंड पर हिटलर का हमला होगा तो यह संसार के वित्त का केंद्र होगा। असल में, मैं तो यह भी कहूँगा कि इन हालात में डॉलर ही, दुनिया भर में सबसे बड़ी करेंसी बन कर, पाउंड की जगह ले लेगा। यहीं केन एण्ड कैबट की ज़रूरत होगी। और हमने यह विलयन किया तो हम कहीं बेहतर संस्थान बना सकेंगे क्योंकि हमारी विशेषज्ञताएँ पूरक होंगी। केन एंड कैबट हमेशा शिप और हैवी-इंडस्ट्री की फ़ाइनेंसिंग करता आया है, जबकि लेस्टर्स ने ऐसा नहीं किया। इसके विपरीत, तुम बहुत अंडरराइटिंग करते हो, हम नहीं करते। यह कहना भी ठीक होगा कि हमने कई यूरोपियन शहरों में अनावश्यक ऑफ़िस खोल रखे हैं।''

''टोनी, मैं हर बात से सहमत हूँ पर मैं ब्रिटेन में उपस्थिति बनाए रखना चाहता हूँ।''

''ठीक यही बात। केन एंड कैबट की लंदन शाखा बंद हो सकती है पर लेस्टर तो रहेगा। फिर अगर लंदन में उथल-पुथल हुई तो हमें कोई फ़र्क नहीं पड़ेगा क्योंकि हमारे पास ठोस आधार होगा और हम पहले से मज़बूत होंगे।''

''पर रूज़वेल्ट की ओर से मर्चेंट बैंकों पर लगी पाबंदियों का मतलब होगा कि हम केवल एक ही शहर से काम कर सकेंगे। इस तरह यह विलयन तभी सफल होगा, जब हम सारा काम न्यूयॉर्क से करें और बोस्टन को केवल एक शाखा कार्यालय रहने दें।''

''मैं फिर भी तुम्हारे साथ हूँ,'' टोनी बोला। ''तुम लेस्टर को कमर्शियल बैंकिंग में भी ला सकते हो, जिससे सारी समस्या हल हो जाएगी।''

''नहीं टोनी। एफडीआर ने एक ईमानदार आदमी के लिए इन दोनों बातों को असंभव कर दिया है। किसी भी हाल में, मेरे पिता ने सिखाया था कि अमीरों के छोटे दल की सेवा कर सकते हो या निर्धनों के बड़े समूह की मदद कर सकते हो पर दोनों की नहीं। लेस्टर तब तक एक पारंपरिक मर्चेंट बैंक रहेगा, जब तक मैं चेयरमैन हूँ। पर अगर हमने विलयन का निर्णय लिया, तो क्या तुम दूसरी परेशानियों को नहीं देख पा रहे?''

''दोनों ओर की गुडविल देख कर लगता है कि हम इनसे पार पा लेंगे पर तुम्हें सभी बातों पर गंभीरता से विचार करना होगा, विलियम क्योंकि इसके बाद तुम प्रमुख शेयर होल्डर्स नहीं रहोगे और नए बैंक पर पूरा नियंत्रण नहीं होगा। इस तरह अधिग्रहण के समय

परेशानी आ सकती है।"

"अगर अमेरिका के विशालतम फ़ाइनेंशियल संस्थानों में से एक का चेयरमैन बना तो मैं यह जोखिम उठाने को भी तैयार हूँ।"

~

विलियम उसी शाम न्यूयॉर्क वापिस आया और लेस्टर की बोर्ड मीटिंग बुलवा ली ताकि टोनी सिमन्स के प्रस्ताव पर चर्चा हो सके। जब एक बार बोर्ड ने बैंकों के विलयन के लिए स्वीकृति दे दी तो उसने सभी बैंकों के वाइस प्रेज़ीडेंटों से कहा कि वे सभी बातों पर विस्तार से विचार करें।

विभागीय अध्यक्षों ने तीन महीने में अपनी रिपोर्ट पेश की और उनका एक ही निष्कर्ष था : यह एक अच्छा कदम है क्योंकि दोनों बैंक परस्पर पूरक हैं। वैसे भी विलियम के शेयर्स को देखते हुए सुनिश्चित था कि लेस्टर को केन एण्ड कैबट का 51 प्रतिशत मिलेगा, जिससे यह विलयन बहुत ही सुविधाजनक होगा। कुछ डायरेक्टर्स को लगा कि यह बात विलियम के दिमाग में पहले क्यों नहीं आई। टेड लीच का मानना था कि जब चार्ल्स लेस्टर ने विलियम को उत्तराधिकारी चुना था तो यही बात उनके दिमाग में रही होगी।

वकीलों का पूरा दल इस विषय में कागज़ी कार्रवाई कर रहा था जिसे पूरा होने में एक साल का समय लगा। शेयरों के लेन-देन के बीच विलियम सबसे बड़ा स्टॉक होल्डर हो गया क्योंकि उसके पास नई कंपनी के भी 8 प्रतिशत अंश थे। उसे नए बैंक का प्रेज़ीडेंट और चेयरमैन नियुक्त किया गया। टोनी सिमन्स डिप्टी चेयरमैन बन कर बौस्टन में रहा और टेड लीच न्यूयॉर्क में थे। नए मर्चेंट बैंक को नाम दिया गया, 'लेस्टर, केन एण्ड कंपनी', पर उसे लेस्टर ही कहा जाता रहा।

विलियम ने सफल विलयन की घोषणा के लिए न्यूयॉर्क में प्रेस कॉन्फ्रेंस बुलवाई और 8 दिसंबर, 1941 को सोमवार का दिन चुना, जब पूरे वित्तीय जगत को अपने भावी विज़न के बारे में बताया। प्रेस कॉन्फ्रेंस को कुछ घंटों पहले रद्द करना पड़ा क्योंकि जापानियों ने पर्ल हार्बर पर हमला कर दिया था।

कुछ दिन पहले, विलयन की सूचना अखबारों को दे दी गई थी पर अमेरिका और जापान के बीच लड़ाई का मतलब था कि मंगलवार की सुबह विलयन की खबर कुछ इंच के कॉलम में सिमट गई। हालाँकि कवरेज का न मिल पाना, विलियम के दिमाग में नहीं था।

वह यह तय नहीं कर पा रहा था कि केट को कब और कैसे बताना है कि वह भी उस जंग में शामिल होना चाहता है।

भाग पाँच

1941–1948

39

एबल ने *शिकागो ट्रिब्यून* के फ़ाइनेंशियल सैक्शन में लेस्टर, केन एंड कंपनी के विलयन के बारे में पढ़ा।

अमेरिका के जंग में जाने से जुड़ी ख़बर को जितनी जगह दी गई थी, उस हिसाब से यह ख़बर सामने आने से रह सकती थी अगर उसके साथ विलियम केन का छोटा-सा फ़ोटो न होता, उसे देख कर लगता था कि वह पुरानी तस्वीर थी। शायद तब, जब दस साल पहले उसकी और एबल की भेंट हुई थी। निश्चित रूप से वह इतनी बड़ी कंपनी के चेयरमैन पद के लिए अपनी आयु के हिसाब से बहुत छोटा था। आलेख में भविष्यवाणी की गई थी : 'नई कंपनी, दो पुराने प्रतिष्ठित पारिवारिक बैंकों का मेल, जो अमेरिका के सबसे प्रतिष्ठित वित्तीय संस्थानों में से एक हो सकता है।' उसमें बताया गया था कि शेयरों को बीस शेयरहोल्डरों में विभाजित किया जाएगा जो लेस्टर और केन परिवारों से निकट संबंध में हैं। मि. केन के पास सबसे अधिक शेयर होंगे, वे आठ प्रतिशत रखेंगे और स्वर्गीय मि. लेस्टर की बेटी के पास छह प्रतिशत रहेंगे।

एबल को यह जान कर प्रसन्नता हुई। उसे यह भी अहसास हुआ कि केन ने एक बड़े वित्तीय संस्थान का चेयरमैन बनने के लिए एक बैंक के कुल नियंत्रण को बलिदान कर दिया होगा। उसने फिर से आलेख पढ़ा और यह मानना ही पड़ा कि जब से उनकी भेंट हुई थी तब से विलियम दुनिया में बहुत आगे निकल गया है, पर वह तो पहले से ही था। और एबल को लेस्टर, केन एण्ड कंपनी के चेयरमैन से अपना हिसाब बराबर करना था।

पिछले दशक में बैरन ग्रुप की संपदा इतनी हुई कि एबल ने दस साल में सारा उधार चुकता कर दिया और कपंनी सौ प्रतिशत उसके नाम हो गई।

उसने 1939 की चौथी तिमाही में सारा उधार पूरा किया और 1940 का मुनाफ़ा आधा मिलियन से भी ज़्यादा हो गया। इस मील के पत्थर को पाने के साथ ही उसने वाशिंगटन और सैन फ्रांसिस्को में दो नए बैरन खोल दिए।

हालाँकि, एबल इस दौरान एक परवाह करने वाला पति नहीं रहा और ज़ाफ़िया को भी अपने पति की महत्त्वाकांक्षाओं के साथ चलने में कोई खास दिलचस्पी नहीं थी, पर वह एक स्नेही पिता था। ज़ाफ़िया दूसरा बच्चा चाहती थी और वह उसे डॉक्टर के पास चलने के लिए मनाने में सफल रही। जब उसे पता चला कि स्पर्म काउंट के कम होने की वजह से वह शायद दोबारा पिता न बन सके तो उसने एक बेटा पाने की उम्मीद त्याग दी और अपनी बेटी फ़्लोरेंटीना पर ही सारा प्यार लुटाने लगा। शायद जर्मनों और रूसियों के पास बंधक बनने के दिनों के कुपोषण और बीमारी की वजह से यह समस्या पैदा हुई होगी।

एक होटल मालिक के रूप में एबल पूरे अमेरिका में जाना जाने लगा और प्रेस उसे 'द शिकागो बैरन' कहने लगी थी। अब उसे अपनी पीठ पीछे उड़ाए जाने वाले मज़ाक की परवाह नहीं थी। व्लादेक कोस्कीविज़ आ चुका था और अब इसी पद पर रहने वाला था। पिछले वित्तीय वर्ष में उसके चौदह होटलों से होने वाले लाभों को देखते हुए उसने विस्तार

की योजना बना ली।

फिर पर्ल हार्बर पर जापानी हमला हो गया।

1 सितंबर, 1939, नाज़ी पोलैंड में घुसे और आगे जाकर रूसियों से मिल गए। एक बार फिर से एबल की मातृभूमि विभाजित हुई, एबल अपने देशवासियों की मदद के लिए ब्रिटिश रेडक्रॉस के माध्यम से काफ़ी पैसा भेजता रहा। उसने डेमोक्रेटिक पार्टी और प्रेस के बीच भारी जंग शुरू कर दी थी जिसमें अनिच्छुक अमेरिका को युद्ध में धकेलने की बात कही गई थी, भले ही इसका मतलब था कि वह रूसियों का पक्ष ले रहा था। अब तक उसके प्रयास निष्फल रहे पर दिसंबर के एक रविवार को हर रेडियो पर जापानी हमले के बारे में बताया गया। एबल जानता था कि अब अमेरिका भी पीछे नहीं रहेगा।

अगले दिन उसने प्रेज़ीडेंट रूज़वेल्ट का देश के नाम संबोधन सुना कि अमेरिका का जापान से युद्ध होने वाला है और तीन दिन बाद, 11 दिसंबर को, हिटलर ने दुनिया को बताया कि जर्मनी और इटली ने यू.एस. पर हमला कर दिया है।

एबल हर हाल में इस प्रयास में योगदान देना चाहता था, पर पहले वह निजी रूप से इसका ऐलान करना चाहता था और फिर उसने आख़िर में कर्टिस फ़ेंटन को कॉन्टिनेंटल ट्रस्ट बैंक में कॉल किया। इतने बरसों में उसे कर्टिस की न्याय क्षमता पर भरोसा हो गया था और उसने उन्हें बैरन ग्रुप के बोर्ड का हिस्सा बना लिया था, वह चाहता था कि इस ट्रस्ट से उसका जुड़ाव बना रहे।

फ़ेंटन लाइन पर आए और अपनी सजग मुद्रा में बात करना चालू किया।

''मेरे ग्रुप के रिज़र्व खाते में कितना अतिरिक्त नकद है?'' एबल ने पूछा।

फ़ेंटन ने खाता नंबर छह की फ़ाइल निकाली और उन दिनों को याद किया जब वह रोसनोवस्की के सारे मामले एक छोटी-सी फ़ाइल में रखता था। उसने कुछ आँकड़े देखे।

''दो मिलियन डॉलर से थोड़ा कम।''

''बढ़िया,'' एबल बोला। ''मैं चाहता हूँ कि आप लेस्टर, केन एण्ड कंपनी बैंक में दिलचस्पी लें। हर शेयरहोल्डर का नाम-पता, उसके शेयरों का प्रतिशत या उनके बेचने से जुड़ी शर्तें-आपको सब पता होनी चाहिए। बैंक के चेयरमैन को इस बारे में पता न चले। मि. विलियम केन के आगे मेरा नाम नहीं आना चाहिए।''

फ़ेंटन ने गहरी साँस ली पर कुछ नहीं कहा। उन्हें खुशी थी कि एबल उनके चेहरे की हताशा नहीं देख सकता था। वह किसी भी ऐसी चीज़ में पैसा क्यों लगाना चाहता है जिससे विलियम केन का नाता हो? वे भी *वॉल स्ट्रीट* जर्नल में दो प्रतिष्ठित खानदानी बैंकों के विलयन के बारे में पढ़ चुके थे। हालाँकि पर्ल हार्बर और अपनी पत्नी के जन्मदिन की वजह से वे ऐलान के बारे में नहीं सुन सके। रोसनोवस्की के आग्रह से उन्हें कुछ याद आया—उन्हें विलियम को बधाई का तार भेजना चाहिए। उन्होंने बैरन ग्रुप फ़ाइल पर पेंसिल से कुछ लिखा और एबल के सारे निर्देश सुने।

''जब भी सारी जानकारी पूरी हो जाए तो निजी रूप से बताएँ। कोई कागज़ी कार्रवाई

न हो।''

''जी, मि. रोसनोवस्की।''

''मैं चाहूँगा कि आप अपनी तिमाही रिपोर्टों में लेस्टर के हर औपचारिक वक्तव्य को भी शामिल करें और पता करें कि वे किन कंपनियों के साथ काम कर रहे हैं।''

''ज़रूर, मि. रोसनोवस्की।''

''थैंक्स, मि. फ़ेंटन। वैसे मेरी मार्केट रिसर्च टीम का कहना है कि हमें मांट्रियल में एक नया बैरन खोलना चाहिए?''

''मि. रोसनोवस्की, आपको जंग की वजह से चिंता नहीं हो रही?''

''बिलकुल नहीं। अगर जर्मन मांट्रियल आए तो हम सब बंद कर देंगे जिसमें कॉन्टिनेंटल ट्रस्ट भी शामिल है। जैसे हरामियों को पिछली बार हराया था, उसी तरह अब भी हरा देंगे। बस अंतर इतना है कि इस बार मैं भी इस कार्यवाही का हिस्सा बनना चाहूँगा। अच्छा, मि. फ़ेंटन।''

'क्या मैं कभी समझ सकूँगा कि एबल रोसनोवस्की के दिमाग में क्या चलता रहता है?' कर्टिस ने फ़ोन रखते हुए सोचा। उनकी सोच एबल के दूसरे आग्रह पर आ गई, उन्हें लेस्टर के बारे में सारी जानकारी जमा करनी थी। एबल की जर्मनों के प्रति सोच से ज़्यादा उन्हें इस बात से चिंता हुई, वह दोनों को ही दुश्मन मानता था। हालाँकि केन का एबल से कोई संबंध नहीं रहा था पर फ़ेंटन को डर था कि कहीं एबल केन के बैंक को अपने अधीन न कर ले। उन्होंने कुछ समय तक शांत रहने का निर्णय लिया और उम्मीद की कि किसी दिन उन दोनों में से कोई एक, आगे आकर अपनी मंशा खुद ही बता देगा।

एबल सोच रहा था कि क्या उसे फ़ेंटन को बताना चाहिए कि उसे लेस्टर के शेयर क्यों चाहिए पर फिर उसने सोचा कि जितने कम लोगों को पता हो, उतना ही बेहतर है।

उसने कुछ देर के लिए विलियम केन से ध्यान हटाया और सेक्रेटरी से जॉर्ज का पता लगाने को कहा, जो हाल ही में बैरन ग्रुप के नए होटलों में वाइस प्रेज़ीडेंट के पद पर नियुक्त किया गया था। जॉर्ज ने एबल के अधीन बहुत प्रगति की और अब उसका भरोसेमंद साथी था। एबल शिकागो बैरन की 42वीं मंज़िल पर बैठ कर, नीचे लेक मिशीगन को देख रहा था पर दिमाग में पोलैंड घूम रहा था। वह जानता था कि वह दोबारा कभी अपनी मातृभूमि में नहीं रह सकेगा पर फिर भी अपना महल वापिस चाहता था। उसे डर था कि महल को देख भी नहीं सकेगा क्योंकि वह रूस के अधीन था और स्टालिन के नियंत्रण में था। उसका भव्य महल जर्मनों या रूसियों के पास होगा, यह सोच कर महल को पाने की तड़प और बढ़ जाती थी, तभी जॉर्ज ने उसकी सोच भंग की।

''एबल, मुझसे कोई काम था?''

जॉर्ज ही शिकागो बैरन का इकलौता सदस्य था जो उसे एबल कहता था।

''हम्म, जॉर्ज। क्या तुम्हें लगता है कि मेरे कुछ महीने बाहर रहने पर होटलों का काम चल सकता है?''

"क्यों नहीं, मतलब तुम अवकाश पर जा रहे हो।"

"नहीं, जंग में जा रहा हूँ।"

"क्या?" जॉर्ज बोला। "किसके साथ?"

"मैं कल सुबह न्यूयॉर्क जाकर फ़ौज में नाम लिखवा रहा हूँ।"

"पागल हो गए हो क्या? तुम्हारी जान भी जा सकती है।"

"मेरे दिमाग में यह बात नहीं है। मुझे तो जर्मनों को मार गिराना है। पहले वे हरामी मेरे हाथ नहीं लगे थे और इस बार मेरे मन में उन्हें छोड़ने की कोई मंशा नहीं है," एबल ने कहा।

जॉर्ज ने अपनी ओर से विरोध करना जारी रखा कि एबल की मदद के बिना भी अमेरिका जंग जीत सकता है। ज़ाफ़िया ने भी विरोध किया; उसे तो जंग की सोच से ही नफ़रत थी। फ़्लोरेंटीना लगभग आठ साल की थी और उसे अच्छी तरह पता नहीं था कि जंग क्या होती है, पर इतना समझ आ गया था कि डैडी को लंबे समय के लिए उनसे दूर जाना होगा। वह फूट-फूट कर रोने लगी थी।

उन सबके मना करने के बावजूद, एबल ने अगले ही दिन न्यूयॉर्क की ओर जाने वाली पहली उड़ान भरी। लगता था कि सारा अमेरिका अलग-अलग दिशाओं में यात्रा कर रहा था और उसने पाया कि पूरा शहर गहरे नीले या ख़ाकी रंग की वर्दी वाले नौजवानों से भरा था जो अपने माता-पिता, पत्नियों, प्रेमिकाओं और दोस्तों से विदा लेते हुए दिलासा दे रहे थे—हालाँकि उन्हें भी यकीन नहीं था कि अमेरिका की यह जंग कुछ सप्ताह में खत्म हो जाएगी।

वह डिनर के समय न्यूयॉर्क बैरन पहुँचा। डाइनिंग रूप में बहुत सारे सिपाही, नाविक और वायुयान चालक लड़कियों के साथ दिखाई दिए, फ्रेंक सिनात्रा, टोमी डोर्सी के बिग बैंड पर ठुमक रही थी। एबल नौजवानों को नाचते देख कर सोचने लगा कि उनमें से कितने लोगों को दोबारा ऐसी शाम का आनंद लेने का मौका मिलेगा। उसे उन्हीं बातों के बीच सैमी की बात याद आ गई कि वह होटल का प्रमुख वेटर कैसे बना। उससे सीनियर तीन लोग पश्चिमी मोर्चे से वापिस आए तो उनकी एक-एक टाँग ही बची थी। आज इस तरह नाचने वाले बच्चे कैसे जान सकते थे कि जंग का असली मतलब क्या था। वह उस जश्न का हिस्सा नहीं बन सका—अगर जंग का यही नतीजा देखना हो तो यह जश्न मनाने वाली बात नहीं। वह अपने कमरे में लौट गया।

अगली सुबह उसने गहरे रंग का सादा डबल ब्रेस्ट का सूट पहना और टाइम्स स्क्वेयर में भर्ती अधिकारी से जाकर मिला। एबल ने व्लादेक कोस्कीविज़ के तौर पर अपना नाम लिखवाया, वह जानता था कि अगर उन्हें पता चल गया कि वह शिकागो बैरन है तो उसे उसी समय घूमने वाली कुर्सी पर बिठा कर सुनहरी रस्सी से बाँध देंगे।

भर्ती कार्यालय में कल रात होटल से ज़्यादा भीड़ थी पर इस जगह कोई किसी से लिपटा हुआ नहीं था। एबल ने ध्यान दिया कि अधिकतर लोग उससे कहीं ज़्यादा फ़िट

और चुस्त थे। सारी सुबह निकल गई और फिर उसे एक फ़ॉर्म भरने को दिया गया—शायद उसकी पी.ए. को यह काम करने में दस मिनट का समय लगता। फिर वह दो और घंटों तक लाइन में लगा रहा, वह भर्ती सार्जेंट के इंटरव्यू की प्रतीक्षा में था, जिसने उससे पूछा कि वह आजीविका के लिए क्या करता था।

एबल ने उसे बताया कि वह होटल मैनेजमेंट में था और फिर उसने उसके साथ पहली जंग के अनुभव बाँटे। सार्जेंट उस 190 पाउंड के पाँच फुट सात इंच के आदमी को अविश्वास से ताकता रहा जो उसके आगे खड़ा था।

''कल सुबह तुम्हारा शारीरिक परीक्षण होगा।'' उसने एबल की सारी बात सुन कर कहा मानो यह भी उसकी ड्यूटी का हिस्सा था। ''मि. कोस्कीविज़ अपनी सेवाएँ देने के लिए धन्यवाद।''

अगले दिन एबल को अपने शारीरिक परीक्षण के लिए कई घंटों तक इंतज़ार करना पड़ा। डॉक्टर ने सटीक शब्दों में अपनी राय रखी। वह अपने पद और सफलता की वजह से उस असलियत से दूर था और जब उसे 4एफ में वर्गीकृत किया गया तो उसे एक झटका-सा लगा।

''तुम्हारा वज़न ज़्यादा है, नज़र कमज़ोर है और लंगड़ा कर चलते हो। कोस्कीविज़ तुम जंग में नहीं जा सकते। हम ऐसे लोगों को जंग के मैदान में नहीं भेजते जिन्हें दुश्मन के मिलने से पहले ही दिल का दौरा आ जाए। इसका मतलब यह नहीं कि हम तुम्हारे हुनर की क़द्र नहीं करते, इस जंग में बहुत सारा प्रशासनिक कार्य भी है, अगर तुम दिलचस्पी रखते हो।''

''नहीं सर, धन्यवाद। मैं जर्मनों को ख़त लिखने के बजाय उनसे लड़ना चाहूँगा।''

वह उस शाम हताश होकर होटल वापिस आ गया, पर उसने तय किया कि अभी मायूस नहीं होना। अगले दिन उसने दूसरे कार्यालय में कोशिश की पर उसी नतीजे के साथ बैरन वापिस आना पड़ा। दूसरा डॉक्टर विनम्रता से पेश आया पर एबल की रिपोर्ट देते समय पीछे नहीं हटा और उसे अयोग्य घोषित किया गया। यह तो साफ़ था कि एबल को ऐसी सेहत के साथ किसी भी तरह से जंग के मैदान में नहीं भेजा जाना था।

अगली सुबह, उसने सात बजे वेस्ट फ़िफ़्टी सेवन रोड पर जिम में अपना नाम लिखवा लिया, वहीं उसने अपने लिए एक निजी कोच नियुक्त किया जो उसे फ़िट होने में मदद कर सकता था। उसने तीन महीने तक अपने वज़न को कम करने के लिए कड़ी मेहनत की और अपनी सामान्य फ़िटनेस पर काम किया। उसने बॉक्सिंग की, कुश्ती लड़ी, दौड़ा, छलाँग लगाई, रस्सी कूदी, वेट उठाए और भूखा रहा। जब वह 155 पाउंड का रह गया तो उसे बताया गया कि वह उससे ज़्यादा पतला और फ़िट नहीं हो सकता। एबल फिर से पहले भर्ती अधिकारी के पास आया और वही फ़ॉर्म भरते हुए व्लादेक कोस्कीविज़ के नाम से हस्ताक्षर किए। एक और भर्ती सार्जेंट इस बार और अच्छी तरह से पेश आया और मेडिकल अधिकारी ने उसे रिज़र्व लिस्ट में ले लिया।

''पर मैं तो जंग में अभी जाना चाहता हूँ।'' एबल ने कहा। ''इससे पहले कि सब समाप्त हो जाए।''

"कोस्कीविज़, हम तुम्हारे संपर्क में रहेंगे। बस खुद को फ़िट रखो। कह नहीं सकते कि तुम्हारी ज़रूरत कब होगी।"

एबल नाराज़ होकर वापिस आ गया, जवान और पतले लोगों को बिना ज़्यादा पूछताछ के सक्रिय सेवाओं के लिए रखा जा रहा था। जब वह दरवाज़े से निकला तो एक वर्दीधारी अधिकारी से टकरा गया, जिसकी वर्दी के कंधों पर सितारे और मैडल झूम रहे थे।

"आई एम सॉरी, सर," एबल ने कहा।

"नौजवान..." जनरल ने कहा।

एबल चलता रहा, उसे लगा कि शायद किसी और को नौजवान कहा गया होगा क्योंकि उसे कभी किसी ने नौजवान नहीं कहा, जबकि अभी वह 35 का ही हुआ था।

जनरल ने फिर से थोड़ा तेज़ आवाज़ में पुकारा, "नौजवान,"

इस बार एबल मुड़ा, "जी सर, मैं?"

"जी, आप सर, क्या आप मेरे ऑफ़िस में आएँगे मि. रोसनोवस्की?"

'मारे गए!!' एबल ने सोचा। 'अब तो कोई जंग के पास भी नहीं फटकने देगा।'

जनरल का अस्थायी कार्यालय इमारत के पीछे, एक छोटे से कमरे में था जिसमें एक मेज़, दो लकड़ी की कुर्सियों और दरवाज़े के सिवा कुछ नहीं था। कुर्सियों का हरा रंग उतर चुका था। एबल बैरन में सबसे जूनियर स्टाफ़ को भी काम करने के लिए ऐसी दशा में रखना पसंद न करता।

"मि. रोसनोवस्की," जनरल बोला। "मेरा नाम मार्क क्लार्क है और मैं यूएस फ़िफ़्थ आर्मी को कमांड करता हूँ। मैं इस जगह का मुआयना करने आया था कि आपसे टकरा गया, यह मेरे लिए सुखद आश्चर्य था। मैं लंबे अरसे से आपका प्रशंसक रहा हूँ। आपकी कहानी किसी भी अमेरिकी के लिए प्रेरक है। आप इस भर्ती कार्यालय में कैसे आए?"

"तुम्हें क्या लगता है?" एबल ने सोचे बिना कहा। "सॉरी, सर।" उसने खुद को जल्दी से सुधारा। "मैं अशिष्टता नहीं दिखना चाहता पर इस जगह मुझे कोई भी जंग का हिस्सा ही नहीं बनने दे रहा।"

"आप इस जंग में क्या करना चाहते हैं?"

"मैं जर्मनों से लड़ना चाहता हूँ।"

"एक पैदल सिपाही की तरह?" जनरल ने कौतूहल से पूछा।

"जी, सर। क्या आपको जंग के लिए एक-एक आदमी की ज़रूरत नहीं है?"

"हमें निश्चित रूप से ज़रूरत है," जनरल क्लार्क ने कहा। "पर मैं आपको पैदल सिपाही रखने के बजाय और बेहतर तरीके से आपके हुनर का इस्तेमाल कर सकता हूँ।"

"मैं कुछ भी करूँगा। कुछ भी," एबल बोला।

"क्या आप अभी, कुछ भी करने को तैयार हैं? अगर आपसे कहा जाए कि अपने

होटल को न्यूयॉर्क में हमारे सेना मुख्यालय के लिए दे दें, तो आप क्या कहेंगे? क्योंकि सच कहूँ मि. रोसनोवस्की, अगर आप निजी रूप से दर्जन जर्मनों को मौत के घाट उतारें, उसकी तुलना में यह हमारे लिए कहीं अधिक कारगर होगा।''

''बैरन आपका ही है। अब तो आप मुझे जंग में जाने देंगे।''

''मुझे पता है, आप नाराज़ हैं। है न?'' जनरल ने पूछा।

''मैं एक पोलिश हूँ।'' एबल ने कहा और वे दोनों हँस दिए। ''आपको समझना चाहिए।'' एबल के स्वर में गंभीरता आ गई थी। ''मेरा जन्म पोलैंड में हुआ था। मैंने अपने घर को जर्मनों के हाथों लुटते देखा, रूसियों ने मेरी बहन के साथ बलात्कार किया। मैं रूसी लेबर कैंप से बच कर भागा और इतना किस्मतवाला निकला कि इन किनारों तक सुरक्षित आ गया। मैं नाराज़ नहीं हूँ। इस धरती पर केवल यही जगह ऐसी है, जहाँ आप खाली हाथ कदम रखते हैं और अपनी मेहनत और लगन के बल पर सब कुछ कर सकते हैं, चाहे आपकी पृष्ठभूमि कोई भी क्यों न हो। अब वही हरामी जिन्होंने मुझे पहली जंग में पकड़ा, अब दूसरी जंग चाहते हैं और मैं चाहता हूँ कि उनकी हर हाल में हार हो।''

''मि. रोसनोवस्की, अगर आप जंग के लिए इतने ही इच्छुक हैं तो आपका इस्तेमाल हो सकता है पर उस तरह नहीं, जैसे आप सोच रहे हैं। जनरल डेनियर्स को कोई ऐसा आदमी चाहिए जो उनके मोर्चे पर जाने के बाद फ़िफ़्थ आर्मी के क्वार्टरमास्टर के तौर पर सारा दायित्व सँभाल ले। नेपोलियन ने सही कहा था कि एक सेना अपने पेट के बल पर कदमताल करती है, इसलिए आप अहम भूमिका निभा सकते हैं। इस नौकरी में आपको मेजर का पद सौंपा जाएगा। इस तरह आप अमेरिका को जंग जीतने में मदद कर सकेंगे। क्या कहना है आपका?''

''जनरल, मैं तैयार हूँ।''

''धन्यवाद, मेजर रोसनोवस्की।''

~

एबल ने ज़ाफ़िया और फ़्लोरेंटीना के साथ शिकागो में एक सप्ताह बिताया और ज़ाफ़िया ने उससे पूछा कि वह अपने पंद्रह सूटों का क्या करना चाहता है।

''उन्हें रखे रखो। मैं जंग में मरने नहीं जा रहा,'' वह बोला।

''मुझे पूरा यकीन है कि तुम बैरन होटल में नहीं मारे जाओगे,'' वह बोली। ''मेरा कहने का यह मतलब नहीं था। बस तुम्हारे सूट अब तुम्हारे लिहाज़ से बड़े हो गए हैं।''

एबल हँसा और अपने सारे पुराने कपड़े पोलिश शरणार्थी केंद्र में ले गया। फिर वह न्यूयॉर्क वापिस गया और बैरन के लिए एडवांस रिज़र्वेशन रद्द कर दिए। बारह दिन बाद वह इमारत अमेरिकी फ़िफ़्थ आर्मी को सौंप दी गई। प्रेस ने इसे एक ऐसे इंसान का निःस्वार्थ कार्य बताया जो पहले विश्व युद्ध के दौरान शरणार्थी रह चुका था।

अगले आठ महीने तक एबल ने जनरल क्लार्क के न्यूयॉर्क बैरन को चलाया और

उसके लगातार कहने के बाद उसे सक्रिय सेवा के लिए बुलाया गया। उसने अधिकारियों के प्रशिक्षण कार्यक्रम के लिए बेनिंग फोर्ट में रिपोर्ट किया। जब उसने फ़िफ़्थ आर्मी के लिए जनरल डेनियर्स से आदेश लिए तो उसकी मंज़िल उत्तरी अफ्रीका में कहीं हो गई। वह सोचने लगा कि क्या वह कभी जर्मन माटी पर कदम रख सकेगा।

जब एबल को विदेश जाना था, उससे एक दिन पहले, उसने अपनी एक विल तैयार की और अपने लोगों को आदेश दिया कि अगर वह वापिस नहीं आता तो कुछ अनुकूल शर्तों पर बैरन ग्रुप डेविड मैक्सटन को दे दिया जाए। उसने बाकी सारी एस्टेट ज़ाफ़िया और फ़्लोरेंटीना में बाँट दी। दो दशक में पहली बार, उसने मौत के बारे में सोचा—हालाँकि वह यकीन से नहीं कह सकता था कि रेज़ीमेंट की कैंटीन में उसकी मौत कैसे हो सकती थी।

जब उसका दल न्यूयॉर्क की बंदरगाह से रवाना हुआ तो एबल ने स्टेच्यू ऑफ़ लिबर्टी को देखा और उसे याद आया कि बीस साल पहले उसे वह जगह देख कर कैसा महसूस हुआ था, जब जहाज़ उस ओर से निकला तो उसने दोबारा उधर नहीं देखा, पर ज़ोर से बोला, ''अगली बार, मैम आपकी आँखों में आँखें डाल कर देखूँगा। अमेरिका अपनी जंग जीतेगा।''

~

एबल ने अपने दो प्रमुख रसोइयों और पाँच किचन स्टाफ़ के साथ अटलांटिक पार किया जिन्हें हाल ही में भर्ती किया गया था। जहाज़ ने मई 1942 में अलजियर में डेरा डाला, एबल ने झट से उस जगह के एक आम से होटल को जनरल क्लार्क के लिए सेना मुख्यालय में बदल दिया। उसने रेगिस्तान की धूल और मिट्टी व ताप में लगभग एक साल तक काम किया और पूरा ध्यान दिया कि डिवीज़न को भरपेट खाना मिल सके।

''हम अच्छी तरह नहीं खाते पर इतना तो कहूँगा कि हम जर्मनों से तो बेहतर ही खा रहे हैं,'' जनरल क्लार्क ने कहा।

हालाँकि वह जानता था कि वह जंग में अहम भूमिका निभा रहा था, फिर भी एबल जंग में जाने को बेचैन था पर कभी केटरिंग इंचार्ज क्वार्टरमास्टर मेजर को असली जंग में नहीं भेजा जाता था। उसे मोर्चे पर जाने के बजाय ख़ाली बाल्टियाँ भरने का काम करना होता था।

वह ज़ाफ़िया और जॉर्ज को नियमित रूप से पत्र लिखता रहा और तस्वीरों के माध्यम से प्यारी फ़्लोरेंटीना को बड़ा होते हुए देखा। समय-समय पर कर्टिस फ़ेंटन के पत्र भी आते रहे, जिसमें बताया गया कि बैरन ग्रुप धीरे-धीरे प्रगति कर रहा था और ईस्टन सीबोर्ड पर हर होटल भरा हुआ था क्योंकि सेना के दल और नागरिक लगातार आवाजाही कर रहे थे। एबल उदास था कि वह मांट्रियल बैरन के शुभारंभ में नहीं जा सका, जॉर्ज ने उसका प्रतिनिधित्व किया। वह पहली बार किसी होटल के लॉन्च पर नहीं था पर इससे उसे अहसास हुआ कि उसने अमेरिका में कितना कुछ हासिल कर लिया था और अब वह उस जगह वापिस जाने को कितना बेचैन था जो अब उसे अपना घर लगने लगी थी—पर जंग का पहले ख़त्म होना ज़रूरी था।

एबल जल्दी ही अफ्रीका और उसकी मैस किट्स, बेक्ड बींस, कंबल और स्वेटरों

से उकता गया। पश्चिमी रेगिस्तान में होने वाली एकाध झड़पों के अलावा, मोर्चे से आने वाले लोग उसे दिलासा देते पर उसने खुद कभी कोई जंगी कार्रवाई नहीं देखी। वह सप्लाई ट्रक को मोर्चे पर भी लेकर गया ताकि फ़ायरिंग की आवाज़ सुन सके पर इससे वह और अधिक कुंठित महसूस करने लगा।

एक दिन उसे जान कर अच्छा लगा कि फ़िफ़्थ आर्मी को इटली भेजा जा रहा था। एबल के मन में उम्मीद जगी कि वह इस तरह अपनी मातृभूमि के दर्शन कर सकता है।

जनरल क्लार्क के नेतृत्व में, उनका दल दक्षिणी इटली के तट पर उतरा, हवाई जहाज़ों ने उनके लिए आड़ बनाए रखी। पहले एंज़ियो और फिर मोंटी केसीनो में विरोध का सामना करना पड़ा पर मुठभेड़ में एबल शामिल नहीं था। अब उसकी छाती पर लगे मैडल दिखाते थे कि वह किस-किस जगह जा चुका था, लेकिन एक भी मैडल ऐसा नहीं था जो यह बताता कि उसने क्या किया था। उसे डर लगने लगा था कि जंग उसके शामिल होने से पहले ही ख़त्म होगी और उसके पास इन मैडलों के सिवा कुछ नहीं होगा। पर वह कोई ऐसी योजना नहीं बना सका जो उसे मोर्चे तक ले जाती। जब उसे लेफ़्टीनेंट कर्नल बना कर लंदन वापिस भेजा गया और आदेश मिलने की प्रतीक्षा करने को कहा गया, तब भी मोर्चे पर जाने के अवसरों में कोई सुधार नहीं दिखा।

~

जून 1944 के उस ख़ास दिन के बाद, पूरे इंग्लिश चैनल और यूरोप में तहलका मच गया। एबल को जनरल ओमार एन. ब्राडले के नेतृत्व में फ़र्स्ट आर्मी में भेज दिया गया। 25 अगस्त को मित्र राष्ट्रों ने पेरिस को आज़ाद करवाया और एबल ने चैंप्स एली पर अमेरिकी और मुक्त फ्रेंच सिपाहियों के साथ परेड की और नायकों का स्वागत किया गया। हालाँकि वह जनरल डि गॉले से थोड़ी दूरी पर था। उसने उस भव्य शहर का दौरा करते हुए तय किया कि यूरोप का पहला बैरन होटल किस जगह होगा।

मित्र देश फ्रांस से होते हुए, जर्मन सीमा के पार गए और फिर अंत में बर्लिन की ओर बढ़े। स्थानीय सामान कहीं नहीं था क्योंकि वापिस जाने वाली जर्मन सेना ने देहाती इलाकों को कुचल दिया था। जब भी एबल किसी नए शहर में आता तो वह सबसे बड़े होटल में कमान सँभालता। इससे पहले कि दूसरे अमेरिकी क्वार्टर मास्टर यह सोचते कि उन्हें किस जगह देखना होगा, वह अपना काम पूरा कर लेता था। ब्रिटिश और अमेरिकी अधिकारी उसके नाइंथ सशस्त्र बल के साथ खाना खाना पसंद करते थे और उन्हें हैरानी होती थी कि इन्हें इतना ताज़ा सामान कैसे मिल जाता है। ऐसे ही एक अवसर पर, जनरल जॉर्ज एस. पैटन, जनरल ब्राडले के साथ डिनर पर आए, एबल को जनरल से मिलवाया गया जो हमेशा जंग में अपने दलों को लेकर शामिल होते रहे, उनकी हाथी दाँत की मूठ वाली रिल्वॉल्वर शान से चमक रही थी।

''इस पूरी जंग के दौरान इससे बढ़िया खाना कभी नहीं खाया,'' पैटन ने ऐलान किया।

~

फरवरी 1945 तक एबल को वर्दी में तीन साल होने को थे और उसे लगा कि यूरोप में कुछ ही महीनों में जंग बंद हो जाएगी। जनरल ब्रेडले उसे निरर्थक बधाई-पत्र और मैडल भेजते रहे पर उससे कोई लाभ नहीं हुआ। मैडल वर्दी पर सज रहे थे पर एबल की ओर से जंग में एक बार जाने के आग्रह को लगातार टाला गया। जनरल ने एक नहीं सुनी।

हालाँकि यह काम जूनियर अधिकारी का था कि वह रसद सप्लाई करने वाली गाड़ी को मोर्चे पर ले जाकर सबके खाने-पीने की व्यवस्था देखे। एबल वह काम स्वयं करता था। जैसा कि वह अपने होटल चलाते हुए करता था, उसके स्टाफ़ को कभी पता नहीं होता था कि वह कब और किस जगह पहुँच जाएगा।

कैंप में कंबल से ढँके घायल सिपाहियों का आना जारी था और मार्च की उस सुबह एबल ने खुद देखने का निर्णय लिया। वह एकतरफा लाशों के अंबार देख कर सहन नहीं कर सका। एक लेफ़्टीनेंट एक सार्जेंट, दो सिपाहियों और अट्ठाईस जवानों को देखने के बाद वह मोर्चे की ओर बढ़ा।

उस दिन सुबह बीस मील की यात्रा धीमी रही। जब वह ट्रक चलाता था तो उसे जनरल पैटन जैसा अहसास होता—उसका काफ़िला भारी बरसात और कीच के बीच रास्ता बनाता जा रहा था; उसे कई बार गाड़ी कोने में लेनी पड़ी ताकि मोर्चे से वापिस आती एंबुलेंस को रास्ता दिया जा सके। घायल शरीर भूखे पेटों से पहले सेवा चाहते थे। एबल प्रार्थना करता कि वे घायल ही हों पर कभी-कभार किसी व्यक्ति की ओर से जीवित होने का संकेत मिलता। एबल को समझ आ गया था कि मोर्चे पर कुछ बड़ा कारनामा हो रहा था। उसके दिल की धड़कन तेज़ हो चुकी थी।

जब वह कमांड पोस्ट पर पहुँचा तो पास में ही दुश्मनों की गोलीबारी की आवाज़ सुन सकता था। उसने घायल और मरे हुए लोगों को स्ट्रेचर पर लाते देखा तो गुस्से से अपना पैर पटका। वह जंग से इतना दूर रह कर तंग आ चुका था। उसे लगता था कि द *न्यूयॉर्क टाइम्स* पढ़ने वालों के पास उससे ज़्यादा ख़बर होती होंगी।

एबल अपने काफ़िले को फ़ील्ड किचन के पास ले गया और खुद को भारी बारिश से बचाते हुए शर्मिंदा होने लगा कि उससे कुछ ही मील की दूरी पर वे लोग खुद को गोलियों की मार से बचा रहे थे। उसने 100 गैलन सूप, एक टन कॉर्न बीफ़, 200 चिकन, आधा टन मक्खन, 3 टन आलू और केन्स के हज़ारों डिब्बों के साथ सूखा राशन भी अंदर रखवाया। यह राशन जंग के मैदान से आने या जाने वालों के काम आता था। उसने अपने रसोइयों को खाना बनाने का आदेश दिया और अर्दली आलू छीलने लगे, वह सीधा कमांडिंग अफ़सर के खेमे में गया, ब्रिगेडियर जनरल जॉन लिओनार्ड घायल व मरे हुए सिपाहियों को वापिस भेज रहे थे।

जब वह खेमे में जा ही रहा था तो जनरल अपने सहायक के साथ भागते हुए बाहर आए। उन्होंने चलते-चलते एबल से बात की।

"कर्नल, मैं आपके लिए क्या कर सकता हूँ?" जनरल ने पूछा।

"सर, मैंने आपकी बटालियन के लिए खाना तैयार करवाना चालू कर दिया है, जैसा कि कल रात आदेश दिया गया था।"

"कर्नल, अब खाने की चिंता नहीं करनी होगी। आज सुबह ही नाइंथ के लेफ़्टीनेंट बरोस को पता चला कि रेमाजेन के उत्तर में एक रेलरोड पुल है जिसे नुकसान नहीं हुआ—लुडनडॉर्फ पुल—और मैंने आदेश दिए हैं कि उसे जल्दी से पार किया जाए और नदी के दूसरी ओर उसका दूसरा मोर्चा तैयार किया जाए। अब तक जर्मन राइन पार करने वाले सारे पुल उड़ा चुके हैं और हम लंच के इंतज़ार में यहीं बैठे रहे तो आख़िरी पुल भी उड़ा दिया जाएगा।"

"क्या नाइंथ ने उसे पार कर लिया?" एबल ने पूछा।

"हाँ। पर उन्हें जंगल के दूसरी ओर भारी गोलीबारी का सामना करना पड़ा। पहली प्लाटून मुठभेड़ में मारी गई और भगवान जाने कितने लोग नहीं रहे। बेहतर होगा कि अभी खाना तैयार मत करवाओ। मेरी चिंता इस समय यही है कि मैं रात के खाने के लिए कितने लोगों को अपने साथ जीवित वापिस ला सकता हूँ।"

"क्या मैं कोई मदद कर सकता हूँ, सर?" एबल ने पूछा।

लिओनार्ड एक पल के लिए रुके और एबल के भारी शरीर को देखा जिसने कभी जंग का मैदान नहीं देखा था।

"तुम्हारे नीचे कितने लोग होंगे?"

"मेरे सहित, कुल मिला कर तैंतीस लोग होंगे," एबल ने मन में गिनने के बाद बताया।

"ठीक, अपने लोगों के साथ फ़ील्ड अस्पताल में रिपोर्ट करो। उनसे स्ट्रेचर उठवाओ और जितने घायल अपने साथ वापिस ला सकते हो, लेकर आओ।"

"जी, सर," एबल फ़ील्ड किचन की ओर भागा। उसके अधिकतर लोग खेमे में एक ओर बैठे सिगरेट पी रहे थे।

"उठो, आलसी हरामियों, हमें बदलाव के लिए थोड़ा असली काम करना होगा।"

बत्तीस लोग झट से तैयार थे।

"मेरे पीछे आओ," एबल चिल्लाया। "जल्दी।"

वह मुड़ा और फिर से भागने लगा, वह फ़ील्ड अस्पताल की ओर जा रहा था। जब एबल हाँफ़ते हुए अपने प्रशिक्षण से परे, बेडौल यूनिट को लेकर खेमे के बाहर पहुँचा तो एक नौजवान डॉक्टर 16 मेडिकल अधिकारियों को निर्देश दे रहा था।

"सर, आपकी क्या मदद कर सकता हूँ?" डॉक्टर ने पूछा।

"नहीं, पर शायद मैं आपकी मदद कर सकता हूँ। मेरे पास बत्तीस लोग हैं और जनरल ने उन्हें आपके ग्रुप में काम करने भेजा है," उसके आदमियों को सुनाई दिया।

डॉक्टर कर्नल को हैरानी से देखते हुए बोला, "जी, सर।"

"मुझे सर न कहें। हम आपकी मदद के लिए आए हैं," एबल बोला।

"जी सर," डॉक्टर ने दोहराया।

उसने एबल को रेडक्रॉस आर्मबेंडस के डिब्बे थमा दिए। फिर रसोइयों, अर्दलियों और दूसरे लोगों को वह सारा सामान लुडनडॉर्फ पुल की ओर ले जाने को कहा गया। उन्हें बताया गया कि जंगल में दूसरी ओर उस समय क्या हो रहा था।

नाइंथ को भारी जान-माल की हानि हुई। "आपमें से मेडिकल विशेषज्ञता रखने वाले जंग के मैदान में रहेंगे, जबकि बाकी मेरे पास जितने ज़्यादा घायलों को ला सकें, उतना बेहतर होगा।"

एबल को आख़िरकर, जंग के मैदान में सक्रिय रूप से भाग लेने का मौका मिल ही गया। अब डॉक्टर के पास उनचास लोग थे। उसने उन्हें अठारह स्ट्रेचर और पूरे भरे हुए मेडिकल पैक सौंप दिए। फिर वह अपने दल को बारिश और कीचड़ के बीच से होते हुए पुल की ओर ले चला। एबल केवल एक गज़ की दूरी पर था, जब वे राइन पर पहुँचे तो दूर तक कंबलों की क़तारें दिखीं जिनसे लाशों को ढँका गया था। वे जर्मन विस्फोटकों के अवशेषों के पास से निकल रहे थे जो पुल की बुनियाद नष्ट करने में असफल रहे।

जंगल में ऊपर की ओर जाते हुए, गोलियों के चलने की आवाज़ और गहराती जा रही थी। एबल दुश्मन के इतना पास होने से आनंदित था और उसके साथ ही यह देख कर बुरी तरह से सहम गया था कि आधुनिक अस्त्र-शस्त्रों ने उसके साथियों का क्या हाल किया था। हर ओर से कामरेडों की कराहें सुनाई दे रही थीं जो उस दिन तक यही समझते आ रहे थे कि जंग ख़त्म होने को थी। उनमें से कई लोगों के लिए जंग ख़त्म हो चुकी थी।

नौजवान डॉक्टर बार-बार रुकता और राह में आने वाले हर सिपाही की जितनी मदद कर सकता था, वह अवश्य करता। कई बार उसे अपनी पिस्तौल की एक गोली से मरणासन्न सिपाही को कष्ट से मुक्ति भी दिलानी पड़ी। एबल घायलों को अपनी देख-रेख में पुल से वापिस भेज रहा था और जो सिपाही चल नहीं सकते थे, उन्हें ले जाने के लिए स्ट्रेचर की व्यवस्था करवा रहा था। जब तक वे जंगल के छोर तक गए तो केवल डॉक्टर, एक आलू छीलने वाला और एबल ही मूल दल में से शेष रहे; बाकी सभी घायलों को फ़ील्ड अस्पताल ले जाने के काम में थे।

जब वे तीनों जंगल में आए तो उनके आगे दुश्मनों की बंदूकें गरज रही थीं। एबल ने देखा कि एक बड़ी-सी जर्मन बंदूक धरती में छिपी थी और उसका निशाना पुल की ओर था, पर नुकसान की भरपाई नहीं हो सकती थी। फिर उसने गोलियों की इतनी तेज़ आवाज़ सुनी कि उसे लगा कि दुश्मन उससे कुछ गज़ की दूरी पर ही होगा।

वह एक घुटने के बल बैठ गया, इंद्रियाँ पूरी मुस्तैदी से काम कर रही थीं। अचानक उसके आगे आग का गोला उमड़ा। एबल पैरों पर खड़ा हुआ और आगे की ओर भागा। डॉक्टर और आलू छीलने वाला बेमन से उसके संग हो लिए। वे लोग कई सौ गज़ तक भागते रहे और इस तरह वे एक हरे-भरे मैदान में पहुँचे जो लाशों से पटा हुआ था।

"ओह, यह तो जनसंहार है," एबल ने गोलियों की आवाज़ के बीच चिल्लाकर कहा। डॉक्टर ने कुछ नहीं कहा; वह ऐसा दृश्य देख कर तीन साल पहले चिल्ला चुका था।

"मरे हुए लोगों की चिंता मत करो," वह इतना ही कह सका। "बस ऐसे लोगों को खोजो जिनके बचने की ज़रा-सी भी सँभावना हो।"

"इधर," एबल चिल्लाया। वह जर्मन धरती पर गिरे एक सार्जेंट के आगे घुटनों के बल बैठा था। वह एबल को नहीं देख सका क्योंकि उसकी दोनों आँखें नहीं थीं। एबल ने आँखों में रुई लगाई और अधीरता से प्रतीक्षा करने लगा।

"कर्नल, वह मर चुका है," डॉक्टर ने कहा और उस इंसान की ओर दूसरी बार देखा तक नहीं। एबल दूसरी लाश के पास भागा और फिर तीसरी, पर हर जगह मरे हुए लोग ही मिले। कीचड़ में कटे हुए सिर लोट रहे थे जो बार-बार उसका रास्ता रोक लेते। उसने खुद को वे शब्द दोहराते हुए पाया जो उसने बैरन के पास बैठ कर सीखे थे : "रक्त और विनाश हर ओर होगा और भयावह वस्तुएँ इतनी परिचित होंगी कि माँएँ जंग के हाथों टुकड़े हुए अपने नवजातों को गोद में लेकर मुस्कुराएँगी।"

"क्या कुछ भी नहीं बदलता?" उसने पूछा।

"बस जंग के मैदान बदलते हैं," डॉक्टर बोला।

जब एबल तीस या चालीस लोगों को देख चुका तो उसे एक कैप्टन दिखा जो अपनी जान बचाने की कोशिश में था, उसके मुँह पर खून से सनी पट्टियाँ थीं और आँखें बंद थीं।

एबल डॉक्टर के पास असहाय खड़ा, कैप्टन के कंधे पर लगे पैच को देख रहा था—द नाइंथ आर्मर्ड। उसे जनरल लियोनार्ड के शब्द याद आ गए, "भगवान जाने हमने कितने लोग खो दिए।"

"हरामी जर्मन," एबल बोला।

"जी सर," डॉक्टर बोला।

"क्या यह भी मर गया?" एबल ने पूछा।

"हो सकता है।" डॉक्टर ने मशीनी अंदाज़ से कहा। "इतना खून बह चुका है कि कुछ ही देर में जान निकल जाएगी।" उसने एबल को देखा। "इस जगह करने को कुछ नहीं बचा कर्नल, आप इसे फ़ील्ड अस्पताल ले जाने की कोशिश क्यों नहीं करते। हो सकता है कि इसकी जान बच जाए। बेस कमांडर से कह देना कि मैं और आगे जाना चाहता हूँ इसलिए उनके पास जितने भी अतिरिक्त लोग हैं, उन्हें इस ओर भेजें।"

एबल ने डॉक्टर की मदद से कैप्टन को स्ट्रेचर पर लिटाया। उसके बाद वह और आलू छीलने वाला सहायक धीरे-धीरे चलने लगे। डॉक्टर ने चेतावनी दी थी कि घायल का बहुत खून बह चुका है इसलिए स्ट्रेचर को बिना कोई झटके दिए आराम से ले जाना होगा। एबल ने फील्ड अस्पताल तक दो मील के रास्ते में अपने साथी को एक मिनट का भी आराम नहीं करने दिया। वह चाहता था कि कैप्टन को जीने का मौका मिले। उसके बाद वह दोबारा जंगल में डॉक्टर की मदद के लिए आना चाहता था।

जब वे फ़ील्ड अस्पताल पहुँचे तो दोनों ही बेदम हो चुके थे। इसके बाद वे स्ट्रेचर के साथ मेडिकल टीम के पास गए और एबल को लगा कि कैप्टन दम तोड़ चुका है।

कैप्टन को धीरे-धीरे ले जाया जा रहा था तो उसने वह आँख खोली जिस पर पट्टी नहीं थी, उसने एबल पर नज़र टिकाई। उसने बाज़ू उठानी चाही। एबल उसकी खुली आँख और हिलते हुए हाथ को देख कर झूम उठा। उसने खड़े होकर सलाम किया और प्रार्थना की कि वह आदमी सलामत रहे।

फिर वह लँगड़ाते हुए अस्पताल से निकला, वह जंगल की ओर जा रहा था कि ड्यूटी अधिकारी ने रोक लिया।

''कर्नल।'' वह बोला। ''मैं आपको हर जगह खोज रहा था। हमें तीन सौ लोगों को खाना देना है। हद है, आप कहाँ थे अब तक?''

''मैं बदलाव के लिए कुछ ख़ास कर रहा था।''

एबल ने उस नौजवान कप्तान के बारे में सोचा और फिर फ़ील्ड किचन की ओर बढ़ गया।

उन दोनों के लिए जंग समाप्त हो चुकी थी।

40

कैप्टन को आराम से अंदर ले जाकर ऑपरेशन टेबल पर लिटा दिया गया।

विलियम एक नर्स को अपने पर झुके हुए देख सकता था पर उसे यह समझ नहीं आ रहा था कि वह क्या कह रही थी। वह यकीन से नहीं कह सकता था कि सिर पर बँधी पट्टियों के कारण कुछ सुनाई नहीं दे रहा था या वह बहरा हो चुका था। उसने आँखें बंद कीं और सोचने लगा। उसने अतीत के बारे में सोचा, उसने आने वाले कल के बारे में सोचा, उसने यह भी सोचा कि अगर वह नहीं बचा तो क्या होगा। अगर वह जीवित रहता तो उसके पास सोचने के लिए बहुत समय होता। उसका ध्यान केट की ओर गया। नर्स ने देखा कि उसकी एक आँख से आँसू बह रहे थे।

केट ने उसके संकल्प को नहीं समझा। वह स्वीकार कर चुका था कि वह कभी नहीं समझेगी और वह अपनी ओर से तर्क भी नहीं दे सकेगा इसलिए उसने कोशिश करना भी छोड़ दिया था। आज भी उसे वह चेहरा याद आता है जो विदा लेते हुए दिखाई दिया था। उसने कभी मौत के बारे में नहीं सोचा—कोई नहीं सोचता पर अब सच में जीवित रहना चाहता था और अपने परिवार के बीच वापिस जाना चाहता था।

विलियम ने टेड लीच और टोनी सिमन्स के अधीन लेस्टर को अपने वापिस आने तक छोड़ा था। अपने वापिस आने तक...उसने उन्हें कोई निर्देश नहीं दिए थे कि अगर वह वापिस नहीं आया तो क्या करना है। उन दोनों ने उससे न जाने का आग्रह किया था। जब उसने जाने का निर्णय लिया तो बच्चों का सामना नहीं कर सका। रिचर्ड नौ साल का था और वह आँसू रोक कर खड़ा रहा, उसे पिता ने कहा था कि वह जर्मनों से लड़ने नहीं आ

सकता था। वर्जीनिया और लूसी, शुक्र है कि वे इन बातों को समझने के लिए छोटी थीं।

पहले उन्होंने विलियम को वरमोंट में अधिकारियों के कैंडीडेट स्कूल में भेजा। वह आखिरी बार मैथ्यू के साथ स्कीइंग करने वरमोंट गया था। वे बड़ी देर में पहाड़ चढ़ते और झट से नीचे आ जाते। एक बात तो तय थी। अगर मैथ्यू होता तो आज उसके साथ आता। वह कोर्स तीन महीने चला और वह इतना फ़िट हो गया जितना हॉर्वर्ड से आने के बाद से नहीं रहा था।

उसे लंदन में पहला काम दिया गया, उसे अमेरिकी और ब्रिटिश अधिकारियों के बीच संपर्क अधिकारी का काम करना था। उसे डोरचेस्टर में ठहराया गया, जिसे ब्रिटिश वार ऑफ़िस ने अमेरिकी हाई कमांड के लिए दिया था। उसने कहीं पढ़ा था कि एबल रोसनोवस्की ने इसी काम के लिए न्यूयॉर्क में अपना बैरन भी दे दिया था। उसने उसकी दरियादिली की मन में तारीफ़ की। ब्लैकआउट, हवाई हमलों के सायरन वगैरह से उसे लगने लगा कि वह जंग का हिस्सा था पर उसने खुद को सौ मील की दूरी पर हाइड पार्क कॉर्नर में हो रही गतिविधियों से अलग पाया। वह आजीवन हर काम के लिए पहल करता आया था, उसे कभी किसी का मुँह नहीं देखना पड़ा। विलियम के मन में पहल के बारे में यह सोच नहीं थी कि उसे सेंट जेम्स में आइज़नहॉवर के स्टाफ़ मुख्यालय से स्टोरी गेट में चर्चिल वार ऑपरेशंस रूम तक ही आना-जाना होगा। उसे नहीं लगता था कि जब तक हिटलर खुद ट्रफलगार स्क्वेयर में व्हाइट हॉल तक क़दमताल करते हुए नहीं आता, तब तक उसे जर्मनों का सामना करने का मौका नहीं मिलने वाला था, तब तो निश्चित रूप से नेल्सन भी नीचे आकर जंग का हिस्सा बन जाते।

जब यूएस की फ़र्स्ट आर्मी को ब्लैक वॉच के साथ प्रशिक्षण के लिए स्कॉटलैंड भेजा गया तो विलियम को भी निगरानी के लिए भेजा गया। उत्तर की ओर लंबी और धीमी रेलयात्रा के दौरान उसे लगने लगा था कि वह एक संदेशवाहक से ज़्यादा नहीं था और वह सोच रहा था कि उसने जंग में नाम ही क्यों लिखवाया। पर जब वह स्कॉटलैंड पहुँचा तो सब बदल गया। उस हवा में जंग की गंध थी, सिपाही स्वयं को दुश्मनों का सामना करने को तैयार कर रहे थे। जब वह लंदन वापिस आया तो उसने झट से आवेदन कर दिया कि उसे फ़र्स्ट आर्मी में भेज दिया जाए। उसका कमांडिंग अधिकारी कभी इस बात में यकीन नहीं रखता था कि लड़ने के इच्छुक व्यक्ति को मेज़ पर बिठा कर काम करवाया जाए, उसने विलियम को जाने दिया।

जब उन्हें लगा कि अब विलियम केन मरने के लायक हो चुका है तो वह स्कॉटलैंड आया और इन्वेरारे में नई रेज़ीमेंट में शामिल हो गया, वे लोग आने वाले हमले की तैयारी में थे। प्रशिक्षण बहुत सख़्त और कड़ा था। डोरचेस्टर में बैठ कर रिपोर्टें तैयार करने की तुलना में स्कॉटिश पहाड़ियों के बीच ब्लैक वॉच के साथ जंग का अभ्यास करना बिलकुल उलट था। जब भी हवाई हमले का सायरन सुनाई देता तो उन्हें भाग कर अपने बचाव के लिए बेसमेंट में छिपना होता था।

तीन महीने बाद कैप्टन विलियम केन को पैराशूट की मदद से उत्तरी फ्रांस में उतारा

गया ताकि वह यूरोप की ओर बढ़ती जनरल ब्रेडले की सेना का हिस्सा बन सके। हवा में जीत की गंध थी और विलियम चाहता था कि वह बर्लिन में पहला एलाइड सिपाही हो।

फ़र्स्ट आर्मी राइन की ओर बढ़ी, वह अपने आगे आने वाला हर पुल पार करना चाहती थी। कैप्टन केन को उस सुबह आदेश मिले कि उसके डिवीज़न को लुडनडॉर्फ पुल को पार करके, रेमाजेन के एक मील उत्तर-पूर्व में दुश्मन से निपटना है, यह जगह नदी से परे जंगल के बीच थी। उसने एक पहाड़ी से नाइंथ सशस्त्र बल को पुल पार करते देखा, उसे कभी भी हवा में उड़ाया जा सकता था।

कैप्टन केन अपने नेतृत्व में 120 आदमियों को लेकर चला, उनमें से अनेक लोग उसकी तरह पहली बार जंग का हिस्सा बने थे। अब उसे खाली कारतूसों के साथ, चतुर स्कॉट लोगों के साथ एक-दूसरे को मारने का झूठा खेल खेलने की ज़रूरत नहीं थी—उसके बाद वे सब मिल कर मैस में खाना खाते। ये तो असली जर्मन थे जिनके पास असली गोलियाँ और असली मौत थी और निश्चित रूप से उनमें से कुछ ही आज रात का डिनर करने वाले थे।

जब विलियम जंगल के छोर तक आया तो उसको और उसके आदमियों को कोई परेशानी नहीं हुई। फिर उन्होंने आगे जाने का निर्णय लिया। उसे यही लगने लगा था कि नाइंथ ने अपना काम पूरा कर लिया था और उसकी प्लाटून को बस उनके पास तक पहुँचना था। तभी जाने किधर से अचानक गोलियों के चलने की आवाज़ सुनाई देने लगी। मानो वे चारों ओर से हमले में घिर गए थे। वे लोग नीचे की ओर गए और बचने के लिए पेड़ की आड़ खोजने लगे पर कुछ ही क्षणों में आधे दल का सफ़ाया हो चुका था। अगर इसे जंग कहा जा सकता था तो यह मुश्किल से कुछ ही मिनटों की रही होगी और विलियम को किसी जर्मन का चेहरा तक नहीं दिखा था। ज्यों ही वह पेड़ के पास गीली जगह में उकड़ूँ हुआ तो जंगल की ओर से नाइंथ डिवीज़न की ओर से गोलियों की लहर उठी। वह बिना कुछ सोचे, खुले में निकल आया ताकि उन्हें मुठभेड़ के बारे में बता सके।

पहली गोली उसके सिर के कोने में लगी, वह घुटनों के बल गिरने के बाद भी चीख-चीख कर अपने साथियों को पीछे हटने के लिए बोलता रहा। दूसरी गोली गर्दन में और तीसरी गोली छाती में आकर लगी। वह वहीं जर्मन माटी में गिरा मरने की प्रतीक्षा करता रहा, उसने कभी किसी दुश्मन को भी ऐसी गंदी और बुरी मौत मरते नहीं देखा था।

इसके बाद विलियम को इतना याद था कि उसे स्ट्रेचर पर लिटाया गया पर वह कुछ देख या सुन नहीं सकता था और वह सोच रहा था कि वह रात का समय था या फिर वह नेत्रहीन हो चुका था। वह एक लंबी यात्रा थी और फिर उसकी आँख खुली तो उसने एक कर्नल को देखा जो सलाम बजा कर लँगड़ाते हुए खेमे से बाहर हो गया। वह आदमी जाना-पहचाना सा लगा पर क्यों, कह नहीं सकते। मेडिकल अर्दली उसे खेमे में ऑपरेशन टेबल पर ले गए। उसने नींद से लड़ने की कोशिश की, उसे लग रहा था कि कहीं वह मर न रहा हो।

उसे पता चला कि दो लोग उसे हिलाने की कोशिश कर रहे थे। उन्होंने उसे हौले से

पलटा और फिर एक ने उसमें सूई घोंप दी। वह गहरी नींद में खो गया और अपनी केट, माँ और उसके बेटे रिचर्ड के साथ फुटबॉल खेलते मैथ्यू को सपने में देखने लगा। वह सो गया था।

वह उठा। शायद वे उसे दूसरे बिस्तर पर ले आए: मौत से हट कर जीने की थोड़ी आस दिखाई दी। वह वहीं अडोल पड़ा रहा और एक आँख खेमे की छत पर लगी थी, वह सिर नहीं हिला पा रहा था। एक नर्स चार्ट देखने आई और उसे देखा। वह सो चुका था।

वह उठा। कितना समय बीत गया था? एक और नर्स। इस बार उसने थोड़ा और देखा और अब वह सिर हिला सकता था, पर दर्द बहुत हो रहा था। वह जितना संभव हो सका, जागता रहा। वह जीना चाहता था। वह फिर से सो गया।

वह उठा, चार डॉक्टर उसका मुआयना कर रहे थे। वह उनको सुन नहीं पा रहा था इसलिए उसे कुछ पता नहीं चला। उसे फिर एम्बुलेंस में ले जाया गया। डॉक्टर एम्बुलेंस के बाहर ही रह गए। उसके साथ एक नर्स बैठी थी ताकि उसे स्थिर रखा जा सके। यह यात्रा घंटे भर की रही होगी पर अब उसे समय का भान नहीं था। एंबुलेंस असमतल सतह से समतल सतह पर आई और एक जगह रुक गई। एक बार फिर उसे हटाया गया और फिर एक समतल सतह पर लिटा दिया गया। वह एक अंधेरे कमरे में एक ढलान-सी थी। कुछ देर बाद कमरा हिलने लगा, शायद वह कोई एंबुलेंस थी। नर्स ने उसे सूई लगा दी। उसे विमान के उड़ने और चलने के सिवा कुछ पता नहीं चला। फिर एक और एंबुलेंस, एक और नर्स, एक और गंध, एक और शहर। न्यूयॉर्क। न्यूयॉर्क जैसी कोई गंध नहीं है। आखिरी एंबुलेंस उसे एक और कोमल व समतल सतह पर ले आई, यह लगातार रुकते हुए चालू होती रही और फिर वह अपनी मंज़िल पर था।

उन्होंने उसे एक बार फिर से उठाया, कुछ और सीढ़ियों से ले जाने के बाद छोटे से सफ़ेद दीवारों वाले कमरे में ले आए और आरामदायक बिस्तर पर लिटा दिया। उसे अपने सिर के नीचे आरामदेह तकिया महसूस हुआ और जब अगली बार उठा तो उसे लगा कि वह अकेला था। पर जब पूरा होश आया तो उसने केट को पास खड़े देखा। उसने हाथ उठा कर उसे छूना चाहा, उससे बात करनी चाही पर बोल नहीं पाया। वह मुस्कुराई पर वह जानता था कि वह उसकी मुस्कुराहट नहीं देख सकती थी और जब वह फिर से उठा तो वह वहीं थी, पर इस बार पोशाक अलग थी। वह कितनी बार आई और गई? वह फिर से मुस्कुराई। उसने अपना सिर उठाया तो उसे रिचर्ड दिखाई दिया। कितना लंबा और सुंदर हो गया था। वह अपनी बेटियों को देखना चाहता था पर अपना सिर और नहीं हिला सका। वे स्वयं ही आगे आ गईं। वर्जीनिया—सच, इतनी बड़ी? और लूसी—ये कैसे हो सकता है, ये इतनी बड़ी कब हो गईं? वह फिर से सो गया।

वह उठा। अब वह अपना सिर इधर-से-उधर हिला सकता था : कुछ पट्टियों को हटा दिया गया था और अब वह साफ़ तरह से देख सकता था। उसने कुछ कहना चाहा पर बोल नहीं पाया। केट उसे देख रही थी, अब उसके बाल छोटे हो गए थे। उसकी भूरी आँखें और कभी न भूलने वाली मुस्कान, उसकी सुंदरता, कितनी सुंदर। उसने उसका नाम पुकारा। वह

मुस्कुराई। वह सो गया।

वह उठा। कुछ और पट्टियों को हटा दिया गया। इस बार उसका बेटा बोला।

"हैलो डैडी!" उसका स्वर भर्राया हुआ था।

उसने उसे सुना और उत्तर दिया, "हैलो रिचर्ड।" पर अपना ही सुर पहचान नहीं सका। एक नर्स ने बैठने में मदद की। उसने उसे धन्यवाद कहा। एक डॉक्टर ने उसका कंधा छुआ।

"बुरा वक्त बीत गया मि. केन। अब आप जल्द ही अपने घर वापिस जा सकेंगे।"

वह मुस्कुराया। कमरे में केट, वर्जीनिया और लूसी ने कदम रखा। कितने सवाल पूछने थे। उसे कहाँ से शुरू करना चाहिए। उसे अपनी याद्दाश्त को ठिकाने पर लाने के लिए मदद चाहिए थी। केट ने उसे बताया कि वह लगभग मर चुका था। वह यह जानता था पर उसे यह पता नहीं था कि जब उसके साथ वह हादसा हुआ, उस बात को एक साल होने को था।

इतने लंबे महीने कहाँ गए, ये तो मौत जैसे ही थे। रिचर्ड अब बारह साल का था और सेंट पॉल जाने की तैयारी कर रहा था। वर्जीनिया नौ और लूसी सात साल की हो चुकी थी। उन्हें सबको नए सिरे से जानना होगा।

उसे जितना याद था, केट तो उससे भी ज़्यादा सुंदर हो चुकी थी। केट ने बताया कि उसने कभी इस संभावना को स्वीकार नहीं किया कि वह उनके जीवन से जा सकता है। रिचर्ड स्कूल में नाम कमा रहा था और वर्जीनिया और लूसी भी अच्छी तरह से थीं। केट ने किसी तरह हिम्मत बाँध कर उसके चेहरे और छाती के घाव दिखाए; उन्हें ठीक होने में समय लगने वाला था। उसने परमात्मा का शुक्र किया कि डॉक्टरों के हिसाब से उसके मस्तिष्क को कोई हानि नहीं हुई थी और समय के साथ उसकी नज़र भी ठीक होने वाली थी। जब वह बोलने लायक हुआ तो पहला सवाल था : "जंग में कौन जीता?"

~

परिवार के हर सदस्य ने उसके सँभलने की प्रक्रिया में अपनी भूमिका निभाई। रिचर्ड अपने पिता को तब तक चलने में मदद करता रहा, जब तक उसे बैसाखियों की ज़रूरत पड़नी बंद नहीं हो गई। लूसी तब तक अपने हाथ से खिलाती रही, जब तक वह कांटा और छुरी पकड़ने लायक नहीं हुआ। वर्जीनिया ने उसे *मार्क ट्वेन* पढ़ कर सुनाया— विलियम को यह नहीं पता था कि इससे उसे फ़ायदा हो रहा था या वर्जीनिया को पर दोनों को बहुत आनंद आया। जब वह रात को सो नहीं पाता था तो केट सारी रात साथ जागती। और फिर, डॉक्टरों ने क्रिसमस के आस-पास घर जाने की इजाज़त दे दी।

जब विलियम ईस्ट सिक्सटी-एट्थ स्ट्रीट पर वापिस आया तो उसकी तबीयत तेज़ी से सँभलने लगी और डॉक्टरों का अनुमान था कि वह छह महीने में काम पर वापिस होगा। वह घावों के निशानों से भरा था पर पूरी तरह से जीवित था और उसे मेहमानों से मिलने की अनुमति मिल गई।

सबसे पहले टेड लीच ने भेंट की और सन्न रह गया। उसने सोचा नहीं था कि विलियम को इस हाल में देखेगा। विलियम को उससे पता चला कि लेस्टर उसकी गैर मौजूदगी में फल-फूल रहा था और उसके सहकर्मी उसका स्वागत करने को तैयार थे। उसको बताया गया कि रूपर्ट कॉर्क-स्मिथ नहीं रहे। इसके बाद टोनी सिमन्स आया, उसके पास भी बुरी ख़बर थी। एलन लॉयड भी चले गए। विलियम उन्हें बहुत याद करने वाला था। थॉमस कोहेन ने कॉल करके बताया कि उन्हें विलियम के ठीक होने की ख़बर पाकर कितना अच्छा लगा और यह भी बताया कि अब वह काफ़ी हद तक रिटायर थे और उनका काम उनका बेटा थाडियस कोहेन सँभाल रहा था, जिसने न्यूयॉर्क में अपना ऑफ़िस खोला था। विलियम को बाप और बेटे के नाम बेहद पसंद थे।

''वैसे एक और ख़बर भी तुम्हें देना चाहता था। तुम्हें इस बारे में पता होना चाहिए।''

विलियम बूढ़े वकील की बात आराम से सुनता रहा और फिर उसे गुस्सा आ गया, बहुत ज़्यादा गुस्सा आया।

41

जनरल अल्फ्रेड जोडी ने 7 मई 1945 को रहैम्स शहर में जर्मनों के बेशर्त समर्पण के लिए हस्ताक्षर किए। यूरोप में जंग ख़त्म हो चुकी थी। तीन महीने बाद, एबल न्यूयॉर्क वापिस आ गया। वह जंग की समाप्ति पर जीत के जश्न की तैयारियों में व्यस्त था।

एक बार फिर से सड़कें वर्दीवाले नौजवानों से भर गईं पर इस बार उनके चेहरों पर उल्लास झलक रहा था, वे ज़बरन खुश नहीं दिख रहे थे। एबल बहुत सारे एक हाथ या पैर, नेत्रहीन या बुरी तरह से ज़ख़्मों के दागों से भरे लोगों को देख कर उदास था। उनके लिए वह जंग कभी ख़त्म नहीं होगी, भले ही दुनिया के दूसरी ओर कितने भी कागज़ों पर हस्ताक्षर क्यों न किए जाते रहें।

उसने कर्नल की वर्दी में बैरन में कदम रखा पर किसी ने उसे नहीं पहचाना। जब उन लोगों ने उसे सादे कपड़ों में देखा होगा, उस बात को तीन साल हो चुके थे, तब उसके जवां चेहरे पर झुर्रियाँ नहीं थीं। अब वह अपनी उन्तालीस साल की उम्र के हिसाब से बूढ़ा लगने लगा था और माथे पर आए हुए बल दिखाते थे कि जंग ने अपने निशान छोड़े हैं। उसने 42वीं मंज़िल पर बने ऑफ़िस में जाने के लिए लिफ़्ट में कदम रखा, उस जगह एक दरबान ने उसे रोक कर कहा कि वह ग़लत तल पर आ गया है।

''जॉर्ज नोवाक कहाँ हैं?'' एबल ने पूछा।

''वे तो शिकागो में हैं, कर्नल।''

''ठीक है उनको फ़ोन मिलवाओ।''

''मैं क्या कहूँ कि कौन बात करना चाहते हैं?''

''एबल रोसनोवस्की।''

दरबान झट से भागा।

जॉर्ज की जानी-पहचानी आवाज़ लाइन पर बिखर गई। एबल को तभी अहसास हो गया कि घर वापसी कितनी सुखद है और वह घर जाने को कितना तरस रहा था।

उसने तय किया कि वह एक पल के लिए भी न्यूयॉर्क में नहीं रुकेगा और तुरंत शिकागो तक आठ सौ मील की उड़ान भरेगा। उसने जंग की अवधि के दौरान बैरन ग्रुप की प्रगति से जुड़ी रिपोर्टें पढ़ीं और साफ़ दिख रहा था कि जॉर्ज उस दौरान ग्रुप के मुनाफ़ों को पहले की तरह बनाए पर रखने में सफल रहा था। पर एबल को अहसास हुआ कि अगर उनको आगे बढ़ना है तो उन्हें तत्काल नए स्टाफ़ को काम पर रखना होगा, इससे पहले कि वे लोग प्रतियोगिता में पीछे छूट जाएँ।

जब एबल मिड वे एयरपोर्ट पहुँचा, तो जॉर्ज वहीं गेट पर स्वागत के लिए खड़ा मिला। उसमें कोई ख़ास बदलाव नहीं आया था, बस शरीर थोड़ा भर गया था और इक्का-दुक्का बाल कम हुए होंगे—पूरे एक घंटे तक आपस में किस्से सुनाने और पिछले तीन सालों का ब्यौरा देने के बाद, ऐसा लगने लगा मानो एबल कहीं गया ही नहीं था। एबल ब्लैक एरो का हमेशा आभारी रहेगा, जिसने उसे अपने सीनियर वाइस प्रेज़ीडेंट से मिलवाया।

जॉर्ज ने एबल के पैर के लंगड़ेपन की ओर संकेत किया जो जंग के बाद ज़्यादा दिखाई देने लगा था। उसने मज़ाक में कहा, "होटल उद्योग का होपअलांग कैसिडी (काल्पनिक काउब्वॉय चरित्र)। जल्दी ही तुम्हारे पास खड़ा होने के लिए टाँग ही नहीं रहेगी।"

"कोई पोल ही ऐसा बेहूदा मज़ाक कर सकता है," एबल बोला।

जॉर्ज उसे देख कर खीसें निपोरने लगा, वह किसी ऐसे पिल्ले की तरह लग रहा था जिसे अपने मालिक से फटकार पड़ी हो।

"शुक्र है, मेरे पास एक मूर्ख पोलिश नौजवान था, जब मैं जर्मनों की खोज में बाहर गया तो उसने मेरा सारा काम सँभाल लिया," एबल ने कहा।

"क्या कोई जर्मन मिला?"

"नहीं। जैसे ही उन्हें मेरे आने का पता चला, दुम दबा कर भाग गए।"

"ओह, तुम्हारे हाथ का खाना चख लिया होगा," जॉर्ज बोला।

एबल घर जाने से पहले, शिकागो के बैरन को देखे बिना रह नहीं पाया। जंग के समय की कमियों के चलते विलासिता के अंश थोड़े घट गए थे। वह देख सकता था कि बहुत सारी चीज़ें चाहे बदलनी न पड़ें पर वे मरम्मत और नवीकरण माँग रही थीं, पर उन कामों के लिए इंतज़ार करना होगा; इस समय अपनी पत्नी और बेटी से मिलना सबसे पहला काम था। जब वह घर पहुँचा तो एक सदमा इंतज़ार में था। जॉर्ज में पिछले तीन सालों के दौरान कोई बदलाव नहीं आया था पर फ़्लोरेंटीना अब ग्यारह वर्ष की हो चुकी थी, वह सुंदर किशोरी बन गई थी। जबकि ज़ाफ़िया अड़तीस साल की उम्र में मोटी, फूहड़ और समय से पहले अधेड़ दिखने लगी थी।

असल में वह और एबल, दोनों ही समझ नहीं पा रहे थे कि एक-दूसरे से कैसे पेश आना है और एबल को कुछ ही सप्ताह में समझ आ गया कि अब उनका संबंध पहले जैसा

कभी नहीं हो सकता था। ज़ाफ़िया ने अपनी ओर से एक बार यह नहीं जताना चाहा कि वह उसे उसकी गैरमौजूदगी में याद करती थी और उसे अपने पति की उपलब्धियों पर कोई गर्व नहीं है। एबल उसकी ओर से मिली उस बेरुख़ी से उदास था, जब भी वह उसे अपनी ज़िन्दगी और काम में शामिल करने की कोशिश करता तो वह कोई जवाब नहीं देती थी। वह घर में ही रहना पसंद करती और बैरन ग्रुप से कम-से-कम संपर्क रखना चाहती थी। वह सोचने लगा कि इन हालात में वह कब तक उसके लिए वफ़ादार रह सकता है। कभी-कभार उनके बीच जिस्मानी संबंध बनते तो एबल के दिमाग में उस समय कोई और औरत होती। जल्दी ही एबल बहाने बना कर शिकागो से जाने लगा ताकि ज़ाफ़िया के उलाहना देते हुए चेहरे से दूर जा सके।

उसने अमेरिका वापिस आने के बाद, पहले छह महीने बैरन ग्रुप के हर होटल का दौरा करने में लगाए, ठीक उसी तरह जैसे उसने डेविस लीरॉय की मौत के बाद रिचमंड ग्रुप का दौरा किया था। अगर कोई दौरा स्कूली अवकाश के दौरान आता, तो फ़्लोरेंटीना भी उसके साथ उसी शहर में आ जाती। एक साल के अंदर ही होटल उन्हीं मापदंडों तक आ चुके थे, जैसी उसने अपेक्षा की थी और एबल आगे कदम उठाने को तैयार था। उसने ग्रुप की तिमाही मीटिंग में कर्टिस फ़ेंटन को सूचित किया कि उसकी मार्केट शोध टीम का कहना है कि उन्हें मैक्सिको और ब्राज़ील में होटल खोलना चाहिए, वे इसके अलावा और जगह भी देख रहे थे।

''द मैक्सिको सिटी बैरन और रियो डि जेनेरियो बैरन,'' एबल बोला। कौन यकीन कर सकता था?

''आपके पास इमारतें बनवाने लायक काफ़ी पैसा है,'' फ़ेंटन ने बताया। ''आप जब ग्रुप में नहीं थे तो काफ़ी पैसा जमा हुआ है और इतना पैसा जमा हो चुका है कि आप जहाँ जी चाहे बैरन बनवा सकते हैं। मि. रोसनोवस्की, भगवान जाने आप कब रुकेंगे।''

''मि. फ़ेंटन, एक दिन, मैं वॉरसॉ में बैरन बनवाऊँगा। उससे पहले तो रुकने का मतलब ही नहीं है। भले ही मैंने जर्मनों को धूल चटाने में बहुत कम भूमिका निभाई पर अभी रूसियों के साथ हिसाब करना बाकी है।''

फ़ेंटन हँस दिए। उस शाम जब उसने यह कहानी अपनी पत्नी को सुनाई तो वह बोली, ''तो मास्को बैरन क्यों नहीं?''

''तो लेस्टर बैंक के साथ मेरी क्या पोज़ीशन है,'' एबल ने जानना चाहा।

फ़ेंटन अचानक बदले हुए सुर से चौंका। उसे इस बात से चिंता होती थी कि एबल अब भी डेविस लीरॉय की असमय मृत्यु के लिए विलियम केन को ही दोषी मानता था। उसने एक गुप्त फ़ाइल निकाली और उसमें से पढ़ने लगा।

''लेस्टर, केन एंड कंपनी के स्टॉक लेस्टर परिवार के चौदह सदस्यों में विभाजित हैं और छह नए-पुराने कर्मचारी भी शामिल हैं। मि. विलियम केन के पास सबसे ज़्यादा स्टॉक्स हैं, वे परिवार के ट्रस्ट में आठ प्रतिशत शेयर रखते हैं।''

''क्या लेस्टर परिवार में से कोई भी अपने स्टॉक बेचना चाहता है,'' एबल ने पूछा।

''शायद, पर हमें अच्छे दाम चुकाने होंगे। स्वर्गीय चार्ल्स लेस्टर की बेटी, सूसन लेस्टर ने हमें संकेत दिया है कि वह अपने स्टॉक बेचना चाहती है और लेस्टर के एक भूतपूर्व वाइस चेयरमैन मि. पीटर पारफ़िट ने भी दिलचस्पी दिखाई है।''

''उनके पास कितने प्रतिशत स्टॉक हैं?''

''सूसन लेस्टर के पास छह प्रतिशत हैं। पीटर पारफ़िट के पास दो प्रतिशत स्टॉक हैं।''

''वे कितना पैसा चाहते हैं?''

फ़ेंटन फ़ाइल देख रहे थे, उसी दौरान एबल ने लेस्टर की सालाना रिपोर्ट पर नज़र मारी। अचानक उसकी आँखें आर्टिकल सात पर अटक गईं, जिसे रेखांकित किया गया था। वह मुस्कुराया।

''मिस लेस्टर अपने छह प्रतिशत स्टॉक के लिए दो मिलियन डॉलर चाहती हैं और मि. पारफ़िट को अपने दो प्रतिशत के लिए एक मिलियन डॉलर चाहिए।''

''मि. पारफ़िट लालची हैं,'' एबल ने कहा। ''हम उसकी भूख बढ़ने तक इंतज़ार करेंगे। सूसन लेस्टर के स्टॉक तुरंत खरीद लो, उसे पता नहीं चलना चाहिए कि तुम किसके लिए स्टॉक ले रहे हो और अगर पारफ़िट की पेशकश में थोड़ा-सा भी बदलाव आए तो बताना।''

कर्टिस फ़ेंटन खाँसे।

''मि. फ़ेंटन, क्या आपको किसी बात की फ़िक्र हो रही है?''

फ़ेंटन हिचकिचाए, ''नहीं, कुछ नहीं,'' उन्होंने अनमना-सा होते हुए कहा।

''ठीक, क्योंकि मैं इस एकाउंट के लिए किसी और को सारा भार सौंप रहा हूँ, शायद आप भी उन्हें जानते हैं। हेनरी ऑस्बॉर्न।''

''कांग्रेसमैन ऑस्बॉर्न?''

''जी—क्या आप उन्हें जानते हैं?''

''बस नाम ही सुना है,'' फ़ेंटन के सुर में हल्की-सी नामंजूरी की झलक दिखी।

एबल ने उनकी बात में छिपे इशारे को अनदेखा कर दिया। वह भी जानता था कि हेनरी ऑस्बॉर्न का नाम बदनाम था पर उसके पास नौकरशाही से निबटने के उपाय थे और वह तेज़ी से राजनीतिक निर्णय लेने में सक्षम था, एबल के हिसाब से उस पर जोखिम उठाया जा सकता था। और उन दोनों के बीच एक और बात साझा थी। दोनों को ही विलियम केन से घृणा थी।

''मैं हेनरी ऑस्बॉर्न को बैरन ग्रुप में डायरेक्टर पद के लिए भी प्रस्ताव भेजने वाला हूँ।''

''जैसा आप चाहें,'' फ़ेंटन ने नाराज़गी से कहा और सोचने लगा कि क्या उसे ऑस्बॉर्न के बारे में अपनी निजी राय देनी चाहिए?

''मिस लेस्टर के साथ सारी बातचीत पूरी होते ही मुझे बताना।''

''जी, मि. रोसनोवस्की,'' फ़ेंटन ने फ़ाइल बंद करते हुए कहा।

एबल बैरन वापिस आया तो हेनरी उसे लॉबी में ही मिला।

''कांग्रेसमैन,'' एबल हाथ हिलाते हुए बोला। ''मेरे साथ लंच के लिए क्यों नहीं आते आज?''

''थैंक्स, बैरन,'' ऑस्बॉर्न ने कहा। वे हँसे और गलबाँही डालकर डाइनिंग हॉल में कोने की मेज़ पर बैठ गए। एबल ने एक वेटर को ट्यूनिक से एक बटन कम होने पर फटकारा।

''एबल, तुम्हारी पत्नी कैसी है?''

''बढ़िया, और तुम्हारी, हेनरी?

''बढ़िया,'' दोनों जानते थे कि वे झूठ बोल रहे थे।

''बताने लायक कोई दिलचस्प बात?''

''सिएटल में जो कटौती चाह रहे थे, वह तुम्हें मिल जाएगी,'' हेनरी ने दबे स्वर में कहा। ''आने वाले कुछ ही दिनों में दस्तावेज़ स्थानीय काउंसिल से निकल जाएँगे। तुम अगले महीने से सिएटल में नया बैरन बनाना चालू कर सकते हो।''

''हम कोई गैरकानूनी काम तो नहीं कर रहे, है ना?''

''नहीं, तुम ऐसा कुछ नहीं कर रहे,'' हेनरी ने दिलासा दी। ''इतना तो मैं वादा कर सकता हूँ।''

''हेनरी, सुन कर अच्छा लगा। मैं कानून के साथ कोई मुसीबत नहीं चाहता।''

''नहीं, नहीं,'' ऑस्बॉर्न ने कहा। ''बस मुझे और तुम्हें पता है कि यह क्या चल रहा है।''

''हेनरी, तुमने पिछले कुछ सालों में मेरे बहुत से काम किए हैं और मैं तुम्हारी पिछली सेवाओं के बदले में इनाम देना चाहता हूँ। क्या तुम बैरन ग्रुप में डायरेक्टर बनना चाहोगे?''

''एबल, यह तो मेरे लिए फ़ख्र की बात होगी,'' कांग्रेसमैन ने कहा।

''हेनरी मुझे पता है कि तुम कुछ समय से यही चाह रहे थे।'' दोनों हँसने लगे। ''पर सच कहूँ तो तुमने परमिट वाले मामले सुलझा कर बड़ी मदद की है। मैं तो नेताओं और नौकरशाहों से निपट ही नहीं सकता। वैसे भी हेनरी, वे लोग हॉर्वर्ड के आदमी से बात करना ज़्यादा पसंद करते हैं। चाहे वह उतने दरवाज़े न खोल सकें, जितने वह ठोकर मार कर बंद कर देता है।''

''एबल, तुमने वाकई दरियादिली दिखाई।''

"नहीं, यह सब तुम्हारे अपने प्रयत्न का नतीजा है। अब तुम्हें एक और उलझी हुई परेशानी को हल करना है। यह परेशानी हमारे बौस्टन वाले दोस्त से जुड़ी है।"

42

विलियम के लिविंग रूम में कुर्सी के पास मेज पर एक पत्र पड़ा था। उसने उसे उठाया और तीसरी बार पढ़ा, यह पता लगाने की कोशिश करने लगा कि एबल रोसनोवस्की लेस्टर के इतने शेयर क्यों ले रहा है? उसने हेनरी ऑस्बॉर्न को बैरन ग्रुप का डायरेक्टर क्यों नियुक्त किया? उसने वह नंबर मिलाया, जिसे मिलाने के लिए उसे सिर उठा कर देखने की भी ज़रूरत नहीं थी।

जब थाडियस कोहेन ईस्ट सिक्सटी-एट्रथ स्ट्रीट पर आया तो उसे अपना परिचय देने की ज़रूरत नहीं पड़ी। वह अपने पिता जैसा ही दिखता था, बाल पतले होने लगे थे और कुछ जगह से सफ़ेदी झलक रही थी और लंबी छरहरी देह वैसे ही सूट में थी, जैसा उसके पिता पहनते थे। शायद यह वही सूट था।

"मि. केन आपको मेरी याद नहीं होगी," वकील ने कहा।

"बेशक मुझे याद है," विलियम ने उठ कर हाथ मिलाया। "हार्वर्ड की वह बहस, उन्नीस सौ..."

"आठ, (1908)। वाद-विवाद में आप जीते पर मेरे लिए अपने संभ्रांत क्लब की सदस्यता छोड़ दी।"

विलियम हँसने लगा। "हो सकता है कि अगर हम एक ही दल में होते तो कुछ बेहतर करते। मान कर चलते हैं कि तुम्हारा समाजवाद वाला दल, तुम्हें एक निडर पूँजीवादी के साथ काम करने की अनुमति देगा।"

एक पल के लिए दोनों फिर से कॉलेज के छात्र बन गए।

विलियम मुस्कुराया, "तुमने उस क्लब में भी कुछ नहीं पिया था। बोलो, आज क्या पिओगे?"

थाडियस कोहेन ने प्रस्ताव ठुकरा दिया। "मैं नहीं पीता," वह उसी अंदाज़ में पलकें झपका कर बोला जो विलियम को आज भी भूला नहीं था। "और मुझे डर है कि अब मैं भी वैसा ही पूँजीवादी हो गया हूँ।"

उसने साबित किया कि उसके पास पिता जैसा तेज़ दिमाग था। उसे रोसनोवस्की-ऑस्बॉर्न की फ़ाइल के बारे में सारी मालूमात थी। वह विलियम के सारे सवालों के जवाब देने में सफल रहा। विलियम ने उसे बताया कि वह क्या चाहता है।

"मुझे तत्काल रिपोर्ट चाहिए और हर तीन महीने की जानकारी मेरे पास आनी चाहिए। गोपनीयता बहुत अहम है। मुझे पता करना है कि एबल रोसनोवस्की लेस्टर का स्टॉक क्यों ले रहा है। क्या उसे लगता है कि मैं डेविस लीरॉय की मौत का दोषी हूँ? क्या वह अब भी

केन एण्ड कैबट से अपनी नाराज़गी जताने के लिए लेस्टर को घेरे में ले रहा है क्योंकि वह भी उसका ही हिस्सा है? इस सारी कहानी में हेनरी ऑस्बॉर्न क्या कर रहा है? क्या मेरी और रोसनोवस्की की मुलाक़ात से कोई फ़ायदा होगा, ख़ास तौर पर तब जब मैं उसे बताऊँगा कि मैंने कुछ नहीं किया, बैंक ने रिचमंड ग्रुप को मदद देने से इनकार किया था?''

थाडियस कोहेन का पैन उसी तरह चल रहा था, जैसे उसके पिता नोट्स बनाया करते थे।

''जितनी जल्दी हो सके, इन सवालों के जवाब चाहिए ताकि मैं तय कर सकूँ कि क्या मुझे अपने बोर्ड को इसके बारे में बताना चाहिए?''

थाडियस कोहेन ने अपने पिता की तरह लजीली मुस्कान बिखेरते हुए ब्रीफ़केस बंद किया और बोला, ''मुझे अफ़सोस है कि आपकी सेहत भी अभी ठीक नहीं हुई और आपको इन परेशानियों का सामना करना पड़ रहा है। मैं अपनी ओर से पूरी कोशिश करता हूँ कि आपके सवालों के सारे जवाब आपको मिल जाएँ।'' वह दरवाज़े के पास जा कर बोला, ''आपने रेमागेन में जो किया, उसके लिए मैं आपका बहुत बड़ा क़द्रदान हूँ।''

~

7 मई, 1946, एबल वीई दिवस के पहले सालाना जश्न में गया। उसने बैरन होटल में हज़ार से अधिक पोलिश-अमेरिकी वरिष्ठ सेवानिवृत्त सिपाहियों के लिए डिनर का प्रबंध किया और फ्रांस में पोलिश दलों के कमांडर-इन-चीफ़ जनरल काजीमिएश सोस्नोकोवस्की को गेस्ट ऑफ़ ऑनर बनाया गया। वह कई सप्ताह से इस आयोजन की तैयारी में था और फ़्लोरेंटीना को भी अपने साथ न्यूयॉर्क चलने को कहा था। ज़ाफ़िया ने स्पष्ट कर दिया था कि वह उनके साथ नहीं आना चाहती।

जश्न की रात, न्यूयॉर्क बैरन के बैंकेट रूम को बहुत ख़ूबसूरती से सजाया गया था। 120 मेज़ अमेरिका के स्टार और स्ट्राइप्स के साथ-साथ पोलिश राष्ट्रीय झंडे के सफ़ेद और लाल रंग से भी खिले हुए थे। दीवारों पर आइजनहॉवर, पेटन, ब्रेडले, क्लार्क, पेडरेवस्की और सिकोरस्की के बड़े-बड़े चित्र थे। एबल बीच वाली ख़ास मेज़ पर था, उसके दाईं ओर जनरल तथा बाईं ओर फ़्लोरेंटीना बैठे थे।

सात-कोर्स डिनर के बाद जनरल सोस्नोकोवस्की सभा को संबोधित करने के लिए उठे। उन्होंने ऐलान किया कि कर्नल रोसनोवस्की को पोलिश वेटेरन सोसायटी का लाइफ़ प्रेज़ीडेंट नियुक्त किया गया, उन्होंने पोलिश-अमेरिकी आंदोलन के लिए जो निजी बलिदान किए हैं, यह उनके सम्मान में है। उन्होंने कितनी उदारता से सारी जंग के दौरान यूएस की सेना को न्यूयॉर्क बैरन सौंपा, यह वाकई प्रशंसनीय है। कमरे के दूसरे कोने से किसी धुत्त सिपाही की आवाज़ सुनाई दी, ''जो लोग जर्मनों के हाथों बच गए, वे किसी तरह एबल की पाककला से भी बच सकते हैं।''

हज़ारों लोग एक साथ हँसने-खिलखिलाने लगे और एबल के नाम वोदका से टोस्ट किया गया। पर जब जनरल जंग के बाद के पोलैंड की दयनीय दशा के बारे में बताने लगे तो

वे सभी ख़ामोश हो गए, वह अब स्टालिन के रूस के अधीन था। उन्होंने अपने साथियों से आग्रह किया कि वे उनके देश को उसकी खोई हुई आज़ादी वापिस दिलाने के अभियान में सहयोग दें। कमरे में मौजूद कई लोगों की तरह एबल भी यकीन करना चाहता था कि पोलैंड एक दिन आज़ाद होगा। उसने भी सपना देखा था कि उसका महल उसे वापिस मिलेगा, पर यह संदेह भी था कि याल्टा में स्टालिन के आघात के बाद यह कभी संभव हो सकेगा।

जनरल ने मेहमानों को याद दिलाया कि पोलिश-अमेरिकी नागरिकों ने, प्रति व्यक्ति, यूएस में किसी भी अन्य सजातीय समूह की तुलना में, युद्ध में अधिक जानें बलिदान की हैं। ''कितने अमेरिकी जानते हैं कि पोलैंड ने अपने छह मिलियन लोग खोये, जबकि चेकस्लोवाकिया में यह गिनती इससे बहुत कम थी। कई लोगों ने कहा कि जब हम जानते थे कि हम जीत नहीं सकते तो हमने समर्पण क्यों नहीं किया। कोई देश जिसने नाज़ी टैंकों के लिए घुड़सवार सेना का मोर्चा सँभाला हो, वह कैसे मान सकता था कि वह हार जाएगा। और मेरे दोस्तो, मैं आपको बताना चाहूँगा कि हम कभी पराजित नहीं होंगे।''

जनरल ने अंत में अपने श्रोताओं को बताया कि किस तरह एबल ने रेमाजेन में घायल सिपाहियों के दल की जान बचाने में अहम भूमिका निभाई। जब उनकी बात पूरी हुई तो सभी लोग खड़े होकर उनके लिए तालियाँ बजाने लगे। फ़्लोरेंटीना की मुस्कान दिखा रही थी कि वह अपने पिता के लिए कितना गर्व अनुभव कर रही थी।

एबल को यह देखकर आश्चर्य हुआ कि अगली सुबह अख़बारों में उसके रेमाजेन के जंगी अनुभव प्रकाशित हुए क्योंकि *ज़िएनिक ज़्वियाज़कोवि* अख़बार के अलावा किसी भी दूसरे पत्र-पत्रिका में पोलिश उपलब्धियों के बारे में कुछ नहीं छपता था। वह एक अज्ञात अमेरिकी नायक की तरह इस ख्याति से जगमगा उठा और सारा दिन फोटाग्राफ़ खिंचवाते और इंटरव्यू देते हुए बीता।

शाम को सूरज ढलने तक एबल को एंटीक्लाइमेक्स का-सा अहसास होने लगा। जनरल दूसरे समारोह में जाने के लिए लॉस एंजेल्स की उड़ान भर चुके थे। फ़्लोरेंटीना, लेक फ़ोरेस्ट स्थित अपने स्कूल में वापिस जा चुकी थी। जॉर्ज शिकागो में था और हेनरी ऑस्बॉर्न वाशिंगटन में था। द न्यूयॉर्क बैरन अचानक ही बड़ा और खाली लगने लगा पर एबल के मन में शिकागो और ज़ाफ़िया के पास वापिस जाने की कोई इच्छा नहीं जागी।

उसने तय किया कि वह डिनर जल्दी करने के बाद अपने पैंटहाउस में जाकर, दूसरे होटलों से आई रिपोर्टों के पूरे ब्यौरे पढ़ेगा। वह अपने प्राइवेट सुइट में खाने के बजाय किसी डाइनिंग हॉल में ही खाना पसंद करता था—इस तरह होटल की सारी गतिविधियों पर नज़र भी बनी रहती थी। वह जितने ज़्यादा होटल बनाता जा रहा था, स्टाफ़ से संपर्क टूटने का डर उतना ही बढ़ता जाता था।

वह नीचे उतरा और रिसेप्शन डेस्क पर गया और पूछा कि उस रात कितने मेहमान होटल में हैं पर अचानक एक सुंदर-सी युवती को देख कर ध्यान भटका। वह अपने फ़ार्म पर हस्ताक्षर कर रही थी। बेशक़ वह उसे जानता था पर चेहरा अच्छी तरह नहीं दिख रहा था। जब उसने फ़ॉर्म भर लिया तो मुँह उठाया और उसे देख कर मुस्कुराई।

"एबल," वह बोली। "ओह, तुम्हें मिल कर कितना अच्छा लगा।"

"हे परमात्मा, मेलानी तुम। मैं तो पहचान ही नहीं सका।"

"एबल, तुम्हें तो पहचानने में कोई भूल कर ही नहीं सकता।"

"मुझे पता ही नहीं था कि तुम न्यूयार्क में हो।"

"बस आज रात के लिए। अपनी पत्रिका के काम के लिए आई थी।"

"तुम पत्रकार बन गई हो?" एबल ने पूछा।

"नहीं, मैं पत्रिकाओं के एक ग्रुप की आर्थिक सलाहकार हूँ, इनका मुख्यालय डलास में है। इस जगह एक मार्केट रिसर्च परियोजना के लिए आई थी।"

"वाह, कमाल है।"

"नहीं, ऐसा कुछ नहीं है। पर इस तरह दिमाग एक जगह लगा रहता है..."

"क्या आज डिनर के लिए समय होगा?"

"एबल, आइडिया तो अच्छा है पर अगर इंतज़ार कर सको तो, मुझे नहा कर कपड़े बदलने हैं।"

"ज़रूर, मैं इंतज़ार कर सकता हूँ। मैं डाइनिंग हॉल में मिलता हूँ। एक घंटे तक मिलते हैं, दोबारा।"

वह दूसरी बार मुस्कुराई और पोर्टर को सामान साथ ले जाने को कहा। वह चली गई तो भी एबल के आस-पास उसके परफ़्यूम की गंध मंडराती रही।

उसने डाइनिंग हॉल में ध्यान से देखा कि फूल ताज़े थे या नहीं। फिर वह मेलानी की पसंद के हिसाब से किचन में ऑर्डर करने गया। आख़िर में वह कोने की मेज़ पर बैठ कर बेसब्री से उसका इंतज़ार करने लगा। उसने पाया कि वह पिछले कुछ मिनटों के दौरान कई बार घड़ी में समय देख चुका था और बार-बार प्रवेश द्वार को देख रहा था कि उस जगह से मेलानी आती दिखेगी। मेलानी ने थोड़ा ज़्यादा समय लिया पर जब प्रमुख वेटर उसे मेज़ तक लाया तो देख कर लगा कि इंतज़ार बेकार नहीं गया। वह शरीर से चिपकी हुई ऐसी लंबी पोशाक पहन कर आई थी जो होटल की लाइटों के बीच जगमगा रही थी। कितनी दिलक़श लग रही थी। एबल ने उठ कर उसका स्वागत किया और वेटर ने उनके लिए विंटेज क्रूग बोतल खोल दी।

"स्वागत है, मेलानी।" उसनें गिलास उठा कर कहा। "यह देख कर अच्छा लगा कि तुम अब भी बैरन में रुकती हो।"

"बैरन से व्यक्तिगत रूप से मिल कर अच्छा लगा," वह बोली। "ख़ासतौर पर आज की जीत के दिन।"

"कहना क्या चाहती हो?"

"मैंने कल के डिनर के बारे में *न्यूयॉर्क पोस्ट* में सब पढ़ा और कैसे तुमने रेमागेन में अपनी जान जोखिम में डाल कर घायलों को बचाया। यह तो ऑडी मर्फ़ी और अनजान

सिपाही वाली कहानी जैसा लगा।''

''ओह, यह तो वाकई बढ़ा-चढ़ा कर कहा गया,'' एबल बोला।

''एबल, मुझे नहीं पता था कि तुम स्वभाव से इतने संकोची हो। बेशक़ उनकी बात का एक-एक शब्द सच होगा।''

''सच तो यही है कि मेलानी तुमसे हमेशा आशंकित सा रहा।''

''बैरन भी किसी से डरता है, मुझे तो यकीन नहीं आता।''

''मैं कोई दक्षिणी जेंटलमैन नहीं, जैसा तुमने मुझे एक बार अहसास दिलाया था।''

''और तुम भी कभी जताना नहीं भूलते,'' वह उसे चिढ़ाते हुए हँसी। ''क्या किसी अच्छी पोलिश लड़की से शादी की?''

उसने मेलानी के लिए शैंपेन का दूसरा गिलास तैयार किया।

''हाँ, मैंने शादी की।''

''कैसा रहा सब?''

''कोई ख़ास नहीं। हमारे मन नहीं मिलते और सच कहूँ तो मुझमें ही कमी है। अक्सर रात को देर से घर जाता हूँ।''

''क्या दूसरी औरतों के चक्कर में?''

''नहीं अपने होटलों के चक्कर में।''

मेलानी हँसी और फिर उसे देखकर अपनेपन से मुस्कुराई।

''क्या तुम्हें तुम्हारा पति मिला?''

''बेशक़ मैंने एक दक्षिणी सज्जन से शादी की जो पूरी तरह से मेरे लायक था।''

''बहुत बधाई हो।''

''पिछले साल तलाक हो गया—काफ़ी पैसा हाथ आया।''

''ओह, सॉरी,'' एबल को सुन कर अच्छा ही लगा। ''और शैंपेन?''

''एबल, तुम मुझे लुभाने के चक्कर में तो नहीं हो?''

''नहीं, मेलानी, पहले तुम अपना सूप पी लो। यहाँ तक कि पहली पीढ़ी के पोलिश प्रवासियों का भी एक स्टैंडर्ड होता है, हालाँकि मैं मानता हूँ कि अभी मुझे तुम्हें लुभाने का काम भी करना है।''

''एबल, तब तो पहले ही चेता दूँ कि मैं अपने तलाक के बाद से किसी दूसरे पुरुष के साथ नहीं रही। ऐसा नहीं कि लोगों ने कोशिश नहीं की पर कोई सही नहीं लगा। बस उन्हें शरीर चाहिए था, मन मिलाने वाला कोई नहीं था।''

उन्होंने सालमन, लैंब, क्रीम ब्रूली और जंग से पहले खाये हुए मटन रॉचचाइल्ड की बातें करते हुए अपनी ज़िन्दगी के ब्यौरे आपस में साझा किए।

''पैंटहाउस में कॉफ़ी हो जाए, मेलानी।''

''क्या इतने अच्छे खाने के बाद इनकार किया जा सकता है?''

एबल हँसा और उसे डाइनिंग हॉल से बाहर ले गया। जब मेलानी ने लिफ़्ट में कदम रखा तो अपनी हाई हील के कारण थोड़ा-सा लड़खड़ाई। एबल ने 42वीं मंज़िल के लिए बटन दबा दिया। मेलानी ने नंबर देखे, ''इसमें 17वाँ नंबर क्यों नहीं है?'' उसने मासूमियत से पूछा। एबल के पास उसे बताने को शब्द नहीं थे।

''पिछली बार जब तुम्हारे कमरे में कॉफ़ी पी थी...'' मेलानी ने दोबारा कोशिश की।

''मुझे याद मत दिलाओ,'' एबल बोला। वे लिफ़्ट से बाहर आए और वेटर ने उनके सुइट का दरवाज़ा खोल दिया।

''हे परमात्मा,'' मेलानी उसका पैंटहाउस देख कर दंग थी। ''मानना पड़ेगा, एबल, तुमने वाकई करोड़पति लोगों की तरह रहन-सहन सीख लिया है। मैंने आज तक जीवन में इतनी विलासिता नहीं देखी।''

एबल उसकी ओर बढ़ा ही था कि दरवाज़े पर आहट हुई। एक वेटर कॉफ़ी और रेमी मार्टिन की बोतल लाया था।

''थैंक्स माइक,'' एबल ने कहा। ''बस आज रात के लिए बहुत होगा।''

''क्या यह काफ़ी होगा,'' मेलानी मुस्कुराई।

वेटर जल्दी से चला गया।

एबल ने कॉफ़ी और ब्रांडी डाली। मेलानी फ़र्श पर आलथी-पालथी लगाए, धीरे-धीरे पीने लगी। एबल उसके पास ही बैठ गया। वह उसके बाल सहलाने लगी और एबल का हाथ धीरे-धीरे मेलानी की टाँग सहलाने लगा। ओह, उसे वे टाँगें कितनी अच्छी तरह याद थीं। जब उन्होंने पहली बार एक-दूसरे को चूमा तो मेलानी ने अपना जूता उतारा और उसकी सारी कॉफ़ी वहीं ईरानी कालीन पर गिर गई।

''अरे, क्या मुसीबत है! तुम्हारा कालीन ख़राब हो गया।''

''कोई बड़ी बात नहीं,'' एबल ने उसे अपनी ओर खींच लिया और उसकी पोशाक की ज़िप खोलने लगा। मेलानी ने उसकी शर्ट के बटन खोले और एबल ने उसे चूमते हुए शर्ट को उतारना चाहा पर उसके कफ़लिंक बीच में आ गए इसलिए वह मेलानी को उसकी पोशाक उतारने में मदद करने लगा। उसकी देह ठीक वैसी ही थी, जैसी उसे याद थी, बस अब शरीर पहले से ज़्यादा भर गया था। वे भरी हुई छातियाँ और लंबी गरिमामयी टाँगें। उसने एक हाथ से कफलिंक खोलने की ज़िद छोड़ी और मेलानी को आज़ाद करते हुए झट से कपड़े उतारे। वह साफ़ देख सकता था कि मेलानी उसकी तुलना में कितनी सुंदर दिखती थी, उसे उम्मीद थी कि यही बात सच होगी कि महिलाएँ ताकतवर पुरुषों की ओर आकर्षित होती हैं। उसने धीरे से उसके स्तनों को सहलाया और टाँगें खोलने लगा। मुलायम कालीन किसी भी पलंग से कहीं बेहतर साबित हो रहा था। जब वे चूम रहे थे तो अब मेलानी की बारी थी कि वह अपने सारे कपड़े उतार ले। उसने भी खुद को एबल से अलग किया और

अपनी स्टॉकिंग्स और उन्हें सँभालने वाली बेल्ट के सिवा बाकी सब उतार दिया।

जब एबल ने उसकी आह सुनी तो उसे अहसास हुआ कि वह कितने लंबे अरसे से इस सुख से वंचित था और किस तरह वह सनसनी कुछ ही क्षणों में शांत हो गई। उनमें से कोई कुछ देर तक कुछ नहीं बोला, वे वहीं लेटे बुरी तरह से हाँफ़ते रहे।

फिर एबल दबी हँसी हँसा।

"तुम हँस क्यों रहे हो?" मेलानी ने पूछा।

"मुझे डॉ. जॉनसन की बात याद आ गई, उन्होंने कहा है कि पोज़ीशन जितनी हास्यास्पद होगी, मज़ा उतने ही कम समय के लिए होगा।"

मेलानी ने हँसते हुए अपना सिर उसके कंधे पर टिका दिया। एबल को देख कर हैरानी हुई कि अब वह मेलानी के आकर्षण से परे हो चुका था। वह सोचने लगा कि वह अशिष्ट हुए बिना उससे कितनी जल्दी छुटकारा पा सकता था, तभी वह बोली, "एबल, सॉरी मैं सारी रात नहीं रुक सकती। मेरी स्टीवन्स में सुबह एक मीटिंग है। मैं ऐसे नहीं दिखना चाहती कि मेरी सारी रात तुम्हारे ईरानी कालीन पर बीती है।"

"तुम्हें जाना है?" एबल ने मायूसी दिखाई पर अंदर से अच्छा महसूस करने लगा।

"सॉरी डार्लिंग, हाँ," वह उठी और बाथरूम की ओर चल दी।

एबल ने उसे पोशाक पहनने में मदद की। अरे जल्दबाज़ी में उसे खोलना कितना मुश्किल लग रहा था, अब आराम से पहनाने में कोई देर नहीं लगी। जब वह जाने लगी तो उसने उसका हाथ चूम लिया।

"उम्मीद करता हूँ कि हमारी मुलाक़ात दोबारा और जल्दी होगी।"

"हाँ, मैं भी यही उम्मीद करती हूँ," मेलानी बोली पर वह भी ऐसा कुछ नहीं चाहती थी।

एबल ने उसके जाते ही दरवाज़ा बंद किया और अपने कमरे में रखे फ़ोन के पास आया। "मिस मेलानी लीरॉय ने कौन-सा कमरा बुक किया है?" उसने पूछा।

एक क्षण के अंतराल के बीच वह रजिस्ट्रेशन कार्डों को उलटने-पलटने का स्वर सुनता रहा।

"इस नाम से कोई नहीं है, डलास, टेक्सास से किसी मिसेज़ मेलानी सिएटन ने आज शाम चेक इन किया और कल सुबह उनका चेक आउट है।"

"अच्छा, वही होंगी। उनका बिल मेरे एकाउंट में डाल देना।"

"जी, सर।"

एबल ने फ़ोन रखा और बिस्तर पर जाने से पहले ठंडे पानी से देर तक नहाता रहा। वह उस टेबल लैंप को बंद करने ही वाला था जो उसके पहले व्यभिचार का गवाह रहा था तो उसे अपने कालीन के बीच कॉफ़ी का बड़ा-सा धब्बा दिखाई दिया।

"फूहड़ कमीनी!" उसने बत्ती बंद करते हुए कहा।

~

विलियम की खोई हुई ताकत लौटने लगी और आने वाले कुछ महीनों में चेहरे और छाती के दाग भी मिट गए। रात को केट उसके गहरी नींद में सोने तक साथ जागती रहती। तेज़ सिर दर्द और अनिद्रा धीरे-धीरे ठीक होने लगे और उसकी दाईं बाजू भी काम करने लगी।

केट ने उसे तब तक काम पर नहीं जाने दिया, जब तक वह पूरी तरह से ठीक नहीं हुआ। उन्होंने कैरीबिनयन में क्रूज़ पर कुछ समय बिताया और उस दौरान विलियम ने उसी तरह शांत और प्रसन्न अनुभव किया जैसे उसने केट के साथ इंग्लैंड में किया था। केट को खुशी थी कि क्रूज़ पर कोई बैंक नहीं थे जिनके साथ व्यापार किया जा सकता था, हालाँकि उसे डर था कि कहीं वह लेस्टर के नाम पर जहाज़ को खरीद ही न ले और पूरे स्टाफ़ को नए सिरे से व्यवस्थित करते हुए, उनके मार्ग और समय तालिका को दोबारा न बना दे। ज्यों ही वे न्यूयॉर्क बंदरगाह पर उतरे तो वह उसे अगले ही दिन बैंक जाने से नहीं रोक सकी।

~

आने वाले कुछ महीनों के दौरान एबल के ईरानी कालीन पर कॉफ़ी के अनेक धब्बे उभरने लगे, कुछ आत्मसंतुष्ट वेटर युवतियों का किया-धरा था तो कुछ उसके होटल में आई मेहमान महिलाओं का काम था, वह और ज़ाफ़िया पूरी तरह से अलग हो चुके थे।

उसने कभी यह उम्मीद नहीं की थी कि उसकी बीवी उस पर जासूसी करवाने के लिए निजी जासूस नियुक्त करवा देगी और फिर तलाक का नोटिस भेज देगी। एबल के पोलिश दोस्तों के दायरे में तलाक लगभग न के बराबर था। उसने अपनी पत्नी से बात करनी चाही ताकि शादी बनी रहे, उसे पता था कि तलाक होने से पोलिश बिरादरी में बदनामी होगी और इससे भी बदतर यह था कि उसके भीतर जो सामाजिक या राजनीतिक महत्त्वाकांक्षा उग रही थी, उसे नुकसान हो सकता था। एबल को यह देख कर हैरानी हुई कि जो महिला उसकी उपलब्धियों से हमेशा विरक्त रही, वही अपना बदला लेते हुए कितनी चालाक और लड़ाका हो गई थी, जॉर्ज के शब्दों में 'किसी चालाक लोमड़ी जैसी!'

जब एबल ने अपने वकील से सलाह ली तो उसे पता लगा कि उसने पिछले साल के दौरान कितनी वेटर युवतियों और होटल में बिना पैसा दिए रहने वाली मेहमान युवतियों के साथ संबंध बनाए थे। उसने हथियार डाल दिए। बस वह फ़्लोरेंटीना को अपने साथ रखना चाहता था जो अब तेरह साल की थी और उसके जीवन में बहुत अहमियत रखती थी।

एक लंबे संघर्ष के बाद, ज़ाफ़िया ने उसकी माँगों को मान लिया और 500,000 डॉलर, शिकागो वाला घर और हर महीने के आखिरी सप्ताहांत में फ़्लोरेंटीना से मिलने के अधिकार के साथ, उनका वैवाहिक संबंध टूट गया।

एबल ने अपना मुख्यालय और स्थायी घर न्यूयॉर्क में बना लिया। जब वह अमेरिका के उत्तर और दक्षिण में घूमते हुए नए होटलों की इमारतें तैयार करने लगा तो जॉर्ज ने उसे

नया नाम दिया, 'बैरन का देशनिकाला'। वह शिकागो में वापिस तभी जाता था, जब उसे कर्टिस फ़ेंटन से कोई सलाह लेनी होती।

~

जब थाडियस कोहेन की ओर से पहली रिपोर्ट आई तो विलियम को कोई संदेह नहीं रहा कि रोसनोवस्की सक्रिय रूप से लेस्टर बैंक के स्टॉक्स में दिलचस्पी ले रहा था। वह चार्ल्स लेस्टर की वसीयत से जुड़े बाकी सभी लोगों के भी संपर्क में था पर केवल एक ही सौदा पूरा हुआ था। सूसन लेस्टर ने कोहेन से मिलने से इनकार कर दिया इसलिए यह पता लगाना मुश्किल था कि उसने अपना छह प्रतिशत हिस्सा क्यों बेच दिया। बस उसे इतना ही पता लग सका कि सूसन के पास ऐसा करने का कोई वित्तीय कारण नहीं था।

रिपोर्ट वाकई प्रशंसनीय बनी थी। उसे देखकर पता चला कि मई 1946 में हेनरी ऑस्बॉर्न को ग्रुप का डायरेक्टर बना दिया गया, उसे लेस्टर बैंक के स्टॉक खरीदने की ज़िम्मेदारी सौंपी गई थी। सूसन के स्टॉक इस तरह लिए गए थे कि यह पता लगाना आसान नहीं था कि उनका रोसनोवस्की या ऑस्बॉर्न से कोई लेन-देन था। कोहेन सुनिश्चित था कि रोसनोवस्की पीटर पारफ़िट के दो प्रतिशत शेयर को खरीदने के लिए 750,000 डॉलर देने में इच्छुक था। विलियम को यह याद दिलाने की ज़रूरत नहीं थी कि जब रोसनोवस्की के पास 8 प्रतिशत शेयर होंगे तो वह बैंक में कैसा तहलका मचा सकता था, वह आर्टिकल सेवन का लाभ ले सकता था। विलियम के लिए यह भी एक समस्या थी कि बैरन ग्रुप की तुलना में लेस्टर बैंक की प्रगति अधिक थी जो अपने प्रमुख प्रतिद्वंद्वियों, द हिल्टन और शेरटन का भी सामना कर रहा था।

वह सोचने लगा कि क्या उसे अपने डायरेक्टरों को यह जानकारी दे देनी चाहिए या उसे रोसनोवस्की से एक बार प्रत्यक्ष रूप से मिलना चाहिए। कई रातों की नींद हराम करने के बाद, उसने केट से सलाह माँगी।

वह बोली, "जब तक तुम्हें पूरा विश्वास नहीं हो जाता कि उसकी मंशा उतनी ही बुरी है जितनी तुम्हें लग रही है, तब तक कुछ मत करो। कहीं यह सारा मामला राई का पहाड़ न बन जाए।"

"हेनरी ऑस्बॉर्न भी इसमें शामिल है और उसके साथ तो निश्चित रूप से राई का पहाड़ बनता है और मैं केवल बैठ कर यह प्रतीक्षा नहीं कर सकता कि इसके बाद वह क्या करने की योजना बना रहा है।"

"विलियम, हो सकता है कि उसमें सुधार हो गया हो। तुम्हारी उस आदमी के साथ अनबन हुए बीस साल हो गए हैं।"

विलियम कुछ दिन तो शांत रहा पर कोहेन की अगली रिपोर्ट हाथ आते ही परेशानी फिर से सामने थी।

भाग छह

1948–1952

43

प्रेज़ीडेंट ट्रूमैन ने व्हाइट हाउस में, दूसरे टर्म के लिए आश्चर्यजनक जीत हासिल की, जबकि *शिकागो ट्रिब्यून* की ख़बरें दुनिया को बता रही थीं कि थॉमस ई. डयूई, यूनाइटेड स्टेट्स के अगले प्रेज़ीडेंट थे। विलियम को मिसौरी के सिलाई का सामान बेचने वाले के बारे में केवल उतना ही पता था जितना समाचार पत्रों में छपा था और एक पक्का रिपब्लिकन होने के नाते, उसे उम्मीद थी कि उनकी पार्टी 1952 के अभियान के लिए सही व्यक्ति का चुनाव करेगी, जो उनका नेतृत्व कर सके।

बैरन ग्रुप को जंग के बाद अमेरिकी अर्थव्यवस्था में आए विस्फोट से भारी मुनाफ़ा हुआ। बीस के दशक के बाद से, इतनी जल्दी मुनाफ़ा कमाना इतना आसान नहीं रहा था और पचास के दशक के आरंभ तक, लोगों को यकीन होने लगा था कि वह समय लंबे अरसे तक बना रहने वाला था।

एबल अपनी वित्तीय सफलता से ही संतुष्ट नहीं था; जब वह बूढ़ा होने लगा तो उसे पोलैंड के भविष्य की चिंता भी सताने लगी और उसे लगने लगा कि अब वह केवल दर्शक बन कर नहीं रह सकता। तुर्की के पोलिश दूतावास में, पावेल ज़ालेस्की ने क्या कहा था? ''शायद तुम अपने जीवनकाल में पोलैंड का उदय फिर से देख सको।''

एबल को लगा कि उसने रेमागेन में जिस तरह अपनी जान को जोखिम में डाला, उसका कोई मोल ही नहीं था, एक के बाद एक कठपुतली कम्यूनिस्ट सरकारें आ-जा रही थीं। वह अपनी ओर से यूनाइटेड स्टेट्स कांग्रेस को मनाने की कोशिश में लग गया कि वे उनके पूर्वी यूरोपियन सैटेलाइट्स के रूसी नियंत्रण के लिए जंगी रवैया दिखाएँ। उसने नेताओं से बातचीत की, पत्रकारों को सारी जानकारी दी और शिकागो, न्यूयॉर्क और पोलिश-अमेरिकी समुदाय के दूसरे केंद्रों में डिनर आयोजित किए और ऐसा तब तक करता रहा, जब तक यह पोलिश मक़सद अपने-आप में 'द शिकागो बैरन' का दूसरा नाम नहीं बन गया।

डॉ. टेडोर शीमेनोवस्की, क्राकाउ यूनिवर्सिटी के इतिहास के भूतपूर्व प्रोफ़ेसर थे, उन्होंने *फ्रीडम* अख़बार में पोलैंड की लड़ाई में एबल की भूमिका पर एक आलीशान संपादकीय लिखा, जिसका शीर्षक था, 'फ़ाइट टू बी रिकनाइज़्ड', उसे देख कर एबल ने उनसे संपर्क किया। वह प्रोफ़ेसर के जोशीले शब्दों और मानसिक क्षमता से प्रभावित था पर जब उसने प्रिंसटन में उनकी स्टडी में कदम रखा तो वह उनकी शारीरिक दुर्बलता देख कर दंग रह गया।

टेडोर शीमेनोवस्की ने बड़े ही अपनेपन से एबल का स्वागत किया। उन्होंने एबल से पूछे बिना ही उसके लिए वोदका का जाम तैयार किया और उसे थमाते हुए बोले, ''बैरन रोसनोवस्की, मैं लंबे समय से तुम्हारा प्रशंसक रहा हूँ और तुम किस तरह हमारे मक़सद के लिए लड़ते आ रहे हो। हालाँकि हमने बहुत प्रगति नहीं की पर मैंने कभी तुम्हारे हौसले में कमी नहीं देखी।''

"मेरा विश्वास और हौसला हमेशा बना रहेगा, मेरा मानना है कि अमेरिका में सब कुछ संभव हो सकता है।"

"पर मुझे डर है, बैरन, आप इस समय जिन लोगों से मदद पाने की कोशिश कर रहे हैं, ये वही लोग हैं जिनके इशारे पर ही ये ज़ुल्म हुए और वे कभी इन कामों के लिए अपनी सहमति नहीं देने वाले।"

"प्रोफ़ेसर, मैं समझा नहीं कि आप क्या कहना चाहते हैं। वे हमें सहयोग क्यों नहीं देंगे? कुल मिला कर, यह उनके अपने हित में भी तो होगा।"

प्रोफ़ेसर ने अपनी कुर्सी की टेक लगा ली। "बैरन, आपको निश्चित रूप से पता होगा कि 1944 में अमेरिकी सेनाओं को विशेष आदेश दिए गए थे कि वे पूर्व की ओर अपनी चढ़ाई को धीमा कर दें ताकि रूसी जितना अधिक हो सके, सेंट्रल यूरोप को अपने अधीन कर सकें। पेटन चाहते तो रूसियों के आने से बहुत पहले, बर्लिन में मोर्चा बना सकते थे, पर आइजनहॉवर ने उन्हें रुकने का आदेश दे दिया। वाशिंगटन में हमारे ही नेता थे—ये वही लोग थे जिन्हें आप मनाना चाहते हैं कि यूरोप में अपनी अमेरिकी बंदूकें उठा लें, उन्होंने ही तो आइजनहॉवर को वे आदेश दिए।"

"पर वे नहीं जान सकते थे कि यूएसएसआर कितना बड़ा साम्राज्य बन जाएगा," एबल ने कहा। रूसी हमारे मित्र रहे हैं और मैं मानता हूँ कि जंग के आख़िर में हमने उनके साथ बहुत सारे समझौते किए पर यह नहीं हो सकता कि अमेरिकियों ने पोलिश लोगों को धोखा दिया होगा।"

इससे पहले कि डॉक्टर कुछ बोलते, उन्होंने अपनी आँखें कुछ क्षण के लिए बंद कीं।

"काश, तुम मेरे भाई को जानते, बैरन। मैंने पिछले सप्ताह ही सुना कि वह सोवियत कैंप में छह महीने पहले मारा गया, वह ऐसा ही कोई कैंप था जिसमें तुम्हें बंदी बनाया गया था।"

एबल के हमदर्दी जताने से पहले ही डॉक्टर ने हाथ उठा दिया।

"नहीं, कुछ न कहें। आप तो स्वयं कैंपों के बारे में जानते हैं। आपको ही सबसे पहले अहसास होना चाहिए कि हमदर्दी से कुछ हासिल नहीं होने वाला। हमें दूसरों को गहरी नींद सोने देना होगा और इस दौरान दुनिया को बदलना होगा।" डॉक्टर कुछ देर बाद बोले, "मेरे भाई को अमेरिकियों ने ही रूस भेजा था।"

"अमेरिकियों ने? यह कैसे हो सकता है? कहीं उसे पोलैंड में रूसी दलों ने बंदी तो नहीं बनाया था?"

"मेरा भाई पोलैंड में कैदी नहीं था। उसे फ्रैंकफ़र्ट के पास, जर्मन कैदियों के जंगी कैंप से आज़ाद किया गया था। अमेरिकियों ने उसे एक महीने तक डीपी कैंप में रखा और फिर रूसियों को सौंप दिया।"

"उन्होंने ऐसा क्यों किया?"

"रूसी सारे स्लाव लोगों को उनके देश वापिस भेजना चाहते थे ताकि उन्हें मारा जा सके या गुलाम बनाया जा सके। जिन्हें हिटलर ने नहीं मारा, स्तालिन ने मारा। और मैं साबित कर सकता हूँ कि मेरा भाई पिछले एक महीने से अमेरिकी सेक्टर में था।"

"सैंकड़ों-हज़ारों लोग थे।" डॉक्टर भावुक हो गए। "शायद लाखों। काश, हमें कहीं से सही आँकड़े मिल पाते। यह सारा दुष्ट ऑप्रेशन 'की चैनल' के नाम से जाना गया।"

"निश्चित रूप से अगर लोग जानते कि अमेरिकी आज़ाद कैदियों को दोबारा मरने के लिए रूस भेज रहे हैं तो वे डर जाते।"

"इसका कोई सुबूत या औपचारिक दस्तावेज़ नहीं है। नेल्सन की तरह मार्क क्लार्क भी अनदेखा करते रहे और इससे पहले कि अमेरिकी उन्हें कैंपों में भेज पाते, उन्होंने हमदर्द जीआईज़ की मदद से कुछ कैदियों को बच कर भागने में मदद की। उनमें से मेरा भाई भी एक था।" प्रोफ़ेसर ने रुक कर कहा, "ख़ैर, अब कुछ भी करने के लिए देर हो गई है।"

"पर अमेरिकी लोगों को बताया जाना चाहिए। मैं एक कमेटी का गठन करूँगा, पम्फ़्लेट प्रकाशित करूँगा, भाषण दूँगा; अगर सुबूत सामने आए तो कांग्रेस भी हमारी बात सुनेगी।"

"बैरन रोसनोवस्की, मुझे लगता है कि यह आपके लिए भी बहुत बड़ा अभियान होगा। आपको विश्व के नेताओं की मानसिकता को समझना चाहिए। अमेरिकी उन बेचारे लोगों को देने के लिए माने क्योंकि स्तालिन ने पूरे पैकेज में इसकी माँग की थी। मुझे यकीन है कि उन्हें नहीं पता था कि उसके बाद मुक़दमे, लेबर कैंप और फाँसी की सज़ा वगैरह होंगी। और कोई भी यह ज़िम्मेदारी नहीं लेने वाला कि वह अप्रत्यक्ष तौर पर हज़ारों बेगुनाहों को मारने का दोषी था। मुझे तो यह लगा था कि यह सुनने के बाद, आप राजनीति में प्रत्यक्ष रूप से भूमिका निभाने की प्रेरणा लेंगे।"

"मैं चुनाव में नहीं खड़ा होना चाहता," एबल बोला। "उस काम के लिए आपको बेब रूथ और हेनरी फोंडा के बीच क्रॉस बनना होगा और मैं तो होपअलांग कैसिडी की तरह हूँ। हालाँकि मैं आपकी आवाज़ को आगे तक ले जाने में कसर नहीं रखूँगा। मैं एक ऐसे आदमी को जानता हूँ जो जानता है कि किससे संपर्क करना सही होगा क्योंकि वह कम्यूनिस्टों से मुझसे भी ज़्यादा नफ़रत करता है।"

~

ज्यों ही एबल न्यूयॉर्क में वापिस आया, वह सीधा ऑफ़िस गया, अपनी सैक्रेटरी से उस आदमी को फ़ोन लगाने को कहा जो किसी के भी फ़ैसले के आगे न झुकने की निडरता के लिए जाना जाने लगा था।

जोसेफ़ मकार्थी की सैक्रेटरी ने फ़ोन लिया और पूछा कि कौन बोल रहा है। उसने नाम जानने के बाद कहा, "मैं देखती हूँ कि सर अभी बात कर सकते हैं या नहीं?"

सीनेटर की आवाज़ सुनाई दी, "मि. रोसीनीवस्की," एबल सोचने लगा कि क्या मकार्थी ने उसका नाम जान कर बिगाड़ा था या यह बुरे कनेक्शन की वजह से हुआ। आप मुझसे किस अहम सिलसिले में बात करना चाह रहे थे?" एबल हिचकिचाया। फिर उसने सीनेटर को बोलते सुना, "आपके राज़ मेरे पास सुरक्षित रहेंगे।"

"बेशक।" एबल ने अपने विचारों को जमा करते हुए कहा। "सीनेटर, आप हम लोगों के लिए प्रतिनिधि रहे हैं जो पूर्वी यूरोपियन देशों को कम्यूनिज़्म से आज़ाद करवाना चाहते हैं।"

"मुझे खुशी है कि आपने मेरे प्रयासों को सराहा, रोसीनीवस्की।"

इस बार एबल को यकीन हो गया कि उसने जान कर उसका नाम ग़लत तरीके से लिया है पर उसने चुप रहना ही ठीक समझा।

"आप समझ सकते हैं, जब हमारी अपनी सरकार में से गद्दारों को बाहर किया जाएगा, उसके बाद ही आपके बंदी लोगों के लिए कोई असली कदम उठाया जा सकता है।"

"मैं आपसे इसी बारे में बात करना चाहता था, सीनेटर। आपने हमारी सरकार में से गद्दारों को निकालने में अहम भूमिका निभाई है परंतु कम्यूनिस्टों का एक बड़ा अपराध भी है जो किसी के सामने नहीं आया।"

"मि. रोसीनीवस्की, आप कौन से अपराध की बात कर रहे हैं? मैं तो जब से वाशिंगटन में आया, तब से बहुत कुछ देख-सुन चुका हूँ।"

"मैं आपको बताता हूँ—" एबल ने कुर्सी पर सीधे बैठते हुए कहा—"जब यूरोप में जंग ख़त्म हुई तो अमेरिका के अधिकारियों ने हज़ारों विस्थापित पोलिश नागरिकों को ज़बरन देश वापिस भेजा। कम्यूनिज़्म के बेगुनाह दुश्मनों को पोलैंड और फिर वहीं से रूसी कैंपों में भेज दिया गया। उसके बाद उन्हें बंदी बना कर रखा गया या जान से मार दिया गया।" वह जवाब आने की प्रतीक्षा में रहा पर उधर से कोई नहीं बोला। उसने एक क्लिक की आवाज़ सुनी और सोचने लगा कि क्या कोई और भी उनकी बातें सुन रहा है।

"रोसीनीवस्की, आपको इतनी ग़लत ख़बर किसने दी?" सीनेटर मकार्थी के स्वर में आक्रामकता की झलक थी। "आपने मुझे यह बताने के लिए फ़ोन किया कि अमेरिकी—यूनाइटेड स्टेट्स के वफ़ादार सिपाहियों ने आपके हज़ारों लोगों को रूस भेजा और किसी को कानों-कान पता नहीं चला, आपमें इतनी हिम्मत कहाँ से आई? कोई पोलक भी इतना मूर्ख नहीं हो सकता। मुझे तो सोचना पड़ रहा है कि कोई इंसान सुबूत न होने पर भी, किसी झूठ पर ऐसे कैसे विश्वास कर सकता है? क्या आप मुझसे उम्मीद करते हैं कि मैं मान लूँ कि अमेरिकी सिपाही वफ़ादार नहीं थे? क्या आप यही चाहते हैं? मुझे बताएँ, रोसीनीवस्की, आपके लोगों को क्या हुआ है? क्या आप लोगों को साम्यवादी प्रचार समझ नहीं आता जो कि आपके ठीक सामने हो रहा है? क्या आपको अति व्यस्त यूनाइटेड स्टेट्स सीनेटर का समय बर्बाद करने के लिए किसी और अफ़वाह का सहारा नहीं मिला? आपको

समझ नहीं आता कि ये अफ़वाहें प्रावदा के रेड स्लाइम ने फैलाई हैं ताकि अमेरिका के प्रवासी समुदायों में हलचल मचाई जा सके?''

एबल कुछ देर सन्न बैठा रहा, वह इस व्यवहार से चकित था। उसे खुशी थी कि मकार्थी उसका हैरान चेहरा नहीं देख पा रहा था।

''सीनेटर, आपका समय बर्बाद करने के लिए माफ़ी चाहूँगा।'' उसने धीरे से कहा। ''मैंने इस बात के बारे में इस तरह से विचार नहीं किया था।''

''इससे ही पता चलता है कि ये कम्यूनिस्ट हरामी कितने शातिर हो सकते हैं,'' मकार्थी ने नरम सुर में कहा। ''आपको हमेशा इन पर नज़र रखनी चाहिए। खैर, उम्मीद करता हूँ कि आप अमेरिकियों के सामने आने वाले असली ख़तरों और जोखिमों के लिए सजग रहेंगे।''

''ज़रूर सीनेटर, आपने मुझसे बात करने का कष्ट किया, आपका धन्यवाद। गुडबाय सीनेटर।''

''गुडबाय, मि. रोसीनीवस्की।''

फ़ोन रखने की आवाज़ किसी दरवाज़े के पटकने की आवाज़ से कम नहीं लगी।

44

जब केट ने विलियम को उसके सफ़ेद होते बालों के लिए चिढ़ाना चालू किया तो उसे अपने अधेड़ होने का अहसास होने लगा। इतना ही बहुत नहीं था, रिचर्ड अपने साथ नवयुवतियों को चाय पर घर लाने लगा था।

विलियम ने रिचर्ड की पसंद पर मुहर लगाने में देर नहीं की, शायद वे काफ़ी हद तक दिखने में केट जैसी थीं। पर केट जितनी ख़ूबसूरत कोई नहीं हो सकती थी जो अधेड़ होने पर भी इतनी सुंदर लगती थी। वर्जीनिया और लूसी अब किशोरावस्था में थीं और प्रेस इस नई पीढ़ी की बात करने लगी थी जिसे देखकर उसे बहुत खुशी होती थी। वे दोनों ठीक अपनी माँ की तरह ही पली-बढ़ीं।

वर्जीनिया एक हुनरमंद कलाकार थी और बच्चों के कमरे व रसोई की दीवारे उसकी कला की साक्षी थीं, रिचर्ड अक्सर उन्हें जीनियस का नया काम कह कर चिढ़ाता। जब रिचर्ड ने सेलो की कक्षाएँ लेना चालू किया तो वर्जीनिया को अपना बदला लेने का मौका मिल गया। ज्यों ही उसका अभ्यास चालू होता तो नौकर भी दबे-छिपे सुर में बातें बनाने लगते। लूसी दोनों को पसंद करती थी। उसे लगता था कि वर्जीनिया अगली एडवर्ड हूपर होगी और रिचर्ड भावी कैसल्स।

केट की नज़रों में, उसके तीनों बच्चे अपने-आप में संपूर्ण थे। रिचर्ड ने जल्द ही सेलो में इतनी महारत हासिल कर ली कि उसे सेंट पॉल के आर्केस्ट्रा में शामिल कर लिया गया, जबकि वर्जीनिया की पेंटिंग ड्रॉइंग रूम तक आ चुकी थीं। हालाँकि जब तेरह साल

की उम्र में, लूसी को ऐसे लड़कों के भी फ़ोन आने लगे जो अब तक बास्केट बॉल या गो कार्ट में ही ध्यान देते आए थे, तो परिवार में सबको पता चल गया कि सुंदरता के मामले में लूसी बेजोड़ थी।

~

1951 में रिचर्ड को हॉर्वर्ड में जगह मिली, हालाँकि उसने गणित की स्कॉलरशिप नहीं जीती, केट ने विलिमय को याद दिलाया कि उसने सेंट पॉल के लिए हॉकी खेली और सेलो बजाया, जबकि ये दोनों काम उसका पति नहीं कर सका था। विलियम को रिचर्ड की इन उपलब्धियों से अंदर-ही-अंदर प्रसन्नता का अनुभव होता था पर वह बुदबुदाता कि उसने ऐसे कोई बैंकर नहीं देखे जिन्हें अपने काम के अलावा हॉकी या सेलो में भी महारत हासिल हो।

बैंकिंग अपने विस्तार के दौर में थी, अमेरिकियों को यकीन होने लगा था कि वह शांति लंबे समय तक रहने वाली थी। विलियम के काम के घंटों की सीमा नहीं थी और कुछ अरसे तक एबल रोसनोवस्की की धमकी और उससे जुड़ी परेशानी भी दिमाग से हट गई, और एक दिन...

~

1951 में, फ़ेडरल एवीएशन एडमिनिस्ट्रेशन ने इंटरस्टेट एयरवेज़ नामक एक नई एयरलाइन कंपनी खोली, यह फ्रेंचाइज़ी पूर्वी और पश्चिमी तटों के बीच उड़ानें भरने वाली थी। एयरलाइन ने लेस्टर बैंक से बात की कि वे उसे स्टॉक एक्सचेंज से 30 मिलियन डॉलर जमा करने में मदद करे ताकि वह सरकारी नियम-कानून पूरे कर सके।

विलियम को लगा कि उस एयरलाइन को निश्चित रूप से सहयोग दिया जाना चाहिए और उसने इंटरस्टेट के लिए धनराशि जुटाने के लिए अपनी ओर से कोशिशें कीं और बैंक ने इस नई कंपनी के लिए अपनी पूरी वित्तीय ताकत लगा दी। विलियम को 30 मिलियन के लिए बाज़ार में उतरना पड़ा तो उसे लगा कि उसकी निजी प्रतिष्ठा भी दाँव पर थी। उस प्रस्ताव के विवरण जुलाई में पेश किए गए और स्टॉक कुछ ही दिनों में बिक गया। विलियम को परियोजना के सफलतापूर्वक पूरा करने के लिए हर ओर से सराहना मिली पर जब उसने थाडियस कोहेन के ऑफ़िस से आई रिपोर्ट पढ़ी तो सारी खुशी पर पानी फिर गया, उसे पता चला कि एयरलाइन के दस प्रतिशत स्टॉक एबल रोसनोवस्की के सैटेलाइट कॉर्पोरेशंस ने खरीदे थे।

विलियम जानता था कि टेड लीच और टोनी सिमन्स के आगे अपनी आशंका रखने का वक्त आ गया है। उसने टोनी से न्यूयॉर्क आने को कहा और वहीं उसने दोनों वाइस चेयरमैन को एबल रोसनोवस्की और हेनरी ऑस्बॉर्न का किस्सा सुनाया।

''तुमने हमें यह सब पहले क्यों नहीं बताया?'' सिमन्स ने पूछा।

''टोनी, जब मैं केन एण्ड कैबट में था तो मैंने रिचमंड ग्रुप के आकार की सैंकड़ों

कंपनियों का काम देखा था और उनमें से कई लोगों ने बदला लेने की धमकी भी दी थी, जिसे मैंने कभी गंभीरता से नहीं लिया। जब एबल रोसनोवस्की ने सूसन लेस्टर से बैंक के छह प्रतिशत शेयर लिए, तभी मुझे यकीन हुआ कि वह अब भी मन में रंजिश रखे हुए है।''

''सूसन अपने शेयर उसे क्यों बेचना चाहेगी?'' सिमन्स ने पूछा।

विलियम ने सवाल को अनसुना कर दिया। ''पहले तुम दोनों को बता कर परेशान नहीं करना चाहता था पर जब उसने इंटरस्टेट के भी दस प्रतिशत शेयर लिए तो यह बताना ज़रूरी हो गया—''

''हो सकता है कि तुम ज़रूरत से ज़्यादा सोच रहे हो,'' लीच ने कहा। ''और अगर ऐसा है तो बाकी बोर्ड को यह बताना ठीक नहीं होगा। हम नई कंपनी लॉन्च करने के कुछ ही दिनों बाद हर किसी को शेयर बेचने को उकसा दें।''

''मैं टेड से सहमत हूँ,'' सिमन्स ने कहा। ''शायद रोसनोवस्की से निजी तौर पर मिलने का समय आ गया है और देखो कि क्या तुम आपसी मतभेद दूर कर सकते हो?''

''उसे इससे ज़्यादा ख़ुशी किसी बात से नहीं मिलेगी,'' विलियम बोला। ''इस तरह उसे यह मानने में कोई संदेह नहीं रहेगा कि बैंक उसकी घेराबंदी में आ गया है।''

''क्या तुम्हें नहीं लगता कि जब उसे पता चलेगा कि तुम उसके साथ थे पर बैंक ने रिचमंड ग्रुप का साथ देने से मना कर दिया तो उसके रवैए में बदलाव आएगा। यह मत भूलना—''

''मैं यकीन से नहीं कह सकता कि इससे फ़र्क पड़ेगा।''

''तो तुम्हारे हिसाब से बैंक को क्या करना चाहिए?'' लीच ने कहा। ''अगर रोसनोवस्की को शेयर बेचने वाला मिल रहा है तो हम रोसनोवस्की को शेयर खरीदने से नहीं रोक सकते। अगर हम उसके हाथों का खिलौना बन कर अपने ही शेयर लेने लगे तो इससे दाम बढ़ेंगे और उसकी होल्डिंग के मूल्य बढ़ेंगे।''

सिमन्स ने आगे कहा, ''यह भी मत भूलना कि डेमोक्रेट्स को बैंकिंग विवादों में बहुत आनंद आता है और चुनाव कुछ ही महीनों में होने वाले हैं।''

''जेंटलमैन, मैंने आपकी सारी बातें सुन लीं। पर मुझे आपको बताना ही था ताकि रोसनोवस्की के इन कारनामों की भनक आपके कानों तक पहुँचे और वह कोई दूसरा बम न गिरा दे,'' विलियम बोला।

''हालाँकि ऐसा होने की उम्मीद कम ही है,'' सिमन्स ने कहा। ''हो सकता है कि यह सारा मामला कुछ भी न हो। उसने एक अच्छा निवेश समझ कर इंटरस्टेट में पैसे लगाए हों।''

''टोनी यह विश्वसनीय नहीं लगता। यह मत भूलो कि इसमें मेरा सौतेला बाप भी शामिल है। तुम्हें क्या लगता है, एबल ने यह ज़िम्मेदारी हेनरी ऑस्बॉर्न को क्यों सौंपी?''

"विलियम, तुम खुद को इतना परेशान होने की छूट मत दो। हम निश्चित रूप से कोई उपाय..."

"परेशान नहीं होना चाहिए?" विलियम बोला। "यह मत भूलो कि हमारे इन्कॉर्पोरशन के आर्टीकल किसी भी आठ प्रतिशत के शेयर होल्डर को कितनी ताकत देते हैं-वही आर्टीकल जिसे मैंने ही मूल रूप से शामिल किया था ताकि मुझे बोर्ड से न निकाला जा सके। रोसनोवस्की के पास छह प्रतिशत शेयर हो चुके है और अगर वह बिना चेतावनी के सारे शेयर मार्केट में बेच देगा तो रातों-रात इंटरस्टेट एयरवेज़ का सफ़ाया हो जाएगा।"

"पर उसे इससे क्या मिलेगा," टेड लीच बोले। "इसके उलट, उसे पैसों का घाटा उठाना पड़ेगा।"

"सही कहा, बेशक़ इंटरस्टेट शेयर निकालने पर घाटा उठाना होगा पर इससे उसे कोई दिक्कत नहीं होगी—उसके होटल रिकॉर्ड मुनाफ़ा कमा रहे हैं और वह टैक्स के ख़िलाफ़ दावा कर सकता है। बैंकर के तौर पर हमारी साख जनता के विश्वास पर निर्भर करती है, जिसे रोसनोवस्की अपनी मर्ज़ी से कभी भी तोड़-फोड़ सकता है।"

"शांत हो जाओ, विलियम," सिमन्स ने कहा। अभी इसमें से ऐसा कुछ नहीं हुआ है। अब हम जानते हैं कि एबल रोसनोवस्की की मंशा क्या हो सकती है तो उस पर कड़ी निगरानी रखेंगे। सबसे पहले तो हमें यह देखना होगा कि लेस्टर के कोई भी स्टॉक, बैंक को पहले पेश किए बिना न बेचे जा सकें।"

"सहमत," लीच ने कहा। "और मुझे अब भी यही लगता है कि तुम्हें एबल से निजी तौर पर बात करनी चाहिए। कम-से-कम हमें यह तो पता चलेगा कि उसकी मंशा क्या है और हम स्वयं को उसके अनुसार ही बचाने की तैयारी कर सकेंगे।"

"टोनी, क्या तुम्हारी भी यही राय है?"

"हाँ, मैं टेड से सहमत हूँ। तुम्हें रोसनोवस्की से प्रत्यक्ष रूप से संपर्क करके आमने-सामने बात करनी चाहिए।"

विलियम कुछ देर तक चुप बैठा रहा। "अगर आप दोनों को यही लगता है तो मैं कोशिश कर लेता हूँ।" फिर वह आगे बोला, "वैसे मैं आप दोनों की इस बात से राजी नहीं हूँ पर हो सकता है कि मैं इसे बहुत ज़ाती तौर पर लेने की वजह से सही निर्णय नहीं ले पा रहा। मुझे सोचने के लिए कुछ दिन दें कि मुझे क्या करना चाहिए।"

~

विलियम ने चार दिन बाद अपनी सैक्रेटरी को निर्देश दिए कि किसी भी दशा में उसे कोई परेशान न करे। वह बहुत ज़रूरी काम में व्यस्त है। वह जानता था कि एबल रोसनोवस्की न्यूयॉर्क बैरन में अपने मेज़ पर मौजूद था। वह अपने आदमी को उस होटल में भेज चुका था जो सुबह से होटल की लॉबी में मौजूद था और रोसनोवस्की की पल-पल की ख़बर दे रहा था। रोसनोवस्की सुबह 7.27 बजे ऑफ़िस आया और सीधा 42वीं मंज़िल पर बने

ऑफ़िस में चला गया और तब से नीचे नहीं देखा गया था। विलियम ने फ़ोन उठा कर स्वयं नंबर लगाया।

''न्यूयॉर्क बैरन, मैं आपकी क्या मदद कर सकता हूँ?''

''मि. रोसनोवस्की प्लीज़,'' विलियम ने घबराहट से कहा। उसका फ़ोन सैक्रेटरी को दिया गया।

इस बार उसकी आवाज़ थोड़ी सँभली हुई थी। उसने दोहराया, ''मि. रोसनोवस्की से बात करवा दें, प्लीज़।''

''क्या मैं जान सकती हूँ कि कौन बात कर रहे हैं?'' सैक्रेटरी ने पूछा।

''मेरा नाम विलियम केन है।''

बड़ी देर तक चुप्पी रही—या फिर विलियम को ऐसा लगा?

''मैं अभी देखती हूँ कि वे ऑफ़िस में हैं या नहीं?''

एक और लंबी चुप्पी।

''मि. केन?''

''मि. रोसनोवस्की?''

''मि. केन, मैं आपके लिए क्या कर सकता हूँ?'' एक शांत और हल्के से तेज़ सुर में किसी ने पूछा।

विलियम ने अपने सामने रखे पैड पर लिखे नोट्स देखे। दिल तेज़ी से धड़क रहा था।

उसने कहा, ''मि. रोसनोवस्की, लेस्टर्स बैंक में आपके स्टॉक्स को लेकर थोड़ा चिंतित हूँ। हम जिस कंपनी का प्रतिनिधित्व कर रहे हैं, उसमें आपकी मज़बूत पोज़ीशन भी मेरे लिए परेशानी की वजह बन रही है। शायद समय आ गया है कि हम दोनों कभी मिलें और पता करें कि आपके मन में क्या है। मैं आपको एक निजी मामले के बारे में भी बताना चाहूँगा।''

''बहुत बढ़िया।''

एक और लंबी चुप्पी। क्या फ़ोन कट गया था?

''केन, मैं किसी भी हाल में तुमसे नहीं मिलना चाहूँगा। मैं तुम्हारे बारे में पहले ही बहुत कुछ जान चुका हूँ, तुम डेविस लीरॉय के साथ जैसे पेश आए और उसके लिए जो बहाने और कारण दिए, उनसे ही तुम्हारे बारे में जान लिया था। मेरी सलाह तो यही है कि दिन-रात चौकन्ने रहो; इस तरह जल्दी ही मेरी मंशा जान लोगे और तुम्हें पता चलेगा कि वह *बुक ऑफ़ जेनेसिस* से कितनी अलग है। एक दिन तुम भी अपने बैंक की 17वीं मंज़िल की खिड़की से कूदना चाहोगे क्योंकि अपने ही बोर्ड की ओर से आने वाली परेशानियों में घिरे होगे। केन, यह कभी मत भूलना कि मुझे आर्टीकल सेवन की मदद लेने के लिए बैंक के केवल दो प्रतिशत शेयर चाहिए और हम दोनों जानते हैं कि उसका नतीजा क्या होगा, है न?''

विलियम ने कुछ नहीं कहा।

''शायद तब तुम्हें समझ आएगा कि जब डेविस लीरॉय यह सोच रहे थे कि बैंक उनके भविष्य के साथ क्या करने वाला है तो उन्हें कैसा महसूस हुआ होगा। अब तुम्हें बैठ कर सोचना चाहिए कि जब मेरे पास लेस्टर के आठ प्रतिशत स्टॉक होंगे तो मैं तुम्हारे भविष्य के साथ क्या करने वाला हूँ?''

रोसनोवस्की के शब्द सुन कर विलियम जड़ हो गया पर उसने किसी तरह खुद को सँभाल कर आराम से बात की। ''मि. रोसनोवस्की, मैं समझ सकता हूँ कि आप कैसा महसूस कर रहे होंगे पर मुझे अब भी लगता है कि हम दोनों मिल कर आपस में अपने मतभेद दूर कर सकते हैं। कुछ बातें ऐसी भी हैं जिनके बारे में आप कुछ नहीं जानते।''

''मि. केन, जैसे, आपने हेनरी ऑस्बॉर्न को 500,000 डॉलर के लिए झाँसा दिया।''

विलियम एक पल को तो कुछ नहीं बोल सका पर किसी तरह अपना आपा न खोते हुए कहा—

''नहीं, मि. रोसनोवस्की, मैं आपसे जिस बारे में बात करना चाहता हूँ, उसका हेनरी ऑस्बॉर्न से कोई लेना-देना नहीं है। यह एक निजी मामला है जो केवल आपसे संबंध रखता है। मैं आपको यकीन दिला सकता हूँ कि मैंने कभी हेनरी ऑस्बॉर्न को धोखा देकर, एक कौड़ी भी नहीं ली।''

''हेनरी ने ऐसा कुछ नहीं कहा। उसने कहा कि आप अपनी माँ की मौत के ज़िम्मेदार हो, आपने अपना उधार उसके सिर मढ़ा है। तुम डेविस लीरॉय से जिस तरह पेश आए, उससे ही अंदाज़ा लगाया जा सकता है कि तुम कुछ भी कर सकते हो। तुम्हारे लिए यह सब करना बहुत आसान रहा होगा।''

विलियम को कभी अपने भावों को नियंत्रित रखने के लिए इतनी कोशिश नहीं करनी पड़ी थी—यह आदमी खुद को समझता क्या है? और उसे जवाब देने में कई क्षण लग गए। ''क्या हम कहीं आपकी चुनी हुई जगह पर मिल कर इन बातों से जुड़ी ग़लतफ़हमियों को दूर कर सकते हैं, जहाँ हमें कोई न पहचानता हो?''

''मि. केन, केवल एक ही जगह ऐसी है, जहाँ आपको कोई नहीं पहचान सकेगा।''

''वह कौन-सी जगह है?''

''स्वर्ग,'' एबल ने कहा और फ़ोन को हुक पर वापिस रख दिया।

45

''हेनरी ऑस्बॉर्न को फ़ोन लगाओ, जल्दी,'' एबल ने अपनी सैक्रेट्री से कहा।

सैक्रेटरी को कांग्रेसमैन हेनरी ऑस्बॉर्न को फ़ोन पर लाने में पंद्रह मिनट का समय लग गया और एबल उस दौरान अपनी अँगुलियों से मेज़ पर तबले की थाप देता रहा। हेनरी उस समय अपने कुछ साथियों को कैपीटल बिल्डिंग का दौरा करवा रहा था।

''एबल, मैं तुम्हारे लिए क्या कर सकता हूँ?''

''मुझे लगा कि तुम सबसे पहले सुनना चाहोगे कि केन सब जानता है तो अब यह आमने-सामने की लड़ाई है।''

''कहना क्या चाहते हो? कौन सब कुछ जानता है? क्या उसे पता है कि मैं भी तुम्हारे साथ हूँ?'' ऑस्बॉर्न ने बेचैन होते हुए पूछा।

''उसे सब पता है, उसे लेस्टर बैंक में मेरे शेयर्स और इंटरस्टेट एयरवेज़ के बारे में भी पता है।''

''उसे यह सब कैसे पता चला? ये तो मुझे और तुम्हें ही पता था।''

''मुझे, तुम्हें और कर्टिस फ़ेंटन को,'' एबल ने उसकी बात काटी।

''ठीक है। पर वह केन को क्यों बताने लगा?''

''उसने ही बताया होगा। इसके सिवा केन को पता चलने का कोई उपाय नहीं है। यह मत भूलो कि जब मैंने उसके बैंक से रिचमंड ग्रुप को लिया था तो केन ने फ़ेंटन से सीधा संपर्क किया था। उनके बीच ज़रूर संपर्क चला आ रहा होगा।''

''ये तो मुसीबत हो गई!''

''हेनरी, तुम्हें फ़िक्र हो रही है?''

''अगर केन सब जानता है, तो अब सब कुछ बदल जाएगा। मैं चेतावनी दे रहा हूँ, एबल, उसे हारने की आदत नहीं है।''

''मुझे भी हारने की आदत नहीं है,'' एबल ने कहा। ''विलियम केन से मुझे डर नहीं लगता। अब तो सारे पत्ते मेरे हाथ में हैं। पीटर पारफ़िट का किस्सा कहाँ पहुँचा?''

''वह 600,000 डॉलर तक आ गया है, अगर तुम चाहो तो हम ये डील पूरी कर सकते हैं।''

''नहीं, हम इंतज़ार कर सकते हैं,'' एबल ने कहा। ''कोई जल्दी नहीं है। पीटर और केन में कोई यारी नहीं है इसलिए वह अपना दो प्रतिशत उसे नहीं बेचेगा। तब तक हम केन को यही सोचने देते हैं कि हम क्या करने जा रहे हैं। आज सुबह उसके साथ फ़ोन पर हुई बातचीत के बाद यकीन से कह सकता हूँ कि उसके छक्के छूट रहे हैं। पर हेनरी, एक राज़ की बात भी बताना चाहूँगा: मेरे कोई पसीने नहीं छूट रहे क्योंकि मैं जब तक पूरी तरह से तैयार नहीं होता, तब तक अगली चाल चलने की कोई मंशा नहीं है।''

''ठीक है,'' ऑस्बॉर्न बोला। ''अगर कुछ ऐसा सामने आया जो चिंता की वजह हो सकता है तो मैं तुम्हें बता दूँगा।''

''हेनरी, तुम्हें यह ध्यान में रखना चाहिए कि हमारे लिए चिंता की कोई बात नहीं है। हमने तुम्हारे दोस्त मि. केन का टेंटुआ दबा रखा है और अब मैं उसे धीरे-धीरे दबाने की मंशा रखता हूँ।''

''मुझे यह देखने में बड़ा मज़ा आएगा,'' ऑस्बार्न के सुर में हल्की खुशी झलक

रही थी।

"कई बार मुझे लगता है कि तुम केन से मुझसे भी ज़्यादा नफ़रत करते हो।"

ऑस्बॉर्न घबराहट से हँसा। "यूरोप का दौरा अच्छा रहे!"

एबल ने फ़ोन रखा और बैठ कर अपनी अगली चाल के बारे में सोचने लगा। उसकी अँगुलियाँ अब भी मेज़ पर थपकी दे रही थीं। फिर उसने दोबारा फ़ोन उठा लिया।

"मुझे कॉन्टिनेंटल ट्रस्ट बैंक के मि. कर्टिस फ़ेंटन से बात करनी है," उसकी अँगुलियों ने अपना काम जारी रखा। कुछ ही देर बाद फ़ोन बजा।

"फ़ेंटन?"

"गुड मॉर्निंग, मि. रोसनोवस्की। कैसे हैं आप?"

"मैं आपके बैंक के साथ अपने सारे एकाउंट बंद करना चाहता हूँ।"

दूसरी तरफ़ से कोई जवाब नहीं आया।

"फ़ेंटन, क्या मेरी बात सुनाई दी?"

"जी हाँ," बैंकर ने हतप्रभ होकर कहा। "क्या मैं वजह पूछ सकता हूँ, मि. रोसनोवस्की?"

"क्योंकि मुझे यहूदा (विश्वासघाती) की कहानी कभी पसंद नहीं थी। और यही वजह है, फ़ेंटन। आप अभी से बैरन ग्रुप के बोर्ड से बाहर किए जाते हैं। इस बातचीत की लिखित पुष्टि आपको मिल जाएगी। इसके साथ ही निर्देश मिलेंगे कि मेरे एकांउट कौन से बैंक में भेजने हैं।"

"पर मि. रोसनोवस्की, मैं कुछ समझा नहीं। मैंने ऐसा क्या किया है?"

एबल ने फ़ोन रख दिया, उसकी बेटी ने ऑफ़िस में कदम रखा।

"डैडी, यह सुनने में अच्छा नहीं लगा।"

"ऐसा नहीं होना चाहिए था पर डार्लिंग तुम चिंता मत करो। कभी-कभी गुस्सा दिखाना पड़ता है।" एबल ने अपना लहज़ा बदला। "क्या तुम्हें अपने दौरे के हिसाब से सारे कपड़े मिल गए?"

"जी, थैंक्स डैड, पर मुझे यह नहीं पता कि वे लोग लंदन या पेरिस में क्या पहनते हैं। शायद मेरा चुनाव ठीक ही हो। मैं उनके सबके बीच बेहूदी नहीं दिखना चाहती।"

"माई डियर, तुम सबमें सुंदर लगोगी—वे तुम्हारा स्टाइल पसंद करेंगे। यूरोप ने इतने सालों में तुम्हारी जैसी सुंदरता नहीं देखी होगी। वे जान लेंगे कि तुम्हारे कपड़े किसी राशन बुक से नहीं आए। वे नौजवान जब तुम पर फ़िदा होंगे तो बीच में मुझे खड़ा पाएँगे।" फ़्लोरेंटीना हँसने लगी। "चलो अब लंच करें और तय कर लें कि जब हम लंदन में होंगे तो हमें क्या-क्या देखना है।"

दस दिन बाद, जब फ़्लोरेंटीना ने शिकागो में अपनी मम्मी के साथ एक लंबा

सप्ताहांत बिता लिया तो बाप-बेटी हीथ्रो की ओर रवाना हो गए। चौदह घंटे की उड़ान थी और जब वे क्लेरिजिस होटल पहुँचे तो सबसे पहले लंबी नींद लेने के सिवा कुछ नहीं सूझा।

एबल यह दौरा तीन कारणों से कर रहा था : पहला, उसे लंदन, पेरिस और शायद रोम में भी बैरन होटल के लिए जगह तलाशनी थीं। दूसरा, उसे फ़्लोरेंटीना के पहले यूरोप दौरे में उसका साथ देना था क्योंकि उसके बाद वह मॉर्डन लैंग्वेज पढ़ने के लिए रेडक्लिफ़ जाने वाली थी; और तीसरा, व सबसे महत्त्वपूर्ण कारण यह था कि वह पोलैंड में अपने महल का दौरा करना चाहता था ताकि पता चल सके कि क्या अब भी किसी तरह अपना स्वामित्व जताने का कोई उपाय हो सकता है।

लंदन उन दोनों के लिए बढ़िया रहा। एबल के सलाहकारों ने हाई पार्क कॉर्नर में उसके लिए जगह देखी और उसने वकीलों को हुक्म दिया कि वे सारी कागज़ी कार्रवाई पूरी करें और औपचारिकताओं का निर्वाह कर दें ताकि इंग्लैंड की राजधानी भी बैरन होटल की शान से जगमगा सके।

फ़्लोरेंटीना को जंग के बाद के लंदन की कठोरता, अपने जीवन की आज़ादी की तुलना में वर्जना जैसी लगी, पर लंदन वालों को जंग से जर्जर नगरी से भी कोई फ़र्क नहीं पड़ा था, वे अब भी खुद को विश्व शक्ति मानते थे। उसे लंच, डिनर और बॉल्स के लिए न्यौते मिलते रहे और उसके पिता ने सही कहा था कि वह लंदन के जेंटलमैन पर गहरा असर छोड़ने वाली थी। वह हर रात आँखों में चमक और एक नई जीत का किस्सा लिए लौटती—जिसमें से अधिकतर अगली सुबह तक भुला दिए जाते पर सभी नहीं: वह ग्रिनेडियर गार्ड्स की सेवा में लगे एटोनियन लेफ़्टिनेंट और हाउस ऑफ़ द लॉर्ड्स के एक सदस्य के बीच कुछ तय नहीं कर पा रही थी जो किंग बनने की प्रतीक्षा में था। जब भी वह उससे मिलती तो उसे देख कर नहीं लगता था कि वह उसके लिए और इंतज़ार कर सकता है।

पेरिस में भी उनकी गति धीमी नहीं हुई। वे दोनों ही धाराप्रवाह फ्रेंच बोलते थे और फ्रेंच लोगों के साथ भी उसी तरह घुल-मिल गए जैसे लंदन वालों के प्यारे हो गए थे। एबल और फ़्लोरेंटीना चैंप्स एली में हाथों में हाथ लिए घूमते रहे, जिससे उसे वह समय याद आ गया जब उसने आज़ाद फ्रेंच लोगों के साथ सड़क पर परेड की थी। उसने यह सोचने की कोशिश की कि पेरिस लंदन से इतना अलग क्यों लगता है। फ़्लोरेंटीना ने ही बताया कि जर्मनों ने शहर पर बमबारी नहीं की थी।

एबल, किसी भी अवकाश के दूसरे सप्ताह तक उकता जाता था और काम पर वापिस जाने के दिन गिनने लगता। पर फ़्लोरेंटीना का साथ होने से ऐसा नहीं हुआ। वह उसके जीवन का केंद्र बिंदु होने के साथ-साथ उसकी सारी सम्पत्ति की इकलौती वारिस भी बन चुकी थी।

जब पेरिस से जाने का समय आया तो उन दोनों में से कोई भी उस जगह को छोड़ना नहीं चाहता था। वे कुछ और दिन तक वहीं रहे, बहाना यही रहा कि एबल बोलीवर्ड रासपेल में एक जाना-माना, पर घाटे में चल रहा होटल खरीदने की कोशिश कर रहा था। उसने होटल के मालिक एम. न्यूफे को यह नहीं बताया कि वह उस इमारत को गिरा कर नए सिरे

से बनाना चाहता है। जैसे ही कागज़ों पर हस्ताक्षर हुए, एबल ने होटल को गिराने का आदेश दे दिया। जब पेरिस में रहने के बहाने नहीं बचे तो वे दोनों बेमन से रोम के लिए रवाना हुए।

अंग्रेज़ों के आत्मविश्वासी और फ्रेंच लोगों के मौज-मस्ती से भरे रवैए के बाद, उस वीरान और उदास से दिखने वाले शहर ने उनका मन भी उदास कर दिया। रोमवासियों के पास जश्न मनाने की कोई वजह नहीं रही थी, उनमें से कई लोगों को लगता था कि उन्होंने ग़लत पक्ष का साथ दिया, जबकि कुछ लोग अपनी पराजय स्वीकार करने से डरते थे। रोम में, एबल को वित्तीय अस्थिरता की गंध मिली और उसने तय किया कि वह उस जगह बैरन होटल नहीं बनाएगा। फ़्लोरेंटीना भाँप सकती थी कि वह एक बार फिर से पोलैंड में अपना महल देखने को बेताब है इसलिए उसने सलाह दी कि उन्हें रोम से जल्दी ही निकल जाना चाहिए।

एबल के लिए लंदन में 500 कमरों के होटल को तैयार करने का परमिट लेना आसान था पर अपने और फ़्लोरेंटीना के लिए, सीमापार आयरन कंट्री में जाने का वीज़ा लेना मुश्किल हो गया। अगर कोई और होता तो बेशक़ हार मान लेता, पर एबल ने पासपोर्टों पर वीज़ा की मुहर लगवा कर ही दम लिया और फिर वे एक कार किराए पर लेकर स्लोमिन की ओर रवाना हो गए। सीमा पर पहुँचने के बाद कई घंटों तक इंतज़ार करना पड़ा, बस इसी बात से मदद मिली कि एबल उनकी भाषा का अच्छा जानकार था। उसने 500 डॉलर के ज़्लॉटी (पोलैंड की करेंसी) ले लिए। जिससे पोलैंड अधिकारी खुश हुए और उन्हें आगे जाने दिया। हर मील के बाद फ़्लोरेंटीना को समझ आ रहा था कि यह यात्रा उसके डैड के लिए क्या मायने रखती है।

''डैडी, मुझे तो याद नहीं आता कि मैंने कभी आपको किसी चीज़ के लिए इतना उत्सुक देखा है,'' फ़्लोरेंटीना बोली।

''मैं यहीं जन्मा था,'' एबल ने कहा। ''अमेरिका में इतना लंबा समय बिताने के बाद, जहाँ चीज़ें रोज़ बदलती हैं, इस जगह आना वाकई एक अनुभव है, इस जगह को देख कर लगता है जैसे पिछले तीस सालों में इस जगह पर कुछ नहीं बदला।''

जब वे स्लोनिम के पास आए तो एबल एक बार फिर से अपने जन्मस्थान को देखने के लिए रोम-रोम से बेताब हो उठा। उसे लगभग चालीस साल पहले का अपनी बचकानी आवाज़ में बैरन से पूछा गया प्रश्न सुनाई दिया, जब उसने पूछा था कि क्या वह यूरोप के लिए अपनी भूमिका निभा सकेगा? वह समय कितना कम था, उसे याद करते ही आँखें भीग गईं और उसकी भूमिका कितनी गैरमामूली रही।

वे लोग बैरन एस्टेट के आख़िरी मोड़ तक आ ही पहुँचे। तब एबल को लोहे का वह गेट दिखाई दिया जो महल की ओर ले जाता था, वह मारे उत्साह के हँसा और कार को वहीं रुकवा दिया।

''यह सब ठीक वैसा है, जैसा मुझे याद था,'' उसने ऐलान किया। ''कुछ नहीं बदला, चलो वह झोंपड़ी देख कर आते हैं जिसमें मेरे जीवन के पहले पाँच साल बीते—वैसे यह

उम्मीद नहीं है कि उनमें से कोई जीवित बचा होगा। उसके बाद हम महल देखने चलेंगे।''

जब वह जंगल में काई से घिरे सनोबर और बलूत के पेड़ों के बीच पूरे आत्मविश्वास से चला तो फ़्लोरेंटीना पीछे-पीछे आने लगी। सैंकड़ों साल से वे पेड़ ज्यों-के-त्यों थे। पूरे बीस मिनट तक चलने के बाद वे एक छोटी-सी खुली जगह में आए और उनके सामने शिकारी की झोंपड़ी थी। एबल वहीं खड़ा ताकता रहा। वह भूल चुका था कि उसका पहला घर कितना छोटा था; क्या सचमुच उसमें नौ लोग रहते थे? उस घर की छाजन टूट चुकी थी, पत्थर की दीवारें नष्ट हो चुकी थीं और खिड़कियाँ टूटी हुई थीं। झाड़-झंखाड़ के बीच उनकी रसोई का बगीचा कहीं खो गया था। क्या अब भी उस जगह कोई रहता था?

फ़्लोरेंटीना ने पिता का हाथ थामा और उसे दरवाज़े के पास ले गई। वह वहीं अडोल खड़ा रहा, फ़्लोरेंटीना ने ही दरवाज़ा खटखटाया। वे ख़ामोशी से इंतज़ार करते रहे। उसने फिर से खटखटाया। इस बार की आहट सुन कर अंदर से कोई हिला।

''ठीक है, ठीक है, आती हूँ,'' किसी ने पोलिश में कहा और कुछ देर बाद दरवाज़ा थोड़ा सा खुला और एक बूढ़ी औरत दिखाई दी। वह दुबली और झुकी हुई पीठ वाली महिला काले कपड़ों में थी। उसके सिर के स्कार्फ़ से सफ़ेद बाल दिखाई दे रहे थे और मेहमानों को देख कर भी उसकी नज़र का खालीपन नहीं गया।

''यह नहीं हो सकता,'' एबल ने धीरे से अंग्रेज़ी में कहा।

''क्या चाहते हो तुम?'' उस महिला ने संदेह से पूछा। उसके दाँत नहीं रहे और नाक, मुँह व चिबुक मिल कर एक मेहराब सा बना रहे थे।

एबल पोलिश में बोला, ''क्या हम अंदर आकर आपसे बात कर सकते हैं?''

उसने डरी हुई आँखों से उन दोनों को देखा। ''बूढ़ी हेलेना ने कुछ ग़लत नहीं किया,'' उसने सहम कर कहा।

''मुझे पता है,'' एबल ने हौले से कहा। ''मैं आपके लिए अच्छी ख़बर लाया हूँ।''

उसने बेमन से दरवाज़ा खोला और उन्हें उस खाली पड़े ठंडे कमरे में आने का न्यौता दिया पर बैठने को नहीं कहा। कमरे में वही गिनती का सामान था—जब एबल ने वह जगह छोड़ी थी, तब से वे दो कुर्सियाँ और मेज़ वहीं थी। तब एबल कालीन के बारे में जानता तक नहीं था। फ़्लोरेंटीना काँप रही थी।

''मैं आग नहीं जला सकी।'' बूढ़ी ने बुझे हुए अधजले ठूँठ को अपनी छड़ी से हिला कर दिखाया। फिर वह अपनी जेब देख कर बोली। ''मुझे इसे जलाने के लिए कागज़ चाहिए होगा।'' उसने पहली बार एबल को दिलचस्पी से देखा। ''क्या तुम्हारे पास कोई कागज़ है?''

एबल उसे एकटक देखता रहा। ''क्या आपको मेरी याद नहीं है?'' उसने पूछा।

''मैं तुम्हें नहीं जानती।''

''आप जानती हैं, हेलेना। मेरा नाम—व्लादेक है।''

"तुम मेरे नन्हे व्लादेक को जानते हो?"

"मैं व्लादेक हूँ।"

"अरे, नहीं।" उसने उदासी और विरक्ति के बीच कहा। "वह तो मेरे लिए बहुत शुभ था—उस पर ईश्वर का निशान अंकित था। बैरन देवदूत बन कर उसे अपने साथ ले गए, हाँ वे मातका के नन्हे को अपने साथ ले गए..."

उसका बूढ़ा स्वर भर्रा गया था। वह बैठ गई और गोद में रखे हाथों को उलटने-पलटने लगी।

"मैं वापिस आ गया," एबल ने उसके आगे घुटनों के बल बैठते हुए कहा। बुढ़िया ने उसकी ओर कोई ध्यान नहीं दिया, बस इसी तरह बुदबुदाती रही मानो कमरे में अकेली हो।

"उन्होंने मेरे पति को मार दिया, मेरे जेसियो को, और सोफ़िया को छोड़ कर मेरे सारे प्यारे बच्चों को कैंपों में ले गए। मैंने उसे छिपा दिया था, फिर वे चले गए।" उसकी आवाज़ एकदम सपाट और हताश थी।

"नन्ही सोफ़िया का क्या हुआ?" एबल ने पूछा।

"अगली जंग में उसे रूसी चुरा ले गए।" वह बेमन से बोली। एबल काँप गया। बुढ़िया की पुरानी यादें जाग गई थीं। "तुम क्या चाहते हो? मुझसे ये सवाल क्यों कर रहे हो?" वह बोली।

"मैं चाहता था कि आप मेरी बेटी फ़्लोरेंटीना से मिलें।"

"मेरी एक बेटी का नाम भी फ़्लोरेंटीना था पर अब बस मैं ही बची हूँ।"

"पर मैं...।" एबल हकला गया, वह अपनी कमीज़ के बटन खोलने लगा।

फ़्लोरेंटीना ने उसे रोक दिया। "हम जानते हैं," वह बोली और उस महिला को देख कर मुस्कुराई।

"तुम कैसे जान सकती हो? यह तो तुम्हारे जन्म से भी बहुत पहले की बात है?"

"हमें गाँव में किसी ने बताया था," फ़्लोरेंटीना बोली।

"तुम्हारे पास कागज़ होगा?" बुढ़िया ने पूछा। "मुझे अलाव जलाने के लिए चाहिए।"

एबल ने अपनी पालक माता को असहाय होकर देखा। "नहीं, वह बोला, हमारे पास कागज़ नहीं है।"

"तो क्या चाहते हो?" बुढ़िया कर्कश स्वर में एक बार फिर बोली।

"कुछ नहीं," एबल ने कहा। अब कोई संभावना नहीं बची थी कि वह उसे पहचान लेगी। "हम बस मिलने आए थे।" उसने अपने बटुए से सारे ज़्लॉटी निकाल लिए जो उसने सीमा पर लिए थे, उसने वे सब बुढ़िया को थमा दिए।

"शुक्रिया!" वह एक-एक नोट हाथ में लेते हुए बोली। आँखें नम हो चुकी थीं।

एबल उसे चूमने झुका पर वह पीछे हट गई।

फ़्लोरेंटीना ने अपने डैड को बाजू से पकड़ा और उस जगह से बाहर ले आई। वे लोग फिर से उसी जंगली पगडंडी से अपनी कार की दिशा में चल दिए।

बुढ़िया उन्हें तब तक खिड़की से देखती रही, जब तक उसे यकीन नहीं हो गया कि वे लोग जा चुके हैं। फिर उसने नोट लिए, उन्हें हाथ से मरोड़ कर गेंद बनाई और सावधानी से अलाव में डाला। उन्होंने झट से आग पकड़ ली। उसने जलते हुए नोटों पर कुछ टहनियाँ और लकड़ी के टुकड़े डाल दिए और आग के पास बैठ गई। कई सप्ताह बाद यह सुख नसीब हुआ था। वह दोनों हाथ आपस में मलते हुए, गरमाहट का मज़ा लेने लगी।

एबल तब तक चुप रहा, जब तक उसे लोहे का गेट दिखाई नहीं देने लगा। फिर उसने फ़्लोरेंटीना से वादा किया कि वह उस महिला और छोटे घर को भूलने की कोशिश करेगा जिसने उसे जीवित रखा, ''तुम इस दुनिया का सबसे सुंदर महल देखने जा रही हो।''

''डैडी, आपको बढ़ा-चढ़ा कर बात नहीं करनी चाहिए।''

''पूरी दुनिया में नहीं मिलेगा,'' उसने धीरे से दोहराया।

फ़्लोरेंटीना हँसने लगी। ''मैं तुम्हें बताऊँगा कि उसकी तुलना वर्सेल्स से कैसी की जा सकती है।''

वे फिर से कार में बैठे और एबल गेट से बाहर निकल गया, उसे याद आया कि जब वह पहली बार किसी वाहन में बैठा था तो वे किस तरह बंदियों को महल से ले गए थे। जब गाड़ी हिचकोले खाने लगी तो उसकी और यादें उमड़ आईं: बैरन और लिओन के साथ खुशहाल बचपन, जर्मनों के अधीन तहखाने में उदासी से भरे दिन और उसके जीवन का सबसे बदतर दिन, जब रूसी उसे उसके प्यारे महल से दूर ले गए थे, उसे लगा था कि अब वह अपने घर को दोबारा नहीं देख सकेगा। पर अब, व्लादेक कोस्कीविज़ वापिस आ रहा था—वह अपनी सम्पत्ति पर दावा करने आया था जो उसकी थी।

जब वे आख़िरी मोड़ पर आए तो फ़्लोरेंटीना ने अपने पिता की वसीयत से मिली सम्पत्ति को पहली बार देखा। एबल ने कार को रोका और अपने महल को देखा। उनमें से कोई नहीं बोला। कहने को था भी क्या? वे दोनों गहरे सदमे और अविश्वास के बीच एबल के सपने के खंडहर को देख रहे थे।

वे धीरे-धीरे कार से बाहर आए। दोनों अब भी चुप थे। एबल के गालों पर आँसू बह निकले और फ़्लोरेंटीना ने अपने डैड का हाथ कस कर पकड़ लिया, बहुत कस कर। उस भूतपूर्व शान की गवाह बनी, एक दीवार ही शेष थी; बाकी सब मलबे के ढेर से ज़्यादा नहीं था। वह खुद को रोक नहीं सका और बेटी को उस महल के बड़े हॉल्स, विशाल गलियारों, बड़े रसोईघरों और विलासिता से भरपूर शयनकक्षों के बारे में बताने लगा।

एबल तीन ढेरों के पास से निकला जो गहरी हरी काई से ढँके थे, वे उसके दोस्त लिओन, बैरन और उसकी प्रिय बहन फ़्लोरेंटीना की क़ब्रें थीं। वह हर जगह रुका और सोचने लगा कि लिओन और फ़्लोरेंटीना को आज भी जीवित होना चाहिए था। वह उनकी

ओर घुटनों के बल बैठा और उनके अंतिम समय की सारी यादें उसके आगे आ गईं। उसकी बेटी अपना हाथ उसके कंधे पर रख कर खड़ी रही, उसने कुछ नहीं कहा।

जब एबल उस जगह से उठा तो बहुत समय बीत चुका था। वे दोनों मिल कर खंडहर से एक साथ निकले, हाथों में हाथ लिए चलते रहे। पत्थर की टूटी शिलाएँ दिखाई दीं जहाँ कभी भव्य कक्ष हुआ करते थे, जिनमें हँसी की गूँज भरी रहती थी। एबल ने कुछ नहीं कहा। जब वे तहखानों की ओर गए तो एबल वहीं कमरे की सीली ज़मीन पर लोहे की ग्रिल के पास जाकर बैठ गया, उसका आधा हिस्सा अब भी वहीं था। वह अपनी कलाई पर बँधे बैंड को बार-बार घुमाने लगा।

''यहीं तुम्हारे पिता ने अपने जीवन के चार साल बिताए।''

''यह नहीं हो सकता,'' फ़्लोरेंटीना बोली।

''अब पहले की तुलना में सब बेहतर है। कम-से-कम हमारे पास ताज़ी हवा, चहचाहते पक्षी, चमकता सूरज और आज़ादी की भावना तो है। तब तो अंधेरे, मौत और मौत की गंध के सिवा कुछ नहीं था और उससे भी बदतर बात यह थी कि मृत्यु की प्रत्याशा सबसे बुरी थी।''

''डैडी, आप इस जगह से चलो। इस जगह ठहरने से और उदास यादें परेशान करेंगी।''

फ़्लोरेंटीना किसी तरह एबल को कार तक वापिस ले गई और वे धीरे-धीरे वापिस चल दिए। जब वे लोहे के गेट से वापिस निकले तो एबल ने एक बार भी मुड़ कर महल के खंडहरों की ओर नहीं देखा।

वॉरसॉ तक की यात्रा में एबल गुमसुम बना रहा और फ़्लोरेंटीना ने अपनी ओर से उसका मन बहलाने की हर कोशिश छोड़ दी।

आख़िर में वह बोला, ''बस अब जीवन में एक ही चीज़ बची है जिसे मुझे पा लेना चाहिए।'' फ़्लोरेंटीना सोचने लगी कि इस बात का क्या मतलब हो सकता है, पर उसने एबल पर दबाव नहीं डाला कि वह बात का खुलासा करे। हालाँकि उसने किसी तरह एबल को राज़ी कर लिया कि उन्हें लंदन में एक और सप्ताह बिताना चाहिए, उसे लगा कि इस तरह डैड को अपनी भुलक्कड़ बीमार माँ और उनके बचे हुए उत्तराधिकार को भुलाने में मदद मिलेगी।

~

वे लोग अगले ही दिन लंदन रवाना हो गए। जब वे क्लेरिजिस पहुँचे तो, फ़्लोरेंटीना पुराने दोस्तों से मिलने और नए दोस्त बनाने के लिए चली गई। एबल वे सारे अख़बार देखने लगा जो उनके होटल से जाने के बाद से जमा हो गए थे। उसे यह जानना पसंद नहीं था कि जब वह उस जगह नहीं था, तब भी बहुत कुछ घट रहा था; इस तरह उसे यह याद आता था कि दुनिया उसके बिना भी बहुत अच्छी तरह चल सकती थी। पिछले दिन के *टाइम्स* में अंदर वाले पेज पर दी गई रिपोर्ट ने उसका ध्यान खींचा। जब वह नहीं था तो कुछ हुआ

था। ज्यों ही एक इंटरस्टेट एयरवेज़ विकर्स विस्काउंट ने मैक्सिको एयरपोर्ट से पनामा शहर के लिए उड़ान भरी तो वह दुर्घटनाग्रस्त हो गया था, उसमें सत्रह यात्री और क्रू के सभी सदस्य मारे गए। मैक्सिकन अधिकारी इस दुर्घटना के लिए इंटरस्टेट को दोषी मान रहे थे कि उसने विमान की सही तरह से सर्विसिंग नहीं करवाई जबकि इंटरस्टेट ने मैक्सिकन मैकेनिकों को दोषी ठहराया। एबल ने फ़ोन लिया और स्विचबोर्ड ऑपरेटर से कहा कि उसे ओवरसीज़ लाइन दे।

'शनिवार। वह शायद शिकागो में होगा,' एबल ने सोचा और अपनी पते वाली छोटी-सी पुस्तिका से उसके घर का नंबर निकाला।

''तीस मिनट का समय लग सकता है,'' किसी ने अंग्रेज़ी में कहा।

''थैंक्स।'' एबल पलंग पर लेट कर इंतज़ार करने लगा। बीस मिनट बाद घंटी की आवाज़ सुनाई दी।

''आपकी कॉल तैयार है, सर,'' उसी सुर में किसी ने कहा।

''एबल, क्या तुम बोल रहे हो, किस जगह हो तुम?''

''हेनरी मैं ही हूँ। इस समय लंदन में हूँ।''

''क्या आपकी बात हो गई?'' लड़की लाइन पर वापिस आ गई।

''मैंने अभी बात चालू भी नहीं की,'' एबल ने कहा।

''सॉरी सर, मतलब क्या आप अमेरिका से बात कर रहे हैं?''

''हाँ, बिलकुल। थैंक्स। जीसस, हेनरी ये लोग इधर अलग बोली बोलते हैं।''

ऑस्बॉर्न हँस दिया।

''अब सुनो। क्या तुमने मैक्सिको शहर में होने वाली इंटरस्टेट दुर्घटना के बारे में सुना?''

''हाँ, मैंने भी सुना पर तुम परेशान मत होना। विमान का बीमा किया गया था इसलिए कंपनी को कोई घाटा नहीं हुआ और स्टॉक केवल कुछ सेंट ही गिरे हैं।''

''मेरे दिमाग में बीमे का तो दूर-दूर तक ख़याल नहीं है। शायद यह एक सटीक अवसर होगा जब हम यह देख सकते हैं कि मि. केन की कानूनी घेराबंदी कितनी कड़ी है।''

''मैं समझा नहीं, एबल। तुम कहना क्या चाहते हो?''

''ध्यान से सुनो और मैं बताता हूँ कि जब सोमवार सुबह स्टॉक एक्सचेंज खुलेगा तो तुम्हें क्या करना होगा। मैं मंगलवार को न्यूयॉर्क आ रहा हूँ और आख़िरी वार मेरी ओर से होगा।''

ऑस्बॉर्न ने एबल के निर्देश ध्यान से सुने। बीस मिनट बाद, एबल ने फ़ोन को हुक पर वापिस रख दिया।

अब वह निश्चिंत था।

46

जब कर्टिस फ़ेंटन ने विलियम को फ़ोन पर बताया कि शिकागो बैरन कॉन्टिनेंटल ट्रस्ट के साथ अपने सारे खाते बंद कर रहा है और उसने कर्टिस पर इल्ज़ाम लगाया है कि उसने वफ़ादारी नहीं निभाई और अनीतिपूर्ण आचरण किया है, तब विलियम को लगा कि एबल रोसनोवस्की की ओर से बड़ी परेशानी खड़ी हो सकती है।

बैंकर ने नाराज़गी से कहा, ''मुझे लगा था कि मैं आपको लेस्टर बैंक में रोसनोवस्की की दिलचस्पी और स्टॉक के बारे में पत्र लिख कर सही कर रहा था पर इसके साथ ही मैंने अपना एक भरोसेमंद और अहम ग्राहक खो दिया। पता नहीं मेरे बोर्ड के डायरेक्टर मेरे साथ किस तरह पेश आने वाले हैं।''

विलियम ने फ़ेंटन को शांत करने के लिए वादा किया कि वह कॉन्टिनेंटल ट्रस्ट में उसके सीनियर अधिकारियों से बात करेगा। हालाँकि अब उसे ज़्यादा चिंता सता रही थी कि इसके बाद एबल का अगला कदम क्या हो सकता है।

एक महीने बाद ही उसे पता चल गया। विलियम सुबह की डाक देख रहा था, जब उसके ब्रोकर का कॉल आया। उसने बताया कि किसी ने इंटरस्टेट एयरवेज़ स्टॉक से मिलियन डॉलर के शेयर बाज़ार में उतारे हैं। विलियम ने उसे कहा कि उसका ट्रस्ट वे शेयर खरीद लेगा और ब्रोकर ने झट से उन्हें खरीदने के आदेश दे दिए। उस दोपहर को ही, एक और मिलियन डॉलर के शेयर बाज़ार में आए। इससे पहले कि विलियम उन्हें खरीद पाता, दाम गिरने लगे। जब तक तीन बजे न्यूयॉर्क स्टॉक एक्सचेंज बंद होने का समय हुआ, इंटरस्टेट एयरवेज़ के दाम एक तिहाई तक गिर गए थे।

अगली सुबह, दस बज कर दस मिनट पर, विलियम को अपने खीझे हुए ब्रोकर का कॉल आया। किसी ने इंटरस्टेट एयरवेज़ स्टॉक से, फिर से मिलियन डॉलर के शेयर बाज़ार में उतारे थे। ब्रोकर ने बताया कि यह सुनते ही शेयर बेचने वालों की बाढ़ आ गई है। अब स्टॉक की कीमत कुछ सेंट प्रति शेयर रह गई है। इंटरस्टेट के लिए काम करने वाले ब्रोकर इधर-उधर हड़बड़ा कर भाग रहे थे। केवल चौबीस घंटे पहले इंटरस्टेट के दाम साढ़े चार डॉलर थे।

विलियम ने कंपनी सैक्रेटरी अल्फ्रेड रॉजर्स को निर्देश दिए कि अगले सोमवार को बोर्ड की बैठक बुलाई जाए। इससे पहले, उसे यह पता करना था कि स्टॉक के दाम गिराने वाला कौन है। ऐसा नहीं कि उसे पता नहीं था। बुधवार दोपहर तक उसे, बाज़ार में आने वाले इंटरस्टेट स्टॉक को खरीदने की कोशिश छोड़नी पड़ी। उस दिन काम ख़त्म होने तक, सिक्योरिटी और एक्सचेंज कमीशन ने ऐलान कर दिया था कि वह इंटरस्टेट के सारे सौदों की जाँच करवाएगी। विलियम जानता था कि अब लेस्टर के बोर्ड को यह निर्णय लेना होगा कि क्या वह एयरलाइन को तब तक सहारा देने को तैयार होगा जब तक तीन से छह माह के दौरान एसईसी की जाँच पूरी नहीं होती या फिर कंपनी का साथ छोड़ना है। दोनों ही विकल्प विलियम की जेब और बैंक की प्रतिष्ठा पर भारी पड़ने वाले थे।

जब थाडियस कोहेन ने फ़ोन पर बताया कि जिस कंपनी ने इंटरस्टेट स्टॉक के तीन मिलियन डॉलर के दाम गिराए थे, उसका संबंध एबल रोसनोवस्की से ही था तो यह जान कर विलियम को अचंभा नहीं हुआ। वीरवार को गारंटी इन्वेस्टमेंट कॉर्पोरेशन के एक प्रवक्ता ने प्रेस रिलीज़ जारी की और बताया कि उन्होंने वे शेयर क्यों बेचे : जब मैक्सिको की सरकार ने इंटरस्टेट की अपर्याप्त सर्विसिंग सुविधा और प्रक्रियाओं के बारे में विस्तृत और सुविचारित रूप से बताया तो वे उसके भविष्य को ले कर चिंतित हो गए थे।

"विस्तृत और सुविचारित," विलियम ने गुस्से में दाँत पीसे। "मैक्सिको की सरकार ने भी कम ज़िम्मेदार वक्तव्य नहीं दिया था, जब इसने दावा किया कि स्पीडी गोंज़ाल्स (पचास के दशक में मैक्सिको का कार्टून पात्र चूहा) हेलिंस्की ओलंपिक्स में सौ मीटर की दौड़ जीतेगा।"

मीडिया ने अधिकतर गारंटी निवेशों का प्रेस रिलीज़ कर दिया और शुक्रवार को फेडरल एवीऐशन एडमिनिस्ट्रेशन ने सारी इंटरस्टेट उड़ानों को तब तक उड़ने से मना कर दिया, जब तक एयरलाइन की सर्विसिंग और प्रक्रियाओं की छानबीन पूरी नहीं हो जाती।

विलियम को पूरा यकीन था कि एयरलाइन को ऐसे निरीक्षण से डरने की ज़रूरत नहीं है पर शॉर्ट टाइम बुकिंग के हिसाब से उड़ानों का रद्द होना अच्छी बात नहीं थी। कोई भी एयरलाइन कंपनी यह सहन नहीं कर सकती थी कि उनके विमान धरती पर खड़े रहें। वे आकाश में उड़ान भरने पर ही पैसा कमा सकते थे। विलियम की समस्याओं को और बढ़ाने के लिए, बैंक के प्रतिनिधित्व में आने वाली दूसरी कंपनियों ने भी अपनी पोज़ीशन पर विचार करना आरंभ कर दिया। प्रेस को अपने पाठकों को याद दिलाने में देर नहीं लगी कि लेस्टर बैंक ने ही इंटरस्टेट एयरवेज़ की पैरवी की थी।

विलियम को यह देख कर आश्चर्य हुआ कि शुक्रवार दोपहर के बाद से इंटरस्टेट एयरवेज़ के शेयर उठने लगे। उसे यह अनुमान लगाने में देर नहीं लगी कि ऐसा क्यों हुआ—बाद में थाडियस कोहेन ने भी उसके संदेह की पुष्टि कर दी। एबल रोसनोवस्की खरीददार था। उसने पहले तो इंटरस्टेट के अपने सारे शेयर बाज़ार में बेच दिए और अब उन्हें छोटी मात्रा में खरीद रहा था और वे लोग सड़क पर आ गए थे। विलियम ने रंजिश के साथ सराहना करते हुए सिर हिलाया। रोसनोवस्की अपने लिए पैसा जमा करने के साथ-साथ विलियम को वित्तीय रूप से खोखला कर रहा था और वॉल स्ट्रीट पर उसकी प्रतिष्ठा भी दाँव पर लगा दी थी। विलियन ने अनुमान लगाया कि शायद बैरन ग्रुप ने तीन मिलियन डॉलर्स से अधिक का जोखिम उठाया होगा पर आख़िर में इसे बहुत मुनाफ़ा भी हुआ होगा।

जब सोमवार को बोर्ड की मीटिंग हुई तो विलियम ने रोसनोवस्की के साथ टकराहट की सारी कहानी सुना दी और अपना इस्तीफ़ा पेश किया। बोर्ड ने इसे मंजूर नहीं किया और न ही इस बारे में कोई वोट लिए गए। हालाँकि, कुछ युवा बोर्ड सदस्यों के बीच फुसफुसाहट जारी थी और विलियम जानता था कि अगर रोसनोवस्की ने दोबारा हमला किया तो हो सकता है कि ये लोग इतना सहनशील रवैया न अपना सकें।

बोर्ड को विचार करना था कि क्या बैंक को इंटरस्टेट एयरवेज़ को अपना सहयोग

देते रहना चाहिए। टोनी सिमन्स ने उन्हें यकीन दिलाया कि एफएए की जाँच उनके पक्ष में ही होगी और जल्दी ही बैंक की क्षतिपूर्ति भी हो जाएगी। उसे मीटिंग के बाद विलियम के आगे यह भी मानना पड़ा कि इससे कुल मिला कर एबल रोसनोवस्की को ही लाभ होगा पर बैंक के पास अपनी प्रतिष्ठा बचाने के लिए इसके सिवा कोई उपाय नहीं था।

सिमन्स दोनों तरह से सही साबित हुआ। जब एसईसी ने अपनी जाँच प्रकाशित की तो इसने लेस्टर को निर्दोष साबित किया पर गारंटी इन्वेस्टमैंट कॉर्पोरेशन को कड़ी फटकार सुनाई गई। जब बाज़ार ने अगले दिन व्यापार आरंभ किया, तो विलियम को इंटरस्टेट के शेयर के दाम धीरे-धीरे बढ़ते देख कर हैरानी नहीं हुई। कुछ ही सप्ताह में, शेयर का दाम फिर से साढ़े चार डॉलर हो गया।

थाडियस कोहेन ने विलियम को बताया कि इस बार भी बड़ा खरीददार एबल रोसनोवस्की ही था।

''बस इस समय यही जानना रह गया था। उसने न केवल सारी सौदेबाज़ी में अच्छा पैसा बना लिया बल्कि जब जी चाहे, यही तरीका दोहरा भी सकता है।''

''सही कहा,'' थाडियस कोहेन बोला। ''तुम्हें भी यही करना चाहिए।''

''थाडियस, तुम कहना क्या चाहते हो? तुम तो कभी पहेलियों में बात नहीं करते।''

''रोसनोवस्की ने अपनी ओर से पहली बार निर्णय में त्रुटि की है और कानून तोड़ा है इसलिए अब तुम्हारी बारी है कि तुम उससे आगे निकलो। उसे अहसास भी नहीं होगा कि उसने जो किया, वह गैरकानूनी था क्योंकि वह सब कुछ बुरी मंशा से कर रहा है।''

''मुझे अब भी तुम्हारी बात समझ नहीं आई।''

''सीधी सी बात है,'' कोहेन ने कहा। ''रोसनोवस्की और तुम्हारी आपसी अनबन की वजह से-ऐसा लगता है कि दोनों ही वह नहीं देख पा रहे जो देखा जाना चाहिए। अगर कोई शेयर को अपनी सुविधा से ग़लत तरीके से खरीदते और बेचते हुए मुनाफ़ा कमाता है तो वह सिक्योरिटी और एक्सचेंज कमीशन का कानून और धारा 10-बी5 तोड़ रहा है और उसे जालसाज़ी का दोषी पाया जाएगा। मेरे दिमाग में कोई संदेह नहीं है कि रोसनोवस्की तत्काल लाभ कमाने के लिए ऐसा कर रहा था, हम सब जानते हैं कि उसने यह सब तुम्हें शर्मिंदा करने के लिए किया। पर अगर वह कहे कि उसने इंटरस्टेट के शेयर पहले इसलिए बेचे कि उसे लगा कि वह कम्पनी भरोसेमंद नहीं थी और फिर उसने उन्हें सस्ता जान कर फिर से खरीद लिया तो कौन उसकी बात पर यकीन करेगा? जवाब दो—कोई नहीं करेगा और एसईसी तो बिलकुल नहीं करेगा। मैं कल तक तुम्हारे लिए पूरी लिखित रिपोर्ट भेज दूँगा, जिसमें सारी कानूनी बातें भी स्पष्ट होंगी।''

''शुक्रिया,'' विलियम ने कहा। उसे कई महीने बाद सुकून का अहसास हुआ।

अगले दिन सुबह नौ बजे थाडियस कोहेन की रिपोर्ट मेज़ पर थी और एक बार फिर विलियम ने उसे बारीकी से पढ़ा, उसने आपातकालीन बोर्ड मीटिंग बुलवा ली। डायरेक्टर सहमत थे कि उन्हें कार्रवाई करनी चाहिए और थाडियस कोहेन को निर्देश दिए गए कि वह

एसईसी के फ्रॉड विभाग को अपनी रिपोर्ट की प्रति भेज दे।

"क्या हमें *वॉल स्ट्रीट* जर्नल को भी इसकी प्रति भेजनी चाहिए?" टोनी सिमन्स ने पूछा।

"उसकी ज़रूरत नहीं होगी," कंपनी के सचिव ने बोर्ड को आश्वासन दिया। "जब यह रिपोर्ट एसईसी की मेज़ पर होगी तो बेशक़ यह जर्नल तक अपने-आप ही पहुँच जाएगी। उन्हें सिक्योरिटी एंड एक्सचेंज की छलनी ऐसे ही नहीं कहते।" बोर्ड के सदस्य पूरे दिन में पहली बार हँसे।

अल्फ्रेड रॉजर्स की परख़ सही निकली क्योंकि *वॉल स्ट्रीट* जर्नल ने बुधवार सुबह फ्रंट पेज पर आर्टीकल प्रकाशित किया, अगर थाडियस कोहेन ने उसे भेजा होता तो यह शायद उतना मददगार न होता।

इस स्टोरी में 10-बी5 की धारा के बारे में विस्तार से बताया गया था और एक नेता ने कहा कि यह उसी तरह का टेस्ट केस था जैसा प्रेज़ीडेंट ट्रूमैन खोज रहे थे। आलेख के नीचे बने कार्टून में दिखाया गया था कि ट्रूमैन एक व्यवसायी को कुकीज़ जार में से पकड़ रहे थे।

विलियम वह पढ़ कर मुस्कुराया। उसे पूरा विश्वास था कि इसके बाद एबल रोसनोवस्की का नाम नहीं सुनेगा।

~

एबल ने भवें चढ़ाते हुए मेज़ पर अँगुलियों से थाप देनी चालू की और हेनरी ऑस्बॉर्न ने दूसरी बार आलेख पढ़ कर सुनाया।

हेनरी बोला, "वाशिंगटन के छोकरे खुद को पूरी जाँच-पड़ताल किए बिना रोक नहीं सकेंगे, ख़ासतौर पर तब, जब इसमें से राजनीति के लिए भी मसाला मिल सकता है।"

"पर हेनरी, तुम्हें अच्छी तरह पता है कि मैंने तत्काल मुनाफ़ा कमाने के लिए बाज़ार में इंटरस्टेट के शेयर नहीं बेचे थे," एबल ने कहा। "मुझे मुनाफ़े में कोई दिलचस्पी नहीं थी।"

"मुझे पता है," ऑस्बॉर्न ने कहा। "पर जब तुम सीनेट फ़ाइनेंस कमेटी से कहोगे कि शिकागो बैरन को वित्तीय लाभ में कोई रुचि नहीं थी, वह तो विलियम केन से पुरानी रंजिश की वजह से ऐसा कर रहा था तो वे वहीं सबके बीच तुम पर हँसेंगे या फिर तुम्हारी पीठ पीछे भी मज़ाक बना सकते हैं।"

"क्या मुसीबत है," एबल ने कहा। "अब मुझे क्या करना चाहिए?"

"सबसे पहले तो तुम्हें मामला ठंडा होने तक शांत रहना होगा। प्रार्थना करो कि कोई और बड़े विवाद सामने हों ताकि ट्रूमैन का ध्यान उस ओर लग जाए या फिर वाशिंगटन चुनाव में इतना मग्न हो जाए कि उनके पास जाँच-पड़ताल के लिए समय ही न रहे। अगर क़िस्मत ने साथ दिया तो, नए प्रशासन के साथ सब कुछ दब सकता है। एबल, चाहे जो भी करना, लेस्टर बैंक से किसी भी तरह से प्रत्यक्ष या अप्रत्यक्ष रूप से जुड़े शेयर मत खरीदना

वरना भारी जुर्माना देना पड़ सकता है। मैं देखता हूँ कि वाशिंगटन में डेमोक्रेट्स की मदद से क्या हो सकता है।''

''ट्रूमैन के ऑफ़िस को याद दिलाना कि मैंने पिछले चुनाव के दौरान उनके अभियान के लिए 50,000 डॉलर की धनराशि दी थी और मैं स्टीवन्सन के लिए भी यही करूँगा।''

हेनरी बोला, ''मैंने वह काम पहले ही कर दिया है। असल में, मैं तो सलाह दूँगा कि तुम रिपब्लिकंस को भी 50,000 डॉलर का चंदा दे दो।''

''वे लोग तो तिल का ताड़ बना रहे हैं,'' एबल बोला।

''अगर हमने विलियम को मौका दे दिया तो उसे भी तिल का ताड़ बनाने में देर नहीं लगेगी,'' ऑस्बॉर्न बोला।

एबल की अँगुलियों से मेज़ पर दी जाने वाली थपकी जारी थी।

भाग सात

1952–1963

47

थाडियस कोहेन की अगली तिमाही रिपोर्ट से पता चला कि एबल ने लेस्टर से जुड़ी कंपनियों के शेयर खरीदने और बेचने बंद कर दिए हैं। लगता था कि अब उसका पूरा ध्यान और ऊर्जा यूरोप में नए होटल बनाने पर केंद्रित थी। कोहेन का कहना था कि एबल रोसनोवस्की ने तब तक शांत रहने का निर्णय लिया था, जब तक एसईसी इंटरस्टेट के बारे में सारी पड़ताल नहीं कर लेती।

एसईसी के प्रतिनिधि विलियम के पास कई बार आ चुके थे। उसने उनके साथ खुल कर बात की पर उन्होंने कभी सुराग नहीं दिया कि उनकी छानबीन कैसी चल रही है या फिर ऐसा कुछ नहीं बताया कि शेयरों के दाम गिरने की वजह के पीछे किसका हाथ था। अंत में एसईसी ने अपनी छानबीन पूरी की और विलियम को उसके सहयोग के लिए धन्यवाद दिया। उसे लगा कि उसे उनकी छानबीन सामने आने के लिए भी कुछ महीने इंतज़ार करना होगा।

चुनाव पास आते जा रहे थे और ट्रूमैन का प्रभाव घटता दिखाई दे रहा था, विलियम को डर सताने लगा कि रोसनोवस्की इसका लाभ उठा सकता है। उसे यह भी लगा कि हेनरी ने कांग्रेस में भी कुछ डोरियों को खींचा होगा और उसे याद था कि कोहेन ने एक बार बताया था, एबल रोसनोवस्की के बैरन ग्रुप की ओर से ट्रूमैन के अभियान के लिए 50,000 डॉलर की धनराशि दी गई थी। उसे कोहेन की ताज़ी रिपोर्ट में यह पढ़ कर हैरानी नहीं हुई कि एबल रोसनोवस्की ने डेमोक्रेट्स के चुनाव प्रत्याशी स्टीवन्सन को भी 50,000 डॉलर भेजे थे। उसे यह जान कर सदमा लगा कि उसने आइज़नहॉवर अभियान फ़ंड में भी 50,000 डॉलर की धनराशि दी थी। कोहेन ने दूसरी धनराशि को रेखांकित किया था।

विलियम ने कभी नहीं सोचा था कि उसे किसी ऐसे ऑफ़िस को अपना सहयोग देना चाहिए जो रिपब्लिकन टिकट पर न चलता हो। वह चाहता था कि आइज़नहॉवर स्टीवन्सन को हरा दे जो शिकागो सम्मेलन के बाद से उभरा था। हालाँकि इस बात की उम्मीद ज़्यादा थी कि रिपब्लिकन प्रशासन शेयरों की हेर-फेर वाले मामले में कम दबाव डालेगा।

जब जनरल ड्वाइट डी. आइज़नहॉवर को, 4 नवंबर 1952 को यूनाइटेड स्टेट्स का 34वाँ प्रेज़ीडेंट चुना गया (ऐसा लगता था कि देश को आइज़नहॉवर अभियान में बनाया गया टी.वी. प्रचार विज्ञापन 'लाइक आइक' पसंद आ गया था), विलियम ने जान लिया कि अब एबल रोसनोवस्की पर कोई इल्ज़ाम नहीं आएगा। उसकी आख़िरी उम्मीद यही थी कि इस अनुभव के साथ, वह लेस्टर के मामलों में दख़ल देना बंद कर देगा और भविष्य में उन्हें परेशान नहीं करेगा।

विलियम को इन चुनावों से यह छोटा-सा फ़ायदा अवश्य हुआ कि हेनरी ऑस्बॉर्न एक रिपब्लिकन से अपनी कांग्रेसशनल सीट हार गया। आइज़नहॉवर के समर्थकों के आगे ऑस्बॉर्न की एक न चली। थाडियस कोहेन का मानना था कि हेनरी अब एबल रोसनोवस्की पर पहले जितना प्रभाव नहीं दिखा सकेगा क्योंकि अब उसके पास राजनीतिक ताकत नहीं

रही थी। शिकागो में यही अफ़वाह थी कि हेनरी की दूसरी धनी पत्नी ने उसे तलाक दे दिया था तो वह फिर से जुआ खेलने लगा और कुछ ही समय में पूरे शहर से उधार ले चुका था। विलियम कुछ समय के लिए बहुत शांत महसूस करने लगा और एक संपन्न और शांत युग की आशा करने लगा जिसके लिए आइज़नहॉवर ने अपने प्रारंभिक भाषण में वादा किया था।

~

नए प्रेज़ीडेंट के प्रशासन के पहले कुछ महीनों के दौरान, विलियम के दिमाग से एबल की धमकी हट गई, उसने मान लिया कि एबल को अपना सबक़ मिल गया होगा। उसने थाडियस कोहेन से कहा कि उसका मानना है कि अब वे एबल रोसनोवस्की की ओर से निश्चिंत हो सकते हैं। कोहेन ने कुछ नहीं कहा, पर उससे पूछा भी तो नहीं गया था।

विलियम ने लेस्टर को आकार और प्रतिष्ठा के लिहाज़ से बड़ा बनाने में एड़ी-चोटी का ज़ोर लगा दिया, उसे अहसास था कि अब वह यह सब अपने साथ-साथ अपने बेटे के लिए भी कर रहा था। बैंक में कुछ अन्य युवा बोर्ड सदस्य उसे अभी से 'ओल्ड मैन' कहने लगे थे।

"यह तो होना ही था," केट ने कहा।

"तो यह तुम्हारे साथ क्यों नहीं हुआ?" उसने बहादुरी से पूछा।

केट मुस्कुराई, "अब मैं समझी कि तुम बेकार लोगों के साथ डील कैसे पूरी करते हो?"

विलियम हँस दिया, "और एक सुंदरी के साथ भी तो।"

रिचर्ड का 21वाँ जन्मदिन कुछ ही महीने बाद था, विलियम ने अपनी वसीयत को नए सिरे से सँवारा। उसने केट के लिए 5 मिलियन डॉलर, दोनों बेटियों के लिए 2-2 मिलियन डॉलर रखे और बाकी सारी पारिवारिक संपदा अपने बेटे रिचर्ड के नाम कर दी। दोनों सदनों में रिपब्लिकन बहुमत के बावजूद, उसे अपने उत्तराधिकार पर टैक्स भी भरना था और इसके अलावा उसने 1 मिलियन डॉलर की राशि हॉर्वर्ड के नाम की।

~

रिचर्ड हॉर्वर्ड में अपने समय का अच्छा उपयोग कर रहा था। अपने सीनियर वर्ष के आरंभ तक, वह न केवल सुमे कम लाउड (अच्छे अंकों से यूनिवर्सिटी की डिग्री प्राप्त करना) के लिए तैयार था बल्कि यूनिवर्सिटी के ऑर्केस्ट्रा के लिए सेलो बजाने के अलावा, उनकी बेसबॉल टीम के लिए पिचर का काम भी कर रहा था। केट अक्सर पूछती कि शनिवार दोपहर को कितने छात्र याले के ख़िलाफ़ बेसबॉल खेले या रविवार शाम को कितने छात्रों ने लोवेल कंसर्ट हॉल में सेलो बजाया?

रिचर्ड का अंतिम वर्ष भी बहुत जल्दी बीत गया और जब उसने गणित में बी.ए. की डिग्री, एक सेलो और बेसबॉल बैट से लैस होकर हॉर्वर्ड छोड़ा तो चार्ल्स नदी के दूसरी ओर

स्थित बिज़नेस स्कूल में दाख़िल होने से पहले, बस थोड़ा अवकाश मनाना बाकी था। वह मैरी बिग्लो के साथ अवकाश मनाने बारबाडोस चला गया जिसके बारे में उसके परिवार को पता नहीं था। मिस बिग्लो ने वासार से संगीत की शिक्षा ली थी और जब वे दो महीने बाद वापिस आए तो रिचर्ड उसे अपने माता-पिता से मिलवाने ले गया। विलियम ने मिस बिग्लो के लिए अपनी मंज़ूरी दे दी, भई वह एलन लॉयड की पड़-भतीजी जो थी।

रिचर्ड ने 1 अक्टूबर 1954 को हॉर्वर्ड बिज़नेस स्कूल से अपना ग्रेजुएट कोर्स चालू किया। वह रेड हाउस में रह रहा था। उसने अपने पिता का सारा बेंत का फ़र्नीचर बाहर निकलवा दिया और वह वॉलपेपर भी उतरवा दिया जो किसी ज़माने में मैथ्यू को बहुत फ़ैशनेबुल लगा था। उसके दादाजी की चमड़े की आरामकुर्सी बची रही। उसने बैठक में टी. वी. लगवाया, रसोई में डिशवाशर लगा, डाइनिंग हॉल में बलूत का मेज़ आया और कभी-कभी बेडरूम में मिस बिग्लो भी आ जाती थी।

48

एबल को नवंबर 1952 में डेविड मैक्सटन का दिल का दौरा पड़ने से मृत्यु का समाचार मिला तो उसने यूरोप का दौरा छोटा किया और जॉर्ज व फ़्लोरेंटीना के साथ शिकागो में उनके अंतिम संस्कार में शामिल हुआ और बाद में मिसेज़ मैक्सटन से कहा कि वे दुनिया के जिस भी बैरन में चाहें, आजीवन मेहमान बन कर रह सकती हैं। वे समझ नहीं सकीं कि मि. रोसनोवस्की ने ऐसी दरियादिली क्यों दिखाई।

जब एबल अगले दिन न्यूयॉर्क वापिस आया तो उसे यह जान कर खुशी हुई कि उसके ऑफ़िस में मेज़ पर हेनरी ऑस्बॉर्न की भेजी रिपोर्ट आ चुकी थी जिसमें बताया गया था कि आइज़नहॉवर प्रशासन को इंटरस्टेट एयरवेज से जुड़ी पूछताछ में दिलचस्पी नहीं है क्योंकि शेयरों के मूल्य एक साल से सही बने हुए हैं। आइज़नहॉवर के वाइस प्रेज़ीडेंट, रिचर्ड एम. निक्सन उन साम्यवादियों के पीछे हैं, जिन्हें जो मकार्थी नहीं खोज सके।

~

एबल के अगले दो साल पूरे अटलांटिक की उड़ानें भरते हुए बीते, वह विदेशों में अपना एंपायर स्थापित कर रहा था। उसका दिल करता था कि काश, यूरोप भी उसी गति से नए होटल बना पाता, जिस गति का नई दुनिया नाजायज़ लाभ उठा रही थी।

फ़्लोरेंटीना ने जुलाई 1953 में पेरिस बैरन खोला और दिसंबर 1954 में लंदन बैरन खोला गया। ब्रूसेल्स, रोम, एम्सटर्डम, जिनेवा, एडिनबर्ग, केन्स और स्टॉकहोम के बैरन भी विकास की अलग-अलग अवस्था में थे, वे सभी दस वर्षीय विस्तार प्रोग्राम का हिस्सा थे।

एबल को इतने अधूरे काम पूरे करने थे कि उसे विलियम केन के बारे में सोचने का भी समय नहीं था। उसने लेस्टर के बैंक या उसके अधीन कंपनियों में भी शेयर खरीदने की कोशिश नहीं की थी। हालाँकि, उसके पास बैंक के छह प्रतिशत शेयर अब भी थे ताकि उसे केन को ऐसा झटका देने का मौका मिल सके जिससे वह शायद कभी उबर न सके।

अगली बार, एबल ने खुद से वादा किया कि वह ध्यान रखेगा कि उसके हाथों कानून न टूटे। उसने ही सबसे पहले जॉर्ज के आगे माना कि कर्टिस फ़ेंटन उसे ऐसी मूर्खतापूर्ण ग़लती नहीं करने देगा।

जब फ़्लोरेंटीना ने शैक्षिक वर्ष के अंत में रेडक्लिफ़ छोड़ा तो एबल ने उसे तभी कहा था कि अब उसे बोर्ड में शामिल हो जाना चाहिए। वह तय कर चुका था कि उसे ही सारे होटलों व उनकी दुकानों की ज़िम्मेदारी लेते हुए, उनकी खरीदारी से जुड़े निर्णय लेने चाहिए क्योंकि वे तेज़ी से अपने-आप में एक एंपायर बनते जा रहे थे।

फ़्लोरेंटीना इस प्रस्ताव से उत्साहित थी पर उसका आग्रह था कि पहले उसे बाहर से थोड़ा प्रशिक्षण लेना चाहिए, वह उसके बाद ही पिता के लिए काम करना चाहती थी। उसका मानना था कि डिज़ाइन, रंगों की संयोजना और व्यवस्था आदि अनुभव का विकल्प नहीं हो सकते थे। एबल ने कहा कि उसे स्विट्ज़रलैंड, लोसाने में जाने-माने इकोल होटलियर मॉरिस के पास प्रशिक्षण लेना चाहिए। फ़्लोरेंटीना ने कहा कि वह पहले न्यूयॉर्क के किसी स्टोर में दो साल तक काम करना चाहेगी और फिर उसके बाद ही तय करेगी कि उसे बैरन ग्रुप की दुकानों का ज़िम्मा लेना चाहिए या नहीं। वह चाहती थी कि अपनी योग्यता में वृद्धि करने के बाद ही यह काम हाथ में लिया जाए। उसने अपने पिता से कहा, "मैं अपने पिता की बेटी के रूप में नहीं, एक हुनरमंद और क़ाबिल कर्मचारी की तरह काम करना चाहूँगी," एबल पूरी तरह से सहमत था।

"एक न्यूयॉर्क का स्टोर? वह काम तो आसानी से हो जाएगा," एबल ने कहा। "मैं वाल्टर होविंग को कॉल कर दूँ, तुम टिफनी में काम चालू कर सकती हो।"

"यही तो मैं आपसे नहीं चाहती," फ़्लोरेंटीना ने दिखाया कि उसमें भी अपने पिता की तरह जी भर कर अड़ियलपन था। "प्लाज़ा होटल में जूनियर वेटर के बराबर कौन होता है?"

"किसी डिपार्टमेंटल स्टोर की सेल्स गर्ल," एबल ने हँसते हुए कहा।

"तो ठीक है, मैं उसी पद के लिए आवेदन करूँगी।"

एबल ने हँसना बंद कर दिया। "क्या बोल रही हो? रेडक्लिफ़ की डिग्री और दुनिया घूमने के अनुभव के साथ, तुम एक अनजानी सेल्सगर्ल बनना चाहती हो?"

"आपने भी तो प्लाज़ा के गुमनाम वेटर की तरह जीवन चालू किया पर आपको दुनिया के सफलतम होटल ग्रुपों में से एक बनाने से कोई नहीं रोक सका," फ़्लोरेंटीना ने उत्तर दिया।

एबल जानता था कि उसे हरा दिया गया था। अपनी बेटी की सुंदर आँखों में झाँकते ही उसे पता चल गया कि वह अपना मन बना चुकी थी और किसी भी तरह का मनाना, फुसलाना या बहलाना काम नहीं आ सकता था। उससे कुछ नहीं बदलने वाला था।

~

फ़्लोरेंटीना ने रेडक्लिफ़ से ग्रेजुएट होने के बाद एक महीना यूरोप में अपने पिता के साथ बिताया और एबल नए बने होटलों की प्रगति की जाँच करता रहा। फ़्लोरेंटीना ने औपचारिक तौर पर ब्रूसेल्स के बैरन का शुभारंभ किया, जहाँ उसने एक सुंदर जवान प्रबंध निदेशक का दिल जीत लिया, एबल ने इल्ज़ाम लगाया कि उसके मुँह से लहसुन की बू आती थी। जब चूमने की बारी आई तो तीन दिन में ही किस्सा बंद करना पड़ा पर फ़्लोरेंटीना ने पिता के आगे यह कभी नहीं माना कि उनकी दोस्ती लहसुन की वजह से टूटी।

जब एबल और वह न्यूयॉर्क वापिस आए तो उसने झट से ब्लूमिंगडेल्स में जूनियर सेल्स सहायक के पद के लिए आवेदन कर दिया। उसने आवेदन पत्र पर अपना नाम जेसी कोवट्स लिखा, उसे पता था कि अगर किसी को पता चला कि वह शिकागो बैरन की बेटी है तो वे उसे उस जगह चैन से जीने नहीं देंगे।

पिता के विरोध के बावजूद, उसने न्यूयॉर्क बैरन का सुइट छोड़ दिया और रहने के लिए कोई और जगह तलाशने लगी। एक बार फिर एबल ने हथियार डाल दिए। उसने बेटी के इक्कीसवें जन्मदिन पर उसे ईस्ट रिवर के पास, फ़िफ़्टी सेवंथ स्ट्रीट पर, एक छोटा पर आलीशान अपार्टमेंट उपहार में दिया।

फ़्लोरेंटीना पहले ही तय कर चुकी थी कि अपने दोस्तों को भी पता नहीं चलने देगी कि वह किस जगह काम करने जा रही है। उसे डर था कि वे लोग स्टोर में मिलने आएँगे और उसकी पोल खुलते देर नहीं लगेगी। तब उसके लिए किसी आम ट्रेनी की तरह काम करना मुश्किल हो जाएगा। जब सभी उसके काम के बारे में पूछने लगे तो उसने कहा कि वह अपने पिता के होटलों में बनी दुकानों को चलाने में मदद करने वाली है। किसी ने भी उसकी यह बात सुनने के बाद दूसरा सवाल नहीं किया।

स्टोर की ट्रेनिंग का कोर्स पूरा करने के बाद जेसी कोवट्स ने—उसे इस नाम की आदी होने में कुछ दिन लगे—कॉस्मेटिक्स का काम सँभाला। ब्लूमिंगडेल्स की दुकान के सहायक जोड़ों में काम करते थे और फ़्लोरेंटीना ने इसी चीज़ को अपने लिए फ़ायदे में बदल लिया, उसने स्टोर की सबसे आलसी लड़की को अपना साथी चुना। यह इंतज़ाम दोनों के लिए बढ़िया था। फ़्लोरेंटीना की पसंद, लाल बालों वाली मेसी को जीवन में दो ही बातों में रुचि थी : घड़ी में छह बजना और पुरुष। छह तो दिन में एक ही बार बजते थे पर पुरुषों का आना-जाना सारा दिन लगा रहता।

दोनों ही लड़कियों में काम के नाम पर अच्छी दोस्ती हो गई। फ़्लोरेंटीना को मेसी से बहुत कुछ सीखने का मौका मिला जैसे काम से कैसे बचें कि फ़्लोर मैनेजर की नज़र भी न पड़े या फिर किसी पुरुष का ध्यान अपनी ओर कैसे खींचें।

दोनों लड़कियों ने छह महीने मिल कर काम किया तो कॉस्मेटिक काउंटर का मुनाफ़ा अच्छा हुआ, हालाँकि मेसी का अधिकतर समय उत्पाद बेचने के बजाय उन्हें अपने पर आज़माने में जाता था। वह अपने नाखूनों पर नेलपेंट लगाने में ही दो घंटे लगा सकती थी। इसके विपरीत, फ़्लोरेंटीना ने पाया कि उसके पास बेचने का सहज हुनर था—और उसे इस काम में आनंद आता था। कुछ ही सप्ताह में फ़्लोर सुपरवाइज़र ने नोटिस किया

कि वह उस स्टोर के उन कर्मचारियों की तुलना में कहीं निपुण थी जो पिछले कई सालों से काम कर रहे थे।

जब फ़्लोरेंटीना को बेटर ड्रेसिज़ में भेजा गया तो मेसी भी उन दोनों की सहमति से साथ गई। उसका अधिकतर समय पोशाकें पहन कर देखने में जाता और फ़्लोरेंटीना माल बेचती। मेसी पुरुषों का ध्यान अपनी ओर खींच सकती थी—चाहे वे अपनी पत्नी या दोस्त के साथ ही क्यों न हों—बस उसे एक नज़र देखना पड़ता था। जब वे उसकी ओर आकर्षित होते तो फ़्लोरेंटीना आकर कोई-न-कोई सामान बेच लेती। बहुत कम लोग ऐसे होते जो अपना बटुआ न खोलते।

अगले छह महीने में बेटर ड्रेसिज़ का मुनाफ़ा 22 प्रतिशत से ऊपर हो गया और फ़्लोर सुपरवाइज़र ने नतीजा निकाला कि इन दोनों की जोड़ी अच्छी जमती है। फ़्लोरेंटीना ने भी इस बात के विरोध में कुछ नहीं कहा। जब दूसरे सहायक अपने साथी के आलस की शिकायत करते तो वह एक आदर्श साथी के तौर पर मेसी की हमेशा तारीफ़ करती, जिससे उसने इतने बड़े स्टोर में काम करना सीखा था। हालाँकि उसने दूसरों को यह नहीं बताया कि मेसी ने ज़रूरत से ज़्यादा रसिक पुरुषों का सामना करने का क्या तरीका सिखाया था।

किसी भी ब्लूमिंगडेल कर्मचारी के लिए सबसे बड़ी बात थी कि उसे लेक्सिंगटन ऐवन्यू की ओर वाले काउंटर सँभालने का मौका मिले और इस तरह वे इमारत में घुसते ही सबसे पहले दिखने वाले चेहरे बन जाते। किसी लड़की को कम-से-कम पाँच साल तक स्टोर में काम करने के बाद ही कभी मौका मिलता था कि उसे ऐसा काउंटर सौंपा जाए। मेसी सत्रह साल की उम्र से वहीं काम कर रही थी और उसे पूरे पाँच साल होने को थे पर उनका सेल्स रिकॉर्ड इतना असरदार था कि मैनेजर ने उन्हें भूतल पर स्टेशनरी विभाग देने का निर्णय लिया। मेसी को उस विभाग से कोई मौज-मज़ा नहीं मिलने वाला था क्योंकि लिखने और पढ़ने में उसकी दिलचस्पी न के बराबर थी। फ़्लोरेंटीना उसके साथ एक साल बिता चुकी थी और फिर भी यकीन से नहीं कह सकती थी कि उसे लिखना-पढ़ना आता भी था या नहीं। ख़ैर, इस जगह से मेसी को यह खुशी मिली कि उसकी ओर ज़्यादा ध्यान दिया जाने लगा। फ़्लोरेंटीना को शक़ था कि सड़क पर टहलते कुछ लोग स्टेशनरी विभाग में कोई सामान लेने नहीं बल्कि मेसी से बातें करने ही आ जाते थे।

एबल ने जॉर्ज के आगे माना कि वह एक बार चोरी से ब्लूमिंगडेल में गया था ताकि फ़्लोरेंटीना को चोरी-चोरी काम करते देख सके और उसे यह मानना ही पड़ा कि वह वाकई अच्छा काम कर रही थी। फ़्लोरेंटीना का काम करने का अपना ही अदांज़ था और इसमें कोई शक़ नहीं था कि उसने उसके लिए जो ज़िम्मेदारी सोच रखी थी, उसे उठाने के लिए फ़्लोरेंटीना को थोड़ी परेशानी का सामना करना पड़ सकता था।

~

फ़्लोरेंटीना ने पिछले छह माह, स्टोर के भूतल में छह काउंटरों पर बिताए, उसे जूनियर सुपरवाइज़र बना दिया गया। उसे स्टॉक की जाँच, नक़द के मिलान और अठारह सेल्स

क्लर्क के निरीक्षण का काम सौंपा गया। स्टोर ने पहले ही तय कर लिया था कि जेसी को आगे चल कर सुपरवाइज़र बनाया जाना है।

उसने अपने साथ काम करने वालों को अभी नहीं बताया था कि साल के अंत में वह नौकरी छोड़ देगी और अपने पिता के साथ बैरन ग्रुप के वाइस प्रेज़ीडेंट के रूप में काम करेगी। स्टोर से जाने का समय पास आ रहा था, वह अक्सर सोचती कि उसके जाने के बाद मेसी का क्या होगा। मेसी को लगता था कि जेसी तो उस स्टोर में हमेशा रहने वाली है—क्या सभी के साथ यही नहीं होने वाला था? फ़्लोरेंटीना ने यह भी सोच लिया था कि वह उसे न्यूयॉर्क बैरन की किसी दुकान में काम पर लगा देगी। अगर कोई काउंटर ऐसा था, जहाँ पुरुष पैसा लगा सकते थे तो ऐसी जगह के लिए मेसी किसी सम्पत्ति से कम नहीं थी।

एक दोपहर, मेसी एक काउंटर पर प्रतीक्षा में थी। अब वह दस्ताने, स्कार्फ़ और ऊनी टोपियाँ बेचती थी—उसने फ़्लोरेंटीना को एक ओर ले जाकर एक नौजवान की ओर संकेत किया जो दस्तानों को उलट-पुलट रहा था मानो वह उन्हें लेना चाह रहा हो।

''तुझे उसे देख कर क्या लगता है?'' वह खी-खी करने लगी।

फ़्लोरेंटीना ने मेसी के नए शिकार को हमेशा की तरह अरुचि से देखा पर इस बार उसे भी मानना पड़ा कि नौजवान बहुत ही आकर्षक था।

''इन्हें तो एक ही चीज़ चाहिए, मेसी,'' फ़्लोरेंटीना बोली।

''मुझे पता है,'' वह बोली। ''और वह इसे पा सकता है।''

''मुझे यकीन है कि उसे सुन कर खुशी होगी,'' फ़्लोरेंटीना ने हँस कर अपना ध्यान दूसरे ग्राहक की ओर लगाया जो मेसी के ध्यान न दे पाने की वजह से खीझ रहा था। फ़्लोरेंटीना कनखियों से उसी ओर देखती रही। उसे देख कर आश्चर्य हुआ कि वह लड़का भी कनखियों से उसे ही ताक रहा था, बेशक़ वह देख रहा होगा कि मेसी पर उसकी सुपरवाइज़र की नज़र तो नहीं है। मेसी खिलखिलाई और वह नौजवान गहरे नीले रंग के चमड़े के दस्ताने लेकर विदा हुआ।

''क्या उम्मीदों पर ख़रा उतरा?'' फ़्लोरेंटीना ने पूछा, वह देख सकती थी कि मेसी की इस जीत की वजह से उसे जलन महसूस हो रही थी।

''उसने तो बात तक नहीं की। पर यकीन है कि वापिस ज़रूर आएगा,'' मेसी के चेहरे पर मुस्कान थी।

मेसी की भविष्यवाणी सच निकली। वह नौजवान अगले दिन फिर आ गया। वह दोबारा दस्तानों के बीच दिखाई दिया और पहले से भी ज़्यादा असहज लगा।

''शायद तुझे जाकर उसका इंतज़ार करना चाहिए,'' फ़्लोरेंटीना ने कहा।

मेसी ने झट से उसकी बात मान ली। जब कुछ ही मिनट बाद, वह युवक एक और गहरे नीले रंग के दस्ताने लेकर चला गया तो फ़्लोरेंटीना ज़ोर से हँसी।

''दो जोड़ी,'' फ़्लोरेंटीना ने ऐलान किया। ''ब्लूमिंगडेल्स की ओर से, मैं कह सकती

हूँ कि वह तुम्हें पाने का हक़दार है।"

"पर उसने अब भी बाहर जाने को नहीं पूछा," मेसी बोली।

"क्या?" फ़्लोरेंटीना ने नकली अविश्वास से कहा। "लगता है कि दस्तानों का शौक़ीन है।"

"मन टूट गया मेरा तो," मेसी बोली। "लगता है कि उसे लड़कियों में दिलचस्पी नहीं है।"

"हाँ, पर इतना बुरा नहीं दिखता," फ़्लोरेंटीना ने भी माना।

अगले दिन जब वह दोबारा आया तो मेसी दोबारा उसकी सेवा में हाज़िर हो गई, उसने एक ग्राहक को सामान देते हुए बीच में ही छोड़ दिया। फ़्लोरेंटीना ने उसकी जगह ली और उन्हें कनखियों से देखने लगी। इस बार ग्राहक और सेल्सगर्ल के बीच जम कर बातचीत हो रही थी।

"अब बनी कुछ बात," जब वह युवक और गहरे नीले रंग के चमड़े के दस्ताने लेकर निकल गया तो फ़्लोरेंटीना ने कहा।

"हाँ, कुछ ऐसा ही हुआ। पर उसने अब भी बाहर चलने को नहीं कहा। सुनो, अगर कल आया तो क्या तुम उसे देख लोगी? शायद मुझसे साफ़ तौर पर पूछने से डर रहा है। हो सकता है कि तुम्हारे ज़रिए मुझसे पूछना आसान हो जाए," मेसी बोली।

फ़्लोरेंटीना बोली, "तुम्हारे ओर्सिनो (विलियम शेक्सपीयर के नाटक का एक पात्र) के लिए वायोला (एक वाद्य यंत्र)।"

"मतलब?"

"छोड़ ना। वैसे मेरे लिए बड़ी चुनौती होगी कि मैं भी उसे दस्ताने बेच कर दिखा सकूँ।"

~

अगले दिन सुबह नौजवान ठीक पिछले दिन वाले समय पर स्टोर में दाख़िल हुआ और दस्तानों वाले काउंटर की ओर बढ़ा। फ़्लोरेंटीना ने सोचा कि और कुछ हो-न-हो, वह अपने समय का पाबंद था।

मेसी ने उसे पसलियों में कोंचा। फ़्लोरेंटीना ने तय किया कि थोड़ी मौज लेने का समय आ गया है। "गुड मॉर्निंग सर।"

"ओह, गुड मॉर्निंग," नौजवान ने हैरानी से देखा—या फिर वह मेसी की बजाय फ़्लोरेंटीना को देख कर मायूस हो गया था?

"क्या मैं आपकी मदद कर सकती हूँ?"

"नहीं—मेरा मतलब हाँ। मैं एक जोड़ी दस्ताने लेना चाहूँगा," उसने अनिश्चय से कहा।

"जी, सर। क्या आप गहरे नीले रंग में लेना चाहेंगे? चमड़े में? मुझे यकीन है कि हमारे पास आपका साइज़ होगा—अगर वे बिक नहीं गए हैं तो।"

जब उसने दस्ताने पकड़ाए तो नौजवान ने उसे संशय से देखा। उसने दस्ताने पहन कर देखे। वे थोड़े बड़े थे। फ़्लोरेंटीना ने एक और जोड़ा दिखाया: वे थोड़े टाइट थे। उसने मेसी की ओर देखा। वह पुरुष ग्राहकों से घिरी थी पर इतनी मग्न नहीं थी कि उनकी ओर ध्यान न दे सके। वह बीच-बीच में उन्हें देखकर मुस्कुरा रही थी। नौजवान उसे देख कर नहीं मुस्कुराया। फ़्लोरेंटीना ने उसे एक और जोड़ी दस्ताने दिए जो उसके हाथों में अच्छी तरह आ गए।

"मुझे लगता है कि शायद आप यही खोज रहे थे," वह बोली।

"नहीं, दरअसल ये नहीं चाहिए," ग्राहक ने थोड़ा शर्मिंदा होते हुए कहा।

फ़्लोरेंटीना को लगा कि अब उस बेचारे को उसकी परेशानी से बाहर लाने का समय हो गया था। उसने आवाज़ नीची करते हुए कहा, "मैं जाकर मेसी को भेजती हूँ। आप उसे बाहर चलने को क्यों नहीं कहते? मुझे यकीन है कि वह न नहीं करेगी।"

"अरे, नहीं," वह झट से बोला। "मैं उसे नहीं, आपको अपने साथ बाहर ले जाना चाहता हूँ।" फ़्लोरेंटीना अवाक् रह गई। नौजवान ने फिर से अपना साहस बटोरा। "क्या आप आज मेरे साथ डिनर पर चलेंगी?"

उसने खुद को 'हाँ' कहते सुना।

"क्या तुम्हें घर से ले लूँ?"

"नहीं," फ़्लोरेंटीना बोली। वह नहीं चाहती थी कि उसे अपने अपार्टमेंट में मिले, तब तो वहीं पता चल जाएगा कि वह कोई सेल्सगर्ल नहीं है। "चलो, किसी रेस्तराँ में मिलते हैं," वह झट से बोली।

"कहाँ जाना चाहोगी?"

उसने किसी ऐसी जगह के बारे में सोचना चाहा जो बहुत उच्चस्तरीय न लगे।

"सेवेंटी थर्ड और थर्ड पर एलन्स में मिलते हैं?" वह बोला।

"ठीक है," फ़्लोरेंटीना सोचने लगी कि मेसी इन हालात को कितने बेहतर तरीके से सँभाल लेती है।

"आठ बजे के क़रीब सही रहेगा?"

"आठ बजे," फ़्लोरेंटीना ने दोहराया।

नौजवान चेहरे पर मुस्कान के साथ विदा हुआ। मेसी ने कहा कि वह दस्ताने नहीं लेकर गया।

~

फ़्लोरेंटीना को शाम के लिए पोशाक चुनने में काफ़ी समय लगा। वह चाहती थी कि उसकी

पोशाक से उसका संभ्रांत स्तर न झलके। वह ब्लूमिंगडेल के हिसाब से कुछ कपड़े तैयार कर चुकी थी पर वे तो काम के समय पहनने वाले कपड़े थे और इससे पहले उसे किसी के साथ शाम बिताने का मौका नहीं मिला था। यदि उसकी इस मुलाक़ात में—वह तो उसका नाम भी नहीं जानती थी—वह एक सेल्सगर्ल थी तो उसे नौजवान को धोखे में नहीं रखना चाहिए। वह उससे मिलने को उत्सुक थी।

फ़्लोरेंटीना ने आठ बजने से थोड़ा पहले अपना अपार्टमेंट छोड़ा, पर उसे टैक्सी लेने में थोड़ा समय लग गया।

''एलन्स प्लीज़,'' उसने टैक्सीवाले से कहा।

''ज़रूर, मिस।''

वह रेस्तराँ में कुछ मिनट की देरी से पहुँची। उसकी नज़रें नौजवान को खोज रही थीं। वह बार के पास खड़ा हाथ हिला रहा था। उसने सलेटी फ्लैनल स्लैक्स के साथ नीला कोट पहना हुआ था। 'अरे ये तो आइवी लीग टाइप है।' फ़्लोरेंटीना ने उसे देख कर सोचा हालाँकि मेसी वाली परिभाषा ज़्यादा सटीक लगती थी।

''सॉरी, मुझे देर हो गई,'' फ़्लोरेंटीना ने ही बात चालू की।

''यह बात ज़रूरी नहीं है। ज़रूरी बात यह है कि तुम आ गईं।''

''तुम्हें लगा था कि मैं नहीं आने वाली?''

''मुझे पक्का यकीन नहीं था,'' वह मुस्कुराया'' सॉरी, मुझे तुम्हारा नाम नहीं पता।''

''जेसी कोवट्स और तुम्हारा?''

''रिचर्ड केन,'' नौजवान ने अपना हाथ आगे किया।

उसने भी हाथ आगे किया और नौजवान ने उसकी उम्मीद से थोड़ी ज़्यादा देर तक उसे थामे रखा।

''और जब तुम ब्लूमिंगडेल्स में दस्ताने नहीं खरीद रहे होते तो क्या करते हो?'' उसने चिढ़ाया।

''मैं हॉर्वर्ड बिज़नेस स्कूल में हूँ।''

''मुझे हैरानी है कि उन्होंने तुम्हें नहीं सिखाया कि अधिकतर लोगों के दो ही हाथ होते हैं।''

वह हँसा और इस तरह सहज भाव से मुस्कुराया कि फ़्लोरेंटीना को लगा कि काश, वह नए सिरे से सारी बात शुरू कर पाती और उसे बताती कि वह आश्चर्य में थी कि जब वह रेडक्लिफ़ में थी तो कैम्ब्रिज में उनकी भेंट कैसे नहीं हुई।

''क्या हम कहीं बैठें?'' वह बोला और उसका बाज़ू पकड़ कर एक मेज़ की ओर ले गया।

फ़्लोरेंटीना ने ब्लैकबोर्ड पर लगे मेन्यू को देखा।

''सेलिसबरी स्टीक?'' उसने पूछा।

''यह हैमबर्गर का ही दूसरा नाम है,'' रिचर्ड ने कहा।

वे दोनों इस तरह हँसने लगे जैसे दो परिचित आपस में हँसते हैं। वह देख सकती थी कि रिचर्ड को यह देख कर हैरानी हुई कि वह उसकी संदर्भ से परे कही गई बात भी समझ गई थी।

फ़्लोरेंटीना को पहले कभी किसी की सोहबत में इतना आनंद नहीं आया था। रिचर्ड ने न्यूयॉर्क, संगीत और थियेटर के बारे में बात की—जो शायद उसका पहला प्यार था—उसने बड़ी शिष्टता और गरिमा से फ़्लोरेंटीना को सहज अनुभव कराने में देरी नहीं की। चाहे वह उसे सेल्सगर्ल ही समझ रहा था पर वह उसके साथ इस तरह पेश आया मानो वह बौस्टन के किसी खानदानी घराने की लड़की हो। जब रिचर्ड ने उसके बारे में पूछा तो फ़्लोरेंटीना ने केवल यही बताया कि वह पोलिश है, न्यूयॉर्क में अपने माता-पिता के साथ रहती है और उसके पिता एक होटल में काम करते हैं। शाम आगे बढ़ी तो उसे लगा कि धोखा देना मुश्किल हो रहा था। फिर भी वह रिचर्ड से दोबारा मिलना चाहती थी।

जब उन दोनों में से कोई भी और कॉफ़ी पीने के लायक नहीं रहा तो रिचर्ड ने बिल लाने को कहा। उसने फ़्लोरेंटीना से पूछा कि वह शहर के कौन से भाग में रहती है।

''ईस्ट फ़िफ़्टी-सेवंथ स्ट्रीट,'' उसने बिना सोचे-समझे कहा।

''तो तुम्हें घर तक छोड़ दूँ,'' रिचर्ड ने उसका हाथ थाम लिया।

वे फ़िफ़्थ ऐवन्यू तक दुकानों के भीतर झाँकते हुए पैदल चल दिए, आपस में गप्पें लगाते हुए हँसते जा रहे थे। जब रिचर्ड ने उससे भविष्य की योजना के बारे में पूछा तो वह बोली, ''मैं एक दिन फ़िफ़्थ एवेन्यू की किसी दुकान में काम करना चाहूँगी।'' उनमें से किसी ने भी अपने पास से निकलती खाली टैक्सियों की ओर ध्यान नहीं दिया।

उन्हें सोलह ब्लॉक पार करने में एक घंटा लगा और फ़्लोरेंटीना उसे अपने बारे में सब सच बताने ही वाली थी। वे अचानक ईस्ट फ़िफ़्टी-सेवंथ स्ट्रीट के सामने थे। वह अपने असली अपार्टमेंट से थोड़ा पहले एक छोटे और पुराने अपार्टमेंट के सामने रुक गई।

''यहीं मेरा घर है,'' वह बोली।

रिचर्ड थोड़ा हिचका और फिर उसका हाथ छोड़ दिया।

''उम्मीद करता हूँ कि फिर मिलेंगे,'' वह बोला।

''मुझे भी अच्छा लगेगा,'' फ़्लोरेंटीना ने विनम्रता से कहा।

''कल?'' रिचर्ड ने अचानक पूछा।

''कल?'' फ़्लोरेंटीना ने दोहराया।

''हम लोग ब्ल्यू एंजिल में बॉबी शॉर्ट को सुनने चलें?'' उसने फिर से उसका हाथ थाम लिया। ''यह एलन्स से थोड़ा ज़्यादा रोमांटिक होगा।''

फ़्लोरेंटीना पल भर को सकते में आ गई। रिचर्ड के साथ योजना में कल का नाम तो नहीं था।

"अगर तुम नहीं चाहतीं तो रहने देते हैं," रिचर्ड ने उसके सँभलने से पहले कह दिया।

"नहीं, मुझे भी अच्छा लगेगा," वह धीरे से बोली।

"मैं अपने पिता के साथ डिनर करने वाला हूँ। उसके बाद तुम्हें यहीं से नौ बजे तक ले लूँगा।"

"नहीं, नहीं," फ़्लोरेंटीना बोली। "वहीं मिलती हूँ, बस कुछ ही ब्लॉक दूर है।"

"नौ बजे कल रात," वह आगे झुका और हौले से उसका गाल चूम लिया। "गुड नाइट जेसी।" उसने कहा और रात के अंधेरे में ओझल हो गया।

उसके सामने से जाते ही फ़्लोरेंटीना धीरे-धीरे अपने अपार्टमेंट की ओर चल दी। काश, उसने इतने सारे झूठ न बोले होते। ख़ैर, यह कहानी कुछ ही दिन में ख़त्म हो जाएगी, जबकि वह चाहती थी कि ऐसा कभी न हो।

~

फ़्लोरेंटीना स्टोर बंद होते ही उससे बाहर निकल आई। दो साल में पहली बार वह मेसी से पहले जा रही थी। उसने देर तक स्नान करने के बाद सुंदर सी पोशाक पहनी और ब्ल्यू एंजिल की ओर चल दी। जब वह पहुँची तो रिचर्ड वहीं बाहर टहल रहा था। वह उसके इंतज़ार में था। उसने उसका हाथ पकड़ा और वे लाउंज की ओर चल दिए, जहाँ हवा में फैले धुएँ के बीच बॉबी शॉर्ट की आवाज़ सुनाई दे रही थी : "क्या तुम मुझसे सच कह रही हो, या यह एक और झूठ है?"

शॉर्ट ने फ़्लोरेंटीना को देखते ही हाथ हिलाया। फ़्लोरेंटीना ने ऐसे दिखावा किया मानो उसने देखा ही न हो। वह बैरन में दो-तीन बार अच्छा प्रदर्शन कर चुका था और उसे नहीं लगा था कि शॉर्ट ने उसे याद रखा होगा। रिचर्ड ने शॉर्ट को ऐसा करते देखा तो मुड़ कर जानना चाहा कि वह किसे हाथ हिला रहा है। जब वे नीम अंधेरे कमरे में अपनी मेज़ पर आए तो फ़्लोरेंटीना पियानो की टेक लगा कर बैठ गई ताकि ऐसा दोबारा न हो।

रिचर्ड ने उसका हाथ छोड़े बिना ही एक बोतल शराब लाने को कहा और फिर उससे पूछा कि उसका दिन कैसा रहा। वह उसे अपने दिन के बारे में नहीं बताना चाहती थी; वह उसे सच बताना चाहती थी। "रिचर्ड, कुछ ऐसा है जो मैं तुम्हें—"

"हाय रिचर्ड," एक लंबा और सुंदर-सा युवक मेज़ के पास खड़ा था।

"हाय स्टीव, क्या मैं तुम्हें जेसी कोवट्स से मिलवा सकता हूँ—स्टीव मेलन। मैं और स्टीव हॉर्वर्ड में एक साथ थे।"

फ़्लोरेंटीना ने उन दोनों को न्यूयॉर्क यैंकीज़, आइज़नहॉवर की गोल्फहैंडीकेप के बाद इस बारे में बात करते सुना कि याले बद-से-बदतर क्यों हो रहा था। स्टीव सिर झुकाने के बाद निकल गया। "जेसी तुमसे मिल कर अच्छा लगा।"

फ़्लोरेंटीना का सच बताने वाला पल बीत गया था।

रिचर्ड उसे बताने लगा कि वह बिज़नेस स्कूल से आने के बाद क्या करना चाहता था। वह चाहता था कि न्यूयॉर्क वापिस आकर अपने पिता के बैंक लेस्टर्स में काम करे। उसने वह नाम पहले कहीं सुना था पर यह याद नहीं कि किस सिलसिले में सुना होगा। जाने क्यों यह सुन कर उसे चिंता होने लगी।

उन्होंने वह लंबी शाम एक साथ बिताई। हँसते, खाते और खिलखिलाते हुए समय बीता। वे हाथों में हाथ लिए बॉबी शॉर्ट को सुनते रहे। जब वे घर की ओर चले तो रिचर्ड फ़िफ़्टी सेवन के कोने पर रुका और उसे पहली बार चूमा। फ़्लोरेंटीना याद नहीं कर सकी कि वह कभी अपनी पहली किस के लिए इतना सचेत कब हुई थी। जब वह उसे उस जगह छोड़ कर चला गया तो उसे लगा कि रिचर्ड ने कल के लिए कुछ नहीं कहा। उसे लगा कि इस बारे में तो कुछ तय होना चाहिए था।

मेसी अगले दिन स्टोर में गुलाबों का गुलदस्ता देखकर खुश थी पर उसे यह देख कर निराशा हुई कि वह जेसी कोवट्स के नाम था। उसमें रिचर्ड की ओर से डिनर के लिए न्यौता था। उसने ऐसा ही दिखावा किया मानो उसे कोई दिलचस्पी न हो।

फ़्लोरेंटीना और रिचर्ड का सप्ताहांत एक साथ ही बीता: एक कंसर्ट, एक फ़िल्म— न्यूयॉर्क निक्स भी उनसे नहीं बच सके। जब सप्ताहांत पूरा हुआ तो फ़्लोरेंटीना को बड़ी बेचैनी के साथ अहसास होने लगा था कि वह इतने झूठ बोल चुकी थी कि उनकी वजह से रिचर्ड बार-बार चकराने लगा था। उसके लिए पूरी तरह से अलग सच को बताना मुश्किल होता जा रहा था।

जब रिचर्ड रविवार रात को हॉर्वर्ड के लिए रवाना हुआ तो उसने खुद को मनाया कि उसका छल इतना अहम नहीं था, उनका रिश्ता सहज भाव से अंत तक आ चुका था। जो भी हो, आगे उसे रेडक्लिफ़ की कोई और लड़की मिल जाएगी। पर वह अगले सप्ताह रोज़ कॉल करता रहा और सप्ताह के अंत में उससे मिलने न्यूयॉर्क आया। एक महीने के बाद फ़्लोरेंटीना को लगने लगा कि वह सब इतनी आसानी से समाप्त नहीं होने वाला था जितना उसने सोचा था। दरअसल, वह जानती थी कि वह उसके प्यार में पड़ चुकी थी। जब उसने यह बात अपने मन से मान ली तो उसने तय किया कि अब वह और इंतज़ार नहीं करेगी। उसने सोचा कि उस सप्ताह के अंत में वह उसे सब कह देगी।

49

रिचर्ड सुबह के लेक्चर के दौरान भी ख़याली पुलाव पकाता रहा।

वह उस लड़की से इतना प्यार करने लगा था कि ब्रेटन वुड्स एग्रीमेंट पर भी ध्यान नहीं दे पा रहा था। वह अपने पिता को कैसे बता सकता था कि वह एक पोलिश लड़की से शादी करना चाहता है जो ब्लूमिंगडेल के स्कार्फ़, दस्ताने और स्वेटर वाले काउंटर के पीछे काम करती है? उसे समझ नहीं आता था कि जब जेसी इतनी होनहार है तो कुछ बेहतर

करने के बजाय सेल्सगर्ल का काम क्यों करती है। उसे पूरा यकीन था कि अगर उस लड़की के पास उसके जैसे मौके होते तो बेशक वह ब्लूमिंगडेल में न होती। रिचर्ड ने तय किया कि उसके माता-पिता को उसके निर्णय के हिसाब से चलना ही होगा क्योंकि वह उनसे इसी सप्ताह कहने वाला था कि वह जेसी से शादी कर रहा है।

जब भी रिचर्ड शुक्रवार शाम को अपने घर न्यूयॉर्क जाता तो वह ब्लूमिंगडेल से कुछ-न-कुछ लेकर आता, अक्सर वह सामान उसके काम का नहीं होता था, बस जेसी को बताना होता था कि वह शहर में आ चुका है। पिछले दस सप्ताह में वह दूर-पास के रिश्तेदारों को भी दस्तानों के जोड़े दे चुका था और उनमें से कइयों से तो वह पहले कभी मिला तक नहीं था। उसने उस शाम मम्मी से कहा कि वह अपने लिए रेज़र ब्लेड लेने जा रहा है।

''डार्लिंग, तुम अपने डैडी के रेज़र ब्लेड ले सकते हो।''

''नहीं, कोई बात नहीं। मैं अपना ही ब्रांड इस्तमोल करता हूँ। हमारे ब्रांड अलग हैं,'' उसने धीरे से कहा।

फिर वह सीधा ब्लूमिंगडेल की ओर भागता गया और उसके बंद होने तक पहुँच ही गया। उसे पता था कि जेसी से साढ़े सात बजे मिलना है पर उसे पहले देखने का लालच नहीं छूटता था। स्टीव मेलन ने उसे बताया था कि प्यार-मुहब्बत गरीबों के लिए होता है और रिचर्ड ने उस दिन अपने भाप से भरे शीशे पर लिखा था, 'मैं गरीब होना चाहूँगा।'

पर उस शाम जेसी कहीं नहीं दिखी। मेसी एक कोने में बैठी नाखून फ़ाइल कर रही थी और रिचर्ड ने उससे जेसी के बारे में पूछा। मेसी ने ऐसे सिर उठाया मानो उसे दिन के सबसे अहम काम के बीच से हटाया गया हो।

''नहीं, वह तो घर जा चुकी है। बस अभी निकली है, ज़्यादा दूर नहीं गई होगी।''

रिचर्ड लेक्सिंगटन एवेन्यू की ओर भागा। वह घरों की ओर जाते लोगों के बीच जेसी का चेहरा तलाशने लगा और वह सड़क के दूसरी ओर दिखी, वह फ़िफ़्थ एवेन्यू की ओर जा रही थी। बेशक़ उसका घर तो उस ओर नहीं था। जब वह फ़ोर्टी-एट रोड पर स्क्रिबनर बुकस्टोर तक पहुँची तो वह वहीं रुक गया और उसे अंदर जाते हुए देखने लगा। रिचर्ड चकराया हुआ था। अगर उसे पढ़ने के लिए कुछ चाहिए था तो वह उसे अपने स्टोर से भी ले सकती थी। उसने खिड़की से देखा तो वह सेल्स क्लर्क से बात करती दिखी। वह कुछ देर बाद उसके लिए दो क़िताबें लेकर आया। वह उनके शीर्षक देख सकता था : जॉन कीनथ गालब्रेथ की *द ग्रेट क्रेश,* 1929 और जॉन गुंथर की *बिहाइंड द कर्टेन*। जेसी ने उनके लिए साइन किए। यह देख कर रिचर्ड और चकरा गया। एक सेल्सगर्ल का उस स्टोर में एकाउंट क्यों है? और जब वह बाहर निकली तो वह आड़ में हो गया।

यह कौन है? उसने उसे बेनडल में जाते देखा और सोचने लगा। दरबान ने जिस इज़्ज़त से उसे सलाम किया, उसे देख कर रिचर्ड को लगा कि वह जेसी को पहले से जानता है। रिचर्ड ने फिर खिड़की से देखा तो पता चला कि सेल्स क्लर्क उसके आस-पास मंडरा रहे थे और ज़रूरत से ज़्यादा सम्मान दे रहे थे। एक बूढ़ी महिला जेसी का पैकेट लेकर

आई। उसने उसे खोला तो उसमें से सुंदर पोशाक निकली। जेसी ने मुस्कुरा कर थैंक्स कहा और पोशाक बँधवा कर दरवाज़े की ओर चल दी। इस बार तो उसने अपनी खरीद के लिए साइन तक नहीं किए। रिचर्ड यह दृश्य देख कर मंत्रमुग्ध था। जब वह बाहर आकर कैब में बैठी तो वह किसी तरह उससे टकराते-टकराते बचा और कोने में हो गया।

उसने किसी तरह खुद को सँभाला और एक कैब लेकर, उसकी कैब का पीछा करने को कहा। जब वे जेसी के छोटे अपार्टमेंट को पार कर आगे गए तो उसका मन खराब हो गया। इसमें कोई शक़ नहीं रहा कि उसने कभी उसे घर क्यों नहीं बुलाया। जेसी की कैब थोड़ा आगे जाकर एक नए बने आधुनिक अपार्टमेंट के आगे रुकी जिसके आगे वर्दीधारी दरबान खड़ा था। उसने सलाम करते हुए उसके लिए दरवाज़ा खोला। रिचर्ड अब भी हैरान नहीं था। उसे गुस्सा आ रहा था। वह कैब से निकल कर सीधा उस दरवाज़े की ओर चल दिया जिसमें से वह अंदर गई थी।

उसके पीछे से किसी ने कहा, ''नाइंटी फ़ाइव सेंट हो गए। दोस्त।''

''ओह सॉरी,'' उसने कैब के पैसे दिए और खुले पैसे लेने के लिए भी नहीं रुका।

''थैंक्स दोस्त। आज तो कोई खुश होने वाला है,'' ड्राइवर ने कहा।

रिचर्ड ने विरोध कर रहे दरबान को धकेला और किसी तरह लिफ़्ट में जा रही फ़्लोरेंटीना के पास पहुँच गया। वह उसे हैरानी से ताकती रही और कुछ नहीं बोल सकी।

''कौन हो तुम?'' रिचर्ड ने उससे सवाल किया।

''रिचर्ड,'' वह हकलाई। ''मैं तुम्हें बताने ही वाली थी पर कभी सही मौका नहीं मिला।''

''माना सब कुछ बताने वाली थीं,'' उसने कहा। और उसके साथ उसके अपार्टमेंट की ओर बढ़ा। ''तीन महीने से अंधेरे में रखा हुआ है। अब सच को सामने लाने का अवसर आ गया है।''

फ़्लोरेंटीना ने रिचर्ड को इतने गुस्से में पहले कभी नहीं देखा था और उसे देख कर लगता था कि ऐसा कभी-कभी ही होता होगा। उसने दरवाज़ा खोला तो वह उसे पीछे धकेल कर अंदर चला गया और अपार्टमेंट देखने लगा। प्रवेश कक्ष के एक कोने पर बड़ी-सी बैठक थी जिसमें आलीशान ओरियंटल कालीन और नए स्टाइल का फ़र्नीचर दिख रहा था। कोने वाली मेज़ पर बड़ी-सी आदमक़द घड़ी थी जिस पर ताज़े फूलों का गुलदस्ता रखा था। कमरा बहुत सुंदर था, रिचर्ड के नए घर के हिसाब से ज़्यादा सुंदर था।

''सुंदर जगह है, एक सेल्सगर्ल के लिए ऐसा घर। मैं सोच रहा था कि कौन-सा आशिक पैसा देता है?''

फ़्लोरेंटीना ने घूम कर उसके चेहरे पर इतनी ज़ोर का थप्पड़ लगाया कि उसका अपना हाथ दुख गया। ''तुम्हारी हिम्मत कैसे हुई। निकल जाओ मेरे घर से,'' वह बोली।

ज्यों ही उसने अपने ये शब्द सुने, वह रोने लगी। वह नहीं चाहती थी कि रिचर्ड उस जगह से जाए, कभी नहीं चाहती थी। रिचर्ड ने उसे बाँहों में भर लिया।

“हे भगवान। माफ़ करना। मैंने कितनी बुरी बात कह दी। माफ़ कर दो मुझे। तुमसे बहुत प्यार करता हूँ और समझता था कि तुम्हें अच्छी तरह जानता हूँ और अब पता चला कि तुम्हारे बारे में कुछ नहीं जानता।”

“रिचर्ड, मैं भी तुम्हें बहुत प्यार करती हूँ। सॉरी, मैंने तुम पर हाथ उठाया। मैं तुम्हें धोखा नहीं देना चाहती थी। ऐसा कोई और नहीं है—तुम्हें यकीन दिलाती हूँ।” फ़्लोरेंटीना का स्वर भर्रा गया।

वे कुछ देर बिना कुछ बोले उसी तरह खड़े रहे और फिर काउच पर कुछ देर बैठे रहे और हिले तक नहीं। रिचर्ड धीरे-धीरे उसके बाल सहलाने लगा। फ़्लोरेंटीना ने अपनी अँगुलियाँ उसकी छाती के दो खुले हुए बटनों में डाल दीं। रिचर्ड अपनी ओर से कोई कदम नहीं उठाना चाहता था।

“क्या तुम मेरे साथ सोना चाहते हो?” फ़्लोरेंटीना ने हौले से पूछा।

“नहीं।” वह बोला। “मैं तुम्हारे साथ जागना चाहता हूँ।”

फिर कुछ कहे बिना, उन्होंने एक-दूसरे के कपड़े उतारे और पहली बार प्यार किया, वे बहुत ही शर्म और संकोच के बीच थे कि कहीं दूसरे को आहत न कर दें। वे एक-दूसरे को खुश करना चाहते थे। आख़िर में, फ़्लोरेंटीना ने अपना सिर उसके कंधे पर टिका दिया।

“तुमसे प्यार करता हूँ और जब से पहली नज़र देखा था, तब से ही करता आ रहा हूँ। क्या शादी करोगी मुझसे? जेसी मुझे इससे कोई फ़र्क नहीं पड़ता कि तुम कौन हो या क्या करती हो, पर इतना पता है कि मैं अपना बचा हुआ जीवन तुम्हारे साथ बिताना चाहता हूँ,” रिचर्ड ने कहा।

“मैं भी तुमसे शादी करना चाहती हूँ, रिचर्ड। पर पहले मुझे अपने बारे में सब सच बताना है।”

फ़्लोरेंटीना ने दोनों की नग्न देह जैकेट से ढक दी और उसे अपने बारे में बताने लगी। फिर उसने बताया कि वह ब्लूमिंगडेल में काम क्यों कर रही थी। जब उसकी कहानी पूरी हुई तो रिचर्ड कुछ नहीं बोला।

“क्या तुम मुझे अब प्यार नहीं करते?” उसने पूछा। “तुम्हें पता चल गया है कि मैं असल में कौन हूँ?”

“डार्लिंग,” रिचर्ड हौले से बोला। “मुझे तुम्हें कुछ बताना है। मेरे पिता, तुम्हारे पिता से घृणा करते हैं।”

“तुम कहना क्या चाहते हो?”

“मैंने तुम्हारे पिता का नाम अपने परिवार में एक बार ही सुना था, जब मेरे पिता गुस्से में उबलते हुए घर आए और कहा कि एबल रोसनोवस्की के जीवन का इकलौता मक़सद था कि किसी तरह केन परिवार को नष्ट कर दिया जाए।”

“क्या? पर क्यों?” फ़्लोरेंटीना बुरी तरह से चौंकी। “मैंने तो तुम्हारे पिता के बारे

में कभी नहीं सुना। वे एक-दूसरे को कैसे जानते हैं? तुम्हें कोई ग़लतफ़हमी हुई है।''

अब रिचर्ड ने फ़्लोरेंटीना को वह सब बताया, जो उसकी मम्मी ने कई साल पहले, दोनों के पिताओं के बीच हुई अनबन के बारे में बताया था।

''हे भगवान! जब मेरे पिता ने पच्चीस साल बाद अपने बैंक के खाते दूसरे बैंक को दिए थे और यहूदा का नाम लिया था तो शायद बात हो रही होगी। हम अब क्या करेंगे?''

''उन्हें सच बता दो कि हम अनजाने में मिले, हमें प्यार हो गया और हम शादी करने जा रहे हैं और किसी भी वजह से हम अपना निर्णय नहीं बदल सकते,'' रिचर्ड ने कहा।

''कुछ दिन इंतज़ार करते हैं,'' फ़्लोरेंटीना ने कहा।

''क्यों?'' रिचर्ड ने पूछा। ''क्या तुम्हें लगता है कि तुम्हारे पिता तुम्हें हमारी शादी के इरादे से दूर कर सकते हैं?''

''नहीं, मेरे प्यारे...'' वह बोली और फिर से अपना सिर उसके कंधे पर रख दिया। ''पर कम-से-कम इतनी कोशिश तो कर ही सकते हैं कि यह समाचार इस तरह दिया जाए कि उन्हें झटका न लगे। खैर, हो सकता है कि उनमें इतनी दुश्मनी न हो, जितनी तुम्हें लग रही है। तुमने कहा कि एयरलाइन कंपनी वाला मामला बहुत साल पुरानी बात है।''

''यह तो पक्का बता सकता हूँ कि उनकी नफ़रत ज्यों-की-त्यों है। शादी तो दूर रही, अगर मेरे पिता ने हमें साथ देख भी लिया तो उनका दिमाग फिर जाएगा।''

''फिर तो हमें यह ख़बर देने से पहले थोड़ा रुकना ही होगा। इस तरह हमें इस बारे में सोचने का समय मिल जाएगा।''

रिचर्ड ने उसे फिर से चूमा, ''तुम्हें बहुत प्यार करता हूँ जेसी।''

''फ़्लोरेंटीना।''

''ओह, मुझे यह सुनने की आदत डालनी होगी।'' फिर वह बोला, ''आई लव यू फ़्लोरेंटीना।''

~

अगले चार सप्ताह के दौरान रिचर्ड और फ़्लोरेंटीना ने अपनी ओर से, दोनों के पिता के बीच की अनबन के बारे में जानने की पूरी कोशिश की: फ़्लोरेंटीना ने शिकागो में जाकर अपनी मम्मी से बात की, ज़ाफ़िया को यह सब जान कर हैरानी हुई और फिर उसने अपने गॉडफ़ादर जॉर्ज से सब पूछना चाहा। फ़्लोरेंटीना ने बहुत सोच कर शब्दों का चयन किया ताकि जॉर्ज को संदेह न हो और उसे पता चला कि रिचर्ड का पिता, उसके पिता के लिए एक जुनून बन चुका था। रिचर्ड ने अपने पिता की फ़ाइलिंग कैबिनेट देखी और मम्मी से लंबी बातचीत की; जिन्होंने पूरी तरह से स्पष्ट किया कि नफ़रत का यह भाव दोनों ओर से था। हर खोजबीन के बाद साफ़ होता गया कि उनके प्रेम का यह समाचार किसी भी हाल में सामान्य रूप से नहीं लिया जा सकता था।

रिचर्ड ने फ़्लोरेंटीना के दिमाग से इस परेशानी को हटाने की बहुत कोशिश की, वे

जानते थे कि उन्हें आगे चल कर इसका सामना करना ही होगा। वे थियेटर गए, एक दोपहर को स्केटिंग करने गए और रविवार के दिन सेंट्रल पार्क में लंबी सैर को निकल जाते और शाम होते ही पलंग पर आ जाते। फ़्लोरेंटीना रिचर्ड के साथ न्यूयॉर्क यैंकीज़ गेम में गई, जिसे वह अब भी समझ नहीं सकी और फिर वे न्यूयॉर्क फिलारमोनिक के कंसर्ट में गए जो उसे बहुत अच्छा लगा। जब तक रिचर्ड ने अपना सेलो उसके घर ला कर, उसे बजा कर नहीं दिखाया, तब तक फ़्लोरेंटीना ने यह मानने से इनकार कर दिया कि वह सेलो बजा सकता है। जब उसने अपना मनपसंद 'बाक सुईट' सुना कर पूरा किया तो वह खुशी से तालियाँ बजाने लगी।

"हमें उन्हें जल्द बताना होगा," रिचर्ड बोला। उसने अपना सेलो मेज़ पर रखते हुए फ़्लोरेंटीना को बाँहों में भर लिया।

"मुझे पता है। पर मैं अपने पिता का दिल नहीं दुखाना चाहती।"

"मैं भी," वह बोला।

फ़्लोरेंटीना बोली, "अगले शुक्रवार। पापा मेम्फ़िस से वापिस आएँगे।"

"तो शुक्रवार तय रहा।" वह उसे अपने इतने पास ले आया कि फ़्लोरेंटीना के लिए सांस लेना मुश्किल हो गया।

रिचर्ड सोमवार सुबह को हॉर्वर्ड लौट गया और फिर हर रात फ़ोन पर बात होती रही, वे पक्का निश्चय कर चुके थे और कोई उन्हें इस निश्चय से डिगा नहीं सकता था।

~

शुक्रवार को, रिचर्ड हमेशा के समय से पहले ही न्यूयॉर्क वापिस आ गया और सारी दोपहर फ़्लोरेंटीना के साथ अकेले बिताई, वह उसके अपार्टमेंट में ही था। जब वे दोनों फ़िफ़्टी सेवंथ के पार्क के कोने पर थे तो रिचर्ड एक जगह रुका और फ़्लोरेंटीना से फिर पूछा कि क्या वह उससे शादी करेगी। उसने लाल रंग के चमड़े की डिब्बी निकाली, उसे खोला और उसमें से अँगूठी निकाल कर फ़्लोरेंटीना के बाएँ हाथ की तीसरी अँगुली में उसे पहना दिया, नीलम के आस-पास हीरे जड़े थे। कितनी सुंदर अँगूठी! मानो उसका ही माप लेकर बनी हो। फ़्लोरेंटीना की आँखें नम हो गईं। राहगीर उन्हें हैरानी से देख रहे थे, वे दोनों एक-दूसरे से लिपटे खड़े थे। उन्होंने हरे रंग में 'चलने' का संकेत भी अनेदखा कर दिया था। जब उन्हें वह दिखाई दिया तो वे अलग होने से पहले फिर पास आए और एक-दूसरे को चूमा और अपने माता-पिता से बात करने के लिए विपरीत दिशाओं की ओर चल दिए। उन्होंने तय किया था कि काम पूरा होते ही फ़्लोरेंटीना के अपार्टमेंट में मिलेंगे।

फ़्लोरेंटीना निश्चित कदमों से बैरन होटल की ओर चल दी, वह अपने आँसुओं के बीच मुस्कुराने की कोशिश में थी और बीच-बीच में अपनी अँगूठी देख लेती। उसे लगा कि हर राह चलता उस भव्य नीलम को देख रहा होगा, वह उसके हाथ पर बहुत नई और अनूठी लग रही थी और उसकी मनपसंद एंटीक अँगूठी के साथ बहुत जँच रही थी। उसने उसे छूकर महसूस किया कि ऐसा करने से उसे हिम्मत मिली, हालाँकि फ़्लोरेंटीना को अहसास

था कि होटल पास आ रहा था और उसकी चाल धीमी होती जा रही थी।

जब वह रिसेप्शन डेस्क पर आई तो क्लर्क ने बताया कि उसके पिता, जॉर्ज नोवाक के साथ पेंट हाउस में हैं। उसने उन्हें फ़ोन कर दिया कि उनकी बेटी आ रही है। 42वीं मज़िल पर आते ही फ़्लोरेंटीना का संकोच और बढ़ गया। वह दरवाज़े पर आहट करने से पहले, वहीं कुछ देर बरामदे में खड़ी रही। एबल ने झट से दरवाज़ा खोल दिया।

''फ़्लोरेंटीना, वाह कितना अच्छा लगा देख कर। आओ, मेरी बच्ची। आज तो तुमसे मिलने की उम्मीद ही नहीं थी।''

जॉर्ज नोवाक खिड़की के पास खड़ा पार्क एवेन्यू को देख रहा था। उसने मुड़ कर अपनी धर्मबेटी का अभिवादन किया। फ़्लोरेंटीना की आँखें उससे आग्रह कर रही थीं कि वह उस जगह से जाए। अगर जॉर्ज वहीं रहा तो वह हिम्मत नहीं कर सकेगी। वह मन में जॉर्ज से कहने लगी, 'जाओ, जाओ, जाओ।' जॉर्ज ने झट से उसकी बेचैनी भाँप ली।

''मैं काम पर चलता हूँ एबल। आज एक महाराजा ने रात को चेक-इन करना है।''

''उसे कहना कि अपना हाथी प्लाज़ा में पार्क कर दे,'' एबल ने मज़ाक में कहा। ''अब फ़्लोरेंटीना आ गई है। यहीं रुको, एक ड्रिंक पी कर जाना।'' एबल ने दिल से कहा

जॉर्ज ने फ़्लोरेंटीना की ओर देखा। संदेश पूरी तरह से स्पष्ट था।

''नहीं, एबल। मुझे जाना होगा। उन्होंने पूरी 33वीं मंज़िल ली है। कम-से-कम इतनी उम्मीद तो रखेगा कि वाइस प्रेज़ीडेंट स्वागत करने आएगा। जल्दी मिलते हैं, नन्ही कुम।'' उसने फ़्लोरेंटीना का गाल चूमते हुए बाज़ू हौले से दबाई। मानो उसे पता था कि वह उस समय कोई सहारा चाहती थी। ज्यों ही वह गया, तब फ़्लोरेंटीना का दिल चाहा कि काश, वह वहीं रहता।

''ब्लूमिंगडेल कैसा है?'' एबल ने प्यार से उसके बाल सहलाते हुए पूछा। ''क्या तुमने उन्हें बताया कि वे अपनी सबसे बेहतर जूनियर सुपरवाइज़र खोने जा रहे हैं? उन्हें यह जान कर हैरानी होगी, जब वे सुनेंगे कि जेसी कोवट का अगला काम होगा कि उसे एडिनबर्ग बैरन का उद्घाटन करना है,'' वह खुल कर हँसा।

''मैं शादी करने जा रही हूँ,'' फ़्लोरेंटीना ने शरमाते हुए अपना बायाँ हाथ आगे कर दिया। उसे समझ नहीं आया कि और क्या कहा जाए इसलिए वह पिता की प्रतिक्रिया की प्रतीक्षा करने लगी।

''यह सब अचानक नहीं हो रहा?'' एबल को सुन कर झटका-सा लगा।

''नहीं, डैडी। मैं उसे काफ़ी समय से जानती हूँ।''

''क्या मैं उस लड़के को जानता हूँ? क्या उससे मेरी मुलाक़ात हुई है?''

''नहीं डैडी। आप कभी नहीं मिले।''

''वह किस जगह से है? उसकी पृष्ठभूमि क्या है? क्या वह पोलिश है? फ़्लोरेंटीना, तुमने आज से पहले उसके बारे में कभी कुछ क्यों नहीं बताया?''

''वह पोलिश नहीं है, डैडी। वह एक बैंकर का बेटा है।''

एबल का चेहरा फ़क्क हो गया। उसने अपना गिलास लिया और एक ही घूँट में खाली कर दिया। फ़्लोरेंटीना अच्छी तरह जानती थी कि उसके दिमाग में क्या चल रहा होगा, एबल ने अपने लिए एक और ड्रिंक तैयार किया इसलिए फ़्लोरेंटीना ने सच को सामने लाना ही ठीक समझा।

''उसका नाम रिचर्ड केन है।''

एबल एकदम झपटा, ''विलियम केन का बेटा?'' उसने पूछा।

''जी।''

''तुम विलियम केन के बेटे से शादी करने के बारे में सोच भी कैसे सकती हो? क्या तुम जानती हो कि उस आदमी ने मेरे साथ क्या किया?''

''शायद मुझे पता है।''

''तुम कुछ नहीं जानतीं,'' एबल चिल्लाया और फिर वह लगातार बोलता चला गया जिसे देख कर फ़्लोरेंटीना को लगा कि शायद उसके डैडी का दिमाग चल गया। आख़िर में वह बोली—

''आपने ऐसा कुछ नहीं बताया जो मैं पहले से नहीं जानती।''

''कुछ नहीं बताया, यंग लेडी?'' वह चिल्लाया। ''क्या तुम्हें पता था कि विलियम केन ही मेरे सबसे जिगरी दोस्त की मौत का ज़िम्मेदार है? उसकी वजह से डेविस लीरॉय ने आत्महत्या की और इतना ही काफ़ी नहीं, उसने मुझे दिवालिया करना चाहा। अगर डेविड मैक्सटन ने आकर मेरा बचाव न किया होता तो वह मेरे सारे होटल छीन लेता और बिना सोचे-समझे, उन्हें बेच दिया होता। अगर यह सब हुआ होता तो मैं आज कहाँ होता? तुम ब्लूमिंगडेल की दुकान पर काम करके ही खुद को खुशकिस्मत मानतीं। फ़्लोरेंटीना, कभी इस बारे में सोचा है?''

''जी, डैडी। पिछले कुछ सप्ताह में सभी बातों पर विचार किया। रिचर्ड और मैं, आप दोनों के बीच फैली नफ़रत को लेकर डरे हुए थे। वह इस समय अपने पिता का सामना कर रहा है।''

''मैं बता सकता हूँ कि विलियम केन क्या कहेगा,'' एबल ने कहा। ''वह पगला जाएगा। वह आदमी कभी नहीं चाहेगा कि उसका इकलौता बेटा तुमसे शादी करे इसलिए तुम्हें भी इस बेहूदगी को भुला देना चाहिए।'' एबल फिर से चिल्लाने लगा था।

''डैडी, मैं उसे भूल नहीं सकती। हम एक-दूसरे को प्यार करते हैं। हमें आपका गुस्सा नहीं, आशीर्वाद चाहिए।''

''फ़्लोरेंटीना, मेरी बात सुनो।'' एबल ने कहा। उसका चेहरा गुस्से से लाल हो चुका था। ''तुम उस लड़के से आज के बाद दोबारा नहीं मिलोगी। मेरी बात समझ आई?''

''जी, आपकी बात सुन ली। पर मैं रिचर्ड से इसी वजह से अलग नहीं हो सकती

कि आपको उसके पिता से घृणा है।''

फ़्लोरेंटीना ने अपनी अनामिका पकड़ी हुई थी और बुरी तरह से काँप रही थी।

''ऐसा नहीं हो सकता,'' एबल के चेहरे का रंग गहरा गया। ''मैं इस शादी के लिए कभी हामी नहीं भर सकता। मेरी अपनी बेटी, उस हरामी केन छोकरे के लिए मुझे छोड़ना चाहती है। तुम उससे शादी नहीं करोगी।''

''मैं आपको छोड़ नहीं रही। अगर यह सच होता तो मैं उसके साथ भाग गई होती, पर मैं आपकी पीठ-पीछे ऐसा कभी नहीं करना चाहती।'' फ़्लोरेंटीना अपने सुर के कंपन को महसूस कर सकती थी। ''मैं अब इक्कीस से ज़्यादा ही हूँ और मैं रिचर्ड से ही शादी करूँगी। प्लीज़, डैडी, क्या आप उससे मिलेंगे भी नहीं? तभी आप समझ सकेंगे कि मैं उसे इतना प्यार क्यों करती हूँ।''

''वह कभी मेरे घर में कदम नहीं रख सकेगा। मैं विलियम केन के बेटे से नहीं मिलना चाहता। कभी नहीं, मेरी बात सुनाई दी?''

''तब तो मेरे पास यही विकल्प बचा कि मैं आप दोनों में से किसी एक को चुनूँ।''

''फ़्लोरेंटीना, अगर उस लड़के से शादी की तो कानी कौड़ी नहीं मिलेगी। समझ आया, एक पैसा भी नहीं मिलेगा?'' एबल का सुर मुलायम हो गया था। ''लड़की, दिमाग से काम ले—उससे दूर हो जा। तू सुंदर और जवान है, एक-से एक लड़के तुझसे शादी करने को उतावले होंगे।''

''मैं दूसरे लड़के से शादी नहीं करना चाहती,'' फ़्लोरेंटीना बोली। ''मैं उस पुरुष से मिल चुकी हूँ जिसे अपना बनाना चाहती हूँ। इसमें उसका कोई दोष नहीं कि वह अपने पिता का पुत्र है। हमने अपने-अपने पिता नहीं चुने।''

''अगर तेरा अपना परिवार तेरे लिए काफ़ी नहीं, तो तू जा सकती है,'' एबल गरजा। ''और मैं कसम खाता हूँ कि आज के बाद तेरा नाम भी नहीं लूँगा।'' वह मुड़ा और खिड़की से बाहर देखने लगा।

''डैडी, हम शादी करने जा रहे हैं। हालाँकि हमें आपकी सलाह नहीं चाहिए बस आपका आशीर्वाद चाहते हैं।''

एबल खिड़की से बाहर देखता रहा। ''क्या तुम गर्भ से हो, क्या इस शादी की यह वजह है?''

''नहीं, डैडी।''

''क्या तुम उसके साथ सो चुकी हो?''

यह सुन कर फ़्लोरेंटीना चौंकी पर उसने संकोच नहीं किया। ''जी, कई बार।''

एबल का हाथ उठा और उसके चेहरे पर झन्नाटेदार थप्पड़ पड़ा। चिबुक से खून निकल आया और वह गिरने को हो गई। वह मुड़ी और भाग कर कमरे से निकल कर लिफ़्ट का बटन दबा दिया। दरवाज़ा खुला और जॉर्ज बाहर आया। उसने जॉर्ज के चेहरे के हैरानगी

से भरे भाव देखे और लिफ़्ट में जाकर, उसे बंद करने का बटन बार-बार दबाने लगी। जॉर्ज वहीं खड़ा उसे रोता देखता रहा, दरवाज़े धीरे से बंद हुए और वह नज़र से ओझल हो गई।

फ़्लोरेंटीना ने सीधा अपने अपार्टमेंट के लिए कैब ले ली। रास्ते में उसने कटे हुए होंठ पर टिश्यू लगाया। रिचर्ड वहीं था, वह दरवाज़े के पास सिर झुकाए इंतज़ार कर रहा था। उसका चेहरा उतरा हुआ था।

वह कैब से निकली और उसकी ओर भागी। जब वे सीढ़ियों से ऊपर आ गए तो उसने झट से दरवाज़ा खोला और अंदर आ गई। उसने खुद को सुरक्षित अनुभव किया।

''मैं तुमसे प्यार करती हूँ, रिचर्ड।''

''मैं भी तुमसे प्यार करता हूँ,'' उसने कहा और उसे अपने आलिंगन में ले लिया।

''मुझे तुमसे पूछने की ज़रूरत नहीं कि तुम्हारे पिता ने क्या कहा,'' वह उससे लिपटते हुए बोली।

''मैंने उन्हें इतने गुस्से में कभी नहीं देखा। उन्होंने कहा कि तुम्हारे पिता झूठे, मक्कार और एक मूर्ख पोलिश प्रवासी हैं। मुझसे पूछा गया कि मैं अपनी पृष्ठभूमि की किसी लड़की से शादी क्यों नहीं करना चाहता।''

''तब तुमने क्या कहा?''

''मैंने उनसे कहा कि किसी भी उपयुक्त पारिवारिक मित्र की लड़की, तुम्हारी जगह नहीं ले सकेगी और यह सुनते ही उन्होंने अपना आपा खो दिया। उन्होंने धमकी दी कि अगर मैंने तुमसे शादी की तो मुझे कानी कौड़ी नहीं मिलेगी।'' वह आगे बोला। ''वे कब समझेंगे कि मैं उनके पैसे की परवाह नहीं करता। मैंने सहयोग पाने के लिए मम्मी से बात करने की कोशिश की पर वे भी पापा के गुस्से पर क़ाबू नहीं कर सकीं। उन्होंने मम्मी को कमरे से बाहर जाने को बोल दिया। आज से पहले कभी वे मम्मी के साथ इस तरह पेश नहीं आए। मम्मी को रोता देख, मेरा निश्चय और पक्का हो गया। मैं अपनी बात अधूरी छोड़ कर ही निकल आया। भगवान जाने, आगे क्या हुआ होगा। कहीं वे अपना गुस्सा लूसी और वर्जीनिया पर न उतारें। जब तुमने अपने पिता को बताया तो क्या हुआ, फ़्लोरेंटीना?''

''उन्होंने मुझ पर हाथ उठाया,'' वह धीरे से बोली। ''ऐसा जीवन में पहली बार हुआ। अगर वे हमें एक साथ खोज लेंगे तो शायद तुम्हें जान से मार देंगे। रिचर्ड डार्लिंग, इससे पहले कि वे हमें खोज लें, हमें इस जगह से निकल जाना चाहिए और वे सबसे पहले अपार्टमेंट में ही देखेंगे इसलिए मैं बहुत डरी हुई हूँ।''

''फ़्लोरेंटीना, डरने की कोई बात नहीं है। हम आज रात ही निकल जाएँगे और जितना संभव हो सकता है, उतनी दूर चले जाएँगे। वे दोनों भाड़ में जाएँ।''

''तुम कितनी जल्दी तैयारी कर सकते हो?'' फ़्लोरेंटीना ने पूछा।

''मैं कोई तैयारी नहीं कर सकता। मैं घर वापिस नहीं जा सकता। तुम अपना सामान बाँध लो, हम फिर निकल जाएँगे। मेरे पास सेलो और एक सौ डॉलर हैं, जो तुम्हारे सोने के

कमरे में हैं। क्या तुम सौ डॉलर वाले आदमी से शादी करना चाहोगी, जो सड़क के कोनों पर खड़ा होकर संगीत बजाने का काम करेगा?''

''एक सेल्सगर्ल इससे ज़्यादा की उम्मीद नहीं कर सकती,'' फ़्लोरेंटीना ने बैग में सामान रखते हुए कहा। ''तुम भी तो शादी करने जा रहे हो और बेशक़ दहेज पाने की उम्मीद भी तो रखते होगे। मेरे पास दो सौ बारह डॉलर हैं और अमेरिकन एक्सप्रेस का एक कार्ड है। रिचर्ड केन तुमने मेरे छप्पन डॉलर भी देने हैं, पर मैं प्रतिवर्ष एक डॉलर लेना चाहूँगी।''

तीस मिनट बाद सारी तैयारी हो चुकी थी। फिर वह मेज़ पर बैठ कर कुछ लिखने लगी और उसे अपने पलंग के एक ओर रख दिया।

रिचर्ड ने कैब रोकी। फ़्लोरेंटीना को यह देख कर अच्छा लगा कि इस संकट के समय में भी वह कितने सुकून में दिख रहा था और यह देख कर उसका भी आत्मविश्वास बढ़ गया। उसने कहा, ''आइडलवाइड!'' और फ़्लोरेंटीना के तीन सूटकेस और अपना सेलो कैब के ट्रंक में रख दिया।

उसने एयरपोर्ट जाकर सैन फ्रांसिस्को के लिए दो टिकट लिए। उन्होंने अपने लिए गोल्डन गेट सिटी चुनी क्योंकि यह न्यूयार्क के नक़्शे से सुदूर दिखती थी।

सात बज कर तीस मिनट पर, अमेरिकी एयरलाइंस सुपर कांस्टीलेशन 1049 ने रनवे पर दौड़ना चालू किया ताकि सात घंटे की लंबी उड़ान भर सके।

''क्या तुम जानते हो, मि. केन, मैं तुमसे कितना प्यार करती हूँ?''

''हाँ, शायद मैं जानता हूँ मिसेज़ केन,'' उसने कहा।

50

एबल और जॉर्ज, फ़्लोरेंटीना के अपार्टमेंट में कुछ मिनट की देरी से पहुँचे, तब तक फ़्लोरेंटीना और रिचर्ड एयरपोर्ट के लिए निकल चुके थे।

एबल पहले ही पछतावे में था कि उसने अपनी बेटी का दिल कितनी बुरी तरह से तोड़ा। वह अपनी बच्ची के बिना जीने के बारे में सोच तक नहीं सकता था। काश, वह बहुत देर होने से पहले, उस तक पहुँच पाता। उसने सोचा कि वह उसे बहला कर, केन के लड़के से विवाह करने से रोक सकता था। वह फ़्लोरेंटीना की यह शादी रोकने के लिए उसे कुछ भी, कुछ भी देने को तैयार था।

जॉर्ज ने दो बार घंटी बजाई पर कोई जवाब नहीं आया। एबल ने वह चाबी निकाली जो फ़्लोरेंटीना ने उसे आपातकाल में इस्तेमाल करने के लिए दे रखी थी। उन्होंने हर कमरे में देखा हालाँकि उन्हें उसके मिलने की कोई उम्मीद नहीं थी।

''वह पहले ही निकल चुकी है शायद,'' जॉर्ज ने एबल के साथ बेडरूम की ओर आते हुए कहा।

''हाँ, पर कहाँ?'' एबल ने खाली दराज देखते हुए कहा। फिर वह पलंग के पास

पड़े लिफ़ाफ़े को देख कर ठिठका। वह उसके ही नाम था। उसे याद आया कि आख़िरी बार उसके लिए जब किसी ने पलंग के पास ख़त छोड़ा था तो उस पर कोई सोया तक नहीं था। उसने उसे फाड़ कर खोला।

प्रिय डैडी

कृपया मुझे भागने के लिए माफ़ करें पर मैं रिचर्ड से प्यार करती हूँ और उसे केवल इसी वजह से नहीं छोड़ सकती कि आपको उसके पिता से नफ़रत है। हम लोग शादी करने जा रहे हैं और आप इसे रोकने के लिए कुछ नहीं कर सकते। अगर आपने कभी उसे किसी भी तरह से नुकसान पहुँचाने की कोशिश की तो जान लें कि आप मुझे नुकसान पहुँचा रहे होंगे।

हम दोनों में से कोई भी, तब तक न्यूयॉर्क वापिस नहीं आना चाहता, जब तक हमारे और केन के परिवार के बीच यह बेतुकी लड़ाई बंद नहीं होती।

आपको इतना प्यार करती हूँ कि आपको अहसास तक नहीं होगा और आपने मेरे लिए आज तक जो भी किया, उसके लिए हमेशा आपकी शुक्रगुज़ार रहूँगी। प्रार्थना करती हूँ कि यह हमारे संबंध का अंत न हो, परंतु जब तक आपकी समझ वापिस नहीं आती, तब तक हमें ऐसे ही रहना होगा। बहती हवा का घर नहीं खोजते – जो जा चुका हो, उसे खोज निकालना किसी काम नहीं आता।

आपकी प्यारी बेटी

फ़्लोरेंटीना

एबल वहीं पलंग पर गिर गया और ख़त जॉर्ज के हवाले कर दिया। जब जॉर्ज ने उसे पढ़ा तो बेचारगी से केवल इतना ही कह सका, "क्या मैं कोई मदद कर सकता हूँ?"

"हाँ, जॉर्ज, मुझे अपनी बेटी वापिस चाहिए चाहे मुझे उस हरामी केन से क्यों न निपटना पड़े। वैसे एक बात तो तय है : वह भी इस शादी को रोकना चाहेगा चाहे उसे कोई भी बलिदान क्यों न करना पड़े। उसे फ़ोन लगाओ।"

जॉर्ज को विलियम केन के घर का नंबर खोजने में थोड़ा समय लगा जो कहीं नहीं लिखा था। अंत में लेस्टर के रात की सिक्योरिटी वाले अधिकारी ने उसे नंबर दे दिया, जब जॉर्ज ने उसे यह कहा कि परिवार में आई किसी एमर्जेंसी के कारण फ़ोन करना है। एबल पलंग पर ख़ामोश बैठा था, फ़्लोरेंटीना का ख़त उसके हाथ में था। वह उसी पोलिश कहावत को पढ़ रहा था। जब वह छोटी थी तो उसने ही उसे वह सिखाई थी। जब जॉर्ज को केन का फ़ोन मिला तो दूसरी ओर से एक औपचारिक स्वर सुनाई दिया।

"क्या मैं मि. विलियम केन से बात कर सकता हूँ?" जॉर्ज ने पूछा।

"मैं क्या कहूँ कि किसका फ़ोन आया है?"

"मि. एबल रोसनोवस्की बात करना चाहते हैं," जॉर्ज ने कहा।

"सर, देखता हूँ कि वे अंदर हैं या नहीं।"

''मुझे लगा कि केन का बटलर था। वह उसे देखने गया है,'' जॉर्ज ने एबल को रिसीवर थमाते हुए कहा। एबल इंतज़ार करने लगा, उसकी अँगुलियाँ पलंग के कोने को थपथपा रही थीं।

''विलियम केन बोल रहा हूँ।''

''मैं एबल रोसनोवस्की हूँ।''

''वाकई?'' विलियम का सुर ठंडा था। ''और तुमने अपनी बेटी को मेरे बेटे के साथ जोड़ने की योजना कब बनाई? बेशक़ तभी, जब मेरे बैंक और उसकी साख को गिराने में नाक़ामयाब रहे?''

''फ़ालतू बातें मत करो—'' एबल ने किसी तरह खुद को सँभाला। मैं भी तुम्हारी तरह किसी भी हाल में यह शादी नहीं होने देना चाहता। मुझे तो तुम्हारे बेटे के बारे में आज ही पता चला। मैं तुमसे जितनी नफ़रत करता हूँ, उससे कहीं ज़्यादा मुहब्बत अपनी बेटी से है, और मैं उसे खोना नहीं चाहता। क्या हम मिल कर, कुछ हल नहीं निकाल सकते हैं?''

''नहीं,'' विलियम बोला। ''मैंने भी कभी यही सवाल तुमसे किया था, मि. रोसनोवस्की और तुमने साफ़ कर दिया था कि हम दोनों की मुलाक़ात केवल एक ही जगह हो सकती है।''

''अब बीती बातें दोहराने से क्या होगा, केन? अगर तुम्हें पता हो कि वे किस जगह हैं, तो हम उन्हें यह शादी करने से रोक सकते हैं। तुम भी तो यही चाहते हो ना? या फिर तुम्हें इस बात का घमंड है कि तुम आराम से खड़े होकर अपने बेटे को मेरी बेटी से शादी करते देखोगे और कोई मदद नहीं करोगे—''

ज्यों ही एबल के मुँह से 'मदद' शब्द निकला, उधर से फ़ोन रख दिया गया। एबल दोनों हाथों में चेहरा लेकर रोने लगा। जॉर्ज उसे बैरन में वापिस ले गया।

उस रात और अगले पूरे दिन, एबल ने अपनी ओर से एड़ी-चोटी का ज़ोर लगा लिया और अपने हर संपर्क से बात की ताकि फ़्लोरेंटीना को खोजा जा सके। उसने फ़्लोरेंटीना की माँ को भी कॉल किया ताकि उससे कुछ पता चल सके। उसे यह बताने में खुशी हुई कि उसकी बेटी ने कुछ समय पहले उसे रिचर्ड केन के बारे में सब बता दिया था।

''सुन कर तो यही लगा कि वह नेक लड़का है,'' वह बोली।

''क्या तुम्हें पता है कि वे इस समय किस जगह हैं?'' एबल ने व्याकुल होते हुए पूछा।

''हाँ, पता है।''

''कहाँ?''

''अपने-आप पता लगा लो।'' उस ओर से फ़ोन रखने की आवाज़ सुनाई दी।

अगले कुछ दिनों में, एबल ने अख़बारों में विज्ञापन दिए और रेडियो पर भी ऐलान करवाया। उसने पुलिस से भी बात करनी चाही पर कुछ नहीं हो सकता था क्योंकि

फ़्लोरेंटीना इक्कीस साल से ज़्यादा की थी। हार कर उसने यही मान लिया कि जब तक उसे बेटी का पता मिलेगा, उसकी शादी केन के लड़के से हो चुकी होगी।

उसने उसके पत्र को कई बार पढ़ा और मन में तय किया कि वह उस लड़के को कभी नुकसान पहुँचाने के बारे में नहीं सोचेगा। पर उसका पिता—वह मामला अलग था। वह, एबल रोसनोवस्की, उसके आगे घुटनों के बल झुका पर उसने एक नहीं सुनी। ज्यों ही मौका सामने आएगा, वह हमेशा के लिए विलियम केन का सफ़ाया कर देगा।

जॉर्ज को अपने दोस्त के ऐसे संकल्प के बारे में सुन कर डर लगने लगा था। ''क्या मुझे तुम्हारा यूरोप का दौरा रद्द कर देना चाहिए?'' उसने पूछा।

एबल पूरी तरह से भूल गया था कि फ़्लोरेंटीना ने महीने के अंत में, ब्लूमिंगडेल के दो साल पूरे होने के बाद, उसके साथ यूरोप का दौरा करना तय किया था। वह एडिनबर्ग और केन्स बैरन का उद्घाटन करने वाली थी।

''मैं रद्द नहीं कर सकता,'' उसने कहा। हालाँकि अब उसे परवाह नहीं थी कि होटल किसने खोले या वे चालू भी हुए या नहीं। ''जॉर्ज, जब मैं बाहर रहूँगा तो इस दौरान फ़्लोरेंटीना की खोज करते रहना। पर अगर वह मिल जाए तो उसे कुछ पता मत चलने देना। उसे यह न लगे कि मैं उसकी जासूसी कर रहा था; अगर उसे पता चला तो वह मुझे कभी माफ़ नहीं करेगी। ज़ाफ़िया पर नज़र रखना पर सँभल कर रहना, वह इस मौके का पूरा फ़ायदा उठा कर हमें नीचा दिखा सकती है।''

''क्या ऑस्बॉर्न को लेस्टर के स्टॉक के लिए कोई कदम उठाना है?''

''नहीं, अभी तो कुछ नहीं। अभी केन का सफ़ाया करने का सही वक्त नहीं है। जब मैं ऐसा करूँ तो मुझे निश्चय होना चाहिए कि वह उभर नहीं सकेगा। केन को कुछ देर के लिए इसी तरह छोड़ दो। अभी फ़्लोरेंटीना को खोजने पर ध्यान लगाओ।''

~

तीन सप्ताह बाद, एबल ने एडिनबर्ग बैरन खोला। होटल बहुत ही आलीशान था, यह उत्तर में एथेन्स में एक पहाड़ी पर स्थित था। नया होटल खोलते समय एबल हर छोटी बात का स्वयं ध्यान रखता था क्योंकि वह जानता था कि ग्राहक छोटी-छोटी बातों से ही खीझ जाया करते हैं। लाइट स्विच छूते हुए नायलॉन के कालीनों की वजह से लगने वाला बिजली का हल्का-सा झटका, चालीस मिनट बाद आने वाली रूम सर्विस या फिर रबड़ के तकिए जो कान के पास मुड़ जाते थे।

प्रेस को उम्मीद थी कि शिकागो बैरन की बेटी, फ़्लोरेंटीना रोसनोवस्की होटल के लान्च पर होगी और *संडे एक्सप्रेस* ने अपने अफ़वाहों वाले कॉलम में परिवार के बीच हुई अनबन का थोड़ा-सा हवाला भी दे दिया और कहा कि एबल में पहले जैसी ताज़गी और जीवंतता नहीं दिख रही थी। एबल ने इस बात के संदर्भ में कहा कि उसकी उम्र पचास साल की है और अब नौजवानों की तरह उछल-कूद नहीं सकता, उसके पब्लिक रिलेशन वाले आदमी ने यही बोलने को कहा। प्रेस को यकीन नहीं आया और अगले

दिन *डेली मेल* में, होटल के पिछले हिस्से में रखे कचरे के डिब्बे से मिली कांसे की तख़्ती मिली जिस पर अंकित था—

द एडिनबर्ग बैरन

फ़्लोरेंटीना रोसनोवस्की के हाथों उद्घाटित

अक्टूबर 17, 1956

एबल केन्स आ गया। एक और भव्य होटल, इस बार इस जगह से मैडीटेरेनियन को देखा जा सकता था पर यह भी उसके दिमाग से फ़्लोरेंटीना को नहीं निकाल सका। इस बार भी एक तख़्ती को नष्ट करना पड़ा, और वह फ्रेंच में अंकित थी।

एबल को इस सोच से ही डर सताने लगा था कि कहीं उसका बाकी जीवन अपनी बेटी को देखे बिना ही न बीत जाए। अपना अकेलापन मिटाने के लिए वह कभी-कभी महँगी और संभ्रांत वर्ग की और कभी-कभी सस्ती और घटिया औरतों के साथ रात बिताने लगा। उनसे कोई मदद नहीं मिली। अब एबल को दुनिया में बस विलियम केन के बेटे का ही ध्यान रहता था।

अब फ्रांस में कोई आकर्षण नहीं था और अपना काम पूरा होने के बाद वह बॉन चला गया, वहीं उसने सारी सौदेबाज़ी पूरी की ताकि जर्मनी में पहला बैरन खोला जा सके। वह लगातार जॉर्ज से फ़ोन पर संपर्क में रहा पर फ़्लोरेंटीना का कोई अता-पता नहीं था। हेनरी ऑस्बॉर्न के बारे में परेशान करने वाली बातें पता चल रही थीं।

"वह फिर से बुकमेकर्स के भारी कर्ज़ तले आ गया है," जॉर्ज ने बताया।

"मैंने उसे पिछली बार भी चेतावनी दी थी कि मैं उसे आख़िरी बार बचा रहा हूँ," एबल बोला। "जब से कांग्रेस में सीट नहीं रही, उसके बाद से वह नाकारा किसी काम का नहीं है। मैं वापिस आकर इस मुसीबत से निपटता हूँ।"

"वह धमकियाँ दे रहा है," जॉर्ज बोला।

"इसमें नया क्या है? मैं पहले भी कभी ऐसी धमकियों से नहीं डरा," एबल बोला। "उसे बोलो, वह जो भी चाहता है, उसके लिए मेरे आने तक इंतज़ार करना होगा।"

"कब तक वापसी होगी?"

"तीन या ज़्यादा-से-ज़्यादा चार सप्ताह। मैं तुर्की और मिस्र में भी कुछ जगह देखना चाहता हूँ। हिल्टन और मैरियट भी वहीं अपना डेरा डाल रहे हैं और मुझे पता लगाना है कि ऐसा क्यों हो रहा है।"

एबल ने अरब देशों में होटल बनाने की जगह खोजने में तीन सप्ताह से अधिक समय लगाया। उसके सलाहकारों की संख्या कम नहीं थी, उनमें से अधिकतर शाही घरानों से थे और उसे आश्वस्त कर रहे थे कि उनका कोई जानकार, भाई या क़रीबी दोस्त आगे तक रसूख़ रखता है, जिससे काम निकलवा सकते हैं। हालाँकि अक्सर उनकी कही बात में पूरा दम नहीं होता था। जब तक सही हाथों से काम हो रहा हो, तब तक एबल को भी घूस

देने में कोई परेशानी नहीं थी, लगता था कि मिडिल ईस्ट में 'बख़्शीश' को व्यावसायिक संस्कृति का हिस्सा मान लिया गया था। अमेरिका में यह सब थोड़ा चोरी-छिपे होता था पर हेनरी को हमेशा पता होता था कि किस अधिकारी की जेब गर्म करनी होगी। एबल पूरे तेईस दिन तक धूल, मिट्टी, गर्मी, रेत, बिना व्हिस्की के सोडे के गिलास के साथ केवल इसी ठोस नतीजे पर आया कि अगर उसके सलाहकारों की यह सलाह सच निकली कि आने वाले समय में मिडिल ईस्ट के तेल के भंडार बहुत अहमियत रखने वाले हैं तो खाड़ी देशों में होटलों की ज़रूरत होगी और बैरन ग्रुप को तत्काल अपनी योजना पर काम चालू करना होगा ताकि वह दूसरे होटलों से पीछे न रह जाए।

एबल ने इस्तांबुल के लिए उड़ान भरी और जल्दी ही उसे अपने होटल के लिए सही ठिकाना मिल गया, वहाँ से कुछ सौ गज़ की दूरी पर पुराना ब्रिटिश दूतावास दिखाई देता था। जब वह अपने बैरन की उस ज़मीन पर खड़ा हुआ तो उसे याद आया कि वह कितने समय पहले उस जगह पर आया था। उसका ध्यान सिल्वर बैंड पर गया, जिसके कारण उसकी जान बच पाई थी। वह आज भी उस भीड़ के नारे सुन सकता था—वह सब सोच कर रूह सी काँपने लगती थी और तबीयत खराब हो जाती थी जबकि उस घटना को तीस साल से भी अधिक समय बीत चुका था।

एबल अपनी यात्राओं से क्लांत होकर न्यूयॉर्क लौटा। उस उड़ान के दौरान भी फ़्लोरेंटीना के बारे में ही सोचता रहा। हमेशा की तरह, कस्टम के बाहर खड़ा जॉर्ज प्रतीक्षा में था। उसके चेहरे के भावों से कुछ समझ नहीं आ रहा था।

"कोई ख़बर?" एबल ने कैडलिएक में बैठते हुए पूछा। चालक ने उसका सामान डिक्की में रख दिया था।

"कुछ अच्छी, कुछ बुरी," जॉर्ज ने कहा। उसने एक बटन दबाया जिससे उनके और चालक के बीच काँच की दीवार आ गई ताकि वे आराम से बात कर सकें। "फ़्लोरेंटीना ज़ाफ़िया से मिलती रहती है। वह रैडक्लिफ़ के ज़माने के कुछ पुराने दोस्तों के साथ, सैन फ्रांसिस्को के छोटे से घर में रहती है।"

"शादी हो चुकी है?" एबल ने पूछा।

"हाँ।"

वे दोनों कुछ देर चुप रहे।

"और केन का बेटा?"

"उसे बैंक में नौकरी मिल गई है। लगता है कि उसे कई जगह से वापिस भेजा गया था, क्योंकि ख़बर फैल गई थी कि उसने हॉर्वर्ड बिज़नेस स्कूल से पढ़ाई पूरी नहीं की, इससे भी अहम वजह यह थी कि उन्हें डर था कि वे केन को नौकरी देकर उसके पिता की नाराज़गी मोल ले लेंगे। आख़िर में उसे बैंक ऑफ़ अमेरिका में टैलर के पद पर नियुक्ति मिली, जो उसकी योग्यता और गुणों की तुलना में बहुत नीचे है।"

"और फ़्लोरेंटीना?"

'' 'वह गोल्डन गेट पार्क के पास वे आउट कोलंबस' नाम की फ़ैशन शॉप में सहायक मैनेजर के पद पर है। वह कई बैंकों से पैसा कर्ज़ लेने की कोशिश कर रही है।''

''क्यों? क्या वह मुश्किल में है?'' एबल ने बेचैनी से पूछा।

''नहीं, वह अपनी दुकान खोलने के लिए पैसा चाहती है।''

''उसने कितने पैसे के लिए आवेदन किया है?''

''उसे नॉब हिल पर छोटी-सी इमारत को लीज़ पर लेने के लिए 34,000 डॉलर चाहिए।''

एबल जॉर्ज की ख़बरों के बारे में सोचने लगा, उसकी अँगुलियों की थाप कार की खिड़की पर सुनी जा सकती थी। ''जॉर्ज, देखना कि उसे आराम से पैसा मिल जाए। उसे यही लगे कि बैंक उसे उधार दे रहा है और मेरा नाम बीच में न आए।''

''जैसा तुम कहो, एबल।''

''फ़्लोरेंटीना के हर कार्य के बारे में मुझको बताओ, चाहे वह ज़रूरी न भी हो।''

''और उस लड़के बारे में?''

''उसमें कोई दिलचस्पी नहीं है,'' एबल बोला। ''अब बुरी ख़बर दो।''

''हेनरी ऑस्बॉर्न के साथ समस्या बढ़ती जा रही है। लगता है कि उसने सारे शहर से उधार उठा रखा है। मुझे तो पक्का यकीन है कि बस तुम ही उसकी आय का ज़रिया बचे हो। वह अब भी धमकियाँ दे रहा है कि जब तुमने शुरुआत में काम सँभाला तो कई जगह रिश्वतें दी थीं और उसने ही तुम्हें शिकागो के रिचमंड होटल में लगी आग के लिए बीमाराशि से अतिरिक्त पैसा दिलवाने में मदद की थी। उसका कहना है कि तुम उससे जब से मिले हो, तब से लेकर अब तक के सारे सुबूत और दस्तावेज़ उसके पास हैं और अब उसकी फ़ाइल तीन इंच मोटी हो गई है।''

''मैं उससे कल सुबह निपटता हूँ,'' एबल ने कहा।

जॉर्ज ने मैनहट्टन में सफ़र के दौरान एबल को ग्रुप की बाकी सारी जानकारी दे दी। बाकी सब संतोषजनक था, बस एक और बलवे के बाद लागोस बैरन को कब्ज़े में ले लिया गया था। एबल को इनसे कभी चिंता नहीं हुई। बागियों को जल्दी ही पता चल जाता कि वे होटल चलाने वालों में से नहीं हैं और अगर उन्हें पैसा कमाना है तो उन्हें मेहमानों की ज़रूरत होगी।

अगली सुबह एबल से मिलने के लिए हेनरी को बुलवाया गया। वह बूढ़ा और बिखरा हुआ दिखा। उसका चिकना और सुंदर चेहरा झुर्रियों से भरा था। उसने तीन इंच मोटी फ़ाइल का कोई नाम नहीं लिया।

''मुझे इन हालात से बाहर आने के लिए थोड़ी मदद चाहिए,'' ऑस्बॉर्न बोला। ''बस थोड़ा क़िस्मत ने साथ नहीं दिया।''

''हेनरी फिर से? अपनी उम्र का तो लिहाज़ रखो। औरतों और घोड़ों के मामले में

हमेशा हारते ही आए हो। इस बार कितना चाहते हो?''

''दस हज़ार से बात बन जाएगी,'' हेनरी बोला।

''दस हज़ार!'' एबल ने शब्दों को चबाते हुए कहा। ''तुम्हें क्या लगता है, क्या मैं सोने की खान हूँ। पिछली बार तो पाँच हज़ार थे।''

''मंदी का दौर है,'' हेनरी ने हँसने की कोशिश की।

''यह आख़िरी बार है, समझ आ गया?'' एबल ने अपनी चैक बुक निकाली। ''हेनरी, एक बार और भीख माँगने आए तो बोर्ड से भी निकाल दूँगा और तुम्हारे पास फूटी कौड़ी नहीं रहेगी।''

''एबल, तू सच्चा दोस्त है। कसम खाता हूँ, एक पैसा भी और नहीं चाहिए। कभी नहीं चाहिए होगा।'' उसने एबल की मेज़ पर रखे सिगार के डिब्बे से एक सिगार लिया और उसे पीते हुए बाहर चला गया। ''धन्यवाद एबल, तुम्हें इसके लिए कभी पछतावा नहीं होगा।''

उसके जाते ही एबल ने जॉर्ज को बुलवाया जो कुछ ही पल में हाज़िर हो गया।

''इस बार कितना चाहिए था,'' जॉर्ज ने पूछा।

''दस हज़ार,'' एबल ने कहा। ''पर मैंने कह दिया कि यह आख़िरी बार है।''

''यह वापिस आएगा। शर्त लगा सकता हूँ कि यह वापिस आएगा,'' जॉर्ज बोला।

''अगर नहीं आए तो बेहतर होगा, इसके लिए,'' एबल ने कहा। ''मैं इससे तंग आ गया हूँ। इसने पहले मेरे लिए जो भी किया, बस अब बहुत हुआ। मेरी बच्ची की कोई ख़बर?''

''वह ठीक है, पर शायद तुमने ज़ाफ़िया के लिए सही कहा था। वह बार-बार उससे मिलने के लिए पश्चिमी तट पर जाती है।''

''कमीनी औरत,'' एबल ने कहा।

''मिसेज़ केन को भी एक-दो बार उधर देखा गया है,'' जॉर्ज बोला।

''और केन?''

''उसके मानने की कोई संभावना नहीं दिखती।''

''शायद हम दोनों में यही चीज़ समान है,'' एबल ने कहा।

जॉर्ज बोला, ''मैंने फ़्लोरेंटीना के लिए सैन फ्रांसिस्को के क्रॉकर नेशनल बैंक के साथ मामला तय कर दिया है। अगले सोमवार को लोन अधिकारी के साथ उसकी मीटिंग है। उसे इसी तरह दिखाया जाएगा कि बैंक अपने आम ग्राहकों की तरह ही उसे लोन दे रहा है और कोई विशेष रियायत नहीं की गई। दरअसल, वे लोग उससे आमतौर पर लिए जाने वाले ब्याज की तुलना में आधा प्रतिशत ब्याज अधिक ले रहे हैं ताकि उसके शक़ करने की कोई गुँजाइश न रहे। उसे नहीं बताया जाएगा कि लोन की गारंटी आपने दी है।''

"थैंक्स जॉर्ज। यह ठीक रहेगा। मैं 10 डॉलर की शर्त लगा सकता हूँ कि वह दो साल में ही सारा लोन चुका देगी और उसे दोबारा कर्ज़ नहीं लेना पड़ेगा।"

"मेरे हिसाब से तो मुझे इससे दूर ही रहना चाहिए। तुम हेनरी को क्यों नहीं आज़माते। वह ज़्यादा खून चूस सकता है।"

एबल हँस दिया। "जॉर्ज, मुझे उससे जुड़ी हर बात की ख़बर देते रहना। हर बात की ख़बर।"

51

कोहेन थाडियस की ओर से आई तिमाही रिपोर्ट पढ़ने के बाद विलियम चकरा सा गया। रोसनोवस्की लेस्टर में अपनी होल्डिंग के लिए कुछ कर क्यों नहीं रहा था? अगर वह दो प्रतिशत स्टॉक और ले लेता तो उसके लिए लेस्टर के आर्टीकल सेवन के नियमों को लागू करना आसान हो जाता और वह बोर्ड में अपनी जगह सुनिश्चित कर सकता था। वह इस सोच से ही काँप उठा। उसके लिए यकीन करना मुश्किल था कि एबल एसईसी के नियमों से डर गया था, ख़ासतौर पर आइज़नहॉवर प्रशासन ने मौलिक छानबीन में कोई रुचि भी नहीं ली थी।

विलियम यह पढ़कर विस्मित हुआ कि हेनरी ऑस्बॉर्न एक बार फिर से वित्तीय संकट में था और रोसनोवस्की उसे बचा रहा था। वह यही सोच सकता था कि भला यह सब कब तक चलने वाला है और ऑस्बॉर्न ने रोसनोवस्की के लिए ऐसा क्या किया था जो वह उससे इस तरह की माँगें रख रहा है? क्या रोसनोवस्की की अपनी समस्याएँ थीं? क्या उसकी बेटी ने आग्रह किया होगा कि वह अपने मनमुटाव को हमेशा के लिए ख़त्म कर दे? या उसने अपनी बेटी को भी पैसे देने बंद कर दिए थे? कोहेन की फ़ाइल में बैरन ग्रुप के मामलों पर भी विस्तार से बताया गया था। लंदन बैरन को घाटा हो रहा था और लागोस बैरन में कमीशन नहीं दिया जा रहा था; अन्यथा कंपनी की ताकत बढ़ती रहती, जबकि रोसनोवस्की दुनिया भर में आठ नए होटल बना रहा था। विलियम ने *संडे एक्सप्रेस* की क़तरन को फिर से पढ़ा, उसमें कहा गया था कि फ़्लोरेंटीना रोसनोवस्की ने एडिनबर्ग बैरन का शुभारंभ नहीं किया और वह अपने बेटे के बारे में सोचने लगा। उसने रिपोर्ट बंद की और तिजोरी में सुरक्षित रख दी।

विलियम को रिचर्ड के साथ आपा खोने पर खेद हुआ। हालाँकि वह नहीं चाहता था कि एबल रोसनोवस्की की बेटी उसकी पत्नी बने, उसने सोचा, 'काश, वह अपने इकलौते बेटे को किसी तरह अपने पास वापिस ला पाता।' केट रिचर्ड की ओर से विनती कर चुकी थी और उनके बीच बड़ी देर तक लंबी बहस चली, और समय के साथ मामला सुलझने में नहीं आ रहा था। केट ने अपनी ओर से सब कुछ आज़मा लिया, उसमें मनाने-बुझाने से लेकर आँसू तक सब शामिल था पर ऐसा कुछ नहीं था जो विलियम को डिगा पाता। वर्जीनिया और लूसी को उसे याद दिलाने की ज़रूरत नहीं थी कि वे अपने भाई को याद कर रही थीं।

"ऐसा कोई नहीं जो मेरी पेंटिंग्स को आलोचक की नज़र से देख सके," वर्जीनिया ने कहा।

"तुम कुछ ग़लत तो नहीं कह रहीं?" उसकी मम्मी ने पूछा। वर्जीनिया ने मुस्कुराना चाहा।

लूसी ने खुद को बाथरूम में बंद कर, रिचर्ड को पत्र लिखना चालू कर दिया था, वह कभी नहीं जान सका कि लूसी के पत्र सीलन से भरे क्यों लगते हैं। उन दोनों में से कोई भी पिता के आगे भाई का नाम लेने का साहस नहीं रखती थीं और इस तरह यह दबाव परिवार में आपसी मनमुटाव की वजह बन रहा था।

विलियम ने देर रात बैंक में काम करना चालू कर दिया ताकि इससे कोई मदद मिल सके। बैंक एक बार फिर से उसकी सारी ऊर्जा सोख रहा था जबकि उसे खुद भी लगता था कि अब उसे अपने काम की गति धीमी कर देनी चाहिए। उसने पिछले दो सालों में छह वाइस प्रेज़ीडेट नियुक्त किए, उम्मीद तो यही थी कि वे लोग उसके काम का भार हल्का करेंगे। जबकि इसके विपरीत ही हुआ। उनकी वजह से काम और बढ़ गया और उसे ही उनके सारे फ़ैसले लेने पड़ते थे। उनमें से जेक थॉमस ही सबसे होनहार लग रहा था। वह कुछ समय पहले ही बोर्ड का सदस्य भी बना था और विलियम को लगने लगा था कि अगर रिचर्ड एबल रोसनोवस्की की बेटी को छोड़ कर नहीं आया तो शायद जेक ही विलियम की जगह चेयरमैन बनने का असली हक़दार होगा।

हालाँकि बैंक का मुनाफ़ा हर साल बढ़ रहा था, विलियम को लगने लगा कि अब वह केवल पैसा कमाने के लिए काम नहीं करना चाहता था। शायद अब वह उसी समस्या से जूझ रहा था, चार्ल्स लेस्टर ने जिसका सामना किया था; उसके पास कोई बेटा नहीं था जिसके लिए अपनी सम्पत्ति छोड़ी जा सके और बैंक के चेयरमैन पद पर किसे बिठाता?

~

विलियम ने अपनी शादी की रजत जयंती के अवसर पर तय किया कि वह केट और दोनों बेटियों को यूरोप के दौरे पर ले जाएगा। उसे उम्मीद थी कि इससे रिचर्ड को उनके दिमाग से निकालने में मदद मिलेगी। वे लोग पहली बार जेट में सवार हो कर लंदन गए, एक बोइंग 707 और फिर वे सैवोय में ठहरे। विलियम के मन में केट के साथ यूरोप के पहले दौरे की यादें ताज़ा हो गईं।

उन्होंने ऑक्सफ़ोर्ड की भावनाओं से भरी यात्रा की और लॉरेंस ऑलीवर के साथ रिचर्ड तृतीय से मिलने के लिए स्टार्टफ़ोर्ड-ऑन-एवोन गए। उन्हें लगा कि काश, किंग का नाम कुछ और होता।

वे लोग स्टार्टफ़ोर्ड की वापसी यात्रा के दौरान, हेनले-ऑन थेम्स के एक चर्च में रुके, उसी जगह विलियम और केट की शादी हुई थी। इस बार चर्च को नए हारमोनियम की आवश्यकता थी। वे बैल-इन में ही रुके और पहले की तरह केवल एक ही कमरा खाली

था। लंदन वापिस जाते हुए केट और विलियम के बीच कार में ही बहस होने लगी कि उनकी शादी रेवरेंड ट्यूक्सबरी ने करवाई थी या वे रेवरेंड ड्यूक्सबरी थे। वे सैवोय आने तक किसी संतोषजनक नतीजे पर नहीं आ सके थे। हालाँकि वे एक बात के लिए सहमत थे; देहाती चर्च की नई छत एक अच्छा निवेश रही।

विलियम ने उस रात बिस्तर पर जाते हुए केट को बहुत ही कोमलता से चूमा।

''मेरे जीवन का सबसे बेहतरीन 500 पाउंड का खर्च,'' वह बोला।

फिर एक सप्ताह बाद, वे इटली के लिए रवाना हुए और उन्होंने वह सब देखा जो एक स्वाभिमानी अमेरिकी टूरिस्ट को देखना चाहिए। हालाँकि बहुत कुछ देखने से छूट भी गया। रोम में लड़कियों ने वर्जीनिया के जन्मदिन वाले दिन बहुत सारी इटालियन शराब पी ली और बीमार हो गईं, जबकि विलियम ने इतना सारा पास्ता खाया कि उसका वज़न सात पाउंड बढ़ गया। अगर रिचर्ड साथ होता तो बेशक़ उन सबकी खुशी कई गुना होती। हालाँकि लड़कियों ने कभी पिता के आगे नाम नहीं लिया, वे फ़्लोरेंटीना से मिलने को उत्सुक थीं क्योंकि बेशक़ वह बहुत ही कमाल की लड़की होगी। वर्जीनिया एक रात रोने लगी, केट ने उसे दिलासा देनी चाही तो वह बोली, ''डैडी को कोई यह क्यों नहीं समझाता कि कुछ चीज़ें घमंड से बढ़ कर होती हैं?''

जब वे न्यूयॉर्क वापिस आए तो विलियम पूरी तरह से तरोताज़ा था और फिर से अपने काम में जुट गया। कुछ ही सप्ताह में बढ़ा हुआ वज़न भी घट गया।

महीने बीतते गए, उसे लगा कि जीवन सामान्य हो गया है। वह अब भी रिचर्ड को बहुत याद करता था। जब वर्जीनिया ने ऐलान किया कि वह वर्जीनिया लॉ स्कूल यूनिवर्सिटी के एक छात्र से शादी करने जा रही है तो जीवन की सारी सामान्य दिनचर्या फिर से उलझ गई। यह सुनकर विलियम बुरी तरह से दहल गया।

''वह अभी इतनी बड़ी तो नहीं हुई,'' उसने कहा।

''वह बाईस साल की हो गई है। अब वह बच्ची नहीं रही, विलियम। तुम्हें दादा-नाना बनने का ख़याल नहीं आता?'' केट अपने मुँह से ये शब्द निकलते ही पछताने लगी।

''तुम कहना क्या चाहती हो?'' विलियम एकदम चौंका। ''क्या वह गर्भ से है? है ना?''

''हे भगवान, नहीं,'' केट बोली। और फिर उसने बहुत आराम से एक बात बताई। ''रिचर्ड और फ़्लोरेंटीना के घर पहले शिशु ने जन्म लिया है।''

''तुम्हें किसने बताया?''

''रिचर्ड ने पत्र लिख कर खुशख़बरी दी,'' केट ने कहा। ''और रिचर्ड को बैंक ऑफ़ अमेरिका का वाइस प्रेज़ीडेंट बना दिया गया है। विलियम, क्या अब समय नहीं आ गया कि तुम उसे माफ़ कर दो।''

''कभी नहीं,'' विलियम ने कहा और एक भी शब्द कहे बिना कमरे से चला गया।

केट ने भारी मन से उसाँस भरी। विलियम ने इतना भी नहीं पूछा कि रिचर्ड के घर बेटा जन्मा है या बेटी?

~

वर्जीनिया की शादी, अगले मार्च के वसंत में, बौस्टन के ट्रिनटी चर्च में हुई। विलियम को डेविड टेलफोर्ड पसंद आ गया था, वर्जीनिया ने उस नौजवान वकील के साथ अपना जीवन बिताने का निर्णय लिया था।

वर्जीनिया चाहती थी कि रिचर्ड ही विवाह में सबका स्वागत करने वाला हो। केट ने विलियम से आग्रह किया कि रिचर्ड को शादी में बुलाया जाए पर उसने साफ़ शब्दों में मना कर दिया। हालाँकि वह वर्जीनिया के जीवन का सबसे खुशहाल दिन था, अगर चर्च के बाहर लिए जा रहे पारिवारिक चित्र में रिचर्ड भी शामिल होता तो वह पिता को बदले में अपनी शादी में मिले सारे उपहार दे सकती थी। विलियम ने सोचा भी कि हामी भर दे पर उसे यह भी पता था कि रिचर्ड कभी भी रोसनोवस्की की छोकरी के बिना अकेले नहीं आना चाहेगा।

शादी के दिन, रिचर्ड ने वर्जीनिया को एक तार और उपहार भेजा। विलियम ने बंद बॉक्स को वर्जीनिया की कार में रखवा दिया और उसे रिसेप्शन के दौरान तार खोल कर पढ़ने की अनुमति नहीं दी।

52

एबल न्यूयॉर्क बैरन में अपनी मेज़ पर बैठा, कैनेडी अभियान के फ़ंड-रेज़र से मिलने की प्रतीक्षा में था। वह आदमी बीस मिनट लेट था। एबल अपनी मेज़ पर अधीरता से अँगुलियाँ बजा रहा था, जब उसकी सैक्रेटरी ने प्रवेश किया।

''सर, मि. फ्रेंक होगन आपसे मिलना चाहते हैं?''

एबल अपनी कुर्सी से उछला। ''ओह, आइए मि. होगन,'' उसने कहा। उसने पारंपरिक रूप से नौजवान की पीठ थपथपाई। ''कैसे हो तुम?''

''सॉरी, मुझे देर हो गई मि.रोसनोवस्की,'' बौस्टोनियाई अंदाज़ में उत्तर आया।

''अरे, मेरा ध्यान नहीं गया,'' एबल ने कहा। ''क्या ड्रिंक लेना पसंद करोगे?''

''नहीं, शुक्रिया, जिस दिन बहुत से लोगों से मिलना होता है, उस दिन नहीं पीता, मि. रोसनोवस्की।''

''बिलकुल सही। अगर मैं ड्रिंक ले लूँ तो बुरा तो नहीं लगेगा। मैं आज बहुत सारे लोगों से मिलने नहीं वाला।''

होगन इस तरह हँसा मानो उसने आज सारा दिन लोगों के चुटकुलों पर हँसने की ठान ली थी।

एबल ने अपने लिए व्हिस्की उड़ेली। ''अब कहें, मि. होगन, आपके लिए क्या कर

सकता हूँ?''

''मि. रोसनोवस्की, हम उम्मीद कर रहे हैं कि पार्टी एक बार फिर से आपका समर्थन पा सकती है।''

''जैसा कि आप जानते हैं, मि. होगन, मैं तो हमेशा से डेमोक्रेट रहा हूँ। मैंने फ्रेंकलिन डी. रूज़वेल्ट, हेनरी ट्रूमैन और अदलाई स्टीवन्सन को अपना सहयोग दिया हालाँकि कई बार तो मुझे यह भी समझ नहीं आता था कि स्टीवन्सन बोल क्या रहे थे।'' वे दोनों नकली हँसी हँसे। ''मैंने शिकागो में अपने पुराने दोस्त डिक डेल की भी मदद की और हमेशा युवा एड मस्की को भी सहयोग देता आया हूँ—आप जानते हैं, वह पोलिश प्रवासी का पुत्र हैं—उसे 1954 से मेन गवर्नर अभियान के लिए अपना सहयोग देता आ रहा हूँ।''

''मि. रोसनोवस्की, इसमें कोई संदेह नहीं कि आप लंबे अरसे से पार्टी के पक्के समर्थकों में से रहे हैं।'' होगन ने कुछ इस अंदाज़ में कहा जिससे पता चल गया कि अब रस्मी बातों का समय समाप्त हो गया था। ''और हम डेमोक्रेट्स ने भूतपूर्व कांग्रेसमैन हेनरी ऑस्बॉर्न की तरह, आपके लिए कभी बदले में कुछ किया भी नहीं। मुझे नहीं लगता कि मुझे इंटरस्टेट एयरवेज़ वाले मसले के विस्तार में जाने की ज़रूरत है।''

''वह तो पुरानी बात हुई। भूला हुआ कल,'' एबल ने कहा।

''मैं मानता हूँ,'' होगन ने कहा। ''पर मुझे अहसास हुआ कि अधिकतर अपने बल पर पैसा कमाने वाले दौलतमंद लोग अपने मसलों को इतने ध्यान से नहीं देख पाते, आप भी इस बात को सराहेंगे कि हमें ख़ासतौर पर चौकन्ना रहना होगा क्योंकि चुनाव पास आ रहे हैं। निक्सन को दौड़ के इस चरण में कहीं से भी विवाद का मसाला मिला तो उन्हें अच्छा लगेगा।''

''हम एक-दूसरे को अच्छी तरह समझते हैं, मि. होगन। अब थोड़ा हट कर पूछता हूँ, आप इस अभियान के लिए मुझसे कितनी धनराशि की अपेक्षा रखते हैं?''

''मुझे तो पाई-पाई की ज़रूरत पड़ने वाली है,'' होगन ने सटीक और आत्मविश्वास से भरे शब्दों में कहा। ''निक्सन के पास पूरे देश में समर्थकों की कमी नहीं है और बहुत आमने-सामने की टक्कर होने वाली है, ख़ासतौर पर इलिनोयस में इसका असर दिखाई देगा, जो आपका होम स्टेट है।''

एबल ने कहा, ''अगर कैनेडी मुझे सहयोग देंगे तो मैं उन्हें सहयोग दूँगा। बस सीधी सी बात है।''

''मि. रोसनोवस्की, उन्हें आपको अपना सहयोग देकर ख़ुशी होगी। हम सभी जानते हैं कि आप पोलिश बिरादरी का स्तंभ हैं और सीनेटर कैनेडी जानते हैं कि आपने अपने देश के उन नागरिकों के लिए आवाज़ उठाई जो आयरन कर्टेन के पीछे लेबर कैंपों में हैं। जंग में आपकी ओर से दी गईं सेवाओं को भी भुलाया नहीं जा सकता। मुझे आपको यह कहने का अधिकार दिया गया है कि प्रत्याशी ने पहले ही हामी भर दी है कि आप उनके कैलिफ़ोर्निया प्रचार के समय लॉस एंजेल्स में अपना नया होटल खोल सकते हैं।''

''यह तो अच्छा समाचार है,'' एबल ने कहा।

''सीनेटर अच्छी तरह जानते हैं कि आप चाहते हैं कि पोलैंड को यूएस के साथ विदेशी व्यापार में सबसे अनुकूल राष्ट्र का स्तर प्रदान किया जाए।''

''जंग में हमारे बलिदानों के बदले इतना तो चाह ही सकते हैं,'' एबल ने कहा। वह कुछ क्षण रुका। ''दूसरे छोटे मसलों का क्या होगा?''

''सीनेटर कैनेडी उस विषय पर पोलिश-अमेरिकी मत के पक्ष में प्रचार कर रहे हैं पर अब तक कोई आपत्ति सामने नहीं आई। यह तो साफ़ है कि वे चुनाव जीतने तक कोई निर्णय नहीं ले सकते।''

''बिलकुल। क्या वे 250 हज़ार डॉलर लेने के बाद उनके लिए निर्णय लेना आसान होगा?''

फ्रेंक होगन मुस्कुराया पर कोई उत्तर नहीं दिया।

''तो ठीक है, 250 हज़ार डॉलर,'' एबल ने कहा। ''मि. होगन, सप्ताह के अंत तक यह पैसा आपके अभियान फंड का हिस्सा होगा।''

काम ख़त्म हो चुका था, सौदेबाज़ी हो चुकी थी। एबल अपनी मेज़ के पीछे से उठा। ''सीनेटर कैनेडी को मेरी शुभकामनाएँ दीजिएगा और उन्हें कहें कि मैं अपनी ओर से हर संभव प्रयास करूँगा कि वे यूएस के अगले प्रेज़ीडेंट बन सकें। जब से रिचर्ड निक्सन ने हेलेन गाहागन डगलस के साथ घृणित बर्ताव किया है, तब से मैं उन्हें पसंद नहीं करता और मैं हेनरी कोबैट लॉज को वाइस प्रेज़ीडेंट के पद पर नहीं चाहता, इसके लिए मेरे कुछ निजी कारण हैं।''

''मुझे आपका संदेश पहुँचा कर खुशी होगी,'' होगन ने कहा। ''डेमोक्रेट्स पार्टी को आपकी ओर से निरंतर दिए जा रहे सहयोग के लिए आभार और ख़ासतौर पर हमारे प्रत्याशी के लिए,'' उसने अपना हाथ आगे किया और एबल ने उसे लपक लिया।

''मि. होगन, मिलते रहें। मैं नहीं चाहूँगा कि इस तरह का पैसा देने के बाद मैं निवेश वापसी की उम्मीद भी न रखूँ।''

''मैं पूरी तरह से समझ गया।''

एबल उसके साथ लिफ़्ट तक गया और चेहरे पर मुस्कान लिए अपने ऑफ़िस में वापिस आ गया। उसने मेज़ से फ़ोन लिया।

''मि. नोवाक से कहो कि आकर मिलें।''

जॉर्ज कुछ ही मिनट बाद, गलियारे के दूसरी ओर बने अपने ऑफ़िस से उसके पास आ गया।

''अगर जेक कैनेडी प्रेज़ीडेंट बने तो मुझे लगता है कि अपना काम हो जाएगा, जॉर्ज।''

''बधाई हो एबल। सुन कर अच्छा लगा। इस तरह तुम्हारा सबसे बड़ा सपना पूरा

होगा। फ़्लोरेंटीना को तुम पर गर्व होगा।''

एबल अपनी बेटी का नाम सुन कर मुस्कुराया। ''क्या तुम जानते हो कि उस ढीठ लड़की ने क्या किया?'' उसने हँसते हुए कहा। ''तुमने पिछले शुक्रवार का *लॉस एंजेल्स टाइम्स* देखा?''

जॉर्ज ने सिर हिलाया तो एबल ने उसके आगे प्रति रख दी। आधे पन्ने के चित्र को लाल स्याही से गोला बना कर रखा गया था। जॉर्ज ने शीर्षक को ज़ोर से पढ़ा : ''फ़्लोरेंटीना केन ने लॉस एजंल में अपनी तीसरी फ़्लोरेंटीना'ज दुकान खोली।''

''वह साल के अंत तक चौथी दुकान भी खोलना चाहती है,'' एबल ने कहा। ''कैलिफ़ोर्निया के लिए फ़्लोरेंटीना तेज़ी से ठीक वही बनती जा रही है जो पेरिस के लिए बालेनसिआगा है।''

जॉर्ज अख़बार वापिस रखते हुए हँसा।

''मैं उस दिन के इंतज़ार में हूँ जब वह न्यूयॉर्क में फ़्लोरेंटीना शॉप खोलेगी, वह भी फ़िफ़्थ एवेन्यू में।'' एबल ने कहा। ''शर्त लगा सकता हूँ कि 5 या 10 साल के अंदर ही वह इस मुक़ाम पर होगी। जॉर्ज, क्या तुम एक और शर्त लगाना चाहोगे?''

''अगर तुम्हें याद हो, एबल। मैंने पहली शर्त भी नहीं लगाई थी। वरना मेरे तो दस डॉलर हाथ से गए थे।''

एबल ने उसे देख कर धीरे से कहा, ''जब सीनेटर कैनेडी, लॉस एंजेल्स में नया बैरन खोलेंगे तो क्या तुम्हें लगता है कि वह देखने आएगी?''

''जब तक तुम उसके पति को भी निमंत्रित नहीं करते, तब तक तो नहीं आएगी।''

''कभी नहीं,'' एबल ने कहा। ''वह छोकरा किसी काम का नहीं है। तुम्हारी पिछली रिपोर्ट पढ़ी थी। लड़के ने फ़्लोरेंटीना के साथ काम करने के लिए बैंक की नौकरी छोड़ दी। एक अच्छी नौकरी तक सँभाल कर नहीं रख सका।''

''तुम भी बड़े ही नकचढ़े पाठक हो गए हो, एबल। तुम्हें पता है कि यह बात ऐसे नहीं थी। केन कंपनी के वित्त की देख-रेख करता है और फ़्लोरेंटीना दुकानें चलाती है। यह भी मत भूलो कि वेल्स फार्गो ने रिचर्ड से आग्रह किया था कि वह उसका अधिग्रहण विभाग सँभाल ले पर फ़्लोरेंटीना ने कहा कि वह अपना प्रस्ताव वापिस ले लें ताकि रिचर्ड उसके साथ काम कर सके। एबल, तुम्हें यह बात माननी ही होगी कि उनकी शादी सफल रही है। मुझे पता है कि तुम्हारे लिए यह बात पचाना मुश्क़िल रहा है पर तुम अपनी अकड़ के घोड़े से नीचे आकर उस लड़के से मिल क्यों नहीं लेते?''

''जॉर्ज तुम मेरे नज़दीकी दोस्त हो। संसार में तुम्हारी तरह कोई मुझसे बात करने की हिम्मत नहीं कर सकता इसलिए तुमसे बेहतर कोई नहीं समझ सकता कि मैं अपनी अकड़ के घोड़े से उतर क्यों नहीं सकता, तब तक तो नहीं, जब तक विलियम केन यह नहीं दिखाता कि वह भी आधे रास्ते तक आगे आने को तैयार है। मैं उसकी ओर रेंगते हुए नहीं जाना चाहता ताकि वह जीते-जी उसका मज़ा ले सके।''

"अगर तुम पहले मर गए, एबल। तुम्हारी और उसकी उम्र लगभग एक सी है।"

"तब मैं हार जाऊँगा और फ़्लोरेंटीना हर चीज़ की हक़दार होगी।"

"तुमने कहा था कि उसे एक फूटी कौड़ी नहीं मिलने वाली। तुम अपने दौहित्र के पक्ष में वसीयत बदलने वाले थे।"

"जॉर्ज, मैं ऐसा नहीं कर सका। जब दस्तावेज़ पर हस्ताक्षर करने का समय आया तो मैं ऐसा नहीं कर सका। क्या मुसीबत है—ये दौहित्र तो हम दोनों की सारी जायदाद का मालिक बनने वाला है।"

उसने अपने अंदर की जेब से बटुआ निकाला और फ़्लोरेंटीना के बहुत सारे पुराने फ़ोटो खंगालते हुए, एक हाल ही में खींचा गया चित्र जॉर्ज को सौंप दिया।

"ये देखो, सुंदर सा बच्चा," जॉर्ज ने कहा।

"बिलकुल," एबल ने कहा। "अपनी माँ पर गया है।"

जॉर्ज हँसा, "तुम कभी नहीं हारोगे, है ना एबल?"

"अरे वे लोग उसे किस नाम से बुलाते होंगे?"

"क्या कहना चाहते हो? एबल, तुम्हें उसका नाम अच्छी तरह पता है।"

"मतलब असली में क्या कहते होंगे?"

"मुझे कैसे पता होगा?" जॉर्ज ने कहा।

"पता करो," एबल ने कहा। "मुझे जानना है।"

"मैं यह कैसे कर सकता हूँ," जॉर्ज ने कहा। "जब वे गोल्डन गेट पार्क के आस-पास प्रैम में बच्चे को घुमा रहे हों तो किसी को उनके पीछे लगाना होगा।"

"बेशक़ जॉर्ज, तुम कोई-न-कोई रास्ता निकाल ही लोगे," एबल ने कहा। "अब बताओ, पीटर पारफ़िट का कुछ पता चला?"

"हाँ, वह लेस्टर्स के दो प्रतिशत शेयर बेचने में दिलचस्पी दिखा रहा है पर मैं इस मामले में अब हेनरी पर भरोसा नहीं कर सकता। अगर वे लोग यह काम करेंगे तो इस डील में तुम्हारे सिवा बाकी सब शामिल होंगे इसलिए बेहतर होगा कि तुम्हारी ओर से मैं ही यह काम करूँ।"

"अभी इस समय कुछ मत करो।" एबल ने कहा। "मैं केन से जितनी नफ़रत करता हूँ, मैं नहीं चाहता कि जब तक कैनेडी के चुनाव जीतने का पता चले, हमें कोई परेशानी खड़ी हो। अगर निक्सन जीते, तो मैं पीटर के दो प्रतिशत शेयर उसी दिन खरीद कर, उसी योजना पर अमल करूँगा जिसके बारे में हमने चर्चा की थी। और हेनरी की चिंता मत करो—मैंने उसे केन वाले मामले से हटा दिया है। अब से मैं खुद ही सब देखूँगा।"

"मुझे चिंता है," जॉर्ज ने कहा। "शिकागो के आधे वकीलों से कर्ज़ उठा रखा है और अगर वह किसी दिन यही काम करने के लिए न्यूयॉर्क निकल गया तो कोई बड़ी बात नहीं होगी।"

"हेनरी फिर से मुझे परेशान नहीं करेगा। मैंने उसे साफ़ कह दिया है कि वह उसकी और मेरी आख़िरी मुलाक़ात थी और अब उसे मेरी ओर से फूटी कौड़ी नहीं मिलने वाली। अगर वह दोबारा भीख माँगने आया तो बोर्ड की सीट से भी जाएगा और यही उसके लिए आय का अंतिम स्रोत है।"

"मुझे इसी बात की तो चिंता है। अगर वह ज़्यादा ही हताश हो गया तो कहीं केन के पास पैसे माँगने न चला जाए," जार्ज ने कहा।

"ऐसा नहीं होगा जॉर्ज। हेनरी मुझसे भी ज़्यादा केन से नफ़रत करता है।"

"तुम इतने यकीन से कैसे कह सकते हो?"

"केन की माँ हेनरी की दूसरी बीवी थी," एबल ने कहा। "और जब केन सोलह साल का था तो उसने हेनरी को धक्के देकर घर से निकाल दिया था।"

"हे भगवान। तुम्हें ये अंदर की ख़बर कैसे मिल गई?"

"विलियम केन या फिर हेनरी ऑस्बॉर्न के बारे में ऐसा कुछ नहीं जो मैं नहीं जानता," एबल ने कहा। "और मैं इस बात पर अपनी सही वाली टाँग की शर्त बदने को तैयार हूँ कि वह मेरे बारे में कुछ नहीं जानता। बस हमें कुछ समय के लिए धीरज रखना होगा, पर हेनरी के धोखा देने की संभावना न के बराबर है। वह इस बात को स्वीकार करने से पहले मरना पसंद करेगा कि कभी उसका नाम विट्टोरियो टोंगा था और उसे जालसाज़ी के मामले में सज़ा भुगतनी पड़ी थी।"

"क्या हेनरी जानता है कि तुम्हें इतना कुछ पता है?"

"नहीं? मैंने इसे कई सालों से अपने तक ही रखा है। अगर तुम्हें लगे कि कोई तुम्हें आगे चल कर धोखा दे सकता है तो उसके पिछले कल के बारे में सब कुछ पता लगा कर चलो। जॉर्ज, जब हेनरी ग्रेट वेस्टर्न कैज़ुएलिटी में काम कर रहा था और उसने मुझे बीमे का पैसा दिलवाने के लिए अपनी ही कंपनी के साथ हेरा-फेरी करने की बात की थी, मैंने उसी दिन से उस पर भरोसा करना बंद कर दिया था, हालाँकि मैं यह भी मानने को तैयार हूँ कि वह पिछले वर्षों के दौरान बहुत उपयोगी भी रहा। पर यह विश्वास भी है कि आने वाले समय में मुझे उसकी ओर से कोई हानि नहीं होगी। इसलिए हेनरी को भुला कर थोड़े सकारात्मक हो जाते हैं। लॉस एंजेल्स बैरन के पूरा होने की सँभावित तारीख़ क्या है?"

"सितंबर के मध्य में।"

"बढ़िया। चुनाव से कुछ सप्ताह पहले। जब कैनेडी होटल का शुभारंभ करेंगे तो अमेरिका के हर अख़बार के पहले पन्ने पर यह ख़बर होगी।"

~

जब विलियम वाशिंगटन में बैंकर्स के एक सम्मेलन में हिस्सा ले कर न्यूयॉर्क वापिस आया तो उसे अपनी मेज़ पर एक संदेश मिला, उसमें आग्रह किया गया था कि वह तत्काल कोहेन थाडियस से मिले। यह नाम सुन कर वह हमेशा चिंता में आ जाता क्योंकि कोहेन अक्सर

बुरी ख़बर ही देता था।

विलियम ने कुछ समय से उससे बात नहीं की थी क्योंकि एबल रोसनोवस्की ने उस दिन फ़ोन पर अचानक होने वाली बातचीत के बाद से कोई परेशानी पैदा नहीं की थी और अब रिचर्ड व फ़्लोरेंटीना की शादी को चार साल होने को थे। हर तिमाही पर आने वाली रिपोर्टों में केवल इसी बात की पुष्टि होती थी कि एबल ने बैंक के शेयर खरीदने या बेचने पूरी तरह से बंद कर दिए हैं। विलियम ने अपने प्राइवेट नंबर से कोहेन को फ़ोन मिलाया। वकील ने बताया कि उसे एक ऐसी जानकारी मिली है जो वह फ़ोन पर नहीं देना चाहता। विलियम ने उसे कहा कि वह सुविधा पाते ही, बैंक आ जाए।

कोहेन चालीस मिनट बाद विलियम के ऑफ़िस आया। विलियम ने पूरे ध्यान से उसकी बात सुनी।

जब कोहेन की बात पूरी हुई तो विलियम ने कहा, ''तुम्हारे पिता इस तरह के काम करने के लिए कभी हामी न भरते।''

''तुम्हारे पिता भी नहीं भरते,'' कोहेन ने कहा। ''पर उन्हें एबल रोसनोवस्की जैसे लोगों का सामना भी तो नहीं करना पड़ता था।''

''तुम्हें क्यों लगता है कि यह योजना कारगर रहेगी?''

''शरमन एडम्स का केस ही लो। 1642 डॉलर के होटलों के बिल और एक विकुना ऊन का बना कोट, प्रशासन की शर्मिंदगी की वजह बन गया क्योंकि एडम्स प्रेज़ीडेंशियल सहायक था। हम जानते हैं कि रोसनोवस्की तो उससे भी ऊँची उड़ान भरने जा रहा है, ऐसे में उसे नीचा दिखाना और आसान होगा।''

''इस काम पर कितना ख़र्च आने वाला है?''

''शायद 25,000 के लगभग। पर मेरी कोशिश रहेगी कि कुछ कम में बात बन सके।''

''तुम यह ध्यान कैसे रखोगे कि एबल रोसनोवस्की को इस काम में मेरे शामिल होने की भनक तक न लगे?''

''मैं किसी तीसरे बंदे को शामिल करूँगा और उसे तुम्हारा नाम तक नहीं पता होगा।''

''और अगर तुम्हारी सूचना सही निकली तो तुम्हारे हिसाब से हम उसका क्या करेंगे?''

''हम यह सारी जानकारी सीनेटर कैनेडी के ऑफ़िस भेज देंगे और प्रेस को पहुँचा देंगे। इस तरह एक बार में ही एबल रोसनोवस्की की सारी महत्त्वाकांक्षाओं का सफाया हो जाएगा। ज्यों ही उसकी साख गिरेगी, उसके पास कुछ नहीं रहेगा। भले ही बैंक के आठ प्रतिशत शेयर क्यों न जुटा ले, वह आर्टीकल सेवन का इस्तेमाल नहीं कर पाएगा।''

''हो सकता है, पर तभी, जब कैनेडी प्रेज़ीडेंट हों,'' विलियम ने कहा। ''अगर

निक्सन की जीत हुई तो? वे तो अभी आगे ही दिख रहे हैं। और क्या तुम सोच सकते हो कि अमेरिका किसी रोमन कैथोलिक को व्हाइट हाउस में बिठा देगा?''

"कौन जाने?'' कोहेन ने कहा। "पर अगर वे ऐसा करते हैं, तो 25,000 के निवेश के साथ, तुम्हारे पास रोसनोवस्की को हमेशा के लिए मिटाने का मौका होगा।''

"पर अगर कैनेडी प्रेज़ीडेट बनते हैं तभी...''

कोहेन ने सिर हिलाया पर कुछ नहीं कहा।

विलियम ने मेज़ का दराज खोला और प्राइवेट एकाउंट नाम से एक चैक बुक निकाली। उसने 25,000 का चैक काट दिया। पहली बार वह चाहता था कि व्हाइट हाउस में कोई डेमोक्रेट रहने आए।

~

एबल ने सोचा कि जब कैनेडी के हाथों लॉस एंजेल्स के होटल का शुभारंभ होगा तो यह अख़बारों की सुर्ख़ी बनेगी पर वह कुछ ज़्यादा ही उम्मीद लगाए बैठा था क्योंकि उस दिन उन्हें दर्जनों इवेंट का हिस्सा बनना था और उसी शाम निक्सन के साथ टी.वी. पर डिबेट भी था। हालाँकि होटल खुलने की ख़बर हर ओर छपी और फ्रेंक होगन ने एबल को अकेले में आश्वस्त किया कि कैनेडी दूसरे छोटे मामले को भी भूले नहीं थे।

जब कैनेडी अपना भाषण दे रहे थे तो उन्होंने शिकागो बैरन की तारीफ़ों के पुल बाँध दिए, एबल की आँखें दर्शक-श्रोताओं के बीच अपनी बेटी को खोज रही थीं, पर वह उसे कहीं नहीं दिखी।

53

जब एक बार इलिनोयस रिटर्न्स की पुष्टि हो गई तो जॉन एफ़ कैनेडी यूनाइटेड स्टेट्स के 35वें प्रेज़ीडेंट पद के लिए पक्के दावेदार लगने लगे। एबल ने टाइम्स स्क्वेयर में, डेमोक्रेटिक नेशनल मुख्यालय में मेयर डेली के साथ जश्न मनाते हुए अपना जाम उठाया। वह सुबह क़रीबन 5 बजे तक घर वापिस नहीं गया।

"क्या मुसीबत है, मुझे तो बहुत जश्न मनाना है,'' उसने जॉर्ज से कहा। "मैं तो आने वाले समय में...।'' वह अपना वाक्य पूरा होने से पहले सो चुका था। जॉर्ज ने मुस्कुराकर उसे पलंग पर लिटा दिया।

~

विलियम अपने घर की स्टडी में आराम से बैठा चुनावों के नतीजे देखता रहा। इलिनोयस रिटर्न्स के बाद वाल्टर क्रॉनकाइट ने पहले ही सब ऐलान कर दिया था। विलियम ने फ़ोन उठा कर थाडियस कोहेन के घर का नंबर लगाया।

उसने इतना ही कहा, "लगता है जैसे हमारे 25,000 डॉलर का निवेश बुरा नहीं रहा,

थाडियस। अब हम निश्चिंत हो सकते हैं कि रोसनोवस्की के मौज मनाने के दिन गए। जब वह अपने तुर्की दौरे पर होगा, वही हमारे लिए अगला कदम उठाने का सबसे सही मौका होगा और हम तभी अपना वार करेंगे।''

विलियम ने फ़ोन वापिस हुक पर रखा और पलंग पर चला गया। उसे निराशा हो रही थी कि निक्सन कैनेडी को हराने में असफल रहे और उसका कज़िन हैनरी कैबट लॉज वाइस प्रेज़ीडेंट नहीं होगा, पर उसने सोचा, ''किसी की बुराई में भी किसी का भला ही छिपा होता है।''

~

जब एबल को डीसी वाशिंगटन में, प्रेज़ीडेंट कैनेडी के औपचारिक बॉल्स में अतिथि बनने का निमंत्रण आया तो वह केवल एक व्यक्ति के साथ यह सम्मान बाँटना चाहता था। पर जॉर्ज के साथ इस बारे में बात करने के बाद उसे मानना पड़ा कि जब तक रिचर्ड के पिता के साथ उसकी अनबन ख़त्म नहीं होती, फ़्लोरेंटीना कभी उसके साथ नहीं चलेगी इसलिए उसे अकेले ही जाना पड़ा।

एबल ने यूरोप और मिडिल ईस्ट का दौरा रद्द किया। इस समारोह में जाना ज़्यादा ज़रूरी था पर वह इस्तांबुल में नए बने होटल बैरन का शुभारंभ तो कभी भी कर सकता था।

उसने इस मौके के लिए नये पारंपरिक स्टाइल का गहरे नीले रंग का सूट बनवाया और समारोह वाले दिन, होटल वाशिंगटन बैरन में डेविस लीरॉय सुइट ले लिया। उसने युवा प्रेज़ीडेंट को उनका अनौपचारिक भाषण देते हुए सुना, जो आशाओं और आने वाले कल के वादों-इरादों से भरा था।

''इस सदी में अमेरिका की नई पीढ़ी जन्मी है''—एबल इस सूची का हिस्सा भर था। ''वह जंग से पीड़ित रही है''—एबल निश्चित रूप से जंग से पीड़ित था—''एक कठोर और कड़वी शांति से अनुशासित है''—एबल इस श्रेणी के लिए आवश्यकता से अधिक योग्य था। ''यह न पूछें कि देश आपके लिए क्या कर सकता है, यह देखें कि आप देश के लिए क्या कर सकते हैं।''

भीड़ ने एक साथ नारे लगाए, उन्होंने बर्फ़बारी को भी उपेक्षित कर दिया और वह नव निर्वाचित प्रेज़ीडेंट के वक्तृत्व कौशल के प्रभाव को मंद नहीं कर सकी।

एबल होटल वापिस आया तो बहुत प्रसन्न था। उसने इस अवसर के लिए बने कपड़े और सफ़ेद टाई पहनने से पहले स्नान किया। जब उसने शीशे में खुद को निहारा तो उसे मानना पड़ा कि वह भी पुरुषोचित गरिमा के वस्त्र पहनना जानता है। उसके दर्ज़ी ने अपनी ओर से कोई कसर नहीं रखी थी (वह पिछले 5 साल में एबल के लिए तीन नए और कई ईवनिंग सूट तैयार कर चुका था)। फ़्लोरेंटीना होती तो कुछ इंच इधर-उधर करने पर उसकी बखिया उधेड़ देती और उसके लिए तो वह कुछ भी करने को तैयार रहता था। जाने क्यों उसकी सोच हमेशा घूम-फिर कर फ़्लोरेंटीना पर ही क्यों जाती थी? उसने अपने मैडल देखे। पहला, पोलिश वरिष्ठ नागरिक मैडल, उसके बाद रेगिस्तान और यूरोप में सेवाएँ देने

के लिए तमगे और फिर उसकी चाकू-छुरियों वाली सेवा देने वाले कटलरी मेडल।

कुल मिला कर, उस शाम वाशिंगटन में सात औपचारिक समारोह मनाए गए और एबल का एक न्यौता उसे डीसी शस्त्रागार में ले गया। वह न्यूयॉर्क और शिकागो से आए पोलिश डेमोक्रेट्स के लिए आरक्षित जगह पर कोने में बैठा था। उनके पास जश्न मनाने के बहुत सारे कारण थे। एडमंड मस्की सीनेट में था और दस नए पोलिश डेमोक्रेट कांग्रेस के लिए चुने गए थे। किसी ने भी दो नव नियुक्त पोलिश रिपब्लिकन की बात नहीं की। एबल कुछ पुराने दोस्तों से बतियाता रहा जो पोलिश-अमेरिकी कांग्रेस में उसके सह-संस्थापक सदस्य रहे थे। उन सबने फ़्लोरेंटीना के बारे में पूछा।

अचानक, कमरे में सभी उछल कर खड़े हो गए और तालियों के शोर के बीच चिल्लाने लगे। एबल ने उठ कर देखना चाहा कि हंगामा क्यों हो रहा है तो उसने जॉन एफ कैनेडी और उनकी सुंदरी पत्नी को बॉल रूम में प्रवेश करते देखा। वे लोग पंद्रह मिनट उस जगह रुके और सावधानी से चुने गए मेहमानों से बात की और फिर आगे बढ़ गए। एबल ने उनसे बात नहीं की। हालाँकि वह अपने मेज़ से उठ कर ऐसी जगह आ गया था जहाँ से वह उनके वापिस जाने के रास्ते में आगे आ रहा था, जब प्रेज़ीडेंट का काफ़िला बाहर जा रहा था तो वह फ्रेंक होगन का ध्यान अपनी ओर आकर्षित करने में सफल रहा।

''मि. रोसनोवस्की, वाह क्या संयोग से मिले!''

एबल उसे बताना चाहता था कि उसके जीवन में कुछ भी संयोगवश नहीं होता पर अब समय और अवसर नहीं था। होगन ने उसकी बाजू पकड़ी और झट से एक विशाल संगमरमर स्तंभ के पीछे ले गया।

''मि. रोसनोवस्की, इस समय ज़्यादा बात नहीं कर सकता, मुझे प्रेज़ीडेंट के साथ रहना है पर मुझे लगता है कि जल्द ही आपको हमारे यहाँ से कॉल आएगा। इस समय प्रेज़ीडेट और भी बहुत सारे निमंत्रणों के बीच व्यस्त हैं।''

''बिलकुल, सही कहा,'' एबल बोला।

''पर मुझे उम्मीद है, आपके मामले में सब कुछ मार्च के आख़िर या अप्रैल के शुरू तक तय हो जाएगा। मि. रोसनोवस्की मेरी ओर से पहली बधाई स्वीकार करें। मुझे यकीन है कि आप अपनी पूरी योग्यता के साथ प्रेज़ीडेंट को अपनी सेवाएँ दे सकेंगे।''

एबल ने होगन को लगभग भागते हुए देखा ताकि वह कैनेडी के दल में जाकर मिल सके, वे लोग पहले से ही ओपन-डोर लीमोज़ींस कारों में सवार हो चुके थे।

''अपने-आप में ही बड़े ख़ुश दिखाई दे रहे हो।'' जब एबल मेज़ पर वापिस आया और भुने हुए सख़्त मांस का स्वाद लेने की कोशिश करने लगा तो उसके एक पोलिश दोस्त ने कहा। ऐसे मांस को बैरन होटल में जगह नहीं मिल सकती थी। ''क्या कैनेडी ने तुम्हें अपना नया सचिव बनाने का न्यौता दे दिया?''

वे सभी हँसने लगे।

''अभी तो नहीं,'' एबल ने कहा। ''पर देश के सचिव मेरे नए बॉस हो सकते हैं।''

उसने धीमे से कहा।

वह अगली सुबह नेशनल श्राइन में अवर लेडी ऑफ़ जेस्टोकोवा के पोलिश चर्च में जाने के बाद न्यूयॉर्क रवाना हो गया। उस जगह जाकर उसे अपने जीवन की दोनों फ़्लोरेंटीनाओं की याद सताने लगी।

वाशिंगटन का नेशनल एयरपोर्ट भीड़ से घिरा हुआ था और एबल को न्यूयॉर्क बैरन तक जाने में नियोजित समय से तीन घंटे अधिक लग गए। जॉर्ज डिनर पर मिला और जब एबल ने डोम पेरिगनन नामक विंटेज शैंपेन लाने का ऑर्डर दिया तो वह समझ गया कि सब कुछ बहुत बढ़िया रहा।

एबल ने कहा, "आज की रात हम जश्न मनाएँगे। आज मैं बॉल में होगन से मिला था। उसने कहा कि कुछ ही सप्ताह में मेरी नियुक्ति की पुष्टि हो जाएगी। जब मैं मिडिल ईस्ट से वापसी पर होऊँगा तो शायद तब इसका औपचारिक ऐलान होगा।"

"बधाई हो, एबल। तुमसे ज़्यादा इस सम्मान का अधिकारी कोई और नहीं हो सकता।"

"थैंक यू, जॉर्ज। मैं यकीन दिला सकता हूँ कि तुम्हें जल्द ही तुम्हारा पुरस्कार मिलेगा क्योंकि जब मेरी नियुक्ति की सूचना औपचारिक होगी तो मैं अपनी अनुपस्थिति के दौरान तुम्हें बैरन ग्रुप का एक्टिंग डायरेक्टर बनाने वाला हूँ।"

जॉर्ज ने अपने लिए और शैंपेन डाली। वे लोग आधी बोतल पी चुके थे।

"एबल, इस बार कितने समय तक बाहर रहने का इरादा है?"

"बस तीन सप्ताह। मैं देखना चाहता था कि इस्तांबुल बैरन को शुरू करने से पहले कहीं कोई मिडिल ईस्ट में मुझे ठग न ले। शायद रास्ते में लंदन और पेरिस भी जाना होगा।"

जॉर्ज ने एबल के लिए भी गिलास में और शैंपेन उड़ेल दी।

~

एबल ने योजना से परे इंग्लैंड में तीन दिन ज़्यादा बिताए, वह एक प्रबंधक के साथ लंदन बैरन की समस्याओं को हल करने की कोशिश में था जो हर ग़लती का दोष ब्रिटिश ट्रेड यूनियन पर डालने में यकीन रखता था। लंदन का होटल बैरन एबल की कुछ असफलताओं में से एक रहा था, हालाँकि वह कभी जान नहीं सका कि होटल को लगातार घाटा क्यों हो रहा था। वह उसे बंद करना चाहता था पर बैरन ग्रुप के लिए इंग्लैंड की राजधानी में अपनी उपस्थिति बनाए रखना ज़रूरी था चाहे घाटा ही क्यों न उठाना पड़े। एक बार फिर उसने प्रबंधक को काम से हटा कर नया प्रबंधक रखा और पेरिस के लिए उड़ान भर ली।

फ्रेंच राजधानी का एक अलग ही रंग था। बोलीवर्ड रासपेल पर स्थित पेरिस बैरन ग्रुप के सफलतम होटलों में से था और उसने एक बार फ़्लोरेंटीना के आगे यह माना था कि जिस तरह माता-पिता बेमन से किसी एक बच्चे को दूसरे बच्चों से प्रिय मानते हैं, उसी तरह उसे भी सभी होटलों में से यह सबसे प्रिय था। उस जगह सब कुछ ठीक वैसा

था, जैसा वह चाहता था और उसने मिडिल ईस्ट के लिए उड़ान भरने से पहले उस जगह पर दो दिन बिताए।

एबल के पास अब पाँच पर्शियन गल्फ़ देशों में होटलों के लिए जगह थी, पर रियाद बैरन ही निर्माणाधीन था। अगर वह युवा होता तो एकाध साल मिडिल ईस्ट में ही रह कर सारी व्यवस्था दुरुस्त कर देता पर वह धूप और रेत सहन नहीं कर पाता था या उसे होटल में काम के लिए ऐसे लोग मुश्किल से मिलते थे जिन्होंने जेल की हवा न खाई हो। उसने सारे मामले अपने एक युवा वाइस प्रेज़ीडेंट के हाथों छोड़े और तुर्की रवाना हो गया।

एबल पिछले कुछ सालों के दौरान कई बार तुर्की आया था और इस्तांबुल बैरन की प्रगति पर नज़र रखे हुए था। उसके लिए कुस्तुंतुनिया हमेशा से ख़ास रहा था, उसे वह प्राचीन शहर आज भी याद था। वह उस देश में एक बैरन होटल खोलना चाहता था जिसमें वह अमेरिका का नया जीवन चालू करने से पहले आया था।

इससे पहले कि वह एक और प्रेज़ीडेंशियल सुइट में अपना सामान खोलता, उसने देखा कि पंद्रह निमंत्रण उसके उत्तर की प्रतीक्षा में थे। जब भी किसी होटल का शुभारंभ होता तो ऐसा ही होता था। जाने किस जादू से ऐसे बहुत सारे लोग आ जाते जो चाहते थे कि मुफ़्त की दावत खाने का मौका मिल सके और वे उससे संपर्क करने की कोशिश करते। हालाँकि इस मौके पर आने वाले दो न्यौते एबल के लिए किसी आश्चर्य से कम नहीं थे, वे दोनों ऐसे लोगों में से नहीं थे जिन्हें मुफ़्तखोरों की श्रेणी में रखा जा सके, अमेरिका और ब्रिटेन के राजदूत। ब्रिटिश दूतावास की ओर से आने वाले न्यौते का अपना ही आकर्षण था। उसे उस इमारत में पैर रखे चालीस साल हो गए थे।

उस शाम, एबल ने सर बर्नाड बरोस का मेहमान बनकर डिनर किया, वे तुर्की में हर मैजेस्टी के राजदूत थे। एबल को देख कर हैरानी हुई कि उसे राजदूत की पत्नी के ठीक बगल में बिठाया गया था। उसे आज से पहले ऐसा सम्मान कभी नहीं दिया गया था। जब डिनर हो गया तो उसने देखा कि अंगेज़ी परंपरा के अनुसार सभी महिलाएँ कमरे से बाहर चली गईं और पुरुष सिगार, पोर्ट और ब्रांडी के साथ भारी-भरकम विषयों पर बातें करने लगे।

एबल को सर बर्नाड की स्टडी में अमेरिकी राजदूत, फ्लैचर वारेन के साथ चलने का निमंत्रण मिला। सर बर्नाड ने ही वारेन को यह काम सौंपा था कि इससे पहले कि शिकागो बैरन अपने दूतावास में डिनर करें, उन्हें अपने यहाँ डिनर पर बुलाया जाए।

वारेन ने एक बड़ा क्यूबन सिगार जलाते हुए कहा, "ब्रिटिश हमेशा से ही बहुत धृष्ट रहे हैं।"

"मैं अमेरिकियों के लिए एक बात कहूँगा, उन्हें पता नहीं चलता कि वे कब हार गए," बर्नाड ने कहा।

एबल दोनों राजदूतों की बातें सुन कर सोचने लगा कि उसे इस तरह की निजी मीटिंग का हिस्सा क्यों बनाया गया। उसे विंटेज पोर्ट पीने को दी गई और वारेन ने टोस्ट किया।

"एबल रोसनोवस्की के नाम।"

सर बर्नाड ने भी गिलास उठाया, "मैं समझ सकता हूँ, बधाई व्यवस्थित रूप से आनी चाहिए।"

एबल का चेहरा लाल हो गया। उसने झट से वारेन की ओर देखा, उसे उम्मीद थी कि उसकी ओर से कोई मदद मिलेगी।

"ओह, फ्लैचर, क्या मैंने राज़ खोल दिया है?" सर बर्नाड ने कहा। "तुमने तो कहा था कि यह नियुक्ति किसी से छिपी नहीं थी।"

"सही बात है," वारेन ने कहा। "ऐसा नहीं कि ब्रिटिश किसी राज़ को लंबे समय तक नहीं रख सकते?"

"तभी तो तुम्हें यह पता लगाने में देर लगी कि हम जर्मनी के साथ युद्ध कर रहे थे," सर बर्नाड ने कहा।

"और वे जीत को सुनिश्चित करने के लिए आगे आ गए?"

"और सारी शान उनके नाम हो गई," सर बर्नाड बोले।

अमेरिकी राजदूत हँसे। "मुझसे कहा गया था कि कुछ ही दिनों में औपचारिक घोषणा की जाएगी।"

दोनों ने मिल कर एबल को देखा, वह अब भी चुप था।

"तो भावी यूअर एक्सीलेंसी, क्या मैं आपको सबसे पहले बधाई दे सकता हूँ? मैं आपको नई नियुक्ति के लिए सफलता की शुभकामनाएँ देता हूँ," सर बर्नाड ने कहा।

एबल पिछले कुछ महीनों के दौरान अपने शीशे के आगे दबे सुर में जो बोलता आया था, आज उसे दूसरे के मुँह से सुनकर वह खिसिया गया। "आपको जल्द ही यूअर एक्सीलेंसी सुनने की आदत हो जाएगी," ब्रिटिश राजदूत ने आगे कहा। "और इससे भी बदतर बात। आपको लगभग हर तरह के समारोहों का दिन-रात हिस्सा बनना होगा। अगर अभी से वज़न बढ़ने की समस्या है तो कार्यकाल पूरा होने तक तो पूछिए ही मत। हो सकता है कि आप शीत युद्ध के लिए कृतज्ञता के कारण जीवित रहें। इस्टर्न ब्लॉक का खाना इतना बेस्वाद है कि शायद आपका वज़न कम हो जाए।"

अमेरिकी राजदूत मुस्कुराए। "बहुत खूब एबल और क्या मैं भी तुम्हारी इस सफलता के लिए अपनी शुभकामनाएँ प्रेषित कर सकता हूँ। आप पिछली बार पोलैंड कब गए थे?"

"मैं कुछ साल पहले, बस एक बार ही गया था," एबल ने कहा। "तभी से दोबारा जाना चाहता था।"

"तो आप विजयी होकर लौटेंगे," वारेन ने कहा। "क्या आप वॉरसॉ में हमारे दूतावास के बारे में जानते हैं।"

"नहीं, मैं नहीं जानता," एबल ने स्वीकारा।

"जगह बुरी नहीं है। याद रहे कि आप उपनिवेशी, दूसरे विश्व युद्ध के बाद तक,

यूरोप में पैर नहीं जमा सके। पर आवास व्यवस्था शोचनीय है। मि. रोसनोवस्की, मैं आपसे इस बारे में कुछ करने की अपेक्षा रखूँगा। बस आपको वॉरसॉ में बैरन होटल बनवाना चाहिए। वे किसी प्रवासी से कम-से-कम इतनी अपेक्षा तो रख ही सकते हैं।''

एबल मग्न मन बैठा, सर बर्नाड के चुटकुलों पर हँसते हुए आनंदित हो रहा था। वह जानता था कि उसने पोर्ट ज़्यादा ही पी ली थी, जिसकी वजह से अपना-आप और दुनिया ज़्यादा ही सहज और मुक्त लगने लगे थे। वह फ़्लोरेंटीना को यह ख़बर देने को बेचैन था, अब तो यह नियुक्ति औपचारिक रूप से सबके सामने आने वाली थी। उसे अपने पिता पर कितना गर्व होगा। उसने वहीं तय कर लिया कि ज्यों ही न्यूयॉर्क की धरती पर पैर रखेगा, वह सैन फ्रांसिस्को जाकर उसके साथ सब कुछ पहले जैसा कर लेगा, माफ़ी माँग लेगा। वह हमेशा से ऐसा करना चाहता था और अब तो ऐसा करने का बहाना भी बन गया था। वह किसी तरह खुद को मना लेगा कि केन के बेटे को भी पसंद करने लगे। उसे केन का बेटा कहना भी बंद करना होगा। उसका नाम क्या था—रिचर्ड? हाँ, रिचर्ड। एबल को यह फ़ैसला लेते ही अपने भीतर से गहरा सुकून महसूस होने लगा।

जब तीनों पुरुष मेन रिसेप्शन हॉल में वापिस आए तो एबल ने अपने मेज़बान से कहा, ''यूअर एक्सीलेंसी, मुझे अब वापिस चलना चाहिए।''

''बैरन की ओर वापसी,'' सर बर्नाड ने कहा। ''मेरे प्यारे साथी, मुझे अपने साथ कार तक चलने की अनुमति प्रदान करें।''

जब एबल ने दरवाज़े पर राजदूत की पत्नी को शुभ रात्रि कहा तो वह मुस्कुरा कर बोली, ''मि. रोसनोवस्की, हालाँकि मुझे यह बात पता नहीं होनी चाहिए पर मेरी ओर से भी नियुक्ति की हार्दिक बधाई लें। आपको देश के सीनियर प्रतिनिधि के रूप में अपनी जन्मभूमि पर वापिस जाने में कितना गर्व अनुभव होगा, मि. रोसनोवस्की?''

''जी, आपने सही कहा,'' एबल इतना ही कह सका।

सर बर्नाड संगमरमर की सीढ़ियों से नीचे तक साथ गए। कार चालक ने दरवाज़ा खोला।

''शुभ रात्रि रोसनोवस्की। वॉरसॉ के लिए शुभकामना। वैसे, उम्मीद करता हूँ कि तुम्हें ब्रिटिश दूतावास में पहले भोजन का स्वाद आया होगा।''

''सर बर्नाड, मैंने इस जगह पर पहले भी कई बार भोजन किया है।''

''अरे, ओल्ड ब्वॉय, पहले भी इस जगह आ चुके हो? पर हमारी मेहमानों की सूची में तो तुम्हारा नाम कहीं नहीं दिखा था?''

''नहीं,'' एबल ने कहा। ''मैं अधिकतर, रसोइए के साथ किचन में ही खाता था। शायद वे लोग उस जगह गेस्ट बुक नहीं रखते।''

एबल कार की पिछली सीट पर बैठते हुए मुस्कुराया। वह देख सकता था कि सर बर्नाड तय नहीं कर पा रहे थे कि उन्हें उसकी बात पर यकीन करना चाहिए या नहीं।

जब वह कार चालक के साथ बैरन वापिस आया तो वह कार में अँगुलियों से थपकी

देते हुए कुछ गुनगुना रहा था। वह अगली सुबह ही अमेरिका वापिस जाना चाहता था पर अगली शाम फ्लैचर वारेन के साथ अमेरिकी दूतावास में डिनर के न्यौते को रद्द नहीं किया जा सकता था। वह सर बर्नाड का स्वर सुन सकता था, जिन्होंने उसे बताया था कि एक राजदूत को न चाहने पर भी यह सब करना ही पड़ता है।

अमेरिकी राजदूत के साथ डिनर भी सुखद आश्चर्य रहा। एबल को सभी मेहमानों के सामने यह बताने को कहा गया कि उसने ब्रिटिश दूतावास की रसोई में खाना कैसे और कब खाया और वे सब सराहना भरी दृष्टि से उसे देखते हुए सुनते रहे। हालाँकि उसे यकीन नहीं था कि उनमें से कितने लोगों ने उसके हाथ के लगभग कटने वाली कहानी को सच माना होगा, पर उन सबने उसके सिल्वर बैंड को बहुत सराहा और उस रात सभी उसे 'यूअर एक्सीलेंसी' ही संबोधित कर रहे थे।

54

अगले दिन एबल जल्दी उठ गया, वह अमेरिका वापिस जाने को बेताब था।

डीसी-8 बेलग्रेड से उड़ा—वह सोलह घंटों से वहीं खड़ा था। उन्होंने बताया कि उसके लैंडिंग गीयर में दिक्कत आ गई थी। वह एयरपोर्ट लाउंज में बैठा, यूगोस्लावियाई कॉफ़ी पी रहा था जो वाकई पीने लायक नहीं थी, वह कोई ऐसा जर्नल खोज रहा था जो अंग्रेज़ी में होता। इस्तांबुल के ब्रिटिश दूतावास और साम्यवादी नियंत्रित देश में नाश्ते की दुकान का विरोधाभास उसे भूला नहीं था। आख़िर में विमान डीसी-8 ने उड़ान भरी, वह एम्सटर्डम में जाकर फिर अटक गया। इस बार यात्रियों को विमान बदलने पड़े।

जब वह किसी तरह आइडलवाइल्ड पहुँचा, तो वह पिछले छत्तीस घंटों से यात्रा में था। वह इतना थक गया था कि चल भी नहीं पा रहा था। जब वह कस्टम के पास से निकला तो उसने अचानक ख़ुद को अख़बारवालों, कैमरों की फ़्लैश और क्लिकिंग के बीच घिरा पाया। वह तत्काल मुस्कुराया। उसने सोचा कि ऐलान हो चुका होगा : और अब यह औपचारिक तौर पर होने जा रहा था। वह अपनी ओर से जितना तन कर खड़ा हो सकता था, उतना हुआ और धीरे-धीरे, अपने लंगड़ेपन को छिपाते हुए पूरी गरिमा से आगे बढ़ा। जब कैमरे वाले एक-दूसरे को धकियाते हुए उसकी एक तस्वीर खींचने की कोशिश में थे तो जॉर्ज का कहीं अता-पता नहीं था।

फिर उसने जॉर्ज को भीड़ के एक कोने में खड़ा देखा, उसे देख कर लगा मानो वह जीतने के बाद वापसी करने वाले दोस्त के जश्न में नहीं बल्कि मातम में आया हो। एक अवरोधक के पास खड़े पत्रकार ने चिल्ला कर पूछा, "आपके पास अपने पर लगे इल्ज़ामों के लिए कोई उत्तर है क्या?" उसने यह नहीं पूछा कि एबल वॉरसॉ में पहले पोलिश-अमेरिकी यूएस राजदूत नियुक्त किए जाने पर कैसा महसूस कर रहा था।

कैमरों की चकाचौंध जारी रही और प्रश्नों की बाढ़ आ गई थी।

"मि. रोसनोवस्की, क्या ये आरोप सही हैं?"

''आपने वास्तव में कांग्रेसमैन ऑस्बॉर्न को कितना पैसा दिया?''

''क्या आप इन आरोपों को मानने से इनकार करते हैं?''

''क्या आप अमेरिका में मुक़दमा लड़ने आए हैं?''

वह भीड़ के बीच जॉर्ज को चिल्ला कर बोला, ''मुझे इस जगह से बाहर निकालो!''

जॉर्ज किसी तरह अपने लिए जगह बना कर, उस तक पहुँचा और भीड़ को धकेलते हुए, उसे बाहर इंतज़ार में खड़ी कैडलियक तक ले गया। एबल ने कैमरों की फ़्लैश से बचने के लिए झुक कर अपना चेहरा छिपा लिया। जॉर्ज ड्राइवर पर झल्लाया कि वह तेज़ी से उस जगह से निकले।

''बैरन जाना है, मि. नोवाक?''

''नहीं, ईस्ट फ़िफ़्टी-सेवंथ रोड पर मिस रोसनोवस्की के अपार्टमेंट पर चलो।''

''क्यों, हम बैरन क्यों नहीं जा रहे?'' एबल ने पूछा।

''क्योंकि पूरे बैरन होटल में तुम्हें घेरने की फ़िराक में चारों ओर प्रेस ही प्रेस मंडरा रही है।''

''मैं कुछ समझा नहीं। इस्तांबुल में वे मेरे साथ इस तरह पेश आ रहे थे कि मुझे राजदूत बना दिया गया है और घर वापिस आते ही अपराधी घोषित हो गया। जॉर्ज, आख़िर ये सब हो क्या रहा है?''

''क्या तुम सब कुछ मुझसे सुनना चाहोगे या अपने वकील के आने का इंतज़ार करना चाहते हो?''

''मेरा वकील? तुमने पहले ही मेरे लिए किसी वकील को बुलवा लिया है?''

''एच. ट्राफर्ड जिल्क्स, सबसे बेहतरीन वकील है।''

''और सबसे महँगा भी।''

''मुझे नहीं लगता कि तुम्हें ऐसे समय में पैसे की चिंता करनी चाहिए, एबल।''

''तुमने ठीक कहा। सॉरी। अभी वह किधर है, उसे बुलाओ?''

''मैं उसे कोर्टहाउस में छोड़ कर आया था पर उसने कहा कि वह काम से निपटते ही अपार्टमेंट पर आ जाएगा।''

''मैं इतना इंतज़ार नहीं कर सकता, जॉर्ज। भगवान के लिए बताओ कि यह सब क्या चल रहा है।''

जॉर्ज ने गहरी साँस ली। ''तुम्हें गिरफ़्तार करने के लिए वारंट निकाला गया है।''

''किस आरोप के लिए?''

''सरकारी अधिकारियों को घूस देने के लिए।''

''मैंने अपने पूरे जीवन में कभी किसी सरकारी अधिकारी को घूस नहीं दी,'' एबल ने विरोध किया।

"मुझे पता है, पर हेनरी ऑस्बॉर्न ने ऐसा किया है, उसने जो भी किया, अब उसका दावा है कि वह सब तुम्हारे नाम पर या तुम्हारे लिए था।"

"हे ईश्वर," एबल ने कहा। "मुझे उस आदमी से कभी काम लेना ही नहीं चाहिए था। हम दोनों को केन से नफ़रत थी और इसी एक बात ने मुझे उसे परख़ने ही नहीं दिया पर मुझे यकीन नहीं आ रहा। हेनरी उन्हें जो भी कहेगा, इस तरह वह भी तो अपराध में फँसेगा।"

"हेनरी गायब हो गया है," जॉर्ज ने कहा। "और हैरानी की बात है कि रहस्यमयी रूप से अचानक किसी ने उसके सारे कर्ज़ भी अदा कर दिए हैं।"

"विलियम केन," एबल ने शब्दों को चबाया।

"हमें ऐसा कोई सुबूत नहीं मिला कि हम इस नतीजे पर आ सकें," जॉर्ज ने कहा।

"लगता है कि किसी गुमनाम पैकेट में एक बड़ी-सी फ़ाइल को सीधा वाशिंगटन के जस्टिस विभाग को भेजा गया है।"

"बेशक़ उस पर न्यूयॉर्क की मुहर होगी," एबल ने कहा।

"नहीं, शिकागो।"

एबल कुछ देर चुप रहा। "यह फ़ाइल हेनरी ने नहीं भेजी होगी।" उसने आख़िर में कहा। "मुझे तो उसके ऐसा करने में कोई तुक समझ नहीं आती।"

"तुम इतने यकीन से कैसे कह सकते हो?" जॉर्ज ने पूछा।

"क्योंकि तुमने कहा कि उसका सारा उधार चुकता हो गया। जस्टिस विभाग तब तक भी ऐसे पैसे का भुगतान नहीं करने वाला, जब तक वे अल केपोन को बंदी न बनाने वाले हों। हेनरी ने वह फ़ाइल किसी और को बेची होगी। पर कौन? एक बात निश्चित रूप से कह सकते हैं कि वह केन को कभी प्रत्यक्ष तौर पर कोई जानकारी नहीं देने वाला।"

"प्रत्यक्ष," जॉर्ज ने कहा।

"प्रत्यक्ष," एबल ने दोहराया। "शायद उसने फ़ाइल को प्रत्यक्ष तौर पर नहीं बेचा। केन ने बीच में किसी को मध्यस्थता के लिए रखा होगा, जिसने सारा मामला सँभाला। उसे पहले से पता होगा कि हेनरी कर्ज़ में है जिसे चुकता करने के लिए उस पर भारी दबाव बना हुआ है।"

"एबल, यह सही हो सकता है और निश्चित रूप से केन जासूस को हेनरी की वित्तीय स्थिति का अनुमान लगाने में देर नहीं लगी होगी। शिकागो के बार स्टूल में बैठे किसी भी व्यक्ति को आसानी से यह बात पता होगी। पर तुम्हारे वकील की बात सुनने से पहले, हमें किसी नतीजे पर नहीं पहुँचना चाहिए।"

कैडलियक फ़्लोरेंटीना के पुराने अपार्टमेंट के पास आकर रुकी। एबल ने उसे इसी उम्मीद में नहीं बेचा था कि एक दिन उसकी बेटी वापिस आएगी। एच. ट्राफर्ड जिल्क्स वहीं गलियारे में उनका इंतज़ार कर रहा था। जब वे अपार्टमेंट में बैठे, तो जॉर्ज ने एबल के लिए

व्हिस्की का बड़ा जाम तैयार किया, जिसे वह एक ही साँस में पी गया, उसने उसे जॉर्ज को वापिस दिया और गिलास दोबारा भर दिया गया।

"मि. जिल्क्स, यह बताएँ कि मेरे साथ बद-से-बदतर क्या हो सकता है? और बताने में कोई हिचक न रखें।"

"सॉरी, मि. रोसनोवस्की, मि. नोवाक ने मुझे वॉरसॉ के बारे में बताया। वहाँ आपको यूअर एक्सीलेंसी..." उसने बोलना चालू किया।

"वह सब तो इतिहास हो गया। अब हमें 'यूअर एक्सीलेंसी' की फ़िक्र करने की ज़रूरत नहीं है। अगर फ्रेंक होगन से मेरा नाम भी पूछा गया तो उसे याद नहीं होगा। मि. जिल्क्स, बताएँ कि मुझे किन-किन हालात का सामना करना होगा?"

"आप पर चौदह देशों में घूस और भ्रष्टाचार के सत्रह आरोप लगाए गए हैं। मैंने जस्टिस विभाग के साथ मिल कर स्थानीय प्रबंध किए हैं कि आपको कल सुबह यहीं से गिरफ़्तार किया जाए और उन्हें ज़मानत देने में भी कोई आपत्ति नहीं होगी।"

"अच्छी बात है," एबल ने कहा। "और अगर उन्होंने इन आरोपों को साबित कर दिया?"

"ओह, शायद वे कुछ आरोप साबित कर सकते हैं," वकील ने साफ़ शब्दों में कहा। "पर जब तक हेनरी ऑस्बॉन नहीं मिलता, तो उनके लिए सारे आरोप आपके सिर मढ़ना थोड़ा मुश्किल होगा। मुझे डर है कि असली नुकसान तो हो चुका है, मि. रोसनोवस्की, चाहे आप मानें या न मानें।"

"मैं भी यह अच्छी तरह देख सकता हूँ," एबल ने कहा। उसके सामने *डेली न्यूज़* के फ्रंट पेज पर उसकी ही तस्वीर थी। "मैं चाहता हूँ, मि. जिल्क्स आप पता करें कि हेनरी ऑस्बॉर्न से वह फ़ाइल किसने खरीदी? अपनी ओर से जितना हो सके, उतने आदमी इस काम पर लगा दें। मुझे पैसे की परवाह नहीं है। पर आप जल्द से जल्द पता करें क्योंकि अगर यह नाम विलियम केन का निकला तो मुझे हमेशा के लिए उसका सफ़ाया करना होगा।"

"मि. रोसनोवस्की, अपने लिए और परेशानी खड़ी न करें," एच. ट्राफर्ड जिल्क्स ने कड़े शब्दों में कहा। "आप इस समय सिर से पैर तक गहरे दलदल में डूबे हुए हैं। पहले अपना बचाव सोचें।"

"चिंता मत करो," एबल बोला। "जब भी केन का सफ़ाया होगा, तो वह सब क़ानूनी हद और दायरे में ही किया जाएगा।"

"अब मेरी बात ध्यान से सुनें, मि. रोसनोवस्की, कुछ समय के लिए विलियम केन को भुला दें और अपने इस मुक़दमे के बारे में सोचना चालू करें, वरना आपको आने वाले दस साल जेल की सलाखों के पीछे बिताने पड़ सकते हैं। आज की रात हम कुछ और नहीं कर सकते। मैंने पहले ही बहुत सारे आदमी हेनरी ऑस्बॉर्न की खोज में लगा दिए हैं और मैं आरोपों को नक़ारते हुए, एक छोटा प्रेस वक्तव्य जारी करूँगा और कहूँगा कि हमारे पास

पूरे सुबूत हैं कि आपको फँसाया गया है।''

''क्या हमारे पास ऐसे कोई सुबूत हैं ?'' एबल ने आशा भरी नज़रों से देख कर पूछा।

''नहीं,'' वकील ने कहा। ''पर इस तरह मुझे हमारे बचाव में काम करने के लिए थोड़ा समय मिल जाएगा। जब मि. रोसनोवस्की उन सभी अधिकारियों के नामों की सूची देखेंगे जिन्हें रिश्वत देने का आरोप लगाया गया है तो मुझे पूरा यकीन है कि इनमें से किसी एक के भी कभी प्रत्यक्ष संपर्क में नहीं आए होंगे। हो सकता है कि हेनरी ऑस्बॉर्न ने हमेशा मि. रोसनोवस्की को पीछे रखते हुए, स्वयं बिचौलिए की भूमिका निभाई हो। मेरा काम यही साबित करना होगा कि ऑस्बॉर्न ने बैरन ग्रुप के डायरेक्टर के रूप में अपने अधिकारों का दुरुपयोग किया है। मि. रोसनोवस्की, ध्यान रहे, अगर आप सूची के किसी भी एक व्यक्ति से कभी मिले हों, तो मुझे ज़रूर बता दें क्योंकि जस्टिस विभाग से उनमें से एक-एक को बुलवा कर कठघरे में खड़ा किया जाएगा। पर अभी आप आराम करें और नींद लेने की कोशिश करें। आप बुरी तरह से थके होंगे। मैं कल सुबह आपसे मुलाक़ात करता हूँ।''

~

एबल को अगली सुबह, 8.30 बजे उसकी बेटी के अपार्टमेंट से गिरफ़्तार किया गया और एक यूएस मार्शल उसे न्यूयॉर्क के दक्षिणी ज़िले के फ़ेडरल कोर्ट में ले गया। स्टोर की खिड़कियों से उजले रंगों में सेंट वेलेंटाइन डे की सजावट देख कर एबल का मन और भी अकेला हो आया। जिल्क्स को लगा था कि उसने सारी व्यवस्था इतनी चोरी-छिपे की थी कि प्रेस को भनक तक नहीं लगेगी पर जब एबल कोर्ट हाउस पहुँचा तो एक बार फिर से वह फ़ोटोग्राफरों और रिपोर्टरों से घिरा था। वह गॉन्टलट (एक प्रकार की सज़ा जिसमें आरोपी दो व्यक्तियों की सशस्त्र पंक्ति के बीच चलता है, जिनके मुँह आमने-सामने होते हैं) के बीच कोर्टहाउस की ओर भागा, जॉर्ज उसके आगे और वकील पिछली ओर था। फिर वे लोग बरामदे में चुपचाप बैठे, अपने केस की सुनवाई का इंतज़ार करने लगे।

हालाँकि, उन्हें कई घंटों तक इंतज़ार करना पड़ा पर जब उनकी बारी आई तो सब कुछ मिनटों में पूरा हो गया और बड़े अजीब तरीके से बड़ा ही सादा-सा लगा। क्लर्क ने सत्रह आरोप एक-एक कर पढ़े और वकील बार-बार अपने ग्राहक की ओर से 'दोषी नहीं' कहता गया। फिर उसने ज़मानत के लिए आग्रह किया। जैसा कि सरकार ने कहा था, कोई आपत्ति नहीं की गई। वकील ने जज प्रेस्कॉट से कहा कि उसे अपने बचाव में तैयारी के लिए कम-से-कम तीन माह का समय दिया जाए। जज ने मुकदमे की अगली तारीख़ 17 मई तय कर दी।

एबल फिर से आज़ाद था; वह प्रेस का सामना करने, उनके कांटेदार तार जैसे सवालों का जवाब देने और कैमरे की फ़्लैश का सामना करने को तैयार था। कोर्टहाउस की सीढ़ियों के पास ही उसकी अपनी कार प्रतीक्षा में थी, पिछला दरवाज़ा खुला था और इंजन पहले से चालू था। बस उसे किसी तरह उन रिपोर्टरों से बच कर निकलना था जो उस पर स्टोरी कर रहे थे। जब कार ईस्ट फ़िफ़्टी-सेवंथ स्ट्रीट पर आई तो एबल ने मुड़ कर अपनी बाज़ू जॉर्ज के कंधे पर रख दी।

"अब सुनो, जॉर्ज, जब तक मैं अपने बचाव का प्रबंध नहीं करता, ग्रुप का सारा काम तुम सँभालोगे। उम्मीद करते हैं कि तुम इसे आसानी से कर सकोगे," उसने हँसने की कोशिश की।

"बेशक़ एबल मैं आराम से कर सकता हूँ। तुम देखना, हमारा वकील आसानी से तुम्हें बरी करवा देगा। मुस्कुराते रहो।" उसने कहा और जब वे इमारत में पहुँचे तो वह उन दो लोगों को वहीं छोड़ कर काम पर लौट गया।

एबल ने फ़्लोरेंटीना के अपार्टमेंट की बैठक में बैठते हुए अपने वकील से कहा, "कह नहीं सकता कि अगर जॉर्ज नहीं होता तो मेरा क्या होता। हम लोग चालीस साल पहले एक ही जहाज़ पर सवार होकर आए थे और तब से ही हमारा साथ चला आ रहा है। अब तो लगता है कि हमारे आगे काफी कुछ समेटने के लिए पड़ा है, मि. जिल्क्स, हमें इन चीज़ों को सँभालना होगा। क्या आपको ऑस्बॉर्न का अता-पता मिला?"

"नहीं, पर मेरे छह आदमी काम पर हैं और मेरे हिसाब से जस्टिस विभाग के भी कम-से-कम छह लोग यही कर रहे हैं, इसलिए निश्चित रूप से किसी-न-किसी को तो उसका पता मिल ही जाएगा। बस हम चाहते हैं कि हम दूसरे पक्ष के कोई कार्रवाई करने से पहले उसे पकड़ लें।"

"उस आदमी का क्या होगा, जिसे हेनरी ने फ़ाइल बेची," एबल ने पूछा।

"शिकागो में मेरे कुछ भरोसे के लोग हैं, उन्हें इस काम पर लगाया है।"

"बढ़िया। अब उन नामों की फ़ाइल पर बात करने का समय हो गया है जो तुमने कल रात दी थी।"

जिल्क्स ने फ़ाइल खोल कर पढ़ना चालू किया और एक-एक कर आरोपों की सूची पढ़ता गया। एबल नोट्स तैयार करता गया।

~

लगभग तीन सप्ताह तक लगातार मीटिंगों के बाद जिल्क्स आश्वस्त था कि अब एबल के पास उसे बताने के लिए और कुछ नहीं था। उन तीन सप्ताहों के दौरान हेनरी का कुछ पता नहीं चला। जिल्क्स या जस्टिस विभाग के आदमी, कोई भी उसे नहीं खोज सका। यह भी पता नहीं चल पा रहा था कि हेनरी ने वह फ़ाइल किसे बेची थी और वकील सोचने लगा था कि क्या एबल का यह अनुमान सही था। उन्हें विलियम केन के साथ उसका कोई प्रत्यक्ष संपर्क भी अब तक नहीं मिला था।

मुकदमे की तारीख़ पास आ रही थी। एबल को लगने लगा कि कहीं उसे जेल की हवा न खानी पड़े। वह चौवन साल का हो गया था और यह नहीं चाहता था कि जीवन के अंतिम वर्ष उसी तरह बीतें जैसे प्रारंभिक वर्ष बीते थे। जैसा कि एच. ट्राफर्ड जिल्क्स ने संकेत किया था, यदि सरकार उसे दोषी साबित कर देती है तो ऑस्बॉर्न की फ़ाइल में पर्याप्त सुबूत थे जो एबल को लंबे अरसे के लिए जेल ले जा सकते थे। एबल को संदेह था कि कोई भी नया व्यवसाय खड़ा करने में लोगों को चाय-पानी या छोटी-मोटी रिश्वत

दिए बिना बात नहीं बन सकती थी और उस फ़ाइल में वह एक-एक बात बारीकी से बताई गई थी। युवा विलियम केन का कोमल और प्रभावशाली चेहरा कड़वाहट के साथ आँखों के आगे तैर गया, जो अपने बौस्टन ऑफ़िस में उत्तराधिकार में मिले पैसे के ढेर पर बैठा था, जिसके संदेहास्पद मूल के रहस्य, प्रतिष्ठापूर्ण पीढ़ियों तले दबे थे।

एबल की इस उदासी के बीच प्रसन्नता की एक किरण नज़र आई। फ़्लोरेंटीना ने अपने पिता को एक भावुक-सा पत्र लिखा जिसमें कहा गया था कि वह अब भी अपने पिता को बहुत प्यार करती है, उनकी इज़्ज़त करती है और उसे उनकी बेगुनाही पर पूरा भरोसा है। इसके साथ ही उसने अपने बेटे की कुछ तस्वीरें भी भेजी थीं।

मुकदमा चालू होने से तीन दिन पहले, जस्टिस विभाग को न्यू ओरलींस में हेनरी ऑस्बॉर्न का सुराग मिला। यदि वह जुए की उधारी न चुकाने की वजह से पिट कर, दोनों टाँगें तुड़वा कर स्थानीय अस्पताल में भर्ती न होता तो शायद उसका पता न मिलता। शायद न्यू ओरलींस में लोग यह रवैया पसंद नहीं करते थे। जब अस्पताल ने उसकी टाँगों में पलस्तर लगा दिया तो जस्टिस विभाग उसे ईस्टर्न एयरलांइस की उड़ान से न्यूयॉर्क ले आया।

हेनरी ऑस्बॉर्न पर अगले ही दिन जालसाज़ी की साज़िश का आरोप लगाया गया और ज़मानत भी रद्द कर दी गई। एच. ट्राफर्ड जिल्क्स ने कोर्ट से अनुमति चाही कि उसे ऑस्बॉर्न से कुछ सवाल करने दिए जाएँ। जज ने अनुमति दे दी परंतु एक घंटे तक चलने वाली बातचीत के बाद भी वकील को संतोष नहीं हुआ। यह तो साफ़ था कि ऑस्बॉर्न पहले ही सरकार के साथ मिल चुका था, उसने अपने आरोप कम करने की शर्त पर एबल के ख़िलाफ़ गवाही देने की हामी भर दी थी।

''इसमें कोई शक़ नहीं, मि. ऑस्बॉर्न के ख़िलाफ़ बहुत ही मामूली आरोप रहेंगे और पूरी ढील दी जाएगी,'' वकील ने शुष्क स्वर में कहा।

''तो यह खेल चल रहा है,'' एबल ने कहा। ''मैं जेल में सड़ूँगा और वह मज़े करेगा। अब हमें कभी पता नहीं चल सकेगा कि उसने वह फ़ाइल किसे बेची थी।''

''नहीं, वह इस बारे में बात करना चाहता था। उसने मुझे आश्वस्त किया कि वह नाम विलियम केन नहीं है। उसने कहा कि भले ही विलियम केन कितना भी पैसा क्यों न देता, वह उसे यह फ़ाइल न बेचता। हेनरी स्मिथ नाम का वह आदमी शिकागो से था, उसने ही 25,000 डॉलर में फ़ाइल खरीदी। क्या आप यकीन करेंगे; यह नाम नकली निकला, शिकागो में दर्जनों हेनरी स्मिथ होंगे पर उनमें से कोई भी इस आदमी के हुलिए से नहीं मिलता।''

''उसे खोजो,'' एबल ने कहा। ''मुक़दमा चालू होने से पहले उसे किसी भी हाल में खोजो।''

''हम लोग दिन-रात काम पर हैं। अगर वह अब भी शिकागो में है तो हमारे हाथ ज़रूर लगेगा। ऑस्बॉर्न ने कहा है कि इस हेनरी स्मिथ ने उसे बताया कि उसे निजी मक़सद से इस जानकारी की ज़रूरत थी और वह किसी भी अधिकारी को इसके बारे में कुछ बताने

की मंशा नहीं रखता था।''

''फिर वह फ़ाइल चाहता ही क्यों था?''

''शायद ब्लैकमेल करने के लिए। तभी तो ऑस्बॉर्न अलोप हो गया था : वह आपसे बचना चाहता था। अगर आप इस बारे में सोचें, मि. रोसनोवस्की, हो सकता है कि वह सच बोल रहा हो। देखा जाए तो फ़ाइल की जानकारी उसके लिए भी तो नुकसानदायक थी और जब उसने सुना होगा कि आप जस्टिस विभाग द्वारा पकड़े गए तो वह चौकन्ना हो गया होगा। यही वजह होगी कि उसने छिपना चाहा और फिर पकड़े जाने पर, आपके ख़िलाफ़ गवाही देने को मान गया।''

''क्या तुम जानते हो, मैंने ऑस्बॉर्न को काम पर इसलिए रखा था कि वह भी मेरी तरह विलियम केन से नफ़रत करता था, और केन ने उससे ही फ़ायदा उठा लिया,'' एबल ने वकील से कहा।

''ऐसा कोई सुबूत नहीं मिलता कि इस खेल में मि. विलियम केन भी शामिल थे,'' जिल्क्स ने कहा।

''मुझे यह मानने के लिए सुबूत नहीं चाहिए।''

~

अभियोगी पक्ष के आग्रह पर तारीख़ को आगे बढ़ाया गया, वे लोग हेनरी ऑस्बॉर्न से सवाल-जवाब करने के लिए और समय चाहते थे जो उनका सबसे बड़ा गवाह था। ट्राफर्ड जिल्क्स ने मज़बूती से विरोध प्रकट किया और अदालत को बताया कि उसका मुवक्किल सेहतमंद नहीं है, वह उस पर लगाए गए झूठे आरोपों की वजह से भारी दबाव में जी रहा है। यह अपील सुन कर मि. प्रेस्कॉट द्रवित हुए, उन्होंने अभियोगी पक्ष के आग्रह को मान लिया और आने वाले चार सप्ताह के बाद की तारीख़ दी गई।

एबल के लिए, वे 28 दिन घंटों में मापे जा सकते थे। तारीख़ आने से दो दिन पहले उसने मान लिया कि अब उसे दोषी बना कर लंबे समय तक जेल भेजा जा सकता है। तभी उसके वकील के एक खोजी ने शिकागो में हेनरी स्मिथ नाम के आदमी को खोज लिया। वह एक स्थानीय निजी जासूस निकला जिसे उसके ग्राहक ने छद्म नाम से काम करने को कहा था, जो न्यूयॉर्क की एक लॉयर फ़र्म थी। यह पता लगाने में जिल्क्स को एक हज़ार डॉलर और अतिरिक्त चौबीस घंटे लगे कि हेनरी स्मिथ के अनुसार वह फ़र्म कोहेन, कोहेन और यैबलॉन्स की थी।

''थाडियस कोहेन केन का निजी वकील है। वे लोग हॉर्वर्ड से एक-दूसरे के परिचित हैं,'' एबल ने कहा। ''और बहुत पहले, जब मैंने केन के बैंक से होटल खरीदा था तो उसकी कुछ कागज़ी कार्रवाई थॉमस कोहेन ने की थी। कुछ कारणवश बैंक ने इस सौदेबाज़ी के लिए दो वकीलों की सहायता ली थी।''

''तुम बताओ, मुझे इनके लिए क्या करना चाहिए?'' जॉर्ज ने एबल से पूछा।

"कुछ नहीं।" ट्राफर्ड जिल्क्स ने बीच में कहा। "हम नहीं चाहते कि नई मुसीबत खड़ी हो। क्या आप समझे, मि. रोसनोवस्की?"

"ठीक है," एबल ने कहा। "मैं यह मुक़दमा पूरा होने के बाद विलियम से निपटता हूँ। अब सुनो, मि. जिल्क्स और ध्यान से सुनो। इसी समय जाकर हेनरी ऑस्बॉर्न से मिलो और उसे बताओ कि उसने जो फ़ाइल हेनरी स्मिथ को दी थी, उसने उसे सीधा विलियम केन के पास भेज दिया और अब केन हम दोनों से बदला लेने के लिए उसका इस्तेमाल कर रहा है। 'हम दोनों' शब्द पर ज़ोर देना। मैं तुमसे वादा करता हूँ कि जब हेनरी ऑस्बॉर्न को यह पता चलेगा तो वह गवाही देने के लिए अपना मुँह नहीं खोलेगा, चाहे उसने जस्टिस विभाग से कितने भी बड़े वादे क्यों न किए हों। हेनरी ऑस्बॉर्न ही ऐसा इकलौता जीवित इंसान है जो केन से मुझसे भी ज़्यादा घृणा करता है।"

हालाँकि जिल्क्स को पूरी तरह से एबल की बात पर यकीन नहीं आया पर उसने कहा, "यदि आपकी ओर से यही निर्देश है तो यह पूरा होगा पर मैं आपको चेतावनी देना चाहूँगा मि. रोसनोवस्की, ऑस्बॉर्न सारा दोष आपके कंधों पर डाल रहा है और अब तक उसने हमारी कोई मदद नहीं की है।"

"मि. जिल्क्स, आप मेरी बात पर भरोसा करें। ज्यों ही आप उसे केन के बारे में सूचना देंगे, उसका रवैया उसी समय बदल जाएगा।"

ट्राफर्ड जिल्क्स ने हेनरी से उसकी कोठरी में दस मिनट समय बिताने की अनुमति ले ली। हेनरी ने सब कुछ सुना पर कुछ नहीं कहा। ऐसा लगा कि वकील की बात सुन कर भी उस पर कोई असर नहीं हुआ, पर वकील ने तय किया कि वह एबल को इसके बारे में बताने से पहले कल सुबह तक का इंतज़ार करेगा। वह चाहता था कि अगले दिन मुक़दमा चालू होने से पहले, उसका मुवक्किल रात की अच्छी नींद ले ले।

चार घंटे बाद मुक़दमा चालू होने वाला था, हेनरी की कोठरी में उसका गार्ड नाश्ता लेकर गया तो पाया कि उसने फाँसी लगा ली थी।

उसने उसके लिए हॉर्वर्ड टाई का प्रयोग किया था।

~

अगले दिन सरकारी मुक़दमे से उनका प्रमुख गवाह गायब था और अभियोगी पक्ष ने सरकार से आग्रह किया कि तारीख़ को आगे बढ़ा दिया जाए। ट्राफर्ड जिल्क्स ने दोबारा अपने मुवक्किल की गिरती हुई सेहत और बढ़ती उम्र का हवाला देकर अपील की और जज ने उनके आग्रह को ठुकरा दिया।

जनता टी.वी. और अख़बार में शिकागो बैरन के मुक़दमे के एक-एक शब्द को सुन रही थी। एबल को यह देख कर बुरा लगा कि ज़ाफ़िया दर्शकदीर्घा की पहली पंक्ति में बैठ कर, उसकी परेशानी और बेचैनी का मज़ा ले रही थी। कोर्ट में नौ दिन के बाद, अभियोग पक्ष को समझ आ गया कि उनका पक्ष कमज़ोर हो रहा था और उन्होंने अपनी ओर से सौदेबाज़ी की पेशकश रखी। एक अवकाश के दौरान जिल्क्स ने एबल को उनके प्रस्ताव

के बारे में बताया।

"अगर आप दो सरकारी अधिकारियों को ग़लत तरीके से प्रभावित करने के मामूली प्रयासों के लिए हामी भर दें तो आपको घूसखोरी के बड़े इल्ज़ामों से अलग कर दिया जाएगा।"

"अगर मैं प्रस्ताव नहीं मानता तो तुम्हारे हिसाब से मेरे बच निकलने की कितनी संभावना है।"

"आधी-आधी," वकील ने कहा।

"और अगर मैं नहीं बच सकता तो क्या होगा।"

"प्रेस्कॉट बहुत कड़क है। छह साल से कम की सज़ा नहीं होगी।"

"और मैंने उनके प्रस्ताव को मान कर, दो मामूली आरोपों को स्वीकार किया तो?"

"एक भारी जुर्माना। अगर इससे ज़्यादा कुछ और हुआ तो मुझे हैरानी होगी।"

एबल कुछ क्षणों तक शांत रहा और विकल्पों पर विचार करने लगा।

"मैं अपने गुनाह कुबूल करता हूँ। ये सारी कहानी यहीं ख़त्म करते हैं।"

~

स्टेट के वकील ने जज को बताया कि वे लोग एबल रोसनोवस्की पर लगाए गए पंद्रह इल्ज़ाम वापिस ले रहे हैं। तभी ट्राफर्ड जिल्क्स ने अपनी जगह से उठ कर जज महोदय को बताया कि उनके मुवक्किल मि. एबल रोसनोवस्की अपने पर लगे दो आरोपों को मानते हैं, जो उन्होंने सरकारी अधिकारियों को ग़लत तरीके से प्रभावित करते हुए किए हैं। जूरी को रद्द कर दिया गया। प्रेस्कॉट ने मामले की आख़िरी सुनवाई में कमी नहीं रखी और एबल को खरी-खरी सुनाते हुए कहा कि अपना काम चालू करने का मतलब यह नहीं होता कि आप सरकारी अधिकारियों को ग़लत काम करने के लिए उकसाएँ या रिश्वत दें। रिश्वतखोरी एक अपराध है और अगर कोई समझदार और सक्षम व्यक्ति, अपने स्तर से नीचे उतर कर ऐसा काम करता है तो यह और भी बदतर अपराध हो जाता है। उसने कहा कि हो सकता है, दूसरे देशों में रिश्वतखोरी को स्वीकार किया जाता हो पर यूनाइटेड स्टेट्स ऑफ़ अमेरिका में ऐसा नहीं है। उसने एबल को छह महीने की निलंबित सज़ा (ऐसी सज़ा जिसे तब तक लागू नहीं किया जाता, जब तक अपराधी एक निश्चित समय में कोई और अपराध नहीं करता) सुनाई और अन्य खर्चों के अलावा 25,000 डॉलर का ज़ुर्माना देने को कहा।

जॉर्ज एबल को अपने साथ बैरन ले गया। वे पेंटहाउस में बैठे और कुछ भी बोलने से पहले पूरे एक घंटे तक शराब पीते रहे। फिर एबल ने कहा—

"मैं चाहता हूँ कि तुम पीटर पारफ़िट से मिलो और उसे उसके मिलियन डॉलर दे दो, जो उसने लेस्टर के दो प्रतिशत शेयर के लिए माँगे हैं, जॉर्ज। एक बार बैंक के आठ प्रतिशत शेयर मेरे पास होंगे तो मैं आर्टीकल सेवन के हवाले से, विलियम केन को उसके अपने ही बोर्डरूम में घुटनों पर ला दूँगा।"

जॉर्ज ने उदासी से सिर हिलाया, उसे अहसास हो गया था कि एक लड़ाई अभी ख़त्म नहीं हुई थी कि दूसरी चालू हो गई।

~

कुछ दिन बाद, स्टेट डिपार्टमेंट ने ऐलान किया कि पोलैंड को यूनाइटेड स्टेट्स के साथ विदेशी व्यापार में अनुकूल राष्ट्र का दर्जा दिया गया है और वॉरसॉ के लिए अगले अमेरिकी राजदूत, जॉन मूर्स कैबट होंगे।

55

फरवरी की एक कड़क सर्द शाम, विलियम केन अपनी आरामकुर्सी पर बैठा थाडियस कोहेन से आई रिपोर्ट को दोबारा पढ़ रहा था।

हेनरी ऑस्बॉर्न ने वह फ़ाइल दे दी थी जिसमें वह सारी जानकारी थी जिसके बल पर एबल रोसनोवस्की का सफ़ाया हो सकता था, हेनरी ने 25,000 डॉलर अपनी जेब में डाले और चंपत हो गया। विलियम ने सोचा कि उससे यही उम्मीद थी, उसने फ़ाइल की प्रति अपने लॉकर में रख दी। मूल प्रति को थाडियस कोहेन ने वाशिंगटन डीसी के जस्टिस विभाग को भिजवा दिया।

जब रोसनोवस्की तुर्की से आया और उसे बंदी बनाया गया, विलियम उसके पलटवार की उम्मीद में था, उसे लग रहा था कि वह तत्काल इंटरस्टेट के शेयरों का लाभ उठाएगा। इस बार, विलियम तैयार था। उसने अपने ब्रोकर को पहले ही चेता दिया था कि इंटरस्टेट के शेयर बाज़ार में भारी मात्रा में आ सकते हैं और उसके निर्देश पूरी तरह से स्पष्ट थे। वह स्टॉक तत्काल खरीदना था ताकि शेयरों के दाम न गिरें। वह अल्पकालीन रूप से अपने ट्रस्ट के पैसे लगाने को भी तैयार था ताकि बैंक की ओर से असुखद प्रतिक्रिया न हो। उसने लेस्टर के सारे स्टॉकधारियों को भी संदेश भेज दिया था कि वे उससे सलाह लिए बिना इंटरस्टेट के शेयर न बेचें।

कई सप्ताह बीत गए, रोसनोवस्की की ओर से कोई हलचल नहीं हुई। विलियम को भी यही लगने लगा कि थाडियस कोहेन ने सही कहा था कि एबल की ओर से कुछ नहीं किया जा रहा था। रोसनोवस्की सारा दोष ऑस्बॉर्न के कंधों पर डालने वाला था।

शायद कोहेन का अनुमान सही था कि ऑस्बॉर्न अभियोग पक्ष की ओर से मुख्य गवाह होगा। रोसनोवस्की लंबे समय के लिए सलाखों के पीछे होगा, उसके लिए आर्टीकल सेवन का प्रयोग करना असंभव हो जाएगा और वह फिर कभी बैंक या विलियम के लिए ख़तरा नहीं रहेगा। विलियम को उम्मीद थी कि शायद इस तरह रिचर्ड को भी अक्ल आ जाए और वापिस घर आ जाए। जब रोसनोवस्की छोकरी के बाप के बारे में ऐसी बातें सामने आएँगी तो वह समझ जाएगा कि वह लड़की उसकी शर्मिंदगी की वजह बन सकती है। तब उसे अहसास होगा कि उसके अपने पिता ने सही कहा था। उन दोनों का तलाक विलियम की ओर से आख़िरी बदला होगा।

विलियम बहुत खुशी से रिचर्ड का स्वागत करेगा। लेस्टर के बोर्ड में दो पद रिक्त थे। टोनी सिमन्स रिटायर हो गया था और टेड लीच नहीं रहे। थाडियस कोहेन ने यह रिपोर्ट भी दी थी कि रिचर्ड ने फ़्लोरेंटीना की ओर से बहुत सारे अधिग्रहण किए थे पर बेशक़ किसी बुटीक के लिए काम करने के बजाय लेस्टर के अगले चेयरमैन के रूप में काम करना कहीं सुखद होगा।

विलियम को बैंक में काम करने वाले नए डायरेक्टरों की पीढ़ी की बहुत परवाह नहीं थी। विलियम के बाद वाइस चेयरमैन जेक थॉमस ही उसके पद के लिए उपयुक्त दावेदार था। भले ही वह प्रिंसटन से स्नातक था पर बहुत महत्त्वाकांक्षी था और लेस्टर के अगले चेयरमैन पद के लिए विलियम को नहीं भा रहा था। विलियम को पूरे ग्यारह साल तक यानी अपनी आयु पैंसठ वर्ष की होने तक पद पर रहना था, उसे उम्मीद थी कि शायद वह तब तक रिचर्ड को बैंक में वापिस काम करने के लिए मना चुका होगा। वह जानता था कि केट किसी भी हाल में रिचर्ड को वापिस ला सकती थी पर समय बीतने के साथ-साथ उसके लिए इन चीज़ों को परख़ना मुश्किल हो रहा था। शुक्र है, वर्जीनिया शादी के बाद अपने घर में खुश थी और अब माँ बनने वाली थी। यदि रिचर्ड ने अपना घर और एबल की लड़की छोड़ कर आने से मना कर दिया तो विलियम वर्जीनिया की औलाद के नाम सब कुछ कर देगा।

~

जब विलियम को दिल का पहला दौरा पड़ा तो वह अपने काम की मेज़ पर था। वह दौरा कोई गंभीर नहीं था और डॉक्टर का कहना था कि वह अगर काम की गति धीमी कर दे तो आने वाले बीस साल तक आराम से जी सकता है।

विलियम को घर पर आराम करना पड़ा और बेमन से जेक थॉमस को अनुमति दी कि उसकी अनुपस्थिति में बैंक के सारे निर्णय वह ले सके। पर वह जल्दी ही बेचैन हो गया, अपने डॉक्टर की बात अनसुनी की और काम पर वापिस आ गया। उसने फिर से अपने पद को सँभाल लिया, उसे डर था कि कहीं उसकी अनुपस्थिति में जेक थॉमस कुछ ज़्यादा ही छूट न ले ले।

केट समय-समय पर हिम्मत बटोर कर कहती थी कि विलियम को रिचर्ड से मिलना चाहिए पर विलियम अपने हठ पर अड़ा था। "वह जानता है कि वह जब जी चाहे अपने घर वापिस आ सकता है। बस उसे इतना करना है कि उस औरत के साथ कोई संबंध न रखे।"

~

जिस दिन हेनरी ऑस्बॉर्न ने आत्महत्या की, विलियम को दिल का दूसरा दौरा पड़ा। केट सारी रात उसके साथ जागती रही। एबल रोसनोवस्की के आने वाले मुक़दमे के लिए जुनून ने उसे जीवित रखा। वह *न्यूयॉर्क टाइम्स* में छप रही ख़बरें पढ़ता रहा, हालाँकि वह जानता था कि ऑस्बॉर्न की मौत के बाद से रोसनोवस्की कहीं बेहतर स्थिति में आ गया था।

जब रोसनोवस्की को केवल छह माह की निलंबित सज़ा और 25,000 डॉलर का

जुर्माना भरने को कहा गया तो विलियम इतना हताश हो गया कि केट को लगा कि उसे दोबारा हार्ट अटैक न आ जाए। उसे समझने में देर नहीं लगी कि सरकार ने रोसनोवस्की के वकील से अंदर-ही-अंदर साँठ-गाँठ कर ली होगी। पर कुछ ही दिन के अंदर विलियम को यह देख कर हैरानी हुई कि उसे शर्मिंदगी महसूस हो रही थी और कहीं-न-कहीं यह भी लग रहा था कि अच्छा हुआ, एबल को जेल नहीं जाना पड़ा।

जब मुक़दमा पूरा हुआ तो विलियम ने परवाह नहीं की कि रोसनोवस्की इंटरस्टेट एयरवेज़ के शेयरों का क्या करेगा। वह इस बार तैयार था पर कुछ नहीं हुआ। इसी तरह कई महीने बीत गए। शिकागो बैरन विलियम के दिमाग से निकल गया और उसे रिचर्ड की याद सताने लगी। वह अपने बेटे से मिलने को बेचैन रहने लगा। उसने कहीं पढ़ा था, 'बुढ़ापा और मौत का डर अचानक ही हृदय परिर्वतन कर देते हैं।'

सितंबर की एक सुबह, उसने केट से कहा कि उसने अपना इरादा बदल दिया है। केट ने कोई सवाल नहीं किया; उसके लिए इतना ही बहुत था कि विलियम अपने बेटे से मिलने को तैयार हो गया था।

"मैं उसे अभी फ़ोन करती हूँ और दोनों को न्यूयॉर्क आने को कहती हूँ," उसने कहा। उसे खुशी हुई कि 'दोनों' शब्द सुन कर भी उसके पति का पारा नहीं चढ़ा।

"बहुत अच्छे," विलियम ने धीरे से कहा। "प्लीज़ रिचर्ड से कहना कि मैं उसे मरने से पहले मिलना चाहता हूँ।"

"बेकार की बातें मत करो जान। डॉक्टर ने कहा है कि अगर काम की गति धीमी कर दोगे तो अगले बीस साल तक जी सकते हो।"

"मैं बस चेयरमैन का कार्यकाल पूरा करना चाहता हूँ और रिचर्ड को अपनी जगह बैठा देखना चाहता हूँ। बस वही बहुत होगा। तुम एक बार फिर से रिचर्ड के पास जाकर उसे क्यों नहीं बतातीं कि मैं उससे मिलना चाह रहा हूँ,"—और उसने हिचकते हुए जोड़ा- "उन दोनों से।"

"दोबारा, तुम कहना क्या चाहते हो?" केट ने घबराकर पूछा।

विलियम मुस्कुराया, "मुझे पता है कि तुम पिछले बरसों के दौरान कई बार सैन फ्रांसिस्को जा चुकी हो, डार्लिंग। जब भी मैं अपने बिज़नेस के दौरे पर एक सप्ताह से अधिक समय के लिए जाता था तो तुम हमेशा अपनी माँ से मिलने का बहाना बना कर चली जाती थीं। जब पिछले साल वे नहीं रहीं तो तुम्हारे लिए बहाना बनाना मुश्किल हो गया। तुम आज भी उतनी ही सुंदर हो, जितनी पहले थी पर मेरा मानना है कि चौवन साल की उम्र में तुम्हें कोई आशिक तो मिलने से रहा इसलिए यह पता लगाना मुश्किल नहीं था कि तुम रिचर्ड से मिलने जाती थीं।"

"तुमने कभी कहा क्यों नहीं कि तुम्हें पता था?"

"मुझे जान कर अच्छा ही लगता था।" विलियम ने कहा। "मुझे यह सोच कर गुस्सा आता था कि हम दोनों ने ही अपने बेटे से संपर्क खो दिया था। वह हमारा इकलौता

बेटा है। कैसा है वह?''

''वे दोनों अच्छे हैं और अब तो घर में तुम्हारे पोते के अलावा एक पोती भी आ गई है।''

''पोती,'' विलियम ने दोहराया।

''हाँ। सब उसे एनाबेल कहते हैं,'' केट बोली।

''और मेरा पोता?'' विलियम ने पूछा।

जब केट ने उसे पोते का नाम बताया तो उसे मुस्कुराना पड़ा। वह नाम आधा झूठा बताया गया।

''ठीक है,'' विलियम बोला। ''यही प्रार्थना है कि विलियम मेरी तरह कमअक्ल न हो और मुझसे मिलने की समझदारी दिखा सके। उसे कहना कि मैं उसे प्यार करता हूँ।'' उसने एक आदमी के मुँह से यह सुना था, जब उसे पता चला था कि वह अपने बेटे को खोने जा रहा था।

केट पिछले सालों के दौरान इतनी प्रसन्न कभी नहीं हुई थी। उसने उसी शाम रिचर्ड को कॉल करके कहा कि वह कुछ दिन उनके पास रहने आ रही है और इस बार वह उनके लिए खुशखबरी लेकर आएगी।

≈

जब केट तीन सप्ताह बाद न्यूयॉर्क वापिस आई तो उसने विलियम को बताया कि रिचर्ड और फ़्लोरेंटीना नए साल पर मिलने के लिए आने वाले हैं। उसने बताया कि वे दोनों कितने क़ामयाब हो गए हैं, उनकी पोती कितनी सुंदर है और रिचर्ड अपने पिता से न्यूयॉर्क मिलने आने को बेताब है। वह अपनी पत्नी को उनसे मिलवाना चाहता है। विलियम ने फ़्लोरेंटीना के बारे में जो भी सुना, उसे बहुत अच्छा लगा। उसे डर लगने लगा था कि अगर रिचर्ड घर वापिस नहीं आया तो आगे भी नहीं आ सकेगा और चेयरमैन का पद जेक थॉमस की गोद में जा गिरेगा। विलियम को अब कुछ सोचने की ज़रूरत नहीं थी। वह केट की बातें सुन कर खुश होता रहा। पिछले कुछ सालों से इतनी शांति तो कभी नहीं मिली थी।

≈

विलियम दिल के दूसरे दौरे से सँभल कर, वीरवार को काम पर वापिस आ गया। अब उसे लगने लगा था कि जीने के लिए मक़सद मिल गया है।

जब वह बैंक में आया तो दरबान ने गेट पर ही कहा कि जेक थॉमस मिलने के लिए इंतज़ार कर रहा है। विलियम ने बैंक के उस वरिष्ठ कर्मचारी को धन्यवाद दिया—वह लेस्टर का इकलौता आदमी था जो उससे ज़्यादा सालों से नौकरी कर रहा था।

''हैरी, कुछ भी ऐसा ख़ास नहीं होता जो इंतज़ार न कर सके,'' उसने उत्तर दिया।

''नहीं, सर, ऐसा कुछ नहीं होता।''

विलियम धीरे-धीरे गलियारे से होते हुए अपने ऑफ़िस तक गया। जब उसने दरवाज़ा खोला तो जेक थॉमस को अपनी कुर्सी पर बैठा पाया।

"क्या मैं इतने लंबे अरसे के लिए बाहर था?" विलियम हँसने लगा। "क्या मैं बोर्ड के चेयरमैन पद पर नहीं रहा।"

"बेशक़, आप ही चेयरमैन हैं।" थॉमस ने कुर्सी से उठ कर स्वागत करते हुए कहा, "विलियम, आपका स्वागत है।"

विलियम के लिए युवा पीढ़ी की इस आदत को सहन करना मुश्किल था, वे लोग कितनी आसानी से सबको पहले नाम से बुलाते थे। उसे और थॉमस को एक साथ काम करते कुछ ही साल हुए थे और वह आदमी चालीस से ऊपर का नहीं होगा।

"तो क्या परेशानी है?" विलियम ने पूछा।

"एबल रोसनोवस्की," थॉमस ने भावविहीन चेहरे से कहा।

विलियम के पेट में उथल-पुथल होने लगी।

"इस बार वह क्या चाहता है?" उसने चिंता ज़ाहिर की। "क्या वह मुझे आख़िरी समय में भी चैन से जीने नहीं देगा?"

"वह आर्टीकल सेवन को लागू करना चाहता है और उसने प्रॉक्सी मीटिंग रखी है ताकि आपको बोर्ड के चेयरमैन पद से हटाया जा सके।"

"वह ऐसा नहीं कर सकता। उसके पास अनिवार्य आठ प्रतिशत शेयर नहीं हैं और बैंक के नियमों के अनुसार, अगर कोई बाहरी व्यक्ति, बैंक के स्टॉक के आठ प्रतिशत शेयर लेता है तो चेयरमैन को तत्काल सूचित किया जाना चाहिए।"

"उसने कहा है कि आज शाम तक उसके पास अन्य दो प्रतिशत स्टॉक भी होंगे।"

"यह नहीं हो सकता," विलियम बोला। "मैंने सारे स्टॉक पर नज़र रखी हुई है। कोई भी रोसनोवस्की को शेयर बेचने पर विचार नहीं कर रहा। कोई भी स्टॉकहोल्डर नहीं बेच रहा।"

"परंतु पीटर पारफ़िट का क्या होगा?"

विलियम विजयी मुस्कान के साथ बोला, "मैंने एक तीसरे पक्ष के माध्यम से, उसके शेयर खरीद लिए थे। उससे मुझे डर नहीं रहा।"

जेक थॉमस को यह सुनकर सदमा लगा और दोनों ही थोड़ी देर चुप रहे।

विलियम को पहली बार अहसास हुआ कि थॉमस लेस्टर का चेयरमैन बनने के लिए कितना उत्सुक था।

"ख़ैर," थॉमस ने सँभल कर आगे बात कही। "रोसनोवस्की का दावा है कि आज शाम तक उसके पास आठ प्रतिशत अंश होंगे जिनकी वजह से वह बोर्ड के तीन डायरेक्टर चुन सकता है और नीति से जुड़े किसी भी महत्त्वपूर्ण निर्णय को कम-से-कम तीन माह तक रोक सकता है—आपने ही अपने पद को लंबे समय तक बनाए रखने के लिए ये आर्टीकल

शामिल किए थे। वह अगले सोमवार सुबह एक प्रेस कॉन्फ्रेंस भी करना चाहता है ताकि बैंक के भविष्य की रूपरेखा प्रस्तुत कर सके। उसका कहना है कि अगर किसी ने उसका विरोध किया तो वह कंपनी के लिए रिवर्स टेकओवर बिड भी ले सकता है। उसने साफ़ कह दिया है कि केवल एक ही बात से वह अपनी मंशा बदल सकता है।''

''वह क्या है?'' विलियम ने पूछा।

''आपको चेयरमैन के पद से त्याग-पत्र देना होगा।''

''यह तो ब्लैकमेल होगा!'' विलियम लगभग चिल्लाते हुए बोला।

''शायद। पर अगर आपने अगले सोमवार दोपहर तक त्याग-पत्र नहीं दिया तो वह सारे शेयरहोल्डर्स को आपके त्याग-पत्र की माँग के लिए लिख सकता है। उसने पहले ही चालीस अख़बारों और पत्रिकाओं में जगह आरक्षित कर ली है।''

''क्या उसका दिमाग फिर गया है,'' विलियम ने ऊपर वाली जेब से रूमाल निकाल कर भवों पर आया पसीना पोंछा।

''इतना ही नहीं,'' थॉमस आगे बोला। ''उसने यह भी माँग रखी है कि अगले दस साल तक आपके बाद कोई और केन इस सीट पर नहीं आ सकता और आपके त्याग-पत्र में आपकी बुरी सेहत या फिर आपकी विदाई का कोई और कारण नहीं दिया जाएगा।''

थॉमस ने विलियम को एक भारी-भरकम दस्तावेज़ थमा दिया, जो बैरन ग्रुप के लैटरहैड पर बना था।

''पागल कहीं का,'' विलियम ने पन्ने पलटने के बाद दोहराया।

''वैसे मैंने कल सुबह दस बजे एक बोर्ड मीटिंग रखी है,'' थॉमस बोला। ''हम उसकी मांगों पर विचार करने से बच नहीं सकते।'' एक भी शब्द और कहे बिना, वह कमरे से बाहर हो गया और अपने पीछे धीरे से दरवाज़ा बंद किया।

उस दिन विलियम के पास कोई और नहीं आया। वह अपनी मेज़ पर अकेला बैठा, कुछेक डायरेक्टरों से बात करने की कोशिश करता रहा। बस उनमें से एकाध से ही बात हो सकी और उसे जल्द ही अहसास हो गया कि अब उसे उनका सहयोग नहीं मिल सकता था और कल की मीटिंग उसकी आख़िरी मीटिंग साबित हो सकती थी। उसने अपने शेयरहोल्डरों की सूची देखी और उसे अब भी विश्वास था कि उनमें से कोई भी शेयर नहीं बेच रहा था। वह हँसने लगा। रोसनोवस्की पहली ही बाधा पार नहीं कर सकेगा।

विलियम उस दोपहर जल्दी घर चला गया और एबल रोसनोवस्की को आख़िरी बार पस्त करने के दाँव-पेंच की तैयारी में स्टडी में जा बैठा। वह रात तीन बजे तक सोने नहीं गया। तब तक उसने यह तय कर लिया था कि वह मीटिंग में क्या करने वाला था।

56

विलियम बोर्ड मीटिंग के लिए पूरी तरह से तैयार होकर आया और अपने ऑफ़िस में बैठकर नोट्स देखने लगा। उसे पूरा विश्वास था कि उसने किसी भी सँभावित समस्या के लिए योजना बना ली थी। दस बजने में पाँच मिनट पर उसकी सैक्रेटरी का संदेश आया, ''मि. चेयरमैन, कोई मि. रोसनोवस्की, फ़ोन पर बात करना चाहते हैं।''

''क्या?''

''मि. रोसनोवस्की।''

''मि. रोसनोवस्की?'' विलियम ने अविश्वास से नाम दोहराया। ''लाइन दे दो।'' विलियम की आवाज़ में हल्का-सा कंपन था।

''जी, सर।''

''मि. केन?'' वह हल्का-सा लहज़ा, जो विलियम कभी नहीं भूल सकता था।

''हाँ। इस बार क्या करने की सोच रहे हो,'' उसने चिंतित होते हुए पूछा।

''मैं आपको बैंक के कानून के अनुसार सूचित कर रहा हूँ कि मेरे पास लेस्टर के आठ प्रतिशत शेयर आ गए हैं और अगर सोमवार दोपहर तक मेरी माँगें पूरी नहीं होतीं तो मैं आर्टीकल सेवन लागू करना चाहूँगा।''

''ये दो प्रतिशत शेयर किसने दिए?'' विलियम हकलाया।

फ़ोन रख दिया गया। विलियम ने शेयरहोल्डर्स की सूची पर नज़र दौड़ाई और देखना चाहा कि उसे कौन धोखा दे रहा था। जब दोबारा फ़ोन बजा तो वह अब भी काँप रहा था।

''सर, बोर्ड के सदस्य प्रतीक्षा कर रहे हैं।''

~

विलियम ने दस बज कर तीन मिनट पर बोर्ड रूम में कदम रखा। उसने मेज़ के आस-पास देखा, वह बहुत कम युवा डायरेक्टरों को अच्छी तरह जानता था। पर जब आख़िरी बार वह चेयरमैन पद के लिए खड़ा हुआ था, तब भी सबसे अनजान होने के बावजूद जीत उसकी हुई थी। वह अपने मन में मुस्कुराया, उसे पूरा विश्वास था कि वह रोसनोवस्की के कपट को सबके सामने ला सकेगा। जब वह बोर्ड को संबोधित करने उठा, तो उसका भाषण अच्छी तरह से तैयार किया गया था।

''सज्जनो, यह मीटिंग इसलिए बुलवाई गई है क्योंकि बैरन ग्रुप के मि. एबल रोसनोवस्की जो कि एक अपराधी है की ओर से एक माँग रखी गई है, उन्होंने मुझे धमकी दी है कि वे हमारे बैंक में अपने आठ प्रतिशत शेयर का प्रयोग करेंगे और हमें शर्मिंदा कर देंगे। अगर ऐसा नहीं हुआ तो वे रिवर्स टेकओवर बिड करेंगे, वे चाहते हैं कि मैं बिना किसी सफ़ाई के अपना इस्तीफ़ा दे दूँ। मेरे पास चेयरमैन पद के लिए केवल नौ साल बचे हैं और अगर मैंने उससे पहले बैंक को छोड़ने का उपक्रम किया तो मेरा इस्तीफ़ा वॉल स्ट्रीट पर

ग़लत नज़रिए से देखा जाएगा।"

उसने अपने नोट्स की ओर देखा।

"सज्जनो, मैं मि. रोसनोवस्की की ओर से होने वाले किसी भी हमले का सामना करने के लिए बैंक में मेरे सारे शेयर, मेरे निजी ट्रस्ट से दस मिलियन डॉलर प्रस्तुत कर रहा हूँ ताकि लेस्टर को किसी भी तरह की वित्तीय हानि से बचाया जा सके। उम्मीद करता हूँ कि मुझे आपसे पूरा सहयोग मिलेगा। मुझे पूरा विश्वास है कि आप रोसनोवस्की को हमें ब्लैकमेल करने का मौका नहीं देंगे।"

कमरे में सन्नाटा था। विलियम को लगा कि उसकी जीत हुई पर तभी जेक थॉमस ने पूछा कि क्या बोर्ड उसके और एबल रोसनोवस्की के संबंध के बारे में जान सकता है। यह आग्रह सुन कर विलियम सकते में आ गया पर उसने बिना किसी हिचक के स्वीकार कर लिया। जेक थॉमस उसे डरा नहीं सका।

थॉमस बोला, "आपके और मि. रोसनोवस्की के बीच यह निजी बैर, पिछले तीस से भी अधिक सालों से चला आ रहा है। क्या आपको लगता है कि अगर हमने आपका प्रस्ताव मान लिया तो यह मामला यहीं समाप्त हो जाएगा।"

"एक इंसान और कर भी क्या सकता है? और क्या कर सकता है?" विलियम हकलाया और किसी सहारे की तलाश में कमरे में नज़र दौड़ाई।

"हम पहले से नहीं जान सकते कि रोसनोवस्की का अगला कदम क्या होगा," थॉमस ने कहा।

"और बैंक में आठ प्रतिशत शेयर के साथ, वह हम सबको गिरवी रख सकता है। नए कंपनी सैक्रेटरी हेमिल्टन ने कहा। वह विलियम की पसंद नहीं था, बहुत बोलता था। "हमें बस इतना पता है कि आप दोनों में से कोई भी इस अनबन को समाप्त नहीं करना चाहता। हालाँकि आपने बैंक की वित्तीय स्थिति को सुरक्षित रखने के लिए अपने ट्रस्ट के दस मिलियन डॉलर देने की बात की है, अगर रोसनोवस्की नीति से जुड़े निर्णय अपने नियंत्रण में रखता रहा, प्रॉक्सी मीटिंग बुलवा कर, टेकओवर बोली करवाता रहा, तो बैंक की दीर्घकालीन नीतियों के विरुद्ध होगा, यह हमारे निवेशकों के बीच भय पैदा कर सकता है और विरोधी इसका अनुचित लाभ उठा सकते हैं। डायरेक्टर होने के नाते, हम बैंक और इसकी शाखाओं के लिए वित्तीय कर्तव्य रखते हैं, उसे बहुत हानि होगी और बैंक की साख भी मिट सकती है।"

"नहीं, नहीं," विलियम ने कहा। "मेरे निजी सहयोग के साथ हम उसे ऐसा कुछ भी करने से पहले ही रोक देंगे।"

"हमें आज ही यह निर्णय लेना होगा," कंपनी सचिव ने कहा, वह भी शायद विलियम की तरह पूरी तैयारी करके आया था। "क्या कोई ऐसे हालात हैं जिनमें बोर्ड मि. रोसनोवस्की से मिलना चाहेगा, ताकि हम आगे चल कर पराजित महसूस न करें।"

"अगर मैं अपने प्राइवेट ट्रस्ट से पूर्ति कर रहा हूँ तो शायद ज़रूरत नहीं होगी,"

विलियम ने कहा।

''यह केवल पैसे की बात नहीं है,'' थॉमस ने कहा। ''ऐसा है कि एबल रोसनोवस्की आराम से आर्टीकल सेवन का सहारा ले सकता है और बैंक का सारा समय यही अनुमान लगाने में जाता रहेगा कि वह इसके बाद कौन-सा कदम उठा सकता है।''

थॉमस ने अपनी कही गई बात का पूरी तरह से असर होने दिया और फिर आगे बोला, ''अब मि. चेयरमैन, आपसे एक निजी प्रश्न करना होगा। जो इस मेज़ पर मौजूद सभी लोगों के लिए चिंता का विषय है। उम्मीद करता हूँ कि आप ईमानदारी से उत्तर देंगे, चाहे वह कितना ही असुखद क्यों न हो।''

विलियम ने ऊपर देखा और सोचने लगा कि सवाल क्या हो सकता है? वे लोग उसकी पीठ पीछे क्या खिचड़ी पका रहे थे? विलियम ने कहा, ''मैं हर उस सवाल का जवाब दूँगा जो बोर्ड सुनना चाहता है। मेरे पास छिपाने के लिए कुछ नहीं है और न ही मुझे किसी का डर है।'' उसने सीधा थॉमस की ओर देखते हुए कहा।

थॉमस भी अपनी बात पर डटा था। उसने धन्यवाद कहने के बाद पूछा, ''मि. चेयरमैन? क्या आप वाशिंगटन में जस्टिस विभाग को एक फ़ाइल भेजने के मामले से जुड़े थे जिसकी वजह से एबल रोसनोवस्की को बंदी बना कर उन पर जालसाज़ी का मुकदमा चलाया गया, जबकि उसी समय आप यह भी जानते थे कि एबल रोसनोवस्की बैंक के प्रमुख शेयरहोल्डर भी थे?''

''क्या उसने आपसे ये सब कहा?'' विलियम ने जानना चाहा।

''हाँ। उसका कहना है कि आपके कारण ही उसे बंदी बनाया गया।''

विलियम कुछ देर उनके प्रश्न पर विचार करता रहा। उसने कभी पिछले तेईस वर्षों के दौरान बोर्ड के आगे झूठ नहीं कहा था, और वह ऐसा करना भी नहीं चाहता था।

''हाँ, मैंने ही यह सब किया था।'' उसने सन्नाटा भंग करते हुए कहा। ''जब यह जानकारी मेरे हाथों में आई, तो मुझे लगा कि मेरा फ़र्ज़ बनता है कि उसे जस्टिस विभाग के हवाले कर दिया जाए।''

''यह सूचना आपके हाथ कैसे लगी?''

विलियम ने कोई उत्तर नहीं दिया।

''मुझे लगता है, मि. चेयरमैन, हम सभी इस प्रश्न का उत्तर जानते हैं,'' थॉमस बोला। ''वैसे भी आपने बोर्ड को बताए बिना, यह कार्रवाई करने का निर्णय लिया और हम सबको दुविधा में डाल दिया। हमारी प्रतिष्ठा, हमारे कैरियर, यह बैंक—सब कुछ आपके निजी प्रतिशोध की भेंट चढ़ेगा?''

''पर रोसनोवस्की ने भी मुझे बर्बाद करना चाहा,'' विलियम बोला, उसे पता था कि वह चिल्ला रहा था।

''तो उसे बर्बाद करने के लिए आपने बैंक की दीर्घकालीन स्थिरता और प्रतिष्ठा

दाँव पर लगा दी।''

''यह मेरा बैंक है,'' विलियम ने कहा।

''यह आपका बैंक नहीं है,'' थॉमस ने सख़्ती से कहा। ''आपके पास मि. रोसनोवस्की की तरह बैंक के आठ प्रतिशत शेयर हैं। आप इस समय बैंक के चेयरमैन पद पर हैं पर बैंक आपका नहीं है कि आप अपनी मर्ज़ी से, दूसरे डायरेक्टरों की सलाह लिए बिना कुछ भी करते रहें।''

''फिर तो मुझे बोर्ड से विश्वास मतदान के लिए कहना होगा,'' विलियम ने कहा। ''मैं आपसे कहूँगा कि एबल रोसनोवस्की के ख़िलाफ़ मुझे सहयोग दें।''

''विश्वास मतदान इस बारे में नहीं होगा,'' कंपनी सचिव ने कहा। ''यह इस विषय में होगा कि क्या आप मौजूदा हालात में बैंक में अपने पद पर बने रहने के लिए उपयुक्त व्यक्ति हैं। मि. चेयरमैन, क्या आप यह देख नहीं सकते?''

''तो ऐसा ही हो,'' विलियम ने कहा। ''बोर्ड को ही तय करने दो कि क्या यह मेरे कैरियर को एक तिहाई सदी की सेवाओं के बाद इस अपमान के साथ विदा करना चाहेगा या एक अपराधी की धमकियों को निरस्त करेगा।''

जेक थॉमस ने हामी भरी और बोर्ड के सभी सदस्यों को वोटिंग स्लिप दे दी गईं। विलियम को ऐसा लगने लगा था मानो यह सब मीटिंग चालू होने से बहुत पहले ही तय हो चुका था। उसने मेज़ पर बैठे उनतीस लोगों पर नज़र डाली। उनमें से से कई लोगों को तो उसने खुद चुना था। उनमें से कुछ तो कभी नहीं चाहेंगे कि रोसनोवस्की उसे उसके ही बोर्डरूम से बाहर कर दे। कभी नहीं। इस तरह तो बिलकुल नहीं।

वह बोर्ड के सदस्यों को अपनी स्लिप वापिस देते हुए देखता रहा। जब उन्होंने सारी स्लिपें दे दीं, तो हेमिल्टन उन्हें धीरे-धीरे खोलने लगा। वह अपने रखे कागज़ पर हाँ या न के कॉलम में उन्हें लिखता जा रहा था। विलियम देख सकता था कि एक सूची दूसरी सूची से काफ़ी लंबी हो रही थी, पर वह समझ नहीं सका कि कौन-सी सूची लंबी थी।

अंत में सचिव ने ऐलान किया कि सारे मत गिने जा चुके थे। फिर उसने कहा कि ''विलियम केन 17-12 से, विश्वास मतदान में हार चुके हैं।''

विलियम को उसकी कही बात पर यकीन नहीं आया। एबल रोसनोवस्की ने उसे उसके ही बोर्ड रूम में हरा दिया था। वह किसी तरह छड़ी के सहारे उठा, जब वह कमरे से बाहर निकला तो किसी ने उसे कुछ नहीं कहा। वह अपने ऑफ़िस में गया, कोट उठा कर, चार्ल्स लेस्टर की तस्वीर को आख़िरी बार देखा और लंबे गलियारे से होते हुए मुख्य द्वार की ओर चला गया।

हैरी ने उसके लिए दरवाज़ा खोल कर कहा, ''मि. चेयरमैन आपको फिर से वापिस पाकर अच्छा लगा। सर, कल मिलते हैं।''

विलियम को अहसास हुआ कि अब वह हैरी को दोबारा नहीं देख सकेगा। उसने मुड़ कर उस आदमी से हाथ मिलाया, जिसने तेईस साल पहले उसे बोर्डरूम का रास्ता

दिखाया था।

हैरी आश्चर्यचकित दिखा, "गुडनाइट सर।" उसने कहा और विलियम को अपनी कार में बैठ कर घर वापिस जाते देखता रहा।

जब विलियम ईस्ट सिक्सटी-एट्थ स्ट्रीट पर स्थित अपने घर पर कार से बाहर आया तो वहीं फुटपाथ पर ढेर हो गया। कार चालक और केट किसी तरह उसे उठा कर सीढ़ियों से घर के अंदर ले गए। केट देख सकती थी, जब उसने केन को अपनी बाँह से सहारा दिया तो वह रो रहा था।

"विलियम, क्या बात है? क्या हो गया?"

"मुझे बैंक से निकाल दिया गया," वह ज़ोर-ज़ोर से रोने लगा। "मेरे अपने बोर्ड को मुझ पर विश्वास नहीं रहा। जब मुझे उनकी ज़रूरत थी तो उन्होंने रोसनोवस्की को वोट दिया।"

केट उसे किसी तरह पलंग तक लाई और सारी रात उसके साथ बैठी रही। वह एक शब्द नहीं बोला और न ही सारी रात सोया।

~

अगले सोमवार की सुबह द *वॉल स्ट्रीट जर्नल* में दो टूक शब्दों में प्रकाशित हुआ : 'पिछले शुक्रवार की बोर्ड मीटिंग में लेस्टर बैंक के प्रेज़ीडेंट और चेयरमैन, विलियम लोवेल केन ने इस्तीफ़ा दे दिया। उनके अचानक जाने के बारे में कोई स्पष्टीकरण नहीं दिया गया और ऐसा कोई सुझाव भी प्रस्तुत नहीं हुआ कि उनके बाद उनके बेटे को बोर्ड में लिया जाएगा।' विलियम अपने पलंग पर बैठा था, उसे अच्छी तरह पता था कि अगली सुबह तक सारी वॉल स्ट्रीट पर कई तरह की अफ़वाहों का बाज़ार गर्म होगा और सबसे बदतर तक की कल्पना कर ली जाएगी। अब उसे उस दुनिया की परवाह नहीं रही थी।

जब एबल रोसनोवस्की ने भी वह ख़बर पढ़ी तो उसने फ़ोन उठाया। फिर उसने लेस्टर बैंक का नंबर मिला कर कहा कि उसे नए चेयरमैन से बात करनी है। कुछ मिनट बाद जेक थॉमस लाइन पर आया।

"गुड मॉर्निंग, मि. रोसनोवस्की।"

"गुड मॉर्निंग मि. थॉमस। मैं इस बात की पुष्टि करने के लिए फ़ोन कर रहा था कि मैं आज अपने इंटरस्टेट एयरवेज़ के सारे शेयर, बाज़ार दामों पर, बैंक को दे दूँगा और लेस्टर में मेरा आठ प्रतिशत, दो मिलियन डॉलर्स के बदले में निजी तौर पर आपको देना चाहूँगा।"

"थैंक्स, मि. रोसनोवस्की। यह तो आपकी उदारता है।"

"मि. चेयरमैन, मुझे धन्यवाद करने की आवश्यकता नहीं है," एबल ने कहा। "जब आपने मुझे अपने दो प्रतिशत शेयर दिए थे तो हम इसी बात पर तो सहमत हुए थे।"

भाग आठ

1963–1967

57

एबल को यह जान कर हैरानी हुई कि उसे अपनी आख़िरी जीत से कितना कम संतोष हुआ था। यह तो एक पिरिक जीत निकली (ऐसी जीत जिसे पाने के लिए विजेता को बहुत हानि उठानी पड़ती है।)

जॉर्ज ने उसे मनाना चाहा कि वह वॉरसॉ जाकर नए बैरन के लिए जगह तलाशे पर उसे रुचि नहीं थी। वह बूढ़ा होता जा रहा था और यही डर सताने लगा था कि कहीं विदेश में ही मौत हो गई तो फ़्लोरेंटीना से कभी भेंट नहीं होगी और उसने कई महीनों तक ग्रुप की किसी गतिविधि में हिस्सा नहीं लिया।

जब 22 नवंबर, 1963 को जॉन एफ़ कैनेडी की हत्या कर दी गई तो एबल अपने दत्तक देश के लिए और भी आशंकित हो गया। धीरे-धीरे जॉर्ज उसे यकीन दिलाने में सफल रहा कि किसी विदेश यात्रा से कोई नुकसान नहीं होगा और हो सकता है कि वह तरोताज़ा होकर लौटे।

एबल ने उसकी सलाह मानी और वॉरसॉ की उड़ान भरी, उसने कभी सोचा नहीं था कि वह अपने जीवन में ऐसा कोई कदम उठाएगा। भाषा पर असाधारण अधिकार और पोलिश पहचान के लिए लंबे समय से की जा रही लड़ाई के इतिहास के साथ उसे सरकार से एक गोपनीय अनुबंध मिला ताकि वह साम्यवादी देश में पहला बैरन होटल खोल सके।

उसने आयरन कर्टेन के पीछे, कोनार्ड हिल्टन और चार्ल्स फोर्ट की होटल खोलने की कोशिशों से पहले होटल खोल कर उन्हें पछाड़ दिया। पर वह यह सोचे बिना नहीं रह सका...और उससे भी मदद नहीं मिली, जब लिंडन जॉनसन ने जॉन ग्रोनोवस्की को पहला पोलिश-अमेरिकी राजदूत नियुक्त किया। उसे अब किसी भी चीज़ से संतोष नहीं हो रहा था। भले ही विलियम केन को हरा दिया था, पर उसकी अपनी बेटी भी खो गई और शायद केन को भी अपने बेटे के लिए ऐसा ही दुख होता होगा।

वॉरसॉ का अनुबंध पूरा होने के बाद वह दुनिया भर में घूमता रहा, वह अपने मौजूदा होटलों में ठहरा, नए होटलों के निर्माण कार्य देखे और ऐसे होटलों के लिए जगह चुनी जिन्हें देखने को शायद वह जीवित नहीं रहने वाला था। उसने दक्षिण अफ्रीका के केप टाउन में पहला बैरन खोला और फिर जर्मनी के डसलडोर्फमें एक बैरन खोला गया। फिर वह पेरिस में अपने प्रिय बैरन में टिक गया और सड़कों पर दिन बिताता, शाम को ऑपेरा और रात को थियेटर जाता, वह उन दिनों की सुखद यादों को जीवित करना चाहता था जो फ़्लोरेंटीना के साथ बिताने पर मिली थीं।

अंत में वह पेरिस को छोड़ कर अमेरिका वापिस आया। जब उसने कैनेडी इंटरनेशनल एयरपोर्ट पर एयर फ्रांस 707 की लोहे से बनी सीढ़ियों पर कदम रखा तो उसकी पीठ झुकी हुई थी, गंजा सिर काली टोपी से ढँका था और किसी ने उसे नहीं पहचाना। जॉर्ज हमेशा की तरह उसके स्वागत के लिए खड़ा था—वफ़ादार और ईमानदार जॉर्ज, इस बार तो वह भी कुछ बूढ़ा लगा।

मैनहट्टन की ओर जाते हुए, जॉर्ज ने उसे सारी ताज़ा ख़बरें दीं। दुनिया के हर प्रमुख नगर में इसके युवा अधिकारी आगे बढ़ रहे थे और ग्रुप का मुनाफ़ा बढ़ रहा था। 72 होटल और 22,000 लोगों का स्टाफ़। पर एबल जैसे कुछ सुन ही नहीं रहा था। वह केवल फ़्लोरेंटीना के बारे में सुनना चाहता था।

"वह ठीक है," जॉर्ज ने कहा। "वह इस साल के आरंभ में न्यूयॉर्क आ रही है।"

"क्यों?" एबल अचानक उत्साहित हो गया।

"वह फ़िफ़्थ एवेन्यू पर अपनी एक दुकान खोलने जा रही है।"

"फ़िफ़्थ एवन्यू! जॉर्ज, तुम क़िस्मतवाले निकले कि तुमने शर्त नहीं लगाई।"

जॉर्ज मुस्कुराया। "ग्यारहवीं फ़्लोरेंटीना शॉप।"

"क्या तुम उससे मिले? जॉर्ज?"

"हाँ," वह बोला।

"क्या वह अच्छी है? क्या वह खुश है?"

"वे दोनों ही बहुत खुश, सफल और अच्छे हैं। एबल, तुम्हें उन पर गर्व होना चाहिए। तुम्हारा दौहित्र बहुत प्यारा है और अब तो एक दौहित्री भी है—जब फ़्लोरेंटीना उसकी उम्र की थी तो ठीक वैसी ही दिखती थी।"

"क्या वह मुझसे मिलेगी?"

"क्या तुम उसके पति से मिलना चाहोगे?"

"नहीं, जॉर्ज। मैं उस लड़के से कभी नहीं मिल सकता। जब तक उसका पिता जीवित है, तब तक तो बिलकुल नहीं मिल सकता।"

"अगर तुम पहले मर गए तो?"

"तुम्हें *बाइबिल* में लिखी हर बात पर यकीन नहीं करना चाहिए," एबल ने कहा। वे लोग होटल की ओर ख़ामोशी के बीच चल दिए और एबल ने उस रात अपने सुइट में अकेले डिनर किया।

अगले छह महीने तक वह अपने पेंटहाउस से कभी-कभार ही बाहर निकलता था।

58

जब फ़्लोरेंटीना ने मार्च 1967 में, फ़िफ़्थ एवेन्यू पर अपना नया बुटीक खोला तो ऐसा लगा मानो पूरा न्यूयॉर्क ही जश्न का हिस्सा बनने आ गया था, बस विलियम केन और एबल रोसनोवस्की ही नहीं थे।

केट ने विलियम को पलंग पर लिटाया और उसे बड़बड़ करने के लिए अकेला छोड़ दिया। वर्जीनिया और लूसी बुटीक के समारोह में गई थीं। जॉर्ज ने एबल को उसके सुइट में अकेला छोड़ा और फ़िफ़्थ एवेन्यू के लिए रवाना हो गया। उसने एबल को साथ चलने

के लिए मनाने की कोशिश की थी। एबल भुनभुनाया कि उसकी बेटी उसके बिना ही दस दुकानें खोल चुकी थी और एक और दुकान खुलने से कोई फ़र्क नहीं पड़ने वाला था। जॉर्ज ने उसे कहा कि वह एक अड़ियल बूढ़ा है और वह खुद ही चला गया। एबल जानता था कि वह सही कह रहा था।

जॉर्ज जब शॉप पर गया तो उसे एक आधुनिक बुटीक दिखाई दिया जिसमें मोटे कालीन और आधुनिक स्वीडिश फ़र्नीचर दिखाई दे रहा था—उसे एबल के काम करने का तरीका याद आ गया। फ़्लोरेंटीना ने लंबा हरा गाउन पहना था और उसके हाई कॉलर पर जाना-पहचाना डबल एफ़ अंकित था। उसने जॉर्ज को शैंपेन का गिलास थमाया और केट व लूसी केन से मिलवाया जो ज़ाफ़िया से बातें कर रही थीं। केट और लूसी बहुत खुश थीं और वर्जीनिया ने जॉर्ज से मि. रोसनोवस्की के बारे में पूछ कर उसे हैरान कर दिया।

''मैंने उसे कहा कि वह अड़ियल बूढ़ा मूर्ख है जो इतनी अच्छी पार्टी में नहीं जा रहा। क्या मि. केन आए हैं?'' उसने पूछा।

''नहीं।'' केट ने कहा। ''कहना तो नहीं चाहती पर वे भी अड़ियल बूढ़े मूर्ख हैं।''

~

विलियम द *न्यूयॉर्क टाइम्स* की ख़बर पर अब भी झींक रहा था, वियतनाम का कोई आलोचक जॉनसन उसकी निंदा पर उतरा हुआ था। उसने अख़बार मोड़ कर रखा और पलंग से उतरा। उसने धीरे-धीरे, बहुत धीरे से कपड़े पहनने के बाद खुद को शीशे में देखा। वह एक बैंकर की तरह दिख रहा था। उसने मुँह बनाया। उसे और कैसा दिखना चाहिए? वह धीरे से सीढ़ियों से उतरने लगा। उसने एक भारी काला ओवरकोट और पुराना होमबर्ग हैट लगा लिया। फिर अपनी चांदी की मूठ वाली काली छड़ी ली—वही जो रूपर्ट कॉर्क-स्मिथ उसके लिए छोड़ गए थे—फिर वह किसी तरह सड़क पर आ गया। पिछले तीन सालों में वह पहली बार अकेला बाहर जा रहा था। सहायिका को भी देख कर आश्चर्य हुआ कि मि. केन अकेले ही घर से बाहर जा रहे थे।

उस दिन शाम गर्म थी, पर विलियम को लंबे समय तक घर में रहने के कारण ठंडक महसूस हो रही थी। उसे फ़िफ़्थ एवेन्यू और फ़िफ़्टी-सिक्सथ स्ट्रीट तक जाने में काफ़ी समय लगा, हर कदम उठाने में पहले से अधिक समय लग रहा था और जब वह किसी तरह पहुँचा तो देखा कि फ़्लोरेंटीना शॉप के बाहर तक लोगों की भीड़ उमड़ आई थी। उसमें और आगे तक जाने की हिम्मत नहीं थी इसलिए वह वहीं फुटपाथ पर खड़ा होकर देखने लगा। खुशदिल नौजवान, केन दंपत्ति के फ़ैशनेबुल बुटीक की ओर बढ़ते जा रहे थे। कुछ लड़कियों ने लंदन से आईं मिनी स्कर्ट पहन रखी थीं। 'इसके बाद क्या,' विलियम सोचने लगा। फिर उसने रिचर्ड को केट से बात करते देखा। वह कितना सुंदर हो गया था—लंबा, आत्मविश्वास से भरपूर; उसके हाव-भाव में एक अलग ही शान थी जिसे देख कर विलियम को अपने पिता की याद आती थी। पर दुकान के भीतर की सारी हलचल के बीच यह पता नहीं चल सका कि फ़्लोरेंटीना कौन थी। वह वहीं लगभग एक घंटे तक खड़ा, आने-जाने वालों को देखता रहा, उसे उन अड़ियलपन से भरे वर्षों के लिए खेद था,

जिन्हें वह गँवा चुका था।

फ़िफ़्थ एवेन्यू पर मार्च की बयार बह रही थी। वह भूल गया था कि हवा कितनी ठंडी हो चुकी थी। उसने अपने कॉलर ऊँचे कर लिए। उसे घर जाना चाहिए। वे सभी आज रात को डिनर पर आने वाले थे। और वह फ़्लोरेंटीना और अपने पोते-पोती से पहली बार मिलने वाला था, अपने प्यारे बेटे को गले से लगाने वाला था। उसने केट के आगे माना कि वह बहुत बड़ा मूर्ख है और उसने उससे माफ़ी चाही। केट इतना ही कह सकी, ''मैंने हमेशा तुम्हें प्यार किया है।''

फ़्लोरेंटीना का ख़त आया था। कितना दयालुता और उदारता से भरा ख़त। वह बीती बातों को अच्छी तरह समझती थी, और आख़िर में लिखा था, 'आपसे मिलने को बेताब हूँ।'

उसे घर जाना चाहिए। अगर केट को पता चला तो उससे उलझेगी कि वह इतनी सर्दी में अकेला बाहर क्यों गया। वे लोग डिनर के समय, उसे आज के जश्न के बारे में विस्तार से बता देंगे। वह उन्हें पता नहीं चलने देगा कि वह इस जगह आया था—यह हमेशा उसका राज़ रहेगा।

जब वह घर जाने के लिए मुड़ा, उसने कुछ गज़ की दूरी पर एक बूढ़े व्यक्ति को काले ओवरकोट में देखा, उसने सिर पर हैट और गले में स्कार्फ़ पहना हुआ था। विलियम ने उसकी ओर जाते हुए सोचा कि यह रात बूढ़ों के लिए नहीं थी। और फिर उसे कलाई पर वही चाँदी का बैंड दिखाई दिया। एक झटके में सब कुछ समझ आ गया और पहली बार हर चीज़ ठिकाने पर थी। प्लाज़ा की चाय का दौर, फिर बोस्टन में उसके ऑफ़िस में, जर्मनी के जंग के मैदान में और आज फ़िफ़्थ एवेन्यू पर। वह आदमी शायद कुछ देर से वहीं खड़ा था, उसका चेहरा हवा के कारण लाल हो गया था। वह अपनी नीली आँखों से विलियम को ताक रहा था। अब वे कुछ ही दूरी पर थे। जब विलियम उसके पास से निकला तो उसने उसे देख कर हैट उतारा। उसने भी ठीक यही किया और वे एक भी शब्द कहे बिना अपनी-अपनी राह चले गए।

≈

'मुझे उनके आने से पहले घर चले जाना चाहिए,' विलियम ने सोचा। रिचर्ड और अपने पोते-पोती को देखने की खुशी हर चीज़ को सार्थक कर देगी। उसे फ़्लोरेंटीना से मिल कर माफ़ी माँगनी है और उसे कहना है कि वह भरोसा रखे, वह सब समझ जाएगी, जो वह खुद नहीं समझ सका। सभी कहते हैं कि बहुत प्यारी युवती है।

जब वह अपने घर वापिस पहुँचा तो चाबी टटोल कर दरवाज़ा खोला। उसने अपनी सहायिका से कहा, ''सारी बत्तियाँ जला दो और उनके लिए अलाव जला कर रखो।'' वह बहुत ही संतुष्ट, पर थका हुआ महसूस कर रहा था। ''पर्दे खींच दो और डाइनिंग-रूम टेबल पर मोमबत्तियाँ जला दो। जश्न मनाने के लिए कितना कुछ है।''

वह उनके वापिस आने का इंतज़ार नहीं कर सका। वहीं आग के पास ही अपनी पुरानी मैरून चमड़े की कुर्सी पर बैठ कर, आने वाली सुखद शाम के बारे में सोचने लगा।

उसके आस-पास घूमते पोते-पोती, ओह कितने साल सबको याद किया। उसके नन्हे पोते ने गिनती करना कब सीखा? आख़िर में विलियम को लगा कि कम-से-कम उसे अतीत को भुला कर, आने वाले कल के लिए माफ़ी माँगने का मौका तो मिला। उस ठंडी हवा के बाद कमरे की गरमाहट अच्छी लग रही थी।

कुछ मिनट बाद, सीढ़ियों के नीचे से उत्साहित कोलाहल सुनाई दिया और सहायिका मि. केन को बताने आई कि उनका बेटा आ गया है। वह मिसेज़ केन, अपनी पत्नी और दो प्यारे बच्चों के साथ आया था, उसने अपने पूरे जीवन में इतने सुंदर बच्चे नहीं देखे थे। फिर वह बाकी काम देखने भागी, सही समय पर डिनर परोसा जाना था। वह चाहेगा कि डिनर में सब कुछ सही तरह से हो।

रिचर्ड कमरे में आया, फ़्लोरेंटीना उसके साथ थी। वह बहुत ही प्यारी दिख रही थी।

''पापा, मैं चाहता हूँ कि आप मेरी पत्नी से मिलें।''

विलियम लोवेल केन उठ कर उसका अभिवादन करता, पर वह नहीं कर सका। वह मर चुका था।

59

एबल ने लिफाफ़े को अपने पलंग के पास रख दिया। उसने अब तक कपड़े नहीं पहने थे। आजकल वह दोपहर से पहले नहीं उठता था। उसने नाश्ते की ट्रे को नीचे रखना चाहा पर अकड़ी हुई बूढ़ी देह को ऐसा करने के लिए बहुत मेहनत की ज़रूरत थी। ट्रे तेज़ आवाज़ के साथ हाथ से छूट गई। आज कोई अलग दिन नहीं था। अब उसे परवाह भी नहीं थी। उसने एक बार फिर से लिफ़ाफ़ा उठाया और उसमें लिखे नोट को फिर से पढ़ा।

'हमें कभी कॉन्टिनेंटल ट्रस्ट बैंक, लासाले स्ट्रीट, शिकागो के मैनेजर रह चुके, स्वर्गीय मि. कर्टिस फ़ेंटन की ओर से निर्देश दिए गए थे कि आपको कुछ ख़ास हालात के सामने आने पर ही यह सीलबंद लिफ़ाफ़ा भेजा जाए। कृपया इसकी पावती की रसीद भेजें, जिसके लिए मुहर लगा लिफ़ाफ़ा भी संलग्न है।'

''भगवान बचाए इन वकीलों से,'' एबल ने कहा और लिफ़ाफ़ा पूरा खोल दिया।

प्रिय मि. रोसनोवस्की,

यह पत्र मेरे वकीलों के पास कुछ कारणों से सुरक्षित रखा गया था जो कि आपको पत्र पढ़ते हुए समझ आ जाएँगे।

जब 1951 में, आपने कॉन्टिनेंटल बैंक के साथ बीस साल तक साथ निभाने के बाद अपने खाते बंद करने को कहा तो मैं बहुत दुखी हुआ और यह मेरी चिंता का विषय भी बना। दरअसल मुझे यह चिंता नहीं थी कि बैंक ने एक महत्त्वपूर्ण ग्राहक खो दिया। हालाँकि यह भी खेद की बात थी पर मुझे लगा कि आप मेरे साथ अपमानजनक तरीके से पेश आए। आपको उस समय यह नहीं पता था कि मुझे आपको सहारा देने वाले व्यक्ति की ओर से विशेष निर्देश थे कि आपको

कुछ ख़ास तथ्य न बताए जाएँ।

जब आप 1929 में, मेरे पास बैंक में आए तो आपने मि. डेविस लीरॉय का कर्ज़ अदा करने के लिए वित्तीय सहायता चाही, आप रिचमंड ग्रुप के होटल अपने नाम करना चाहते थे। मैंने आपके मामले में निजी दिलचस्पी ली क्योंकि मेरा मानना था कि आप अपने चुने हुए कैरियर के लिए विशेष हुनर और प्रतिभा रखते थे। बुढ़ापे में आपको देखने के बाद मुझे संतोष होता है कि मेरा अनुमान ग़लत नहीं था। पर सच कहूँ तो किसी ऐसे व्यक्ति की खोज करना मुश्किल था जो आपकी मदद कर सके, मैंने कई लोगों से इस बारे में बात की। कई बार लगता था कि मैं ही आपकी परेशानी का कारण बना क्योंकि मैंने ही आपको अपने ग्राहक, मिस एमी लीरॉय से रिचमंड के 25 प्रतिशत शेयर लेने की सलाह दी थी। मुझे नहीं पता था कि उस समय डेविड लीरॉय भी वित्तीय कठिनाइयों से जूझ रहे थे।

मैंने आपके लिए किसी भी तरह की मदद मिलने की उम्मीद छोड़ दी थी, जब आप सोमवार सुबह मेरे बैंक में आए। मैं सोच रहा हूँ कि क्या आपको भी उस दिन के बारे में याद होगा? आपसे मिलने के समय से ठीक तीस मिनट पहले, मुझे एक कोष प्रबंधक की कॉल आई। जो आवश्यक पैसा देने को तैयार थे। मेरी तरह, उन्हें भी आपकी योग्यता पर पूरा भरोसा था। जैसा कि मैंने आपको उस समय बताया था कि उनकी मर्ज़ी यही थी कि उनका नाम अज्ञात रखा जाए क्योंकि उनके निजी और पेशेवर हितों के बीच होने वाली सँभावित टकराहट को देखते हुए ऐसा करना ज़रूरी था। उन्होंने जो भी शर्तें रखीं, उन्हें आपने मान लिया और धीरे-धीरे रिचमंड ग्रुप का नियंत्रण आपके पास आ गया। आपने पूरी उदारता से, उन शर्तों का इस्तेमाल किया। जब आप अपनी कड़ी मेहनत और लगन के बल पर मूल निवेश को ब्याज सहित लौटाने में सफल हुए तो आपके कोष प्रबंधक को भी बहुत खुशी हुई।

1951 के बाद से, मेरा आप दोनों से कोई संपर्क नहीं रहा पर रिटायर होने से कुछ पहले, मैंने एक समाचारपत्र में आपके कोष प्रबंधक के बारे में कुछ पढ़ा और जिसकी वजह से मुझे यह पत्र लिखना पड़ा ताकि अगर मेरी मौत पहले हो जाए तो यह पत्र आपको मिल सके।

मैं इस मामले में अपनी अच्छी मंशा साबित करने के लिए नहीं लिख रहा पर आपको इस भ्रम में नहीं जीना चाहिए कि आपको मदद करने वाले स्टीवन्स होटल के मि. डेविड मैक्सटन थे।

मि. मैक्सटन आपके प्रशंसकों में से थे पर उन्होंने कभी बैंक से इस बारे में संपर्क नहीं किया। जिन सज्जन को आप पर भरोसा था और जो बैरन ग्रुप के भविष्य पर विश्वास रखते थे, उनका नाम था—विलियम लोवेल केन, न्यूयॉर्क के लेस्टर्स बैंक के भूतपूर्व चेयरमैन।

मैंने मि. केन से आग्रह किया कि आपको इस निजी जुड़ाव के बारे में बताया जाए पर उन्होंने कहा कि वे अपनी ट्रस्ट डीड के इस नियम को तोड़ना नहीं चाहते थे जिसमें लिखा था कि किसी भी लाभ पाने वाले को यह पता नहीं लगना चाहिए कि उसके लिए किस परिवार की ओर से निवेश किया गया है क्योंकि इसके कारण बैंक में टकराव की स्थिति बन सकती है। जब आपने सारा पैसा लौटा दिया और उन्हें आपके व हेनरी ऑस्बॉर्न के साथ के बारे में पता चला तो इसके बाद तो उनका हठ और भी पक्का हो गया कि आपको इस बारे में कभी पता नहीं चलना चाहिए।

मैंने निर्देश दिए हैं कि यदि आपकी मृत्यु मि. केन से पहले हो जाती है तो इस पत्र को नष्ट कर दिया जाए। उन हालात में, उन्हें भी ऐसा ही एक पत्र मिलेगा, जिसमें उन्हें बताया जाएगा कि आपको उनकी निजी उदारता के बारे में कुछ नहीं पता था।

आप दोनों में से जिसे भी मेरा पत्र मिले, मेरे लिए आप दोनों को अपनी सेवाएँ देना सौभाग्य की बात थी।

मैं, हमेशा से आपका वफ़ादार सेवक

कर्टिस फ़ेंटन।

एबल ने पलंग के पास रखा फ़ोन उठाया और कहा, "जॉर्ज को भेजो। मुझे कपड़े बदलने हैं।"

60

विलियम लोवेल केन के अंतिम संस्कार को निश्चित रूप से दादी केन की ओर से मंजूरी मिलती। 3 सीनेटर, 5 कांग्रेसमैन, 2 बिशप, अधिकतर बड़े बैंकों के चेयरमैन और *द वॉल स्ट्रीट जर्नल* के प्रकाशक मौजूद थे। जेक थॉमस और बैंक का हर डायरेक्टर मौजूद था, उनके सिर उस ईश्वर के आगे प्रार्थना में झुके हुए थे, जिस पर विलियम को कभी विश्वास नहीं रहा। रिचर्ड और फ़्लोरेंटीना केट के साथ एक ओर और दूसरी ओर लूसी और वर्जीनिया खड़े थे।

कुछ शोक मनाने वालों ने देखा कि दो बूढ़े चर्च के पिछले हिस्से में खड़े थे, उनके सिर भी झुके हुए थे, लगता था कि वे प्रमुख लोगों के बीच नहीं आना चाहते थे। वे कुछ मिनट देर से आए और सर्विस पूरी होने से पहले लौट गए। जब ठिगने क़द के आदमी ने जल्दी से निकलना चाहा तो फ़्लोरेंटीना ने उस लंगड़ाहट को पहचान लिया और रिचर्ड को बताया। पर उन्होंने केट से कुछ नहीं कहा।

केट ने अगले दिन उन दो लोगों को धन्यवाद का पत्र लिखा। उसे उनके बारे में बताने की ज़रूरत नहीं थी।

कुछ दिन बाद, उन दो लोगों में से लंबा आदमी, फ़्लोरेंटीना से उसकी दुकान में

मिलने गया। उसने सुना था कि वह सैन फ्रांसिस्को वापिस जा रही थी और वह उससे पहले, उससे मिलना चाहता था। फ़्लोरेंटीना ने उसकी बात ध्यान से सुनी और बड़ी खुशी से अपनी सहमति दे दी।

रिचर्ड और फ़्लोरेंटीना केन, अगली दोपहर बैरन पहुँचे। जॉर्ज नोवाक वहीं लॉबी में इंतज़ार कर रहा था, वह उन्हें अपने साथ 42वीं मंज़िल पर ले गया।

दस साल बाद, फ़्लोरेंटीना के लिए पिता को पहचानना कठिन हो रहा था। वह पलंग पर बैठा था, चश्मे का रिम नाक पर टिका था। हालाँकि अभी तकियों के सहारे नहीं था। वह उन्हें देख कर मुस्कुराया। उन्होंने अच्छे दिनों की बातें कीं, वे एक साथ हँसे और रोये।

"रिचर्ड, हमें माफ़ कर दो," एबल ने कहा। "हम पोलिश थोड़े भावुक होते हैं।"

"मुझे पता है, मेरे बच्चे भी आधे पोलिश हैं," रिचर्ड ने कहा।

उस शाम उन्होंने एक साथ खाना खाया—लाजवाब भुना हुआ माँस। "मेरी अनूठी बिटिया के वापिस आने की खुशी में," एबल ने कहा।

उसने वर्तमान के बारे में बातें कीं, बीते वक्त को उपेक्षित किया और उसे बताया कि वह ग्रुप के आने वाले कल को किस तरह देखना चाहता है।

"हमें हर होटल में तुम्हारी एक शॉप चाहिए," उसने फ़्लोरेंटीना से कहा।

वह हँसी और मान गई।

उसने रिचर्ड को बताया कि वह उसके पिता के साथ इतनी लंबी अनबन के कारण कितना उदास था और उसके दिमाग में भी कभी नहीं आया कि विलियम केन ने ही उसके कैरियर को आगे बढ़ाने में अहम भूमिका निभाई थी। एबल ने कहा कि काश, उसे एक बार विलियम को निजी रूप से धन्यवाद देने का अवसर मिल पाता।

"वे आपके मन की बात समझ लेंगे," रिचर्ड ने कहा।

"तुम्हारे पिता और मैं, पता है जिस दिन उनकी मौत हुई, हम मिले थे," एबल ने कहा।

फ़्लोरेंटीना और रिचर्ड उसे हैरानी से ताकते रहे।

"अरे हाँ," एबल ने कहा। "हम फ़िफ़्थ एवेन्यू पर एक-दूसरे के सामने से गुज़रे—वह तुम्हारे नए स्टोर की ओपनिंग देखने आया था। उसने मुझे देख कर अपना हैट उतारा। वही बहुत था, बहुत था मेरे लिए।"

एबल का फ़्लोरेंटीना और रिचर्ड से एक ही आग्रह था। वह चाहता था कि वे कुछ समय बाद उसके साथ वॉरसॉ चलें ताकि उनके हाथों नए बैरन होटल का उद्‌घाटन हो सके।

उसने उत्साहित होकर कोने की मेज़ पर अँगुलियों से थपथपाते हुए कहा, "क्या तुम कल्पना कर सकती हो ? द वॉरसॉ बैरन होटल। अब यह ऐसा होटल होगा जिसका उद्‌घाटन बैरन ग्रुप की प्रेज़ीडेंट करेगी।"

~

आने वाले महीनों में केन दंपति एबल के पास नियमित रूप से आते रहे, और एक बार फिर से फ़्लोरेंटीना अपने पिता के बहुत निकट आ गई।

एबल, रिचर्ड और उसकी सामान्य बुद्धि को सराहने लगा था जो उसकी बेटी की महत्त्वाकांक्षाओं को समझता था। उसे अपने दौहित्र से प्यार था और छोटी-सी एनाबेल—ओह आजकल क्या कहते हैं सब? वह तो कुछ और ही थी। एबल अपने जीवन में इतना प्रसन्न पहले कभी नहीं रहा, और वह पोलैंड में अपनी जीत की वापसी की तैयारी में जुटा था, जहाँ वे 'द वॉरसॉ बैरन' खोलने जा रहे थे।

~

बैरन ग्रुप के प्रेज़ीडेंट ने तयशुदा समय से छह महीने बाद 'द वॉरसॉ बैरन' होटल का उद्घाटन किया। इमारत के अनुबंध देर से पूरे हुए थे, जैसा कि दुनिया के दूसरे देशों में भी होता आया था इसलिए उद्घाटन विलंबित होता गया।

ग्रुप प्रेज़ीडेंट के रूप में अपने पहले भाषण के दौरान फ़्लोरेंटीना ने अपने मेहमानों को बताया कि उस भव्य होटल को उनके सामने लाने के गर्व में यह उदासी भी शामिल थी कि उसके पिता होटल वॉरसॉ बैरन के उद्घाटन का हिस्सा नहीं बन सके और उससे पहले ही इस दुनिया से विदा ले ली।

एबल ने अपनी वसीयत में, सब कुछ फ़्लोरेंटीना के नाम छोड़ दिया था। बस एक छोटी सी चीज़ ही अपवाद थी। उस उपहार में चाँदी से बना एक दुर्लभ और एंटीक बैंड शामिल था जिस पर लिखा था—बैरन एबल रोसनोवस्की।

वह बैंड उपहार में एबल के दौहित्र—विलियम एबल केन को मिला।

❑❑❑

जैफ़री आर्चर की अन्य लोकप्रिय पुस्तकें
जो शीघ्र
राजपाल एण्ड सन्ज़ से प्रकाशित होंगी

The Prodigal Daughter
Shall we Tell the President
A Prisoner of Birth
Not a Penny More Not A Penny Less
Path of Glory
Honour Among Thieves
Heads You Win
Sons of Fortune
False Impression
Only Time Will Tell
The Sins of the Father
Best Kept Secret
Be Careful What You Wish For
Mightier Than The Sword
Cometh The Hour
This Was A Man
And Thereby Hangs A Tale
The New Collected Short Stories
A Twist In The Tale